KB218081

스토리텔링
2.0

# 스토리텔링

최시한 지음

## 모든 이야기 콘텐츠
## 창작의 이론과 기술

# 머리말

    사람은 이야기(서사) 속에서 살아간다. 이야기를 서술하여 '스토리를 형성하는 활동'이 스토리텔링이다. 디지털 혁명이 서술의 매체를 혁신하자 그것은 문화와 산업의 핵심부에 떠올라 '스토리텔링 시대'를 열었다. 이 소용돌이 속에서 장르와 매체의 융합 또한 끊임없이 일어나고 있다.

    스토리가 있는 콘텐츠, 곧 이야기 콘텐츠 분야를 보자. 서사문학 중심의 시대가 저물고, 활자 매체와 영상 매체, 픽션과 논픽션, 예술 '작품'과 스토리 산업의 '상품' 등이 뒤섞여 수용자의 이야기 능력 및 관습을 나날이 변화시키고 있다. 스토리텔링에 관한 일반적 논의를 하기 어려워 보일 정도이다.

    그러나 달리 보면, 이야기의 번성은 그에 관한 연구와 학습이 더욱 중요해졌음을 뜻한다. 아무리 겉모습이 달라져도, 재미와 의미가 있는 이야기의 특징은 존재할 것이다. '이야기하는 존재'의 타고난 능력에 바탕을 둔 스토리텔링의 원리 또한 상존할 터이다. 과거의 기준에 매이지 않되 현재의 유행에 쓸려가지도 않으면서, 바탕을 다지고 초점을 잡으면 길이 보일 것이다.

    스토리텔링에 뜻을 둔 사람은 이런 의문과 씨름하곤 한다. 항상 그 속에서 사는데, 왜 이야기의 창작은 쉽지 않을까? 어째서 내가 지은 이야기는 다른 것들처럼 그럴듯하고 감동적이지 않을까? 그것은 무엇보다 자신이 하나의 뜻있고 완결된 사건을 그려내고자 하기 때문이다. 또 진실하고 흥미로운 '스토리 세계'를 창조하려면 여러 궁리와 노력이 필요한 까닭이다.

이 책은 이론을 바탕으로 분석과 실습을 통해 그에 도움을 주기 위한 것이다. 갈래와 매체를 고려하되 그들을 뛰어넘어 스토리가 있는 것, 즉 이야기 양식 전반을 대상으로 삼고 실제 창작 능력 향상에 이바지하고자 한다.

이 책을 처음 낼 때에는 관심에 비해 안내서가 부족한 편이었다(《스토리텔링, 어떻게 할 것인가》, 2015). 이제 형편이 달라졌고, 필자의 생각도 다소 바뀌었다. 또 끊임없이 발전하며 다양해지는 매체와 콘텐츠 역시 반영해야 하기에 '전면 개정'을 하게 되었다. 수사학의 전통이 깊지 않아서 기본 원리와 용어의 정립이 필요하다는 뜻도 작용하였다.

여기서는 새로 이론을 정비하고 픽션 갈래와 나란히 논픽션(정보적) 갈래를 다루며, 창작의 아이디어 창출, 프로그램 설계 등에 힘썼다. 그러기 위해 실습을 대폭 강화했는데, 친근한 텍스트의 분석을 통해 개념과 기법을 익히고, 곳곳에 배치한 각종 연습 문제를 풀면서 스스로 지식을 쌓고 능력도 기를 수 있게 하였다. 연습에서는 특히 장르와 매체에 대한 이해를 심화하기 위해 그들을 바꾸어 서술하고 전용하는 활동을 중요시했다.

한편 이 책은 제작이 필요한 장르들을 다루는 데 제한을 받으므로 '스토리 층위' 위주로, 대본 짓기까지만 살핀다. 하지만 이야기에 대한 포괄적 이해를 바탕으로 텍스트의 다양한 차원을 열어 보임으로써 각자 하려는 스토리텔링의 특성과 방법을 발견하도록 마련하였다.

이 책은 총 3부로 이루어져 있다. 제1부 '이야기와 스토리텔링'은 기본 이론을, 제2부 '스토리텔링 기법'은 요소별 표현 기술을 다루며, 제3부 '스토리텔링 연습'은 창작의 실제 요령을 익힌다. 순서대로 모두 활용하기를 권하지만 필요에 따라 택하여 시작해도 무방하다. 다만 '반복과 심화' 방식으로 기술했기에, 어디를 읽든 관련된 다른 곳을 긴밀히 상호 참조하기 바란다. 이를 돕기 위해 본문에 참조 표시 (☞)를 해두었다.

3~4명이 한 조를 이루어 함께 진행하는 조별 학습이 바람직하다. 연습 문제가 주로 주관식이고, 답이 예시되지 않는 경우도 있으며, 남의 것과 비교하고 자기 것에 대한 평도 들어야 하기에 적극 권한다.

여럿이 공부하면 예시 작품을 나누어 감상한 뒤 해석을 주고받는 이점도 있을 터이다.

이 책은 스토리텔링 감각을 예민하게 벼리며 상상력에 불을 지르기 위한 하나의 길잡이다. 세련된 스토리텔링을 꿈꾸는 이들의 '이야기 문해력' 향상을 돕고, 창작 과정을 위협하는 여러 유혹을 합리적으로 이겨내는 데 기여하기 바란다.

2024년 10월
지은이

# 차례

# 제2부　스토리텔링 기법

# 제3부 스토리텔링 연습

■ 일러두기

## 1. 창작자 표기

작품의 작자나 감독 이름은 작품명 뒤의 괄호 안에 적음.

## 2. 기호의 의미

| | |
|---|---|
| " " | 원문 그대로 인용 |
| ' ' | 강조 |
| 《 》 | 장편소설, 단행본 |
| 〈 〉 | 단편소설, 영상물, 음악 |
| ☞ | 참조 표시. 이 책에서 '함께 더 읽을 곳' 안내 |
| / | 나열, 유사 관계 |
| \ | 갈등, 대립, 모순 관계 |
| 길잡이 | 연습 문제를 푸는 데 도움을 주는 말, 유의 사항 |
| ※ | (연습 문제의 '답과 해설'에서) 해설, 보충 설명 |
| 예 | (연습 문제의 '답과 해설'에서) 예시, 가능한 여러 답 중의 일부 |
| • | 각주(내용 주) 표시 |
| 1, 2, 3 … | 미주(출처 주) 표시 |

# 제1부

# 이야기와 스토리텔링 2.0

# 제1장

# 기본 개념과 의의

스토리텔링은 이야기를 서술하여
'스토리를 형성하는 활동'이다.

# 1

# 이야기

## 가. '이야기'라는 말

스토리텔링이란 무엇인가? 이 물음에 답하려면 먼저 이야기(서사)에 대해 살필 필요가 있다. 스토리텔링을 하여 짓고 만드는 게 이야기이기 때문이다. 동어반복적 표현이지만, 우리는 이야기를 스토리텔링하고, 이야기 텍스트는 감상자의 내면에 '스토리'를 형성한다.°

인간은 갖가지 형태로 표현하고 소통한다. 이들을 통틀어 '담화(談話)'라고 하는데, 서구의 수사학은 전통적으로 그 양식을 설명, 논

---

° '스토리(story)'의 가장 일반적 개념이 '이야기'이므로 스토리텔링(storytelling)은 '이야기하기'로 옮기는 것이 일단 적절하다. 하지만 '이야기'와 그에 내포된 사건의 연쇄 곧 '줄거리'를 구별하는 한국어 개념 체계에서, 외래어 '스토리'는 줄거리에 가깝다. story를 plot, discourse 등과 구별하여 층위 개념으로 쓸 경우 더욱 그러하다. 스토리텔링은 이야기 텍스트를 창작하여 '스토리 (세계)'를 형성하는 활동이라고 보아, 여기서는 '스토리'와 '이야기'를 구별하여 쓴다. 이는 2절의 '가. 개념'에서 다시 살필 것이다.

증(논술), 묘사, 서사 등 몇 가지로 나눈다. 이들 중 하나인 서사(이야기)는 다른 것에 비해 쓰임새나 중요성이 매우 크다. 이는 어떤 매체로 삶을 모방 혹은 재현하는 담화 형태로서, 한마디로 '사건의 서술'[1]을 가리킨다. 이것이 본래의 이야기요 매체와 갈래(장르)*를 초월하는 넓은 의미의 이야기 개념이다. 여기서 '사건'은 실제 일어난 것과 꾸며낸 것을 모두 포함하며, 한 이야기 전체를 이루는 그 사건들의 연쇄가 곧 '스토리'이다. 이야기의 뼈대에 해당하는 이 사건의 연쇄를 형성시키는 것 혹은 내포하고 있는 것이 바로 이야기이다.

스토리텔링이 오늘날처럼 여러 방면에서 중요해지고 또 활발해진 것은 수십 년밖에 되지 않으나, 그 행위인 '이야기하기', '사건 서술하기'는 기본적 담화 양식인 만큼 인류가 항상 해온 의사소통 활동의 일종이다. 이것이 얼마나 보편적이고 중요한가는 여러 언어에서 '이야기(하다)'라는 말이 '말(하다)'과 같은 뜻으로 통하는 데서 확인할 수 있다. 또 우리의 실생활에서도 금세 알 수 있다. 음성, 전자우편, 영상 따위를 이용하여 우리는 끊임없이 이야기를 하고 들으며 산다. 잘못은 형이 먼저 저질렀다고 어머니한테 울며 이야기하는 동생의 하소연에서부터, 사회적으로 요란스러운 사건의 보도 기사와 재판정에

---

* '갈래'는 '장르'와 통하는 토박이말로서 '이야기', '이야기문학'과 함께 김수업이 처음 학술용어로 사용했다(《배달문학의 길잡이》, 금화출판사, 1978). '장르영화', '장르소설' 따위와 같이 '장르'가 지나치게 남용 및 오용되고 있으므로, 필요한 경우에만 그것을 쓰고 이 책에서는 주로 '갈래'를 쓴다. 상위갈래(유장르), 하위갈래(종장르)에 두루 사용한다.

서 변호사가 하는 변호에 이르기까지, 그것은 도처에 존재한다. 사건에 관한 정보의 전달은 물론 그 진실성과 정당함을 인정받는 일까지가 바로 그것의 그럴듯함에 달려 있음을 깨닫게 되면, 이야기의 보편성과 중요성에 새삼 놀라게 된다. 만화나 영화를 재현한 테마파크에서 놀고, 존재하지도 않는 환상 세계를 컴퓨터 그래픽 영상이 그려내어 실제처럼 보여주며, 《춘향전》에 등장하는 허구의 인물 춘향을 사당까지 지어 모시는 데 이르면, 우리가 허구와 사실이 뒤섞인 '이야기 세계'의 주민으로 살고 있음을 실감하게 된다. 이야기가 전하는 정보와 함께, 그것이 '만들어내는' 이미지와 관념은 인간의 삶을 아주 넓고 깊게 지배하고 있다.

'지혜가 있는 인간(Homo sapiens)'이라는 말이 있듯이, '이야기하는 인간(Homo narrans)'이라는 말이 있다. 인간은 이야기하는 존재이다. '이야기 능력'●은 어떤 특수한 능력이라기보다 인간이라면 누구나 지니고 있는 보편적 능력이다. 이야기 없이 인간의 삶과 문화는 창조되고 전승되기 어렵다. "우리 두뇌는 이야기를 통해 학습하도록 진화했"[2]기에, 오늘날 인지과학은 인간의 두뇌가 하는 정보처리 방식이

---

● 조녀선 컬러는 '언어능력(linguistic competence)'이라는 용어를 응용하여 '문학 능력(literary competence)', '이야기 능력(narrative competence)' 등의 말을 썼다. 이야기 특유의 '문법'을 감상과 창작에 활용할 줄 아는 능력을 그렇게 일컬은 것이다(Jonathan Culler, *Structuralist Poetic*, Cornell Univ. Press, 1975, p.114). 한편 스토리텔링 능력과 관련된 인간의 두뇌 기제들이 생후 5개월에 자리 잡는다는 연구가 있다(앤드류·힐·디미스터 편, 《스토리텔링 수업 연구》, 정옥년·김동식 역, 강현출판사, 2013, 263쪽).

주로 이 이야기 양식을 취하고 있음을 밝혀내고 있다. 문해력(literacy)을 측정할 때 그 대상을 정보성 텍스트와 내러티브 텍스트로 나눈다는 사실, 읽기 능력 향상에 소설(그중에서도 예술성이 높은 작품) 읽기가 큰 도움을 준다는 '소설 효과'[3] 등도 이야기의 근원적 중요성을 말해 주는 증거들이다.

이야기는 삶을 사건 중심으로 재현하는 담화의 한 유형이라고 하였다. 그것은 전(傳), 소설, 판소리, 무성영화 따위와 같이 어떤 시대에 생겼다 없어지거나 변하는 '역사적 갈래'가 아니라 '이론적 갈래'이다. 매체나 형식이 어떻든 순전히 사건을 서술한다는 특성만 가지고 이론 차원에서 구분한 상위의 갈래요 유형이라는 말이다. 그래서 앞에서와 같이 '갈래' 대신 따로 '양식'이라는 용어를 쓰기도 한다. 원소 철(Fe)이 철근이나 냄비 같은 쇠붙이만이 아니라 갖가지 사물에도 들어 있듯이, 이야기는 온갖 형태의 담화에 두루 사용되고 또 존재한다.

이야기의 이러한 보편성은 스토리텔링이 인간의 온갖 행위, 즉 이야기 작품의 창작은 물론 사회 활동 전반(사람끼리의 교제, 회사 경영, 언론 보도, 홍보 등)에서 두루 긴요하게 사용되는 데서 확인된다. 한마디로 스토리텔링은 '안 쓰이는 데가 없는' 담화 행위로서, 온갖 분야에서 정보와 경험을 모으고 결합하여 사건 중심으로 서술한다. 그래서 그것은 인간의 "소통을 조직화하고 포맷"함은 물론, "감정의 흐름을 유도할 수 있게끔 모든 믿음을 공유시키는 구속력 있는 집단 신화를 창출"[4]하기도 한다. 공동체의 역사, 정치 선전을 비롯한 각종 홍보물, 종교 경전의 내용 등을 떠올려 보면 알 수 있을 터이다.

　이야기와 그 활동의 영역이 이렇게 넓고 깊으므로 논의의 범위를 어느 정도 한정하지 않을 수 없다. 여기서는 '스토리텔링 경영', '스토리텔링 커뮤니케이션' 등으로 불리는 일상적 활동 분야는 일단 제외하고 창작 활동의 분야를, 이야기를 짓는 행위와 그 결과(작품) 중심으로 살필 것이다. 물론 거기에는 오늘날 흔히 '이야기(서사) 콘텐츠'로 불리는 문화 산업 혹은 '스토리 산업'의 산물도 포함된다.

　'이야기'나 '서사'라고 하면 전통적으로 허구적인 이야기인 '서사 문학'을 떠올리고, 그 중에서도 설화나 소설 위주로 생각한다. 언어 매체 이야기들이 오래되고 대표적이라 그런 경향이 생겼겠지만, 이는 문학 곧 언어예술을 위주로 한 좁은 의미의 이야기이다. 앞서 언급했듯이, 넓은 의미의 이야기는 문학을 포함한 담화 전체의 상위갈래로서, 문학의 범위를 뛰어넘으며 매체의 제한도 받지 않는다.

**이야기의 위상**

| | 이론적 갈래(양식) | | 역사적 갈래 |
|---|---|---|---|
| 담화 | 설명 | | |
| | 논증 | | |
| | 묘사 | | |
| | **이야기**(서사) | (문학적) | 설화, 소설, 동화 (스토리 있는) 시, 수필… |
| | | (비문학적) | 영화, 연극, 만화, TV 드라마… |
| | | | 역사, 전기, (스토리 있는) 신문기사… |

20세기 후반 디지털 혁명과 통신 기술의 발달은 전자매체의 시대를 열었다. 지금은 책, 컴퓨터, 휴대전화, 텔레비전 등 여러 매체를 통해 정보와 지식을 얻음은 물론, 우리 자신이 언어, 그림(형상, 색채), 빛, 소리, 몸짓 등 갖가지 매재(媒材)를 활용하여 의미를 표현하고 전달할 수 있는 다중매체(multimedia)* 시대이다. 한때는 각기 혁명적 매체였던 신문, 우편, 전화, 라디오, 카메라, 텔레비전, 컴퓨터 따위를 휴대전화가 모두 흡수해 버렸듯이, 오늘날 매체는 혁신과 통합을 거듭하며 앞으로 또 얼마나 인간의 인식과 소통 능력을 확장시킬지 예측하기 어렵다. (시청각 매체 가운데 '각(촉각)' 분야만 빈약한데, 이것도 곧 기술적으로 해결될 터이다.) 이러한 매체혁명 시대의 산물 혹은 내용물인 콘텐츠는 문학과 비문학, 예술과 실용, 작품과 상품, 또 그들의 창작과 생산 등의 경계를 허무는 동시에 새롭게 융합하고 있다. 온라인 동영상 서비스(OTT)가 장르를 뒤섞고 재생산하는 양상만 보아도 금세 알 수 있다. 부르는 말도 다양한 이 시대(정보화 시대, 콘텐츠 산업 시대,

---

* 책, 텔레비전, 컴퓨터, 인터넷 통신망 따위가 소통 수단이요 기술적 도구이자 시스템이라면 언어, 그림, 몸짓, 소리, 빛 등은 그것을 통해 소통되는 담화의 재료 혹은 질료이다. 전자를 '매체', 후자를 '매재'로 구별하여 일컬을 수 있다(최유찬,《문학과 게임의 상상력》, 서정시학, 2008, 425쪽 참고). 그런데 마셜 맥루한의 말처럼 미디어는 메시지이다. 매체와 내용, 도구 및 질료와 그들이 생성하고 전달하는 의미는 서로를 규정하고 변화시킨다. 게다가 전자 기술의 비약적 발달은 이들을 더욱 구별하기 어렵게 만들어 다중매체 시대를 열었다. 그러므로 대개 이들을 함께 '매체'로 싸잡아 부르는데, 어떤 경우에는 구별할 필요가 있다고 본다. 전자 기술이 끊임없이 매체를 융합하고 혁신하지만, 매재는 상대적으로 제한되어 있다. 여기서는 주로 '매체'를 쓰고 필요한 경우 '매재'도 사용한다.

융합의 시대, 뉴미디어 시대, 디지털 혁명 시대, 다중매체 시대 등)를 맞아, 인간의 기본 담화 양식의 하나인 이야기는 한층 더 그 중요성이 커지고 있다. 바야흐로 '스토리텔링의 시대'인 것이다.

따라서 이 시대의 스토리텔링에서 사용하는 용어인 '이야기'는 본래의 특성에 따라 개념의 폭을 넓게 잡는 게 적절하다고 본다. 만약 그러지 않고 입말로 하는 '옛이야기(민담)'나 허구적이고 글말 위주인 서사문학 중심으로 스토리텔링을 다룬다면, 무한히 증식하며 다양해지는 이야기 양식의 양상**을 효과적으로 포괄하기 어려울 터이다. 또한 연극, 영화, 오페라 같은 종합예술 작품의 창작은 물론, 겉으로 매우 달라 보이는 '이야기 콘텐츠' 산업들이 하는 일(다큐멘터리 창작, 이야기 게임 만들기, 교육영상물 개발, 테마파크의 설계, 이야기를 활용한 홍보 전략 수립 등)을 싸잡아 체계적으로 다루기도 어려울 터이다. 콘텐츠 산업이 고도화하고 가상현실(VR), 증강현실(AR), 인공지능(AI) 등 신기술이 더욱 발전되면서 이야기들이 융합되고 상호모방이 심해지는 바람에, 이미 '창작'의 창조성과 '작품'의 독자성까지 흐려지거나 개념이 달라지고 있다. 또 소통 활동에서 이미지, 소리(음악, 음성 등 포함) 등이 차지하는 비중이 커짐에 따라 기존의 글 문해력에 '영상 문해력(visual literacy)', 즉 이른바 영상언어를 가지고 시청각적으로 읽고 쓰는 능력이 아울러 중시되고 있다. 이런 현실에서 문자매체 중심, 문학 위주의 논의는 바람직하지 않다. 이야기의 개념을 본질에 맞도록

---

** 전자매체 시대의 스토리텔링이 이전 활자매체 중심 시대의 그것과 다른 점으로 흔히 동시성·상호성·개방성·비선형성 등이 지적된다.

넓게 잡아야 다양한 양상을 총체적이고 체계적으로 살필 수 있음은 물론, 그 근본적 특성과 의의에 충실하게 접근할 수 있을 것이다.

우리는 이야기 속에서 살기에 막상 이야기에 대해 잘 모른다. 앞에서 이야기란 '사건의 서술'이라고 하였는데, 이 정의는 '이야기의 대상, 이야기 행위, 이야기 행위의 결과'라는 세 가지를 모두 내포한다. 즉 사건과 그 주체를 다룬 내용, 그것을 어떤 매체와 형식으로 형상화하는 창작 행위, 그 결과 산출된 작품 등이 전부 '이야기'이다. 이야기를 달리 부르는 '서사(敍事)'라는 말의 한자를 눈여겨보면, 이 뜻매김이 압축되어 있음을 알 수 있다. 그런데도 여기서 '서사'가 아니라 '이야기'라는 용어를 주로 사용하는 이유는 '이야기책', '삼국 통일 이야기' 등에서와 같이 예전부터 그 말을 써온 데다 이미 학술 용어로 자리 잡아가고 있으며, '-하다'를 붙여 활용하면서 앞의 세 가지를 효과적으로 진술할 수 있기 때문이다.

## 나. 특성

ㄱ이 ㄴ에게 어제 자기가 겪거나 들은 일에 대해 입말로 이야기하는 장면을 떠올려 보자. 우리가 노상 접하는 이런 장면이 바로 이야기 행위, 곧 스토리텔링의 기본 상황이다. 이 상황은 이야기를 하는 자, 이야기 자체, 그것을 듣는 자, 이렇게 세 요소를 기본으로 이루어지는데, 이야기 자체에서 그 제재(題材)를 분리하여 넷으로 볼 수도 있다. 여기서 제재란 '그게 무엇에 관한 이야기냐?'라고 묻는 말에서의 '무

엇'에 해당되는 것으로, 이야기의 재료인 이야깃감이다. 그것은 구체적인 것일 수도 있고 추상적인 것일 수도 있는데, 이야기가 모방하고 표현하는 내용 혹은 대상으로서, 중심적 제재는 이야기의 초점에 해당한다.

요소들 가운데 '이야기를 하는 자(발화자)와 듣는 자(수화자)'는 매체와 장르에 따라 역할과 호칭이 나뉘고 바뀐다. '발화자'만 하더라도 작자, 프로듀서, 연출자, 서술자 등이 그 역할을 한다. 여기서는 번거로움을 피하여 그 용어의 짝을 '작자'와 '감상자'로 통일하여 부르기로 한다. 이런 호칭들이 보여주듯이, 스토리텔링의 기본 상황은 매체와 갈래에 따라 다양하게 그 정체와 형태가 바뀌기에 일단 그 기본형을 기억해 둘 필요가 있다.

스토리텔링의 기본 상황

제재

작자 ——— 이야기 ——— 감상자

---

• 제재란 "담화의 구상적·추상적 재료로서 주제를 형성하고 표현하는 것"이다(최시한, 〈'제재'에 대하여〉, 《시학과 언어학》 제20호, 시학과언어학회, 2011, 217쪽). 이야기의 의미 요소로, 구체적 '형상물'일 수도 있고 추상적 '의미의 초점'일 수도 있다. 주제가 문장 형태라면 제재는 단어나 구(句)로 표현됨이 적절하다. 한편 '사랑의 고통을 주제로 한 영화' 같은 표현에서 보듯이, 특히 중심적 제재를 가리킬 때 '제재'와 '주제'를 섞어 쓰는 예가 있으나 여기서는 구별한다. 주제에 대해서는 뒤에 다시 논의한다.

이야기는 크게 세 가지 특성을 지니고 있다.

첫째, 시간성이다.

이야기는 사물을 모방하고 재현한다. 인간의 모든 활동은 상황 속에서 이루어지는데, 이야기는 그런 삶의 상황 자체를 그려낸다. 이 야기가 '사건의 서술'이라고 할 때의 대상인 사건은 주로 인물이 일으키 거나 체험하는 의미 있는 '상황의 변화'[5]이다. 따라서 스토리텔링의 핵심은 상황이요 그 변화이다.

'상황'과 '변화'는 시공간에서 일어난다. 작은 사건이 결합되어 큰 사건을 이루므로, 이야기는 결국 사건 속 어떤 움직임과 변화의 연속 을 다룬다. 소설, 연극, 영화, 뮤지컬 같은 이야기 예술을 달리 '시간예 술'이라 부르는 까닭이 바로 여기에 있다. 이야기 예술은 인간이 살면 서 일반적으로 겪는 전형적 상황과 그것의 변화 혹은 해결 과정을 서 술함으로써 세계를 인식시키며 위안과 감동을 주어왔다.

여기서 유의할 점은, 이야기가 시간성을 지니고 있으므로 그것을 감상하는 일 또한 시간의 흐름 속에서 이루어지는 활동이요 과정이 라는 점이다. 이야기는 시간적 변화를 그려내는, 그래서 시간의 흐름 속에서 앎과 삶을 형성하고 체험하는 양식이다. 가령 감상자 앞에 놓 인 〈아홉 켤레의 구두로 남은 사내〉(윤흥길)라는 단편소설 '작품'은 하 나의 고정된 사물로 여겨지지만, 그에 그려진 주인공의 삶은 시간의 흐름 속에 놓여 있고, 그것을 감상자가 읽는 '현재의' 활동도 시시각 각 움직이고 변한다. 이렇게 어떤 시간 동안 일어난 의미 있는 변화에 감상자를 몰입·감동시키는 일, 스토리텔러는 그것을 책임져야 한다.

영화의 예를 한 가지 들어보자. 소설에서도 비슷한 기법이 사용되지만, 기술의 발달로 자연적 시간을 인공적으로 늘리거나 반복할 수 있게 됨에 따라, 영화는 극적인 장면을 고속 촬영하여 느린 모습으로 보여주거나 같은 장면을 여러 곳에서 반복하여 보여준다. 이는 실제 걸리는 시간, 즉 '서술된 시간'은 한 번뿐이고 제한되어 있지만, 그것을 '서술하는 시간(제시하는 데 걸리는, 그래서 그것의 감상에 소용되는 시간)'을 확장함으로써 감상자의 정서적 반응을 북돋우는, 이야기의 시간성을 활용한 '시간적 지속과 반복의 기법'이다.

사건이란 '상황의 변화'라고 하였다. 물론 그 상황 혹은 상태의 변화는 '의미 있는' 것이어야 한다. 그 '상황의 변화' 정도와 '의미 있음' 여부를 판단하는 기준은 일정하지 않고, 또 보는 이에 따라 다르다. 그렇기는 해도, 다음 예들은 어떤 사실이나 정적인 상태를 지시할 뿐 시간성이 약하기에 사건이라고 보기 어렵다. 그것은 각 문장의 서술어만 보아도 알 수 있다.

- 그는 외아들이다.
- 영희가 마시는 커피는 유난히 맛이 쓰다.
- 자동차의 바퀴는 주로 고무로 만들어져 있다.

이들과 달리, 다음은 어떤 시간 동안에 벌어진 동적인 것이기는 하지만 단순한 물리적 움직임이나 전이만을 기술한 것이다. 이들도 사건의 한 단위(화소)라고 볼 수는 있으나 사건이라고는 하기 어렵다.°

- 비가 내린다.
- 그는 자동차를 타고 병원으로 갔다.

이야기에는 앞의 예들과 같이 사실, 상태, 상황, 움직임 등 여러 가지가 내포되어 있다. 그것들은 사건 전개와 그 의미 형성에 직접적으로 관련된(동적인) 것도 있고, 부수적이며 간접적으로 관련된(정적인) 것도 있다. 또 주로 인물 내부에서 일어나는 것도 있고 외부에서 일어나는 것도 있다. 어떻든 이들이 결합되어 '처음상황 – 중간과정 – 끝상황'의 변화[**]를, 적어도 '처음상황 – 끝상황'의 상황 변화 과정을 인과성 있게 제시할 때 우리는 비로소 사건과 만나게 된다. 이것이 사건의 기본 형태이다.

사건은 무엇을, 어디서 어디까지를 처음과 끝으로 보느냐에 따라 규모가 작을 수도 있고 클 수도 있다. 또 작은 것들이 모이고 요약(추상화)되어 큰 것이 된다. 사건은 일단 삽화로 시야에 들어오지만 시간이 흐르고 삽화들이 뭉침에 따라 마디와 단계가 잡히고, 마침내 작품 전체를 지배하는 '상위 차원'의 사건을 상정하게 된다. 논리적으로 단

---

[*]　이런 것을 사건(event)의 하위단위나 사건 이전의 것으로 보지 않고 사건 자체로 보는 연구자도 있다. 사건의 개념 전반에 관한 이론적 논의는 《소설의 해석과 교육》(최시한, 문학과지성사, 2020), 86-101쪽을 참조하시오.

[**]　아리스토텔레스는 극(劇)의 전체를 3단계로 나누었다. 여기서는 작게는 한 사건에서 크게는 이야기 전체의 중심사건에 이르기까지 '상황의 변화'를 이 3단계로 기술하며 논의한다. 이상섭, 《아리스토텔레스의 《시학》 연구》, 문학과지성사, 2002, 49-50쪽 참고.

순화하여 가정할 때, 한 편의 완성된 이야기는 작은 사건들이 유기적으로 결합되고 그 의미와 구조가 층층이 피라미드처럼 쌓여 하나의 크고 지배적인 사건 곧 '중심사건'을 형성한다. 이렇게 볼 때, 한 이야기 텍스트에서 가장 간략한 줄거리 혹은 스토리에 해당하는 그 중심사건의 처음상황은 전체 이야기의 기본 상황이자 출발 상황에 해당할 것이다.

둘째, 인과성과 연속성이다.

이야기는 발화자가 수화자에게 보내는 의사소통의 매개체이다. 따라서 작든 크든 그 사건의 '부분'들이 인과적이고 연속되게 결합되어 통일된 구조와 맥락을 지닌 '전체'를 이루어야 소통이 원만히 이루어질 수 있다. 그러지 않으면 보편적 논리와 상식에 바탕을 둔 합리성과 '그럴듯함(사실성)'을 얻지 못하여 감동을 주기는커녕 무슨 소리인지 알 수 없게 된다.

연속성이란 이야기의 제재, 사건의 흐름 등이 지속되고 일관되는 성질을 가리킨다. 자기가 하고 싶은 말을 마구 쏟아놓고 보는 사람의 이야기처럼, 많은 일이 벌어지고 시간이 흐르기는 했으나 '지금 어떤 것에 관한 이야기가 전개되고 있다'는 일관된 초점 혹은 중심적 제재가 없으면, 감상자는 무엇에 어떤 변화가 일어나는지 줄거리를 간추릴 수 없다. 또 내용이 합리적 논리와 질서, 즉 '원인-결과'의 관계로 엮이지 못하면 횡설수설에 가까워진다. 작자가 아무리 열심히 서술했어도 이야기다운 질서와 가치를 느끼기 어려운 이야기가 되기 쉬운 것이다.

사건을 형성하는 상황의 변화는 일반적으로 인물이 결핍을 충족하려는 욕망이나 현실의 모순을 개선하려는 의지 때문에 발생한다. 그 결핍이나 모순으로 인한 난제 혹은 딜레마를 해결하는 과정, 곧 갈등의 과정에서 사건은 형성된다. 그 과정의 '처음-중간-끝'의 연속성과 인과성은 그것의 논리적 맥락과 초점을 유지할 때 얻어진다. 무엇이 갈등하며, 인물들은 왜 그리고 어떻게 그것을 해결하거나 해소하는가, 그것을 관통하는 논리와 의미는 얼마나 일관되고 합리적인가? 이러한 점들이 인과성과 연속성을 좌우한다. 이 특성들은 인간의 보편적 이성과 상식에 바탕을 두되, 특히 허구적 이야기의 경우 작품 특유의 '이야기 논리'와 그 관습에 따른다. 하지만 사건 주체(인물)의 행동이 항상 의도나 욕망에 따라 이루어지지는 않으므로 아이러니(irony)*를 내포하는 경우도 많다.

스토리텔러는 인과성과 대결할 운명이다. 그것과의 대결을 피하거나 하지 못하는 이는 자꾸 단락을 나누며 연속성마저 없는 이야기 파편들을 나열하는데, 그 결과는 흡사 칸이나 컷이 모래처럼 부스러지는 만화와 영화처럼 감상자를 미궁에서 헤매다 결국 떠나게 만들고 말 터이다.

앞의 첫째와 둘째 특성을 고려하여 이야기를 다시 정의할 수 있

---

다. 즉 이야기는 의미 있는 변화의 서술 또는 인과적으로 결합된 사건의 서술이다.

다음은 앞에서 든 예들을 확대시켜 다시 만들어본 사건의 예들이다.

① 그는 외아들이었다. 근무하는 카페는 커피 맛이 매우 쓴 편이었다. 친구가 허리가 아파 입원했다는 전화가 왔다.

② 그는 오늘 아침도 식사를 하지 않고 커피만 마셨다. 하루 종일 가을비가 내렸다. 저녁때 친구한테서 허리가 아파 입원했다는 전화가 왔다.

③ 그는 친구가 약속을 지키지 않아 그와 사이가 멀어져 있었다. 친구가 허리 수술을 받기 위해 입원했다는 말을 얼핏 들었는데, 그로부터 병원 찻집에서 커피나 한잔 마시자는 전화가 왔다. 그는 무슨 말로 대화를 시작할까 생각하며 병원으로 갔다.

어떤 행동이나 사실 따위가 나열되면, 우리는 무의식적으로 그것들을 하나의 사건이 되도록 뭉치고 연결하려 한다. 모자라는 게 있으면 상상해 넣어서라도 그럴듯하고 완결되게 만들고자 애쓴다. 이것이 '이야기하는 존재'의 본능이다. 그러나 ①은 사실이지만 외적·물리적 움직임은 있으나 내적으로 연속된 상황이 없다. 산만하여 횡설수설에 가까운 것이다. ②에는 어떤 분위기, 이미지 등이 시간의 흐름 속에 존재하지만, 그것들이 어떤 제재나 갈등 중심으로 연속되거나 인과적으로 엮여 있다고 할 수 없다. 통일성이 약하며 초점이 흐릿하여 무슨 이야기인지 종잡기 어렵다. 그에 비해 ③은 지속적인 갈등과 중심 제재가 붙잡히고 그것이 인과적으로 전개될 기미가 보여서 가장 사건의 서술답다고 볼 수 있다. 상황의 '처음-중간-끝'이 감지되는, 규모와 지속성 면에서 하나의 사건다운 연속체(sequence)가 형성된 것이다.

셋째, 형상성과 그 매체 및 형식의 다양성이다.

이야기가 사건의 서술이라고 할 때의 '서술'●은 스토리텔링 행위 및 그 산물로서, 이야기 감상자가 직접 대하는 것이다. 다음 절에서 다시 자세히 다루겠지만, 그것은 어떤 매체와 형식으로 삶의 모습을 모방하고 형상화(figuration)하는 행위 및 그 결과를 뜻한다. 결과물 위주로 보면, 사건은 언어, 움직임, 소리, 색채 등으로 이루어진 서술을 통해 감상자 앞에 제시된다. 그것은 추상적인 사건의 연쇄를 그려내는, 즉 어떤 의미를 지닌 구체적 사물이다. 가령 영화의 경우, 서술이란 스크린에 보이고 귀에 들리는 것으로서 (자연)언어와 함께 이미지를 비롯한 영상언어의 집합체인데, 그것을 통해 스토리가 형성되고 주제적 의미가 전달된다.

구체적인 모습 곧 형상으로 그려낸다는 이러한 특성 때문에 이야기는 첫째, 하나의 사건 혹은 스토리가 여러 이야기 텍스트로 재창작, 즉 다시 '서술'될 수 있다. 서술의 형식이나 매체를 바꾸면, 하나

---

● 이는 'discourse'와 통한다. 이 단어는 '담화', '담론', '이야기' 등의 여러 말로 번역되기도 한다.

의 스토리는 다른 작품으로 전용(轉用, ☞ 2장 1-가, 제3부 2장 1절)되어 다시 태어날 수 있는 것이다. 저작권 개념이 형성되지 않아 이야기의 주인이나 원전에 대한 의식이 약하던 시기에는 이야기끼리의 상호모방은 물론 이러한 전용이 빈번히 일어남으로써 이야기들끼리의 상호텍스트성이 커졌다. 한때 '원 소스 멀티유스(OSMU)'라고 부르기도 했던 이 재창작의 예로 페르시아의 실화 '투란도트 공주 이야기'를 들어보자. 답을 맞히는 사람과는 결혼을 하지만 그러지 못하면 목숨을 빼앗는다는 조건을 걸고 공주가 세 가지 수수께끼를 내놓은 상황에서, 칼리프 왕자가 곡절 끝에 결혼에 성공하는 이야기이다. 이 스토리는 오랜 세월 동안 세계 각지에서 언어는 물론 몸짓, 그림, 빛, 소리(음악) 등을 가지고 설화, 연극, 오페라, 영화 등 여러 이야기 텍스트로 재창작 혹은 재형상화되었고, 아울러 그 과정에서 갖가지 내용 변화도 일어났다.

둘째, 이야기는 그 의미 곧 주제, 메시지 등이 그 형상을 통해 간접적으로 표현·전달됨으로써 표층과 심층의 복합구조를 지니게 된다. 뒤(☞ 2장 1-다)에 다시 자세히 살피겠지만, 감상자의 눈에 감각되는 상황 변화 위주의 '표층적 스토리'와 텍스트의 의미를 낳는 갈등 위주의 '심층적 스토리'가 병존하게 되는 것이다. 물론 갈래에 따라 차이가 있으나, 작자는 사건의 표층적 형상이나 의미로써 어떤 사실, 욕망, 감정 따위를 전달하기도 하지만, 특히 표현적·예술적 이야기의 경우, 거기 머물지 않고 그들을 매개 삼아 제삼의 어떤 경험, 주제 등을 표현하고 비유하기도 한다. 예술적 이야기는 고도의 창조성과 함축성을 지니고 있어서 해석의 다양성을 낳는데, 그것은 이 형상적 특성에서 비롯된 것이다.

## 다. 형상화의 양상

이야기의 원재료가 되는 사물의 세계는 이야기 텍스트 밖에 본래부터 존재해 온 것으로 간주된다. 그러나 작자가 자신의 내적 동기에 따라 그것을 모방하여 지어낸 '이야기 자체의 세계', 즉 '스토리 세계'는 엄밀히 말하면 작자 자신도 완성되기 전에는 분명히 알지 못하는 무엇이다. 스토리텔러는 자신이 '창조'한 이 이야기 텍스트의 세계를 의미 있고 재미있게 그려내어 감상자한테 제시해야 한다. 그게 사실적이든 환상적이든, 현실과 닮은 '또 하나의 현실'로 완성하여 자기 손을 떠나서도 독자적으로 움직이게 하는 일, 그것이 스토리텔러가 해야 하는 '형상화' 작업이다.

작자가 여러 요소들을 결합하고 형상화하여 현실과 동일시되는 스토리 세계를 만들어내는 방법과 형식은 무한히 다양하다. 실제 일어난 사건을 사실적으로 다루는 논픽션이나 다큐멘터리 따위의 갈래는 현실을 단순히 '반영'하거나 '기록'만 하는 것처럼 여기기 쉬우나, 그 역시 창작이므로 거기서도 형상화와 재구성은 요구된다. 그 양상들을 자세히 살펴보면 이야기 세계의 모습에 더 구체적으로 다가갈 수 있다.

먼저 매체 측면에서 보자. 이야기를 서술하여 형상화하는 매체 혹은 '언어'는 추상적이냐 구체적이냐, 단일하냐 다중적이냐 등을 기준으로 분류할 수 있다. 일상에서 사용하는 언어(자연언어)만 매체로 삼는 소설이나 동화는 인물과 사건의 재현이 추상적·간접적으로 이루어진다. 언어는 기호이기에 감상자가 자기 '마음의 모니터'에 인물과 사건의 모습, 이미지 등을 재현하여 '상상의 눈'으로 보아야 하기 때문이다. 이에 비해 매체를 다중적·종합적으로 사용하는 연극이나 영화에서는 무대와 스크린에 시각화(visualization)하고 청각화하는, 보다 직접적·감각적 방식으로 형상화와 전달이 이루어진다. 이른바 '영상언어' 혹은 '이미지 언어'가 사용되는 것이다. 거기서는 인물의 심리처럼 보이지 않는 것까지도 움직임(행동), 소리(음악), 의상, 빛(소명) 따위의 매재를 또 하나의 언어(서술언어, ☞ 2장 2-가)로 사용하여 그려낸다. 특히 영화 같은 영상물은 시나리오를 바탕으로 감독이 카메라, 세트, 컴퓨터 등의 제작 도구를 사용하여 보다 감각적인 형태로 모습을 '조형'하여 보여준다. 영화 창작에서 시나리오 작자의 기여도가 소설 작자에 비해 낮은 것은 이 때문이다. 오늘날 소설이 퇴조하고 영화나 만화(웹툰)처럼 그림 혹은 영상 이미지를 사용하는 갈래가 더 환영받는 것도,* 상상적 재현이 필요한 언어매체 위주의 종이책에 감상자들이 부담을 느끼기 때문이다.

한편 매체를 떠나 형상화된 세계의 사실성 여부를 가지고 형상화의 양상을 살피기로 하자. 그러기 위해서는 먼저 앞서 제시한 스토리텔링의 기본 상황을 그 관련자와 존재 국면에 따라 보다 구체적으로 살펴볼 필요가 있다.[6] 이는 스토리텔링 행위 및 그 결과물의 맥락(context)**을 살핌에 있어 매우 중요하다.

---

* 소설의 문학성과 문제의식을 비교적 유지하면서 그림을 곁들인, 언어와 그림이 결합된 형태로 '그래픽 노블'이 있다. 그것도 그림책, 만화 등과 같은 혼합적 갈래이다.

외적(이야기 외부/행위의) 상황 — (작자, 감상자의) 사회·역사적 상황

— 개인적 상황

내적(이야기 내부의) 상황 — (작자, 서술자의) 서술상황

— (인물, 사건의) 스토리 상황 — (인물의) 내면 상황

— 외면 상황

　　앞에서 '외적 상황'은 스토리텔링을 인간관계 형성, 회사 경영, 정치 선전 등과 같은 현실적 목적을 달성하기 위해 활용할 때, 즉 그 '활동의 구체적 상황' 맥락을 살필 때 특히 주목하는 것이라 하였다. 하지만 여기서는 현실적인 스토리텔링 '전략'보다 그 결과물 혹은 작품 위주로 논의하고 있다. 그런 전제 아래 위의 표를 보자.

　　작자는 경험 세계에서, 어떤 목적과 의도 아래 현실을 모방하고 상상하여 이야기 텍스트 곧 스토리 세계를 그려낸다. 전자가 이야기의 외적 창작 상황이라면 후자는 창작된 이야기의 '내적 상황'이다. 갈래에 따라 이야기의 서술 속에 작자가 등장하는 경우도 있으므로 그는 텍스트의 내부와 외부의 상황 모두에서 발견될 수 있다.

　　이야기 내부에 형상화된 상황 곧 '스토리 상황'의 모습은 사실적(비허구적, 경험적)일 수도 있고 허구적(가상적)일 수도 있다. 그것이 외

---

●● 의사소통에 참여하는 이들이 공유하여, 이해의 바탕이 되는 사회문화적 의미나 배경. 이야기의 외적 상황과 보다 밀접하다.

적 상황에 존재하는(존재할 수 있는, 존재했던) 것일 수도 있고 그렇지 않을 수도 있다는 뜻이다. 그런데 전통적으로 사용해 온 '사실적/허구적'이라는 이 개념의 짝은, '사실적'이라는 말에 오해의 여지가 많고 다중매체 시대의 다양한 이야기 갈래들을 다루기에 적합하지 않은 면이 있다. 그래서 여기서는 허구성 유무보다 이야기 행위의 목적과 대상 위주로 갈래 체계를 다시 세우고(☞ 뒤의 '마. 갈래'), '사실적/허구적'의 구분이 내포된 '정보적/표현적'이라는 용어를 함께 쓰기로 한다.

역사, 수기, 다큐멘터리, 르포, 전기 같은 정보적 이야기는 외적 상황의 기록적 '재현'을 추구한다. 이는 표현적 이야기에 비해 형상화와 재구성의 정도가 약하며 추구하는 바도 다르다. 그것이 추구하는 바가 비교적 사회적·외적 의미라면 소설, 영화 같은 표현적 이야기는 보다 개인적·내적 재미이다.

표현적 이야기에 그려진 텍스트 '내적 상황'은 그 겉모습이 '외적 상황'을 모방한 것이든 그 경험 세계에서 일어날 수 없는 환상적인 것이든, 인간의 내면과 상상이 반영된 것으로 간주된다. 그러므로 그것은 일단 무엇을 표현하는 수단으로 변용된 것이며, 그에 따라 의사 전달의 간접성, 함축성이 커진다. '형상화'된 것들이 텍스트 외부의 무엇을 기록하거나 재현하기보다, 작자의 동기나 의도에 따라 독자적으로 어떤 제삼의 의미(주제), 메시지 등을 생성하는 질료 혹은 기호로 기능하는 까닭이다. 그래서 가령 표현적 이야기의 하나인 판타지에서 차원 이동을 위해 타임머신, 오래된 나무의 구멍, 기차 승강장의 건물 벽(《해리포터 이야기》), 캡슐(《아바타》) 등이 사용되는데, 이는 사실적 환상을 만들기 위한 장치일 따름이므로 실제 존재 여부를 따지지 않는다. 여기서 유의할 것은 '정보적/표현적'은 형상화와 재구성의 특성, 목적을 비교한 것이지 형상화의 정도를 문제 삼거나 그에 따라 텍스트를 평가하려는 것이 아니라는 점이다.

요컨대 이야기에 형상화된 세계는 사람의 내면과 외면 현실을 모방한, 인위적으로 구성된 세계이다. 겉모습이 사실적이든 환상적이든, 또 작자가 사실의 기록이라고 하든 애초부터 꾸며낸 허구라고 하든 간에 모두 그럴듯함, 즉 사실성(reality)을 추구한다. 작자는 그렇게 사건이 잘 형상화되고 앎과 생각, 감각과 지향을 구현하는 의미 있고 재미있는 하나의 통일된 구조가 이루어지도록 요소들을 조직한다.

이렇게 이야기에는 인간이 경험하는 온갖 상황에서의 감정과 생각이, 실재하는 것만이 아니라 상상하는 것까지 종합적으로 담긴다. 인간의 외면 및 내면과 '근사(近似)한' 세계가 펼쳐져 경험과 감정을 불러일으키고 또 창조하는 것이다. 누구나 이야기를 좋아하고 또 쉽게 하는 것은 이야기의 이런 모방적이고 상상적인 특성 때문이다.


라. 구조와 감상


앞에서 살핀 바를 종합하고, 한 걸음 나아가 이야기 자체의 구조와 그 감상 과정에서 일어나는 현상을 살펴보자.

우선 이야기는 기본적으로 두 세계의 생산물이요 상호작용체라 할 수 있다. 이야기가 모방한 세계(텍스트 외부의 경험 세계)와 이야기에 모방된 세계(텍스트 내부에 형상화되었거나 그것이 불러일으키는 세계)

가 그것이다. 전자를 지배하는 것이 자연적(물리적) 시간이라면 후자를 지배하는 것은 인공적(주관적, 인간적) 시간 질서이다. 이야기 세계는 경험 세계를 자료로 '창작'되는 한편, 경험 세계 속에 존재하면서 특유의 기능을 한다. 표현적·허구적 이야기의 경우, 이야기된 세계는 경험 세계의 모습과 질서에서 자유롭다.

한편 형상을 통해 의미를 형성하고 전달하는 특성 때문에 이야기에는 크게 두 측면이 융합되어 있다. 감상자는 감상 과정에서 이야기의 '겉모습'과 그 '속뜻'을 구분하는 동시에 서로 관련지어 해석한다. 예를 들어 영화 〈기생충〉(봉준호)을 감상할 때, 감상자는 가난한 가족이 벌이는 일종의 사기 행각을 보면서, 그것이 어떤 의미를 띠고 있는지, 어째 감동을 주며 제목은 왜 '기생충'인지 따위를 느끼고 생각한다. 이를 볼 때, 감상자 앞에 제시되는 세계에는 '(표층적) 형상 측면'과 함께 그 형상을 통해 제시되는, 그들을 인과적이고 뜻깊게 만드는 '(심층적) 의미 측면'이 있다. 한 이야기를 압축한 '중심사건'은 사건의 표층적 형상 측면과 심층적 의미 측면이 융합된 것으로서, 둘 사이의 어느 차원에서 파악 혹은 설정된다.

하나의 기호가 기표(시니피앙)와 기의(시니피에)의 결합체이듯, 이야기는 이 둘의 결합체이다. 여기서 일반 기호에서 둘의 결합이 임의적인 것과 같이, 이 형상과 의미의 결합 역시 임의적일 수 있음을 짐작할 수 있다. 하나의 의미(주제, 메시지)가 여러 형상으로 그려질 수도 있고, 그 반대도 가능하다는 말인데, 결국 '형상'은 의미 표현을 위한 매개체인 셈이다. 엄밀히 말하면, 이야기에서 형상화란 바로 그 의미를 어떤 매체를 가지고 사건으로 구체화하는 행위이다.

[그림 1]

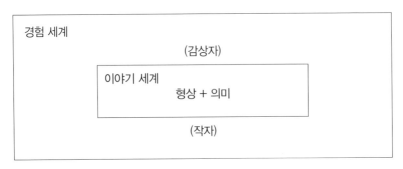

그런데 이야기의 갈래를 정보적·사실적인 것과 표현적·허구적인 것으로 나눌 때, 전자는 그 서술이 일차적으로 지시적 기능을 추구한다. 그래서 두 차원의 구분이 별 의미가 없을 정도로, 가령 영상 다큐멘터리의 어느 장면은 형상 자체가 경험 세계의 사물을 그대로 지시하고 직접 의미를 전달하는 것처럼 보인다. 하지만 앞에 언급했듯이, 그런 갈래에서도 경험 세계의 대상 사물과 그것을 재현한 이야기 세계의 그것은 구별된다. 이야기에 서술된 스토리는, 동일 사건에 대한 역사가들의 서술이 서로 다를 수 있듯이 작자 나름의 의도, 관점 등에 따라 대상과 표현을 선택하고 의미 부여하여 창조한 것이다. 표현적 이야기와 양상은 다르지만, 정보적 이야기에도 형상화와 재구성이 이루어지며, 따라서 두 차원은 구별되는 것이다.

이야기에는 항상 상상적 혹은 허구적인 것과 사실적인 것이 공존하기에 역사+소설, 리얼리티+드라마 같은 독특한 장르가 있다. 그에 따라 허구성이 강한 이야기의 가치를 의심하는 주장이 항상 있어왔다. '꾸며낸 형상'이니까 그 의미는 거짓이요 가치가 없다는 것이다.

하지만 이는 이야기의 구조적 특성과 그 감상 과정에서 일어나는 현상에 대해 이해가 부족하거나 생각이 달라서 하는 말이다.

형상의 모습 및 사건이 실제 현실(경험 세계)과 매우 닮지 않은 환상적 이야기의 경우를 예로 들어 살펴보자. 마법과 마녀가 등장해야만 '판타지'가 아니다. 장편동화 《마당을 나온 암탉》(황선미)에는 닭과 청둥오리가 살아가는 모습이 그려진다. 그들이 사람 비슷하세 하는 겉 행동은 현실적으로 있을 수 없는 환상이지만, 그 표층적 형상을 통해 환기되는 심층적 의미('마당에서 쫓겨난' 존재가 삶의 보람을 찾아 분투하는 주제적 진실)는 사실적이다. 이 이야기의 표층적 형상들은 현실에서 있을 수 없는 것이지만, 감상자의 지식이나 경험 등을 불러일으켜 감동적이고 진실된 체험을 하게 해주므로 '사실적' 가치가 있다. 이렇게 볼 때 이야기에서 '사실성'이란 형상의 외적 유사성에 의해서만 결정되지 않는, 참으로 미묘하고 복합적인 것이다.

요컨대 이야기는 굳이 현실의 겉모습을 그대로 재현 혹은 모방하지 않아도 사실성과 진실성을 지닐 수 있다. 작자는 경험 세계와 이야기 세계를 일치시키고자, 다시 말해 현실을 진실되게 그려내고자 노력하는데, 그것의 '리얼리티'는 표층의 형상 차원보다 심층의 의미 차원의 문제이다. 각 이야기 특유의 구조가 지닌 의미 맥락 혹은 '이야기 논리'에 따라 형상의 '그럴듯함'이 결정되기 때문이다. 아무리 경험 세계를 생생하게 묘사했다 하더라도 주제적 의미 맥락이 빈약하거나 허술하면 진실성이 떨어지고 감동 또한 주지 못한다.

따라서 스토리텔러는 이야기꾼인 동시에 사색가일 필요가 있다. 물론 갈래에 따라 차이가 있지만, 이야기는 일반 언어기호로 건축한, 또 하나의 논리(문법)를 지닌 '2차 기호체계'이다. 그러므로 현실의 형상을 재현하는 '말솜씨'나 표현 기교도 중요하지만, 그것만으로 가치 있고 감동적인 이야기를 창조하기는 어렵다.

이제까지 살핀 바를 스토리 중심으로 간추려보자. 카메라로 재현되었든 언어로 묘사되었든, 또 육안을 사용하든 '상상의 눈'을 사용하든, 감상자는 이야기에 서술된 여러 형상들을 보면서 나름대로 의미 해석과 종합을 하여 심층의 어떤 연속되고 일관된 '줄거리'를 간추리고 형성한다. 주로 '주어(인물)+동사(행동)'의 연쇄로 이루어진 이 핵심적 상황 변화와 그 의미가 요약된 사건의 연쇄가 스토리이다. 이야기를 이야기답게 하는 특성, 즉 이야기성(서사성)의 핵심은 이 스토리가 있다는 점이다. 한마디로 스토리가 있는 것이 이야기인 셈이다.

1    다음 중 가장 사건에 가까운 것이 내포되어 있는 항은?

    ① 수진은 언덕배기에 살았다. 지붕이 파란 2층 벽돌집이었다.

    ② 우리는 돈이 없었다. 별로 왕래가 없는 작은아버지는 재산이
       많았다.

    ③ 그는 회사를 열심히 다녔다. 사장과 맞지 않아 할 수 없이 그만
       두었다.

    ④ 전부터 영철은 철수가 못마땅했다. 최근 들어 부쩍 그런 때가
       많았다.

2    뮤직비디오 가운데 어느 것은 '이야기'에 속한다. 어떤 것인가?

3    어떤 이야기의 전체 사건을 요약하여 최대한 단순화한 것, 즉 그 핵심적 변화를 간추린 것을 '중심사건'이라고 하였다. 이야기를 짓거나 해석할 때 그것은 매우 중요한데, 사건의 형상 측면과 의미 측면이 융합된 것이기 때문이다. 그것을 어떻게 파악 혹은 설정하느냐에 따라 겉의 '형상(모습)'은 물론 속의 '의미'의 초점과 맥락이 달라진다.

    단편소설 〈소나기〉(황순원)는 영화, 만화 등으로 재창작되었고, 앞으로 얼마든지 더 그럴 수 있다. 이때 중심사건은 별로 변하지 않은 채 옮겨 다닐 수 있는데, 그것을 무엇으로 보느냐에 따라 원

전의 재창작 방향이나 초점이 달라진다.

3-1 〈소나기〉의 중심사건을 최대한 간추린 말로 다음 중 가장 적절한 것을 고르시오.

① 소년이 어리다 → 성숙한다
② 소녀가 살고자 한다 → 죽는다
③ 소년과 소녀가 가까워진다 → 헤어진다
④ 소년과 소녀가 상대에 대해 모른다 → 안다

3-2 앞에서 답을 고르기는 했지만 불만스러운 점이 있을 수 있다. 그렇다면 자신의 해석을 바탕으로 나름대로 적어보시오. 그리고 그것을 다른 사람의 것과 비교하면서 어느 것이 '작품의 겉 형상과 속 의미'에 비추어 더 적절하며 전체의 중심사건다운지 판단해 보시오.

4 영화, 텔레비전 드라마 같은 영상물의 창작 및 제작에서는 '시놉시스(synopsis)' 혹은 '개요(outline)'라는 것이 쓰인다. 대본이나 기획안 앞에 반드시 별도로 그것들을 적기도 한다.

4-1 이것의 핵심은 대개 무엇으로 이루어져 있는가? 한 단어로 답하시오.

**4-2** 소설에는 그런 것을 쓰지 않는데, 왜 영상물에는 쓰는 것일까?

> 길잡이  두 장르의 매체와 창작 과정의 차이를 고려한다.

**4-3** 시놉시스, 개요, 기획안 등만 가지고 완성된 대본, 나아가 대본을 가지고 제작하게 될 작품의 내용을 충분히 알고 또 가늠할 수 있다고 보는가, 없다고 보는가? 그 까닭은? '형상'이라는 말을 되도록 사용하여 답하시오.

> 길잡이  이야기의 두 측면을 고려한다.

① 있다(　　) / 없다(　　)

② 그렇게 보는 까닭은?

**5** 옛이야기(민담)의 서술은 대개 '그래서 ~ , 그래서 ~ '로 이어진다. 이는 이야기의 특성들 가운데 주로 무엇에서 비롯된 것인가? 한 단어로 답하시오.

**6** 벽돌을 쌓아 점수를 얻는 컴퓨터 게임이 있다고 하자. 이는 '이야기'에 속한다고 하기 어렵다. 이것을 '이야기 게임'으로 만들려면 벽돌 쌓기(라는 행위, 그 결과 얻은 점수)가 어떻게 사용돼야 할까? 다시 말하면, 그것이 무엇의 수단 역할을 하도록 프로그램을 짜야 할까?

**7** 인간이 만든 것 가운데는 인간을 닮은 게 많다. 컴퓨터도 그 중 하

나라고 볼 수 있다. 컴퓨터의 본체가 인간의 두뇌를 닮았고, 자판이나 마우스가 눈, 입, 손 등을 닮았다면, 모니터는 무엇을 닮았다고 할 수 있는가?

길잡이　사람이 소설을 읽을 때를 상상해 본다.

8　　'영상 다큐멘터리'에는 대개 '내레이터'라고 부르는 화자가 있다. 다음은 '한국 고등학생에게 공부란 무엇인가?'라는 영상 다큐멘터리의 동영상 화면 일부를 묘사한 것이다. 물음에 답하시오.

---
### 화면의 모습

　어둠이 깔릴 무렵, 교문 앞에 학원 버스들이 빼곡히 대기하고 있다. 교문을 나서는 학생들이 무거운 배낭을 멘 채 분주히 그 버스에 오른다. 붐비는 퇴근 무렵의 도로를 서둘러 파고드는 버스 안에서, 학생들이 도시락을 배급받아 서둘러 먹는다. 카메라가 그 학원 버스 옆면에 적힌 '자기 주도 학습으로 SKY를 정복하자'라는 선전 문구를 훑는다.

---

8-1　영상 다큐멘터리에서 내레이터의 '말(자연언어)'로 하는 내레이션은 스크린의 '영상언어(이미지 및 소리)'와 보완 관계에 있다. 앞의 영상에 깔리는, '현실의 이면을 폭로하는 내레이터의 비판적 서술'을 세 문장 내외로 지어보시오. (단, 반드시 제목에 어울리는 삼인칭 서술로 지을 것)

8-2 이 영상 다큐멘터리가 텔레비전에서 방영되었다고 하자. 앞에서 자기가 지은 내레이터의 말을, 시청자는 궁극적으로 누구의 말로 간주하겠는가? 또 그것은 소설의 경우와 어떤 차이가 있는가?

9 자기가 과거에 타인과 벌였던 다툼(갈등) 사건을 하나 택하여, 그 '상황의 전개 과정'에서 유독 기억에 남는 '순간' 혹은 '장면' 하나 를 택하시오.

9-1 그것은 다툼 전체의 시간적 전개 과정(처음상황 - 중간과정 - 끝상황) 가운데 대강 어느 때의 것인가?

9-2 '지금' 생각해 볼 때, 하필이면 그 장면이 자기한테 유독 기억에 남는 이유는 무엇일까? 그 사건이 일어난 원인 - 결과의 맥락에서 그 '내적 동기'나 이유를 1~2문장으로 적으시오.

## 마. 갈래

이제까지 알게 모르게 이야기의 갈래(장르)에 대한 언급을 자주 해왔다. 여기서는 그것을 정리하는 한편 더 심화하여 보자.

갈래는 어떤 원리로 대상을 분류한 것이다. 이야기 갈래의 분류는 스토리텔링의 이론적 체계를 마련하기 위해 긴요하다. 그것의 원리가 스토리텔링의 방법과 방향을 제시해 주는 까닭이다.

갈래는 단순한 형식의 문제가 아니다. 그것은 생물계의 분류표에 나오는 유(類)와 종(種)처럼 오랜 시간에 걸쳐 본성과 환경에 따라 형성된 형태요 유형이다. 그것은 개체의 특성에 꼴을 부여하는 범주인 동시에 그 특성 자체를 생성한다. 그러므로 어떤 소설을 영화 시나리오로 각색하는 경우처럼, 같은 스토리라도 갈래가 다르면 그 내용과 서술 형태에 변화가 생기게 된다. 한때 한국에서 '원 소스 멀티유스(OSMU)'라고 하여 하나의 스토리로 여러 갈래 이야기를 창출하는 일에 관심이 많았는데, 각 갈래의 특성에 대한 이해가 부족하면 바람직한 결과를 얻기 어렵다.

같은 이야기라도 소설과 영화가 다르고, 같은 소설이라도 추리소설과 애정소설의 관습이 다르다. 어떤 이야기가 해당 갈래의 관습에 따르지 않을 때, 작품은 그럴듯함을 얻기 어렵고 감상자와의 소통도 힘들어진다. 회화의 도상(圖像, icon)이 그렇듯이, 이야기 갈래의 관습은 일반 언어 위에 구축된 또 하나의 언어요 의사소통 문법인 까닭이다. 특히 표현(예술)적 이야기의 '미적 관습'이 그렇다. 창조적인 작품은 종종 갈래의 특성과 관습을 혁신하지만, 혁신을 위해서라도 작자는 먼저 자기가 택한 갈래의 관습을 알고 익힐 필요가 있다. 갈래에 대한 이해는 '이야기 능력'의 기본이다.

분류, 즉 갈래 나누기는 특성을 파악하는 방법으로도 두루 활용된다. 그런데 어떤 분류이든 그 기준은 절대적인 게 아니다. 그것은 비슷한 부류 혹은 계열의 공통적 특성일 뿐이므로 각 작품의 특성이나 개성을 전부 규정하거나 드러내지 못한다. 바꿔 말하면, "텍스트가 장르들의 특징을 지닐 뿐이지, 그에 속한다고는 말할 수 없다. 이는 텍스트가 특정 장르의 지배적 특성을 지닐 때가 많더라도, 각 텍스트는 하나 이상의 장르에 포함될 수 있음을 시사한다."[7]

따라서 갈래 나누기는 창조 분야에서 별 도움이 안 되는 일처럼 여겨지기도 한다. 존재는 이론에 앞선다. 논리는 창조를 뒤따라갈 따름이다. 생텍쥐페리의 《어린 왕자》를 무엇으로 갈래지을 것인가? 그것을 동화, 소설, 우화, 판타지, 심지어 '어른을 위한 동화' 따위로 갈래를 짓는 일이, 과연 그런 걸작을 창작하고 감상하는 데 얼마나 도움을 줄까? 이런 물음은 이야기를 감상하고 해석하는 데 머물지 않고 창작을 하려는 우리에게 의미심장하다. 갈래 나누기는 분명 필요하지만, 창작을 할 때는 지으려는 작품을 틀에 넣어 질식시키는 쪽으로 가지 말고, 그것을 이야기의 발상과 전개에 창조적으로 활용하는 자세가 요구된다. 자신이 어떤 갈래의 이야기를 짓고 있는가를 염두에 두면서, 제재를 다루고 형상화할 방법을 궁리하는 데 그 특성과 관습을 활용해야지 그에 갇혀서는 곤란하다는 말이다.

이야기는 담화의 이론적 갈래 중 하나라고 하였다. 갈래에는 이론적 갈래와 함께 역사적(경험적) 갈래가 있다. 이야기는 판소리, 영웅소설, 필름 누아르(film noir), 전기(傳記) 등과 같이 실제로 어느 때 존재했거나 하고 있어서 경험의 대상이 된 갈래, 즉 역사적 갈래와 나란히 놓이는 게 아니라 이들을 초월하여 그 위에 놓인 상위갈래이다. 어떤 겉모습을 띠고 있든 간에, 이론적으로 스토리를 내포하기만 하면 모두 이야기에 해당한다. 따라서 이야기의 범위는 엄청나게 넓으며, 그것을 역사적 갈래와 구별하기 위하여 '양식'이라 일컫기도 한다.

우리는 이야기의 바다 속에서 산다. 이야기는 도처에 널려 있기에 이야깃감을 찾기 어렵다고 한다면, 이야기가 무엇인지 잘 모르거나 '이야기다운 것'을 현실에서 찾아내고 구성해 내는 데 미숙하다고 할 수 있다. 우리는 대개 소설은 대표적인 이야기이고 시는 이와 거리가 멀다고 알고 있다. 하지만 시 가운데도 스토리가 있는 시(서사시)가 있는데, 이것은 시이면서 이야기에 속한다. 이와 비슷하게 광고나 뮤직비디오가 항상 이야기는 아니지만, 거기 스토리가 내포되어 있으면 이야기에 속한다. 갖가지 실력 겨루기(서바이벌 오디션) 프로그램을 '어느 스타의 탄생 이야기'가 되도록 진행한다면, 그 역시 이야기라고 볼 수 있을 것이다. 한마디로 내용은 물론 취하고 있는 매체나 형식이 어떠하든, 스토리라는 이야기적 특성만 지니고 있으면 무엇이든 이야기 나라의 백성일 수 있는 셈이다.

이를 바탕으로 상상해 보면, '이야기 나라'는 역사적 갈래와 형식을 넘어선 추상적인 어느 곳이다. 거기 존재하는 것은, 겉모습이야 어떻든 스토리가 있거나 스토리를 이루는 것들이다. 갖가지 정보, 삽화,

제재 등이 결합하여 하나의 이야기를 이루기도 하고, 한 이야기의 스토리가 다른 형태의 이야기로 옮겨져 재창작되기도 한다. 이러한 현상은 뒤에 '전용(轉用)'이라 부르면서 자세히 다룰 것이다. (☞ 2장 1-가)

앞서 언급했듯이, 이야기의 범주에 드는 것들은 흔히 형상화된 세계의 허구성 여부에 따라 '허구적인 것/비허구적인 것', 문학성 여부에 따라 '문학적인 것/비문학적인 것', '예술적인 것/실용적인 것' 등으로 나누어왔다. 이야기를 역사적으로 살펴볼 때, 그 어머니가 설화(신화, 전설, 민담 등)라면 아버지는 역사이다. 이는 'story'가 'history'와 밀접한 말이라는 데서 짐작할 수 있다. 설화가 기원을 확실히 알 수 없는 '옛날 옛적'으로 시작하는 허구적 이야기인 데 반하여, 역사는 특정한 때에 실제 일어난 이야기요 '사실의 기록'을 추구한다. 그리고 역사의 스토리텔러는 그 창작주체인 역사가이지만, 설화의 창작주체는 알 수 없고, 서술하는 주체인 구연자 혹은 서술자가 스토리텔러 역할을 한다. 역사와 설화는 이런 점이 다르나, 하여간 모두 스토리가 있으니 이야기이다. 소설이나 영화가 흔히 그들로부터 스토리를 취하며, 감상자가 종종 역사와 역사소설이나 역사 드라마를 혼동하는 것은, 이들이 모두 '이미 있는 이야기'를 바탕 삼기 때문이다.

한편 이야기는 매재나 매체의 변화·발전에 따라 역사적으로 여러 가지가 존재해 왔다. 스토리텔링의 가장 원초적인 매재는 입말과 몸짓이다. 인류가 동굴에서 살며 밤늦도록 누군가가 겪은 사냥 이야기에 취하던 구술(口述) 시대에는 입말로 하는 옛이야기 곧 구비설화가 중심 갈래였다. 이것이 점차 세련되고 다른 매체의 도움을 받아 발달하면서 서사시, 연극, 역사 등이 되었다. 문자가 발명되고 인쇄 기술이 발달하여 책이 주된 매체가 됨에 따라 이야기는 집단의 전승물이기보다 개인의 창작물이 되어 훨씬 정교해지고 잘 보존되며 널리 퍼졌는데, 이 시기에 발달한 허구적 이야기가 바로 소설이다. 디지털 혁명이 일으킨 '뉴미디어 시대'인 오늘날, 이야기는 온갖 매체와 기술을 복합적으로 사용하여 문화 전반에 다양하고 광범위하게, 의식적으로 활용된다. 휴대전화가 책과 신문을 대신하고 기행문을 쓰는 대신 사진과 동영상을 저장해 두는 시대에, 이야기의 갈래는 무한히 변하고 또 다양해져 가고 있다.

따라서 다중매체 시대 이야기의 하위갈래 분류는 새롭게 할 필요가 있다. 무엇을 어떤 목적으로 그려내느냐에 따라 달라지므로 이야기 행위의 목적과 모방 대상을 고려하여 하나의 '이론적' 좌표축을 설정해 보자.[8]

**[그림 2] 이야기의 갈래 좌표**

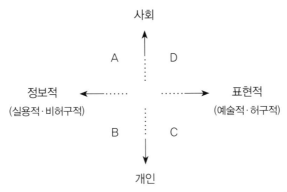

화살표: 지향하는 방향
가로축: (이야기 행위의) 목적
세로축: (이야기의) 대상

위에서 '정보적', '표현적'은 각각 이야기 행위의 목적이 외면적 정보의 전달 추구, 내면적 진실의 표현 추구를 나타낸 것이다. 정보적 갈래는 정보와 지식의 전달, 상대 설득, 상호 소통 등에 쓰이며 사실성, 객관성이 생명이다. 이에 비해 표현적 갈래는 기본적으로 실용적 쓰임에서 자유로우며 공감과 상상을 통해 주관적·예술적인 것을 추구한다. 그래서 서술이 전자는 의미를 시시적·직접적으로 전달한다면, 후자는 형상적·간접적으로 그려낸다. 그에 따라 이야기가 지닌 가치들 가운데 전자가 주로 인식적·효용적 가치를 지향함에 비해 후자는 주로 정서적·미적 가치를 지향한다(☞ 3장 4절). 앞서 언급한 '실용적/예술적', '비허구적/허구적' 등의 전통적 구별은 이와 같지 않다. 하지만 좌표의 가로축에는 그러한 구별들이 내포되므로 필요할 경우에는 '정보적·비허구적', '표현적·허구적' 따위와 같이 용어를 병기하고자 한다.

한편 '사회'와 '개인'은 이야기의 대상 혹은 제재를 크게 사회 집단 중심적인 것과 그 구성단위로서의 개인 중심적인 것을 구별한 것이다.

[그림 2]는 갖가지 '역사적' 이야기 작품을 나누어 넣는 칸이라기보다 특정 갈래나 작품의 특성들을 기술하는 데 이용하기 위한 '이론적' 좌표이다. 가령 '정보(적) 이야기'란 좌표의 왼쪽에 끌리는 특성을 지녔다는 뜻이요, '표현(적) 이야기'란 오른쪽에 끌리는 특성을 지녔다는 뜻이다. 영화에는 정보성이 강한 것(다큐멘터리 영화)이 있는 한편 표현성이 강한 것이 있고, 다시 후자 안에서 왼쪽에 끌리는 사실적 영화와 오른쪽에 끌리는 이른바 예술영화가 있다. 하지만 보다 쉽게

풀이하기 위해 역사적 갈래들 중에서 좌표의 네 구획의 대표적인 것을 하나씩만 예로 들어보면, 역사(A), 자서전(B), 심리소설(C), 사회극(D) 등이다.

앞의 축에서 '정보–표현'의 기준을 가져오고 다시 매체별로 나누어 대표적인 역사적 갈래들을 배치하여 보면 다음 쪽의 표와 같다.

이 분류를 보면, 새삼 이야기의 다양함과 중요함에 놀라게 된다. 연극, 영화, 오페라 같은 대부분의 공연예술이 이야기에 속한다. 여기서 이야기가 문화의 핵심이자 '예술의 핵심'[9]임이 확인되며, 이들 모두 스토리텔링의 산물임을 알 수 있다.

그리고 당연하게도, 이야기의 갈래가 스토리보다 주로 서술의 매체와 형식에 따라 나뉘어왔다는 점, 따라서 그에 대한 이해가 충분하지 않으면 이야기를 창작하고 감상하는 데 지장을 받게 됨도 알 수 있다. 우리가 짓는 이야기는 항상 무엇을 매체로 삼은 어떤 갈래의 이야기이기에, 기술자가 도구를 사용할 줄 알아야 하듯이 매체와 갈래의 특성이나 관습에 관해 앎은 물론 그것들을 세련되게 활용할 수 있어야 한다. 자기의 열정이나 체험, 글감의 가치 등만 앞세워서는 수준 높은 작품을 서술하고 형상화하기 어렵다. 예를 들어 매체로 언어를 주로 사용하지 않는 영화나 텔레비전 드라마는 스토리와 의미를 주로 말로 '들려주기(telling)'가 아니라 형상화하여 '보여주기(showing)'로 전달한다. 그러므로 대본 작가는 소설에서 서술자가 지문(바탕 서술)을 통해 알려주는 것을 감독이 스크린에 그려낼 수 있도록 대사를 포함한 인물의 행동, 사물의 이미지 등에 집중해야 한다.

이야기를 흔히 대중적·상업적 이야기와 본격적·예술적 이야기

## [표 1] 이야기의 (역사적) 갈래

| | | 매체 | 역사적 갈래 |
|---|---|---|---|
| 이야기 | 표현적 | – 언어 | – (서정문학) 서사시<br>(서사문학) **소설**, 동화, 설화<br>(극문학) **대본**(희곡, TV 드라마, 시나리오)<br>(교술문학) 이야기 수필, 기행문 |
| | | – 언어+그림 | – **그림책, 만화**(웹툰 포함) 등 |
| | | – 언어+소리(음악) | – 라디오 방송극,<br>(스토리 있는) 노래 |
| | | – 몸짓+소리 | – 무언극(팬터마임) |
| | | – 언어+몸짓+소리 | – 판소리, 탈춤 |
| | | – 언어+몸짓+소리+그림 등 | – **연극**, 오페라, 뮤지컬, 무용극 |
| | | – 위의 것들+카메라+컴퓨터 등 | – **영화, TV 드라마**, (스토리 있는) 디지털 게임, 뮤직비디오 |
| | 정보적 | – 언어 | – **역사**, 전기, **논픽션**, 수기, 르포, 사건 기사, 역사문화 이야기 |
| | | – 언어+몸짓 | – (스토리 있는) 대화, 연설 |
| | | – 언어+몸짓+소리+그림+카메라+컴퓨터 등 | – **영상 다큐멘터리**, (스토리 있는) 영상 광고, 시청각 교재 |

로 나누는데, 앞의 분류를 바탕으로 더 생각해 보면, 매체나 형식, 표면적 형상 따위로는 그런 질적 구별을 하기 어려움을 알 수 있다. 이야기의 수준이라든가 경향은 갈래나 제재가 무엇이든 결국은 그것을 활용하는 작자의 태도, 가치의식, 교양 등과 기법적 세련에 의해 좌우된다.

앞의 분류들은 이야기를 창작하는 데 많은 도움을 준다. 자기가 지으려는 이야기가 어떤 특성을 지니고 있는가, 도움을 얻으려면 가깝거나 먼 어떤 갈래들을 참고하면 좋은가, 또 무엇에 관심을 집중해야 자기가 하려는 작업을 더 잘할 수 있는가 등에 대해 알려면 앞의 분류표를 참고하는 게 좋다. 지금 우리는 한 이야기가 부단히 문학/비문학, A장르/B장르, ㄱ매체/ㄴ매체 등의 경계를 뛰어넘고 또 융합하는 시대에 살고 있기 때문이다.

1    흔히 '서사적 수필'이라고 부르는 것은 수필 가운데 어떤 수필을 가리키는가?

2-1    희곡은 문학이지만 연극은 문학이 아니다. 왜 그런가?

2-2    그러나 희곡과 연극은 모두 이야기에 속한다. 왜 그런가?

3    소설의 경우, 글을 쓴 사람이 작자이다. 그와 달리 영화에서는 대본(시나리오)을 쓴 사람보다 감독이 작자 대접을 받는다. 왜 그러는 것일까?

    ( 길잡이 ) 영화 '창작'에서 대본이 차지하는 비중과 감독이 하는 역할을 고려한다.

4    갈래의 경계는 분명하지 않으며, 같은 갈래 안에도 여러 특성이 뒤섞여 있다. 독자들의 사랑을 받아온 이원복의 만화《먼 나라 이웃 나라》는 다음 중 어느 것에 해당되는가?

4-1    매체 측면

        ① 그림으로만 이루어진 만화

        ② 그림, 대화(말풍선)로만 이루어진 만화

        ③ 그림, (말풍선 속의) 대화를 중심으로 하되 (말풍선 밖의) 언어

서술이 첨가된 만화

④ 그림, (말풍선 속의) 대화가 첨가된 (말풍선 밖의) 언어 서술
중심의 만화

4-2 허구성 및 내용 측면

① 허구적, 극적 스토리 중심

② 비허구적, 극적 스토리 중심

③ 허구적, 정보(지식) 중심

④ 비허구적, 정보(지식) 중심

5 최근에 일어났으며 사회적으로 의미가 큰 어떤 사건을 가지고 A
는 보도 기사나 르포를, B는 소설을 지으려고 한다.

( 길잡이 ) 이야기 갈래 좌표를 참고한다.

5-1 A는 이른바 '이야기 기사(narrative journalism)'를 작성하려는 것인
데, 왜 굳이 이야기 양식으로 기사나 르포를 쓰려는 것일까? 핵심
적인 이유로 적합한 것을 한 가지만 지적하시오.

5-2 두 사람이 그 사건에 관한 자료(기록, 사진, 증언 등)를 다루는 태도
나 방식에는 어떤 차이가 있겠는가? 쓰려는 갈래의 특성을 염두
에 두고, 그 차이를 서로 대립적인 말로 나타내시오.

|              A              |              B              |
|-----------------------------|-----------------------------|
| (                         ) \ (                         ) |

6   만화(웹툰)나 애니메이션은 대부분의 서술이 말과 그림으로 이루
    어진다. 이 중 그림의 '형상'은 대개 손이나 도구로 그린 것이지
    사진처럼 실제 그대로가 아니다. 바로 그 점 때문에 이런 갈래의
    이야기가 지니게 되는 이점은 무엇이라고 보는가?

7   번역가 김석희는 자신이 옮긴 시오노 나나미의 《로마인 이야기》
    의 갈래를 '역사평설'이라 부르면서 다음과 같이 말했다.

> 이 작품은 사료(史料)에 바탕을 두었으되 역사적 기술로부터
> 벗어나 있고, 사료가 채워주지 못한 부분에서는 상상력을 발휘
> 했으되 픽션에 빠지지도 않았다.
>
> – 시오노 나나미, 《로마인 이야기 1》, 한길사, 1995, 300쪽

    그렇다면 《로마인 이야기》는 어떤 면에서 일반 역사와 다르거
    나 특색 있는 이야기일까? '이야기의 갈래 좌표'를 활용하여 위의
    인용문을 '바꾸어' 서술하시오. (☞ 3장 '2. 갈래와 유형의 관습성', 제3
    부 2장 '3. 역사문화 자료의 활용' 참조)

    ( 길잡이 )  좌표의 위치, 그에 사용된 용어 등을 이용하여 인용문의 요지를
    '바꾸어' 서술한다.

8　다음은 영화 〈마더〉(봉준호)의 스토리보드 일부이다. 자세히 본 뒤 물음에 답하시오.

- 봉준호,《마더 이야기》, 마음산책, 2009, 223-224쪽

---

### #77 길 / 낮

충혈된 눈으로 빠르게 걸어가는 혜자의 눈빛. 주변 풍경은 거의 보이지 않고, 화면 가득 거칠게 흔들리는 혜자의 얼굴

### #78 인서트 / 밤

(#36에 나왔던) 빗속에서 고물 리어카의 우산을 꺼내던 혜자. 천원짜리를 안 받으며 고개를 가로젓던 고물상 노인의 새하얀 머리칼

### #79 고물상 / 낮

외딴곳, 숲의 초입에 자리 잡은…… 고철더미와 폐타이어들이 가득한 오래된 고물상. 떨리는 가슴을 간신히 누르면서, 침착하게 고물상 안으로 들어가는 혜자

(후략)

---

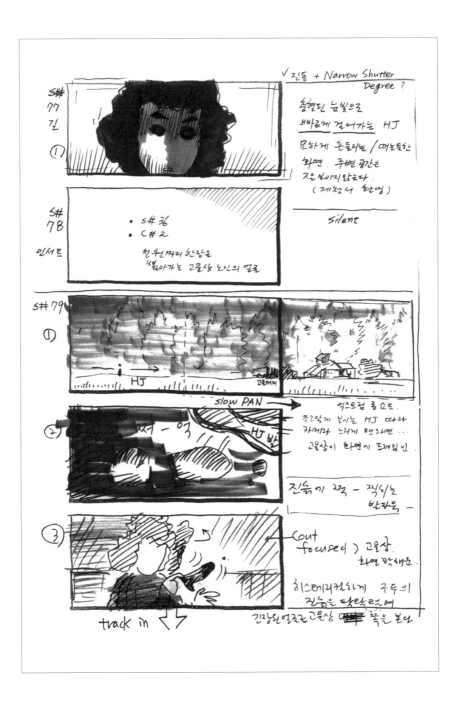

8-1 영화, 애니메이션, 디지털 이야기 게임, (이야기) 광고 등과 같은 영상물의 창작 과정에서 흔히 이런 종류의 스토리보드나 콘티 (continuity)라는 것이 쓰인다. 영상물의 창작 혹은 제작 과정에서 이것들은 왜 필요할까?

8-2 앞의 #77~#79에 담긴 인물의 행동이 실제 현실에서 일어난다면 그에 걸리는 시간(자연적 시간, 스토리 시간)은 30분 내외일 것이다. 하지만 이 스토리보드에 따라 영화가 제작되었을 때 관객이 감상 하는 데 걸리는 상영 시간(인공적 시간, 서술 시간)은 1분 내외일 것 이다. 만약 그것을 소설로 자세히 서술한다면?

'혜자'의 내면 중심으로, #77~#79를 통해 감독이 영화로 표현하 고자 한 것을 삼인칭 전지적(작가적) 시점의 소설 형식으로 서술 하시오. (단, 읽는 데 걸릴 시간은 자유이되, 글의 분량은 5문장 이상이 되 게 할 것)

(길잡이) 인물의 '내면(심리) 묘사'에 초점을 맞춘다. 스토리보드에 반영 되어 있거나, 그리지 않았어도 관객이 상상할 수 있는(상상하는 게 바람직 한) 것을 글로 쓴다.

8-3 앞의 8-2를 풀면서 알게 된 영화와 소설의 갈래적 특성의 차이를 '시간'이라는 말을 반드시 사용하여 답하시오.

# 2

# 스토리, 스토리텔링

## 가. 개념

앞에서 스토리란 '이야기의 핵심적 상황 변화와 그 의미가 요약된 사건의 연쇄'라고 하였다. 이야기는 이 스토리가 있어야, 엄밀히 말하면 그것을 감상자의 내면에 형성해야 이야기다워진다.

본래 'story'는 사건의 연쇄로서의 '스토리'와 그것을 내포한 '이야기'를 다 가리키지만 둘은 맥락에 따라 구별된다. 그것이 무질서하게 혼용되고 번역도 적절히 이루어지지 않아 생기는 문제가 적지 않다.* '스토리텔링'을 '스토리를 텔링하는 행위'라고 동어반복적으로

---

* "서사(narrative) 또는 서사체라는 단어로 우리가 의미하는 바는 두 가지 특징을 갖고 있는 모든 문학 작품을 말한다. 그 두 가지 특징은 이야기(story)와 화자(story-teller)의 존재이다." (로버트 숄즈 외 2인, 임병권 옮김, 《서사문학의 본질》, 예림기획, 2007, 26쪽) 앞에서와 같이 'story'를 '이야기'로 옮기는 경우가 있는데, 그럴 경우 'narrative'와 통하는 '이야기'(앞에서는 '서사')와 혼동된다. 또 그로써 '사건의 연쇄'라는 이야기의 한 층위(스토리 층위)를 구별짓기 어려워진다.

설명하는 경우가 있는데, 이 역시 한국 외래어 '스토리'와 그 어원인 'story'에 차이가 있음을 고려하지 않은 결과로 보인다.

'story'의 가장 일반적인 개념은 이야기(서사)이다. 그래서 'story telling'의 번역은 일단 '이야기하기', '이야기 짓기' 등이 적절하다. 그런데 그 말보다 일찍 한국에 들어와 외래어로 자리 잡은 '스토리'는, '소설 〈소나기〉의 스토리는……' 같은 표현에서 알 수 있듯이, 이야기보다 그에 내포된 사건의 연쇄를 간추린 '줄거리'에 가깝다. 영어에도 줄거리 개념을 지닌 'storyline'이 있는데, 그것이 이야기의 대표적 요소요 핵심적 특징이므로 'story'와 바꿔 쓰이기도 한다. '밥만으로 살수 없다'는 표현에서 '밥'이 먹거리 전체를 가리키는 예와 비슷하다. 이렇게 'story'는 여러 뜻을 지니고 있지만 외래어 '스토리'는 이야기와 줄거리를 구별하는 한국어에서 줄거리의 뜻이 강해져, 둘이 잘 통하지 않는 때가 생기기도 한다.

이러한 양상은 다소 혼란스러우나 스토리텔링 논의에 이로운 면이 있다. 특히 양식을 떠나 층위와 특질 개념으로 사용할 경우, 'story'를 'plot', 'discourse' 등과 대조시켜 구별하게 되는데,* 그때 그것은 한국 토박이말 '줄거리'에 가까운 외래어 '스토리'이기 때문이다.

예를 들어 다시 살펴보자. 최인훈의 장편소설 《광장》의 스토리(줄

---

* 그 오래된 예가 "왕이 죽자 왕비도 죽었다. (중략) 왕비가 죽었다. 아무도 그 이유를 몰랐는데, 마침내 왕이 죽은 슬픔 때문에……" 운운하는 E. M. 포스터의 story 와 plot 구별이다. 최시한, 《소설, 어떻게 읽을 것인가》(문학과지성사, 2010)에서 재인용함.

거리)가 《광장》은 아니다. 그것은 감상자가 《광장》이라는 이야기 텍스트를 읽고 사건 중심으로 내용을 요약하거나 설정한 것이다. 다시 말해, 스토리는 감상자가 이야기 텍스트를 감상하면서 알고 느끼며 상상하는 것들, 즉 인물과 사건이 존재하는 세계의 내용을 사건 위주로 간추린 추상적인 것이다. 추상적이라서 '줄거리'라든가 storyline의 '라인' 같은 비유적 표현을 써야 가늠이 가는 것이다. 이렇게 볼 때 영어 'story'는 여러 의미로 사용되지만, 이론적 맥락에서 서술(discourse)과 대조되는 층위 개념으로 사용할 경우 '줄거리'와 통한다. 이야기와 줄거리를 구별하는 한국어 개념 체계에서 '스토리'는 바로 이것에 가깝다. 이 책에서 '스토리'는 주로 그것을 가리킨다. 이야기 텍스트의 형태를 떠나, 기본적으로 사건을 서술하여 줄거리를 형성하는 활동이 스토리텔링이라고 보기 때문이다.

같은 이야기를 감상하고도 줄거리 곧 스토리의 파악은 감상자마다 다를 수 있다. 스토리는 이야기 텍스트의 글이나 영상 같은 서술을 감상자가 이해하고 해석해야 파악되는데, 그것이 감상자에 따라 다를 수 있기 때문이다. 게다가 이야기는 사건만 가지고 서술되어 있지도 않기 때문이다. 설화나 간략한 정보적 이야기는 서술 자체가 그 스토리에 가깝다. 하지만 이는 단순 형태의 이야기에서나 볼 수 있는 양상이다. 이야기는 인물의 행동과 생김새, 배경 공간 등 여러 요소가 묘사·결합되며 대개 그 서술은 스토리보다 길고 구체적이다. 그에 대한 감상자의 종합적 반응이 같지 않으므로, 스토리가 감상자마다 다르게 '파악' 혹은 요약, 엄밀히 말하면 '설정'될 수 있는 것이다. 이처럼 스토리는 이야기의 표면적 서술 혹은 형상보다 심층적인 층위에 존재한다. 앞에서 언급한 형상 차원이 아니라 의미 차원에 존재하는 것이다.*

이렇게 볼 때, 스토리는 이야기의 한 요소 혹은 층위로서 작품의 서술에 의존하여 존재한다. 비유하자면 스토리는 이야기의 육체에 해당하는 서술에 의해 존재한다. 스토리 없는 이야기가 없듯이 서술 결과물, 즉 이야기 텍스트 없이 스토리는 존재할 수 없다. 스토리와 서술은 개념적으로 구별되지만, 사람의 육체와 영혼처럼 상호 의존하여 존재한다.

스토리텔링은 단순히 스토리만을 텔링하는 것도 아니고 이미 정해진 스토리에 따라 텔링하는 것이라 하기도 어렵다. 스토리는 창작 과정에서 점차 선명해지고 구체화되는 것이다. 물론 작자가 짓기 전에 가정하는 사건의 기본 골격 혹은 핵심적 상황 변화야 있겠지만, 기본적으로 스토리는 서술의 직접적 대상이 아니라 이야기의 서술에 따라 점차 형성된다. 이는 감상자에게도 마찬가지여서, 스토리는 감상 과정에서 점차 형성되고 붙잡히는 것이다.

어떤 스토리가 재미있고 기발하다고 해서 그것을 다루면 반드시 좋은 작품이 산출된다고 보장할 수 없다. 그것은 이처럼 스토리가 이

---

* 'story'와 '스토리'가 차이가 있다는 사실, '스토리텔링'이 단순히 '스토리'만을 '텔링'하는 것이 아니라는 사실 등에 대한 인식이 불철저하여 일어나는 문제들이 있다. 한 예로, '스토리'를 공모하여 상을 주는 대회들이 있는데, 그것이 '줄거리' 위주의 대회일 경우 불합리한 행사가 된다. 외래어 '스토리', 즉 줄거리는 완성된 작품 자체가 아니다. 따라서 그것만 가지고 그게 좋은 '작품의 스토리'가 될지 안 될지를 판단하기는 어렵다.

야기 작품 자체(감상자에게 의미 있는 경험을 맛보게 하는 구조이자 과정)가 아니기 때문이다. 달리 말하면 이야기의 주제나 메시지, 재미, 감동, 아름다움 따위는 스토리만으로 형성·전달되지 않기 때문이다. 그렇다면 가령 스토리텔링을 도와주는 로봇이나 컴퓨터 프로그램은, 그것이 스토리 위주인 한 이야기 창작을 돕는 데 한계가 있다고 볼 수 있다.

요컨대 스토리텔링은 사건의 서술을 통한 '스토리 형성 작업'[10]이다. 그것은 어떤 매체와 형식으로 사건을 서술하여 스토리가 있는 것을 짓고 형상화함으로써 무엇을 인식하고 표현하며 체험시키는 활동이다. 이를 통해 삶에서 매우 기본적 활동인 경험의 재현과 기록, 지식과 메시지의 전달 등이 이루어짐은 물론, 나아가 인간적 진실의 발견, 재미와 감동의 창출, 내면의 위안과 정화 등이 이루어진다. 이런 사실로 미루어볼 때, 인간은 이야기를 짓고 즐기는 데서 나아가 '이야기를 산다(生)'[11]고 할 수 있다. 그러므로 앞에서 나왔던 '인간은 이야기하는 존재'라는 말은 '인간은 스토리를 형성하는 존재'라고 바꾸어 표현할 수도 있을 것이다.


## 나. 스토리텔링의 역사


'스토리텔링'이란 말은 근래 자주 쓰이게 된 용어이다. 이 말의 고향인 영어권에서도 요즘과 같이 중요하게, 또 새로운 의미가 덧붙어 쓰인 것은 몇십 년밖에 안 되었다. 굳이 '스토리'가 아니고 '스토리텔링'이므로, 이 말의 뜻은 이야기 행위의 역사 속에서 더 톺아볼 필요가 있다.

의사소통 매체가 그것뿐이었으므로 처음에 이야기 행위는 주로 입말(음성언어)을 사용하여 이루어졌다. 이것이 설화(옛이야기)의 시대, 다른 말로 구비문학의 시대이다. 이때에 전문 이야기꾼 혹은 가객(歌客)은 마을에서 마을로 다니며 역사와 설화를 이야기했다. 이 시대의 대표적인 갈래 중 하나가 서사시이다. 그것은 몸짓, 음악 등과 결합하며 종합예술로 발전해 갔는데 그 갈래가 연극, 판소리 등이다. 인쇄매체 시대로 접어들 무렵, 한국에서는 '이야기책'이라 불리던 고소설을 빌려주는 가게가 생기고 그것을 장마당에서 전기수(傳奇叟)가 목청껏 읽고 외우기도 했다. 따라서 그런 전통을 이어받아 용어를 '이야기하기'나 '이야기 짓기'라고 부르면 될 것을, 외국어를 들여와 '스토리텔링'으로 굳어지고 있다.

인쇄술이 발달하고 글을 읽고 쓸 줄 아는 사람이 늘어나 글말(문자언어)을 읽고 쓰는 능력 곧 문해력(literacy)이 일반화된 시대에 접어들자, 스토리텔링은 흔히 '작자'가 하는 '창작 행위'로 여겨지게 된다. 입말 시대의 스토리텔링이 주로 전해오는 이야기의 구연이나 낭송이었다면, 글말 시대의 스토리텔링은 '유식한' 작자가 새로운 이야기를 짓는, 짓고 써서 자기 이름을 달아 출판하여 사고파는 활동이었던 까닭이다. 이 시기의 대표적 갈래가 소설인데, 입말과 달리 글말은 훨씬 정밀하고 시공의 제약을 덜 받으므로, 소설은 매우 길고 정교하게 발달된 이야기의 모습을 지니게 된다.

이야기 행위는 20세기 말엽 디지털혁명이 일어나 여러 매체를 다중적으로 사용하는 제작과 소통 기술이 발달함에 따라 크게 달라진다. 다중매체의 발달은, 화자와 청자가 한자리에서 마주 보던 구술 시대와 비슷한 '이야기의 기본 상황'을 다시 만들어냈다. 게다가 이야기 행위의 장소가 시공의 제약이 거의 없는 가상공간(cyberspace)으로 넓어졌기에, 이야기는 훨씬 다양하고 광대한 양상으로 발전되었다. 전자매체는 언어는 물론 몸짓, 빛, 색깔, 소리 등 시청각 매재를 복합적으로 사용하여 이야기를 서술·저장·전달할 수 있게 한다. 그에 따라 현실을 닮되 실제 현실은 아닌 가상의 대륙이 새로 펼쳐지는 한편, 담화 활동이 늘어나 이야기가 더 문화생활의 중심에 놓이고, 그 자체가 산업적 생산품(상품)이 되었다. 이른바 '이야기 산업' 혹은 '스토리 산업'이 일어난 것이다. 이런 상황에서는 기존 이야기와 관련 자료를 여러 형태의 이야기로 '전용'하는 재창작 작가나 이야기물의 기획자, 제작자 등도 창작주체의 역할을 맡게 되며, 사용자(user)가 스토리를 만들어가는 다중접속역할게임(MMORPG)의 경우처럼 작자와 사용자의 구별 자체까지 모호해진다. 이러한 환경에서 자주 쓰이게 된 말이 바로 '스토리텔링'이요 '스토리텔링 시대'이다.

따라서 오늘날 스토리텔링이란 말은 전통적인 이야기 행위에서 나아가 매체를 다중적으로 활용하는 문화(콘텐츠)산업 시대의 이야기 활동 전반, 즉 아이디어의 발상과 기획에서 창작, 제작 등을 거쳐 이야기물이 산출되기까지를 포함하며, 경우에 따라 이것의 사용 혹은 소비 과정까지를 광범위하게 가리킬 수 있다.

## 다. 스토리텔링의 기능과 의의

### (1) 실제적 기능

인간은 크게 두 가지 충동에 따라 이야기를 한다. 체험과 지식을 보존하고 전하려는 역사적·모방적 충동, 꿈과 진실을 담아 즐기고 감동시키려는 낭만적·교훈적 충동이 그것이다. 한마디로 인간은 의미와 재미를 위해 이야기한다. 물론 이 스토리텔링의 두 가지 충동과 목적은 섞여 있는데, 전자가 강할 경우 이야기는 정보적 특성이 짙어지고, 후자가 강할 경우 표현적 특성이 짙어진다.[12]

앞의 진술을 이야기 활동의 실제적 목적과 기능에 초점을 두고 풀어서 다시 해보자.

우리는 일상생활에서 경험을 정리하거나 전달하기 위해 이야기를 하는데, 거기에는 개인과 집단의 삶의 모습은 물론 욕망, 감정, 지식, 이데올로기 등이 총체적으로 녹아든다. 따라서 그것을 산출하고 수용하는 동안 우리는 경험하지 못한 것을 경험하고, 경험했어도 그 뜻을 잘 몰랐던 것을 알게 된다. 그리고 각기 따로였던 것을 인과관계를 세워 통합하여 정리하고 이해하게 된다. 이것이 형상화를 하지 않는 담화 양식, 즉 설명이나 논증 같은 양식과 다른 이야기 특유의 인식적 기능이다. 교육이라든가 홍보, 설득 같은 분야에서는 '이야기로 하면 쉽고 재미있어진다'는 게 상식인데, 이는 이야기가 이러한 인식적 기능을 지니고 있기 때문이다.

인식적 기능은 대상과 수준에 따라 여러 가지로 구분된다. 앞에서 말한 바는 주로 일상생활이나 의식 차원에서의 이성적 인식이다.

그것이 보다 감성적 측면 중심으로, 또 높은 수준의 문화생활이나 무의식의 차원으로 나아가고, 다시 정교하게 발달된 이야기(예술적 이야기)로 옮아가면 인간적 진실, 재미와 감동, 내면의 위로와 정화, 미적 초월(아름다움) 등이 추구된다. 이야기가 보다 높은 수준의 '진실'을 깨우치는 인식적 기능과 함께 정서적 기능까지 하는 것이다.

　한마디로 이야기 행위는 인식적 기능과 더불어 정서적 기능을 지니고 있다. 인식적 기능에 여러 측면이 있듯이, 이 '정서적 기능'에는 쾌락적 기능, 위안의 기능, 미적 기능 등이 포함된다. 특히 표현적 이야기를 감상하는 과정에서 우리는 이전에 맛보지 못했던 경험을 맛봄은 물론, 갖가지 규범이나 장애 때문에 결핍되고 억압되어 마음에 맺혔던 무언가를 푼다(카타르시스). 이때 이야기는 욕망을 충족시키고 재미와 위안을 주는 정서적 기능이 더 승해진다. 과학소설(SF), 만화, 애니메이션, 디지털 이야기 게임 등에 환상적 이야기가 많은 것은, 그것들이 시간과 공간의 굴레를 벗어나고 싶은 인간의 욕망을 충족시켜 주기 때문이다. 이야기 자체의 조화가 빚어내는 아름다움의 쾌감을 추구하는 이야기가 있는가 하면, 규범에 억눌린 폭력이나 성(性) 따위의 쾌락을 반윤리적으로 추구하는 이야기도 많은 걸 보면, 이 정서적 기능에도 여러 수준과 종류가 있음을 알 수 있다.

　이야기의 인식적 기능과 정서적 기능을 심리 치료나 의사소통 같은 어떤 현실적 목적 달성에 활용할 때, 이야기는 효용적 기능을 지닌다. 이러한 기능들이 실현될 때 텍스트가 지닐 요건에 관해서는 뒤(☞ 3장 4절)에서 다시 자세히 다룰 것이다.

　한마디로 스토리텔링은 인식적·정서적·효용적 기능을 지니고 있다. 그런데 이런 실제적 기능에서 나아가, 이야기 행위는 인간의 삶에서 보다 근원적 의의를 지니고 있다.

### (2) 근원적 의의

성경, 불경, 탈무드 같은 경전들은 왜 많은 부분이 이야기일까? 어째서 어린이용이나 대중용으로 쉽게 풀이한 책들은 대부분 이야기로 되어 있을까? 유적지나 관광지에 가면 늘 거기에 얽힌 이야기를 듣게 되는데, 무슨 이유에서일까? 연설이나 선전이 그토록 '실제로 있었던 이야기', 즉 실화를 이용하는 까닭은 무엇일까? 허구적 이야기는 가짜 이야기인데, 왜 그렇게 사람들이 좋아하고 예술로까지 우대하는 것일까? 이런 물음에 간단히 답하기는 어렵다. 하지만 이러한 현상에서 우리는 이야기가 온갖 지적·정서적 활동을 일으키고 나타내며 또 공유하는 보편적 양식임을 알 수 있다. 그리고 개인의 정체성을 형성하고 발전시키는 일부터 집단이 사회와 문화를 창출하고 유지하는 일이 모두 이야기와 깊이 연관되어 있으리라 짐작할 수 있다.

인간에게 '이야기 본능'이라는 게 있다면, 그것은 모방 본능이자 소통 본능인 동시에 의미 탐색의 본능일 것이다. 앞에서 이야기는 인식과 정서적 쾌감(재미)을 준다고 하였는데, 이것들도 의미 탐색의 과정에서 생기는 것, 혹은 어떤 종류의 것이든 의미가 없으면 맛보기 어려운 것이라고 할 수 있다. 여기서 '의미'란 지적·정서적으로 우리에게 가치 있는 것을 두루 가리킨다.

인간이 체험을 되새기고 어떤 형태로 표현하는 활동은 주로 추체험(追體驗)*을 통한 '의미화' 작업이요 소통 행위이다. 인간의 이 지적 활동 가운데 대표적인 것이 바로 이야기 행위이다. 이야기를 통한 '의미 탐색'은 멀리 있지 않다. 저 사람들은 왜 저러는가, 지금 무슨 일이 벌어지고 있는가, 나는 이렇게 살아도 되나, 과연 무엇이 선하고 아름다운 것인가…… 우리가 날마다 직면하는 이런 문제들을 바라보고 느끼며, 그에 합당한 답을 구하는 활동이 다름 아닌 의미 탐색이다. 자기가 하는 이야기가 도무지 줄거리가 서지 않아 자신의 상식이나 사고 수준을 의심하게 된다든지, 감동적인 이야기를 감상하다가 문득 자기가 과연 인간답게 살고 있는지를 돌이켜보게 되는 것도, 바로 이야기 행위가 의미를 탐색하는 활동이기 때문이다.

어느 인물의 전기를 짓는 일은 그의 행동들에 '사회공동체를 위해 자기를 희생했다'와 같은 의미를 찾고 또 부여함으로써 그것이 이야기의 제재나 주제가 되게 하는 일이다. 어떤 남자가 어떤 여자와 사귄 일을 '회상하는 행위'의 경우도 마찬가지이다. 위인을 다루어야만 이야기이고 종이에 써야만 스토리텔링이 아니다. 가령 그 남자가 회상을 하던 끝에 사귀는 여자와 헤어지겠다고 결심하는 사고 행위 자체는, 데이트를 하면서 경험했던 일들에 '헤어짐'과 관련된 어떤 의미 혹은 이유를 찾고 부여하며 그것을 통해 만남과 이별이라는 자기 인생의 한 '사건을 지어내는 일'이다.

'사건'은 어떤 입장에서 바라보고 서술하느냐에 따라 의미가 달

---

*　추체험(Nacherleben)은 타자의 처지와 내면을 미루어 이해하고 공감하는 내적 활동으로, 특히 이해사회학, 양해심리학, 정서교육 등에서 핵심 개념으로 쓰인다.

라진다. 한 사람의 성격과 됨됨이 역시 애초부터 정해져 있다기보다 그의 인생 스토리에서 그가 어떤 인물로 행동하느냐 혹은 행동하게 만드느냐에 따라 규정되고 달라진다. 사귀는 여자와 헤어지기로 결심했다는 이야기를 듣고, 그 남자의 친구가 이렇게 대꾸했다고 하자. "나는 도대체 네 이야기가 납득이 안 된다. 내가 보기에, 문제가 있는 사람은 그 여자가 아니라 바로 너다." 이쯤 되면 두 친구는 격렬하게 언쟁을 벌일 터이다. 이때 '문제가 있는 사람'이란 어떤 사람인가? 애초에 잘못을 저지른 사람, 그런 스토리의 주동인물로 여겨지는 사람이다. 어쩌면 싸움으로 번질지도 모르는 두 친구 사이의 격렬한 언쟁은, 누가 이 '헤어짐 사건'을 일으킨 자인가, 혹은 이 '헤어짐 이야기'가 두 사람 사이에서 일어난 그 어떤 일에 얼마나 부합하는가를 탐색하고 판단하는 다툼이다. 그런데 둘 사이에 일어난 '그 어떤 일'이란 과연 어떤 일인가? 또 그걸 누가 아는가?

이런 맥락에서 제롬 S. 브루너는 "일상의 경험에 형태를 부여하는 것이 이야기의 힘"[13]이라고 하였다. 우리의 앎과 경험은, 그것이 이야기의 일부가 되지 않을 경우, 단순한 정보 쪼가리나 이미지의 파편으로 기억 속에서 사라져버리기 쉽다. 또 그것이 누가 하는 어떤 이야기의 일부가 되느냐에 따라 그 의미가 달라진다. 개인을 넘어 집단이나 국가 차원에서도 마찬가지이다. '역사적 사건'이나 '역사적 진실'이라는 것이 어떻게 형성되며, 어느 편에서 진술하느냐에 따라 그 내용이 얼마나 달라지는가를 생각해 보면 금세 알 수 있다.

이런 까닭에 앞서 '인간은 이야기를 산다'고 한 것이다. 이 말에는 인간이 '이야기를' 짓거나 즐김은 물론, '이야기로써' 사물을 인식하고 타자와 소통하며 사회를 이뤄 살아간다는 뜻까지 담겨 있다. 이 야기는 행위의 "규범을 강화하고 확산시키며, 우리에게 인상적이고 공유된 협력의 모델을 제공"[14]하기 때문이다. 이야기의 광장에서 인 간은 삶을 영위하고 또 준비한다.

요컨대 이야기 행위는, 사건의 서술을 통해 삶을 인식하고 표현함으 로써 의미를 형성 및 소통하는 활동이다. 이떤 충동에 따라 어떤 성격의 이야기를 짓든 이 의미 탐색의 노력, 즉 합리적이고 가치 있는 무엇을 찾고 창조하려는 노력이 바탕을 이룬다. 앞에서 행동을 늘어놓기만 하고 인과성이 없으면 이야기라기보다 잡동사니에 가깝다고 하였는 데, 그 인과성은 바로 이 의미 탐색 노력의 결과로 생성되는 것이다.

이러한 사실을 상징적으로 보여주는 것이 민족이나 나라의 기원 에 관한 신화이다. 그것이 대개 시조(始祖)에 관한 신화로 '이루어져' 있는 까닭은, 사실 여부를 떠나 그것을 '이야기하는 행위' 자체가 집 단의 정체성을 확립하고 단결시키며 우월함을 고취하는 나름의 '의 미를 지닌' 일이기 때문이다. 해방 전후에 민족 해방 영웅을 만들어낸 '민족 이야기(nation narrative)'[15]도 하나의 예이다. 종교적 제의나 행 사 또한 신화와 유사한 면이 있다. 가령 교회에서 거행되는 성찬의식 이라든가 스님이 하는 탁발은 그 자체가 숭배 대상의 행동을 몸으로 반복하여 이야기하는 스토리텔링이자 믿음의 확인과 수행 행위 그 자체이다. 이래서 신화는 제의 자체를 이야기화한 것이라는 주장이 있다.

거듭 강조하자면, 스토리텔링은 지식과 의사의 전달, 정서 충족

등의 방편에서 나아가 인간이 사물을 인식하고 사유하면서 의미를 탐색하는 행위 자체이다. 작자는 이야기 '작품'을 짓는다. 그런데 작자가 아닌 보통 사람도, 일생을 다루든 조금 전에 겪은 사소한 사건 하나를 다루든, 작품을 짓듯이 '자기의 스토리'를 짓는다. 만약 그러지 않는다면, 그는 자기가 순간순간 어째서 그렇게 행동하며 궁극적으로 왜 사는가를 알거나 찾으려는 노력, 즉 자기 삶의 의미 탐색을 잊어버린 사람이다. 이처럼 사는 게 바로 스토리텔링이기에 인간은 누구나 스토리텔러요 자기 스토리의 주인공이다. 보람된 삶을 살고자 하는 이는, 어찌 보면 모두 《아라비안나이트》의 셰에라자드 같은 처지에 놓여 있다. 이야기를 짓는 데 목숨이 걸려 있기 때문이다. 세상에 이야기가 많고 또 중요한 근본 이유가 바로 이렇게 삶 자체가 스토리텔링이라는 사실에 있다. 겉으로 보면 안 그런 것 같지만, 우리는 결국 자기 이야기를 짓고 있는 경우가 많다. 여기서 우리는 이른바 '인성교육'에 '경험 이야기 짓기'와 '자서전 쓰기' 따위가 왜 효과적인지 알게 된다. 그리고 상상력을 깊이 연구한 심리학자나 미학자들이 밝혀놓았듯이, 이야기를 통한 의미 탐색 활동은 궁극적으로 인간이 망각, 죽음, 고독 등에 저항하여 공포를 극복하고 삶의 균형을 유지하려는 내면적 노력의 산물임을 깨닫게 된다. '나를 잊지 말라'는 말은 다름 아닌 '내 이야기, 나에 관한 이야기를 잊지 말아달라'는 말이 아니던가?

　　이야기에 관한 이러한 사실 자체를 이야깃감으로 삼은 이야기가 많이 있는데, 영화 〈빅 피쉬〉(팀 버튼)와 〈라이프 오브 파이〉(이안)를 예로 들 수 있다. 〈라이프 오브 파이〉는 주인공 파이가 소설가에게 자신이 겪은 일을 이야기하는 형식을 취하고 있다. 그는 호랑이와 둘이 작은 보트 하나로 태평양을 표류하다가 기적적으로 살아남았다고 말하는데, 그 이야기를 믿지 못하는 보험회사 직원들에게 겪은 일을 다르게 이야기하기도 한다. 그러고는 소설가더러 당신은 어느 이야기를 택하겠느냐고 묻는다. 무엇이 사실인지는 파이 본인밖에 모르고, 어떻게 그런 기적이 일어났는가 하는 데 이르면 파이 자신도 잘 알지 못한다. 과연 어디까지가 사실인지, 정말 신(神)이 도와준 것인지 의문스러운 상황에서, 파이는 마지막으로 "모든 게 믿음의 문제"라고 말한다.

디지털 기술의 발전에 힘입어 콘텐츠 산업이 커지면서 스토리텔링이 여러 방면에서 중요해지자 '디지털 스토리텔링의 시대'가 왔고, '이야기 공학', '스토리 디자인' 등을 연구해야 한다고 한다. 이야기의 산업적·상업적 용도에 자극받은 말로 보이는데, 사실 인간이 사는 시대는 언제나 이야기의 시대요 스토리텔링의 시대이다. 이야기라는 것이 그만큼 근원적이고 보편적인 활동이며, 스토리텔링이 인간의 문화적 행위, 그러니까 온갖 콘텐츠를 생산하는 행위의 핵심부에 놓여 있기 때문이다. 실상 콘텐츠의 대부분은 스토리가 있는 '이야기 콘텐츠'이다.

스토리텔링은 한때의 유행이 아니다. 이야기 역시 특수한 분야이거나 특별한 취미의 대상이 아니다. 까마득한 옛날 '신화의 시대'와 마찬가지로, 21세기 첨단과학의 시대에도 환상적 이야기는 여러 형태로 여전히 번성한다. 이야기를 짓고 감상하는 행위는 자신과 세계의 의미를 탐색하고 추구하는 일, 그것들을 더 깊이 이해하고 관련지음으로써 꿈꾸는 세계를 실현하기 위해 노력하는 일 자체와 긴밀히 연관되어 있다. 스토리텔러가 자기의 이야기가 보다 가치 있는 '의미 탐색' 혹은 추체험의 마당이 되게 하려면, 항상 비판의식을 가지고 무엇이 더 가치 있고 진실된 것인지에 대해 사색해야 하는 이유가 여기에 있다. 내적 충동이나 욕망보다 외적 목적을 위해 스토리텔링을 하는 경우에도, 정도와 양상은 다를지언정 이 의미 탐색 노력이 노상 바탕을 이룬다. 순전히 상업적인 목적에서 하는 경우조차도, 이른바 고객의 '긴장(스트레스) 해소'나 '감성(감성에 호소하는) 마케팅' 등에서 보람을 얻으려면 인간의 의미 탐색 노력에 주목해야 한다.

그러므로 이야기 행위는 삶 자체와 멀어지면 뜻과 보람이 적어진다. 스토리텔링을 잘하기 위해서는 당장 활용할 요령이나 기법을 익히려 서둘기보다 스토리텔링의 이러한 근원적 본질과 중요성을 이해할 필요가 있다.

1-1 　일상의 대화에는 '이야기'가 많다. 자기가 벌였거나 깊이 관련된
　　　어떤 사건을 제삼자한테 이야기할 때, 자기 속에서 흔히 일어나는
　　　일 한 가지를 솔직하게 적어보시오. 아울러 왜 그런 일이 일어나
　　　는지도 추측해 보시오.

　　　① (자기와 관련된 사건을 이야기할 때) 자기 속에서 일어나는 일:

　　　② 그런 일이 일어나는 이유:

1-2 　연극 치료, 음악 치료가 있듯이 '이야기 치료'가 있다. '자서전 쓰
　　　기' 혹은 '자기 역사 쓰기'라는 고백적 스토리텔링 활동을 통해 자
　　　기 치료가 가능하다면, 그 이유는 무엇일까? 앞의 문제 1-1을 풀
　　　면서 경험한 바를 바탕으로 1~2문장으로 답하시오.

2 　　스토리텔러가 되려면 실제로 갖가지 체험을 많이 해봐야 한다는
　　　주장이 있다. 이 주장이 타당하다고 생각하는가, 그렇지 않다고
　　　생각하는가? 둘 중 하나를 택하고, 그 이유를 짧게 적어보시오.

① 타당하다 (　　) / 타당하지 않다 (　　)
② 그 이유:



3　사람들은 초인적 능력을 지닌 존재가 역경과 난관을 극복하고 남을 위해 큰 업적을 성취하는 '영웅 이야기'를 좋아한다. 이 영웅 혹은 초인의 이름은 슈퍼맨, 스파이더맨, 배트맨, 엑스맨, 아이언맨 등이다. 물론 '헐크'나 '토르'처럼 이름에 '맨'이 붙지 않은 경우도 있다.


3-1　사람들은 왜 이런 이야기를 좋아하는 것일까?


3-2　사실 영웅들이 난관을 극복하는 과정에는 무리한 면이 많은데, 그런데도 그럴듯하게 여기는 사람이 많다. 왜 그러는 것일까?


3-3　영웅은 초인적인 능력과 조건을 갖추고 있지만, 의외로 보통 사람 같은 면(특질, 성격)도 지니고 있는 경우가 많다. 그러한 면을 한 가지 적고, 그가 그렇게 설정된 이유를 추리하여 적어보시오.


① 영웅의 보통 사람 같은 면:
② 영웅이 보통 사람 같은 면을 지닌 존재로 설정된 이유:

3-4 　이 영웅 이야기가 단지 오락물에 그치지 않고 독자에게 가치 있는 체험을 맛보게 하며, 나아가 사회의 발전에 이바지하도록 하려면 무엇을 어떻게 설정하면 좋을까?

　　（길잡이） 초인이 처한 상황, 그가 해결하는 난세 등을 고려한다. 영화 〈다크 나이트〉(크리스토퍼 놀란) 같은 작품을 참고한다.

4 　'추리'라는 말이 갈래 이름 앞에 붙는 소설, 만화, 영화 따위가 많이 있다. 이 '추리 이야기'에는 흔히 탐정, 수사관 등이 등장한다. 그런 이야기를 좋아하는 이는 그걸 감상하는 동안 하게 마련인 어떤 활동에 재미를 느끼는 사람이라고 할 수 있는가? '스토리'와 '서술' 두 단어를 반드시 사용하여 답하시오.

5-1 　자기 주변의 사람 1인을 택하여 그의 생김새, 차림새, 버릇 등에 대해 적으시오. (3~4문장)

5-2 　앞에 적은 것들 가운데 그 사람의 내면적·심리적 특질을 강하게 제시하는 데 활용하면 가장 적당할 것을 골라보시오.

　　（길잡이） 그 인물을 자신의 스토리텔링에 활용한다는 가정 아래 답한다.

6　이야기 세계에서는 기존 이야기를 '전용' 또는 재창작하여 새로운
작품을 만들어내는 예가 많다. 아래 [보기]는 원작과 그것의 전용
결과물이다. 그와 같은 예를 찾아 원작과 전용물의 이름을 적으
시오.


[보기]

• 서사무가(무속 신화) 《원천강 본풀이》 → 단편 애니메이션
〈오늘이〉(이성강)

• 장편소설 《축제》(이청준) → 영화 〈축제〉(임권택)[16]

• 소설 《오페라의 유령》(가스통 르루) → 뮤지컬 〈오페라의 유
령〉(앤드루 로이드 웨버 외 1인) → 영화 〈오페라의 유령〉(조엘
슈마허)


① 원전의 갈래, 명칭:
② 전용 결과물의 갈래, 명칭:


7　다음은 '이야기(하기)에 관한 이야기'들이다. 이들 중 하나를 감상
하고, 거기에 나타난 바를 바탕으로 '삶에서 이야기란 무엇인가'
에 관하여 아래 조건에 따라 글을 지으시오.


• 단편소설 〈할머니, 이젠 걱정 마세요〉(이기호)[17]
• 단편소설 〈줄광대〉(이청준)
• 영화 〈극장전〉(홍상수), 〈더 폴-오디어스와 환상의 문〉(타셈 싱)

- 다큐멘터리 영화 〈우리가 들려줄 이야기〉(사라 폴리)

[조건]

㉠ 제목: 삶과 이야기

㉡ 분량: 300자 내외(띄어 쓴 칸 포함)

㉢ 유의점: 반드시 작품 내용을 자료 삼아, 제목에 부합되는 글을 지을 것.

# 제2장

# 이야기의 구조와 스토리텔링

'스토리의 힘'이 있으면 그 전에 '서술의 힘'이 있다.
서술은 이야기의 육체이다.
그러므로 스토리에만 관심을 두고 서술을 소홀히 한다면
매우 비합리적인 일이다.
육체 없는 영혼이 어디 있는가?
육체에 구속되지 않는 영혼은 또 어디 있는가?

# 1

# 이야기의 요소와
# 층위

이야기를 지어 다른 사람한테 보였을 때, 이런 말을 듣는 경우가
있다.

"이야깃감은 좋은데 별 감동이 없군요."
"스토리는 괜찮지만 지루해서 끝까지 읽기 어렵습니다."

사실 이야깃감이나 스토리가 비슷한 이야기는 아주 많은데, 우리
는 어떤 작품에서는 재미와 감동을 느끼고 어떤 작품에서는 그러지
않는다. 따져보면 이야깃감, 스토리가 괜찮다는 말도 재미와 감동이
없으면 별 소용이 없다. 말이 나왔으니 말이지, 지루해서 끝까지 읽기
어렵다고 하는 걸 보니, 실은 스토리도 제대로 서 있지 않아 무슨 이
야기인지 종잡기 어려운 상태인지도 모른다. 세상에는 이야기가 넘쳐
나는데, 과연 무얼 어떻게 해야 이야기다운 '나만의' 작품을 지을 수
있을까?

'밥은 못 지어도 밥맛은 안다'는 속담이 있다. 우리는 잘 짓지 못하면서도, 남의 작품의 잘되고 못 된 점은 웬만큼 안다. 경험과 직관을 바탕으로 누구나 이야기에 관한 어떤 능력을 지니고 있기 때문이다. 오랜 세월에 걸쳐 여러 사람이 그 경험과 직관을 객관화하고 체계화한 것이 바로 이야기의 이론, 곧 이야기학(서사학, narratology)이다. 그것은 이야기의 구조와 이야기 활동에서 일어나는 현상에 대해 알게 해주며, 그리하여 스토리텔링을 보다 합리적으로 할 수 있게끔 도와준다. 이야기의 구성 요소와 그것들이 기능하는 방식을 이해하면 막연한 충동에 따라 떠오르는 대로 쏟아놓기만 하지 않고, 지으려는 이야기의 특징과 관습, 제재와 표현의 정서적 효과 따위를 합리적으로 분석하고 조작(操作)하며 지을 수 있는 까닭이다.

앞의 1장에서는 스토리텔링에 관한 기본적 사항을 개괄하였다. 이 장에서는 이야기 자체의 구조를 더 자세히, 집중적으로 살핌으로써 스토리텔링의 구체적인 원리와 방법을 모색할 바탕을 마련하고자 한다. 이러한 원론적 접근은 다소 답답해 보일지 모른다. 그러나 기본은 항상 중요하다. 혁신도 기본을 알아야 가능하다. 혁신이란 대개 기본적인 것의 혁신이다.

이야기의 구조를 살피는 작업은 구성 요소를 나눈 뒤 그들의 관계를 따지는 일이다. 이제부터 특정 작품이 아니라 모든 이야기의 일반적 구조 원리를 텍스트의 요소에 초점을 두고 살피고자 한다. 여기서 유의할 점이 있다.

먼저, 이러한 일반적 구조 원리 중심의 설명은 작품의 개성을 축소하고 단순화한다는 사실이다. 모든 작품은 일반성과 함께 특수성을 지니고 있으며, 또 하나의 작품은 그 구성 요소들의 총합을 넘어선다. 이론과 설명에 맞는다 해도, 뛰어난 작품은 부분이나 요소들의 총합을 초월하는 그 무엇이요 독자적 개성을 지닌 유기체이다. 그러므로 앞으로 제시할 이야기에 대한 일반 이론과 개념은 그런 작품의 완성을 돕는 하나의 좌표이자 기준에 해당한다. 암기의 대상이나 지켜야 할 법칙이 아니라 자신의 안목을 기르고 작품을 창작하는 데 활용할 도구로 받아들일 필요가 있다.

다음으로, 이야기 자체의 내적 구조에 초점을 둔 내용이지만, 텍스트 바깥의 현실에 대한 관심을 놓지 말고 이해해야 한다는 점이다. 앞에서 이야기는 시간성을 지니고 있고 여러 상황의 복합적 상호작용 결과물임을 알았다. 이야기에 형상화된 행동(사건)뿐 아니라 이야기를 서술하고 그것을 감상하는 활동이 모두 '언제, 어디서 벌어지는' 행위이다. 특히 작자가 이야기를 짓는 현실은 이야기의 재료이자 어머니이다. 따라서 작자에게 시간과 장소를 초월한 일반 이론은 특정한 현실을 담기 위한 보편적 그릇에 해당한다. 이렇게 볼 때, 이어지는 이론적 논의는 '지금 여기서, 무엇을 어떻게 창작할 것인가'와 뗄 수 없는 관계에 있다. 항상 이론과 실제, 작품 구조와 그것이 반영한 현실을 연관 지어 이해함이 바람직하다는 뜻이다.

## 가. 스토리와 서술

구조(structure)란 구성 요소들의 관계이다. 부분(unit)들이 통일성

(unity) 있는 전체를 이루는 관계가 곧 구조인 것이다. 거기서 중요한 것은 부분들이 전체 속에서 하는 기능인데, 그것이 달라지면 구조가 바뀌거나 무너진다.

따라서 무엇의 구조를 살피려면 먼저 전체를 부분(요소)으로 나누어야 하는데, 먼저 크게 층위(level)를 대강 나누어보는 게 도움이 될 때가 있다. 층위란 요소들이 존재하고 작용하는 추상적 차원이나 측면을 가리킨다. 요소들을 잘게 쪼개어 분석하기 전에 크게 층위를 나누어 개념화하면 요소들의 관계를 조망하고 또 그들의 기능을 체계적으로 활용하는 데 도움이 된다.

우리는 인간이 육체와 정신을 지녔다고 생각한다. 이들은 인간을 구성하는 머리와 팔다리, 이성과 감성 같은 요소들이 존재하는 두 가지 '층위'를 가리킨다고 할 수 있다. 가령 '정신'을 보자. 그게 따로 어디에 존재하는지 알 수 없지만, 이성과 감성 등이 작용하는 '인간이라는 전체'의 한 측면으로서 엄연히 존재한다고, 우리는 육체와 구별하여 생각한다.

이야기의 층위도 이와 비슷하다. 그것은 논자에 따라 2~4개로 나누어왔다.˙ 여기서는 다음 셋으로 구분한다. 앞의 1장에서 이야기에

---

˙  20세기 초 러시아 형식주의자들은 '파불라(fabula)'와 '슈제트(sjužet)'를 구분함으로써 이야기학 발전에 크게 이바지하였는데, 이 층위 논의는 그 이론의 전통 속에 있다. 한편 E. M. 포스터가 'story'와 'plot'을 대립적으로 본 이래, 여기서 스토리와 구별하는 '서술(discourse)'을 'plot'과 유사한 개념으로 보는 경우가 있다. 그러나 이 책에서는 플롯을 서술 층위의 한 요소 혹은 기법으로 본다.

는 '형상'과 '의미'가 복합되어 있다고 하였는데, 의미를 형상화하는 특성 때문에 이야기의 층위는 복합적이고 또 중요하다. 이번에는 이 야기가 감상자의 내면에 스토리를 형성하고 의미를 전달하는 과정을 세분하여 그것을 셋으로 나눈다.

서술(discourse) 층위 – 이야기의 서술 행위와 그 결과

스토리(story) 층위 – 이야기 텍스트에 형상화된 세계

주제·메시지 층위 – 이야기가 전달하고 체험시키는 정보, 의미, 정서

예를 들어보자. 다음은 셰익스피어의 희곡 《햄릿》에 나오는 유명한 대사이다.

**햄릿**  존재냐 비존재냐, 그것이 문제로다.

억울한 운명의 돌팔매와 화살을

마음속에 참는 것이 고귀한 일인가,

만난의 바다에 팔을 걷어붙이고

저항하여 끝내는 것이 고귀한 일인가?[18]

역자가 영어 원문을 번역한 위의 '서술'은 다른 여러 서술과 어울려서, 가령 '햄릿은 억울하게 독살당한 부왕(父王)의 복수를 해야 하지만 성격이 우유부단하다.'와 같은 핵심적 갈등을 내포한 전체 스토리의 상황을 일부 형성한다. 바꾸어 말하면, 위의 서술은 그런 상황을 제시하기 위해 동원된 여러 장면의 하나를 그려내는 대사이다. 이런

서술 혹은 장면이 사건을 이루고, 플롯°에 따라 모이고 짜여 감상자의 내면에 스토리를 형성하며, 마침내 전체 의미의 핵심을 이루는, 혹은 전체 구조를 지배하는 제재, 주제 등을 형성하고 전달하는 것이다. 이에 관한 논의들에서 "때로 호환적으로 사용되기도 하는 플롯, 스토리, 사건은 서로 관련되어 있으면서도 구별되는 용어이다."°°

앞의 세 층위 가운데 서술과 스토리 층위는 인물, 사건 등의 구체적 모습과 관련이 있어서 그 형상성 혹은 시공간성을 띠고 있지만, 주제·메시지 층위는 추상적인 것이기에 그렇지 않다. 따라서 그것은 일단 미루어놓고 앞의 두 층위를 먼저 살피려 한다. 이제까지 그래 왔듯이, 이들도 여러 각도에서 되풀이하고 또 심화시켜 가며 설명할 것이다.

### (1) 스토리 모형

이야기에서 사건의 연속성과 인과성은 일반적으로 갈등 때문에 일어나는 난제의 해결 과정에서 형성된다고 한 바 있다. 바꿔 말하면,

---

● 사건을 중심으로 한, 의미를 형성하며 감상의 관심과 흥미를 끌고 유지하는 서술의 원리이다. 스토리를 형성하고 그것에 의미의 특정한 방향이나 지향을 부여한다. 따라서 '플롯 짜기(plotting)'는 요소들의 의미를 부여하고 생성하는 작업이다. (☞ 제2부 5장)

●● 이 인용에 이어진 글은 다음과 같다. "이 용어들의 차이는 이야기와 극을 한 줄로 엮은 구슬에 견주어서 설명할 수 있다. 이야기와 극의 요소가 되는 '사건'은 각각의 구슬이고, 스토리는 그 한 줄이고, 플롯은 구슬을 엮은 순서와 방법이다. 같은 사건을 두 가지 다른 순서나 방식으로 배열하여 같은 스토리를 말하고 있는 사례는 역사와 문학 도처에 퍼져 있다." (조셉 칠더즈·게리 헨지 엮음,《현대 문학·문화 비평용어사전》, 황종연 옮김, 문학동네, 1999, 332쪽)

이야기의 갖가지 요소들과 그것의 서술은 각양각색이지만, 이 갈등의 전개 및 해결 과정에 통합되어 구조를 이루면서 인과적 논리, 중심 제재, 주제적 의미 등을 형성하게 된다. 편의상 하나로 싸잡아 '갈등'이라고 하였지만 거기에는 대립, 모순 등이 내포된다. 예를 들어본다. (☞ 제2부 1장 1-다, 제3부 1장 4절)

죄를 지은 자가 죄를 저지른 자들을 (돈을 받고) 징벌하려고 한다.
　　　　　－ 영화 〈용서받지 못한 자〉(클린트 이스트우드)의 기본 상황

애인과 결혼하기 위해 전쟁터에서 전우를 배반하고 '목숨을 훔쳐' 돌아온 자가 가짜 '사망' 통지서에 속아 애인이 이미 결혼을 했음을 알게 된다.
　　　　　－ 단편소설 〈까치소리〉(김동리)의 기본 상황

한편 앞에서는, 어떤 이야기의 스토리를 이루는 사건들은 '중심 사건'이라 할 수 있는 중심 혹은 최상위의 한 사건에 종속된다고 보았다. 어디까지나 논리적으로 단순화한 가정이지만, 이야기 텍스트의 이 중심적 사건, 즉 '상황의 변화'는 다음과 같이 세 과정으로 구성·전개될 터이다.[19] 이는 앞서 언급한 '사건의 기본 형태'의 처음상황에 갈등을 포함시켜 확장한 것으로서, 이론적으로 설정한 하나의 기본적 스토리 모형* 혹은 이야기 모형(narrative model)이라 할 수 있다. (☞ 제3부 1장 4절)

(갈등을 내포한) 처음상황 — 중간과정 — 끝상황

이는 핵심 갈등(대립, 모순 포함)이 발생하거나 존재하다가, 전개·심화되고, 어떤 형태로 종결 혹은 변화되는 추상적 과정이다. 주동인물(protagonist) 위주로 말하자면, 그의 추구가 실현되거나 좌절되는 과정이다. 여기서 '처음-중간-끝'은 심층 스토리의 논리적 순차이지 플롯에 따른 텍스트 표층의 '서술' 순서가 아니다.

단편소설 〈운수 좋은 날〉(현진건)의 중심적 사건 혹은 스토리를 이 모형에 맞추어 세 개의 문장(화소)으로 이루어진 하나의 연속체(sequence)로 요약해 보자. 주인공 김 첨지가 처한 갈등 상황을 '돈을 벌고 싶은 욕망\아내를 돌보아야 하는 현실'로 설정하고 그것을 세 문장 스토리로 나름대로 추상화하면 다음과 같다.

가난한 인력거꾼 김 첨지는 아내가 중병을 앓고 있지만 손님이 몰리자 돈에 팔려 집에 가지 않는다.

- 김 첨지는 불안을 품은 채 계속 돈을 벌며 그 돈으로 술까지 마신다.

---

● 이 '스토리 모형'은 《콘텐츠 창작과 스토리텔링 교육》(최시한, 103-117쪽)에서 정리되었다. 이야기의 일반적 모형에 관한 구조적 논의는 단순화의 위험을 안고 있지만, 기본 형태를 가정함으로써 본질을 드러내고 유사점과 차이점을 진술할 수 있게 해주는 장점이 있다. 또한 갈등 혹은 대립적 요소의 강조는 그레마스의 '기호론적 사변형'과 유사하게, 이야기의 근본 의미구조와 아이디어 전개에 관한 논리를 세우는 데 도움을 준다.

– 뒤늦게 아내가 좋아하는 설렁탕을 사 들고 집에 왔으나 아내는
   이미 죽어 있다.

위의 스토리는 갈등을 내포한 처음상황이 비극적 혹은 '하강적'
으로 종결되고 있다. 그런데 이는 소설 전체의 수많은 문장 곧 '서술'
이 아니고, 감상자가 그로부터 나름대로 사건과 그 의미를 더 이상 요
약할 수 없을 만큼 추상화하여 설정한 것이다. 여기서 이야기 작품에
서 서술의 층위와 그것을 통해 형성되는 스토리의 층위가 어떻게 다
른지 알 수 있다.

이렇게 볼 때 어떤 아이디어나 착상을 발전시키려는 스토리텔러
는 의식적이든 무의식적이든 스토리 층위와 서술 층위를 부단히 오
가며 창작을 해나간다. 물론 거기에 주제·메시지 층위도 관련되는데,
그 층위들을 종합적으로 고려하면서 스토리텔링을 하지 않으면 많은
문제가 발생한다. 가령 앞에서 '(갈등을 내포한) 처음상황'이라고 한 것
을 유지하며 인과적으로 전개시키지 못하면 일관되고 통일된 '서술'
을 해나가서 마침내 작품을 완성하기 어렵다. 자잘한 '형상'들(삽화, 인
물, 장면, 공간 등)을 질서 없이 나열하고 마는 것이다. 따라서 자기 스
토리텔링의 문제점을 발견하고자 할 경우, 작자는 우선 이 층위들, 특
히 스토리 층위에 관해 의식할 필요가 있다.

여기서 특기할 점이 있다. 《시나리오, 어떻게 쓸 것인가》[20]에서
저자 로버트 맥키는 책의 원제로 사용한 'story'를 대체로 층위를 전
제하지 않고 사용한다. 따라서 그것은 문맥에 따라 여러 개념으로 쓰
인다. 번역판에서는 그것을 주로 '이야기'로 옮기고 있는데, 이처럼

층위 개념을 바탕으로 하지 않는 경우, 용어 체계가 여기서와 같지 않음에 유의할 필요가 있다.

### (2) 이야기의 요소들

앞에서 다룬 이야기의 서술과 스토리 층위에 존재하는 '요소'들은 이야기의 범위를 넓게 잡을 때 한데 싸잡아 논의하기 어려운 게 사실이다. 매체와 갈래에 따라 '서술' 층위의 요소와 형식이 아주 다양하기 때문이다.

주지하다시피 이야기의 서술에는 온갖 매재와 매체가 사용될 수 있는데, 그들은 스토리와 주제적 의미를 표현하는 다양한 '서술언어'(☞ 2장 2-가) 혹은 기호로 기능한다. 가령 이야기문학은 언어(자연언어)만을 사용하지만, 다른 갈래들은 언어와 함께 다양한 '유사 언어' 혹은 '2차 언어'도 사용한다. 만화나 그림책은 그림을, 뮤지컬이나 오페라는 몸짓(연기, 춤), 음악, 무대 배경 등을 주요 매체로 사용하는데, 이들도 모두 형상화의 요소요 언어이다. 영화의 절정부(climax) 같은 대목에서는 흔히 (주제) 음악이 흐른다. 이는 오페라나 뮤지컬은 물론 영화에서도 음악이 사건의 분위기, 인물의 '내면 흐름'* 등을 제시하는 언어임을 보여주는 예이다. 영화에서는 말보다 이미지, 곧 자연언어보다 비언어적인 것이 월등히 중요한 서술언어가 되는 경우가 많다. 영상 속의 모습, 몸짓, 의상, 색채, 빛 등이, 또 카메라 조작, 화면

---

● 　마음의 상태, 관심의 방향, 의식의 지향, 감정 양식 등 인물의 내적 상태와 움직임을 가리킨다. (☞ 제2부 3장)

처리와 편집 방식 따위까지가 영화에서는 모두 이른바 '영상언어' 혹은 '이미지 언어'로 기능한다. 영화의 시나리오가 보통 읽을거리로서 가치가 적은 것, 흔히 영화가 시나리오 작가의 예술이 아니라 감독의 예술로 간주되는 것은 영화가 지닌 이러한 '서술언어'의 종합성 때문이요, 말하자면 그 숏(shot)들의 미장센 전체를 궁극적으로 감독이 창작하기 때문이다.

그런 점을 염두에 두되, 여기서는 일단 소설론에서 흔히 활용하는 개념 중심으로 이야기의 주요 요소들을 앞서 살핀 두 층위에 나누어 배치해 보면 다음과 같다.[21] 소설을 일차 대상으로 하므로 앞서 거론한 다중매체 갈래들에 비해 특히 서술 층위의 요소들이 간략함을 염두에 두기 바란다.

### [표 2] 이야기의 층위별 요소

| 스토리 | 서술 |
|---|---|
| 사건　시간<br>인물　공간 | 플롯 짜기<br>인물 그리기(인물 형상화)<br>초점화 |

위의 용어들을 활용하여 다시 진술해 보면, 이야기란 일단 '스토리를 서술한 것' 혹은 '스토리의 서술'이 된다. 그릇된 말은 아니지만, 두 용어를 층위 개념으로 이해하지 않을 경우, 그것은 이야기가 단지 사건의 연쇄만을 서술한 것처럼 오도하기 쉽다. 여기서 스토리는 이야기의 요소들이 '서술된' 내용적 층위를, 서술은 그것들을 어떤 매체와

형식으로 '서술하는' 행위 및 그 결과의 층위를 가리킨다. 그 행위는 물론 매체를 어떤 서술 기법으로 사용하는 스토리텔링 행위이다.

감상자 쪽에서 보면, 종이에 적힌 글자든 화면 위의 영상이든 직접 접하는 게 서술이며, 그가 그것을 통해, 또 그것을 질료로 내면에서 형성하는 게 스토리이다. 감상자는 서술을 통해 인물의 모습과 내면이 그려지고(인물 그리기, characterization), 사건과 정보가 선택·배열되며(플롯 짜기), 특정 상황과 관점에서 초점화(focalization)* 된 사물들과 만나게 된다. 이때 감상자는 작자가 택한 미적·인위적 질서에 따라 '낯설게' 제시된 것을 자기 내면에서 자연적 질서와 논리에 따라 종합한다. 이렇게 서술의 모든 요소가 수렴되고 자연적 순서와 논리에 따라 재배열한 사건의 연쇄가 바로 스토리이다.

따라서 서술 층위와 스토리 층위는 사물의 모습, 특히 그것을 지배하는 시간의 본질과 질서가 다르다. 스토리를 지배하는 시간이 '자연적 시간'이라면 서술을 지배하는 그것은 '인공적 시간'이다. 작자는 감상자의 감성을 사로잡고 의미를 증폭하기 위해 시간 질서를 순서, 양, 빈도 등에서 '낯설게' 서술하고, 감상자는 그것을 자연적 질서로 되돌리며 스토리를 재구성한다. 따라서 전자가 '서술된 시간'이라면 후자는 '서술하는 시간'이다. 이에 대하여는 '낯설게 하기'를 다루

---

● 감상자로 하여금 대상을 어떤 관점에서 바라보고 인식하게 하는 서술방식 혹은 행위이다. 이른바 '시점'과 통하지만 같지 않다. 서술자가 존재하는 소설 따위의 문학에서 특히 중시된다, 영상물의 경우 주로 카메라의 각도, 위치, 움직임 등과 연관된다. (☞ 제2부 6장)

는 다음 절에서 살핀다.

시간적 질서를 떠나 더 큰 시야로 볼 때, 스토리는 감상자에 따라 다르게 설정될 수 있다. 서술에 반응하는 감상자의 체험과 의미 형성 방식이 다양할 수 있기 때문이다. 이는 이야기를 반복하여 읽으면 알 수 있는데, 스토리 따라가기에 급급한 단계가 지나면 다른 요소들이 보인다. 하여간 서술이 무엇으로 어떻게 이루어졌든 스토리는 결국 언어로 요약·정리되며, 그 언어는 궁극적으로 감상자 내면에서 형성되는 주관적인 '감상자 자신의 말'이다.

요컨대 스토리 층위는 이야기의 무엇(what), 즉 내용 측면에 가깝고, 서술은 어떻게(how), 즉 형식과 행위 측면에 가깝다. 서술의 기법들, 즉 앞에 열거한 플롯 짜기, 인물 그리기, 초점화 등은 어떤 형상을 지닌 게 아니므로 눈에 보이지 않는다. 말하자면 '보이지 않는 손' 같은 것이기에 내용 생성에 관여하지만 내용에 등장하지는 않는다. 내용, 즉 스토리를 이루는 사건, 인물, 공간 등의 형상은 육안이든 마음의 눈이든 감상자의 눈에 보인다. 서술에 대해 인식이 적거나 그것을 경시하는 경향이 있는 것은 서술 행위가 이렇게 눈에 보이지 않기 때문이다. 그렇다고 해서 보이는 것만 보고 '보이게 만드는 손'을 보지 못한다면 작자로서 바람직하지 않다. 도자기 창작자가 되려면 도자기에서 그것을 만든 손의 기법과 의도를 볼 수 있어야 할 것이다.

### (3) 상호의존성, 전용

스토리텔링 활동 면에서 볼 때, 스토리와 서술 층위가 상호 의존적인 동시에 독립적이라는 점이 중요하다. 이 때문에 서술이 다중매체로 이루어질 경우 빛, 소리, 동작 등 여러 매재나 서술언어를 사용하는 '서술 작가들'이 필요해진다. 그리고 하나의 스토리를 가지고 서술을 달리하면 여러 텍스트가 창출될 수 있다.

다시 말하자면, 서술에 의해 "스토리는 언제나 중개된다."[22] 스토리는 서술 없이 존재할 수 없고, 스토리 없는 서술은 이야기가 아니다. 그리고 하나의 스토리는 여러 '형상'으로 서술될 수 있다. 물론 반대로 갈래, 매체가 다른 서술 작품이 비슷한 스토리를 지닐 수도 있다. 나아가 서로 다른 스토리가 유사한 주제를 표현할 수 있듯이, 하나의 스토리가 서술의 초점을 달리하여 다른 방식으로 서술되면 다른 주제를 표현할 수도 있다.

영화를 예로 이러한 양상을 더 구체적으로 살펴보자. 영화는 각본을 바탕으로 감독이 다시 연출 곧 여러 매체를 사용한 '서술'을 하며, 그 결과가 영화(영상물)이다. 최종 작자는 감독이지만, 제작 과정에 참여하는 다른 이들, 가령 촬영, 미술, 음악 등을 담당한 이들까지 헤아리면 작자(감독)는 더 늘어난다. 어떻든 이들이 모두 다 '서술작자'로서 하나의 스토리와 구조를 지닌 이야기 작품을 창작하기 위해 여러 층위에서 다른 매체로 서술한다.

이러한 양상에서 우리는 한 작품의 내용과 개성은 많은 부분 서술에 의해 좌우된다는 사실과 함께, 하나의 이야기가 다른 이야기로 다양하게 재서술, 즉 전용®될 수 있음을 알게 된다. 전용이란 하나의 이야기, 특히 그 스토리를 다른 매체와 형태로 재창작하는 일로서 '이야기 나라'에서는 언제나 일어날 수 있다. (☞ 제3부 2장 1절) 이야기의 이러한 특성에 대해 일찍이 헨리 제임스는 "한 가지 스토리로 수백만 개의 플롯을 만들어낼 수 있다."[23]라고 하였다.

'이야기 나라'에서 벌어지는 이러한 일들을 스토리와 서술이라는 용어를 활용하여 다시 기술해 보면, 스토리텔러가 할 수 있는 일이 매우 다양함을 실감할 수 있다. 이야기 나라에서는 예를 들어 《홍길동전》, 〈라이온 킹〉(롭 민코프·로저 알러스), 〈해피 피트〉(조지 밀러 외) 등과 같이 '영웅 이야기' 혹은 '영웅의 탄생'이라는 공통의 원형적 스토리를 담은 각종 이야기 작품이 무수히 존재하고, 끊임없이 서술의 변화를 꾀하며 재창작된다(☞ 제3부 2장 4절). 물론 소설을 '각색'하여 연극, 영화 같은 공연물의 대본을 만들기도 하고, 어떤 영화를 스토리는 유지하되 배경이나 서술을 바꾸어 다른 작품으로 '리메이크', '번안'을 하기도 한다. 또 스토리까지 바꾸되 무엇을 바꾸었는지 알 수있게 바꾸면서 '거리가 있는 반복' 곧 패러디를 하기도 한다. 역사 속의 한 사건이 소설, 드라마, 뮤지컬 등으로 거듭 서술된다든가 테마파크 설계의 바탕이 되는 상황이나 스토리로 활용되는 일도 드물지 않게 일어난다. 이런 일들을 인물 유형이나 규모가 작은 삽화, 모티프(motif)** 단위로 예를 들자면 끝이 없을 터이다.

---

● 이른바 '원 소스 멀티유스(One Sourse Multi-use, OSMU)'는 전용의 일종이다.

●● 모티프는 '버려진 아기', '감춰진 혈연관계', '금기의 위반' 등과 같이 여러 작품에서 거듭 사용되는 이야깃거리를 가리키는 민담학 용어이다. '주지(主旨)', '화소' 등으로 번역되기도 하고, 스토리 분석의 기본 단위를 가리키는 용어로 사용되기도 한다.

### (4) 핵심 요소 두 가지

여기서 [표 2]에 제시한 요소들의 관계를 수평축에서 살펴보자. 사건과 인물은 시간과 공간 속에 존재하는데, 본질적으로 사건이 시간과 보다 긴밀한 관계에 있는 데 비해 인물은 공간과 더 긴밀한 관계에 있다. 사건과 시간이 동적(動的)이요 동사적이라면, 인물과 공간은 정적(靜的)이요 명사적·형용사적인 까닭이다. 따라서 스토리를 요약하면 인물이나 공간에 관한 묘사는 수렴되고 주로 동사, 그 중에서도 상황 변화에 결정적 기능을 하는 핵심 기능소(화소)가 남게 된다.

이러한 사실에서 이야기의 요소를 크게 두 가지로 볼 수 있음을 알게 된다. 그것은 사건(events, 동적인 것)과 존재(existents, 정적인 것)이다.[24] 전자가 시간과 인과성에 묶여 있다면 후자는 그 위치나 기능이 보다 자유롭다.

그 개념을 가지고 보면, 두 요소의 역할이나 비중에 따라 작품과 갈래의 특성이 드러난다. 예를 들어 동화는 어린이가 감상자이므로 스토리 전달을 빠르고 분명하게 하기 위해 존재(인물, 공간적 요소 등)의 묘사보다 사건 제시 위주로 서술이 이루어진다. 한편 심리 중심의 소설이나 영화는 인물의 내면을 암시하고 '보여주기' 위해 동원된, 하지만 사건의 전개와 별 관련이 없어 보이는 공간적 요소들 때문에 스토리 진행이 느리고 희미해진다.


이상을 간추려 보면, 매체와 기법을 사용하여 서술을 하는 행위와 그 결과물의 차원이 서술 층위라면, 그 서술된 내용의 차원이 스토리 층위이다. 감상자 쪽에서 볼 때, 스토리 층위는 서술을 감상하면서 그가 인식하고 상상하는 것들의 차원, 그러니까 감상자가 서술로부터 재구성하여 형성한 사건들과 그 주체(인물)들이 존재하는 세계이다. 이때 서술이 사건 중심이냐 인물 중심이냐, 서술의 양식이 묘사하여 보여주기(showing) 위주냐 요약하여 들려주기(telling)˚ 위주냐(☞ 제3부 1장 6절) 등의 차이에 따라 작품의 갈래, 주제, 스타일 등이 달라질 수 있다.

앞에서 스토리텔링은 단순히 스토리 서술하기나 이야기 짓기라기보다 '스토리를 형성하는 서술 행위' 혹은 '서술로써 스토리 형성하기'라고 한 것은 이런 이유에서이다. '스토리의 힘'이 있으면 그 전에 '서술의 힘'이 있다. 스토리텔링을 하면서 스토리에만 관심을 쏟는 이는 텔링, 즉 서술 행위를 소홀히 하여 결국 스토리도 제대로 형성하기 어렵게 된다. 스토리는 사건 중심의 추상적 언어로 존재하지만 작품의 서술은 사건으로만, 또 갈래에 따라 언어로만 이루어져 있지 않기 때문이다. 서술은 이야기의 육체이다. 그러므로 스토리에만 관심을 두고 서술을 소홀히 한다면 매우 비합리적인 일이다. 육체 없는 영혼이 어디 있는가? 육체에 구속되지 않는 영혼은 또 어디 있는가?

---

˚ 이들 용어는 좁게는 소설의 서술 양식을 구분할 때 쓰지만, 플라톤이 담화 양식 일반을 'mimesis'와 'diegesis'로 구별한 전통 속에 놓여 있다. 따라서 그런 맥락에서 넓게 쓸 수 있다(이상섭, 《아리스토텔레스의 《시학》 연구》, 187쪽 참고). 한편 'telling'은 대개 '말해주기'로 번역하나 '들려주기'가 더 적합하다고 본다.

　　이제 시야를 넓혀보자. 감상자가 감상하는 내내 관심을 쏟거나 끝에 가서 그에게 남는 것은 스토리만이 아니다. 스토리는 어디까지나 형상을 지닌, 시간과 공간 속에서 일어난 일에 관한 것이다. 이를 넘어서고 또 지배하는 심층적 '의미'의 층위가 존재한다. 물론 그것은 스토리에 녹아 그와 한 몸을 이루고 있으나 그와 다른 차원으로 구분하여 인식할 필요가 있다. 그것이 주제 및 메시지의 층위이다.

　　여기서 같은 '의미'의 차원에 존재하지만 하나의 층위로 간주하지는 않는 제재(題材)에 대해 잠시 살펴보자. 어떤 이야기를 놓고 '그게 무엇에 관한 이야기인가?'를 물었을 때 그 '무엇'은 중심사건, 스토리, 제재, 주제, 메시지 등 여러 가지를 가리킬 수 있다. 이들을 구분해야 스토리텔링 논의가 명료해지는데, 제재란 의미를 표현하고 정서적 효과를 낳는 데 사용되는 재료, 구체적일 수도 있고 추상적일 수도 있는 그 재료를 두루 가리킨다.

　　모든 재료는 본래의 일반적 의미를 지니고 있다. 가령 '경쟁', '낡은 집' 따위는 각기 본래 지닌 사전적 의미가 있다. 하지만 그것은 작품에 들어와 그 일부로 기능을 하고서야 비로소 '작품의 요소로서의 재료' 또는 '특정 이야기의 재료', 즉 제재가 된다. 그러므로 첫째, 작품의 '(원래의) 소재' 같은 개념은 별 의미가 없다. 우리는 이미 작품의 일부가 된 것으로서 그것을 다루기 때문이다. 둘째, 같은 사물이라도 그것이 작품에서 맡은 역할에 따라 기능 혹은 초점이 달라진다. 가령 '경쟁'의 경우 해당 주체(인물)의 동기, 목적 등에 따라, 또 그것이 어떤 스토리의 어느 대목에서 무슨 기능을 하느냐에 따라 '발전을 위해 필요한 경쟁', '경쟁 사회에 사는 고독' 등과 같이 달라진다.

제재는 구체적 사물일 수 있지만, 작품의 의미 맥락에 놓이면서 추상적 의미를 띠게 되며, 점차 뭉쳐져서 중심제재로 수렴된다. 요컨대 제재는 주제를 형성하고 전달하는 구체적·추상적 재료이다. 따라서 주제는 하나의 문장 형태로 기술함이 적합하고, 제재는 하나의 단어나 구(句) 형태가 적절하다.

단편소설 〈메밀꽃 필 무렵〉(이효석)의 한 대목을 함께 읽으며 앞의 설명을 확인하고, 주제 및 메시지 층위에 대해 살펴보기로 한다.


산허리는 온통 메밀밭이어서, 피기 시작한 꽃이 소금을 뿌린 듯이, 흐붓한 달빛에 숨이 막히게 하얬다. 붉은 대궁이 향기같이 애잔하고 나귀들의 걸음도 시원하다. 길이 좁은 까닭에 세 사람은 나귀를 타고 외줄로 늘어섰다. 방울 소리가 시원스럽게 딸랑딸랑 메밀밭께로 흘러간다. 앞장선 허 생원의 이야기 소리는 꽁무니에 선 동이에게는 확적히는 안 들렸으나, 그는 그대로 개운한 제멋에 적적하지는 않았다.

"장 선 꼭 이런 날 밤이었네. 객줏집 토방이란 무더워서 잠이 들어야지. 밤중은 돼서 혼자 일어나 개울가에 목욕하러 나갔지. 봉평은 지금이나 그제나 마찬가지나, 보이는 곳마다 메밀밭이어서 개울가 어디 없이 하얀 꽃이야. 돌밭에 벗어도 좋을 것을, 달이 너무도 밝은 까닭에 옷을 벗으러 물방앗간으로 들어가지 않았나. 이상한 일도 많지. 거기서 난데없는 성 서방네 처녀와 마주쳤단 말이네. 봉평서야 제일 가는 일색이었지."

"팔자에 있었나 부지."

"아무렴." 하고 응답하면서 말머리를 아끼는 듯이 한참이나 담배를 빨 뿐이었다. 구수한 자줏빛 연기가 밤기운 속에 흘러서는 녹았다.

"날 기다린 것은 아니었으나 그렇다고 달리 기다리는 놈팽이가 있는 것두 아니었네. 처녀는 울고 있단 말야. 짐작은 대고 있었으나 성서방네는 한창 어려워서 들고날 판인 때였지. (중략) 처음에는 놀라기도 한 눈치였으나 걱정 있을 때는 누그러지기도 쉬운 듯해서 이력저럭 이야기가 되었네……. 생각하면 무섭고도 기막힌 밤이었어."

　　　　－《(선생님과 함께 읽는) 메밀꽃 필 무렵》, 휴머니스트, 2012, 20-23쪽.

앞의 서술이 스토리에 어떻게 수렴될 것인가는 이 작품 전체의 핵심적 변화, 즉 중심사건을 무엇으로 보느냐, 그리고 앞의 서술이 거기서 어떤 기능을 한다고 보느냐에 따라 정해진다. 〈메밀꽃 필 무렵〉의 해석은 다양하지만, 여기서는 일단 중심사건을 두 가지로 설정해 본다.

(가) 허 생원과 동이가 (충주댁을 두고) 다툰다.
　　　－ 서로 사과한다.
　　　－ 화해하여 가까워진다.

(나) 장돌뱅이 허 생원이 정착하고 싶은 마음을 품고 있다.
　　　－ 동이가 자신의 아들일 수도 있음을 발견한다.
　　　－ 가정을 이루어 정착할 가능성이 생긴다.

스토리는 중심적 사건이나 인물을 무엇으로 잡느냐에 따라 달라지기도 하지만, 중심적 제재를 무엇으로 보느냐에 따라 달라지기도 한다. (가)는 이 작품의 중심제재를 '애정' 또는 애욕(愛慾)으로, (나)는 '정착' 또는 정착 욕구로 보는 스토리이다. 보기에 따라 (나)의 중간과정에 (가)가 들어가는 두 겹의 구조라고 할 수도 있다. 하지만 여기서는 (나)를 부(副)스토리나 제재로 간주하고, (가) 위주로 살피겠다. 작품 전체 서술이 (가) 위주이고, 그편이 설명을 간명하게 하는 데 이로운 까닭이다.

　　앞에 인용한 서술은 '서로 사과하는' (가)의 중간과정에 이바지한다. 이에 앞서 동이는 발정이 나서 놀림당하던 허 생원의 나귀를 도와줌으로써 일차로, 또 간접적으로 허 생원에게 사과한 바 있다. 한편 인용한 장면 바로 뒤에서 허 생원은 동이한테 자기가 '실수'를 했다고 직접 사과한다. 그러자 이를 받아 동이도 재차 사과한다.

　　이런 점들을 고려하면 인용한 서술은 허 생원의 궁색한 성격과 처지를 제시하고, 성 서방네 처녀와의 인연이 내포된 스토리라인 (나)를 도입하기도 하지만, 심층적으로는 '사과 행위'의 맥락에 놓여 있다. 그 맥락에서 '나도 동이 나이에 그랬다'는 고백, 나아가 '젊은 사람이 그러는 건 당연한데, 나이 먹은 내가 동이를 뺨까지 때렸으니 안 할 짓을 했다'는 속마음의 간접적 표현이나 그것을 위한 준비로 해석할 수 있는 것이다.

　　이러한 해석이 일리 있다면, 인용한 장면적 서술은 심층의 스토리에서 '사과한다'에 수렴된다. 바꿔 말하면, 사과를 함으로써 다투었던 처음상황이 변하는 과정의 일부가 그렇게 서술된 것이다. 충주댁을 둘러싸고 일어난 다툼의 전개, "계집과는 평생 인연이 없는" 노인의 애욕과 그에 따른 행동에 대한 쑥스러운 사과를 제시하는 이 서술을 돕는 것이, 바로 달빛에 젖은 메밀꽃밭, 그 '헛헛함' 혹은 '창백함'의 이미지를 띤 공간이다.

이런 해석에 대해 동의하지 않을 수 있다. 한국 소설의 명장면 가운데 하나인 이 '순수하고 아름다운' 장면을 이상하게 해석했다고 비판할 수도 있다. 그런데 지금 논의의 초점은 표층에 '서술'된 달빛 젖은 메밀꽃밭이 아니라 그 심층에서 일어난 사건이며, 그 꽃밭이 원래 지니고 있는 아름다움보다 그에 관한 서술의 구조적 기능이 어떠한 사건과 인물의 제시, '스토리' 전개, '주제'적 의미의 형성 등에 기여하는가이다. 아울러 어떤 스토리가 더 적절한가를 평가하기보다, 스토리라는 것이 해석의 산물일 뿐 아니라 주관적이고 추상적인 것임을 실감하는 일이다.

한편 이 작품을 읽는 도중이나 읽은 후에, 감상자는 어떤 핵심적이고 '지배적인' 의미, 생각, 감정, 태도, 분위기, 이미지 등을 파악하고 얻는다. 그들을 앞에서와 같은 (가)의 맥락에서 문장으로 표현해 보면 이렇다.

- 인간은 누구나 이성에 대한 애정을 지니고 있다.
- 애욕은 인간에게 위안을 주고 가정을 이루어 정착할 수 있게 한다.
- 궁핍하게 사는 사람은 애정적 욕망마저 애잔하다.

위의 말들은 작품을 이루고 있는 서술의 일부도 아니고, 그것을 해석하고 요약하여 설정한 스토리도 아니다. 이 말들은 소설에 펼쳐진 스토리 세계에 대해 알고 느낀 바를 그와 다른 차원과 맥락에서 진술한 결과이다. 주어가 '허 생원'과 '동이' 같은 인물이 아닌 데서 알 수 있듯이, 사건이 벌어지는 시공간, 즉 스토리 세계의 형상을 통해 전달되었지만 그것을 초월한 일반적이고 보편적인 진술(잊었거나 모르고 있었던 삶의 진실을 새로이 인식하고 깨닫게 하는 진술)이다.

이 역시 이야기 때문에 존재하는 것이고 이야기 활동의 일부이므로 서술 층위와 스토리 층위에 더하여 하나의 층위로 삼고 이를 '주제 층위'라고 부를 수 있다. 정보적 이야기의 경우에는 '메시지 층위'라고 불러야 어울린다.* 이 차원의 주제·메시지는 앞에서와 같이 문장으로 기술함이 적절하다.**

이렇게 해서 이야기는 모두 세 층위, 즉 '서술 자체, 그로써 형상화된 세계, 그것의 감상을 통해 인식하고 체험하는 것'으로 구분된다. 이를 스토리 위주로 다시 말해보면, 이야기를 지을 때나 감상할 때

---

● 여기서 '주제'라는 용어에 묻어 있는 고정관념을 털어낼 필요가 있다. 그것은 객관적으로 명확히 정해져 있고, 되도록 어떤 가치나 교훈을 포함해야 한다고 여겨지는 경향이 있다. 하지만 앞서 '감상을 통해 알고 체험하게 되는 것'이라고 한 말에서 짐작되듯이, 그것 역시 스토리처럼 감상 과정에서 형성된다. 어떤 가치, 사상 외에, '체험'에 동반된 느낌, 분위기, 이미지 등이 모두 주제가 될 수 있다. 한편 주제의 성격이나 작품 지배력은, 세계는 명확히 인식하기 어려우며, 절대적 진리는 존재하지 않는다는 생각이 짙어진 근대의 이야기일수록 의문스러운 것으로 여겨져 왔다. 이러한 맥락에서 "주제라는 개념에 지나치게 집착하는 태도는 소설을 하나의 구조물로 이해하는 데 별 도움을 주지 않는"(한용환,《소설학사전》, 문예출판사, 1999, 412쪽)다는 주장도 있다.

'스토리를 형성시키는 것, 형성된 스토리, 그 활동에서 얻는 체험과 의미'에 해당한다.


## 다. 스토리의 두 층위

이 장의 앞머리에서 이야기의 층위들을 추상성의 정도에 따라 위 아래로, 추상성이 강한 것을 밑에 배치하여 제시한 바 있다. 거기서 서술 층위와 주제·메시지 층위 사이에 있는 스토리의 중간적 위상이 드러난다.

스토리는 중간에 있으므로 형상의 시공성, 주제의 추상성 등을 고려하여 다시 두 층위로 구분할 수 있다. 사건의 표면적 움직임을 요약하는 정도의 '표층(겉) 스토리'와, 갈등 및 내적 의미의 맥락을 반영하여 상황 변화를 요약한 '심층(속) 스토리'가 그것이다. 가령 황순원의 단편소설 〈소나기〉는 수많은 문장의 '서술'로 되어 있는데, 그 전반부에서 자기와 자기 집안의 어두운 미래를 느끼는 소녀가 소년과 친해지려고 한다. 이 소설을 '만남의 기쁨\헤어짐의 슬픔', '삶\죽음'

---

●● "주제는 한 단어가 아니라 문장(이야기에서 더 이상 축약할 수 없는 의미를 담은 하나의 명료하고 일관된 문장)이다. 나는 주제보다 '주도적 아이디어(controlling idea)'라는 말을 선호한다. 그것은 이야기의 중심적이거나 근원적인 아이디어를 가리킬 뿐 아니라 그 기능까지 함축한다." (로버트 맥키, 《시나리오, 어떻게 쓸 것인가》, 고영범·이승민 옮김, 황금가지, 2002, 114-115쪽)

따위의 갈등 이야기로 볼 때, 전반부 서술은 아래와 같이 두 가지로 다르게 요약할 수 있다.

> 표층 스토리 층위: 소녀는 소년과 친해지고 싶다. 그래서 징검다리에
> 서……
> 심층 스토리 층위: 소녀는 소년과 '만남의 기쁨'을 맛보고 싶어 한다.
> / 소녀는 (죽음에 맞서) 살고자 한다.

이렇게 보면 이야기 표면의 자잘한 사건들을 간추린 표층 스토리보다 핵심 갈등과 밀접하며 이면의 주제적 의미를 반영한 심층 스토리, 다시 말해 심층적 해석이 내포된 스토리가 보다 스토리다운 스토리라고 할 수 있다. 그것이 이야기 세계의 '형상'보다 '의미' 차원에 가까이 존재하기 때문이다. 이를 잘 보여주는 예가 환상적 이야기, 즉 판타지이다. 그것은 표층적으로는 경험 세계에서 있을 수 없는 사건을 담고 있는데, 심층적 차원에서 감상자는 그 사건을 '있을 수 있는' 것으로 받아들인다. 비현실적인 표층 스토리의 세계를 '리얼한(현실적인)' 의미가 있는 것으로 인식하는 것이다. 이렇게 표층적으로는 별개의 환상적 세계 설정(worldbuilding)* ─ 그 세계에 존재하는 사물의 모습, 관습, 법칙, 배경 등의 구축 ─ 이 필요할 정도로 비사

---

* '세계 설정' 또는 '세계 구축'은 흔히 '세계관'이라고 부르나, '~관'은 무엇보다 '관념' 혹은 '관점'을 가리키므로 부적절한 말이다. (이지향,《세계관을 만드는 법》, 은유, 2023, 27쪽 참고) 이에 대하여는 뒤의 3장 3절에서 다시 다룬다.

실적인 이야기도 그럴듯하고 진실성 있게 받아들이는 것은, 이야기 세계의 형상들을 궁극적으로 하나의 비유나 기호(서술언어)로 만드는 심층 스토리의 존재 때문이요, 그렇게 이야기를 감상하는 관습 때문이다.

이야기는 외부 현실의 모방이요 상징물이다. 감상자가 자신이 '간접 체험'하는 그 세계의 표층 스토리, 즉 인물과 사건의 세부나 겉모습만 볼 뿐 갈등과 중심사건을 '해석'하여 전체 의미구조 속에서 심층 스토리를 붙잡지 못한다면, 이는 살아가면서 나날의 현실을 그때 그때 피상적으로만 인식하고 행동하는 노릇과 흡사하다.

감상이 아니라 창작으로 국면을 바꾸어 보자. 이야기꾼은 삶의 표층이 아니라 그 심층에 존재하는 것, 곧 그것을 지배하는 갈등을 붙잡아야 한다. 앞에서 줄곧 강조해 온 갈등은 궁극적으로 심층 스토리에 존재한다. 그것은 표층 사건들'에 대한' 인식, 표층 사건을 한 차원 초월한 의미구조 속에서 작용한다. 작자가 심층 스토리를 고려하지 않은 채 표층의 장면이나 삽화들만 마구 나열한다면 그 밑바닥의 것을 표현하지 못한다. 감상자의 말초적 욕구를 충족시키기 위해, 혹은 감상자들은 '심각한 것을 싫어한다'는 근거 없는 변명을 하며 그것을 회피한다면, 결국 깊이가 모자라고 통일성도 약한 이야기를 짓고 말 것이다. 이런 맥락에서 플로베르는 "진주알이 목걸이를 구성하기는 하나 목걸이를 만드는 것은 줄"[25]이라고 한 바 있다.

이와 관련하여 영화계에서 흔히 쓰는 용어 '로그라인(logline)'에 대해 생각해 보자. 그것은 어떤 영화가 무엇에 관한 것인지를 간략히 제시하는, '영화 전체를 함축한 한 문장'을 가리키는 경우가 많다. 앞

의 논의를 바탕으로 볼 때, 로그라인은 심층의 '세 문장 스토리', 특히
그 가운데 '(갈등을 내포한) 처음상황'에 가깝다. 그것을 확인하기 위해
두 영화의 처음상황을 요약해 보면 다음과 같다.

남편 살해 혐의를 받는 여성과 담당 형사가 가까워진다.

－〈헤어질 결심〉(박찬욱)

조커 일당이 고담시를 혼란에 빠뜨릴 때, 배트맨은 불의를 물리치는
자신의 능력 자체에 대한 시험에 빠진다.

－〈다크 나이트〉(크리스토퍼 놀란)

이야기의 구조를 앞서 제시한 [그림 1]에 이상의 논의를 추가하
여 다시 그려보면 다음과 같다.

[그림 3] 이야기의 구조

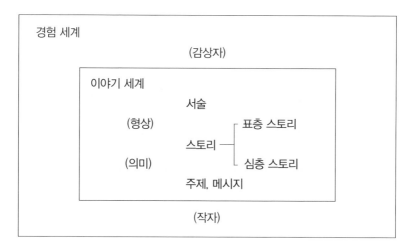

여기서 심층 스토리를 다른 측면에서 더 살펴보기로 하자.

어느 작품의 심층 스토리는 다른 작품들의 그것과 통한다. 인류의 이야기 창고에는 아득한 세월 동안 되풀이되며 다듬어진 몇 가지 계열의 심층 스토리가 존재한다. 이야기 학자들이 이야기의 '원형'으로 간주하는 그것을 스토리텔러들은 '원형적 스토리'로 활용해 왔다. 이는 앞서 제시한 '(갈등을 내포한) 처음상황 – 중간과정 – 끝상황'의 이론적 스토리 모형과 유사하되, 그와 비교하여 역사적 스토리 모형이라고 할 수 있다. 원형적 스토리는 인류의 원초적인 삶과 꿈이 응축된 것, 혹은 그것들을 펼치기 좋은 사건이나 상황을 내포하고 있기에 누구든지 좋아하고 친근하게 여긴다. (제3부 2장 4절에서는 그것의 활용 방법을 다룬다.)

'원형(archetype)'을 문학 용어로 만든 신화비평가 노드롭 프라이는 문학의 원천을 신화로 보고, 대부분의 문학은 신화에 내재된 원형적 요소와 구조가 '환치(displacement)'된 것, 즉 반복·변형된 것으로 보았다.[26] 원형적 스토리 가운데 가장 널리 알려지고 스토리 산업 분야에서 자주 거론되는 것이 '영웅의 일생'[27] 혹은 '영웅의 여행'[28] 등으로 불리는 영웅 이야기다. '영웅의 여행'은 조셉 캠벨이 신화들의 심층에 존재하는 '단원신화(單元神話, monomyth)'로 설정한 유형을 C. 보글러가 '분리–하강, 입문–귀환'의 3단계로 정리한 것이다. 그는 〈스타 워즈〉를 비롯한 많은 영화가 그에 따름을 분석하고 그것을 시나리오 창작의 지침처럼 제시하였다. 그래서 작품의 '서술'이 따라야 할 모형처럼 받아들이기 쉬우나, 그것은 어디까지나 심층에 존재하는 하나의 스토리 유형이다.

하여간 온갖 이야기의 심층에 존재하며 반복되는 원형적인 것을 자연스레 진술하려면, 스토리 형태보다 제재나 모티프 등의 형태로 기술하는 게 적절할 것이다. 그 가운데 대표적인 것을 사건 중심의 제재 형태로 몇 가지 기술해 보면 다음과 같다. 같은 것이라도 어디에 초점을 두느냐에 따라 표현이 달라지므로 ' ~ 혹은 ~ ' 형태로 진술한다.

영웅의 여행 혹은 일생

탐색 혹은 추리

사랑 혹은 결혼

복수 혹은 '한(恨)의 풀림/정의 실현'

길 혹은 '여행/모험'

투쟁 혹은 경쟁(시합)

성장 혹은 교육


이들은 인간의 삶에 존재하는 근원적 욕망, 운명적 수난 등과 연관되어 있다. 시간적으로 먼저 생겼고, 개인이 아니라 집단이 창작해 낸 설화(신화, 민담, 전설 등)가 이들 위주의 이야기임은 주지의 사실이다. 이들은 이야기 나라의 터줏대감이요 변함없는 인기 제재 혹은 스토리 유형으로서 계속 재창조되고 있다.[29] (☞ 제3부 2장 4절)

이들은 대개 한 이야기에서 두세 가지가 함께 등장하기도 하는데, 그것은 이들이 결합하여 갖가지 새로운 상황과 그 전개('사랑'을 배반한 자에 대한 '복수', '복수'를 하기 위한 '모험', '투쟁'을 통한 '영웅의 탄생', '시련'에 빠진 자의 '사랑'을 통한 '성장' 등)를 자꾸 만들어나갈 수 있기 때문이다.

## 라. 낯설게 하기, 낯익게 하기

이야기 자체의 구조에서 물러나 그것의 창작과 감상 행위로 눈을 돌려보자.

스토리텔러는 '서술'을 한다. 그것은 다른 말로 '형상화'이다. 이야기를 읽을 때 감상자가 일차적으로 대하는 것은 이 형상화에 사용된 매체요 그것으로 그려진 형상들이다. 그들을 지배하는 것은 물리적 시간이 아니라 작자가 만든 '인간적 시간'이다. 순서가 바뀌고 어느 곳은 팽창하거나 생략되며, 심지어 경험 세계의 시간과 공간을 초월하여 환상으로 넘어가기도 한다. 감상자는 그를 통해 경험 세계를 벗어나는 재미를 맛보기도 하지만, 어디까지나 경험 세계에서 쌓은 논리와 체험을 바탕으로 그것을 인식하고 재구성하여 '자연스러운' 논리와 질서의 스토리를 형성한다.

형상화는 변용(變容, deformation)을 동반하는데, 거기에는 매체의 특성과 갈래의 관습은 물론 감상자를 사로잡을 여러 기법이 사용된다. 앞에서는 그 기법으로 '플롯 짜기, 인물 그리기, 초점화' 세 가지를 들었다. 물론 연극, 영화 등과 같이 창작 과정에 제작이 필요한 종합 갈래의 경우에는 조명, 의상, 카메라 조작, 편집, 그래픽 등을 활용한 여러 제작 기법이 추가된다. 작자가 이렇게 사물을 변용하고 재구성하는 것은 '낯설게 하기(defamiliarization)'를 하여 사물을 새롭게 보게 함으로써 감상자의 굳어진 반응을 깨뜨려 인식과 감동, 공감 등이 일어나게 하기 위해서이다. 이는 스토리텔링만이 아니라 창작 행위 전반에서 일어나는 현상이다.

요컨대 스토리텔러는 서술로써 스토리를 낯설게 한다. 그는 감상자의 사고와 감각을 자극하고 쇄신하기 위해 '낯섦'을 추구하며, 감상자는 그것을 자신의 앎과 경험을 바탕으로 이해하고 해석한다. 그것이 바로 스토리 형성 활동이다. 그렇다면 이야기의 감상(수용)이란 '낯익게 하기'가 된다.

사물을 변용하여 이야기하는 정도와 양상은 갈래와 작품에 따라 다르다. 형상화에 있어서 보다 미적인 완성을 지향하기에 기법이 더욱 정교하게 사용되는 표현적 이야기에서 낯설게 하기는 그 정도가 강하다. 이에 비해 역사, 자서전, 다큐멘터리, 사건 기사 같은 정보적 이야기는 서술이 사실 자체를 객관적으로 '기록'하거나 '지시'하기를 추구한다. 기본적으로 낯설게 하기를 억제하는 것이다. 하지만 예컨대 〈F1, 본능의 질주〉 같은 다큐멘터리는 실제 자동차 경주가 지닌 매력에 촬영과 편집 기법의 힘을 더해 극적 효과를 낸다. 역사 서술에서는 역사가의 관점에 따라 선택과 강조, 추리와 판단 등이 일어나 대상의 모습과 의미가 결정되고, 그에 따라 다른 역사가의 서술과 차이가 나게 된다.[30] '역사적 상상력'이 개입하여 변용이 일어나게 마련인 것이다. 역사 드라마나 역사소설에 등장하는 대원군이 작품마다 다르듯이, 역사가의 여러 서술에 등장하는 대원군 또한 서로 같지 않다.

자연과학 분야에서라면 몰라도, '사실 그대로의 서술', '순객관적 서술'이란 존재하기 어렵다. 도대체 무엇이 사실인지, 또 그것을 이른바 '순객관적으로' 전달할 매체와 방법이 과연 존재하는지부터가 의문이다. 이야기의 서술은 일단 모두 '지은' 것이다. 인공(人工)의 서술이란 모두 어떤 매체를 가지고, 어떤 관점에서, 어떤 주관에 따라 변용되어 '만들어진' 것이다. 사실과 허구의 경계는 의외로 흐리며, 작자가 하는 일 또한 의외로 양쪽이 통한다. 시오노 나나미의 《로마인 이야기》는 정통 역사학자들 가운데 비판하는 이가 있지만, 작자가 창작한 또 하나의 로마 역사이다. 허영만의 장편만화 《오! 한강》에는 1970년대의 신문 기사가 자주 활용되는데, 그것은 신문 기사였지만 이제 만화의 일부가 되었다. 역사소설은 과거에 있었던 사건을 자료나 배경으로 삼고 있어도 역사가 아니라 소설로 분류된다.

작품 바깥의 현실에서 실제로 일어났는지 여부에 구속되지 않는, 애초부터 모든 게 꾸며낸 것이라고 선언한 허구적 이야기에서 변용의 정도와 양상은 실로 다양하고 놀랍다. 일상생활을 하는 인물이 엉뚱하게 벌레로 변하거나(카프카의 소설 《변신》), 돼지 모습을 하고 있는 (미야자키 하야오 감독의 애니메이션 〈붉은 돼지〉) 경우까지 예로 들 것 없이, 만화나 애니메이션의 사람 얼굴 그림이 실제 얼굴과 얼마나 다르며, 영화의 장면과 장면 사이에 얼마나 많은 것이 생략되고 있는지, 그 갈래들에서 칸과 컷의 배열이 시간의 자연적 질서와 얼마나 어긋나는지만 생각해 보아도 금세 알 수 있다. 뮤지컬이나 오페라에서 인물들은 대화도 노래로 하는데, 우리가 그것을 어색하지 않게 여기는 것은 그 갈래 고유의 변용 관습에 익숙해졌기 때문이다. 렘브란트의 그림 〈돌아온 탕자〉에서 탕자를 안고 있는 아버지의 손을 보면, 한쪽은 아버지(남자)의 손이나 다른 한쪽은 어머니(여자)의 손처럼 보인다. 여기에 이르면, 감상을 한다는 것은 눈에 보이는 세계를 떠나 작자가 변용해 낸 세계를, 그 변용의 관습과 언어에 따라서 보는 일임을 알게 된다.

이렇게 볼 때, 무엇을 서술 혹은 창작하려는 이에게 '객관적인 것', '보편적인 것', '자연스러운 것'이란 하나의 이상이요 상대적인 것일 뿐이라고 하는 편이 낫다. 선입견 없이 '순수한 소재(素材)'라는 것 역시, 가구 따위를 만드는 경우라면 모를까, 존재하지 않는다. 작자가 역사적 사실이나 영원한 진실 따위를 추구할 수 있고 또 그래야 하기도 하지만, 언제나 주관성은 개입된다. 작자가 재료로 삼았을 때, 그것은 이미 이른바 '소재'라기보다 작품의 일부로 변용된 '제재'이다. 개성이나 스타일도 선택 사항이 아니다. 어차피 자기 나름의 진실을, 그에 어울리는 형태로 표현하게 마련이다. 자연과학 연구가 아닌 한, 아니 어떤 면에서는 그 분야에서도 인간의 행위는 욕망과 주관의 안개를 걷어내기 어렵다. 본래 모든 픽션(fiction)은 어느 정도 팩션(faction)이며, 반대로 모든 사건의 기록 또한 인위적 구성물이다. 이는 '기록' 이야기인 다큐멘터리를 살펴보면 오히려 분명히 드러난다. 그것 역시 카메라 조작과 편집에 의한 인공물, 즉 '작품'인 것이다.

　　그러므로 스토리텔러는 어떻게 하면 '사실'에 가까운 이야기를 지을까보다, 어떻게 해야 자기 나름의 '진실'을 표현할 개성적 서술을 창조해 낼까에 관심을 쏟는 편이 낫다. 특히 남들이 좋다고 하는 '멋진' 내용이나 형태에 가까워지고자 애쓰지 않는 자세도 필요하다. 정해져 있다고 믿는 그런 것은 실은 존재하지 않으며, 존재한다 하더라도 진부하고 생명이 짧기 때문이다.

　　사실이 이러하니 스토리텔러는 과연 자기가 무엇을 표현하려는 것인지, 자기가 무엇을 위해 이야기를 짓는지, 그것부터 챙김이 바람직하다. 그리고 그것을 구체화하고 수정하면서, 고유의 형태를 얻을 때까지 서술을 다듬어나가야 한다. 이를 위해서는 항상 예민한 감수성과 관찰력으로 사물을 포착함으로써 내면을 풍부히 하고, 포착한 것을 변용하고 구성하여 하나의 완성된 구조를 쌓아 올릴 상상력과 사고 능력을 기르는 데 힘쓸 필요가 있다. 거듭 강조하건대, 스토리텔링은 섬세하고 질긴 노력을 요구하는 건축이요 조형(造形)이다.

이야기의 역사와 갈래 측면에서 보면, 서술에 쓰인 말의 양이나 사건 순서 면에서 볼 때, 비교적 규모가 작고 단순한 형태의 이야기인 설화, 동화 등은 스토리가 거의 그대로 서술에 가까운 경우가 많다. 이런 이야기에서는, 역사 서술이 그렇듯 묘사가 적고 서술 기법이 그다지 사용되지 않기 때문이다. 한국 소설사에서 '묘사' 혹은 '보여주기' 형태의 서술이 본격적으로 등장하는 것은 20세기 초의 신소설부터이다.

하지만 본래부터 시간, 공간의 제약이 심하고 모든 것을 무대에서 행동으로 보여주어야 하는 연극에서는 정서적 효과를 높이기 위해 변용의 정도가 심하였다. 말 그대로 '극적(劇的, dramatic)'이었던 것이다. 근대로 접어들면서 소설이나 영화처럼 매우 복잡하고 발달된 이야기들은 서술이 길고 정교해지면서 보다 극적인 것을 추구하여, 스토리가 낯설게 서술되는 경향이 짙어졌다. 물론 갈래에 따라 차이가 있지만, 시대가 오늘에 가까울수록, 또 매체가 다중화될수록 스토리가 새로운 맥락에서 재구성되며 요소들끼리 얽혀 동기화(motivation)⁎되는 정도가 심해진다. 그리하여 인물의 성격과 이미지가 강화되고, 사건의 배열이 뒤바뀌어 자꾸 의문이 일어나는가 하면, 시간과 공간이 여러 층으로 나뉘고 포개진다. 남녀 인물의 이혼 장면 다음에 그들의 결혼 장면이 나오기도 하고, 두 시간 동안 일어난 사건에 관한 서술 속에 주인공의 일생이 담기는 식이다.

따라서 대부분의 표현적 이야기에서, 스토리는 감상자가 서술을 '낯익게' 재구성해야 할 필요성이 커진다. 이 '자연화(自然化)' 작업은 스토리의 본래 상태를 회복하기 위한 활동이 아니라, 사물에 대한 새로운 인식과 경험을 위해 작자의 의도와 미적 지향에 따라 마련된 '창조적 혼돈'의 과정이자 의도적인 추체험 활동이다. 대부분의 이야기, 특히 심리나 추리 중심의 소설이나 영화를 감상할 때 감상자가 혼란을 뚫고 스토리를 재구성해 내는 일 자체에서 즐거움과 자아가 확충되는 경험을 맛본다는 사실이 이를 잘 보여준다. 이렇게 볼 때, 텍스트 또한 "우리가 읽는 과정을 통해 비로소 그 텍스트의 의미에 도달한다"[31]고 할 수 있다.

여기서 다시 생각해 보자. 이야기성의 핵심인 스토리라는 것은 궁극적으로 어떤 것인가? 이야기가 단순하든 정교하든, 정보적이든 표현적이든, 또 인물과 사건이 일차적으로 감상자 몸의 눈에 보이든 마음의 눈에 보이든, 결국 스토리는 텍스트의 서술을 가지고 감상자가 해석하고 재구성한 결과이다. 따라서 스토리는 작품 속에 있다기보다 작품을 바탕으로 감상자에 의해 형성된다. 이렇게 본다면, 작품이라는 것은 하나의 그릇이나 창고라기보다 길이요 과정이다. 그 과

---

• 이야기의 요소들을 구성하여 구조의 일부가 되게 하는 일. 이에 의해 부분적 요소 (unit)는 통일성(unity) 있는 전체 속에 구조화되어 고유의 기능을 지니게 됨. 플롯 짜기와 통함.

정에서 감상자는 '작품에서' 무엇을 꺼낸다기보다 '작품(감상)을 통해' 어떤 체험을 한다. 그려진 세계와 그 변화에 동참하는 이 체험의 다른 이름이 '감상'이요 '감동'이며 '공감'이다. 영화 〈8월의 크리스마스〉(허진호)는 전체가 죽음을 받아들이는 과정, 혹은 삶의 기억이 생겼다가 소멸하거나 남는 과정을 그리고 있다. 빅토르 위고의 장편소설 《레 미제라블》은 이해받지 못한 자 혹은 쫓기는 자(우리 모두가 자기 자신도 얼마간 그런 존재라고 여기는)에 대한 연민의 흐름 속에 방대한 사건들이 녹아든다.

휴일 밤에 텔레비전 채널을 채우는 영화들은 대부분 보통 사람들의 꿈을 가상으로 대리만족 혹은 간접 체험시켜 줌으로써 즐거움과 카타르시스를 맛보게 해준다. 감상자는 그 시뮬레이션(시연, 가상 행위)* 과정에 동참하면서 어떤 내면적 변화를 겪고, 나아가 그것을 실제 행동으로 옮기기도 한다.

따라서 스토리는, 물론 텍스트의 서술 자체에 걸맞아야 하나, 감상자에 따라 다를 수 있는 주관적이고 추상적인 것이다. 그것은 각종 매재와 매체로 된 서술에 '의해' 존재하는 것이지만, 궁극적으로 감상자 내면의 어느 공간에 존재한다. 아니 그보다는, 작품과 감상자 사이의 어느 곳에 존재한다고 하는 게 나을지 모른다. 물론 '작품과 감상

---

* 광고나 홍보에서 이야기가 효과적일 수 있는 것은 이 때문이다. "스토리의 힘은 이중적이다. 그것은 시뮬레이션(어떻게 행동해야 하는지에 대한 지식)을 제공하는 동시에 영감(행동에 대한 동기)을 준다. (중략) 적절한 스토리는 행동을 고취시킨다." (칩 히스·댄 히스, 《스틱!》, 안진환 외 옮김, 웅진씽크빅, 2009, 304쪽)

자 사이의 어느 곳'이란 어디까지나 하나의 비유일 뿐이다. 그곳은 물리적 장소가 아니라 이야기 활동이 일어나는 정신적 공간에 상상으로 설정한 어느 층위, 혹은 거기서 생성된 어떤 세계이기 때문이다.


## 마. 구조의 완성을 위한 유의점

이야기 능력을 갖춘 스토리텔러는 짓고 있는 이야기가 더는 손댈 필요가 없다고 느끼는 순간, 즉 작품의 구조가 '완성되었다는 느낌'의 순간을 안다. 거기로 다가가기 위해, 이제까지 이야기의 구조에 관해 살핀 내용 가운데 특히 스토리텔링에 중요한 점들을 정리해 보자. 그리고 그것을 바탕으로 통일된 구조의 이야기를 창작하기 위해 스토리텔러가 유의할 점들을 챙겨보자.

첫째, 스토리는 이야기의 창작과 감상 과정에서 형성되는 것으로서 서술과 상호 의존적이다.

이야기물은 구체적인 사물이지만, 스토리는 그것의 한 요소 혹은 층위이다. 하나의 유형으로 굳어진 스토리도 있지만, 기본적으로 스토리는 창작자와 감상자의 주관성을 띠게 마련이다. 또 그것은 서술을 통해 형성되고 형상화된다. 우리는 스토리를 정해놓고 이야기를 서술하는 양 생각하기 쉽다. 그럴 경우도 없지 않겠으나, 스토리와 서술은 무엇이 먼저라기보다 함께 이루어지며, 엄격히 말해 이야기가 완성되기까지 스토리는 존재하지 않거나 생명이 없다고까지 말할 수 있다. 실제로 작품이 완성되기 전에는 작자 자신도 스토리를 온전히 알지 못하는 경우가 많다.

　이런 사실을 고려할 때, 스토리텔러는 모든 요소가 스토리 형성에 이바지하도록 구성해 가야 한다. 이야기를 짓는 일은 한 세계의 창조요 창안이다. 그게 어떤 세계이든, 본래 스토리텔링은 '세계 설정'인 것이다. 그것은 인물과 그의 행동을 형상화하되, 그것들이 상황 속에서 그럴듯하고 의미 있게 변하도록 하는 일이다. 이미 있어왔거나 정해놓은 스토리에 단순히 끼워 맞추는 행위가 아닌 것이다. 기존의 스토리를 활용하는 경우일지라도, 그것이 어떤 새로운 질서를 형성하며 살아 움직이도록 서술이 이루어져야 비로소 참신하고 의미 있는 '그 이야기의 스토리'가 된다. 만약 스토리텔링을 단지 정해진 스토리에 인물, 사건 따위를 대입하는 작업처럼 생각한다면, 그 결과 나온 이야기는 내용이 뻔하거나 의미가 공허한 것이 될 터이다. 이른바 '작자의 의도'라는 것은, 텍스트 자체가 스스로 감상자 내면에서 살아 움직이지 못하면 소용이 없는 것이다.


　둘째, 이야기 작품의 개성과 수준(완성도)은 스토리와 함께 '서술'에 크게 좌우된다.

　스토리가 비슷해도 서술이 다르면 주제가 달라질 수 있고, 스토리와 주제가 유사해도 서술이 매우 다르면 또 하나의 작품으로 간주될 수 있다. 한편 어떤 스토리가 주제적 통일성을 얻지 못했다면, 그것은 스토리의 문제이기보다 서술의 문제일 가능성이 높다. 앞에서 '한 가지 스토리로 수백만 개의 플롯을 만들어낼 수 있다'는 헨리 제임스의 말을 인용하였는데, 거기서 '플롯'은 여기서의 '서술'에 가깝다. 하나의 스토리를 가지고 서술을 달리하면 수백만 개의 이야기 작품을 만들어낼 수도 있다는 뜻이다.

스토리는 요약할수록 평면적이 되고 다른 스토리와 차이가 줄어드나, 서술은 작품마다 무한히 다양하고 입체적일 수 있다. 사실 인류가 즐겨온 수많은 이야기의 스토리를 극도로 요약하면 그 유형이 얼마 되지 않지만, 이야기 작품, 즉 서술은 헤아릴 수 없이 많다. 하늘 아래 새로운 스토리는 별로 없어도, 서술이 다른 작품은 하늘의 별만큼 많다. 그 '다름'은 주로 스토리보다 서술의 차이이다.

이렇게 볼 때 스토리텔러는 스토리 못지않게, 아니 어쩌면 그보다 더 서술을 중요시할 필요가 있다. 아울러 창의적으로 서술하기만 하면 기존의 스토리를 활용하여 새 작품을 서술해 낼 수도 있다. 물론 작가는 보통 새로운 스토리의 창작에 열중하지만, 스토리 모형이나 원형적 스토리의 재창작, 걸작의 패러디, 번안 등도 하나의 방법으로 적극 활용할 필요가 있다. 재창작이 '창의적 활용'이 아니라 진부한 되풀이에 머물거나 '모방'이 한계를 넘어 '표절'이 되면 안 되지만, 가령 고전 작품의 스토리를 뼈대 삼고 현대의 사건, 사회적 관심 등을 반영하여 새롭게 서술하는 방식도 '창작'의 일종으로 간주된다. 사실 이런 일은 예로부터 많이 있어왔는데, 의식적이라기보다 무의식적으로 일어났다. 그러다가 문화산업이 발달함에 따라 매우 의식적으로, 그것도 산업적 규모로 벌어지고 있다. 그림 형제의 민담집에 수록된 짤막한 이야기 〈백설공주〉, 〈라푼젤〉, 〈헨젤과 그레텔〉 등이 영화, 애니메이션, 만화 등으로 어떻게 전용되었는가를 보면 알 수 있는 일이다.

그러므로 인류의 이야기 창고를 잘 활용하려는 작자는 원형적·고전적 스토리를 많이 알고자 힘쓴다. 특히 오랜 세월 동안 사랑받아 온 이야기들(설화집, 종교 경전, 고전, 역사 등에 들어 있는 이야기들)을 즐겨 읽으면서, 그것을 당대의 현실에 맞는 형태와 기법으로 전용할 길을 모색한다.

이러한 진술은 전통적인 의미의 창작과 어긋나는 듯 보이지만, 다소 그렇다 하더라도 이렇게 해서 '창작'이라든가 '작품'의 개념을 확대할 필요가 있는 게 오늘의 현실이다. '오리지널 시나리오'가 아닌 각색 대본도 대본이며, 각색 전문가 같은 기존 이야기의 재창작자도 이 시대에는 엄연한 작가로 보아야 함을 앞서 지적한 바 있다.

이러한 맥락에서 한국에서는 각색가나 번안 작가 등을 존중하지 않으며, 비허구적 이야기 작가, 예를 들어 전기 작가, 르포 작가, 여행 작가 등 정보적 이야기 작가를 그다지 작가로 여기지 않는, 그래서 그런 사람이 되고자 하는 이도 적은 경향에 대해 반성할 필요가 있다. 이는 이야기를 진실 혹은 진정성 위주가 아니라 좁은 의미의 예술 중심으로, 또 지나치게 극적이고 허구적인 것 중심으로 이해하는 데 원인이 있다.[32] 예술지상주의, 문학중심주의 등에 빠져서 재창작은 무조건 창조성이 떨어진다고 여기거나, 기법적 정교함의 차이를 가지고 작품의 가치를 폄하하는 탓인데, 다중매체 시대를 맞아 그들도 여느 작가와 다름없는 작가이다.

셋째, 이야기를 감상하는 행위도 상상력과 창의력을 요구하는 창조적 활동이다.

창작 활동과 마찬가지로 감상 활동도 의미 탐색 활동, 작자에 의해 마련되고 촉진되는 의미와 재미 추구 행위이다. 감상자는 단순히 작품에 내포되어 있는 것을 '읽어내기'만 하는 게 아니라, 무엇을 느끼고 상상하면서 '읽어 넣기'도 한다. 그는 자신의 앎과 체험으로 형성된 배경지식과 기대지평을 바탕으로 감상하되, 앞에서 추체험이라고 부른 활동을 통해 작품과 상호작용을 하며 자기를 쇄신한다. 한마디로 그 역시 감상하는 동안 창조적 혼돈 속에서 무엇을 새로 낳는 존재가 되는 것이다.

이렇게 볼 때 스토리텔러는 감상자의 내면에서 벌어지는 활동을 줄곧 염두에 두면서 작업할 필요가 있다. 매 상황 혹은 장면에서 감상자가 어떤 반응을 보이며 무엇에 관심을 두고 있는가를 섬세하게 챙겨야 한다. 정서적이면서 지적이고 개인적인 동시에 집단적인 그 인식과 재미 추구를 염두에 두고, 그것들을 효과적으로 자극하며 고양할 수 있도록 이야기를 지어야 하는 것이다. 한마디로 그는 '감상자의 입장을 고려하여 서술해야 한다', 아울러 '감상자가 보다 몰입할 수 있게 이끌어야 한다'는 뜻이다. 예를 들어보자. 흔히 이야기에서 어떤 인물이 부당하게 쫓길 때, 작자는 감상자가 그에 대해 미리 호감이나 연민을 품게끔 만든다. 감상자가 그를 동정함으로써 주제에 접근하도록 '플롯상의 준비'를 시키는 것이다.

작자는 감상자가 되어야 한다. 흔히 '뛰어난 작가는 모두 열정적인 독자'라고 한다. 이 말은 단순히 많이 읽어야 한다는 뜻만 지니고 있지 않다. 작자는 인생과 작품에 대한 안목을 높여야 높은 수준의 작품을 지을 수 있다, 다양한 지적 활동을 통해 자신의 내적 능력을 발전시켜야 감상자들의 내면적 반응을 보다 예민하게 느끼고 자극할 수 있다는 의미도 내포한다.

한국의 이야기 예술은 극(드라마) – 제한된 시간과 공간 안에서 관객의 감동을 끌어내는, 말 그대로 '극적'이고 종합적인 이야기 예술 – 의 전통이 약하여 극적 기법에 대한 관심이 적다. 작품 감상자에 대한 교육, 즉 예술 수용 교육 또한 소홀하다. 이렇다 보니 감상자의 내면에 관한 연구가 적으며 감상자 자신도 주체적으로 반응하지 않는 편이다. 게다가 인간의 이성적 능력만 중요시하고 감성적 능력 혹은 감성지능°은 지나치게 경시하는 경향이 있다. '감수성'이라는 말로 스치듯이 언급만 할 뿐, 그런 개념조차 뚜렷이 형성되어 있지 않은 듯하다. 한마디로 감상자의 내면, 특히 정서와 느낌을 경시한다. 그런데 느끼지 못하면 알기 어렵고, 알지 못하면 깊이 느끼지 못한다. 이런 현실이 스토리텔링의 발전을 저해하는 요인임을 인식하고 스토리텔러는 자기 자신부터 혁신해 나갈 필요가 있다. 예로부터 글짓기에는 많이 읽고(다독), 많이 쓰고(다작), 많이 생각하고 느끼는(다상량) 일이 중요하다고 일컬어왔는데, 스토리텔링 역시 마찬가지이다.

넷째, 이야기 행위의 궁극적 목적은 스토리에 있다기보다 이야기의 '의미 있는 체험' 혹은 그를 통한 '의미 탐색 활동'에 있다.

---

● 이성적 능력과 구별되는 감성적 능력. 감수성, 정서적 능력 등을 내포함. 미국 심리학자 대니얼 골먼이 1995년 출간한 《감성지능》을 통해 대중화된 개념. 지능지수(IQ)와 구별되는 감성지수(EQ)로 나타냄.

감상자들은 흔히 스토리에 몰두하기 쉽지만, 또 스토리의 전달에 주력하는 이야기도 많지만, 중요한 것은 이야기 텍스트의 구조 전체요 그 감상 과정에서 하는 의미의 탐색과 체험이다. 무척 흥미롭고 뜻깊은 사건이나 중요한 업적을 성취한 인물은, 물론 그 자체만으로도 이야기할 가치가 있다. 그러나 스토리는 이야기가 아니고, 이야깃감이 이야기의 가치와 수준을 보증해 주지도 않는다. 제재나 스토리가 아무리 새롭고 기발해도, 또 주제나 메시지가 아무리 뜻깊다 하더라도, 이야기가 이야기답지 않으면 별 소용이 없다. 이야기의 전체 구조에 녹아들어 하나의 논리와 정서적 반응의 질서를 이루지 못하면 별 가치가 없는 것이다.

따라서 스토리텔러는 감상자로 하여금 '무엇'을 체험시킬 것인가와 함께 그것을 '어떻게' 체험시킬 것인가에 관해 항상 치열하고 섬세한 관심을 기울여야 한다. 실제 창작 과정에서 전자는 후자, 즉 감상자를 창조적 혼돈 속에 빠뜨려 감동적 경험을 하도록 만들 서술 방법을 궁리하는 문제와 뗄 수 없는 관계에 있다. 그래도 여기서는 특히 '어떻게'에 관한 후자를 강조하고 싶은데, 한국 문화 전반에 걸쳐 형식과 기법을 낮추어 보는 인습이 뿌리 깊기 때문이다.

1-1 　'서술'의 차이는 내용과 반응의 차이를 낳게 마련이다. 텔레비전에서 어떤 상품을 광고할 때, 그 '서술'의 방식을 다음과 같이 매우 대조적으로 취할 수 있다. 우선 사장이 직접 화면에 나와서 상품에 관한 정보와 장점을 설명하여 '들려주기'를 하는 경우가 있다('가'라고 하자). 한편, 화면이 상품의 특징과 장점이 드러나는 어떤 사건이나 상황을 언어기호(말, 글자) 없이 그냥 '보여주기'만 하는 경우가 있다('나'라고 하자). 둘은 어떻게 다를까? 서로 대조적인 단어나 구로 빈칸을 채우시오.

| | 가 | 나 |
|---|---|---|
| 메시지 전달 방식 | ① | ② |
| 시청자의 반응, 역할 | ③ | ④ |
| 메시지의 확실성 | ⑤ | ⑥ |

1-2 　'나'는 장점도 있지만 단점도 있다. 그것의 단점을 보완하여 보다 효과적인 '이야기 광고'가 되게 하려면 어떻게 해야 할까? 이야기의 특성과 구조를 고려하면서, 접근 방법 혹은 해결 방안을 한 가지 제시하시오.

　　　길잡이 　구체적인 광고 내용을 적으라는 게 아님에 유의한다.

2     다음 [보기]와 같이 처음상황에 주어진 갈등을 내포시켜 '세 문장 스토리'를 완성하시오.

[보기]《흥부전》의 갈등을 '물질적 욕망＼형제간의 우애'로 해석 하는 경우

　　(갈등을 내포한) 처음상황: ① 부자인 형 놀부가 가난한 동생 흥부를 돕지 않는다.

　　중간과정: ② 제비의 보은으로 흥부가 부자가 된다.

　　끝상황: ③ 흥부가 놀부를 용서하고／놀부가 뉘우치고 흥부와 우애 있게 산다.


2-1   《춘향전》의 갈등을 '상층민＼하층민'으로 해석하는 경우

　　(갈등을 내포한) 처음상황: ①

　　중간과정: 춘향을 사랑하는 이몽룡이 암행어사가 되어 변 사또 를 징벌한다.

　　끝상황: ③


2-2   단편소설 〈사랑손님과 어머니〉(주요섭)의 갈등을 '어머니'의 개인 적 욕망＼당대의 사회 현실'로 해석하는 경우

　　(갈등을 내포한) 처음상황: ①

　　중간과정: ②

　　끝상황: 어머니와 사랑손님이 결혼하지 못한다.

2-3 영화 〈팔월의 크리스마스〉(허진호)의 갈등을 '사랑하고 싶은 마음\죽음을 앞둔 몸'으로 해석하는 경우

   (갈등을 내포한) 처음상황: ①

   중간과정: ②

   끝상황: ③

3 소설이나 영화를 감상할 때 '작자(감독)의 의도'를 파악해야 한다는 생각이 퍼져 있다. 이런 생각이 합리적이지 않다면, 그 이유는 무엇이라고 생각하는가? '작품의 구조'라는 말을 사용하여 간략히 답하시오.

   (길잡이)  작품을 감상할 때 감상자가 빠지기 쉬운 이른바 '의도의 오류'에 대해 알아본다.

4 다음은 크릴로프가 지은 우화이다. 읽고 물음에 답하시오.

## 생쥐와 골방쥐˚

"얘, 너 그 소문 들었니?"

---

˚ 이반 안드레예비치 크릴로프 지음. 원래 제목은 쥐의 두 종류를 가리키는 말이다. 한국어판에서는 〈생쥐와 곰쥐〉(《가난한 부자들》, 이채윤 편역, 열매출판사, 2003), 〈생쥐와 골방쥐〉(이상배, 《이솝 우화보다 재미있는 세계 100대 우화》, 삼성출판사, 2004) 등으로 번역되었는데, 후자가 더 어울린다고 보아 그것을 택한다. 본문은 영문판을 가지고 새로 번역한 것이다.

생쥐가 뛰어 들어오며 골방쥐한테 말했습니다.

"다들 그러는데, 고양이하고 사자가 한판 붙었대. 우리는 이제 발 뻗고 살게 됐어."

"좋아하지 마, 이 친구야."

골방쥐가 생쥐한테 대꾸했습니다.

"헛꿈 꾸지 말라구. 둘이 싸웠으면 틀림없이 사자가 저세상에 갔을 거야. 고양이보다 센 놈은 없으니까!"

4-1   이 이야기의 끝부분 서술은 다소 급작스럽다. 여운을 남기거나 감상자가 상상하도록 여백을 두었다고 할 수도 있지만, 특히 어린이가 이해하기에는 무리한 면이 있다. 마지막에 한 문장을 더 서술해 넣음으로써 '사건을 완결하며' 이해도 돕고자 한다면 어떤 문장을 더 서술해 넣으면 좋겠는가? 한 문장으로 답하시오. (반드시 '생쥐'를 주어로 삼을 것. 또 이 이야기의 핵심적 상황 변화가 구체적으로 드러나게, 그래서 중심사건과 그 초점이 분명해지게끔 답할 것)

(길잡이) 먼저 이 이야기의 중심사건, 곧 핵심적인 상황의 변화를 파악한다. 그리고 그것을 제시하는 데 적절한 서술을 한다.

4-2   이야기의 지배적인 의미, 즉 주제 혹은 메시지는 작품 자체에 서술되어 있다기보다 작품과 감상자의 상호작용에서 생성된다고 하였다. 그런데 앞의 이야기는 우화여서, 작자가 그것을 말미에 아예 말로 서술해 놓고 있다. 말하자면 '주제 노출'을 한 셈인데,

우화에서는 그게 흠이 되지 않는다. 여기서는 문제를 내기 위해 원전에 있는 그 부분을 뺐다.

독자에게 줄 교훈과 깨달음을 드러내어 제시하는 주제 제시적 '서술'을, 아래의 괄호 속에 한 문장으로 이어서 적으시오.

여러분, 참 우스운 이야기지요? 여러분은 이 일을 보고 무엇을 생각했습니까?

(   )

5   다음 작품들의 결말은 모두 '놀람의 결말(surprise ending)'이다. 그런데 감상자는 놀라면서도 그럴듯하게 받아들인다. 이러한 다소 모순적인 반응은, 작자가 작품의 전 과정에서 그것을 위해 서술상 혹은 '플롯상의 준비'를 했기 때문이다.

아래 작품 중 하나를 고르거나 다른 '놀람의 결말' 작품 한 편을 택하여, 그런 반응을 낳기 위해 작자가 어떤 준비를 했는지 구체적으로 적으시오. 단, '서술 (층위)' 및 '스토리 (층위)'라는 말을 반드시 중요하게 사용하시오.

- 단편소설 〈도둑맞은 가난〉(박완서), 〈산〉(홍성원), 〈마지막 잎새〉 (O. 헨리)
- 희곡 《쥐덫》(애거사 크리스티)
- 영화 〈식스 센스〉(M. 나이트 샤말란)

# 2

# 스토리텔링의
# 상황과 방식

스토리텔링은 어떤 상황에서, 무엇으로써, 어떤 방식으로 이루어 지는가?

앞에서는 이야기를 정적인 구조 위주로 살폈다. 스토리텔링은 말 그대로 활동이므로 이제는 동적인 창작 행위 자체 쪽으로 접근해 보자. 이야기 서술 행위가 이루어지는 상황과 거기서의 매체 및 '언어' 사용 방식을 살핌으로써 실제 창작의 기초를 마련하는 것이다. 아울 러 오랫동안 기법이 정교하게 발전되어 온 표현적·허구적 이야기 갈 래의 특징과 창작 유의점을 살피기로 한다. 이는 제2부 '스토리텔링 기법'으로 이어지며 심화될 것이다.

멀티미디어 혁명 이후 매체와 갈래가 다양해지면서 이야기의 서 술방식도 크게 바뀌고 복합적이 되었다. 그래서 오히려 스토리텔링의 기본적 의사소통 방식과 관습을 익혀둘 필요가 있다.

## 가. 서술상황과 '서술언어'

의사전달 행위는 발화자(발신자)와 수화자(수신자) 사이에서 일어난다. 스토리텔링은 그 일종이다. 이젠 보기 드문 광경이지만, 할머니가 손주한테 옛이야기를 들려주는 모습을 떠올려보자. 할머니는 발화자요 손주는 이야기를 듣는 수화자이다. 이것이 '작자/화자 – 이야기 – 감상자'로 이루어진 스토리텔링의 기본 서술상황이다. 여기에 이야기의 대상 곧 제재를 추가하여 요소를 넷으로 볼 수 있음을 앞에서 언급한 적이 있다.

그런데 이야기를 듣던 아이가 할머니께 여쭙는다. "할머니, 그 이야기 진짜예요?" 그러면 할머니는 "아주 옛날 옛적 이야기이고, 나도 들은 얘기라 잘 모른다"고 하면서 우물쭈물 넘어가 버린다. 할머니는 자신이 발화자이기는 하지만 구연자나 전달자일 뿐 작자가 아니라는 말이다. 이렇게 옛이야기는 누가 지었는지도 모르고 발화자 자신조차 별로 믿지 않는 '호랑이 담배 피우던 시절'의 엉터리 이야기인데, 그걸 알면서도 할머니는 정말인 듯 이야기하고 아이는 흠뻑 빠져든다. 따지고 보면 이상한 일이다.

이는 실제의 할머니 – 아이와는 다른, 이야기를 하고 듣는 할머니 – 아이가 별도로 존재하기 때문인 듯하다. 아니, 사람은 같아도 실제 현실과는 다른 '이야기 상황'을 따로 가정하고, 거기서는 출처가 모호하거나 있을 법하지 않은 이야기를 해도 되는 '이야기 관습'이 존재하기 때문일 수 있다. 이야기가 시작되면 누구나 그 상황 혹은 관습을 받아들이고 그걸 믿기로 한 약속이 있는 것이다. 여기서 우리는 스토리텔링의 상황이 일반적 의사소통 방식을 바탕으로 하되 복잡하고 특수한 것임을 짐작하게 된다. 거기서 할머니는 할머니이면서 할머니가 아니다. 물론 감상자인 아이도 그렇다.

스토리텔링은 이야기를 서술하는 행위이다. 따라서 스토리텔링의 상황은 다른 말로 '서술의 상황'이다. 이를 아주 복합적으로 보여주는 갈래가 있으니, 바로 판소리이다. 판소리는 주로 언어와 소리(음악 포함)를 매체로 삼는데, 그것을 공연하는 이는 구연자 겸 창자(唱者)이고 경우에 따라 작자이기도 하며, 심지어 이 인물이 되었다 저 인물이 되기도 한다. '판(무대, 마당)' 또한 고수(鼓手)가 옆에서 북을 치며 추임새를 넣는 공연장이다가 춘향이가 그네를 타는 광한루가 되기도 하는데, 감상자 역시 이러한 판의 변동에 따라 여러 가지 역할을 한다. 일상 공간이라면 있을 수 없는 일이지만, 판소리 감상자는 이러한 판소리 특유의 각종 '언어' 사용 방식과 표현 관습을 받아들이고 거기서 그럴듯함과 감동을 느낀다.

서술이 이루어지는 상황, 거기서 인물과 사건을 형상화하고 주제와 메시지를 전달하는 방식에 대한 이해는 매우 중요하다. 무엇을 이야기하느냐, 즉 '서술된' 스토리 세계는 어떻게 이야기하느냐, 즉 '서술하는' 상황과 그 언어 사용 방식에 크게 좌우되기 때문이다. 이는 가령 《춘향전》을 변 사또의 입장에서 서술하듯이, 또 그것을 애니메이션으로 서술하듯이, 하나의 이야기를 발화자, 인물 등을 달리하거나 갈래, 매체 따위를 '바꾸어 쓰기'를 해보면 금세 알 수 있다. 한편 개별 작품 특유의 서술방식이 있는가 하면, 애정소설이나 SF영화 같은 갈래에 관습화된 규범적 서술방식도 있다. 서술의 규범적 특성이 강한 하위갈래를 앞에 '장르'를 붙여 '장르소설', '장르영화' 따위로 일 컫기도 한다.

서술의 상황과 방식은 스토리텔링의 '어떻게' 측면, 즉 이야기를 서술하는 구체적 방법의 측면이다. '극중극'이나 '액자소설'처럼 이야 기 속에 다른 이야기가 들어간다든지, 대개 무조건 믿는 서술자가 나 중에 '신뢰할 수 없는 서술자'임이 폭로되는 식의 갖가지 기법들은, 대부분 서술의 상황과 방식을 겹치고 비틀거나 뒤집어 만들어낸 것 들이다. 이야기의 기법 가운데 그와 관련된 게 많을 뿐 아니라 이야기 의 갈래가 그 차이에 따라 나뉘기도 한다.

한국어, 영어 따위의 언어, 누가 만들었는지 모르면서 일상적으 로 사용하는 그 언어를 '자연언어' 혹은 '일상언어'라고 한다. 이 언어 만을 매체로 삼는 이야기에서, 말은 늘 발화자가 있기에, 수화자(감상 자)는 오로지 그의 말에 의존하여 스토리 세계에 대해 알게 된다.

일단 발화자 중심으로 보면, 이야기의 서술이 이루어지는 상황은 크게 세 가지, 곧 '텍스트 내에' 발화자가 (단지 '지각'만 되든 인물로 존 재하든) 있는 경우와 없는 경우, 그리고 다시 전자에서 발화자가 실제 작자인 경우와 허구적 존재인 경우로 구분할 수 있다.

(발화자 중심의) **이야기 서술상황**

(텍스트 내에) 발화자가 있는 경우 – 발화자가 실제 작자인 경우

– 발화자가 허구적 존재(서술자)인 경우

(텍스트 내에) 발화자가 없는 경우

서술상황에 대한 전통적 논의는 주로 글말(자연언어를 적은 문자언어)을 매체로 삼는 이야기 산문 갈래의 '발화자가 있는 경우' 중심이었다. '서술'을 글 혹은 인쇄매체 위주로 살펴왔기 때문이다. 그 발화자가 실제 작자인 경우, 서술상황은 작자의 실제 창작 상황이 된다. 그리고 허구적 갈래여서 발화자가 허구적 존재(서술자)인 경우, 서술상황 역시 허구적 상황이 된다. 이때 그것은 실제 창작 상황과 가깝거나 비슷하더라도 일단 허구적인 것으로 간주된다.

　　예를 들어보자. 수기(手記)나 소설에는 발화자가 있고 그의 말을 통해 스토리 세계가 전달된다. 이때 갈래의 관습에 따라 수기의 발화주체는 작자 본인으로 간주되며, 그 갈래는 정보적(비허구적·실용적) 이야기로 분류된다. 하지만 소설 같은 표현적(허구적·예술적) 이야기의 경우 그는 경험적 자아로서의 실제 작자가 아니라 서사적 자아*, 즉 가상의 존재인 '서술자(작중화자)'로 간주된다. 이 관습에 익숙한 감상자들은 R. M. 릴케가 지은 소설《말테의 수기》를 읽을 때, 제목에 '수기'라고 되어 있어도 그 첫 두 문장("사람들은 살기 위하여 이 도시로 모여드는 모양이다. 그러나 나는 오히려, 여기선 모두 죽어 나간다고밖에는 생각되지 않는다."[33])에 나오는 '나'를 서사적 자아인 '말테'로 여기지 경험적 자아인 릴케로 여기지 않는다.

　　'발화자가 허구적 존재인 경우'의 서술의 상황과 방식 논의에는

---

*　　이야기 서술상황에 존재하는 두 개의 자아. 경험적 자아는 창작의 주체이며, 서사적 자아는 서술의 주체이다. 허구적 이야기에서 둘은 각각 '작자', '서술자'로 구별한다.

'일인칭/삼인칭, 전지적(작자적)/제한적' 등의 시점(point of view) 개념을 써왔다. 그러다가 근래에는 초점화(focalization) 개념을 쓴다. 이에 대하여는 뒤에 다루므로 일단 덮어두기로 한다.

여기서 잠시 정보적 이야기에 속하는 영상 다큐멘터리를 보자. 거기에는 실제 작가(프로듀서, 감독)로 간주되는 발화자(내레이터)가 있다. '발화자가 실제 작자인 경우'에 속하는 셈인데, 자연언어와 함께 영상언어가 사용된다.

한편 이야기를 해주는 발화자 없이 감상자가 직접 보고 듣는(체험하는) 갈래가 오래전부터 있었다. 바로 극(drama)이다. 언어가 쓰이지만 그것은 인물의 대사이므로 극 또는 연극은 앞의 '발화자가 없는 경우'에 해당한다. 연극의 대본, 즉 희곡의 작자나 그 연출자는 자기가 창작해 놓은 무대 뒤로 숨는다. 연극 자체가 스스로 존재하게(보이게) 놓아두고 이야기 자체에서 사라지는 것이다. 기본 서술상황을 가지고 본다면, 오늘날 영화로 대표되는 영상물들은 그 자손으로서, 이러한 극을 영상으로 재현한 것, 매체기술의 발전에 힘입어 모습이나 소리 따위까지 전해주는 것이라 할 수 있다.

오늘날 발화자를 매개 삼지 않는 이야기, 즉 서술을 자연언어에만 의존하지 않고 이미지(그림, 색채, 몸짓 등 포함), 소리(음악, 효과음 등 포함) 등의 다양한 매체와 소통 관습을 사용하는 이야기가 매우 많아졌다. 다중매체 시대의 이야기는 바로 그 '언어'가 다중화된 이야기이다. 이는 자연언어 외의 인공언어(제2차 언어)가 전자매체 혁명으로 인하여 엄청나게 증가한 현상의 일부이다. 한마디로 다중매체 기술의 발전에 따라 다양한 문해력(literacy)을 요구하는 각종 텍스트들이 늘어난 현실에서, 앞의 '발화자가 없는 경우'로 볼 수 있는 이야기 또한 폭발적으로 늘어난 것이다. 여기서는 이야기를 서술하는 매체로서 언어적 체계를 갖춘 것을 싸잡아 '서술언어'라 부르고자 한다. 이는 자연언어를 비롯하여 서술에 사용하는 온갖 언어를 가리키며, 일단 이야기 서술에만 사용하기로 한다. 이 이야기 서술언어를 가리킬 때 흔히 써온 말 중 하나가 '영상언어'인데, 용어로서 다소 분명하지 않다. 그것은 음악언어, 몸짓언어, 색채언어, 카메라 언어 등 여러 서술언어를 포함하거나 그들과 밀접한 관계가 있다.

다중매체로 서술된 이야기와 영상 콘텐츠가 획기적으로 늘어남에 따라 '드라마'라든가 '드라마틱(dramatic)'이라는 말이 자주 쓰인다. 이는 그들 대부분이 앞의 '발화자가 없는' 갈래의 조상인 극(劇)의 자손들이기 때문이다. '텔레비전 드라마'나 '웹드라마' 같은 이 계열 갈래의 서술언어들은, 매체와 형식에 따라 차이가 있으나, 그 서술의 문법과 관습은 극에 바탕을 두고 있다.

이러한 상황이므로 오늘날 언어매체 갈래 중심으로 '문학/비문학, 허구적/비허구적, 예술언어/표준언어' 등을 구분하는 전통적 서술방식 논의는 점차 의미가 적어져 가고 있다. 가령 소설에서 서술자가 하는 역할과 영화에서 카메라가 하는 역할이 서로 통한다 해도, 이전과 다른 방식으로 다루지 않을 수 없게 된 셈이다. 이러한 변화에 대해 특히 한국의 스토리텔러는 긴장을 해야 한다고 본다. 이야기 문화에서 연극의 전통이 약하여 그에 대한 인식이 적으므로 무의식적으로 소설만 염두에 두고 서술의 상황과 언어에 대해 이해하고 말기 쉬운 까닭이다. 그러나 서술방식에 있어 소설적인 것과 연극적인 것은 매우 다르다. 후자는 무엇보다 보여주기(showing) 혹은 장면 형상화 위주이며, 그를 위한 대본과 제작 과정이 요구되는 까닭이다.

이에 대해 좀 더 살펴보자. 연극의 후손인 영화의 경우, 모든 이미지가 일단 카메라의 '중개'를 통해 제시되게 마련이다. 그래서 대상(피사체)을 초점화하여 스토리를 형상화하는 데 카메라가 서술자처럼 관여하며, 그 결과 감상자가 그 각도와 위치에서 바라보도록 만들 수 있다. 그런 방법의 대표적인 예로 시점 숏(point of view shot), 클로즈업 등이 있다. 하지만 영화가 감상자의 반응을 유도하고 의미를 생성하는 서술기법 혹은 '서술언어'의 관습과 문법은 그 밖에도 헤아릴 수 없이 많고 다양하다. 디졸브(dissolve), 페이드 인(fade-in), 인서트 따위의 화면 처리 및 편집 기법이 예이다. 영화처럼 현란하지는 않지만, 이는 그림 칸마다 대상을 포착하는 위치나 관점 등이 달라지는 만화의 경우에도 비슷하다. 만화와 영화 사이의 근친성은 바로 이러한 유사점 때문이다.

요컨대 연극, 영화, 텔레비전 드라마 등과 같이 제작 및 연출을 하여 공연(상연 및 상영)하는 갈래들은 중개자가 없고 자연언어만 매체로 삼지도 않기에 기본적으로 소설에서와 같은 서술자가 없다. 형상성이 매우 강하고 직접적(감각적)인 그 갈래들에서 인물과 사건은 감상자의 눈앞에 직접 '실존하고' 아무 매개 없이 그냥 '보여주는'[*] 것처럼 여겨진다. 이때 가령 영화 스크린 위의 모습, 이미지, 움직임, 색채 등은 이른바 영상언어로서 배경음악 따위와 더불어 여기서 말하는 '서술언어'에 속한다. 영화, 연극 따위에서도 서술자와 비슷한 존재가 등장하여 무슨 이야기를 말로 하는 경우가 없지 않지만, 그는 무대나 화면에 나오는 그 순간 먼저 '인물'이 되고, 그의 말은 인물로서 '지금 여기'에서 하는 말하기 '행동'이 된다. 그래서 그가 과거를 회상할 때면, 회상 행동을 하고 있는 '지금', 즉 '서사적 현재'의 시간은 일단 정지되는 것처럼 여겨진다.

작자는 항상 나름의 목적 아래 서술을 하며 어떤 방식으로든 대상에 관여하여 자신의 언어를 창조한다. 그것의 특성 혹은 개성을 '문체', '스타일' 등으로 부른다.

그러면 서술자의 유무나 그가 대상에 관여하는 방식 위주로 서술의 상황과 표현 방법을 충분히 살피기 어려운 다중매체 이야기의 서술은, 그것을 어떻게 살피고 또 창작해야 하는 것일까? 당연히 갈래별 서술언어들의 특성에 대해 깊이 이해하고 또 그 '문법'에 익숙해져야 한다. 그게 이미지든 소리나 몸짓이든 간에 말이다. 제작의 원안(原案), 즉 희곡, 영화 시나리오, 드라마 대본 등을 창작하려는 이가 반드시 연극, 영화 등을 연출하거나 배우가 되어 연기를 해봐야 하는 건 아니지만, 어떻게든 그 서술의 상황과 언어 사용 방식, 궁극

---

- "어떤 매체와 장르는 스토리를 말하는(tell) 데 활용된다(소설과 단편소설). 다른 매체와 장르는 스토리를 보여준다(show)(모든 공연 매체). 그리고 또 다른 매체와 장르는 사람들과 스토리의 물리적·운동감각적 상호작용을 가능하게 해준다(비디오 게임과 테마파크 놀이기구)." (린다 허천, 《각색 이론의 모든 것》, 손종흠 외 3인 옮김, 앨피, 2017, 20쪽)

적으로 미적 구조화의 방식에 대해 깊이 이해해야 하는 까닭이 여기에 있다.

앞에서 이야기의 기본 상황에는 텍스트 외적 상황과 내적 상황이 있다고 했다. 실제 창작 행위가 이루어지는 상황은 외적인 것인데, 정보적 이야기의 서술상황이 그것이다. 거기서 외적 상황은 서술의 조건이자 일차 대상이다. 따라서 그 서술언어는 말이든 영상이든 외부 현실을 직접 가리키는 지시적 기능을 앞세운다. 그러나 표현적 이야기의 경우, 이야기 서술이 상대적으로 외적 상황의 기록이나 재현에 목적을 두지 않으므로 외부 현실은 텍스트에 간접화되거나 잠복된다. 그 결과 '서술언어'는 일반 기능에 더하여 미적·비유적(이른바 '문학적', '예술적') 기능을 하게 된다.

따라서 정보적 이야기의 서술상황은 앞서 제시한 두 겹의 이야기 구조([그림 3])에서 경험 세계와 이야기 세계를 구분하는 내부의 네모선이 흐리거나 없는 듯 보인다. 거기서 작자는 직접 나서서 경험 세계 현실과 직면하며 감상자와 보다 직접적으로 소통하는 까닭이다. 이 갈래가 작자의 강한 사실 추구의식, 현실 비판의식 등을 요구하는 까닭이 여기에 있다. 거기서 스토리텔러는 자신을 감추기가 어렵다. 글말 이야기 가운데 정보적이고 경험적인 이야기, 즉 역사, 전기, 르포, 이야기(서사적) 수필 등에서 서술 속에 '나'가 등장하면 그는 작자 자신이다. 거기서 작자는 독자와 직접 소통하며 서술의 진실성도 보장한다. 이때 언어는 일차적으로 텍스트 밖에 존재하는 사물을 지시하는 기능을 하므로, 지시 대상이 없거나 그에 부합되지 않으면 거짓으로 간주된다. 그래서 본래 이런 갈래들 가운데 특히 공적 진실을 추구하는 역사, 전기, (스토리 있는) 신문 기사 등에서 발화자는 되도록 자기 노출을 억제하여 중개성을 최소화하고자 한다. 주관적으로 개입한다는 인상을 최대한 지움으로써 객관성과 신뢰도를 높이는 것이다. 이때 그것들이 대상의 감각적 직접성을 장점으로 삼는 영상매체를 함께 사용한다면 객관성이 더욱 강화될 수 있다.

하지만 앞서 언급한 영상 다큐멘터리(작자의 말과 함께 이미지가 기본 서술언어인 정보적 이야기)에서까지도 텍스트에 재현된 것은 현실을 단순히 지시나 모사만 하지 않는다. 거기서 장면의 연결이 인과성을 형성하는 방식에 관한 아래의 진술은, 매체와 갈래를 떠나 서술언어가 사용되는 상황과 방식의 중요성을 강조해 준다.

결국 하나의 장면이 다음 장면과 연결된다는 것은, 한 장면이 가지는 의미가 다음 장면의 의미와 연결된다는 것이며, 또한 한 장면의 기억 위에 다음 장면의 기억이 축적된다는 것이다. 그래서 어떤 기억을 먼저 저장하느냐에 따라 이야기의 전개와 그 효과는 크게 달라진다. 영상의 시간적 선후 배열이 인과관계를 형성하기 때문이다.

아침 다음에 점심이 오는 것은 시간적 인과관계이며, 어느 집의 문을 열고 들어가자 다음 신에서 실내 장면이 나오는 것은 공간적 인과관계다. 범죄 현장이 나오고 경찰의 추격 신이 이어지면 사건적 인과관계가 된다. 연인과 이별한 장면 뒤에 그림자가 길게 늘어진 텅 빈 광장이 나온다면, 주인공의 심리를 반영하는 심리적 인과관계가 된다. 도시의 잡답 후에 광활한 자연이 제시되는 것도 도시와 대비되는 대자연의 자유와 평화를 갈구하는 심리적 요구에 응답한 것이다. 요컨대 컷을 선후로 배열하는 것에는 어떤 식으로든 '관계'가 형성된다.

— 김옥영,《다큐의 기술》, 문학과지성사, 2020, 59쪽.

서술은 매체가 무엇이며 형식이 어떠하든 서술주체가 하는 것이다. 그 주체는 실제 작자나 감독이든 가상의 서술자이든, 대상에 관여하여 의미를 형성하고 전달한다. 무대 위나 화면에 보이는 모든 사물에 의미가 있듯이, 이야기의 서술상황과 거기 사용된 각종 언어는 모두 의미가 있으며, 정도의 차이가 있을 뿐 항상 대상을 변용하고 의미화한다. 따라서 거듭 강조하건대, 매체와 갈래에 따라 관습화된 서술상황과 그 언어 사용 관습에 익숙해지는 것은 매우 중요한 일이다. 그에 따르든 그것을 혁신하든, 창작자는 그것을 바탕으로 개성적 서술언어를 창조해야 하기 때문이다.

이야기의 큰 두 갈래, 즉 정보적 이야기와 표현적 이야기의 서술방식의 특징과 차이에 관한 더 진전된 논의는 여기서 하기 어렵다. 무엇보다 복합적 제작 과정을 요구하는 다중매체 서술을 다루기 어렵다. 그러므로 해당 분야의 전문서적을 참고하기 바란다.

한편 소설, 오페라, 연극, 영화 등의 표현적 '이야기 예술' 갈래들은 오랜 기간 형성된 서술의 미적 형식이 있고 그에 관한 논의 또한 정교하게 발달되어 왔다. 그에 대한 보다 구체적인 논의를, 다음 절에서 언어매체 갈래(이야기문학) 중심으로 하고자 한다. 이야기 전반의 서술방식을 조감하는 데 도움을 주기 위해서이다. 이는 '제2부. 스토리텔링 기법'으로 이어지므로 그것을 더 참고하기 바란다.

## 나. 표현적 이야기의 서술

### (1) 이야기문학의 서술자와 초점자

이야기문학(서사문학), 즉 일상언어만 서술 매체로 삼는 표현적·허구적 이야기에서 창작주체로서의 작자는 서술주체인 서술자와 구별된다고 하였다. 작자가 자신이 지은 글을 허구(fiction)로 발표하고 그에 따라 감상자가 자신이 읽는 이야기를 허구라고 여기면 서술의 발화자는 서술자가 된다. 그는 허구의 이야기 세계 '때문에' 그 속에서만 존재하는 가상의 존재, 말하자면 경험 세계의 주민등록증이 없는 존재이다. 허구적 이야기가 허구인 것은 무엇보다 서술을 하는 주체 자신이 허상이기 때문이다. 있지도 않은 존재가 하는 말이 사실일 수는 없지 않은가?

허구적 산문의 역사에서 전통적인 서술자는 이른바 삼인칭 작가적 서술상황의 전지적이고 주권적인 서술자, 그러니까 대상에 대해 속속들이 알면서 자기 존재를 노출하며 개입하는 서술자이다. 사실 그는 '삼인칭 서술'의 서술자로 일컬어지지만, 근대에 와서 일반화된 일인칭 서술의 경우와 달리, 서술에서 그 자신이 '삼인칭'으로 지칭되거나 등장하지 않는 존재이다. 이야기의 서술은 기본적으로 과거시제인데, 그는 회상을 하는 실제 작자처럼 여겨지기도 하고 때로 전지전능한 신처럼 보이기도 하지만, 실은 이야기의 관습이 만들어낸 존재이다. 사람과 세상을 꿰뚫어 보려는 인간의 소망이 만들어낸 상상적·초월적 존재일 따름인 것이다.

이야기문학의 의사소통에는 여러 주체가 관여한다. 경험 세계에는 창작주체인 작자와 감상주체인 감상자가 있다. 허구 세계, 즉 스토리 세계 안에는 서술주체인 서술자와 그 대상이자 행동주체인 인물이 있다.[34] 작자와 독자 사이의 이 간접적인 의사소통은 두 겹 이상으로 이루어질 수 있다. 서술자가 다른 누구한테 들은 이야기를 전한다거나, 이 이야기를 하다가 저 이야기를 하기도 하여 서로 다른 시공간의 사건들이 겹치고 섞일 수 있기 때문이다.

하나의 상황 속에 또 다른 상황, 혹은 한 스토리 속에 다른 스토리가 들어 있어서 서술상황이 겹치는 형태의 대표적인 예가 액자소설이다. 김동리의 단편소설 〈까치 소리〉에서 그림의 액자에 해당하는 바깥 이야기에는 스스로 작자라고 하는 인물 '나'가 우연히 헌책방에서 사형수의 수기를 입수하였는데, 내용이 볼만하여 소개하게 되었다는 사연이 서술되어 있다. 그리고 액자 속의 그림에 해당하는 수기에서는 사형수가 '나'로 등장하여 자신이 저녁 까치의 울음소리가 들려 살인을 저질렀다는 놀라운 이야기를 한다. 이들이 함께 하나의 작품에서 두 겹의 스토리를 이룸으로써 허구 세계의 시공 차원이 늘어나고 내부 이야기가 외부 이야기의 대상이나 증거가 된다.

언어만 매체로 삼는 갈래를 벗어나 보아도 표현적 이야기에서는 이런 양파 같은 의사소통 구조가 자주 활용된다. 영화 〈더 폴〉(타셈 싱), 〈잉글리쉬 페이션트〉(앤서니 밍겔라) 등은 바깥 이야기가 단지 '액자'에 그치지 않는 경우, 즉 이야기를 하는 행위 자체가 중심사건을 형성하는 작품들의 예이다. 그런 작품에서 화자는 서술자인 동시에 주요 인물이다. 겹치는 차원의 수가 매우 많은 예로는 SF영화 〈매트릭스〉(라나 워쇼스키·앤디 워쇼스키), 〈인셉션〉(크리스토퍼 놀란) 등을 들 수 있다.

서술자가 존재하는 이야기의 서술은 기본적으로 모두 서술자 자신의 '목소리'로 하는 말이라고 할 수 있으나, 직접화법으로 된 대화처럼 인물이 서술주체로서 제 목소리로 말하는 대목도 있다. 그리고 그는 자기 눈으로 본 것에 관해 자기 목소리로 말할 수도 있지만, 남의 눈으로 본 것을 자기 목소리로 말할 수도 있다. 여기서 또 하나의 주체가 대두된다. 그는 '보는 자' 곧 시각(초점, 인식)주체인 초점자(focalizer)이다. 서술의 상황과 방식은 전통적으로 주로 시점 개념으로 다루었는데, 제라르 주네트가 '누가 말하는가'와 '누가 보는가'를 구별하고 후자 중심으로 초점화 개념을 세운 바 있다.[35]

다음 서술을 보자.

대여섯 명의 사람들이 거실 바닥에 뒤엉켜져 잠들어 있었다. 유리창을 통해 들어온 햇살의 무차별한 공격에도 그들은 곯아떨어져 있었다. 그들은 서로서로의 다리와 팔을 베고 잠들어 있었다. 안색이 몹시 나쁜 그들의 얼굴은 마치 물속에 가라앉은 익사해 죽은 시체를 끌어 올린 형상을 하고 잠들어 있었다. 머리칼이 긴 여자는 커다란 곰인형을 부둥켜안고 있었다. 그는 준호가 어디 있는가 둘러보았다.

준호는 소파 위에 담요를 뒤집어쓰고 잠들어 있었다. 머리맡에 빵 부스러기가 부서져 있는 것으로 보아 아마도 무엇인가 먹다가 잠이 들어버린 것이 분명했으며, 그것으로 그는 준호가 간밤에 몹시 마리화나를 피웠다는 사실을 알 수 있었다. 준호는 마리화나를 피우면 자꾸 무엇을 먹으려 했으므로 그는 준호가 마리화나를 피운 후 1파운드의 빵과 햄, 샌드위치를 세 개 꾸역꾸역 먹는 것을 본 적이 있었다.

그는 준호의 머리를 흔들었다. 그는 쉽사리 눈을 뜨지 않았다. 그는 조금 심하게 준호를 흔들었다. 준호는 간신히 눈을 떴다.

– 최인호, 〈깊고 푸른 밤〉,《한국소설문학대계 58》, 두산동아, 1995, 364쪽

앞의 서술에서 준호를 비롯한 여러 대상을 바라보는 주체, 즉 초점자는 '그'라는 인물이다. 그런데 앞의 서술은 대부분 삼인칭 서술자의 말로 되어 있다. 밑금 그은 부분에서 바라보는 '그'의 개입이 느껴지기는 하지만, 보는 자와 말하는 자가 다른 것이다. 이는 삼인칭 서술이되 인식주체와 서술주체가 분리되고, 전자가 허구 세계에 인물로 존재하는 이런 서술상황을 슈탄젤은 '인물적 서술상황'이라고 불렀다. 이는 일인칭 서술상황(인식하고 서술하는 주체가 서술에 '나'로 등장), 작가적 서술상황(주권적 존재가 인식하고 서술하는 삼인칭 서술) 등과 구별된다.[36]

서술자는 작자라는 스토리텔러(창작주체)가 설정한 또 하나의 스토리텔러(서술주체)이다. 소설 감상자는 암암리에 이 갈래의 관습에 따른다. 누가 어떻게 서술하든 일단 서술자를 인정하고 그의 말에 따르는 것이다. 그래서 주요섭의 단편소설 〈사랑손님과 어머니〉의 서술자 옥희가 유치원생인데도 말을 아주 잘하는 것을 이상하게 여기지 않는다. 어쩌다 이상하게 여기는 경우가 생긴다면, 그것은 독자가 이 약속을 잠시 잊었거나 작자가 서술상황을 그럴듯하게 꾸미는 데 소홀했기 때문이다.

〈사랑손님과 어머니〉의 작자는 감상자가 서술자에 따르기만 하는 관습을 뒤집는다. 옥희를 어려서 모르는 게 많은 '신뢰할 수 없는

서술자'로 만듦으로써, 감상자가 우월한 위치에서 인물을 판단하는 재미를 느끼도록 만드는 것이다. 채만식의 단편소설 〈치숙(痴叔)〉의 경우, 감상자는 서술자 '나'가 친일적이라서 반일 지식인인 아저씨를 비난하는 그를 처음에는 따르다가 점점 부정적으로 바라보게 된다. 서술자에 대한 믿음을 역이용하여 감상자 자신의 내면에 잠재된 친일적인 생각을 스스로 '낯설게' 여기도록 만드는 서술방식이다.[37]

서술자는 보통 하나이다. 하지만 조세희의 〈난장이가 쏘아올린 작은 공〉은 장마다 서술자가 바뀐다. 윌리엄 포크너의 장편소설 《압살롬, 압살롬!》은 서술자는 하나지만 자기가 체험하고 들은 이야기를 길게 이야기하는 인물이 여럿이다. 이런 소설들에서는 한 사건에 대한 서술이 여럿이라서 그 내용이 겹치고 어긋난다. 서술자의 독점적 권위를 유보하여 감상자가 여러 측면에서 사건을 바라보고 나름대로 스토리를 재구성하도록 사건의 정체를 나름대로 사색하게끔 만든 것이다.

서술자의 대상에 대한 앎의 정도와 중개 기능은 일정하지 않다. 주권적·개입적일 수도 있고 제한적일 수도 있다. 서술자의 기능을 제한하는 것, 또 그가 요약하고 설명하여 '들려주기'를 하기보다 사건과 인물 자체를 묘사하여 '보여주기'를 하는 것이 기법적으로 보다 근대적이고 발전된(예술적인) 것이라고 여기기 쉽다. 이야기의 역사를 보면 타당한 면이 있지만, 본래 그렇다고 하기는 어렵다. 그 편이 좀 더 형상화가 이루어진 '극적' 서술방식이라고 할 수는 있어도 더 나은 방식이라고는 하기 어려운 것이다. 서술방식이나 기법의 쓸모는 정해져 있지 않다. 그것의 가치는 의미 탐색과 정서적 반응 창출에 얼마나 이바지하느냐, 나아가 주제와 제재에 얼마나 어울리느냐에 달려 있다.

## (2) 표현적 이야기와 '진실'

이야기문학의 서술방식에 주목하다 보면, 우리는 표현적 이야기에서의 '진실'의 문제와 만나게 된다.

안톤 체호프는 만약 어떤 작가가 이야기의 도입부에서 벽에 박힌 못에 관해 서술했다면 이야기의 결말에서는 주인공이 그 못에 목을 매달지 않으면 안 된다고 하였다. 이야기는 요소들이 짜임새 있게 구성 혹은 동기화되어야 함을 흥미롭게 표현한 말인데, 표현적 스토리텔링의 여러 특성은 바로 이 구조적 완결성의 문제에서 출발하고 또 거기로 돌아온다.

앞에서 표현적 이야기에 사용된 '서술언어'는 정보적 이야기의 그것이 주로 하는 지시적 기능을 하는 동시에 미적·비유적 기능을 한다고 했다. 이는 외부 경험 세계와의 관계에서 비롯된 지시적 의미를 바탕으로 삼되, 작품 내부 요소들이 창조적으로 동기화되어 새로이 형성하는 구조적 맥락(스토리의 인과관계, 갈등, 인물의 성격, 주제적 의미 논리 등의 맥락) 속에서 새롭고 고유한 의미를 지닌다. 따라서 이것이 '표현'하는 것은 객관적 '진리'라기보다 작품 특유의 주관적이고 인간적인 '진실'이다.

가령 황석영의 단편소설 〈삼포 가는 길〉에는 사회적으로 소외된 이들이 등장한다. 그런데 그들이 가는 길에 내리는 함박눈은 스토리 맥락 속에서 특유의 의미와 이미지(인물들의 삶이 고단하고 추움, 그런 중에도 마음속 깊이 품은 소망의 순박함 등)로써 분위기를 형성하고 감상자의 정서적 반응을 일으킨다. 거기서 '눈'은 하늘에서 내리는 것을 뜻하는 동시에 다른 의미 기능을 한다. 인물들이 현실적으로 잘못을 저지르거나 무엇이 부족하여 하층으로 소외된 것은 분명한 사실이지만, 감상자로 하여금 그들 나름의 사정을 이해하고 인간적 꿈과 '진실'에 공감하도록 이끄는 것이다.

어디까지나 상대적인 말이지만, 사실이나 진리가 '있는 것'이라면, 진실은 '있을 수 있는 것'이다. 진리가 객관적으로 언제 어디서나 '실제 그러한 것'이라면, 진실은 어떤 특정한 상황에서 '그럴 법한 것'이다. 진리가 개별 인간과 분리된 객관적·이성적인 것이라면, 진실은 인간과 결합된 주관적·감성적인 것이다. 전자가 정보적 인식을 요구한다면, 후자는 인간적 공감을 요구한다.

세상에는 진리도 필요하지만 진실도 필요하다. 진리만이 전부라고 믿는 세상에는 '인간적인 것'이 낄 틈이 없다. 그 진리라는 것이 과연 진리인가도 문제지만, 과학이나 역사와 함께 문학, 신화, 예술이 인간세계에 존재하는 것은 그 때문이다.

'진리 ← …… → 진실'이라는 잣대를 사용한다면, 이야기는 진리를 추구하는 논증, 설명 같은 담화 양식과는 반대 방향에서 진실을 추구한다. 이야기 양식 안으로 좁혀 다시 비교해 보면, 정보적·경험적 이야기가 상대적으로 진리에 가까운 것을 다룬다면, 표현적·허구적 이야기는 보다 진실에 가까운 것을 다룬다.

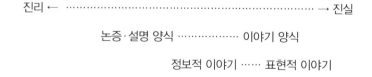

진리 ← ……………………………………………………… → 진실

논증·설명 양식 …………… 이야기 양식

정보적 이야기 …… 표현적 이야기

소박한 감상자들은 표현적·허구적 이야기가 현실을 있는 그대로 재현한다고 믿는 경향이 있다. 물론 허구 세계는 경험 세계와 밀접한 관계에 있고, 둘을 칼로 자르듯 구분할 수 없으며, 앞에서와 같이 종류에 따라 일정하지 않지만, 경험적 현실과 허구적 현실은 본질적으로 다르다. 거듭 언급했듯이, 경험적 이야기와 같이 허구적 이야기도 현실을 모방하지만, 그에 일차적인 목적을 둔 게 아님을 강조할 필요가 있다. 허구적 이야기가 그럴듯함을 북돋우기 위해 '사실인 척' 하는 경우도 많고, 실제로 경험 세계의 현실을 폭로·고발하기도 하지만, 기본적으로 그 내용은 경험 세계의 기록이기를 유보한 것이다. 작자가 자기 작품이 논픽션이라든가 다큐멘터리가 아니라 픽션이요 드라마라고 하였을 때, 그는 자기가 하는 서술의 지시성을 뒤로 돌림으로써 그것이 진리보다 진실을, 재현된 대상이 말하게 하기보다 '이야기 자체가 말하게 하기'를 택한 셈이다. 작자에게 이는 옳고 그름이아니라 선택의 문제인데, 갈래를 정할 때 이미 선택을 하고도 그 사실을 잊는 경우가 많아 문제이다.

표현적 스토리텔링은 의미의 형성과 전달에 있어, 말하자면 작품이 '홀로서기'를 하도록 만든다. 작품이 외부의 경험 세계와 긴밀한 관계에 있되 그것에 의존하지 않는, 자체의 유기적 질서에 따라 고유의 의미를 생산하고, 감상자로 하여금 그 탐색에 참여하도록 자극하는 하나의 미적 조직체가 되어야 하기 때문이다. 표현적 이야기는 현실을 모방하되 경험 세계의 구속을 덜 받으며 인과성, 필연성을 지닌 새로운 현실을 만들어내는 이야기 예술이기에 이 점을 거듭 강조할 필요가 있다.

### (3) 표현적 이야기의 서술을 위한 유의점

앞에서 표현적·허구적 이야기의 특성에 관해 살폈다. 이를 바탕으로 예술성을 추구하는 스토리텔링에 도움이 될 유의점을 살펴보자. 이는 앞의 2장 1절에서 요소들의 관계 위주로 제시한 '구조의 완결을 위한 유의점'에 서술의 상황과 방식에 초점을 둔 지침들을 추가하는 것이다.

**첫째, 갈래와 매체 특유의 '서술의 상황과 언어'를 익힌다.**

동화나 그림책을 짓는 이가 그 감상자를 일반 소설 독자와 구별하지 않는다면 그 언어와 화법이 어찌 되겠는가? 또 영화 시나리오를 짓는 이가 카메라 조작, 화면 처리 기법 등과 같은 영화 특유의 언어에 대한 이해가 부족하다면, 어떻게 사건 전개에 적절하게 신(scene)을 나누며 장면의 전환으로 감상자의 감정 흐름을 조절할 수 있겠는가? 스토리텔러는 자기가 택한 갈래 고유의 의사전달 형식과 규범에 익숙해져야 한다.

우리는 자기 마음대로 말을 하는 성싶으나 한국어의 문법과 관습에 따라 말을 한다. 이와 마찬가지로 소설가는 소설의 서술방식으로, 영화감독은 영화의 언어와 문법으로 삶을 모방하고 감상자의 정서를 자극한다. 가령 아이러니 효과를 얻고자 할 때, 소설은 언어예술인 만큼 주로 의도나 실상과 '말이 어긋나는' 방법에 의존하는 데 비해, 공연예술에서는 소포클레스의 비극《오이디푸스 왕》이 전형적으로 보여주듯이, 왕의 '의도와 결과가 어긋나는', 그래서 그의 비극적 운명을 감상자는 아는데 당사자 자신은 모르는 비극적 아이러니의 상황을 조성하게 된다.

**둘째, '이야기의 내적 상황'에 적합한 서술방식 찾기에 관심을 기울인다.**

범죄를 저지르는 인물이 주인공이라면, 그를 주로 어떤 입장에서 어떤 태도로 서술하는 게 좋을까? 감상자의 보편적 윤리와 상식을 거스르지 않으면서 그 인물한테 끝까지 집중하도록 만들려면 적어도 범죄자 자신이 자기를 변명한다는 인상을 주기 쉬운 서술방식과 화법을 취해서는 안 될 터이다.

사건의 상황이 중요하듯이, 서술의 상황도 중요하다. 사건을 잘 형상화하고 전달하려면, 그것을 서술하는 상황과 언어도 알맞게 설정해야 한다. 막연히 일반적인 서술방식에 따르기보다, 지으려는 이야기에 적합한 서술의 상황과 스타일, 초점화 방식, 분위기 등을 찾고자 노력하고 그것을 이야기 전체에 일관되게 적용할 필요가 있다. 이야기의 개성과 창의성은 많은 부분 서술방식에서 비롯된다.

**셋째, 예민한 주제의식을 지닌다.**

표현적 이야기는 말 그대로 작자가 '이야기 외적 상황'에 표현하려는 게 있는 이야기이다. 작품이 그것을 적절히 형상화하고 감동적으로 전달하기 위해서는 고유의 논리와 질서를 지녀야 한다. 전체를 통어하는 '지배적인' 관점과 의미 내용, 흔히 주제나 메시지라고 부르는 그것을 지녀야 하는 것이다. '서해안 갯벌 개발'과 연관된 이야기를 예로 들어보자. 개발이 곧 근대화요 부(富)의 창출이라고 믿는 작자와, 자연은 개발보다 보전이 더 중요하다고 보는 작자의 이야기는 매우 다를 터이다. 작품이 지닌 개성의 총체를 '스타일'이라 부른다면, 한 작품의 스타일은 작자가 현실에서 취하는 관점과 그것을 서술하는 태도에 좌우된다. 이 또한 서술의 상황 및 언어와 직결된 문제이다.

'주제'라고 하면 거창하고 심각한 사상이나 윤리를 떠올리는 경우가 많은데, 앞에서 살폈듯이 그것은 어떤 관점을 내포한 이미지나 분위기일 수도 있다. 또 주제라는 것이 절대적 기준 아래 미리 정해져 있는 것처럼 여기는 경우도 있는데, 그렇지 않다. 그것은 작품에 유기적 구조를 부여하며 의미의 초점을 형성하는 무엇이지, 텍스트와 따로 존재하는 무엇이 아니다. 그러므로 스토리텔러에게 필요한 것은 이미 정해져 있는 어떤 주제라기보다 새롭고 가치 있는 주제를 찾고 형성하고자 하는 의식, 즉 '주제의식'이다.

주제의식은 작품의 의미구조는 물론 그 개성과 가치를 위해 필요하다. 그려진 세계의 의미와 양상은 결국 인간과 현실을 보는 작자의 안목에 달려 있으며, 나아가 그것은 어떤 집단적 문화와 이데올로기의 맥락에 놓여 있다. 중립적이고 객관적인 스토리텔링이란 존재하기 어렵다. 많은 미국 영화가 미국 중심의 애국심을 부추기며, 애니메이션 〈썸머 워즈(Summer Wars)〉(호소다 마모루)가 일본식 가족주의와 문화제국주의를 내세우는 것이 그 예이다.

따라서 스토리텔러는 날카로운 눈과 따뜻한 가슴 그리고 인간다운 윤리의식을 지니고, 아무리 작더라도 더 새롭고 가치 있는 것을 추구한다는 비판적 자세로 임할 필요가 있다. 아울러 자신이 사는 현실에서 이데올로기, 가치관, 국가적 이해관계 등과 마주칠 수밖에 없음을 명백히 인식해야 한다. 흥미롭고 기발한 사건이나 인물을 손끝으로 얼마든지 만들어낼 수 있다. 하지만 그것을 조직하고 작동시켜서 자신이 살아가는 사회에 관한 뜻있는 의미 탐색 과정으로 만들 주제가 빈약하거나 현실성이 부족하면 모든 게 별 의미가 없게 된다. 스토리텔러는 모순 속에서 산다. 그는 현실의 진흙탕에 발을 담근 채 자기가 창조한 세계의 조물주가 되어야 한다.

**넷째, 상상력을 기르기 위해 힘쓴다.**

표현적 이야기 작품은 감상자의 마음속에 온갖 형상으로 이루어진 세상을 구축하는데, 이것을 가능케 하는 게 상상력(imagination)이다. 인물이 처한 상황에서 어떤 행동을 하도록 할 것인가부터 스토리 세계 전체의 설정과 구축에 이르기까지, 상상력은 연결하고 구성하여 새로운 것을 만들어내며 그로써 기존의 것을 쇄신하고 초월하는 정신적 힘이다.[38] 그것은 창조적 정신 능력의 핵심이다. 스토리텔링은 여러 우연적·파편적인 것들을 결합하여 필연적인 스토리와 통일된 체험 과정을 새롭게 창작해 내는 일이다. 작자는 자신의 온갖 경험과 지식을 동원하여 그 작업을 하는데, 그것이 감동적인 정서 체험과 새로운 의미 탐색 과정이 되게끔 만들기 위해서는 합리적이며 섬세한 상상 능력이 요구된다.

재난영화를 기획하는 사람은, 경상북도 경주 부근의 원자력발전소가 폭발하면 인천공항에서 일어날 해외 탈출 사태를 상상한다. 그런데 '사회학적 상상력'*을 발휘하여 현대 한국인의 내면에 불안과 폭력성이 잠재되어 있다고 생각해 온 그의 친구는, 그런 일이 일어나면 어떤 폭력 조직이 혼란을 틈타 부산을 장악하게 될지도 모른다는 상상을 할 수 있다. 상상은 이렇게 다르고 또 중요하다. 만약 경주 가까운 울산에서 기업을 운영하는 어떤 사장이 그런 사태를 '경영자답게' 상상한다면 장차 어떤 행동을 하게 될지 상상해 보라.

상상을 촉발하는 가장 기본적 동기는 욕망이다. 욕망은 꿈을 꾸게 하고 상상을 낳는다. 가령 인간은 시간과 공간의 질서를 벗어날 수 없는데, 무슨 방법을 써서 시공간을 벗어날 수 있다면, 그리하여 죽은 자와 다시 만나고 새처럼 하늘을 날아다닐 수 있다면 얼마나 좋을까? 이러한 상상이 수많은 판타지를 낳는다.

물론 현실에서 일어날 수 없는 공상적이거나 환상적인 이야기에만 상상력이 필요한 것은 아니다. 어떤 청년이 인상 좋은 여성을 소개받았는데, 그녀가 자기가 싫어하는 집단에 속한 사람임을 알게 된 장면을 상상해 보자. 그는 상대방에게 어떤 태도를 취하고 무슨 행동을 할 것인가? 이 상황에서 그에게 어울리는 차림새와 대화는 무엇인가? 이런 문제를 해결하고 나아가 그 상황을 발전시켜 의미 있고 흥미로운 사건을 전개시키려면 인물과 사건의 성격은 물론 그럴듯하고 가치 있다는 반응을 낳을 만한 여러 요건들을 충족시켜야 하는데, 여기에는 섬세하고 풍부한 상상력이 필요하다. 이렇게 볼 때, 난관에 부딪힌 인물의 상황을 마법이나 특수한 장비, 숨겨진 과거의 비밀 따위를 마구 동원하여 적당히 넘어가는 것은, 실은 사건 해결에 상상력의 빈곤을 드러내는 예들이라 할 수 있다.

---

• 사회공동체를 구성하는 것들 사이의 관련성을 파악하는 상상 능력. 기본적으로 개인의 행동과 사회적 현상이나 변동 사이의 관계를 파악하는 정신 능력을 가리킨다.

흔히 스토리텔러는 교양과 지식, 섬세한 감수성 그리고 앞에서 강조한 예리한 주제의식 등을 지녀야 한다고 하는데, 그런 것들이 있어야 상상 활동이 풍부하고 합리적이 되어 서술이 섬세함과 그럴듯함을 얻을 수 있기 때문이다. 상상력은 구성하고 통합하는 능력인 동시에 "변용을 주도하는 정신 능력"[39]이다. 작자의 상상력이 풍부하고 합리적일 때라야 그 이야기의 부분들은 통일성과 창조성을 얻게 된다. 새롭고 뜻있는 삶의 진실을 그럴듯하게 드러내고 감상자로 하여금 그에 공감하도록 설득할 수 있게 되는 것이다. SF영화가 환상적이면서도 얼마나 과학 지식에 바탕을 둔 상상을 펼치는지 고려하면, 상상력을 기르고 또 뒷받침하기 위해 스토리텔러가 어떤 노력을 해야 하는가를 짐작할 수 있다.

**다섯째, 작품 자체가 '홀로서기'를 할 때까지 수정을 거듭한다.**

작품의 완결성 문제는 앞에서 '구조의 완결'을 강조하는 진술에도 함축되어 있었는데, 흔히 '작품이 말하게 하라', '인물과 사건으로 보여주라' 등으로 표현하곤 한다. 스토리텔링은 의미의 형상화이다. 그래서 이야기는 형상과 의미, 서술과 스토리 등이 모두 인과성 있고 그럴듯하며 미적으로 조화될 때까지 수정과 보완 작업을 계속해야 한다. 그러기 위해서는 특히 서술의 상황과 태도, 사용된 언어 등이 섬세하고 조화되어야 한다. 의도나 주제가 충분히 형상화되지 못한 상태에서 서술자나 인물의 말로 직접 '들려준다'거나 심층적 의미가 빈약한 표층 스토리만 자꾸 나열한다면 '혼자서 살아갈' 몸과 육체를 지닌 이야기를 형상화하기 어려울 것이다.

표현적 스토리텔링은 하나의 세계를 만들어내는 작업이다. 우리는 일상생활에서 이야기를 많이 하고 또 듣지만, 입에서 나온 말이 다 이야기가 되는 것은 아니며, 모든 이야기가 작품이 되는 것도 아니다. 사건 전개가 필연성이 적고 인물이 하는 행위에 동기도 충분하지 않으면서 '내가 직접 체험한 정말 일어난 일이니까', '이런 사건이 실제로 자주 일어나니까', '다른 작품들에도 이런 인물이 흔히 등장하니까', '많은 사람들이 이런 이야기를 좋아하니까' 등의 근거만 가지고 스토리텔링을 해서는 그럴듯한 작품을 얻기 어렵다. '이 부분은 왜 들어 있는가?', '어째서 그 인물은 그런 행동을 하는가?', '왜 그 장면을 그렇게 서술했는가?', '이 모든 이야기는 결국 독자로 하여금 무엇을 경험하게 하기 위한 것인가?' 따위의 질문에 나름대로 충분한 대답을 할 수 있을 때까지, 작품에 필요한 게 모두 구비되며 그들이 유기적으로 조화롭게 결합될 때까지, 작자는 열정과 끈기를 가지고 작품의 완성을 위해 최대한 노력해야 한다. 그러려면 관련 자료를 모으고 직접 체험과 답사를 해야 하는 경우도 많다.

무엇을 창작하는 사람은 무한한 자유와 구속에 내던져진 모순된 존재이다. 무엇이든 가져다가 마음대로 조합하되 생명을 지닌 하나의 조직체를 만들어내야 하는 까닭이다. 허구적 이야기의 작자 역시, 경험 세계의 질서까지도 벗어나 어떤 세계를 창조해도 좋은 무한한 자유와, 창조된 세계가 불필요하거나 무의미한 게 없이 통일된 구조를 지니게 해야 하는 구속, 또한 기존 작품을 진부한 것으로 만들어버릴 새로운 작품을 창조하는 자유와, 소통을 위해 기존의 관습을 지키거나 활용해야 하는 구속 - 상상력과 열정을 시험하는 이 모순된 상황에 그는 놓여 있다. 이 상황을 슬기롭게 넘어서려면, 앞에서 지적했듯이 스토리텔러는 입담 좋은 이야기꾼인 동시에 웅숭깊은 사색가여야 한다. 인물과 사건을 섬세하게 서술하면서, 요소들을 작품 전체의 스타일과 논리에 통합시켜야 하기 때문이다.

1  다음은 '전지적(작가적) 서술상황'에서의 서술이다. 이것을 삼인칭 서술인 점에서는 같지만 서술자가 주로 초점자(인식주체) 쪽에서, 그가 '보는' 것을 서술하는 '인물적 서술상황'의 서술로 바꾸어 적어보시오. (단, 두 사람의 성별, 나이 등은 자유로이 설정하되, 초점자는 '진경'으로 삼을 것. 화제와 상황을 조금이라도 더 구체화하고 발전시킬 것.)

인덕이 놀란 표정을 지은 것은, 진경이 한 말을 군이 부정적으로 들었기 때문이 아니었다. 본래 자기의 의사를 잘 드러내지 않는 성격이기에, 인덕은 진경이 자기 생각을 불쑥 꺼내는 바람에 놀란 것이었다. 둘이 친구로 지낸 지가 여러 해 되었으므로, 누가 보아도 진경이 그런 말을 꺼낼 수 있는 사이였다. 하지만 진경으로서는 인덕의 표정부터가 못마땅했다. 오늘처럼은 아니지만, 오래전부터 진경이 그 이야기를 해왔기 때문이다. 그때마다 반응이 별로더니, 지금 그 소리를 처음 듣는 것처럼 굴다니, 진경은 서운한 감정이 들었다.

⇒

2    다음은 '상상력'을 기르기 위한 문제들이다.


2-1    은행의 출입문은 보통 다른 사업장의 그것, 예를 들어 빵집의 출
       입문과 구조가 다르다. 둘이 어떤 점이 다른지 실제로 '관찰'하여
       답하시오.



2-2    은행의 출입문은 왜 그런 구조로 되어 있을까? '추리'하여 한 문
       장으로 답하시오.


2-3    병원이나 학교는 방도 많고 생활하는 사람도 많은 곳이다. 그래서
       대개 복도가 있는데, 그런 건물의 복도 쪽 출입문은 어떻게 설계
       하는 게 좋을까? 앞의 2-1, 2-2 문제에서 알게 된 점과 자신의 경
       험, 지식 등을 결합하여 건축설계사처럼 '상상'하여 답하시오.



2-4    상상력은 인간의 여러 정신 능력과 연관되어 삶의 온갖 활동에
       매우 중요하게 작용한다. 그리고 인간은 자기의 주관에 따라, 또
       자신이 속한 사회와 문화의 관습, 규범에 따라 상상한다. 따라서
       그 적절성 여부를 판단하는 기준 역시 시대와 문화에 따라 다를
       수 있다.
           아래의 것들에 대해 나름대로 관찰, 추리, 상상하되, 되도록 '일
       반적' 현실과 상식에 가깝도록 답하시오.

① 어떤 젊은이가 매우 이기적이거나 파렴치한 성격을 지니고 있음을 잘 보여주는 행동 한 가지를 적으시오.

② 도서관은 인적이 드문 한적한 곳에 짓는 게 좋겠는가, 시내 한가운데에 짓는 게 좋겠는가? 그 까닭은?

③ 어느 동화에서, 네 발로 움직이는 동물들이 사람들이 축구하는 모습을 보고 있었다. 그들은 모두 참 이상하다는 표정을 지었다. 왜 그랬을까? 엉뚱하고 재미난 쪽으로 답하시오.

④ 미국의 서부 지역 들판에서 살아온 스토리텔러가 한국의 서울을 방문했다. 그는 고층아파트 밀집지역(단지)이 매우 많은 것을 보고 강한 인상을 받았다. 그래서 그곳을 자기가 창작하고 있는 이야기에서 분위기, 인물의 내면 등을 제시하는 데 이바지할 공간(배경)으로 활용하기로 했다. 구체적으로 그는 그것을 어떤 분위기나 인물의 내면을 제시하는 데 활용하겠는가? 그것을 상상하여 적으시오.

⑤ 조선시대에 관아에서 가장 낮은 계급의 여성이 관비인데, 이 관비에 둘이 있었다. 하나는 기생이고 또 하나는 급비였다. 급비는 주로 물 긷고 밥 짓는 일을 하는 여종이다. 다산 정약용은《목민심서》의 '이전(吏典)' 항목에서, 수령이 관아에서 일하는 사람들을 관리하는 법에 대해 말하는 중에 다음과 같이 지적하였다.

(수령이) 갈려 돌아가는 날 성 남문 밖에서 기생들은 좋아서 시시덕거리고 노비(급비)들은 울면서 눈물을 흘린다면 이를 일러 현명한 수령이라 해도 좋을 것이다.

-《국역 목민심서 1》, 민족문화추진회, 1969, 302쪽.

(ㄱ) '현명한 수령'이 교체될 때 기생과 급비의 태도가 매우 다른 현상은 둘의 대접이나 처우가 같지 않기 때문으로 보인다. '일반적으로' 그것은 어떻게 다를까?

(ㄴ) 결국 이 대목에서 다산은 '현명한 수령'이 되려면 노비, 나아가 아랫사람을 어떤 태도나 자세로 다스려야 한다고 주장하고 있는가?

3 오페라나 뮤지컬은 물론 영화에서도 음악은 중요한 '서술언어'이다. 그런데 다른 갈래들과는 달리 영화에서는 대개 그것이 가사를 동반한 노래가 아니라 연주 음악이다. 그렇다면 일반적으로 영화의 '음악언어'는 주로 어떤 기능을 할까? '(서술)언어'라는 말을 반드시 사용하여 구체적으로 답하시오. (☞ 1장 2-다, 3장 4절)

4 다음 갈래들에는 말(자연언어)과 함께 그림이 '언어'로 사용된다. 둘 중 하나를 골라 거기서 그림이 하는 역할, 즉 서술언어로서의

기능에 대해 간략히 적으시오.

① 그림책    ② 그래픽 노블

5    다음은 윤태호의 장편만화 《이끼》 47화의 일부[40]이다. 먼저 이전 스토리를 읽고 만화도 본 후 물음에 답하시오.

## 이전 스토리

류해국은 아버지의 죽음에 의문을 품고, 아버지가 살던 마을에서 지내며 단서를 추적하고 있다. 느낌은 있는데 증거는 없는 상황에서 자기와 관련하여 사람이 연이어 죽는데, 마침내 그도 죽음의 위기에 몰린다.

긴박한 상황에서, 소송 문제로 류해국과 악연이 있는 검사 박민욱이 이 사건에 얽혀든다. 류해국이 그 소송 문제로 자기의 직장과 가정생활을 망쳤듯이, 그 일 때문에 박 검사도 좌천당한 상태이다. 박 검사는 범죄를 예감하면서 류해국이 사는 마을을 주의 깊게 둘러본다. 그러다가 옛 감정이 살아나면서 두 사람은 갈등한다.

박 검사는 류해국이 매우 못마땅하다. 그가 자기 자신의 인생은 물론 박 검사의 인생까지 망쳤는데, 도무지 변한 게 없다. 또다시 자기의 일에 박 검사를 끌어들이는 것도 마음에 안 들지만, 성격 자체가 마음에 들지 않는다. 세상과 멀어지겠다고 해놓고는, 그 멀어진 곳에서도 여전히 같은 짓을 하고 있다.

⑤

⑥

⑦, ⑧

5-1 앞에 인용된 그림은 모두 8칸인데, 그림 ③~⑤는 그 앞의 ①~②와 뒤의 ⑥~⑧의 시간적 연속에서 벗어나 있다. 그 연속된 시간을 '오늘 저녁'이라고 한다면 ③~⑤는 '그다음 날 오전'쯤으로 짐작된다.

　서술의 이러한 배열은 어떤 효과를 낳고 있는가? '이전 스토리'를 참고하면서 '감상자의 반응' 중심으로 그 효과를 한 가지 이상 적어보시오.

（길잡이） 인물들의 유사점과 차이점이 강하게 드러나고 있음을 고려한다.

5-2 이 만화는 본래 인터넷에 웹툰으로 연재되었다. 따라서 이 만화를 종이책으로 낼 때 불가피하게 페이지를 나누게 된다. (앞에 인용한 부분은 책에 수록된 것을 출제상의 필요에 따라 다시 두 페이지에 모은 것이다.) 웹툰이라면 칸과 칸 사이에 여백을 많이 줄 곳, 혹은 종이책이라면 페이지를 나누는 게 적절한 곳은 어느 칸과 어느 칸 사이라고 여겨지는가? 그 이유는?

（길잡이） 원본이 어떻게 되어 있는가에 구속받지 말고 나름대로 답한다.

① 여백을 많이 주거나 페이지를 나누면 좋을 곳:

② 그 이유:

5-3 만화나 영상물에서 그림(이미지)과 말은 함께 기능한다. 다른 것들과 달리 ⑦, ⑧은 한 칸처럼 옆으로 붙어 있다. 말풍선은 ⑦에만 있지만, 감상자는 둘을 거의 동시에 보기 마련이다. 이 ⑦, ⑧에서 말과 그림은 같은 '언어'로서 어떻게 상호작용하는가? 그것들이 ①, ②와 통한다는 점, 즉 ①, ②를 반복하는 면이 있다는 점을 고려하면서 답하시오.

# 제3장

# 이야기의 요건과 작자의 자세

좋은 이야기가 펼치는 새로운 세계와 이미지에 전율하면서도,
평소에 모르는 걸 아는 듯이 넘기거나 뻔한 걸 새로운 것인 양
여기는 경우가 많다. 그러나 모름지기 '자기 세계', '자기 작품'을
창조하고자 한다면, 스스로 삶의 기미를 포착하여
누구도 사용한 적 없는 방식으로 표현하고자 힘써야 하지 않을까?

앞에서 이야기란 무엇이며 그것을 짓고 만드는 활동을 할 때 유의할 점들에 대해 살폈다. 이는 다른 양식과의 차이에 주목하여 이야기의 일반적 특성을 밝히고, 그것을 바탕으로 창작의 기본 방향을 모색한 것이지, 이야기 자체의 수준과 가치에 초점을 둔 것은 아니다. 사건이 서술되어 스토리가 있으면 일단 이야기라고 할 수 있지만, 이야기라고 그게 다 수준이 높고 좋은 이야기일 리는 없다.

좋은 이야기는 재미와 의미를 지니고 있다. 이 장에서는 그들을 창출하기 위해 이야기가 지녀야 할 필요조건, 즉 요건들을 구체적으로 살피고, 이를 바탕으로 작자가 해야 할 일을 챙기기로 한다. 이야기는 결국 감상자를 위한 것이고, 감상자를 통해, 감상자 속에서 완성된다. 그러므로 여기서 다루는 이야기의 요건이란 이야기 작품에 '내포된' 요소라기보다 그것을 짓고 감상하는 활동 전반을 아우른, 바람직한 이야기 행위가 지향하는 목표에 가깝다. 요컨대 이 장에서는 이상적인 이야기가 갖추어야 할 점들을 짚어봄으로써 그것을 창작하기 위한 방법과 요령을 마련하고, 평가의 기준, 작자가 지녀야 할 기본 자세 등도 확립하려는 것이다. 이는 제2부에서 스토리텔링의 구체적인 기법을 익히기 전에 알아두어야 할, 일반적 원칙과 태도에 관한 논의이다.

여기서 전제할 점들이 있다.

첫째, 제시하는 요건들 가운데에는 이야기가 포함된 의사소통 일반의 것도 포함된다.

스토리텔링은 인간의 갖가지 의사소통 행위 가운데 하나이다. 그러므로 이것도 일단 의사소통을 원활히 하기 위해 필요한 일반적 조건을 갖추어야 한다. 인간의 문화 활동 대부분이 그렇듯이, 이야기의 창작과 제작 역시 언어를 기본 매체로 사용한다. 스토리텔링은 듣기, 말하기, 읽기, 쓰기의 네 가지 언어활동 가운데 표현 측면에 해당하는 말하기 및 쓰기 자체이거나 그와 밀접한 관계에 있다. 따라서 그들과 관련된 원칙과 능력이 행위의 바탕을 이룬다. 한마디로 일단 '말이 돼야' 하고 '무슨 이야기인지 알 수 있어야' 하기 때문이다.

물론 스토리텔링은 언어활동의 일반 요건과 함께 그것에만 해당되는 고유 요건을 갖춰야 한다. 특히 구조가 복잡하고 기법이 정교한 소설, 연극, 영화, 뮤지컬, 그림책, 만화 등과 같이 특유의 서술언어와 형식이 비교적 굳게 형성되어 있는 표현적 갈래들의 경우가 그렇다.

둘째, 요건들이 서로 겹치고 뒤얽히며 심지어 대립될 수도 있다.

가령 어떤 텔레비전 드라마 대본이 갈래의 규범적 형식을 지키는 것은, 글로서 일반 문법에 따르는 일인 동시에, '드라마' 고유의 요건을 충족시키는 일이기도 하다. 한편 이 대본은 갈래의 관습에 따르기만 하는 게 아니라 도리어 이를 깨기도 하는 '참신성'을 지닐 때 더 가치 있는 작품이 되기도 한다.

셋째, 판단과 평가의 기준으로서 절대적일 수 없다.

모든 이야기는 그것을 낳고 즐기는 문화의 산물이다. 따라서 그 '바람직함'과 '옳고 좋음'의 맥락과 기준이 같지 않다. 특히 표현적·허구적 이야기는 주제 혹은 메시지를 매우 간접적으로 전달하므로, 또 감상자에 따라 해석과 판단이 달라질 수 있다. 애초부터 주관성과 다양성을 안고 있는 것이다.

물론 객관성을 아주 벗어나는 것은 아니다. 작자와 감상자는 개인인 동시에 집단의 일원이기에, 보다 보편적 성격을 띤 윤리, 규범, 사상 등의 맥락에서 그 논리와 문법의 지배 아래 작업하기 때문이다. 그런데 이 객관성마저도 어디까지나 상대적인 것이다. 계층, 관습, 시대, 국가, 민족, 문화권 등에 따라 판단과 반응의 맥락, 기준 등이 달라질 수 있는 까닭이다. 용(龍, dragon)의 전통적 이미지가 동양과 서양에서 대립적인 면이 있다는 점, 효(孝)의 기준이 조선시대와 오늘날 현격히 다르다는 점 따위만 생각해 봐도 금세 짐작이 갈 터이다. 세계화 시대로 접어들면서 전보다 문화권 사이의 차이가 줄어들기도 했지만, 가령 현대 한국인에게 '그럴듯하고' '진실된' 것이 일본인이나 미국인에게도 항상 똑같은 반응을 낳을 가능성은 적다.

그러니까 이제부터 다룰 바람직한 이야기가 지녀야 할 요건들은 어디까지나 기본적·원칙적인 것이며, 필자가 현재 한국 현실에서 강조할 필요가 있다고 생각하여 임의로 택한 것들이다. 앞의 전제들과 함께 이 점을 염두에 두면서 유연하게 받아들임이 바람직하다.

# 1

# 언어 표현의
# 적절성과 세련성

좋은 이야기는 언어를 적절하고 세련되게 사용한다.

물론 이는 단지 문법 형식 차원에서만 하는 이야기가 아니다. 우리가 일상적으로 사용하는 언어는 모든 의사소통의 핵심이요 근본이다. 인간을 만물의 영장으로 만든 가장 발달된 도구일 뿐 아니라 다른 표현과 소통의 매체, 즉 이야기로 치면 영상이나 소리 같은 각종 2차 언어(서술언어)들의 바탕이 되기 때문이다. 따라서 한 개인의 성장은 물론 스토리텔링 능력을 기름에 있어서도 언어능력은 기본이 된다.

스토리텔러는 이야기를 '서술'하는 사람이고 그 서술은 주로 일상언어로 이루어진다. 소설처럼 '언어의 모험'을 하는 언어예술은 말할 나위 없고, 연극이나 영화 등에서도 인물이 하는 대화 마디마디가 내면을 표현하고 사건을 전개시킨다. 따라서 적절한 언어 표현을 찾는 노력은 스토리텔러에게 필수적이다. 한국 사회는 언어능력에 대한 인식이 낮고 체계적인 교육 또한 이루어진다고 보기 어렵다. 그래서 언어 사용의 중요성을 새삼 강조하지 않을 수 없다.

언어에는 문자언어(글말)와 음성언어(입말)가 있다. 물론 후자에는 영화, 연극, 텔레비전 드라마 등에서 배우가 하는 대화 따위도 포함된다. 이야기에 사용된 언어가 먼저 화법, 문법 등과 같은 규범 및 관습에 맞지 않으면 완성도는 고사하고 작품으로서의 자격조차 갖추기 어렵다. 언어는 사회적 도구이며 스토리텔링은 하나의 사회 활동이므로 언어 사용에 사회적 책임이 따른다. 어문규범 위반은 물론 거칠거나 비루한 표현, 외국 말이나 글자의 남용 등도 표현의 선명함과 아름다움, 작품의 품격 등을 떨어뜨리기 쉬우며 나아가 사회적 해악을 끼친다.

언어는 단순히 도구에 머물지 않는다. 인간은 '언어를 매개로 소통'함과 아울러 '언어로 사고'하기에, 그것은 생각과 정서, 사상과 문화 등을 형성하는 질료이자 틀이 된다. 주지하듯이 언어는 '존재의 집'인 것이다. 그래서 언어능력은 인간 활동의 바탕을 이루는 것이요, 그 수준은 나아가 스토리텔러가 익혀야 할 여러 '서술언어' 혹은 '인공적 언어'의 수준을 좌우한다. 이렇게 볼 때, 가령 언어가 서술에 많이 쓰이지 않은 영상물의 경우에도 작자의 언어능력이 텍스트의 내용과 수준을 좌우한다고 할 수 있다. 또 그래서 사회적으로 언어가 제 구실을 하지 못하거나 본뜻이 왜곡되면 의사소통이 어려울 뿐 아니라 지적(知的) 발전이 지장을 받으며 문화적 퇴행이 일어난다. 바로 이 점이 오늘날 한국에서 우려되는 바이다.

이는 이야기 전달과 유통 과정에서 중요한 언어활동인 번역의 경우에도 비슷하다. 번역은 외국어를 사전적으로 바꾸는 데 그치지 않고 한국어로 다시 짓는 작업이다. 그것도 사고(해석)와 상상을 요구하므로, 예컨대 소설이나 영화를 번역할 때 국어능력이 부족해서는 충실히 하기 어렵다. 꽤 알려진 외국 소설이나 영화의 제목을 아래와 같이 전과 다르게, 되도록 본래의 뜻을 살리면서 자연스러운 우리말로 옮겼을 때 감상과 이해가 깊어지거나 명료해질 수 있다. 이에 수긍한다면 문화 활동 전반에서 언어가 적절히 사용되지 않음으로써 생기는 문제가 매우 큼을 짐작할 수 있을 것이다.

- 주홍 글씨(The Scarlet Letter) → 주홍 글자
- 죽은 시인의 사회(Dead Poets Society) → 죽은 시인 클럽, 죽은 시인 동아리[41]
- 반지의 제왕(The Lord of The Rings) → 반지의 지배자, 절대반지, 제왕 반지
- 노인을 위한 나라는 없다(No Country for Old Men) → 노인이 바라는 세상은 오지 않는다

아무리 의미 있는 내용이라도 적절한 단어와 어울리는 화법, 문체로 표현되지 않으면 값어치가 떨어진다. 아니, '의미'라는 것 자체가 주로 언어와 이미지로 형성되고 표현되기 때문에 어떤 생각이나 느낌이 그에 적합한 언어와 이미지를 만나지 못하면 그것은 존재하지 않는 것에 가깝다. 흔히 마땅한 표현을 찾지 못해 우물쭈물하던 사람이 뒤늦게 "아! 나도 그렇게 생각했었어!"라고 변명하는데, 좀 심하게 말하면, 표현하지 못한 것은 생각하지 못한 것과도 같다. 탁월한 생각이란 탁월하게 표현된 말이다. 문장가나 웅변가는 다름 아닌 사상가이다.

언어 표현을 판단하는 기준은 적확성, 적절성, 세련성, 창의성 등이다. '적확성'은 어문규범을 지켰는가를 따지는 기본 어법의 기준이고, 보통의 기준은 그것을 포함한 '적절성'이다. 어떤 말이 화자(필자)의 상황과 의도, 대상의 실제, 문화적·논리적 맥락 등에 부합하는가 여부를 판단하는 기준이 적절성인데, 그것은 비교적 객관적 잣대를 가지고 이를테면 초급, 중급, 고급의 급수를 매길 수 있다.

표현의 '세련성'은 내용의 고상함, 형식의 새로움 등에 초점을 둔 미적 기준이다. 어문규범을 지키고 정보를 충실히 전달하는 정도로는 도달하기 어렵다. 표현과 사고의 상투성, 고루함 등을 벗어나려는 노력이 있어야 달성할 수 있다. '창의성'은 표현도 표현이지만 무엇보다 내용의 새로움과 개성에서 나온다. 자기 나름의 생각과 느낌에서 '자기의 글'이 나온다. 자본의 욕망에 휘둘리는 광고, 권력의 논리에 지배받는 선전 속에서 남의 말을 자기 말처럼, 흔한 이야기를 새로운 이야기처럼 여긴다면 도달하기 어려운 기준이다.

다음 예를 보면서 표현의 수준과 그 판단 기준에 대해 생각해 보자.

① 그는 우리는 도우며 사는 사람이 되어야 한다고 말한 적이 있다.
② 그는 말했었다. 나는 남의 도움 없이 살지 못해. 그러니 나도 남을 도와야지.
③ 그가 언젠가 말했다. "사람은 손을 둘 가지고 태어나는데, 하나는 자기를 위한 것이고, 다른 하나는 남을 위한 것이야."

①은 어문규범에 어긋나지는 않지만 적절성이 떨어진다. '-는'의

중복, '적이'로 쏠리는 수식 관계 등이 자연스러움을 해친다. 이에 비해 ②는 표현이 적절하다. 하지만 '나'와 '남'이라는 대립적 대명사와 독백 투의 화법이 '우리'로 확산되어야 할 뜻을 제한하는 면이 있어 ③에 비해 세련성이 떨어진다. 세련되기 위해서는 반드시 비유를 구사해야 하는 것은 아니지만, ③은 비유의 적절함과 참신함, 표현의 섬세함이 말의 흐름에 부드럽게 녹아 있어서 앞의 둘에 비해 세련된 표현으로 볼 수 있다. '돕다'라는 말을 쓰지 않으면서도 그에 관한 생각을 창의적으로 제시하고 있다.

물론 이러한 판단은 주관적일 수 있다. 그렇지만 이런 논의가 결코 불가능하거나 무의미하지는 않다. 한마디의 대사가 인물의 상황과 성격을 강렬하게 부각시키고 문체의 힘이 돌연 감동에 떨게 할 때, 우리는 비로소 세련된 언어의 힘과 아름다움을 실감하게 된다.

다음 예를 보자. 안톤 체호프의 희곡에서 인물의 감정과 그가 처한 상황을 날카롭게 드러내는 대사(밑줄 부분)이다.

---

### 극의 상황 설명

농장 관리나 하며 소일하는 중년의 지식인 보이니쯔끼(바냐)는 늙은 어머니 마리아 바실리예브나에게 걱정을 듣는다. 그가 대꾸를 하자 어머니와 입씨름이 벌어진다. 그 자리에는 외할머니와 외삼촌 사이의 다툼을 한두 번 본 게 아닌 조카 소냐가 있고, 그의 자형의 새 아내 옐레나 안드레예브나도 있다. 그녀는 젊고 아름답다. 결혼을 하지 않은 보이니쯔끼는, 그녀를 좋아한다.

---

(전략)

**보이니쯔끼** 제가 밝은 성격을 가졌었다…… 그런 독설로 비아냥거리시면 안 되지요! 이제 저도 마흔일곱 살이에요. 어머니처럼 저도 작년까지는 진정한 삶을 보지 않으려고, 일부러 어머니의 그 스콜라철학으로 제 두 눈을 흐리게 하려고 애쓰면서, 스스로 잘하고 있다고 생각했었어요. 하지만 지금은, 어머니가 아시기나 하세요! 저도 그 모든 것을 가질 수 있었던 때가 있었는데, 그때를 바보같이 허비하고, 지금은 이렇게 늙어버린 것이 화가 나고 억울해서 밤에 잠도 못 자고 있어요!

**소냐** 바냐 아저씨, 따분해요!

**마리아 바실리예브나** (아들에게) 너는 마치 예전의 네 신념이 뭔가 잘못되었다고 말하는 것 같구나…… 하지만 잘못된 것은 그 신념이 아니라 네 자신이야. 신념 자체는 아무것도 아닌, 죽은 문자라는 사실을 너는 잊은 게로구나…… 일을 했어야만 했어.

**보이니쯔끼** 일이라구요? 어머니의 교수님처럼 모두가 다 글을 쓰는 페르페투움 모빌레(perpetuum mobile, '영원한 기계')가 될 수는 없는 거예요.

**마리아 바실리예브나** 너는 무슨 말을 하고 싶은 거냐?

**소냐** (애원하듯) 외할머니! 바냐 아저씨! 제발 그러지 마세요!

**보이니쯔끼** 내가 잠자코 있으마. 입을 다물고 사과하마.

(사이)

**옐레나 안드레예브나** 오늘은 날씨가 참 좋군요…… 덥지도 않고……

(사이)

**보이니쯔끼** 이런 날씨에는 목을 매달기도 좋지요……

쩰레긴이 기타를 조율한다. 〔늙은 유모〕 마리나가 집 주변을 거닐며 닭을 불러 모은다.

- 안톤 체호프, 《바냐 아저씨》, 홍기순 옮김, 범우, 2010, 26-28쪽.

이야기를 짓는 이가 상황에 적확한 언어 사용, 예민한 감정 포착 등에 관심이 적고, 표현의 섬세함과 세련성이 '서술'의 수준과 가치를 좌우한다는 사실에 둔감하면 좋은 이야기를 창출하기 어렵다. 언어능력은 표현 능력의 기본이자 척도이며, 그것의 훈련은 사고력과 표현력, 나아가 상상력을 기르는 대표적인 방법이다. 그러므로 이야기의 기법과 요령 익히기에 앞서 언어능력을 기르는 데 많은 노력을 쏟을 필요가 있다.

인간의 핵심 능력인 언어능력에 대한 관심이 빈약한 사회, 문자맹(文字盲)은 면했으나 '문의맹(文意盲)'[42] 곧 읽어도 그 속뜻을 모르는 문맹이 허다한 사회가 한국이다. 읽기가 그러하니 쓰기는 말할 것조차 없다. 언어능력에 급수가 있으며, 특히 읽고 쓰는 문해력은 입말보다 훨씬 더 체계적으로 훈련해야 높은 수준으로 길러진다. 한국 국민 대다수가 글을 읽고 쓸 수 있게 된 기간이 반세기 남짓밖에 되지 않았고, 근대적 언어교육이 이루어진 기간도 짧은 탓에, 스토리텔링을 하려는 이마저도 언어능력에 대한 인식이 부족한 경우가 있다.

육체는 운동으로 발전시킨다. 정신은 무엇으로 발전시키는가? 그것은 주로 언어이다. 언어를 고급 수준으로 구사할 수 있으려면, 운동을 꾸준히 하듯이 아주 많이 읽고 써봐야 한다. 모름지기 능력을 기르는 데는 훈련과 경험이 제일이다. 지어지지 않으면 명작을 베껴보고, 써지지 않으면 읽기에 몰두하는 것도 방법이다. 그러는 동안 언어 하나하나의 결이 느껴지고, 타인의 상상에 힘입어 자신의 생각과 느낌도 살아날 것이다.

개인이든 국가든, 문화 수준은 언어능력의 수준에 크게 좌우된다. 적절한 표현을 찾아 끝까지 노력하지 않으면 사고가 명료해지기 어렵고, 다른 이에게 표현하고 전달할 자기 자신의 그 무엇을 바랄 수 없다.

1  한국 사회는 부정확하거나 부적절한 표현에 지나치게 관대하다.
그리고 외국어, 어려운 한자어 등을 남용하는 인습이 있다. 다음
에서 문제되는 부분을 찾아 모두 바람직하게 고쳐보시오.

1-1  손님, 거스름돈이 삼백 원 되시겠습니다.

→

1-2  친구는 내 옷이 핏이 좋고 폼도 난다라고 말했다.

→

1-3  (버스 차내 방송) 카드 미태그 시 추가 요금이 발생합니다.

→

1-4  그는 사랑을 통한 인간 구원의 가능성에 대해 신뢰한다.

→

2  어떤 만화(웹툰), 웹소설 등에서는 인물이 욕설을 마구 내뱉는다.
또 어떤 영화에서는 대화가 불명확하거나 어조가 부자연스러워
알아듣기 어려운 경우도 있다. 이들은 작품의 수준과 품격을 떨어
뜨리기 쉽다. 욕설 같은 비속어는 어떤 경우에만 제한적으로 사용
해야 옳을까?

3     언어능력의 기본 가운데 하나가 어휘력이다. 어휘를 많이 알고 적절히 사용하기 위해서는 평소에 사전을 자주 찾는 습관을 들일 필요가 있다. 그리고 일단 알게 된 단어는 실제로 사용해 봐야 자기 몸에 붙는다.

    스토리텔링과 연관된 다음 낱말들의 뜻을 적확하면서도 간명하게 풀이하고, 이 낱말을 넣어 문장을 하나씩 지으시오.

( 길잡이 ) 국어사전은 물론 전문용어사전, 백과(지식)사전 등을 '함께' 활용한다. 그리고 국어사전에서는 단어 풀이 밑에 있는 용례, 파생어 등을 함께 참고한다.


3-1    (이야기 작품의) 각색(脚色)

      ① 뜻:

      ② 문장:


3-2    패러디

      ① 뜻:

      ② 문장:


3-3    비장미(悲壯美)

      ① 뜻:

      ② 문장:

4 　다음은 주로 연극, 영화 분야에서 외국어 그대로 사용하는 경향이
　　있는, 그래서 오용도 빈번한 말들이다. 본래의 개념에 가깝게 적
　　절한 한국어로 번역해 보시오. (모두 명사로 사용되는 경우만을 대상
　　으로 함. 필요하다면 여러 단어로 풀어서 옮겨도 좋음.)


① 스펙터클(spectacle) →

② 서스펜스(suspense) →

③ 드라마투르기(Dramaturgie, dramaturgy) →

④ 비주얼(visual) →

⑤ 파일럿 필름(pilot film) →


5 　다음은 최명익이 1939년에 발표한 단편소설 〈심문(心紋)〉의 일
　　부이다. 일제가 지배하는 국제도시 만주 하얼빈에서, 한국인 '나'
　　는 전에 사귀었던 여인 여옥과 만나고 있다. 그녀는 매우 변한 모
　　습이다. '서술하는 나'와 '서술되는 인물' 여옥의 모습을 그려보며
　　읽고 물음에 답하시오.


　　방 윗목을 가로막고, 그런 장중한 가구가 차지하고 남은 좁은
방이라, 더욱 길길이 높아 보이는 침침한 천장을 쳐다보는 나는,
하얼빈의 여옥이는 이다지도 황폐한 생활자던가 느껴지는 것이
다. 그뿐 아니라 이런 가구를 주워 들인 것이 여옥이의 취미였다
면 그 역시 하잘것없는 위인이라고도 생각하였다.
　　여옥이는 내가 기억하는 그 몸매의 선을 그대로 내비치듯이

달라붙은 초록빛 호복(胡服)을 입고 붉은 장의자에 파묻히듯이 앉아서 열어놓은 창틀 위에 팔꿈치를 세운 손끝에 담배를 피워 들었다. 짧은 호복 소매 밖의 그 손목은 가늘고 시들어서 한 가닥 황촉을 세운 듯하고 고 손끝의 물들인 손톱은 홍옥같이 빛나는 것이다. 그런 손끝에서 피어오르는 담배 연기를 바라볼 뿐 나는 별로 할 말이 없이 묵묵히 앉아 있었다. 여옥이도 무슨 생각에 잠기는 모양이었다. 본시 그런 여옥인 줄 아는 나라 실례랄 것도 없이 나는 나대로 창밖을 내다보고 있었다. 거리 맞은 집 유리창은 좀 기운 햇볕에 눈부셨다. 고기비늘 무늬로 깔아놓은 화강석 보도에 메마른 구둣발 소리가 소란하고 불리는 먼지조차 금싸라기같이 반짝이는 째인 햇볕 속을 붉고 파란 원색 옷의 양녀(洋女)들이 오고 간다. 높은 건축의 골짜구니라 그런지, 걸싼 양녀들은 헤엄치는 열대어나 금붕어같이 매끄럽고 민첩하다. 그러한 인어의 거리에 무더기무더기 모여 앉은 쿨리(중국인 노동자 - 인용자) 떼는 바다 밑에 깔린 바윗돌같이 봄이 가건 겨울이 오건 무심하고, 바뀌는 계절도, 역사의 파도까지도 그들을 어쩌는 수 없는 존재같이 생각되었다. 그러한 창밖에 눈이 팔려 있을 때, 들창 위에 달아놓은 조롱에서 새가 울었다. 쳐다보는 조롱의 설핀 댓살을 격하여 맑은 하늘의 한 폭이 멀리 바라보였다. 종달새도 발돋움을 하듯이 맨 위 가름대에 올라서서 '쫑쫑쫑 - 쪼르르릉 쫑쫑 -'을 연달아 울어가며 목을 세우고 관을 세우고 가름대 위를 초조히 오고 간다. 금시에 날아보고 싶어서 날갯죽지가 미적거리는 모양이나, 그저 혀를 차고 말 듯 '쫑 - 쫑 -' 외마디소리를 해가며 가름대 층계를 오르내릴 뿐이다. 나는 그러한 종달 새 소리에 알 수 없이 초조해지는 듯하고 이야기 실마리조차 골 라낼 수 없이 무료한 동안이 길었다. 여옥이는 간간이 손수건을 내어 콧물을 씻어가며 초록빛 호복 자락으로 손톱을 닦고 있었 다. 나는, 그의 직업 탓이려니도 생각하지만, 그러나 천한 취미 로 물들여진 여옥의 손톱이 닦을수록 더 영롱해지는 것을 보던 눈에 종달새의 며느리발톱이 띄자 깜짝 놀랄 밖에 없었다. 그것 은 병신스럽게 한 치가 긴 것이었다. 나는, 길게 드리운 호복 소 매 속에 언제나 감추어두는 왕(王)이나 진(陳)이라는 대인(大人) 들의 손톱을 연상하였으므로

"이건 만주 종달샌가?" 물었다.

-《문장》 1939년 6월호, 17-18쪽

5-1  위에서 '나'는 ① 창의 밖(실외)과 안(실내)을, 그리고 다시 안에서 ② 여옥과 종달새를 보고 있다. ①과 ② 가운데 하나를 택하여, 그 렇게 두 가지를 함께 서술하는 방식이 '나'의 여옥에 대한 심리와 생각을 드러내는 데 어떤 효과가 있는지를 간략히 적으시오.

5-2  일제강점기에 발표된 앞의 작품에서 알 수 있듯이, 언어와 그것이 재현하는 현실은 시대와 장소에 따라 다른 점이 있다. 언어와 풍 습이 낯선 작품을 감상할 때, 감상자가 지녀야 할 바람직한 태도 는? 중요한 것 한 가지만 적으시오.

# 2

# 갈래와 유형의
# 관습성


좋은 이야기는 해당 갈래(장르), 유형 등의 관습을 활용하고 재해석한다.

모든 담화는 기본적으로 어떤 갈래나 유형에 속하며, 사회문화적 조건과 매체에 따라 형성된 관습에 따른다. 이야기 역시 마찬가지여서 그러한 관습과 규범, 즉 문법, 스타일, 유형, 구조 원리 등 여러 가지에 준하여 만들어지고 받아들여진다. 따라서 스토리텔러는 제재가 요구한 것이든 자신의 취향과 직관에 따른 것이든 자기가 택한 갈래의 일반적 '서술' 특성을 알아야 원만한 소통을 하며 그럴듯함도 얻을 수 있다. 그런데 그것은, 가령 SF영화나 컴퓨터 게임에 서구 중세의 기사 이야기적 요소가 많듯이, 여러 갈래가 뒤섞여 있어 단순하지 않다.

먼저 서술의 구체적 관습 몇 가지를 보자. 희곡이나 영화 대본은 장면 중심으로 전개되며 대화와 지문(바탕글) 위주로 서술된다. 그런데 어떤 작가가 소설을 그렇게 서술한다면 감상자들은 '소설 같다'고 여기지 않음은 물론 어떻게 감상해야 할지 혼란을 느낄 터이다. 그럴듯함을 맛보기 어려워지는 것이다. 또 만화에서는 당황스럽고 긴장된 심리를 표현할 때 인물의 이마나 뒤통수에 땀방울을 한두 개 그려 넣는데, 영화에서도 똑같은 방법을 사용한다면 우스꽝스러울 터이다. '앗!', '크크……' 같은 감탄사나 의성어도 그렇다. 청각을 사용하지 못하는 한계를 시각으로 극복하기 위해 만화에서 관습화된 것을 다른 갈래에서 사용하면 어색하다.

외부적 제약에서 비롯된 미적 관습을 예로 들어보자. 연극, 오페라, 뮤지컬 등과 같이 무대에서 공연되는 이야기들은 무대의 공간적 한계 때문에 생긴 관습들이 있는데, 그 중 하나가 방백이다. 베르디의 오페라 《아이다》 제2막 마지막 장면에서 삼각관계에 놓인 라다메스, 아이다, 암네리스 공주 세 사람이 한자리에서 같이 노래를 부른다. 거기서 애정적 불안, 정치적 복수심 등이 뒤얽힌 세 인물의 속마음이 표출되는데, 이들의 '말'을 관객은 들어도 자기들끼리는 듣지 못하는 것으로 되어 있다. 일상 공간에서라면 있을 수 없는 일이지만, 그렇게 간주하는 것이 무대극의 관습이고, 관객도 그 약속에 따라 이해한다.

갈래나 유형 전체의 지배적 관습으로 시야를 넓혀보면 서술 층위를 넘어 스토리 층위의, 이야기 구조 차원의 관습들이 보인다. 기승전결, 권선징악, 도입(발단)-전개-위기-절정-대단원,* 한(恨)의 맺힘과

---

* 플롯을 몇 단계로 나누며 각각 어떤 용어를 사용할 것인가에 대한 논의는 일정하지 않다. 이른바 소설과 극의 '플롯의 5단계' 구별 또한 논란의 여지가 많다. 이를 지나치게 선적(線的)으로, 또 모든 이야기에 규범적으로 대입하는 일 또한 바람직하지 않다고 본다.

풀림[43] 등이 그것이다. 다른 예를 들면, 교양소설에는 한 인간이 성숙해 가는 '상승적 구조' 혹은 '성장'의 원리가 존재한다. '멜로드라마(melodrama, 격정극)'는 많은 대중적 영화나 텔레비전 드라마가 취하는 이야기 유형인데, 평면적 성격을 지닌 선인과 악인이 등장하여 감상자의 감성을 자극하는 과장되고 자극적인 사건을 벌이며,[44] 권선징악의 과정을 밟는 경우가 많다. 한편 '로맨스' 장르는 "낭만적 사랑이라는 독특한 사랑의 방식을 통해 현실의 사회 질서를 초월하려는 욕망과 환상이 구현된 텍스트"로서 "시대적 맥락과 사회문화적 결에 따라 변주를 거듭"[45]해 왔다.

많은 이야기 작품이 상호텍스트적인 관계, 즉 상호 영향 관계에 있는데, 그것은 이러한 집단적 관습, 구조 유형 등에 따르기 때문이다. 이렇게 볼 때 가령 어떤 소설을 영화 대본으로 각색하는 재창작자(전용자)는, 심층의 스토리를 유지하되 각 갈래의 관습에 능통한 이라 할 수 있다.


그런데 갈래와 유형의 관습은 시대, 문화권 등에 따라 다르며 세월이 흐르면 변하거나 없어지기도 한다. 전(傳), 행장(行狀), 고소설 같은 한국의 고전 이야기는 대개 일대기 형식을 취하고 있는데, 과거에는 흥미롭게 짓고 읽었지만 현재는 그러지 않는다. 갈래가 그렇듯이, 이야기의 관습도 고정된 게 아니라 유동적이다. 그런가 하면 창조적인 작품은 기존의 관습과 규범을 적극적으로 무너뜨리고 혁신한다. 또 오늘날은 매체혁명으로 '장르 융합'과 '혼성 모방'이 자유로워지고 있다. 관습을 깨고 뒤섞는 게 흔한 시대인 것이다. 예를 들면 과학기술의 지배력이 커지고 자연언어와 나란히 영상(이미지)이 서술언어로 쓰이게 되자 SF적 스토리나 영상이 온갖 이야기에 활용되고 있다.

그렇다고 해도 스토리텔러가 일단 자기가 지으려는 갈래와 유형의 일반적인 관습과 형식을 익히며 또 늘 염두에 두고 작업해야 한다는 사실은 여전히 중요하다. 그것이 기초요 기본이기 때문이다. 문화적 관습은 오랜 세월 동안 다듬어지고 굳어진 인식과 표현의 틀이요 원리이므로, 이를 지키고 활용해야 작품이 그럴듯해지고 의사소통도 원활히 이루어진다. 하나의 기호처럼 읽히는 회화의 도상(圖像, icon)이나 만화, 애니메이션 등의 어떤 그림이 그렇듯이 말이다. 따라서 혁신을 하더라도 기존의 것을 알아야 하며, 새로운 것의 새로움을 강화하기 위해서도 묵은 관습은 필요하다. 가령 '장르 융합'을 하고자 해도 융합할 장르들에 대해 먼저 잘 알아야 하는 것이다. 최인훈의 희곡《달아 달아 밝은 달아》가《심청전》(고소설)과《심청가》(판소리)를 바탕으로 이해되듯이, 깨뜨리거나 변형하고 패러디를 한다 해도 일단 관습을 바탕으로 지어지고 또 이해되게 마련이다. 이른바 포스트모더니즘적 이야기는 관습을 깨고 뒤섞기에 유난히 몰두하는 특징이 있는데, 거기서 기존 작품의 패러디나 오마주(hommage)가 자주 눈에 띄는 것은 아이러니하다. 이러한 문제에 대해 루이스 자네티는 이렇게 말했다.

고대 그리스의 예술가들은 일치된 신화 체계에 의존해 있었으며, 극작가와 시인들이 같은 이야기로 되돌아가 계속 반복하더라도 그것을 이상하게 생각하는 사람은 아무도 없었다. 무능한 예술가들은 다만 되풀이하는 데 그친다. 진지한 예술가들은 재해석한다. 잘 알려진 이야기나 스토리 양식의 대체적인 윤곽만으로도, 스토리텔러는 그 주인공들을 통해 장르의 여러 관습과 예술가의 창조 사이에서, 익숙한 것과 참신한 것 사이에서, 일반적인 것과 독특한 것 사이에서 흥미롭고 도발적인 긴장감을 이끌어낼 수 있다.[46]

자신이 택한 갈래의 형식과 스타일을 적절하게 구사할 수 있으면, 가령 영화 시나리오를 그것답게 쓸 줄 알면, 일단 작자로서 기본은 갖추었다고 볼 수 있다. 한데 시나리오를 시나리오답게 쓰는 일은 그 외적 형식이나 규범을 지키는 데 그치지 않는다. 장면을 나누고 연결하기, 대화와 행동(지문)으로 상황과 인물의 성격 그려내기, 촬영 및 편집 기술의 활용 등에 대한 폭넓은 이해가 받쳐주지 않을 때, 나아가 영화의 서술언어로(궁극적으로는 '영화 식으로') 삶을 인식하고 표현하는 데 능숙하지 못할 때, 시나리오도 아니요 희곡이나 소설도 아닌 게 지어질 수 있기 때문이다. (물론 영화 제작 과정에서 감독에 의해 수정·보완될 수는 있다.) 만화의 경우에도 가령 칸을 나누고 대상을 여러 각도에서 포착하며 연결하는 일이 단지 형식의 문제만이 아님을 생각해 보면, 형식적 관습이 내용과 긴밀한 관계에 있음을 실감할 수 있을 터이다.

이렇게 볼 때 스토리텔링을 하려는 이는 자기가 택한 이야기 갈래의 관습을 많은 감상과 창작 실습을 통해 익혀야 한다. 예를 들어 소설을 쓰려는 이가 소설을 많이 '읽고' 쓰지 않고, 영화나 텔레비전 드라마를 '보는' 데만 골몰해서는 곤란하다. 그는 특히 걸작 소설들(해당 갈래의 전형적인 작품이나, 전통을 혁신하면서 새로운 형식을 창조해 낸 작품들)을 많이 감상하고, 작품을 유기적으로 살아 움직이게 하는 원리를 몸으로 익혀야 한다. 필요하다면 걸작을 베껴보는 것도 도움이 된다. 그리고 연극, 영화, 텔레비전 드라마, 디지털 이야기 게임 등과 같이, 대본을 바탕으로 연출이나 제작을 해야 완성되는 이야기물, 그러니까 스토리텔링이라는 것이 소설처럼 '글쓰기'만을 의미하는 것이 아닌 갈래를 창작하는 데는, '제작'에 필요한 매체 및 기술에 대한 이해와 경험도 도움이 된다. 방 안에서 자판만 두드리지 말고 공연장이나 촬영 현장에서 직접 작업을 해볼 필요도 있다. 그게 여의치 않다면, 소설을 시나리오로 각색한다거나 영화를 보면서 그 시나리오를 적어보는 식으로 장르와 매체를 달리하는 '서술 바꾸기'를 해보면 도움이 될 터이다.

1 통신이 발달하지 않았던 시대에는 편지가 중요한 통신 수단이었
다. 그 시대에는 주고받는 편지로만 된 소설, 곧 '편지투(서간체)
소설'이 한 갈래를 이루었다. 대표적인 작품으로 괴테의 《젊은 베
르테르의 슬픔》, 도스토옙스키의 《가난한 사람들》 등이 있다. 그
런 소설은 편지글의 어떤 특징 혹은 장점을 이용한 것일까?

2 만화 창작 과정에서 '글'과 '그림'을 두 사람이 나누어 창작하는
경우, 그 바탕글의 작자가 써서 그림 작자에게 주는 원고는 주로
무엇에 관한, 어떤 형태의 글일까? '글'의 작자가 맡은 범위에서
할 수 있고 또 해야 하는 일을 염두에 두고 간략히 적어보시오.

길잡이 실제 사용하는 형식을 알아보아 참고한다. 하지만 그것이 '관습
적으로' 어떠하든, 일의 성격이나 갈래의 특성으로 미루어 어떤 내용을 어
떤 형태로 적어야 할지를 따져본다.

3 소설, 영화, 연극 등의 갈래를 초월하여 흔히 스릴러(thriller)라고
부르는 유형이 있다. 이 역시 하나의 갈래 혹은 형식인데, 어떤 이
야기를 스릴러라고 부르는가? 주로 사건, 인물, 플롯 등과 관련된
관습 위주로 1~2문장으로 지적하시오. ('전문적 지식'을 제공하는 사
전을 참고하되, 앞의 조건을 지켜 답할 것)

4 뮤지컬은 연극과 마찬가지로 무대에서 공연되는 극(드라마)이다. 하지만 주요 요소 혹은 매체 면에서 볼 때, 연극과 구별되는 뚜렷한 특징을 지니고 있다. 그것을 고려하여 뮤지컬 연출가가 연극 연출가와 달리 지녀야 할 '스토리텔링 능력'은 어떤 것일지에 대해 구체적으로 적으시오.

5 '드라마'는 희곡과 그것을 바탕으로 공연하는 연극을 가리킨다. 매체와 갈래가 늘어남에 따라 그 용어는 '라디오 드라마', '텔레비전 드라마'와 같이 극적 이야기에 두루 사용된다. 근래에는 다양한 이야기 콘텐츠를, 극적 구조를 지녔으면 두루 '드라마'라 일컫는 경향이 있다.

이렇게 복잡한 상황에서 본래의 드라마, 즉 연극과 오늘날 흔히 그냥 '드라마'라고 부르기도 하는 텔레비전 드라마의 차이를 비교하는 일에는 무리가 따른다. 하지만 둘의 관습과 특성을 이해하는 데 도움이 되므로 시도해 보기로 한다.

5-1 비교에 적합한 대표적인 것을 택하기 어렵기에, 일반적인 선에서 작업하기로 한다. 연극은 전통적 사실주의 연극, 텔레비전 드라마는 이른바 연속극 형태의 '홈 드라마(가족 드라마)'로 정해보자.

현대 한국에서의 일반적 양상 중심으로, 사실주의 연극에 관해 주어진 말과 대조적인 홈 드라마의 특징을 적어 넣으시오.

|  | 사실주의 연극 | 홈 드라마 |
|---|---|---|
| 감상 시간 | 2시간 내외 | 매우 김/여러 회 '연속' |
| 사건(서술된) 시간 | 비교적 짧음 | ① |
| 사건 규모 | 비교적 작음 | ② |
| 작품 구조 | 완결 구조, 드라마틱 | ③ |
| 공간(배경, 의상 등) | 매우 제한됨, 상징적 | ④ |
| 조명 | 중요함, 기능이 큼 | ⑤ |
| 카메라 | 사용 안 함 | 사용함, 표현 기능 제한적임 |
| 인물의 관계 | 특정 유형 없음 | 가족관계 중심 |
| 인물의 성격 | 내향적, 개성적, 입체적 | ⑥ |
| 인물의 모습, 움직임 | 전신(全身), 동적 | 대개 상반신·표정 중심, 정적 |
| 제재 | 비교적 본질적, 근원적인 것 | ⑦ |
| 주요 관객 | 주로 지식인, 학생층 | ⑧ |
| 창작 목적 | 비판, 사색 | ⑨ |

5-2  앞의 비교 결과를 놓고 볼 때, 비교 대상으로 삼은 홈 드라마 종류의 텔레비전 드라마는 전통적으로 '통속적'이고 '대중적'이며 '상업적'인 이야기들과 유사한 점이 많다. 어째서 그렇게 볼 수 있는가? 가장 적합한 것을 고르시오.

① 미적 완성을 목표로 삼기 때문이다.
② 창의적 서술을 지향하기 때문이다.
③ 정서의 해소를 추구하기 때문이다.
④ 현실을 비판하고자 하기 때문이다.

5-3  학술적 용어는 아니지만, 이른바 '막장 드라마' 혹은 '막장 이야기'라는 것이 있다. 그것이 어떤 유형의 이야기인지 알기 위해, 앞의 비교 항목들 가운데 관계 깊은 것을 참고하여 답하시오.

① 막장 이야기에서 사건의 해결은 대개 어떻게 이루어지는가?

② 거기에 등장하는 전형적 인물들의 특질을 2가지 적으시오.

③ '막장 이야기'가 끼치는 사회적 영향을 '가치' 중심으로, 앞의 두 문제에서 답한 내용을 바탕으로 간략히 적으시오.


6  연극 대본(희곡)에 비해 영화의 대본(시나리오)은 서술 형식이 일정하지 않은 편이다. 다음은 그것의 서술 특징을 알기 위해 〈길버트 그레이프〉(라세 할스트룀)의 결말부 일부를 시나리오로 '거칠게' 바꾸어 써본 것이다.


6-1  밑줄 친 곳(S#2, 5, 6, 8, 10, 12)에 해당되는 서술을 영화를 보면서 주어진 시나리오 형식에 맞추어 적어 넣으시오. (페이드아웃(F.O.) 따위의 규범적 용어를 사용해도 되고, 하지 않아도 좋음)

## S#1. 길버트네 집 바깥. 저녁

어니가 마구 날뛰고 있다. 에이미가 왜 그러는지 몰라 당황하여 길버트를 불러댄다. F.O.

## S#2. 2층 침실. 실내. 저녁

① ........................................................................................................

........................................................................................................

........................................................................................................

## S#3. 현관. 밤

경찰들이 나온다.

　　**경찰 1**: 사람이 더 필요해.

철모르고 경찰한테 잡혀갈 때 경광등 켜달라던 소리를 되풀이 하는 어니.

　　**경찰 2**: (무선 목소리) 방위군을 동원해야 옮길 수 있을 거야.

　　**경찰 3**: (길버트에게) 농담에 신경 쓰지 마.

## S#4. 2층 어머니 침실

어두운 창밖을 보며 생각에 잠긴 길버트.

　　**길버트**: 아마 기중기를 불러야 할지도 몰라.

　　**엘렌**: 그럼 사람들이 몰려들 거 아냐? 분명히 구경거리가 될
　　　　　거라구.

S#5. ② ....................................................................................

③ .........................................................................................


S#6. ④ ....................................................................................

⑤ .........................................................................................

..............................................................................................


## S#7. 2층 어머니 침실

안정을 찾은 에이미가 어머니의 주검을 쓰다듬고 있다.

   **에이미**: 어쩜 이리 고우실까.

길버트가 식식거리며 올라와 소리치며 주저앉는다.

   **길버트**: 엄만 놀림감이 아냐. 절대로 어머니를 구경거리로 만
   들지 않겠어!


## S#8. 1층 거실

⑥ .........................................................................................

..............................................................................................

..............................................................................................


## S#9. 다음 날 새벽. 집 바깥

계속 짐을 내놓고 있다. 가구와 가재도구들이 밖에 어지러이 내
놓여 있다.

바람이 일고 있다.

## S#10. 1층. 실내. 새벽

⑦ .................................................................................

.................................................................................

.................................................................................

## S#11. 집 밖. 새벽

길버트가 다른 형제들을 바라본다. 가재도구를 안고 됐다는 표
정을 짓는 에이미. 길버트가 성냥을 켠다. 불꽃 클로즈업. 길버
트가 성냥을 던진다. 불붙는 마루, 계단, 어니의 생일파티 장식
들, 2층 어머니 침실의 커튼…… 커지는 음악.

## S#12. 바깥. 불타는 집. 새벽

⑧ .................................................................................

.................................................................................

.................................................................................

## S#13. 1년 뒤. 영화의 첫 장면과 같은 길. 한낮

길버트와 어니가 무언가 기다리고 있다.

　　**어니**: 형, 저거야?

　　**길버트**: 아냐.

길버트의 목소리가 화면에 겹쳐진다.

　　**길버트(E)**: 내 동생 어니는 곧 열아홉 살이 된다. 열아홉이 된
　　　　다…….

기다리는 두 사람. 드디어 길에 나타나는 캠핑카들.

> **길버트(E):** ······ 에이미 누나는 제과점에 취업하고, 엘렌은
> ······ 어니가 우리는 어디 안 가느냐고 해서 어디든
> 갈 수 있다고 했다. 떠나려면 언제든 떠날 수 있다.
> 떠날 수 있다·······.

> **어니:** 베키가 오는 거지?

힘찬 음악.

> **길버트:** 그래.

좋아하며 베키가 온다고 소리치는 어니.


## S#14. 베키의 차
캠핑카에서 얼굴을 내밀고 여기라고 외치는 베키.
차에 뛰어오르는 형제. 길버트에게 안기는 베키. 힘찬 음악 계속.


(자막)


6-2   앞의 장면들은 집을 불태워 어머니를 장사 지내는 하나의 연속체
(sequence)이다. 이 '어머니 장사 사건'은 내면적·심층적으로는 이
전의 여러 사건 혹은 스토리 줄기들을 종합적으로 마무리 짓는다.
중심적 사건을 '형성'하고 그 최종적 '변화'를 보여주는 것이다.
'길버트' 혹은 '길버트의 가족'을 주어로, 그 심층적 변화의 '끝상
황'을 한 문장으로 적어보시오.

길잡이 이 영화의 중심사건을 '세 문장 스토리'로 적어본다. 그 '끝상황'을 문제에 맞게 서술한다.

**6-3** 서술로써 내용을 전달하고 스토리를 형성하는 방식에 있어서 영화가 소설과 다른 점을 한 가지 적어보시오. 단, 반드시 앞의 장면들 가운데서 예를 들며 답하시오.

**6-4** 위의 S#10은 왜 삽입되었을까? 앞뒤 컷들과 연결될 때 그것이 인과성 혹은 그럴듯함을 형성하는 기능 중심으로 그 이유를 한 가지 적으시오.

길잡이 그 장면이 없을 경우 생길 문제를 상상해 본다.

# 3

# 그럴듯함

## 가. 개념

좋은 이야기는 '그럴듯함'[*]을 지니고 있다. 논리적 인과성과 미적 완결성을 지니고 있어서, 감상자한테 사실적이라는 반응을 일으킨다.

그럴듯함이란 감상자가 이야기의 스토리와 서술에서 종합적으로 맛보는, 합리적이고 진실되다는 느낌과 판단이다. 이는 이성적인 동시에 감성적인 것, 즉 논리적 요소와 정서적 요소가 융합된 것으로서 '사실성', '박진성(verisimilitude)', '개연성(plausibility)' 등과 유사하며, '인과성', '필연성', '진실성' 등과 밀접한 개념이다.[**]

---

•　최상규는 스테인 H. 올슨의 《문학 이해의 구조》(예림기획, 1999)를 번역하면서 'plausibility'를 흔히 쓰는 '개연성'이 아니라 '그럴듯함'으로 옮겼다. 올슨의 개념은 문학 작품에 대한 해석적 판단의 합리성에 초점을 둔 것인데, 여기서도 이야기에 대한 '합리적이라는 느낌과 판단'을 가리킨다.

이야기를 크게 정보적(비허구적)인 것과 표현적(허구적)인 것으로 나누어왔는데, 전자는 객관적 경험 세계를 근거로 '진리' 혹은 '사실' 여부가 판단된다. 그에 비해 후자는 경험 세계를 참고하되 그에 매이지 않으며 그에 대한 감상자의 '반응', '느낌과 판단' 등 또한 주관성을 내포한다. 하지만 "어디 리얼하지 않은 것이 있으랴?"[47] 정보적인 것도 그것을 추구하고 설득력을 높이기 위한 장치들을 사용한다. 그러나 거기서 그런 장치는 상대적으로 부차적이며, 깊이 연구되지 않았다. 그러므로 여기서 정보적 이야기는 주요 대상으로 삼지 않는다.

이야기는 일정한 시간 동안에 일어나고 지속되는 사건을 다루며, 감상자가 비교적 긴 시간에 걸쳐 읽고 보는 시간성을 지닌다. 그럴듯함은 무엇보다 이 시간 동안 감상자가 이야기 세계를 하나의 현실로

---

●  그럴듯함과 관련된 논의에서 가장 흔히 사용되어 온 용어는 '사실성(reality)'과 '인과성'인 듯하다. 한국어에서 '사실성'은 문예사조를 가리키기도 하고 문학 정신을 가리키기도 하는 '사실주의(realism)'에 그 뜻이 묶인 면이 있다. 게다가 이 말은, 상상적인 것은 제외한 채 '실제 가시적으로 존재하는 것' 위주로, 또 사물의 재현 측면 중심으로 좁게 이해되는 경향도 있다. 그래서 여기서는 되도록 쓰지 않기로 한다.

이야기에서는 사건만이 아니라 사물(인물, 공간 등)이, 다시 말해 동적인 것만이 아니라 정적인 것이 함께 어울려 그럴듯함을 조성한다. 또 사건과 인물은 그들을 움직이고 의미를 규정하는 작품 안팎의 규범, 관습, 이념 등의 맥락에서 그럴듯함을 띠며, 지적인 것과 함께 정서적인 것이 관련된다. 따라서 이들을 살필 때는 사건과 함께 인물을, 작품 내적인 것과 함께 외적인 것을, 아울러 감상자가 하는 반응의 맥락까지를 함께 고려할 필요가 있다. 이런 점들을 두루 염두에 둘 때, 이야기가 합리적이라는 느낌과 판단을 가리키는 데는 '그럴듯함'이 다른 용어들보다 더 적합하다고 본다.

받아들이며, 그에 몰입하고 공감하여 끝까지 감상하도록 하는 기본적
요건이다. 사건이 우연스럽다든가 인물의 성격이 일관되지 않아 행동
이 불합리하다고 느껴 감상자가 중간에 감상을 그만두면(영화나 연극
은 극장에서 좌석을 뜨기 어렵지만 소설은 책을 덮으면 그만이다) 모든 게 소
용없어지는 까닭에, 이는 아주 기본적인 요건이다. 스토리텔링의 여
러 목표는 그럴듯함이 결여되면 아예 기대하기 어려워지는 것이다.
가령 침략자의 우두머리를 암살하기 위해 침략당한 나라의 한 의인
(義人)이 몰래 사격 연습을 하는 상황에서, 그 장소가 조금도 은밀하
지 않은 개활지라면 그럴듯하지 않을 것이다. 사소해 보이는 예지만,
이런 것에서조차 그럴듯함이 훼손되면 긴장과 감동이 깨질 수 있다.
그렇다면 뒤에 논의하게 될 다른 요건들, 즉 '가치성'이나 '참신성' 따
위는 더욱 기대하기 어렵다.

그럴듯함은 이야기의 기본 요건일 뿐 아니라 총체적이고 최종적
인 요건이기도 하다. 텍스트와 관련된 모든 요소와 기법이 함께 작용
하여 빚어내는 '사실적 동기화'의 결과인 까닭이다. 특히 여러 서술
기법들은 일차적으로 이 그럴듯함을 창출하기 위한 것들이라 할 수
있다. 그 중에서도 플롯은 요소들을 동기화하여 인과성 형성에 핵심
적 기능을 한다.

한편 그럴듯함은 개인적인 것일 뿐 아니라 집단적·문화적인 것
이다. 감상자는 한 개인이면서 문화와 규범의 지배를 받는 사회의 일
원이기에, 개성적으로 반응하는 동시에 집단적으로, 즉 세대, 계층(신
분), 종교, 이데올로기 등의 관습에 따라 반응하기 때문이다. 말하자면
그럴듯함을 판단하는 배경지식과 기대지평이 그것들의 지배를 받기

때문이다.

이런 점들을 고려하다 보면, 무엇이 그럴듯함을 규정하는지, 이야기의 어떤 점이 감상자로 하여금 그럴듯하다고 여기게 하는지를 간단히 해명하기 곤란하고, 그 일반적 판단 기준도 세우기 어려움을 알 수 있다.

그럴듯함은 우선 이야기에 펼쳐진 세계가 얼마나 현실과 닮았느냐, 그것이 얼마나 치밀하고 실감나게 그려졌느냐를 따지는 모방(mimesis)의 문제인 듯 보인다. 사실 이야기의 도입부에서 작자는 항상 암암리에 사건이 일어나는 배경(시간, 공간), 그 세계의 질서와 풍속을 제시하고 감상자가 그에 어울리게 반응하도록 준비시킨다. 이른바 리얼리즘적 이야기를 포함한 대부분의 이야기가 앞머리에 '도입 모티프(expositional motif)'를 사용하여 특유의 세계와 분위기를 구축하는 것이다.

이것이 기법적으로 두드러지게 문제되는 것은 경험 세계의 구속을 받지 않는, 곧 현실에서 일어날 수 없는 사건을 다루는 경우이다. 다음은 1949년에 출간된 '디스토피아 소설' 《1984》의 첫머리이다.

4월 어느 날, 날씨는 맑고 쌀쌀했다. 괘종시계가 13시를 치고 있었다.[48]

일반 리얼리즘 소설처럼 시작하지만, 불쑥 괘종시계가 13시를 친다고 상식적으로 '있을 수 없는 일'을 서술하여, 오히려 그 허구 세계를 감상자가 의식적으로 설정 혹은 구축해 나가도록 이끈다. 이른바

'환상적 이야기(판타지)' 계열에 드는 이야기들은 이보다 더 전면적으로, 경험적 세계 밖에 '따로' 특유의 가상적 '세계 설정'을 하고, 그렇게 구축된 세계의 질서를 배경으로 그럴듯함을 형성시킨다.

그러나 이런 차이는 표층적 스토리 차원의 것이다. 심층적 스토리 차원에서 모든 이야기는 인간의 '지금, 여기'의 이야기로, 인간세계의 의미 질서를 바탕으로 받아들여진다. 늑대가 사람처럼 말을 하며 염소와 친구가 되는 판타지 《폭풍우 치는 밤에》(기무라 유이치 글, 아베 히로시 그림)라든가 선 몇 개로 거리 풍경을 그려낸 만화 등에서도 그럴듯함과 실감을 맛본다는 사실을 떠올려보면, 그럴듯함이라는 것이 단순히 경험적 현실과의 동일성이나 유사성만의 문제가 아님을 알 수 있다. '현실'에는 외면적 현실만이 아니라 내면적(심리적, 상상적) 현실도 있으며, '리얼리티'는 오히려 내면적 현실의 진실성에 좌우된다.

그럴듯함에는 이러한 외면적 유사성, 내면적 진실성과 함께 문화적 관습성, 논리적 인과성 등의 측면이 있다. 그럴듯함은 일차적으로 자연스럽고 합리적이라는 정서적 느낌이자 논리적 판단이라고 하였는데, 이는 그려진 것이 경험하거나 상상하는 것과 얼마나 닮았는가와 아울러, 관습과 논리의 맥락에 놓고 볼 때 얼마나 '사실적으로 여겨지는가'의 문제이다. 할리우드 영화에서 오랫동안 '행복한 결말'은 주인공 남녀의 입맞춤으로 표현되어야 그럴듯하였다. 지금은 한국인에게도 꽤 자연스럽지만, 과거 한국인을 일차 관객으로 삼은 영화에서 그런 장면은 드물었다.

이렇게 볼 때 표현적 이야기의 그럴듯함을 규정하는 '합리성'은 자연과학적 합리성과는 다른 것이다. 이는 이야기 특유의 '관습적 합리성', '미적 합리성' 등으로 부를 수 있는 것이다. 곧 과학적 사실보다 작품 자체의 논리, 감상자의 감정과 소망, 작품이 속한 갈래와 문화의 관습 등을 기준으로 판단되는 '있을 법함' 혹은 '있음직함'이다. 이와 관련하여 일찍이 아리스토텔레스는, 작자는 역사가와 달리 "실제 일어난 사건을 이야기하는 것이 아니라 일어날 수 있는 일, 개연성이나 필연성의 법칙에 따라 일어나리라 기대할 수 있는 일을 이야기하는 것이다."[49]라고 하였다.

예를 들어보자. 왼손잡이는 우성으로 유전되는 게 아니지만, 〈메밀꽃 필 무렵〉의 도입부와 결말부에 두 인물이 왼손잡이라는 '정보'가 배치됨으로써, 허 생원이 동이가 자기 아들이기를 바라는 마음을 '그럴듯하게 여기도록' 만든다. 영화 〈E.T.〉(스티븐 스필버그)에서 외계인과 그 친구 아이들이 탄 자전거가 하늘로 날아오르는 사건은, 그들이 잡히지 않기를 바라는 마음(약자에 대한 동정심, 순수하고 선한 편에 서는 양심), 행복한 결말에 대한 관습적 기대, 그리고 관객이 그것을 기대하도록 짜여 있는 작품의 구조에 따르면 합리적이다. 《흥부전》의 박 속에서 금은보화가 나오고 《심청전》에서 맹인이 눈을 뜨는, 이른바 권선징악의 시적 정의(poetic justice)가 실현되는 '꿈의 후반부' 역시 마찬가지이다. 이들 이야기에서 감상자는 현실 반영적 관점에서 그럴듯함을 따지지 않는다.

작품 구조 면에서 볼 때, 그럴듯함은 요소들이 플롯에 의해 통일되어 합리적인 질서와 조화를 이룰 때 빚어진다. 모든 것이 반드시 '있어야 하는 것' 혹은 '일어나야 하는 것'이 되었을 때, 한마디로 플롯이 유기적이고 극적일 때 얻어지는 것이다. 그래서 그럴듯함은 구조적 통일성, 미적 완결성 등과 직결되며 감동의 원천 중 하나인 가치성(☞ 이 장의 4절)과도 직결된다. 앞에서 그럴듯하지 않으면 감동과 아름다움을 맛보기 어렵다고 한 것은 이 때문이다.

요컨대 그럴듯함은 유사성, 관습성, 진실성, 구조적 합리성 등과 함께 통일성의 문제이다. 아울러 그것은, 환상적 이야기의 '세계 설정'이 보여주듯이, 감상자의 기대를 일으키고 충족시키는 문제, 곧 기대 충족의 문제이기도 하다. 감상자가 기대하는 행동이나 사건이 벌어지지 않으면 그럴듯함이 떨어지는 까닭이다. 물론 이야기의 관습, 작품 자체의 구조와 논리 등에서 벗어난 엉뚱한 기대는 고려할 가치가 없지만, 감상자마다 기대가 일정하지 않기에 이는 단순치 않은 문제이다. 하여간 이렇게 볼 때, 작자는 창작을 할 때 자기 이야기의 감상자층(집단)을 대강이라도 미리 정할 필요가 있다. 그리고 그들이 품을 수 있는 기대, 심지어 불합리하거나 습관적인 기대까지 염두에 둠이 바람직하다. 그럴듯함을 강화하는 데에는, 그것을 해칠 감상자의 빗나간 기대마저 미리 차단하는 '그럴듯함 준비, 유지, 방어 장치' 따위까지 필요한 까닭이다.

이런 점을 확인시켜 주는 예는 헤아릴 수 없이 많다. 영화 〈본 아이덴티티〉(더그 라이만)에서 주인공 본은 우연히 한패가 된 여자의 낡은 소형차로 도주를 하게 된다. 그는 특수요원이므로 어떻게든 붙잡히지 않겠지만, 차가 정말 어울리지 않는다. 그래서 추격전이 벌어지기 전에, 본이 여자와 자동차의 타이어 상태에 대해 주고받는 짧은 장면이 마련된다. 그래 봐야 추격자들의 차와는 비교가 안 되지만, 그 장면이 있음으로써 최소한 감상자가 영 그럴듯하지 않다고 느끼지는 않게 된다.

## 나. 기준

앞의 논의를 바탕으로 작품이 어떠할 때 감상자가 그럴듯하다고 여기는지를 구체적으로 살펴보자. 이는 그럴듯하다는 반응을 창출하기 위해 스토리텔러가 염두에 두어야 할 점들을 정리하기 위해서이다.

그럴듯함이란 기본적으로 무엇과 비교하거나 어떤 것을 참조해 볼 때 '그럴듯한' 것이다. 그러므로 먼저 감상자가 텍스트에 그려진 것의 그럴듯함 여부를 판단하는 주요 비교 혹은 참조 대상을 정리해 본다. 표현적 이야기의 경우, 그것이 매우 다양하고 복합적이므로, 혼란을 막기 위해서도 필요한 작업이다.

| | |
|---|---|
| (작품 외부 현실에) | (실제로) 있는(있었던, 있다고 믿는) 것 |
| (인간의 경험, 상상 속에) | 있을 수 있는(있다고 인정하는) 것 |
| (작품 구조상 그 고유 현실에) | 있어야 하는(어울리는) 것 |
| (해당 갈래, 유형에 관습적으로) | 있어온 것 |

감상자는 무엇보다 작품 내부 공간에 그려진 것이 경험 세계에 '실제로 있는 것'일 때, 혹은 사실에 가깝다고 여겨지도록 치밀하고 섬세하게 서술되어 있을 때 그럴듯하다고 느낀다. 이런 면에서 보면, 이야기가 역사에서 흔히 소재를 취하는 것은 무엇보다 '실제로 있었던' 상황이나 배경을 이용하여 그럴듯함을 조성하기가 쉽기 때문이다. 역사적 이야기뿐 아니라 대다수 이야기의 도입부에서 사건이 벌어지는 시대적 배경이 제시되는 것은 각 이야기 특유의 그럴듯함을

형성하기 위해 그 비교·참조의 대상과 맥락을 제공하기 위해서이다. 여기서 연극이나 영화같이 어떤 형태로든 '보여주어야' 하는 공연 갈 래들에서 공간*의 디자인과 배치가 매우 중요한 까닭을 알 수 있다.

그런데 경험적 이야기와 달리 허구적 이야기는 말 그대로 허구 이다. 거기에서는 역사적 현실이나 경험적 삶을 모방하되 그것을 바 탕으로 추리·상상하기도 하므로, 여기에는 '있는 것'과 함께 '있을 수 있는 것'이 담긴다. 그와 함께 작품 구조상 다른 요소들 때문에 반드 시 '있어야 하는 것'도 담긴다.

따라서 허구적 이야기의 그럴듯함을 판단하는 데는 그려진 것이 인간과 사회의 자연적·상식적인 겉모습과 얼마나 닮았는가 하는 표 층적 스토리 차원의 재현(representation) 정도보다 인간과 사회의 속모 습, 즉 욕망, 고뇌, 이상, 가치관 등을 얼마나 깊이 있게 제시하였는가 하는 심층적 스토리 차원의 표현(expression) 정도가 더 중요하다.

이렇게 볼 때 그럴듯함의 판단 기준은 겉모습보다 인물의 전형 성, 사건의 상징성, 욕망의 원형성 등과 같이 보다 내적인 것이 된다. 실제로 우리는 이미 그것을 알고 있다. 아예 사실적 재현을 떠난 환 상적인 이야기(우화, 환상소설, SF, 디지털 이야기 게임, 애니메이션 등)에 서 사물의 겉모습은 거의 그럴듯함을 판단하는 대상이나 기준이 되 지 않는다. 눈이 얼굴의 반 넓이를 차지하고, 나무가 말을 하며, 개구 리한테 배꼽이 있어도 얼마든지 그럴듯하게 여긴다. 겉모습이 어떻게

---

* 인물과 사건이 존재하는 장소(공간적 배경)와 그 장소를 구성하는 사물들. 공연물 의 경우 세트, 의상, 분장, 소품 등이 두루 해당된다. (☞ 제2부 3장, 제3부 1장 5절)

변형되고 재창조되었든, 오히려 거기서 자유와 재미를 느끼는 동시에 그것이 인간의 내적 경험, 욕망 등과 집단의 문화, 관습, 이념 등의 맥락에 부합하면 그럴듯하게 받아들이는 것이다.

이상 논의한 감상자가 그럴듯함을 느끼는 경우를 대강 간추려 보면 다음과 같다.

- 제재가 '실제 있는 것'을 바탕으로 했을(했다고 믿어질) 때 (유사성, 역사성)
- 내용이 자연의 법칙, 문화적 규범과 관습, 인간의 보편적 욕망과 윤리 등에 부합할 때 (합리성, 진실성)
- 작품 고유의 논리와 문법이 있고, 요소들이 그에 통합되어 하나의 전체를 이루었을 때 (인과성, 일관성, 통일성)
- 해당 갈래나 형식의 관습과 스타일에 어울릴 때 (갈래의 관습성, 미적 형식성)
- 서술 혹은 표현이 매우 섬세하고 치밀할 때 (서술의 치밀성)

이야기의 전개 과정은 우연이 개연이 되었다가 필연이 되는 과정이다. 세상의 모든 일이 필연적으로만 일어난다고 보기 어렵고, 작품의 어느 부분을 의도적으로 '틈'이나 '여백'으로 남겨 감상자를 의문에 빠뜨릴 필요도 있지만, 모름지기 이야기는 우연한 것도 우연스러워 보이지 않아야 한다. '놀람의 결말(surprise ending)'에서도, 그 놀람은 어디까지나 예측이나 상상 가능한 놀람, 감상자가 그럴듯하다고 인정할 수 있는 놀람이어야 한다.

이렇게 볼 때, 이야기 작자는 예민한 감수성으로 인생을 관찰하고, 지적·정서적 교양을 쌓아 상상력과 사고력을 기르며, 끊임없이 서술 능력을 훈련하여 기를 필요가 있다. 그래야 사람의 내면을 섬세하게 포착하고, 그것을 누가 보아도 인과성 있게 단계를 밟아 형상화하여 공감을 이끌어낼 수 있다. '사실'도 그럴듯하지 않으면 '사실성'이 떨어진다. 앞에서 스토리텔러는 입담 좋은 이야기꾼인 동시에 웅숭깊은 사색가여야 한다고 했는데, 자신의 실제 경험이나 창작 의도만 앞세우고 그럴듯함을 창출하기 위한 사색, 학습, 훈련 등을 소홀히 하면 작품은 밑바닥부터 흔들리게 된다. 한마디로 스토리텔러가 인간과 사회를 보는 안목이 얕고 판단력이 부족하며 이야기하는 솜씨가 미숙하면 감상자들은 "그 영화, 화면은 멋있는데 무슨 이야기인지 모르겠어!"라든가, "그 소설, 관심이 가는 글감이긴 하지만, 인물의 행동이 도무지 말이 안 되고 공감이 가지 않더라"는 반응을 보이기 때문이다.

탁월한 이야기가 지닌 그럴듯함은 궁극적으로 논리적 합리성과 미적 완결성에서 온다. 우리는 '잘 만들어진' 이야기에서 직관으로 그것을 맛보지만, 막상 그것을 창출하기는 어렵다. '제2부. 스토리텔링의 기법'에서는 그 방법들을 명작을 분석하며 구체적으로 살필 것이다.

그럴듯함을 창출하는 기법은 경험을 쌓아가며 계속 궁리할 문제로 남겨두고, 여기에 스토리텔러가 지향할 바를 한 번 더 환기해 둔다. 이야기꾼은 창안자요 구성자이다. 인간과 사회를 예민하게 관찰하며 그것들이 '이야기다운 합리성'을 지니도록 그려내고 구성하는 데 힘써야 한다. 자기가 창조해 낸 것이 그럴듯함은 물론 미적 리듬을 지닐 때까지 줄곧 상상하고 엮어 짜고 조정해 가야 하는 것이다.

1 액자소설에는 그림을 끼운 액자에 해당되는 부분이 있다. 내부 이
야기 바깥에 액자처럼 외부 이야기가 또 있는 이런 여러 겹의 서
술방식은 이야기에 매우 흔히 사용된다. '그럴듯함'을 핵심어로
사용하여 그 이유를 적으시오.

2 만화(웹툰)의 그림은 현실과 비슷하지 않을 뿐 아니라 생략된 게
많다. 그럼에도 불구하고 감상할 때는 만화의 한 칸 한 칸이 모두
그럴듯하게 여겨진다. 그것은 만화가가 그림을 그릴 때 어떤 기준
에 따라 대상을 '선택하고 집중하기' 때문이라 할 수 있다. 그 기
준을 칸 나누기 중심으로 말해보시오. 일반적으로 만화가는 무엇
을 기준으로 칸을 나누고 채우는 것일까? 일단 '말'은 제외하고
그림에 초점을 두고 2가지 답하시오.

3 어떤 애니메이션을 기획하는데, 되도록 여러 나라와 문화권의 관
객들에게, 또 모든 연령층에게 두루 '그럴듯하다'는 반응을 얻을
스토리나 인물을 찾아 활용하려고 한다. 어떤 갈래 혹은 어떤 특
성을 지닌 이야기들에서 찾는 게 효과적일까?

( 길잡이 ) 월트디즈니사의 장편 애니메이션들이 전통적으로 지닌 특징을
고려해 본다.

4   역사소설, 역사 드라마 등은 고증을 중요시한다. 배경으로 삼은 역사적 과거의 가옥, 의상, 도구, 말투 등을 실상에 가깝게 재현한다.

4-1 그런데 감상자가 역사소설이나 역사 드라마에 담긴 '내용'(심층적 스토리)을 '역사적 사실'과 동일시한다면 그것은 부적절하다. 그 이유는 무엇인가? '그럴듯함'을 핵심어로 사용하여 2~3문장으로 답하시오.

4-2 한편 역사적 시기를 배경으로 삼은 컴퓨터 이야기 게임의 경우, 매우 다른 양상이 벌어진다. 한국에서 만들어도 서구의 고대나 중세를 배경으로 삼는 경우가 많은데, 사용자(이용자)가 어느 나라 사람이든 그 고증의 엄밀성을 별로 문제삼지 않는 경향이 있다. 역사소설, 역사 드라마 등과 대조되는 이런 일이 일어나는 까닭은 무엇일까? 사용자 중심으로, 중요하게 생각되는 것 한 가지를 지적하시오.

5   다음 물음에 답하시오. 그리고 서너 명이 한 조가 되어 각자의 답을 비교한 후 보다 적절한 답을 선정하거나 새로 만들어보시오. 또 그것을 다시 조끼리 비교해 보시오.

5-1 홍보회사 직원으로 일하는 30대 후반의 여성이 있다. 21세기 초 한국 현실에서 그녀의 '생각과 감각이 매우 섬세함'을 '간접적으

로' 제시하고자 한다. 그 특질을 그럴듯하게 제시하는 데 어울리는 것들을 각각 한 가지씩 적으시오.

① 아끼는 소지품:

② 용모, 차림새:

③ 습관적 행동:

5-2 젊은 한국 남자가 턱수염을 길렀다고 하자. 이야기에서 그의 얼굴 모습이 그럴듯하게 여겨질 장면과 그럴듯하지 않게(어색하게, 부자연스럽게) 여겨질 장면을 상상하여 구체적으로 적어보시오.

① 그럴듯하게 여겨질 장면(상황):

② 그럴듯하지 않게 여겨질 장면(상황):

6 한국전쟁의 전장을 배경으로 '형제간의 극진한 우애'를 그리려고 한다. 그것을 그럴듯하게 서술하기 위해 '첫째, 형제가 한 부대에 속해 있고, 둘째, 형이 동생을 싸움터에서 빼내 후방으로 살려 보내기 위해 남보다 열심히, 목숨을 내던지며 전투를 한다'고 설정하였다.

이런 설정이 보다 그럴듯해지려면 다음 중 무엇을 '함께 제시 (설정)해야' 할까? 가장 '합리적으로' 필요한 것을 하나 고르시오.

① 동생이 다소 모자라고 사고뭉치이다.
② 형제한테는 꼭 하기로 약속한 일이 있다.
③ 형제가 참가한 한국전쟁은 근본적으로 나쁜 전쟁이다.
④ 형제 중 하나가 공을 세우면 다른 사람을 후방으로 보내주는 제도가 있다.

7    2022년에 개봉된 영화 〈파벨만스〉(스티븐 스필버그)에서 주인공의 부모는 이혼한다. 어머니가 아버지의 친구를 사랑하여, 모범적인 남편과 아끼는 자식을 남겨둔 채 가정을 떠나기 때문이다. 영화에서 그것은, 대체로 안타깝지만 받아들여야 하는 일로 그려지며 심각한 불행을 초래하지 않는다.

하지만 어느 나라의 영화감독은 그런 사건을 다루지 않으며, 다룬다 하여도 그렇게 그려내지 '못할' 것이다. 이런 예상이 맞는 나라가 있다면 그 나라는 어떤 문화의 사회 혹은 나라일까? '그럴 듯함'이라는 말을 사용하여 2~3문장으로 답하시오.

8    이야기의 극적 효과는 주인공이 맞닥뜨린 갈등 혹은 난제가 해결 불가능해 보일수록 높아진다. 그것은 다음 [보기]와 같이, 중심사건을 최대한 요약한 '세 문장 스토리'(☞ 2장 1-가)의 처음상황에 내포시킬 수 있다.

[보기] 소설 〈우리들의 일그러진 영웅〉(이문열)의 '갈등을 내포한 처음상황': '나'는 학급을 폭력으로 지배하는 엄석대와 추종자들한테 벗어나고 싶으나 굴종한다.

8-1 자기가 좋아하는 작품 혹은 아래 가운데 한 작품을 택하여 [보기]와 같이 그 '갈등을 내포한 처음상황'을 한 문장으로 적으시오.

- 희곡《안티고네》(소포클레스), 《시련》(아서 밀러)
- 영화 〈광해, 왕이 된 남자〉(추창민), 〈빌리 엘리어트〉(스티븐 달드리), 〈킹스 스피치〉(톰 후퍼)
- 소설 〈우상의 눈물〉(전상국), 《페스트》(알베르 카뮈)

① 작품 이름:
② 처음상황 :

8-2 그 처음상황에서 주인공은 여러 길을 갈 수 있다. 갈등을 해결하지 못할 수도 있으며, 반대로 우여곡절 끝에 해결할 수도 있다.

앞서 자기가 택한 작품에서 처음상황의 변화 또는 전개에 큰 기능을 한 행동이나 사건 따위가 있을 것이다. 누가 수행했든 따지지 말고, 그 행동이나 사건을 적으시오. 아울러 그것이 왜 상황

의 변화와 작품의 발전에 그럴듯한가, 즉 합리적 인과성을 지니고
있는가를 적으시오.

① '처음상황'의 변화에 큰 기능을 한 행동, 사건:

② 그것이 '그럴듯한(상황 변화와 작품 발전에 합리적으로 기여한)'
   이유:

# 4

# 가치성

이야기가 그럴듯하지 않으면 다른 걸 기대하기 어렵다. 그러나 그럴듯하기만 해서는 충분하지 않다. 감상자에게 바람직한 재미와 의미를 맛보게 하여 감상할 만한 '가치가 있다'는 반응을 얻어야 한다. 만일 상업적 목적이 모든 것을 압도하여 말초적인 욕구 충족만 추구할 경우, 그 '의미가 적은 재미'는 오히려 삶을 황폐하게 만들 수 있다.

지금 살피고 있는 스토리텔링의 요건들 가운데 작자가 궁극적으로 추구하는 것 하나만 들라고 한다면 아마 그것은 이 가치성일 것이다. 작품을 낳는 작자의 성실성, 삶에 대한 그의 진정성 등에 달린 문제이기 때문이다.

기본적으로 '가치 있다'는 반응은 앞에서(☞ 1장 2-다) 살핀 스토리텔링 행위의 본질적 기능과 의의가 충분히 실현됐을 때 일어난다. 즉 이야기가 새로운 것을 느끼고 생각하게 하고(인식적 기능), 재미와 위안을 주며 미적 체험까지 하도록 할 때(정서적 기능) 일어난다. 또 어떤 실제적 도움을 줄 때(효용적 기능) 나오는 반응이다. 앞에서 살핀 '그럴듯함'이 이야기 자체의 구조적 완결성 중심의 문제라면, 이 '가치성'은 감상자와 그가 처한 현실에서 이야기가 지닌 의미 혹은 효과 중심의 문제이다. 그래서 이는 스토리텔링의 외적 상황, 즉 누가, 왜 짓고 감상하느냐에 크게 좌우되며, 양상이 매우 다양하여 일정한 판단 기준을 세우기 어려운 게 사실이다.

가치라고 하면 흔히 윤리적 혹은 도덕적인 가치를 먼저 떠올린다. 여기서는 그것을 포함한, 인간과 공동체의 삶에 '의미 있는 것'이면 두루 포괄하는 매우 넓은 개념이다. 그것은 가치관, 즉 주체가 대상을 바라보는 관점과 그때 동원되는 논리(가치체계)에 따라 다르기에, 보는 사람은 물론 보는 맥락에 따라 달라질 수 있다. 가치가 있다는 판단에 내포되어 있는 '재미'나 '즐거움'만 하더라도 여러 가지 색깔과 맛이 있다. 게다가 범위가 개인을 넘어 국가와 민족, 문화권, 시대 등으로까지 확대되면 양상이 더욱 복잡해진다. 그런가 하면 정치 이념, 종교적 계율 등을 매우 엄격히 강제하는 전제적 집단이나 국가에서는 그에 준하는 가치만이 옳고 그름의 기준이 됨은 물론 즐거움과 아름다움의 기준까지 좌우하기도 한다.

따라서 흔히 이야기 산업이 노리는 '(전 세계) 누구나 만족시킬' 보편적 가치나 재미라는 게 과연 존재하는지, 도대체 그것을 판단하는 기준은 무엇인지에 대한 근본적 의문에 봉착하게 된다. 문화적 개성과 주체성이라는 것을 인정한다면, 한국인한테 가치 있는 게 반드시 중국인한테도 가치 있지는 않다. 그래서 중립적 스토리텔링이란 존재하기 어렵다.

그렇다 하더라도 우리가 사는 현실에서는 끊임없이 욕망과 욕망이 부딪치고 가치관과 가치관의 갈등이 계속된다. 삶은 이 상황에서 '보다 뜻있고 가치 있는' 길을 찾는 과정이며, 스토리텔링은 그 과정을 재현하고 또 해결하는 하나의 방법이자 행위이다. 이야기의 전개는 다름 아닌 갈등의 전개인데, 그 갈등이란 바로 가치의 갈등 혹은 더 나은 가치를 추구하는 갈등이다. 이는 '권선징악'이 매우 대중적인 스토리 유형 혹은 구조의 하나인 데서 잘 알 수 있다. 춘향과 변 사또의 대결에는 '양반\천민, 남성\여성, 지배자\피지배자' 등의 갈등이 내포되어 있으며, '악한' 변 사또가 패하는 결말은 그에 대한 현실적·정서적 해결이요 평가이다. 스토리텔링은 본질적으로 '의미 추구' 활동이라고 하였는데, 이는 이러한 가치를 둘러싼 내면적·외면적 행위를 축약한 말이다. 요컨대 이야기는 가치를 추구하는 갈등의 여로(旅路)이다. 이야기 활동은 그것을 재현하면서 인간의 삶을 보다 의미 있는 수준으로 고양시키는 일이다.

"가치는 스토리텔링의 영혼이다."[50] 그러므로 스토리텔러는 가치의 문제를 외면해서는 안 되며, 또 외면할 수도 없다. 이야기라면 갈등을 다루게 마련이고, 그것의 해결 혹은 해소*를 향해 나아가는 까닭이다. 작든 크든 가치의 문제를 진지하게 다루지 않으면 그 이야기의 가치 역시 낮아진다. 같은 '복수(復讐) 스토리'를 가지고, 이른바 '막장 이야

---

* 어떤 이야기에서 갈등이 사건을 통해 해결된다고 해서 반드시 그 바탕에 존재하는 대립이 근본적으로 해소되는 것은 아니다. 최시한, 《소설, 어떻게 읽을 것인가》, 100쪽.

기[*]'는 인간의 폭력 본능을 충족시키는 데 몰두하는가 하면, 어떤 이야기는 그것을 얼마나 제어하느냐에 사회의 성숙도가 달려 있음을 깨닫게 할 수도 있다.

어떤 작품을 관통하는 가치는 일단 작자의 가치관 혹은 가치의식에 좌우된다. 하지만 그것의 궁극적 의미를 결정하는 것은 보편적 정의와 윤리이며, 그에 바탕을 둔 진실과 '건전한 상식'이다.

이야기에서 가치는 주로 어떤 방식으로 제시되고 또 받아들여지는가? 서로 긴밀한 관계에 있는 '주제'처럼, 가치는 이야기를 지배하여 그 전체에 스며 있는 것이기에 따로 다루기 어렵지만, 무엇보다 갈등의 내용과 그 결말, 중심인물들의 욕망 등에 주목할 필요가 있다. 그러려면 자연히 표층적 차원보다 심층적 차원에서 살피게 된다.

여기서 영화 〈무간도〉(맥조휘·유위강, 2003, 제1편)와 그것을 각색한 〈디파티드〉(마틴 스콜세지, 2006), 그리고 그들의 영향권 안에 있는 〈신세계〉(박훈정, 2013)를 비교해 보자. 앞의 두 작품은 경찰과 범죄조직이 대결하면서 서로 첩자를 심어 비밀을 캐내는 사건을 다루는데, 〈신세계〉의 경우에는 그중 경찰이 범죄조직에 심은 경찰 첩자(이자성)만 등장한다. 그는 범죄조직의 후계 쟁탈전에 휩쓸려 마침내 승자가 된다. 그것은 실제로 후계자가 될 수도 있었을 무자비한 폭력배 정

---

● 흔히 '막장 드라마'라고 한다. 대개 극한 상황에 빠진 인물들이 복수와 인생 반전을 노리는 스토리이다. 자극적 장면과 무리한 전개로 억눌린 감정의 해소에 치중하여 인간과 사회에 대한 합리적 가치의식이 빈약하다.

청이 자기 목숨까지 바치며 도와주었기 때문인데, 그는 이자성과 서로 형과 동생이라 부르는 사이이다. 이 영화의 제목 '신세계'는 경찰이 추진하는 작전 이름이기도 하지만, 이자성이 거대한 범죄조직의 두목이 되는 '상승적' 결말에서는 그의 미래를 긍정적으로 표현한 말처럼 인식된다. 그것은 이자성을 조종하던 경찰(강 과장)이 악한 인물로 그려지며 그와 갈등 끝에 살해되는 데 반해, 이자성과 정청의 '폭력배 의리'는 마지막 장면에서까지 미화되고 있기 때문이다. 이자성이 겪었을 내적 갈등은 그러한 전개에 묻혀 희석되고 만다.

이 영화의 '폭력 미화'는 다른 두 작품의 결말과 비교하면 문제점이 잘 드러난다. 〈무간도〉에서 범죄조직의 첩자는 경찰로 끝내 살아남지만, 제목과 도입부에서 암시되듯이, 그는 죽지 않고 영원히 고통을 받는 무간지옥에서 살 것으로 그려진다. 그리고 〈디파티드〉는 결말부에서 거의 모든 범죄자들이 죽음으로써 징벌을 받는다.


'글은 곧 사람'이다. 사람이 글을 쓴다. 작자의 인간적 면모가 그가 지은 글의 내용, 수준과 밀접한 관계에 있다. 이 표현을 응용하여 바꿔 말해보면, '스토리텔러의 경험과 사색이 이야기의 내용과 수준을 결정한다'고 할 수 있다. 작자가 삶의 가치 문제를 두고 얼마나 사색했느냐가 이야기의 가치를 좌우한다. 생각이 여기에 미치면, 스토리텔러가 되기 위해 평소에 어떻게 준비해야 하는지 돌아보게 된다.

여기서 '가치'와 '가치의식'이라는 말의 뜻을 짚고 넘어갈 필요가 있다. 어떤 이야기가 가치성을 지닌다고 할 때의 '가치'는, 교훈을 주려는 교육적 가치나 실용적 정보 위주의 효용적 가치는 제외하고, 어떤 고정되고 확립된 도덕, 이데올로기, 세계관 등과는 거리가 있다. 앞서 언급했듯이, '주제의식'이 거창한 가치관이나 특정 주제에 관한 의식이기보다 무엇이 진실된 것인가를 탐색하는 의식이듯이, '가치의식' 또한 어떤 기존의 가치를 확인하거나 선양하는 것이라기보다 삶에서 무엇이 진정 가치가 있는 것인가를 회의하고 추구하는 의식이다. 그것은 외면받거나 억압당하던 것에서 새로운 가치를 발견하고 되살리는 의식이다. 이야기는 삶을 모방하므로 기존의 가치관이나 규범과 항상 연관되게 마련인데, 진지한 이야기는 그것을 합리화하고 공고히 하는 게 아니라 비판하고 갱신하기 위해 존재하는 것이다.

이렇게 본다면, 이야기의 가치성은 막연히 이야기가 '건전하다'고 해서, 그리고 감상자의 기대와 욕망을 좇아 결말이 무조건 '재미있다'거나 해피 엔딩이라고 해서 얻어지지 않는다. 진지한 이야기는 기존의 도덕이나 규범에 의문을 품고 새로운 가치와 진실을 모색하도록 감상자를 '창조적 혼돈' 혹은 '성찰의 혼돈' 속에 빠뜨린다. 도덕을 깨우치기 위한 이야기도 있으나, 본래 이야기는 도덕 교과서가 아니다. 따라서 스토리텔러는 항상 비판적·반성적 의식을 지니고 기존의 질서에 부단히 '왜?'라는 질문을 던지며, 자기가 확신하는 바를 성급히 내세우려 들기보다 자신을 어떤 가치의 충돌점 혹은 경계선 위에 놓을 필요가 있다. 방법적으로라도 옳고 당연해 보이는 것에 의문을 품으면서 자신을 가치의 경계 혹은 중립지대에 세우라는 말이다. 작자가 자신을 '경계에 세우기'가 바람직하다면, 이로부터 가치 문제를 효과적으로 다룰 스토리텔링의 방법 하나가 도출된다. 그것은 어떤 가치가 의문시되는 갈등 상황을 스토리의 처음상황으로 택하거나, 그

상황에 인물을 빠뜨리는 방법이다. (☞ 제2부 2장 2절)

가치 문제와 관련하여 스토리텔러가 추구할 자세와 방법을 자세히 알아보기 위해 앞의 '스토리텔링의 3가지 기능'과 밀접한 그 가치에 대해 따로 자세히 살피기로 한다.


## 가. 인식적 가치


이야기의 인식적 가치는 주로 '앎'의 측면에서 '가치가 있다'든가 '진실하다'는 반응과 관련된다. 이는 감상자로 하여금 사물의 본질, 인간의 내면, 사회 현실 등에 대해 더 알고 새로이 경험하거나 깨닫게 할 때 생겨난다. 이는 이야기 행위의 가장 기본적이고 일차적인 기능이자 가치이다.

인식적 가치를 쪼개어 살펴보면, 그것은 첫째, 모르던 것을 알게 하는 '지적 가치'이다. 주로 정보적 이야기가 추구하는 것이지만, 정도나 성격이 다를 뿐, 대부분의 이야기가 이 가치를 지니고 있다. 가령 만화《식객》(허영만)이나 텔레비전 드라마〈대장금〉(이병훈)은 한국의 음식문화에 관한 정보를 준다. 염상섭의 장편소설《삼대》는 한국의 가부장제 질서 속에서 20세기 초까지도 집안의 족보는 위조를 할 만큼 가치가 유지되었음을 알게 한다. 감상자에게 잘 알려지지 않은 정보들, 예를 들어 신라 화랑들의 삶, 대서양 밑에 지진으로 가라앉은 도시 등을 다룰 때, 갈래가 무엇이든 이야기는 지적 가치를 지니게 된다.

관광지를 가도 어디에 가서 무엇을 느끼느냐에 따라 관광 자체가 달라지듯이, 얇은 정보를 인지하고 발견하는 차원에서 나아가 '감상 체험'을 통해 더 깊어진다. 시리즈 영화 〈오징어 게임〉(황동혁)은 매우 극단적인 게임 이야기지만 자본주의의 폐해를 '인식'시켜 준다. 이렇게 인식적 가치에는 정보 차원을 넘어서는 새로운 경험이나 깨달음이 포함된다.

인식적 가치의 둘째 종류는 '비판적 가치'이다. 인식적 가치는 고정관념을 깨거나 비리를 폭로하는, 말하자면 이미 인식한 사물을 다시 새롭게 보며 보다 나은 진실을 추구하는 비판정신의 산물이다. 기존의 질서와 도덕을 혁신하는 새로운 정의, 진실 등을 추구하는 것이기에, 이는 '윤리적 가치'요 '반성적 가치'라고도 할 수 있다. 어떤 이데올로기나 정권을 선전하는 영화, 오락 위주의 텔레비전 드라마, 자기 합리화투성이의 자서전 등이 감상자를 지루하고 공허하게 하는 이유는, 거기서 비판적 가치를 느끼기 어렵기 때문이다.

앞서 잠시 살폈듯이, 이야기가 주는 '진실'은 자연과학적인 '진리'와 다르다. 후자가 사물에 대한 객관적이고 초인간적인 사실이라면, 전자는 인간과 사회에 대한 주관적이고 인간적인 사실이다. 물론 이러한 차이는 정도의 문제이고, 또 이야기 안에서도 표현적 갈래와 정보적 갈래 사이에 차이가 있지만, 일단 객관적 진리는 현실에 부합되지 않으면 가치가 없어지기에 그에 종속될 수밖에 없다. 그에 비해 주관적 진실은 현실과의 부합 여부에 구속되어 있지 않으므로, 오히려 그로부터 자유를 누린다. 특히 허구적 이야기는 그 공간에서 마음대로 꾸며낸 인물과 사건을 통해 사람의 꿈과 애환을 자유롭게 표현하는데, 그것이 제시하는 인간적 진실은 현실에 대한 비판 혹은 반성을 바탕으로 한 것이다.

요컨대 표현적 이야기가 감상자에게 불러일으키는 '가치 있다'는 반응은, '그럴듯하다'는 반응이 그렇듯이, 현실과 밀접한 관계에 있지만 현실에 매여 있지 않다. 인식적 가치에 초점을 두고 볼 때, 정보적 이야기의 가치가 그것이 특정 사물에 대한 앎을 얼마나 증진시켰느냐에 좌우된다면, 표현적 이야기는 인간과 사회에 대한 새로운 진실에 얼마나 눈뜨게 했느냐를 기준으로 판단된다.

정명환의 다음 진술은 문학만을 대상으로 삼고 있지만, 이런 점을 간명하게 요약하고 있다.

> 내가 강조하고 싶었던 것은 문학의 중요한 기능이 낯설게 하기라는 것이었습니다. 그것은 한편으로는 우리가 당연한 것으로 여기고 의심하지 않았던 것에 대한 이의제기를 위한 것이고, 다른 한편으로는 애초부터 몰랐던 야릇한 것에 대한 인식을 촉구하기 위한 것입니다. 그런 것이 참을 향하는 길입니다.[50]

이렇게 볼 때, 스토리텔러는 남들과 다름없는 눈으로 세상을 보거나 흔한 이야기를 흉내 내려 들지 말고, '지금, 여기'의 사람과 현실을 노상 민감하고 비판적인 눈으로 직시할 필요가 있다. 그러면서 어떤 기존의 가치를 고수하기보다는, 무엇이 과연 보다 가치 있고 선하며 아름다운 것인가 고민하는 가치의식을 지닐 필요가 있다. 고정관념을 깨는 상상력, 인간과 사회에 대한 비판정신, 당연한 것을 반성해 보는 새로운 차원의 윤리의식 등을 지니고자 힘써야 한다는 말이다. 많은 작가들이 시대와 불화하는 반골(反骨)이었던 것은 결코 우연이 아니다.


## 나. 정서적 가치

알아야 느끼고 느껴야 안다. 달리 말해보자면, 느껴야 생각하고 생각하지 못하면 깊이 느끼지 못한다. 머리는 가슴이 없으면 온기를 잃기 쉽고, 가슴은 머리가 없으면 방향을 잃기 쉽다. 정서적 가치는 이렇게 인식적 가치와 긴밀히 연관되어 있다. 인식적 가치가 이성적 가치라면, 정서적 가치는 감성적 가치이다. 전자가 '앎'과 긴밀한 관계에 있는 데 비해, 후자는 '재미', '즐거움', '감동' 등의 '느낌'과 관련이 깊다. 이 가치는 이른바 쾌락적 가치, 미적 가치 등과 많은 부분 겹치는 넓은 개념이다.

정서적 가치는 주관성이 강하고 매우 상대적이라 그 양상을 일일이 나열하기로 들면 끝이 없다. 이를테면 원하는 것을 간접 경험으로 성취하는 '대리만족'의 재미가 있는가 하면, 맺히고 억눌린 것을 풀고 해방하는 감정적 '카타르시스'의 재미도 있다. 감상하는 도중에 기대하는 것이 충족되는 재미가 있는가 하면, 반대로 추리 이야기처럼 기대나 의문이 충족되지 않고 계속 지체되는 데서 느끼는 재미도 있다. 따분한 일상에서 벗어나 무언가 색다르고 신비로운 것을 맛보는 낭만적 재미가 있는 한편, 현실의 문제점을 파헤치고 비판하는 리얼리즘의 재미도 있다.

앞에서 앎과 재미를 구별하였지만, 앎의 추구 자체에서 재미를 느낄 수도 있다. '아는' 재미도 재미의 일종, 즉 '지적인 재미'라고 볼 수 있기 때문이다. 이는 인식적 가치와 정서적 가치가 겹치는 부분인데, 추리소설이나 범죄영화가 주는 재미 같은 일종의 두뇌 게임을 예로 들 수 있다.

정서적 가치는 대개 욕망의 충족과 감정의 정화를 통해 실현된다. 감상자 대중은 지적 욕망의 충족보다 감각적 욕망의 충족에 즐거움을 느끼며 더 가치를 두는 경향이 있다. 상업적 효용을 노리는 이야기들은 이런 성향을 과장하고 부추기는데, 감각적 재미도 쾌락의 일종이요 하나의 가치이므로 이것을 무조건 '불건전하다'거나 '순수하지 않다'고 비판만 할 일은 아니라고 본다. 비판할 것은 과도한 감각적 재미가 성욕, 지배욕, 파괴욕 등의 본능적 쾌락을 거칠게 만족시킴으로써 사람을 황폐하게 만들어 아름다움, 세련됨, 따뜻함, 너그러움 같은 바람직한 품성을 훼손하는 점이다.

한국 문화에 뿌리박힌 유교 전통은 '재미'나 '쾌락'을 억압하거나 부정적으로 보는 경향이 있다. 그리고 예부터 문화생활을 너무 정신 수양이라든가 도덕적 실천하고만 연관 짓는 경향도 있다. 그리하여 한국인은 예술을 통한 미적 초월에 관심이 적고, 재미나 쾌락을 겉으로는 멀리하면서 속으로 추구하는 이중적인 태도를 지니게 된 듯하다. 이런 연유로 한국의 이야기 문화에서는 인식적 가치와 정서적 가치, 현실 비판적 가치와 미적 가치가 지나치게 분리되어 있어서 서로 적절히 통합되지 못한다. 중등학교 소설 교육에서 작품의 완성도는 따지지 않고 '민족의 수난'이라는 역사적 제재만 너무 강조한다든가,

동화에서마저 틀에 박힌 '건전함'을 앞세워 환상적 요소를 밀어낸다. 그리하여 이른바 '환상동화'가 일반화되지 못한 면이 있다. 역사 드라마에 등장하는 인물들의 전근대적 충성심을 과대평가하는 한편, 그에 내포된 오락성은 애써 부정하거나 과소평가하는 것도 하나의 예이다.

그 결과 한국에는 진지하기는 하나 재미가 적다든가, 감동적이기는 하지만 지적 충격과는 거리가 먼 이야기가 많은 편이다. 이러한 환경에서 청소년들은, 교과서의 이야기 작품이 재미도 없고 현실성도 떨어지다 보니, 국가나 민족을 위한다는 거창한 명분에 눌려 시험공부용으로만 읽고, 재미용으로는 감각적 가치에 치중한 일부 폭력적인 이야기나 게임에 몰두하는 면이 있다.

인간의 기본 담화 양식 가운데 하나가 이야기인 것은, 인간이 그만큼 이야기를 '즐기기' 때문이다. 그러므로 너무 정서적 가치만 추구하는 것도 문제이지만, 그것을 과소평가하여 이야기를 지나치게 이데올로기나 도덕에 종속시켜서도 곤란하다. 더구나 콘텐츠 산업이 새로운 산업으로 부상하여 스토리텔링의 중요성이 날로 커지고, 학문 간의 경계는 물론 전문적인 것과 일반적인 것, 고급문화와 대중문화의 경계가 무너지는 융합의 시대에, 이야기가 지닌 가치의 범위를 고정하고 좁힘은 바람직하지 않다. 이야기 감상자에게 이상적인 상태는 '의미 있게 즐기는' 혹은 '재미 속에서 보람을 얻는' 상태일 터이다. 작자의 개성과 스타일은 존중하면서, 그 '의미'와 '보람'을 넓고 다양하게 잡을 필요가 있다. 여러 측면에서 균형 잡힌 안목이 요구되는 것이다.

이렇게 볼 때, 스토리텔러는 균형 잡힌 이야기를 짓기 위해 자기 자신부터 인간적 감수성을 고루 발달시킴으로써 상식과 균형감각을 지녀야 한다. 그것은 스토리텔러로 하여금 인생을 바라보고 표현하는 대립적인 양상(낭만적\현실적, 비극적\희극적, 이성적\감성적, 리얼리즘적\모더니즘적 등)에 대한 폭넓은 이해를 제공할 것이다.

## 다. 효용적 가치

인식적 가치와 정서적 가치가 그 자체를 목적으로 삼는 자족적 혹은 자기 목적적 성격의 가치라면, 효용적 가치는 이야기의 그런 가치들이 어떤 목적을 달성하는 데 얼마나 효과적으로 사용되는가에 초점을 둔 수단적 가치이다. 물론 인식적·정서적 재미도 이야기를 통해 얻게 되는 보람인 만큼 하나의 효용이라고 볼 수 있으나, 이는 이야기 감상 행위 자체 속에서 감상자 자신이 직접 체험하는 것인 데 비해, 효용적 가치의 효용은 상품의 판매, 상대방의 설득, 사상의 전파 같은 외부의 목적 달성에 이바지하는 것이므로 구별된다. 여기서는 후자 중심으로 논의한다.

이야기는 인간의 기본 담화 양식이며, 객관적 사실과 주관적 감정, 외면적 현실과 내면적 정서가 융합된 하나의 체험으로 존재하기에, 여러 용도로 광범위하게 활용되어 왔다. 대부분의 경전이나 역사적 기록이 이야기라는 사실에서 알 수 있듯이, 이야기는 사상, 경험, 지식 등의 보존과 전파 수단으로 사용되어 왔다. 이솝 우화 같은 우화 갈래의 '교훈적 효용성' 따위를 떠올려보면 얼른 짐작이 갈 터이다.

따라서 콘텐츠 산업 시대로 접어들면서 이야기의 효용적 가치가 부쩍 주목을 받아 영화나 게임은 말할 것도 없고 교육, 홍보, 경영 등에 이르기까지 '이야기 콘텐츠'를 창출하는 '이야기 산업'이 일어난 것은 당연한 일이다. 한 예로 만화, 애니메이션, 인형극 따위를 활용하여 교육하는 이른바 에듀테인먼트 '제품'이 전통적인 교과서와 참고서를 대체해 가면서 교육계에서도 영상 스토리텔링이 대세를 점해가고 있다.

효용적 가치는 다른 가치에 비해 가늠하기 쉽다. 비교적 구체적인 결과를 놓고 따지기 때문이다. 문제는 어떤 이야기 자체가 그것을 통해 얻으려는 효용에 얼마나 이바지하는가 하는 기능적 적합성이다. 그리고 이야기 자체를 지배하는, 그래서 그 효용에 영향을 끼치는 이야기의 질과 성향이다.

따라서 기능성이 우수한 이야기를 창작하기 위해서는 수준 높은 이야기 능력을 갖추어야 함은 물론, 창작한 이야기가 기능을 발휘할 외부 상황의 분석에 힘을 쏟음이 바람직하다. 이야기 광고를 예로 들면, 상품 수요자가 처한 현실, 특히 그의 심리 상태를 알지 못하면 이야기 특유의 '기억과 감정을 상기시켜 마음을 움직이는' 효과를 얻기 어렵기 때문이다.

한편 이야기 자체의 성격과 질에 주목하다 보면, 우리는 자연스레 효용적 가치와 다른 가치의 관계 문제에 봉착하게 된다. 자본의 논리를 앞세워 이야기가 감각적 쾌락만을 위하여 기획·제작·판매하는 상품이 되는 경우도 많다. 가령 상업적인 소설, 만화, 영화 등에서는 주목도를 높이기 위해 지나치게 환상이나 폭력에 흘러 사실을 왜곡하거나 진실에서 멀어지는 경우가 많고, 정서적 가치의 질이 단지 감정 해소에 그치는 '일회용 소비물'에 머물기도 한다.

이야기 작가는 무의식적으로 '자기 해소'를 위해 이야기를 짓는 사춘기 청소년이 아니다. 그는 자기가 창작하는 이야기의 효용, 자기가 하는 이야기 행위의 효용적 가치를 고려하지 않을 수 없다. 이때 맹목적으로 '순수한' 태도를 취해도 비합리적이고, 처음부터 '히트할 욕심'에만 사로잡혀 있어도 바람직하지 않다. 백 년 뒤의 독자를 위해 쓰고 싶은 것을 쓴다는 자세도 필요하기에 작자에 따라 다르긴 하나, 이 일에서도 스토리텔러에게 일종의 균형감각과 문화적 세련성이 요구된다.

애초부터 오락용 상품으로 기획되는 게임, 이야기 광고 등도 균형감각이 요구되기는 마찬가지이다. 근래 일부 한국 디지털 게임들이 권력, 물질 등을 위한 투쟁과 폭력에 쏠리는 것은, 인식적 가치를 외면하고 정서적 가치도 말초적인 것만을 추구하여 판매량을 늘리는 데 몰두한 결과로 보인다. 흔히 텔레비전 '예능'이라 부르는 입말 이야기 프로그램이 음식 먹기, 사생활 캐기 등의 이야기에 쏠리는 현상 또한 공공적 가치에서 멀어진 결과이다. 본능적 욕망을 거칠게 만족시키는 데 머무는 한, 예를 들어 사이버 공간을 현란하게 채우는 컴퓨터 그래픽 기술은 물질적인 것 이상의 '효용' 창출을 하지 못하게 될 터이다. 문화적 가치 향상에 관심이 적을 경우, 기술이 아무리 발전하더라도 콘텐츠 산업의 미래는 어두울 것이다.

1 　교육적 내용과 오락적 요소를 결합한 교육영상물, 즉 '에듀테인먼트 콘텐츠' 가운데는 과장되거나 억지스러운 경우가 있다. 지식 전달과 이야기 구조 사이의 조화를 소홀히 한 탓으로 보인다.

　　인형극으로 초등학교 저학년 어린이에게 '환경오염 문제'에 대해 가르치는 짧은 교육영상물을 만들려고 한다. 이것의 교육적 가치를 높이기 위해 '정서적' 요소를 활용하려고 한다. 어린이들의 감성에 호소하기 위해, 주인공을 어떤 상황에 놓인 누구(무엇)로 잡으면 그럴듯하겠는가?

(길잡이) 환경오염과 관계 깊은 존재를 택해, 어린이의 '정서를 자극할' 수 있는 상황 속에 놓는다.

2 　한 호텔이 홍보용이라는 인상을 되도록 감추면서 홍보용 '이야기 만들기' 행사(이른바 '이벤트')를 열려고 한다.

2-1 　그 호텔이 '매우 고상하고 한국 문화 선양에 관심 있는 지도층이 즐겨 이용하는 곳'이라는 인식 혹은 이미지를 형성하려면, 어떤 스토리를 낳거나 담고 있는 행사를 벌이면 좋겠는가? 그 기획 내용을 2~3문장으로 구체적으로 적으시오.

2-2 　그 행사가 특히 자식(아이, 청소년)을 기르는 이들이 한층 더 호감을 갖게 만들고자 할 경우, 무엇을 강조하거나 포함시키면 좋겠는가?

2-3 앞의 행사는 실제로 벌어진 일이되 '자연 발생적이거나 중립적인 (순수한)' 것은 아닌 사건이다. 이른바 의사사건(擬似事件, pseudo-event)인 것이다. 이런 사건은 우리 주변에서 의외로 흔히 볼 수 있다. 그것을 하나 찾아 적으시오.

3 남녀 간의 사랑을 다룬 이야기는 많다. 그 가운데《보바리 부인》(플로베르),《안나 카레니나》(톨스토이),《채털리 부인의 사랑》(D. H. 로렌스) 등과 같이 일반적인 도덕과 규범에 어긋난 면이 있는, 보통 '불륜'이라 부르는 사랑을 다룬 소설들이 있다. 이들은 거듭 영화화되기도 하였다.

3-1 이런 이야기는 왜 많이 창작하고 또 감상하는 것일까?

3-2 '불륜'을 다루었음에도 불구하고 이 소설들은 고전이 되었다. 어째서 그럴 수 있었던 것일까? '가치'라는 말을 사용하여 답하시오.

3-3 이 소설들을 영화화한 작품 중에는 상업성을 추구하다가 원작의 예술성을 훼손한 작품도 없지 않다. 이런 예를 통해 볼 때, 본격적·예술적 이야기와 대중적·상업적 이야기의 차이점은 무엇일까?

길잡이 이 소설들을 가지고 상업적 효용을 추구한다면, 감독이 소설의 어떤 요소를 어디에 활용할 것인지에 대해 생각해 본다.

이야기에 사회적·역사적 가치, 이데올로기(이념) 등과 관계 깊은 갈등을 추가하면 제재가 풍부해지고 주제에 깊이를 더할 수 있다. 하지만 그에 대한 창작자의 태도가 철저하지 않거나, 그와 이야기의 구조가 조화되지 않으면 작품에 약점과 균열이 생긴다.

다음 두 영화 중 하나를 택하여 '바꿔 짓기' 혹은 '고쳐 짓기'를 해보시오.

① 영화 〈추격자〉(나홍진)의 주인공 엄중호는 출장안마소를 운영하며 여성을 착취하는 전직 형사이다. 세파에 찌든 그는 내면적 고민이 적은 인물이다. 그는 자기 사업을 하다가 우연히 살인마를 추격하게 된다.

그 인물에게 '사회 현실의 개선을 추구할 것인가\개인적 이익을 얻는 데 만족할 것인가'로 표현되는 '사회적 가치 갈등'을 강하게 부여한다면, 이 영화는 어떻게 변할까? 나름대로 상상하여, 의미 있다고 생각하는 변화를 간추려 2~3문장으로 적으시오.

② 영화 〈명당〉(박희곤)은 풍수지리 사상과 연관된 조선 말엽의 사건을 그린 사극이다. 전반적으로 그 사상에 대한 태도가 일관된다고 보기 어렵다. 그에 대한 '가치의식'이 일관되고 사건 전개도 보다 그럴듯하게 고쳐 짓는다면 어떻게 바뀔 수 있을까? '박지관'이라는 인물 중심으로, 또 결말부의 사건 위주로 상상하여 적어보시오.

5　　아래에는 현재 한국 사회의 존립을 위협하는 현상이 제시되어 있다. 젊은이를 주인공으로 그것의 전부나 일부를 다룬 어떤 '사건'을 꾸며서 감상자가 그에 대해 어떤 '가치의식'을 지니게 하려고 한다. 아래 순서에 따라 그 사건의 개요 혹은 스토리를 '대강' 구성하여 보시오.

> **길잡이**　주인공을 대립적인 가치 혹은 계층의 '경계에 세워' 본다. 갈등의 양쪽을 함께 다루면서 감상자를 설득해 간다.

(가) 한국 사회의 존립을 위협하는 현상: 젊은이들이 결혼을 안함. 결혼해도 출산을 기피함.

(나) 앞의 현상을 다루기 위해 택한, 주인공이 놓인 상황

　① 나이, 성별: 나이가 (　　　)인 독신 남자/여자

　② 신분, 직업: (　　　　　　　)

　③ '사건' 중에 갈등하는 상대: 부모/사귀는 사람/기타(　　)

　④ 갈등이 일어난 '현재의' 상황(1문장)


　⑤ '사건' 자체의 전개(처음상황 – 중간과정 – 끝상황)가 분명한 개요(3~4문장)



　⑥ 앞의 개요가 내포된 이야기를 통해, 감상자에게 불러일으키고자 하는 가치의식(1문장)

# 5
# 참신성

    좋은 이야기는 참신성을 지니고 있다. 형식과 내용 어느 면에서든 기존의 것보다 새롭고 다른 면이 있다는 반응, 곧 개성적이고 독창적·창조적이라는 반응을 낳는다.

    참신성은 앞에서 열거한 요건들, 곧 언어 표현의 적절성과 세련성, 갈래와 유형의 관습성, 그럴듯함, 가치성 등과 다소 모순된 관계에 있다. 대개 그것들이 기존의 일반적인 것에 따르는, 혹은 기존의 것을 바탕으로 삼는 면이 있는 요건들이라면, 참신성은 기존 것과의 차별성, 이미 굳어져 존재하는 것을 혁신하는 개성적인 면을 강조하기 때문이다. 이런 점에서 참신성은 다른 요건들에 비해 작자의 창의력을 더욱 요구한다. 참신함은 '새로움'이요 '특별함'이다. 그것은 단지 '신기함'에 머무는 게 아니라, 이전에 관습적으로 굳어진 것 곧 클리셰(cliché)를 창조적으로 쇄신할 때 얻어진다.

    하늘 아래 새로운 이야기는 없다. 일리 있는 말이나, 창조적인 작품이라면 기존의 것과 다른 면, 나아가 그것을 혁신하는 면이 있음도 사실이다. 사건이 비슷해도 인물의 성격, 플롯 기법, 스타일 등 무엇한 가지라도 다른 이야기와 다르고 새롭지 않으면, 이야기는 진부해지고 감상자의 반응 또한 심드렁해지기 쉽다. 그에 따라 별 감흥이나 공감이 일어나지 않고 주제의 전달도 강력히 이루어지기 어렵다.

참신함을 얻기 위해서는 '낯설게 하기' 작업이 긴요하다. 그것은 한마디로 이질적인 것들의 결합으로써 감상자의 굳어진 관습적 반응을 깨는 것이다. 이를 위해서는 여러 측면에서 상식을 혁신하는 독창적 아이디어가 요구된다.

참신함도 서술 층위와 스토리 층위로 나누어 논의할 수 있다. 애니메이션을 창작하면서 재료로 그림, 진흙(클레이) 따위를 쓰는 대신 각종 식물이나 망가진 가재도구를 사용하여 효과를 거뒀다면, 서술 방법상 참신하다는 반응을 얻을 수 있다. 수사극에 등장하는 형사가 정원 가꾸기나 꽃에 관심이 많다면, 그래서 그 점이 수사에 의외의 결과를 낳는다면, 인물에 참신한 면이 있다고 할 수 있을 것이다. 단편소설 〈씬짜오 씬짜오〉(최은영)는 한국군이 일종의 용병으로 참가한 월남전의 비극을, 소통과 환대를 바라는 한 여성(어머니)의 슬픔으로 풀어냄으로써 정서적 울림을 더하고 있다.

참신함은 주로 제재와 주제 측면에서 논의된다. 애니메이션 〈인사이드 아웃〉(피트 닥터)은 소녀 라일리의 내면에서 일어나는 일, 특히 이사를 와서 혼란스러운 감정의 변화를 '기쁨', '슬픔' 같은 인물들의 이야기로 그리고 있다. 추상적인 내면 움직임을 구체적 사건으로 형상화한 것인데, 설정이 새롭고 재미있어서 아동의 심리를 잘 알려주는 교육적 효과를 거둔다.

한편 조선시대에는 산신(山神) 사상, 풍수 사상, 조상 숭배 사상 등이 중시되었는데, 역사 드라마에서 그것들을 활용하여 부모들의 '조상 묘지 터 싸움'에 휘말린 연인들의 비극을 그린다거나, 그들이 산신의 도움으로 풍수지리상의 이상향을 찾아가는 환상적 이야기를 짓는다면, 제재가 참신하다거나 전통사상을 되살렸다는 평을 받을 가능성이 있다. 이런 맥락에서 바람직한 예로, 풍수 사상에 일제의 한국 지배를 관련지은 영화 〈파묘〉(장재현)가 있다.

이렇게 차원을 심화시켜 가다 보면, 참신함은 인물이나 제재보다 주제에서 더 얻기 어려움을 알 수 있다. 삶에 대한 새로운 안목과 통찰은 작자의 사상적 독창성을 요구하기 때문이다.


진정 참신하고 독창적인 작품은 그 자체가 하나의 새 갈래를 창조하고, 새로운 유행과 문화적 흐름을 일으키기도 한다. 셰익스피어, 카프카, 도스토옙스키 등이 이야기 세계의 문화적 영웅인 것은, 참신한 작품으로 획기적인 유파 혹은 갈래의 창시자가 되었기 때문이다. 참신함은 그렇게 중요하고, 또 그만큼 충족하기 어려운 요건이다. 한국 문화는 참신하고 개성적인 것을 억압하는 경향이 있다. 창조를 외치면서 자율을 꺼리며, 자유롭게 하라면서 묵은 기준을 들이댄다. 그래서 더욱 과감한 혁신이 필요하다.

참신함을 얻기 위한 방법의 하나는 좋은 작품의 스타일, 그 작품이 재료를 변용하고 결합하여 아우라를 창출하는 그 양식을 본뜨는 것이다. 근본적인 방법으로는 미흡하지만, 모방은 창조의 어머니이다. 스타일을 본받되 가령 그 작품의 서술, 스토리, 제재 등을 새로운 형태로 바꾸거나 혼합할 수 있는데, 영화 〈베를린〉(류승완)을 예로 들 수 있다. 이 작품은 첩보영화 '본(Bourne) 시리즈'처럼 자기 정체성을 찾아가는 살인전문가(킬러) 이야기 유형을 활용하되, 남한 사람에게는 악한으로 이미지가 고정된 북한 기관원을 '동정받는' 주인공으로 내세움으로써 분단의 현실과 슬픔을 새롭게 그려낸다.

　서구의 수사학은 표현 행위에서 창안, 즉 아이디어 창출을 중요시하는데, 스토리텔링에서도 마찬가지이다. 스토리텔러는 이야기의 참신한 형식과 주제를 창안하기 위해, 끊임없이 **사물을 다르게 바라보고 다르게 표현하고자 힘써야** 한다. 사물을 새롭게 표현하는 일은 부단히 '손을 훈련'하면 될 수 있지만, 다르게 바라보는 일은 내면의 힘이 필요하기 때문에 소홀하거나 회피해 버리는 경우가 많다. 그러나 일(work)하지 않으면 작품(work)은 없다. 좋은 작품이 펼치는 새로운 이미지와 상상력에 전율하면서도, 평소에 모르면서 아는 듯이 넘기거나 뻔한 걸 새로운 것인 양 여기는 경우가 많다. 그러나 모름지기 개성 있는 '자기 세계', '자기 작품'을 창조하고자 한다면, 스스로 삶의 기미를 포착하여 누구도 사용한 적 없는 방식으로 표현하고자 함으로써 참신함의 높은 수준에 도달하기를 꿈꾸어야 하지 않을까?

1    아래 주어진 인물과 제재들을 그에 관한 일반적인 관념과 이미지를 깨는 방향으로, 또 가급적 감상자의 관심을 끌 수 있도록 설정해 보시오. [보기]와 같이 괄호 안에 새로운 성격 혹은 특질을 적어 넣으시오. (아래 네 가지는 서로 관계가 없는 것임)

     ( 길잡이 ) 가급적 거리가 멀고 이질적인 것들, 그러면서 새로운 진실을 드러내는 것들을 연결한다.

     [보기] 수사관 → (인간은 처벌을 받아도 별로 달라지지 않는다고
            믿는) 수사관

     ① 어머니 → (                       ) 어머니
     ② 추적(추격) → (                  ) 추적(추격)
     ③ 호수 → (                         ) 호수

2    흔하다고 해서 늘 진부하지는 않다. 같은 행동, 같은 사건도 벌어지는 상황과 맥락이 다르면 그 모습과 의미가 다르게 바뀌고 기능하기 때문이다. 다음 단편소설들에는 모두 주요인물 두 사람이 업고 업히는 행동이 나온다. 하지만 각 인물들의 욕망과 처한 상황, 그것이 등장하는 사건의 단계 등이 다르므로 겉모습은 비슷해도 그 의미는 같지 않다.

     다음 네 편의 단편소설 중 둘을 택하여 그 업고 업히는 행동이

소설 속에서 지닌 의미와 독자에게 일으키는 정서적 반응이 어떻게 다른지 서로 비교하시오. (총 200자 내외)

- 〈삼포 가는 길〉(황석영)   - 〈메밀꽃 필 무렵〉(이효석)
- 〈수난 이대〉(하근찬)   - 〈너와 나만의 시간〉(황순원)

3   한국 텔레비전 드라마에는 혈연관계의 비밀에 얽힌 사건이 자주 등장해 왔다. 다른 인물들한테(그래서 감상자에게) '알려진 비밀'이었던 그 혈연관계가 당사자들에게 폭로됨으로써 사건이 반전되거나 새 국면으로 넘어가는 경우가 많았다. 대개 그 사연은 '지금 서로 사랑하는 너희들은 부모 세대의 얽힘에서 비롯된, 피를 나눈 (그와 다름없는) 관계'라는 것이다.

《오이디푸스 왕》(소포클레스)에도 유사하게 사용된 이러한 '알려진 비밀'의 기법은 매우 고전적인 것으로서, '비극적 아이러니'를 낳기도 한다. 이것이 한국 텔레비전 드라마들에서 한때 유독 자주 쓰여 하나의 관습처럼 굳어진 데에는 여러 원인이 있겠지만, 일단 감상자들이 거기서 그럴듯함과 재미를 느끼기 때문일 터이다.

3-1   이러한 양상은 그런 드라마를 즐기는 감상자들의 사고와 정서가 어떠함을 드러낸다고 할 수 있는가?

3-2 　그런 기법 혹은 관습의 남용은 텔레비전 드라마의 바람직한 발전에 지장을 줄 수 있다. 어떤 지장을 준다고 보는가?

4 　다음은 각 작품을 참신하게 만드는 데 이바지한 기법, 제재 등이다. 이들 중 하나를 택하여, 그것이 왜 사용되었으며 '표현 방식' 면에서 왜 참신한가를 종합하여 간략히 적으시오.

　① 영화 〈건축학개론〉(이용주)에서 주인공 남녀의 대학생 시절을 연기한 배우와 나이 든 시절을 연기한 배우를 다르게 캐스팅한 점.
　② 영화 〈디 아워스〉(스티븐 달드리)에서 로라가 호텔 방에 누워 있을 때 침대를 삼킬 듯이 차오르는 물.
　③ 단편소설 〈미해결의 장〉(손창섭)에서 아무것도 해결되지 않는 결말.
　④ 애니메이션 〈붉은 돼지〉(미야자키 하야오)에서 주인공의 머리를 돼지 모양으로 형상화한 점.

5 　많은 이야기가 권선징악의 유형을 띠고 있다. 권선징악은 스토리, 플롯, 주제 등 여러 가지를 가리킬 수 있는 말인데, 여기서는 일단 스토리로 본다. 권선징악 유형의 스토리 전개는 다음과 같이 이루어진다.

① 선한 현실(정상) – ② 악의 득세(비정상, 혼란) – ③ 악의 몰락(대결, 징벌) – ④ 선한 현실의 회복(정상)

이는 '정상의 회복' 과정을 담은 '역전의 구조'이다. 선한 인물이 품는 '한(恨)' 중심으로 볼 때, 이 4단계 유형은 2단계의 '맺힘-풀림' 스토리 유형이라고 일컬을 수도 있다.

이 유형의 이야기가 진부함을 벗어나 참신해지는 방법 중에는 역전의 방법을 새롭게 바꾸는 것과, 감상자로 하여금 기존의 선악 판단 기준 자체에 대해 의문을 품고 비판적 사색을 하도록 가치 의식을 자극하는 것이 있다.

아래에 주어진 처음상황 ①에서 출발하여 권선징악 스토리를 전개하되 매우 '참신하게', 즉 21세기 초 한국인 감상자에게 '뻔하지 않게' 지어보시오. (별지 사용. ②~④의 각 번호당 분량은 ①을 기준으로 함)

( 길잡이 ) 처음상황에 내포된 가능성을 최대한 활용하여 상상한다. 선악 판단의 기준에 의문을 던져본다.

① 한 여성이, 아버지가 30년 가까이 운영해 온 작은 자동차 수리소에서 아버지와 일하며 산다. 부근에 아파트 단지가 들어서면서 주민들이 타는 차가 고급화되고 전기차의 보급으로 일거리가 크게 줄고 있지만, 수리소의 땅값이 올라 불안을 억누른 채 살고 있다.

제2부

# 스토리텔링 기법

# 들어가며

　이야기(서사)는 일정한 시간 동안 체험하는 것이다. 그 시간 동안 재미와 의미가 있는 체험 대상이 되려면, 이야기는 새롭고 감동적인 '스토리 세계'를 맛보도록 해야 한다. 스토리텔러에게 필요한 '이야기 능력(narrative competence)'이란 바로 갖가지 경험과 정보들을 융합하여 감상자에게 그러한 세계를 체험시키는 능력이다.

　이야기라는 '시간예술'의 체험 과정 자체를 이야기한 이야기들이 있다. 예를 들어 《아라비안나이트》의 셰에라자드는 1000일 동안 매일 밤 왕을 만족시킬 이야기를 하여 목숨을 건진다. 신경숙의 단편소설 〈마당에 관한 짧은 얘기〉에서, 소설가인 '나'는 어린 날의 자신을 환상 속에서 '찾고 만들어' 헤어짐의 고통에서 벗어난다. 이렇게 창작자 또한 이야기 행위를 통해 무엇을 성취하고 정화한다. 창작도 감상도 모두 체험의 과정인 셈이다.

　여기에서는 이야기가 유익한 체험을 그려내고 또 맛보도록 하는 데 이로운 방법, 다른 말로 스토리텔링의 구체적인 '기법'과 '장치'에 대해 다룬다. 제1부 '이야기와 스토리텔링'의 개론적 이해를 바탕으로 실제 창작에 필요한 수단을 살피고 익히는 것이다.

따라서 이야기 가운데 기법적으로 보다 발달되고 극적 구조를 지닌 갈래(장르)*를 주요 대상으로 삼는다. 정보적·실용적 이야기가 아니라 표현적·예술적인 이야기, 즉 소설, 동화, 연극, 영화, 텔레비전 드라마, 뮤지컬 따위의 허구적 갈래들을 대상으로 논의를 펴는 것이다. 물론 그런 갈래의 전통 속에 있으며 근래 관심을 모으는 웹툰, 웹소설 등도 염두에 둔다.

흔히 하나의 작품을 유기적 구조물로 보는데, 모든 생명의 신비가 끝내 설명 불가능하듯이, 이야기 작품과 그것의 창작 기법에 관한 분석 역시 한계를 안고 있다. 또 이야기의 갈래가 매우 다양하므로 싸잡아 일반적 논리를 펴기 어려운 점도 많다. 이런 것들을 전제하면서, 시행착오를 줄이며 상상하고 생각하는 힘을 북돋움으로써 세련된 작품을 짓는 데 이바지하리라는 기대를 품고, 스토리텔링의 기법 가운데 중요한 것을 정리하고 또 모색해 보기로 한다.


작자는 '무엇'을 '어떻게' 서술하여 이야기 텍스트를 창작해 낸다. 전통적으로 그 '무엇'은 내용 측면, '어떻게'는 형식 측면으로 간주해 왔다. 이 책에서는 이야기를 서술, 스토리, 주제 및 메시지의 세 층위(level)로 나누어 살핀다. (☞ 제1부 2장 1절) 그 가운데 '스토리 층위',

---

* '장르'가 매우 혼란스럽게 사용되므로 되도록 '갈래'를 쓴다. 유(類)장르는 '상위갈래', 종(種)장르는 '하위갈래'로 부른다.

'서술 층위'는 각각 내용, 형식과 통하나 일치하지는 않는다.

이론적으로 구별하지만, 스토리와 서술은 한 몸이다. 스토리는 서술을 통해 '형성'된다. 이야기 텍스트의 서술을 감상하는 동안 감상자의 마음속에 형성되는 사건의 연쇄, 그것이 스토리이다. '서술'과 대조하여 사용할 때, 이는 한국어 토박이말 '줄거리'에 가깝다.

스토리 만들기와 서술 행위는 별개가 아니다. 서술 방법이 스토리를 형성하고 스토리가 서술 방법을 결정한다. 부분과 전체의 관계 역시 그러하여, 서술도 어떤 요소나 부분만 떼어서 할 수 없다. 그러므로 어느 대목의 무엇을 얼마만큼 서술하든 간에, 서술은 항상 작품 전체를 의식하면서 하는 서술이요 여러 요소가 융합된 서술이다. 이러한 맥락에서, 스토리텔링은 스토리를 텔링한다기보다 서술을 통해 스토리를 형성하는 작업이다.

따라서 이야기 능력은 곧 서술 능력이다. 어떤 흥미로운 인물이나 사건을 구상했더라도 그것을 이야기의 요건에 부합하는 완결된 작품으로 서술해 내지 못하면 별 소용이 없다. 그런데 반대로 스토리가 참신하지 못해도 서술이 잘되면 나름대로 한 편의 이야기 작품으로 인정받는 경우가 있다. 대개 스토리텔링이라면 '스토리'를 먼저 생각하지만, 달리 볼 필요가 있는 셈이다.

서술은 일종의 노동이자 그 결과이다. 이야기의 스토리가 사색을 요구하는 데 비해 서술은 수련을 요구한다. 많이 서술해 보지 않으면 잘 지어내기 어렵다. 그래서 서술은 앎의 문제이기 전에 실천을 통해 익힐 기술의 문제라고 볼 수 있다. 또 갈래마다 매체와 관습이 다르기에 책과 펜만 가지고 그 방법을 일괄하여 살피고 익히기 어렵다. 매체부터 같지 않은 소설과 영화의 차이는 말할 것 없고, 같은 소설이라도 역사소설과 일반 사실주의 소설, 또 같은 영화라도 실험적인 영화와 전통적인 영화가 매우 다르다.

그래서 여기서는 주로 이야기 창작의 일반 요령을 다룸으로써, 기본적인 안목과 기법을 익히게 된다. 이는 결국 제1부 1장의 '구조의 완성을 위한 유의점'과 3장 '이야기의 요건과 작자의 자세'를 발전시키고 보완하는 작업이 될 것이다.

제2부의 각 장(章)은 주로 이야기의 요소와 그것의 창작 국면을 기준으로 모두 6장으로 나눈다. 스토리 층위의 사건, 인물, 공간 등의 설정 문제와 함께, 서술 층위의 인물 그리기, 플롯 짜기, 서술의 상황과 방식 설정 등을 다룬다. 그들 가운데 인물 설정과 그리기는 긴밀한 관계이기에 층위가 달라도 연속하여 다룬다.

각 장에서는 명작을 자료로 스토리텔링의 기법을 이해하고 익히는 방식을 취한다. 먼저 1장과 2장에는 명작을 분석하면서 기본 개념을 설명한 뒤, 주요 기법을 제시한다. 그리고 그것을 바탕으로 다른 작품을 분석하고 연습하여 활용 가능성을 높인다. 사건, 인물 같은 스토리 층위 주요 요소들은 내용적 측면이므로 먼저 실제 분석의 예를 보이며 개념을 설명하지만, 3~6장에서는 직접 기법을 제시하고 작품 분석 연습을 하도록 한다. 이러한 작품 분석을 통한 이해와 실습은, 명작의 작자나 감독이 스토리텔링 과정에서 했음 직한 작업을 거꾸로 추적해 봄으로써 '읽기를 통해 짓기의 방법과 과정을 추체험하는' 방식이다. 완성된 작품을 자료로 비교적 수준 높고 관습화된 기법을 익힌다는 점에서, 제3부 '스토리텔링 연습'과 구별된다. 거기서는 스토리텔링에 두루 필요한 기본적인 활동을 연습한다.

분석 대상 작품들의 갈래는 다양하게 잡되, 주로 6작품을 다룬다. 황선미의 장편동화 《마당을 나온 암탉》과 박완서의 단편소설 〈그 가을의 사흘 동안〉은 종합적 이해를 위해 두 곳에서 거듭 연습 대상으로 삼는다. 미리 작품을 읽고 준비하는 데 도움 되도록 대상 작품을 정리하면 다음과 같다.

| 장 제목 | 작품 분석 | 분석 연습 |
|---|---|---|
| 1. 사건의 설정 | 애니메이션 〈겨울왕국〉 | 동화 《마당을 나온 암탉》 |
| 2. 인물의 설정 | 영화 〈센스 앤 센서빌리티〉 | 동화 《마당을 나온 암탉》 |
| 3. 인물 그리기 | | TV 드라마 〈나의 해방일지〉 |
| 4. 공간의 활용 | | 영화 〈기생충〉 |
| 5. 플롯 짜기 | | 소설 〈그 가을의 사흘 동안〉 |
| 6. 서술의 상황과 방식 설정 | | 소설 〈그 가을의 사흘 동안〉 |

각 장에서 개념과 기법에 대해 풀이할 때는 논리를 추구하기보다 창작 방법 모색에 도움이 되도록 구체적인 방법과 요령을 항목화하여 나열한다. 이 책의 제1부에서 제시한 바와 중복을 피하면서 스토리텔링 활동 자체의 실제 요령 위주로 기술한다. 그리고 스스로 실습을 통해 능력을 기르도록 연습 문제를 마련한다.

모든 창작이 그렇듯이 스토리텔링에도 왕도는 없다. 또 기법은 갈래, 매체 등에 따라 일정하지 않다. 시대와 문화권에 따라서도 차이가 크며, 같은 것이라도 작가와 작품에 따라 그 효과가 달라진다. 그것은 관습적인 면이 있어 간추려 다룰 수 있으나, 다른 요소들과 잘 어울려야 비로소 소용이 있는 하나의 '가능성'이다. 그러므로 고정된 규칙이 아니라 상상력을 펼치고 다듬을 가능성을 열어주는 하나의 수단으로 여기면서, 그 활용 방법을 궁리하는 자세로 받아들이기 바란다.

# 제1장

# 사건의 설정

사건은 발견된다기보다 발명되는 것, 단순히 재현된다기보다
재창조되는 것이다. 설령 작자의 내면이나 외부 현실에
이미 있었던 것(실화)을 가지고 짓는다 하더라도,
그것을 모르는 감상자의 내면에 형성시켜야 하는 것,
되도록 뜻있고 감동적이게 체험시켜야 하는 것이 사건이다.

# 1

# 애니메이션
# 〈겨울왕국〉분석

사건이란 상황 혹은 상태의 변화이다. '사건'도 '상황'도 추상명사이다. 그것은 눈에 보이지 않는다. 하지만 이야기 감상자의 앞에 있는 인물들은 항상 어떤 상황 속에서 사건의 길 위를 걷고 있다. 비유하자면, 그 길은 작은 마을 같은 곳에서 시작되어 분잡한 도시로 들어간다. 이 도시에서 그것을 어떻게 변용하고 확대시켜 사건의 연쇄, 즉 스토리를 만들 것인가?

사건은 가닥이 많고 서로 얽혀 있다. 사건에는 핵심적인 게 있는가 하면 부수적인 것도 있고(핵심적 사건/부수적 사건), 감상자의 눈에 보이는 겉면의 사건이 있는가 하면 그 속에 내포된 사건이 있다(표층사건/심층사건). (☞ 제1부 2장 1절)

사건은 서술 행위, 즉 스토리텔링에 의해 점차 '형성'되며, 보기에 따라 다르게 인식될 수 있다. 따라서 그것을 명료하고 고정적인 것처럼 생각하면 창조적 유연성을 잃게 된다.

명작을 분석하면서 사건의 양상과 그것을 형성하는 방법에 대해 살펴보자.

## 가. 발상

애니메이션 영화 〈겨울왕국(Frozen)〉(크리스 벅·제니퍼 리)*은 무엇으로부터 시작되었을까?

이런 물음은 사실 별 의미가 없을지 모른다. 이야기의 씨앗에 해당되는 게 무엇인지, 하나의 작품이 어디서부터 발상되었는지는 작자 자신조차 모르는 경우가 많다. 그것은 작자나 감독의 기억에 새겨진 한 장면이나 어떤 글의 한 구절이 불러일으킨 상상일 수도 있다. 심지어 우연히 거리에서 마주친 얼굴의 이미지나 어느 순간 마음에 잠깐 스친 느낌일 수도 있다.

스토리텔링의 씨앗에 해당하는 그것을 다룰 때 여러 말이 사용된다. 흔히 작자 중심으로는 '창작 동기'나 '창작 의도' 등이, 대상 중심으로는 '소재'나 '모티프' 등이 쓰인다. 이런 용어들은 스토리텔링을 할 때 작자가 처음에 어떤 '의도'에 따라 (순수한) '소재'를 택하며 스토리를 정해놓은 후에 서술을 하는 식으로, 일정한 순서에 따르는 것 같은 인상을 준다. 하지만 스토리텔링의 과정에 정해진 절차는 없다

---

• 2013년 미국 월트 디즈니 애니메이션 스튜디오에서 제작한 3D 컴퓨터 애니메이션 뮤지컬 영화. 골든 글로브 애니메이션상, 아카데미 장편 애니메이션상과 주제가상 등을 수상했다.

고 하는 편이 낫다. 창작 과정을 쪼개어 살피려다 보니 어쩔 수 없이 논리적 순서를 밟아 설명할 따름이지 실제 활동은 그렇지 않다.

어떤 착상이 발전되어 하나의 스토리를 형성하는 데는 수준별 단계도 없다. 앞에서 애초의 착상을 식물 씨앗에 비유했는데, 적절치 않은 면이 있다. 씨앗은 점차 그 조상의 모습을 띤 나무나 풀로 자라는데, 작품의 창작 과정이 꼭 그렇다고 하기 어려운 까닭이다. 처음에 어떤 계획을 세웠다 하더라도, 짓다 보니 중심인물보다 주변인물 하나가 흥미로워서 그 인물 중심으로 사건을 대폭 고치기도 하고, 결말부에서 튀어나온 멋진 장면이나 표현이 마음에 들어 그걸 살리기 위해 몇 달 동안 작업한 원고를 뒤엎기도 한다. 그러다 보니 애초와는 거리가 멀어져서 중심적 제재나 주제가 바뀌기도 하고, 아예 갈래가 달라지기도 한다.

사정이 이러하기에, 발상 자체도 중요하지만 그보다 더 중요한 것이 발상의 전개이다. 창의력은 발상 못지않게 그것을 전개시키는 데도 필요한 것이다. 이야기의 씨앗은 저절로 자라지 않는다. 착상은 좋은데 작품이 좋지 않은 경우가 얼마나 많은가? 의도든 모티프든 이미지든, 애초의 것을 하나의 풍부하고 완결된 이야기로 키우는 게 과제이다. 무수히 지었다 허물고 맞추었다 깎아내는 작업을 되풀이한 후 그것이 완결되었을 때, 처음 발상은 거의 흔적만 남거나 아주 다른 무엇으로 변용되었을 수도 있다. 스토리텔러는 학습과 경험을 통해 이 과정에 필요한 열정과 능력 그리고 인내심을 길러야 한다.

이런 점을 염두에 두면서, 먼저 기본 상황을 설정하고 그것을 재미있고 의미 있는 사건으로 전개하는 과정에 대해 '논리적으로' 살펴보기로 하자. 이는 사건을 설정해 가는 일로서, 다음 장에서 이어서 살필 인물, 공간 등의 설정 작업과 함께 '스토리' 층위에서의 구상 활동이다. 그것을 바탕으로 텍스트를 '서술'하는 활동과는 다른 차원의 일인 것이다.

〈겨울왕국〉은 무엇으로부터, 어디서부터 시작되었을까? 필자는 이 이야기가 지금부터 진술하는 과정을 거쳐 창작되었다고 가정한다. 물론 이는 스토리텔링의 절차와 기법을 설명하기 위해 〈겨울왕국〉이라는 결과물을 놓고 일단 시나리오 작자(나아가 감독)가 했으리라 짐작되는 작업을 분석하고 추측하는 것이다. 제작 과정에서 실제로 일어난 일들과는 상관없이 '작품을 놓고' 필자 나름으로 상상해 보는 것이다.

이 영화의 자막에는 안데르센의 동화 〈눈의 여왕〉에서 영감을 받았다고 적혀 있으니 우선 거기서 착상을 했다고 하자. 작자는 눈이 오게 하고 무엇이든 얼려버리는 마법의 힘을 지닌 공주(엘사)를 생각한다. 그녀는 그 타고난 마력을 통제할 수 없어서 동생(안나)과 놀다 상처를 입히고, 그 때문에 격리되어 성장한다. 이것이 그녀가 처한 기본 상황이다.

하지만 이것만으로는 충분하지 않다. 이 상황에 큰 '변화'가 일어나야 한다. 그것을 일으키는 '매개사건'˙은 다른 나라를 방문하다가 부모, 즉 왕과 왕비가 한꺼번에 죽는 일로 설정된다. 이는 화면에 잠깐 나오므로 '서술'에 걸린 시간이 짧지만, 사건의 형성과 전개에 큰 기능을 한다. 기능의 크기와 서술의 분량은 비례하지 않는다.

이제 엘사는 왕위를 물려받아 아렌델 왕국의 여왕 역할을 해야 하는데 그러기 어렵다. 고립되어 자란 데다 왕국을 얼려버리기 쉽기 때문이다. 왕국에 위기가 닥친 셈이다. 결말부에서 엘사 때문에 얼어붙었던 왕국이 녹고 그녀가 여왕 노릇을 제대로 하는 걸 볼 때, 그녀의 '왕다운 왕 되기'가 중심사건이요 그러지 못하는 상황이 그 첫 단계에 해당한다고 볼 수 있다. 안나에게 상처를 입힌 일이나 부모의 죽음은 그것을 준비하는 부수적 사건이었던 셈이다.

왕이 되어야 하는데 그럴 수 없는 갈등 혹은 모순이 존재하는 상황이다. 이것을 일단 사건의 처음상황 혹은 기본적 상황이라고 가정하고 문장 형태로 표현해 보면 다음과 같다. 그것을 막연히 '아이디어', '착상' 등으로 부르며 추상적인 상태로 두는 예가 많으나, 구체적인 문장으로 진술할 필요가 있다.


(손을 대면 얼게 만드는) 마력을 타고난 공주가

　　　　왕국을 위기에 빠뜨린다(왕국을 왕답게 다스리지 못한다).

●　상황에 개입하여 그 변화를 촉발하고 감상자의 반응을 확대하는 사건. 그것을 통해 스토리가 진전되며 주요 정보와 인물의 성격이 드러난다. 이는 그 자체의 내용보다 정적인 상황을 동적으로 바꾸는 스토리텔링 기능이나 행위에 초점을 둔 개념으로 사용한다. 한편 인물이 그 같은 기능을 할 때 '매개인물'이라 할 수 있다.

## 나. 상황 분석, 제재

작든 크든 사건에 내포된 '상황의 변화'는 '처음상황 – 중간과정 – 끝상황'의 3단계를 밟는다. 그것은 이야기 텍스트에 잠재되어 있고 다른 요소들과 복잡하게 얽혀 있지만, '논리적으로' 그렇게 가정할 수 있다. (☞ 제1부 2장 1-가)

이 상황의 변화를 효과적으로 그려내기 위해서는 작자가 상상하는 기본적 상황 자체의 특성을 분석하고 구체화해야 한다. 대개 그것은 무의식적으로 이루어지는데, 언제 어떻게 하든 그 작업은 필요하다.

상황 변화는 이야기의 여러 곳에서 다양한 방식으로 일어나고 또 존재한다. 작품의 서술 표층에 자잘한 삽화로 존재할 수도 있고 심층의 스토리에 존재할 수도 있다(표층적 사건/심층적 사건). 또 그것은 인물 내부에서 일어날 수도 있고 외부에서 일어날 수도 있다(내면적 사건/외면적 사건). 또 특정 인물이 일으킬 수도 있고 그가 수동적으로 경험만 할 수도 있다(능동적 사건/수동적 사건). 그리고 작거나 클 수 있고 중심적이거나 주변적일 수도 있으며, 행동을 진전시키는가 하면 그것을 꾸미고 지연·확장시킬 수도 있다(핵심적 사건/주변적 사건, 핵사건/위성사건).[1] '핵심적 사건' 혹은 '핵사건'은 사건 전개의 기능성이 큰, 말하자면 스토리에서 빼면 사건의 사슬이 망가지는 핵심적 동사(動詞)에 해당한다. 이들 가운데 기능이 가장 강하고 구조적으로 제일 상위에 있어 텍스트의 척추와 같은 사건을 필자는 **중심사건**이라 부른다. 이는 이야기의 표층적 사건들이 뭉쳐져, 즉 최종 단계까지 요약되고 재진술되어 의미상 지배적 위치에 놓인 사건이요 스토리의 기둥 줄거리(main storyline)에 해당하는 사건이다. 궁극적으로 그것은 핵심적 갈등과 주제적 의미를 내포한 '심층적 스토리'를 이루는, 이야기 텍스트의 가장 간략한 스토리이다.

중심사건이 이야기 텍스트에서 항상 선명하거나 한 가닥인 것은 아니지만, 여기서는 설명의 편의를 위해 이론적으로 그렇게 전제한다. 물론 중심사건도 사건이므로 '처음–중간–끝'의 상황 변화가 있다. 그 '처음'의 상황은 전체 이야기의 주요 갈등을 내포한 기본 상황이자 출발 상황에 해당한다.

앞서 가정한 〈겨울왕국〉의 상황은 그저 하나의 갈등 혹은 모순을 내포한 상태일 따름이다. 그것은 본격적 사건이 아니라 가능성을 내포하고 있는 하나의 상황 혹은 사실이다. 작자는 그것을 전개시켜 작고 큰 사건들을 만들어 스토리를 형성하며, 그를 통해 뜻있는 재미와 의미를 창출해 내야 한다. 그러기 위해서는 먼저 그 상황에 내포되거나 그와 연관된 대립, 모순 등을 추가하고 발전시켜야 한다. '이야기의 외적 상황(작자의 관심과 사상, 스토리텔링의 현실적 목적 등)'이 작용하는 대목이다.

이렇게 사건은 발견된다기보다 발명되는 것, 단순히 재현된다기보다 재창조되는 것이다. 설령 작자의 내면이나 외부 현실에 '이미 있었던 것(실화)'을 가지고 짓는다 하더라도, 그것을 모르는 감상자의 내면에 '형성시켜야 하는 것', 되도록 뜻있고 감동적이게 '체험시켜야 하는 것'이 사건이다. 따라서 기본 상황 설정에 머물지 말고, 상상력을 동원하여 그것을 계속 면밀히 분석하고 변용하면서 확장해 나갈 필요가 있다. 그 작업의 목표는 인과성을 강화하고, 주제적 의미를 심화시키며, 정서적 반응을 보다 풍부하게 불러일으키는 것이다.

작자는 가족이 함께 보기 좋은 애니메이션 영화를 짓고 싶다. 그러려면 공주가 '왕다운 왕이 되지 못하는' 상황이 해피 엔딩으로 끝나야 한다. 그렇다면 이 상황의 변화 과정을 통해 무엇을 표현하고 전달할 것인가? 여기서 이야기의 제재(題材)* 문제와 만난다. 다른 해피엔딩 이야기와 구별되는 그 무엇을 위해 스토리텔링을 할 것인지에 대해 생각할 차례이다.

그런데 작자는 엘사라는 인물을, 적을 무찌르고 난관을 극복하여자신의 운명을 스스로 개척하는 영웅적 존재로 그리고 싶지 않다. 〈라이온 킹〉(로저 앨러스, 롭 민코프), 〈해피 피트〉(조지 밀러, 워런 콜맨, 주지모리스) 등과 같은 '영웅 이야기'(☞ 제3부 2장 4절)는 애니메이션에 아주 흔하기 때문이다. 사실 그런 이야기를 짓고자 했다면, 아무 잘못도없이 통제하기 어려운 마력을 지닌 여성 인물을 애당초 주요인물로택하지도 않았을 것이다. 대신 엘사의 마력을 없애줄 신비한 약을 찾아 모험을 떠나는 어떤 왕자를 주인공으로 삼았을지도 모른다.

작자는 영웅 이야기 유형을 피하면서 엘사의 상황 변화, 즉 그녀가 겪을 사건을 상상한다. 왕다운 왕이 되지 못하는 상태와 그것을 극복하고 행복한 결말을 맞기까지의 과정을 이리저리 상상하고, 그를통해 감상자에게 전하고 일으킬 바에 대해 분석하면서, 다룰 수 있거

---

●   이야깃감. 주제의 형성과 표현에 사용되는 구체적·추상적 재료, 이야기의 의미 요소로서, 대개 한 단어나 구(句)로 표현된다.

나 다루고 싶은 제재를 몇 가지 설정해 본다.

첫째, '타고난 한계' 혹은 '소통이 단절된 운명'이다. 엘사는 '마법에 사로잡혔다'기보다 통제하지 못하는 '마력을 타고났다'. 그 때문에 외부와 단절된다. 그녀가 여성이기에, 이는 여성의 억압과 고립에 관한 페미니즘적 제재를 도입하기 적절한 상황이다. 그녀가 극복해야 하는 것이 자신의 내적 두려움이라는 점, 그녀의 불행을 부채질하는 인물들이 주로 남성이라는 점 등을 볼 때, 이는 작자가 적극 구현한 제재로 보인다. 엘사가 〈렛 잇 고(Let it go)〉라는 노래를 부르는 도피 상황도 그 점을 확인시켜 준다. 물론 페미니즘 물결이 세계를 뒤덮고 있어 흥행에 이롭다는 현실적 계산도 여기에 작용했을 터이다.

둘째는 '성장'이다. 타고난 한계를 넘어서서 엘사는 결국 왕다운 왕이 된다. 마력을 조절할 수 있게 되어 '마녀'라는 오해와 비난에서 벗어나 왕국에 생명이 돌아오게 함으로써 행복한 결말을 맞는 것이다. 이는 '왕다운 왕이 되는' 사회적 성장일 수도 있고, 마력을 조절하고 두려움을 다스리는 내면적 성장일 수도 있다.

셋째는 '자매간의 사랑'이다. 엘사는 자신의 마력이 폭로되자 왕국을 얼려버린 채 산속의 얼음성에 자신을 가둔다. 그녀는 스스로 자신의 운명을 극복하는 영웅이 아니므로, 자신의 한계를 스스로 극복하기 어렵다. 그것이 안나의 도움으로 이루어진다면, 결국 자매는 관계를 회복하고 나라의 위기도 극복하게 된다. 그럴 경우, 그것을 가능케 한 힘은 둘 사이의 사랑이요 믿음이다. 이 '자매의 사랑'은 남녀 사이, 가족 사이의 사랑을 되풀이해 온 애니메이션 역사에서 아주 참신하다. 이 이야기가 안나와 남자 친구 크리스토프의 입맞춤이나 결혼식으로 끝날 것을 기대하는 감상자들은 실망을 하면서도 새로운 감동을 맛볼 수 있다.

앞의 세 가지 제재는 기본적 상황을 분석하고 변화시키면서 가정한 것들로, 인간의 삶에 존재하는 보편적 갈등을 내포하고 있다. 또 애니메이션에 어울리는 환상적이고 교육적인 요소도 지니고 있다. 사건 전개와 의미 형성의 재료, 즉 제재로서 두루 가치가 있는 셈이다.

그러나 스토리텔링 과정에서 보자면, 이 상태는 아직 키워야 할 묘목이나 조각을 할 원석 덩어리 같은 것을 마련한 정도이다. 흡사 여행을 떠날 때 여행지를 정한 정도이다. 작자의 지향, 현실의 요구, 갈래의 특성 등을 반영한 구체적 사건이 전개되어야 인과성과 그럴듯함을 지닌 사건들의 연쇄, 곧 스토리가 형성될 수 있다. 이 단계에서 관심을 쏟아야 할 것이 갈등이다.


## 다. 갈등, 스토리


갈등은 대립하거나 모순되는 것의 충돌 혹은 뒤얽힘을 가리킨다. 이야기에서 갈등은 흔히 인물이나 집단 간에 벌어지는 대결로 여기지만 그렇지 않은 경우도 많다. 서술상 드러난 경우가 있는가 하면 잠재된 경우도 있고, 한 인물 내면에서만 일어나기도 한다(인물 간 갈등/구조적 갈등, 드러난 갈등/잠재된 갈등, 외적 갈등/내적 갈등). 어떤 모습을 띠든, 그것은 결국 대립적이거나 모순인 의미 요소(대립소)로 요약되므로 갈등에는 '대립', '모순'이 내포된다. (☞ 제3부 1장 4절)

갈등은 이야기의 동력이다. 그것의 힘으로 이야기는 앞으로 전개되면서 사건의 세부와 인과관계를 축조하고 주제적 의미를 형성한다. 이야기 텍스트의 구체적 '서술'은 주로 지배적 갈등을 축으로 진행된다(지배적 갈등/부수적 갈등). 사건의 종류는 대개 갈등의 위치나 기능에 따라 나뉘며, 이른바 '플롯의 몇 단계' 역시 갈등의 전개 및 해결 단계에 해당한다.[2]

갈등과 제재, 주제 등의 관계는 손의 양면과도 같다. 영화 〈노인을 위한 나라는 없다〉(에단 코엔, 조엘 코엔)에서 악당(들)은 끝내 잡히지 않는다. 그래서 선악이 대립하지만 권선징악으로 전개되지 않아 감상자를 당황케 하는 이 범죄영화의 스토리는, '악이 날뛰는 부조리한 세상' 혹은 '악의 강력함'을 다루고 있다고 할 수 있다.* 이와 같이 어떤 갈등이 전개되는 양상과 그를 통해 표현되는 의미, 다시 말해 사건이 왜 일어나고 결말에 이르는가와 그를 통해 무엇이 전달·체험되는가는 분리할 수 없다. 그러므로 이 '왜'와 '무엇'을 서로 긴밀히 연관 짓지 않으면, 사건 자체와 그 의미 혹은 작자의 의도와 감상자의 반응 사이에 균열이 생기기 쉽다. 사건은 계속 일어나지만, 왜 일어나며 무엇을 뜻하는지, 한마디로 도대체 무슨 이야기를 하고 있는지 종잡기 어려워지는 것이다.

일단 앞의 세 가지 제재를 다루기로 하고, 〈겨울왕국〉의 작자가 기본적 상황을 발전시켜 가면서 다른 제재나 주제적 의미를 형성하

---

* 소년들이 돈에 혹하여 살인마를 돕는 이 영화의 마지막 장면이 그것을 매우 압축적으로 보여준다.

는 데 필요하다고 생각했을 갈등들을 나열해 본다.

여성 \ 남성

마력에 지배당함 \ 마력을 지배함

한계(닫힘) \ 극복(열림)

두려움(구속) \ 자유로움(해방)

얼음 \ 녹음

맨 위의 '여성\남성'을 제외한 나머지는 모두 하나의 계열체(패러다임)를 이룬다. 그것은 주로 엘사를 중심으로 한 개인적이고 내면적인 갈등들이다. '얼음\녹음'은 그 대립 짝들의 환상적 이야기다운 비유요 상징이다.

그런데 앞의 대립소에는 '자매간의 사랑'이라는 제재의 '사랑'이 빠져 있다. 이는 그와 대립 관계에 있는 '미움'이 이 작품에서 대립소 기능을 하지 않기 때문이다. 여기서 '자매간의 사랑'이라는 제재와 관련된 이 작품의 특징이 드러난다. 물론 그 특징은 작자의 개성적인 사건 구성 노력, 특히 기본적 상황을 전개시키는 과정에서 참신하고 개성적인 갈등 설정이 이루어진 결과이다. 그것을 따라가 보자.

우선 안나라는 인물에 주목해 본다. 이 작품은 주인공이 안나인 것 같은, 혹은 자매 둘이 모두 주인공인 듯한 인상을 준다. 그것은 언니가 왕국을 얼어붙게 한 채 스스로 성에 갇힌 일이 성급히 결혼을 하겠다고 나선 자기의 잘못 때문이라 생각하여, 안나가 적극적으로 언니 구하기 행동을 하기 때문이다. 한마디로 엘사는 갇혀 있지만 안나는 모험과 여행을 하기 때문이다.

그런데 안나가 용서를 받는다는 동기에서 출발한 행동은 언니의 얼음성이 '열림', 나아가 왕국의 '해방'을 위한 것으로 의미가 확대된다. 그것은 그녀가 단지 자신의 용서를 구하는 인물에서 나아가 언니와 왕국 백성 모두를 돕는 자(조력자, helper) 혹은 구출자가 되도록 사건과 인물이 설정되었기 때문이다.

그렇게 만들기 위해 작자는 첫째, 어렸을 때 마력으로 해를 입힌 일 때문에 안나가 엘사를 '미워할' 수 있다는 점, 따라서 그렇게까지 안나가 언니에게 책임의식을 느끼지 않을 수도 있다는 '상황적 가능성'을 트롤의 기억상실 처방이라는 기발한 장치로 차단한다. 둘째, 안나한테 활달하고 적극적인 성격을 부여한다. 셋째, 안나가 결혼하려 했던 다른 나라 왕자(한스)를 왕국을 위협하는 악한 인물로 설정한다. 그러면 안나의 노력은 자신의 '실수'로 인한 왕국의 위기를 스스로 극복하는 행동으로 발전하여 그 필연성이 강화되며 의미도 확대된다.

자매의 노력을 가로막는 것, 둘의 '사랑'으로 끝내 극복하는 그 대립소는 무엇인가? 그것은 옆 나라 왕자 한스의 악한 특질로 설정되는 '권력욕'과 '거짓'이다. 그는 자기 나라에서 왕이 될 가능성이 없기에 아렌델에서 권력을 얻기 위해 안나를 '거짓된 사랑'으로 유혹하고 마침내 자매를 죽이려고까지 한다. 여기서 갈등은 왕국의 운명과 연결되면서 집단적·사회적 성격을 띤다. 이에 따라 엘사의 '왕다운 왕 되기'는 왕위 계승(교체) 시기에 일어나는 음모 사건과 결합되면서 앞의 계열체와 나란히 다른 갈등이 설정된다.

거짓된 사랑 \ 진실된 사랑

권력욕 \ 형제애

왕국의 몰락 \ 회복, 번영

이리하여 개인적·내면적 갈등에 사회적·외면적 갈등이 더해지면서 인과성이 강화되고 사건들의 의미가 풍부해진다. 두 계열체의 대립소들이 복합되면서 왼쪽이 우세하다가 오른쪽이 승리하는 방향으로 갈등이 해결된다. 이리하여 마침내 권력욕을 감춘 거짓된 사랑이 초래한 집단의 위기를 두 자매의 진실된 형제애가 극복하는 중심 사건의 꼴이 잡힌다.

마력을 타고난 공주가 왕국을 위기에 빠뜨린다.

　- 동생의 사랑으로 마력을 다스릴 수 있게 된다.

　- 음모를 극복하고 왕국을 회복하여 훌륭한 왕이 된다.

# 2

# 사건의 설정과
# 전개 기법

이 책 제1부의 설명이나 '유의점', '작자의 자세' 등에 관한 논의에도 사건의 설정과 전개 방법에 관한 언급은 없지 않다. 하지만 그것들은 '작품 자체로 보여줘라', '상상력을 길러야 한다'와 같이 매우 포괄적이다. 여기서는 되도록 중복을 피하면서 좀 더 구체적인 방법을 제시하려 한다.

다음에 열거하는 것들은 필요한 기법이나 요령 가운데 필자가 중요하다고 본 그 '일부'에 불과하다. 전부를 논의하거나 정리하는 일은 불가능도 하지만 불필요할 수도 있다.

엄밀히 말하면 다음은 사건의 설정과 전개에 관한 '구상'을 위한 것이다. 그것을 실제로 '서술'하는 작업에 관한 설명은 주로 뒤의 '4장. 플롯 짜기'에 나온다.

**자신의 내면에서 잊히지 않는 기억이나 감정을 찾는다.**
**그 '감정과 결합된 기억'을 살릴 상황을 꾸민다.**

사건은 '상황의 변화'라고 하였다. 그러니 상황을 만들면 사건이 시작된다.

　상황의 실마리는 먼저 자기 체험에서 찾는 게 좋다. 잊을 수 없는 기억 속의 장면, 감정이 아주 격렬하고 절실했던 정동(情動)의 순간이 있다. 대개 그들에서 감정과 기억은 하나이다. 감정과 결합된 기억이 오래 남고 타인의 기억에 감정을 불어넣는다.

　자기의 그 잊히지 않는 '감정과 결합된 기억'에서 구상의 싹을 찾아 그 일이 어떤 상황에서 일어났는지를 분석하고, 그것을 살릴 상황, 그것을 감상자들로 하여금 체험할 수 있게 할 상황을 꾸민다. 그러면 스토리텔링은 자연히 자기 삶의 일부가 된다. 또 자신의 사고력과 상상력의 모험장이자 시험장이 된다.

　체험한 것만큼 잘 아는 것은 없다. 그러니 자기 체험에서 출발하라. 작더라도 자기를 사로잡았던 괴로움, 혼란, 감동, 인상, 간절히 느끼고 생각해 온 것에서 출발함으로써 발상의 터를 먼저 자기의 내면, 체험, 환경 등에 잡는 것이다. 그래야 타인의 느낌을 움직일, 즉 감(感)을 동(動)시킬 힘이 생기며, 사건과 인물의 세부 또한 섬세하고 그럴듯하게 그려낼 수 있다. 개인적인 것에서 사회적인 것으로 관심을 넓히거나, 개인적인 것이 사회적인 성격을 갖도록 의미를 확장하는 것도 필요하지만, 그것은 나중 일이다. 어떤 면에서 스토리텔러는 결국 자기 이야기를 하는 자이다. 좋은 이야기가 감상자의 상처를 치유하는 까닭은, 그것이 작자 자신의 상처에서 비롯되었기 때문인 경우가 많다.

　기존의 익숙한 제재, 자기가 멋지다고 생각해 온 사건, 모름지기 이야기는 그래야 한다고 막연히 믿어온 스토리…… 그런 것들로부터 가능한 한 멀어지고자 노력하는 게 좋다. 그것들은 대개 진부하거나 고정관념에 사로잡힌 개인적 환상에 가까운 것이다. 그것을 버리면 모든 게 무너질 성싶지만, 그것에 사로잡혀 있는 한 '자기 자신만의 이야기'로부터 멀어지기 쉽다.

**강한 반응을 일으킬 상황이나 사건을 찾고 만든다.**

이야기가 관심을 끌고 반응을 불러일으키려면 그것이 모방하는 삶이 사회적으로 의미와 재미가 있어야 하고, 아울러 인간의 근원적인 욕망, 감정 등과 연관되어 있어야 한다. 이야기 자체의 전개 과정이 감상자의 현실적 고민과 인간의 보편적 욕망, 정서 등과 어우러질수록 효과가 크기 때문이다.

사랑, 복수, 공포, 환상 따위의 제재는 일반적으로 여러 사람의 관심을 끈다. 그런데 그들을 조금 구체화시켜 보자. 사랑의 극적인 성취, 복수로 원한 풀기, 살인마의 연쇄살인이 일으키는 공포감, 온갖 소망이 이루어지는 환상 세계……. 어디서 많이 본 것 같지 않은가? 욕망과 감정을 자극하기 위해 이야기들은 온갖 극한 상황을 끊임없이 만들어내고, 우리는 거기에 길들여져 있다.

그런 것들 중 하나가 폭력적이고 극단적인 이야기, 흔히 '막장 드라마'라고 부르는 것이다. 거기서는 음모와 불륜, 피가 낭자한 살인 따위가 판치며 극한상황에 빠진 인물들이 수단 가리지 않고 복수와 인생 반전을 노린다. 막장 이야기는 사회적 비리를 다소 비판하기도 한다. 그러나 막장은 끝장이다. 동기가 무엇이든 복수가 최선은 아니다. 약육강식을 범한다며 또 하나의 폭력을 저지르는 모순은 사람의 심성을 황폐하게 만들고, 선악 이분법에 빠져 웅숭깊은 변화를 모색하지 못하도록 한다. 권선징악은 환상이며 적이 사라져도 세상은 계속된다. 그래서 막장 이야기를 못 만드는 게 아니라 굳이 만들지 않는 사람이나 사회도 있다. 작품성이 떨어짐은 물론 마약 같은 면이 있는 까닭이다.

강렬한 반응을 일으키되 보다 새롭고 가치 있는 상황을 포착하려면 어떻게 해야 할까? 무엇보다 '나'와 '우리'의 현실을 늘 비판적으로 관찰할 필요가 있다. 일상의 현실이야말로 욕망의 산실이자 대결장이며 자신의 감정을 지배하는 곳인 까닭이다. 자기 개인이든 사회 전반이든, 말만 하고 고치지 않거나 습관적으로 답습하지만 양심에 거리끼는 문제들을 냉정하게 바라볼 필요가 있다. 그러다가 그것들을 이야기의 역사에서 이미 그 가치가 검증된 원형적 스토리에 결합하는, 즉 참신하게 전용하는 것도 한 방법이다(☞ 제3부 2장). 이를 위해 걸작들이 어떤 상황이나 갈등을 다루고 있는지 평소에 유심히 살펴야 함은 물론이다.

창작의 세계에서 '비슷한 것은 가치가 적은 것'임을 뻔히 알면서도 흉내 내기에만 쏠릴 수는 없다. 자기의 현실과 경험 속에 이야기의 실마리가 있음을 기억하고 관찰과 사색을 할 필요가 있다. 그러다 보면 비로소 영화 〈8월의 크리스마스〉(허진호)의 기본 상황(죽어가는 사람이 사랑을 함)이 얼마든지 자기가 겪거나 상상할 수 있는 사건임을 새삼 깨닫게 된다.

**스토리의 기본적 상황을 문장 형태로 정리해 본다.**

**거기에 갈등을 내포시킨다.**

중심사건의 처음상황은 이야기 전체의 기본적 상황이다. 거기에 대립이나 모순이 내포되어 있으면 이야기 전개의 가능성이 훨씬 풍부하고 극적이 된다고 앞에서 지적하였다. 그 갈등 요소는 어떤 모순이나 불행이 인간적인 삶과 가치를 위협하는 것일수록 효과가 크다. 이야기들 중에 재난영화, 전쟁물, 범인을 잡는 추리 이야기 등이 많은 것은 그 때문이다.

그게 어떤 성격의 것이든, 스토리의 처음상황이 구상의 초기 단계부터 선명하지 않을 수 있으나, 어떻게든 구체화해야 전체 작업의 틀이 잡힌다. 처음상황에 내포된 대립과 모순은 이야기 전체를 지배하는, 이야기가 끝날 때까지 사건을 통해 풀어가야 할 갈등 혹은 딜레마를 낳기 때문이다. 그것은 대개 주인공이 당면한 풀기 힘든 과제, 즉 갈등을 겪으면서 해결해야 하는 난제(이른바 미션)나 극복해야 할 상황 등으로 등장하고, 그래서 감상자가 시종 긴장하여 관심을 쏟는 이야기의 초점이 된다.

작품이 풀어가는 난제를 의문문 형태로 예로 들어본다.

- **단편소설 〈봄·봄〉(김유정)**
  - 갈등을 내포한 처음상황: '나'가 약속을 잘못하여 일만 해주고 장가를 들지 못한다. / 꾀바른 장인이 어리숙한 '나'를 일만 부려먹고 약속대로 결혼을 시켜주지 않는다.

- 난제: 과연 '나'는 장가를 들 수 있을까?


• 장편만화 《이끼》 (윤태호)

 - 갈등을 내포한 처음상황: 절망적인 처지에 놓인 '나'가 가정을 버렸던 아버지의 죽음에 의문을 품는다.
 - 난제: 세상에 절망하였고 아버지에 대한 애정도 적은 '나'가 과연 비밀을 풀 수 있을까? / 힘없는 '나'가 막강한 이장(천용덕)의 집단을 이기고 진실을 밝힐 수 있을까?


• 희곡 《햄릿》 (셰익스피어)

 - 갈등을 내포한 처음상황: 우유부단한 햄릿은 왕위를 차지하고 어머니와 결혼한 숙부가 부왕을 독살했음을 알게 된다.
 - 난제: 우유부단한 햄릿이 아버지의 원수를 어떻게 갚을 것인가? / 결단력이 부족한 햄릿이 악에 물든 왕궁을 정화할 수 있을까? / 불의한 현실을 바로잡는 게 한 사람의 힘으로 가능한가?


어떤 이야기를 번안, 패러디, 리메이크, 환치(displacement)* 등의 방식으로 재창작 혹은 전용할 때 가장 중요시할 것이 처음상황이다.

---

* 노드롭 프라이의 용어이다. 신화 따위를 소설화함에 있어서 그것을 논리성이나 개연성의 규범에 맞도록, 현재의 실생활과 통하여 독자가 받아들일 수 있도록 합리화하는 것을 말한다. (Northrop Frye, *Anatomy of Criticism*, Princeton Univ. Press, 1973, p.365)

그것의 중요성은 작품의 제목이라든가 홍보 문구가 다름 아닌 처음상황에서 비롯된 난제를 활용하는 경우가 많다는 사실에서도 확인된다.

**기본 상황 자체가 변화되어 나아가게 한다.**
**이때 사건 전개와 의미 확대에 이바지할 매개사건을 개입시킨다.**

앞서 〈겨울왕국〉에서 보았듯이, 일단 설정된 기본 상황에 함축된 것 혹은 그것으로 가능한 것을 다각도로 분석한다. 그리고 상황 자체가 인과적으로 자연스럽게 '스스로' 변화해 나갈 계기가 될 매개사건을 개입시킨다. 왕과 왕비의 죽음, 철부지 같은 동생 안나의 성급한 결혼 결정 따위와 같이, 중심사건을 촉발하고 인물의 성격을 드러내는 계기가 되는 사건을 설정해 넣는 것이다.

인물의 행위 동기, 갈등의 원인 등은 작품의 논리 형성과 요소들의 동기화(motivation)[**]에 크게 이바지한다. 사건의 의미와 방향을 좌우하기 때문인데, 그것들이 추가되고 변하면 그만큼 필연성이 강화되고 주제가 확장된다. 애니메이션 〈해피 피트〉의 멈블은 자기가 속한 황제펭귄 집단을 위기에서 구하기 위해 모험을 떠나므로, 그의 행동은 일단 '자기 종족 구하기'가 된다. 모험 과정에서 그는 지구를 황폐하게 만드는 인간 세력과 싸우는 '매개사건'을 다시 겪는데, 이렇게 갈등 대상과 원인이 추가되면서 그의 행동의 의미는 '지구 환경보호'

---

[**]  어떤 요소(모티프, 행동, 삽화 등)를 이야기 구조의 일부로 만드는 작업.

로 확대된다.

## 제재를 구체적이고 참신하게 잡는다.

하나의 상황으로부터 헤아릴 수 없이 많은 사건이 전개될 수 있다. 이때 사건의 초점, 즉 그 전개의 방향과 의미의 색채를 결정하는 것이 바로 제재요 난제이다. 난제가 '표층적 스토리'에서 해결해야 할 사건의 초점을 가리킨다면, 제재는 '심층적 스토리'에서의 그 의미의 초점이라고 구별해 말할 수도 있다. (☞ 제1부 2장 1-다)

각도를 바꾸어 주제 측면에서 보면, 주제 혹은 메시지는 본래 일반성을 띤 것이기에, 그것을 표현하는 재료인 제재는 되도록 명시적이고 개성적일 필요가 있다. 제재가 선명하고 새로우면 사건을 왜, 어느 방향으로 전개할지가 보다 구체화되고 참신해질 수 있다. 가령 '젊은이'보다는 '젊은이의 우울증'이, 또 그보다는 '한국 젊은이의 우울증과 실업의 관계', '한국 전통 가족의 붕괴에 따른 젊은이의 우울증' 등이 사건 전개에 구체적 초점을 부여하고 개성 있는 스토리를 전개할 수 있게 해준다. 흔한 인물과 사건을 뻔한 이유에 따라 엮어가면 감상자는 흥미를 잃게 된다. 이전의 이야기와 별로 다를 게 없으니 굳이 시간을 들여 감상할 만한 가치를 느끼지 못한다.

거시적으로 보면 제재의 수는 많지 않다. 따라서 갈등의 대상과 원인, 거기 얽혀든 인물들의 성격, 사건의 전개 방향 등을 무언가 다르게 설정해야 제재가 현실성 있고 참신해진다. 한국에는 한국전쟁과 남북 분단 상황을 제재로 삼은 이야기가 많은데, '한국전쟁에 나타난 인간의 폭력적 본성', '일제강점기의 민족 분열과 한국전쟁의 관계', '남북 대결이 가져온 한국 정치의 후진성' 등과 같이, 그것을 세분하고 다른 관점에서 바라봄으로써 새로움을 얻은 작품은 드물어 보인다.

**의미를 사건으로 그려낸다. 그러기 위해 사건과 인물에 어울리는 환경 혹은 세계를 설정한다.**

작자가 표현하려는 것을 흔히 '의도'라고 한다. 그러나 그것의 강조는 작품을 작가의 생각에 종속시켜 그 자체의 구조와 감상자의 반응에 소홀하도록 만들기 쉽다. 이야기 창작에서 중요한 것은 작자의 의도라기보다 작품 자체의 의미요 작품이 불러일으키는 정서적 효과이다. 의도라는 게 작품에 항상 잘 표현되어 있는 것도 아니어서 본래 알기도 어렵다.

작품의 의미는 구체적인 세계(시공간)에서 벌어지는 사건과 인물로 '형상화'되어야 한다. 그게 스토리텔링이다. 이야기에서 사건은 그 의미 표현에 적절해야 한다. 특히 시청각으로 '보여주는' 갈래들(영상이나 그림을 '언어'로 사용하는 영화, 만화(웹툰), 그래픽 노블, 그림책 등)에서는 그것이 적절히 그려지지 않으면 의미 전달에 심각한 지장이 생긴다. 형상화한다는 것은 인간의 삶을 모방한 '또 하나의 삶을 그려 보임'으로써 '작품 자체가 말하도록' 하는 일이요, 감상자 자신으로 하여금 그 세계를 체험시키는 일이다(☞ 제3부 1장 5절). 겉모습이 사실적이든 환상적이든, 작자는 스토리 세계 자체의 모습과 규범을 꾸며내고, 그에 어울리는 사건을 전개시키면서 그를 통해 의미 혹은 주제를 표현해야 한다.

그러기 위해서는 설정한 사건을 그럴듯하게 그려낼 환경의 창조, 즉 '세계 설정(worldbuilding)'이 필요하다. 허구적 이야기는 늘 그것을 요구하는데, 경험 세계에서 아예 일어날 수 없는 일이 그려지는 환상적·가상적 이야기의 경우 그것은 절대적 중요성을 지닌다. 이에 대하여는 뒤의 '3. 공간의 활용'에서 다시 다룬다.

**사건의 규모를 조정한다. 가지를 쳐내고 줄기는 강화한다.**

사건의 규모를 크게 잡고, 스토리 전개의 배경 시간을 한없이 길게 잡는 경우가 있다. 그러나 중요한 것은 스토리 전체의 규모나 세세한 내용이라기보다 그 자체의 미적 구조요, 그것을 통해 표현하고 체험시키려는 '무엇'이다. 사건의 기록을 목표로 삼는 다큐멘터리도 선택(편집)과 집중(강조)은 불가피하다. 필요한 것은 살리고 나머지는 과감히 버려야 한다. 비유하자면, 가지를 쳐내고 줄기는 강화한다. 영상 매체가 발달하면서 감상자의 '감상 시간'이 점점 짧아지는 추세도 고려할 필요가 있다.

사건 규모와 길이는 갈래, 형식 등에 따라 관습적으로 정해져 있다. 단편은 무엇보다 사건 규모가 작아서 단편이다. 그것에는 작은 사건을 가지고 도달하는 특유의 미적 원리와 관습이 있다. 고정된 것은 아니지만 일단 그에 따라야 한다. 그러므로 사건을 갈래의 관습에 맞게 조정하는 작업이 요구된다. 단편의 스토리가 장편에 어울릴 그런 것이라면 이미 이야기로서 성공하기 어렵다.

　작자가 처음에 상상한 사건, 머릿속에 꼬리를 물고 마구 떠오른 사건들이 모두 그대로 작품의 스토리가 되는 경우는 거의 없다. 물론 갈래에 따라 다르지만, 사건을 너무 크게 설정하면 감당하기 어렵고 초점을 잡기도 어렵다. 너무 많은 것을 말하려는 사람은 대개 아무것도 제대로 말하지 못하게 마련이다.

　이야기에 선택된 스토리가 있을 때 그것이 일어나는 데 걸리는 시간, 즉 '서술된 시간'³ 전체의 길이(양, 범위)와 거기서 '가지를 쳐내고 줄기는 강화한' 결과 남게 된 중심사건의 길이는 대개 같지 않다. 가령 전체가 1년일 경우, 중심사건은 그중 2개월 동안 일어난 사건일 수 있다. 그런데 서술을 할 때, 이 중심사건도 모두 다 자세히 서술할 필요는 없다. 다시 한번 '가지를 쳐내고 줄기는 강화하여' 몇 개의 중요한 대목 또는 장면 위주로 서술해도 충분하고, 대개 그러는 편이 더 효과적이다. 이렇게 볼 때 스토리의 중심사건이 있는가 하면, 서술의 중심사건 곧 '주로 자세히 서술하는 사건'이 있다. 중심사건도 스토리 층위의 그것과 서술 층위의 그것으로 구별할 수 있는 것이다.

　하여간 자세히 다룰 필요가 없는 사건의 전부 혹은 일부를 생략하거나 요약 처리하는 일은 스토리텔링에서 항용 일어나는 일이다. 만화의 칸과 칸, 영화의 컷과 컷 사이에 얼마나 생략이 많은가를 생각하면 금세 알 수 있다. 이 생략은 반복, 강조, 과장 등과 같은 미적 변용의 일종이다.

　요컨대 스토리텔러는 스토리의 범위를 제한하고 또 거기서 다룰 사건과 서술할 대목을 선택해야 한다. 작품이 유기체라면 필요 없는 부분이 없어야 한다. 유기체에는 기능상 필요한 것만 존재한다. 가지들 하나하나를 너무 아끼다가 중심 줄기를 만들지 못하거나, 분위기에 젖어 몽롱한 서술을 계속하다 사건의 뼈대를 세우지 못하면, 이야기를 통해 표현하려는 게 없거나 무엇인지 모르는 것이다.

**갈등을 겹치고, 원인을 다양화한다.**

갈등은 상보적이므로 대립하는 양쪽을 모두 충실히 그려야 한다. 또 그려진 세계의 모습과 의미를 풍부하게 하고 사건 전개를 필연성 있게 만들려면, 〈겨울왕국〉이 잘 보여주듯이, 갈등을 중첩시킬 필요가 있다. 그래야 인물의 행동에 동기가 강화되며 사건이 복합성을 띠게 되기 때문이다.

영웅은 적대자나 장애물이 많을수록 더 영웅다워진다. 비극은 주인공의 수난이 겹칠수록, 불행의 원인이 다양할수록 더 심각해지고 의미가 풍부해진다. 내면에 고민을 안고 있는 인물이 외면에서도 난폭한 적과 싸운다면 행동의 필연성이 강화되고 인물의 성격이 입체화되며 긴장감(서스펜스)도 높아질 것이다. 이때 자연히 플롯이 여러 겹이 되는데, 이에 대하여는 뒤의 '5장. 플롯 짜기'에서 다룬다.

**작은 삽화 하나, 인물의 행동 하나도 인과관계를 따진다.**

작은 사건(삽화)이 사슬처럼 연쇄되어 큰 사건을 이룬다. 그러므로 세부의 서술 하나, 행동의 일부라도 인과성과 사실성이 떨어지면 그것이 속한 큰 사건도 그럴듯하기 어렵다. 그러므로 작은 삽화라도 항상 그 과정이 인과적인가, 그 상황에서 왜 그런 행동이 필요한가를 따질 필요가 있다. 즉 그것이 무엇의 원인 혹은 결과인가를 따져서 어떻게든 그 관계를 합리화하고, 만약 인과성이 떨어지면 아예 빼버려야 하는 것이다.

### 필요한 경우 '대결', '경쟁' 따위의 사건을 넣는다.

대결(싸움), 경쟁(시합) 등은 감상자를 긴장시키고 흥분시키는 대표적 사건이다. 쫓고 쫓기며, 지다가 이기는 그 과정 자체가 극적인 까닭에, 승부욕을 충족시키는 정서적 효과를 북돋우며 이야기를 극적으로 만들어준다. 승패가 결정되는 결말로 치닫는 경쟁 과정 자체가 중심사건이 되기 때문이다.

스포츠 만화, 무협영화는 물론 추리소설, 범죄영화, 법정 드라마 따위가 모두 이러한 대결 사건을 적극 활용하는 갈래이므로, 예를 들자면 한이 없다. 가령 텔레비전 드라마 〈대장금〉(이병훈)에 음식 만들기 경합이 없다면 어떨지 상상해 보라. 애니메이션 〈마당을 나온 암탉〉(오성윤)에는 원작에 없는 '기러기떼 파수꾼 선발 대회'가 나오는데, 그 사건이 삽입됨으로써 재미가 커지고 새 세대의 성장 과정이 제시된다. 이야기와 거리가 먼 텔레비전 음악 프로그램까지도 경쟁 방식을 도입하는 경우가 많은데, 그 결과 프로그램 자체가 흥미진진한 '새 가수 탄생 이야기'가 되는 것을 볼 수 있다.

**'있는 것'과 '있어야 할 것'을 함께 고려하여 사건을 전개시킨다.**

스토리텔러는 '지금, 여기'를 직시하되, 시공을 초월하는 보편적 문제에도 관심을 둘 필요가 있다. 무엇이 가치 있는가를 따지더라도, 당대적인 것과 초시대적인 것을 함께 고려함이 바람직하다. 그래야 변하는 것에서 변하지 않는 것을, 눈앞의 특정한 현실을 통해 보편적 진실을 표현할 수 있다.

감상자는 상식적인 도덕이나 교훈을 확인하기 위해서만 이야기를 감상하지 않는다. '스토리 산업'은 자본주의적 이익을 추구하지만, 스토리텔링은 삶의 가치 문제와 어떻게든 연관되기 마련이다. 그러므로 작자는 항상 문제의식을 지니고, 기존의 도덕이나 윤리를 비판적으로 바라보는 가치의식을 날카롭게 함으로써 진실을 추구해야 한다. (☞ 제1부 3장 4절)

뜻있는 갈등은 '지금 여기 있는(현상적인)' 것을 '있어야 하는(당위적인)' 것 쪽에서 바라볼 때 잘 포착된다. 추구하는 이상이 없으면 감상자의 불만이나 현실의 개선 방향은 보이지 않는다. 이런 말이 문화산업 시대에 어울리지 않는다고 여긴다면, 다음 질문을 한번 스스로에게 던져보기 바란다. 내가 짓고 있는 이 이야기는 해피 엔딩인데, 여기서 나는 실제로 무엇이 '해피'하다고 이야기하고 있는 셈인가? 사건의 전개 과정이 '상식에 비추어' 과연 합리적이며 그 결과가 진실로 '해피'한가?

장편동화 《마당을 나온 암탉》의 처음상황과 그 전개 과정, 곧 중심 스토리의 형성 과정을 추측해 봄으로써, 이야기 창작에 필요한 상상력을 기르고 기법도 익히기로 한다. 이 작품을 인물 설정 문제 중심으로 다시 '연습 2'에서 다루므로 그것도 함께 풀어보면 좋을 것이다.

앞에서 〈겨울왕국〉은 '마력을 타고난 공주가 왕국을 위기에 빠뜨린다'는 기본 상황에서 출발했다고 보았다. 이것은 하나의 운명적 상황에 관한 '사실'이다. 이에 비해 《마당을 나온 암탉》은 주인공 자신이 품은 '욕망'에서 시작되었다고 볼 수 있다. 이 작품의 주인공 잎싹이 품은, 이 이야기의 모든 것이 시작되는 근원적 욕망은 이렇게 표현할 수 있다.

사람들이 알을 얻기 위해서만 기르는(난용종) 암탉인 '잎싹'이 알을 품어 자식을 기르고 싶어 한다.

주인공은 닭장 철망 속에 갇혀 부화시킬 수 없는 알을 낳고, 그 알도 이젠 잘 낳지 못하며, 또 낳는다 해도 낳자마자 빼앗기는 처지에서 그런 욕망을 품는다. 이는 그대로 '모순이 내포된 처음상황'이다. 여기에는 별

---

● 황선미가 2000년에 발표한 장편동화. 그림책, 연극, 애니메이션, 뮤지컬 등으로 재창작되었다. 전 세계 29개국에서 번역 출간되었고, 미국 펭귄출판사에서 번역한 첫 번째 한국 작품이 되었다. 영국에서 베스트셀러가 되고 '2014 올해의 책'으로 거듭 뽑히기도 했다.

매개사건 없이도 곧바로 활성화될 수 있는 갈등이 들어 있다. 이 상황이 어떻게 전개되고 확산되는지, 그 과정에서 어떤 제재와 주제가 형성되는지가 우리의 관심사이다. 동화를 지으려는 사람이라면, 어둡고 무거운 면이 있어 다소 동화에 어울리지 않는 것처럼 보이는 이 상황을 작자가 어떻게 발전시켜 가는지에 더 흥미가 쏠릴지도 모른다.

1    앞에 제시한 '모순이 내포된 처음상황'을 '어머니'라는 말을 사용하여 다르게 표현해 보시오.

2    잎싹이 지닌 이러한 모순된 욕망은 다시 외적 환경(양계장, 마당 등의 현실)과 대립된다. 잎싹은 자신의 욕망을 추구할 경우와 추구하지 않을 경우가 거의 반대되는 결과를 초래하는 환경에 놓여 있다.

다음은 이 이야기에서 실제로 벌어지거나 읽는 동안 감상자가 저절로 상상하게 되는 그 결과를 나타낸 말이다. 작품 자체에 어울리는 말로 ①과 ②에 한 가지씩만 적어 넣으시오.

길잡이  각 대립의 짝을 염두에 두고, ①과 ②의 '위아래'와 '좌우'의 말을 종합적으로 고려하여 답한다.

| 욕망을 추구할 경우 | 욕망을 추구하지 않을 경우 |
|---|---|
| 떠돌며 산다. / 생명의 위협에 시달린다. | ① |
| ② | 억압당한다. / 생명을 낳고 기를 수 없다. / 자신의 본성과 꿈에 따라 살지 못한다. |

앞에서 살핀 것을 종합해 보면, 이 작품에는 모순적이거나 대립적인 요소가 겹쳐 있음을 알게 된다. 잎싹이 애초에 지닌 욕망 자체가 모순적일 뿐 아니라 외부 환경까지 매우 적대적이어서, 그것을 추구하는 행동 또한 그러하다. 결국 잎싹은 자기의 꿈을 추구하다가 어렵게 '떠돌며' 살지만, 그 대신 누구에게 '억압당하지' 않는다. 요컨대 이 잎싹의 욕망 추구 이야기는 함께 존재하면 안 되는 모순과 대립이 공존하는 삶의 모습, 혹은 부정적인 것이 긍정적인 결과를 초래하고 그 반대도 가능한 삶의 아이러니 자체를 제재로 삼고 있다.

이 작품은 이렇게 단순하지 않은 상황을 몇 가지 반복적인 갈등 혹은 사건을 설정함으로써 효과적으로 형상화하고 또 전개시킨다.

3-1   다음은 잎싹이 자신의 욕망을 실현하기 위해 애쓰는 과정에서 겪는 갈등을 알기 위해 스토리상 핵심적인 사건들을 간추려 본 것이다. 작품에 충실하게, 또 앞뒤에 이미 해놓은 요약을 참고하면서 빈칸을 채우되, 특히 장소(공간)의 변화에 유의하여 요약하시오. (출제의 편의상 아래의 ①과 ②는 압축하여 한 문장으로 진술한 것임)

[길잡이]   지엽적인 것은 생략하고, 상황의 변화 위주로 되도록 간략하게 쓴다.

① 잎싹이 양계장에서 탈출한다.
② 잎싹이 '마당 식구들'에 의해 마당(헛간 포함)에서 쫓겨난다.
③-1. 잎싹이 찔레덤불에 있는 알을 품는다.
　-2. 청둥오리(나그네)가 (　　　　　　　　　　　　　　　　)

-3. (병아리로 오해하는 청둥오리) 새끼(초록머리)가 태어난다.

④-1. 잎싹이 (　　　　　　　　　　　　　　　　　　　　)

-2. 잎싹이 마당에 사는 동물들에게 배척당하고, 초록머리가 주인한테 날개 끝이 잘릴 위험에 놓인다.

-3. 잎싹이 초록머리와 함께 마당에서 나온다.

⑤-1. 잎싹이 초록머리를 키우며 저수지 근처 들판에서 힘들고 불안하게 살아간다.

-2. 잎싹이 (　　　　　　　　　　　　　　　　　　　　)

-3. 초록머리가 성장하여 날 수 있게 된다.

⑥-1. 초록머리가 외톨이로 사는 게 싫다고 마당으로 간다.

-2. 초록머리가 (　　　　　　　　　　　　　　　　　　)

-3. 잎싹이 붙잡힌 초록머리를 구출한다.

⑦-1. 초록머리가 들판의 청둥오리떼 속에서 따돌림당하지 않는 데만 몰두한다.

-2. 잎싹이 초록머리의 행동에 서운해한다.

-3. 초록머리가 (　　　　　　　　　　　　　　　　　　)

⑧-1. 초록머리가 족제비한테 잡힐 위기에 빠진다.

-2. 잎싹이 족제비의 새끼를 인질로 삼아 족제비를 위협하여 초록머리를 구한다.

-3. 초록머리가 (　　　　　　　　　　　　　　　　　　)

⑨-1. 잎싹이 족제비도 새끼를 둔 어미임을 알게 된다.

-2. 잎싹이 (　　　　　　　　　　　　　　　　　　　　)

-3. 잎싹이 족제비한테 먹힌 채 하늘을 난다.

3-2 잎싹(초록머리 포함)의 욕망 실현을 가로막는, 즉 잎싹과 갈등하여 그를 시련에 빠뜨리는 반동인물은 여럿이다. 그들 때문에 사건이 발전되고, 잎싹이 성장하며, 제재와 주제가 확장·심화된다. 앞에 요약한 스토리를 살펴보면, 반동인물로 족제비와 사람(주인) 외에 또 누가 있는가? 잎싹과 초록머리가 함께 혹은 혼자 반복하는 행동을 참고하여 괄호 안에 적어 넣으시오.

잎싹과 갈등관계에 있는 존재들: 족제비, 사람, (                    )

3-3 문제 3-2의 답에 해당하는 존재(아래 '?'로 표시함)와 잎싹 사이의 갈등은 이 작품에 어떤 '의미의 대립'을 도입하고 있는가? 다시 말해, 잎싹과 그 존재 사이의 갈등은 [보기]로 주어진 대립소들을 내포한 잎싹과 족제비 및 사람의 갈등에 어떤 대립소를 새로 추가하기 위해 설정되었는가?

[보기]를 참고하고 또 이 작품의 제목(마당을 나온 암탉)도 고려하여 답하시오.

---

• 이 ⑨번 항목, 즉 결말부의 사건은 매우 시적이요 상징적이다. 마지막 장면에서 잎싹은 족제비한테 '먹혔'지만 그것은 사실 자기 몸을 족제비에게 '먹인' 것이다. 그의 영혼은 '날면서' 하늘에서 자기 주검을 물고 가는 족제비를 바라본다. 육체와 영혼이 분리되고, 영혼은 하늘을 나는 자유를 얻은 것이다. 이 대목의 요약은 해석에 따라 다양할 수 있다.

[보기] 잎싹\족제비, 사람

- 약육강식하는 먹이사슬의 밑에 있는 약자\위에 있는 강자
- 욕망과 꿈을 빼앗기고 억압당하는 자\빼앗고 억압하는 자
- 새끼를 살리기 위해 자기를 희생하는 마음\자기가 살기 위해 남의 생명을 짓밟는 마음

잎싹(초록머리 포함) \ ?

(                              \                              )

3-4 문제 3-2의 답에 해당하는 존재와 잎싹 사이의 대립을 더 설정함에 따라 생긴 효과는? '사건의 전개'라는 말을 반드시 사용하여 구체적으로 답하시오.

4 이 이야기에서 잎싹과 나그네의 소망이 마침내 달성되었음을 나타내는 절정부의 대목은 초록머리가 동족인 청둥오리떼와 함께 '겨울나라'로 날아가는 장면이라고 할 수 있다. 이 작품의 갈등들을 고려할 때, 왜 굳이 그런 장면 혹은 행동으로 그들의 소망이 달성되었음을 그려냈을까?

5 결말부에서 잎싹이 족제비 새끼를 위해 자신의 육신을 내어주고 '하늘을 날아가는' 사건은 충격적이다. 그것은 일반적으로 주인공의 죽음을 정면으로 다루지 않는 '동화'의 금기를 깨뜨린다. 하지

만 이제까지의 분석을 바탕으로 볼 때 그럴듯함을 지니고 있다.
즉 앞에서 형성되어 온 갈등(들)의 전개 과정에서 나올 수 있는 행
동이요, 형성되어 온 제재(들)에서 벗어나지 않는 사건인 것이다.

그렇다면 잎싹의 결말부 행동을 통해 표현되는 것은 무엇일까?
다음 중 가장 거리가 먼 것을 고르시오.

① 대결에서의 승리　　② 더 큰 희생의 실천

③ 갈등으로부터의 초월　④ 자연의 질서에 순종함

⑤ 꿈을 한층 높이 실현함

6　'전체 사건의 전개 형태'를 어떤 이미지 혹은 그림으로 나타낼 때,
《마당을 나온 암탉》과 〈겨울왕국〉은 그 모습이 비슷하다고 볼 수
있다. 그것과 가장 가까운 것은?

① 하강적인 선　　　② 상승적인 선

③ 순환적인 원　　　④ 연쇄된 고리

⑤ 흩뿌려진 점

# 제2장

# 인물의 설정

인물의 행동을 설정할 때 그 동기를 따지며, 인물의 성격을
고려하여 그 행동을 전개한다. 이때 되도록 다양한 특질을 내포시켜
인물을 개성 있고 복합적인 존재로 만든다.

# 1

# 영화 〈센스 앤 센서빌리티〉 분석

이야기는 항상 인물에 관한 것이다. 스토리의 기본 문장이 '주어+동사'인데, 주어 자리에 놓이는 게 바로 인물 기능을 하는 존재이다.

스토리텔링이라고 하면 대개 먼저 사건 위주로 생각하지만, 인물은 사건과 대등하거나 어쩌면 그 이상의 비중을 차지하고 있다. 이야기의 모든 요소가 그와 관련되어 있거나 그에게로 수렴되는 까닭이다. 인간에 대한 관심 때문에, 인간을 그려보고 싶어서 스토리텔링을 시작한 사람이 있다면 바람직하게 출발한 셈이다. 좋은 이야기의 특징을 굳이 하나만 들라고 할 때 자주 나오는 답의 하나가 '인물이 매력적이고 인상적인 점'이다. 이렇게 볼 때 이 장의 제목은 '인물 설정'보다 '인물 창조'가 더 알맞을지 모른다.

사건은 비교적 파악이 용이하고 다루기도 쉬운 편이다. '상황의 변화'는 비교적 눈에 잘 보이는 데다 인과관계로 묶여 있는 까닭이다. 그에 비해 인물의 성격은 그 자체가 내면적·추상적이고 그것을 제시하는 여러 요소들을 해석하고 종합해야 한다. 이는 창작할 때도 비슷하여, 초기의 구상 단계에서 설정하고 구체화하기가 쉽지 않다. 인물 창조의 기법에 대한 논의는 사건의 그것에 비해 빈약한 경향이 있는데, 사건이 시간적 연쇄라면 인물은 하나의 독립된 '사물'로서 공간적인 특성을 지니고 있기 때문으로 보인다. 관련 요소들이 선(線)처럼 이어져 있다기보다 면(面)에 흩어져 있고, 주로 인과성이라는 시간적·수평적 관계보다 유사성이나 대조성 따위의 공간적·수직적 관계로 연관되어 있어서 관련짓고 종합하기가 단순치 않은 것이다. 한마디로 인물은 스토리텔러에게 섬세한 감수성과 관찰력을 요구한다.

인물은 '특질들의 복합체'로 존재한다. 특질(特質)이란 인물이 지닌 지속적인 속성 혹은 자질로서, 이것들이 모여 '성격'을 이룬다. 작자는 직업, 기질, 습관, 생김새, 가치관 등과 관련된 갖가지 '성격소(性格素)'로써 인물의 특질들을 그리고 구체화한다.[4] 이것이 뒤의 3장에서 다룰 인물 그리기, 곧 '인물 형상화(characterization)'이다.

사건이 동사적이라면 인물의 특질은 '형용사적'이다. 그런데 특질은 '아름답다', '자상하다'와 같이 형용사로 표현되는 것만 있지 않고, '꽃을 좋아한다', '진상을 밝히고자 치밀한 계획을 짠다' 등과 같

---

● 인물의 성격을 이루는 특질들을 작품에서 직간접적으로 제시하는 서술 혹은 그에 내포된 정보나 사물. '그는 이기적이었다'는 직접적 성격소이며, 영화나 만화에서 흰색 말은 흔히 그 주인의 순수함, 뛰어남 등의 특질을 제시하는 간접적(상징적) 성격소이다. 성격소는 장르의 관습, 문화적 규범 등과 밀접한 관계에 있다. 필자가 지어낸 용어.

이 동사적(행위적)으로 표현되는 것, 그리고 '강력반 형사이다'처럼 명사적(정보적)인 것도 있다. 하지만 이런 것들도 표면적으로만 그럴 뿐, 가령 앞의 예에서 강력반 형사라는 정보를 '날카롭다'거나 '냉정하다'는 특질을 제시하는 성격소로 본다면, 그것도 결국은 '형용사적' 기능을 한다고 볼 수 있다.

성격은 '성질'이 아니다. 인물의 성격에는 크게 개인적 측면, 사회적 측면, 기능적 측면이 있다.[5] 바꿔 말하면, 인물은 어떤 심리나 욕망의 소유자인 동시에 이데올로기나 가치 등의 모색자이며, 이야기 속에서 어떤 기능과 역할을 하는 행위자이다.[6] 인물이 특질들의 복합체라는 말은, 작품 곳곳에 흩어져 있는 이런 여러 측면의 특질들이 복합된 존재라는 뜻이다. 이들이 두루 구체적으로 그려지고 사건 전개와 의미 표현에 그럴듯하게 이바지해야 인물의 성격 구축, 즉 인물 그리기가 입체적으로 이루어진다.

인물은 사건의 부속물이 아니다. 어떤 인물이 어떤 행동을 하는 것은 그가 사건에서 그런 역할을 맡았기 때문이기도 하지만, 그가 어떤 욕망과 기질의 소유자이기 때문이기도 하다. 그의 개인적 특질이 집단적 전형성을 지닐 때, 즉 그가 전형적 인물일 때 이야기의 사회적·역사적 의미가 커진다. 인물은 전형성과 함께 '개성'을 지닐수록 좋은데, 이 모순적인 것처럼 보이는 특성의 결합이 인물의 가치와 매력을 높이는 경우가 많다.

아울러 인물은 인간이 사회적 존재인 것처럼 '관계적 존재'이다. 기본적으로 그는 사건과 인물들의 관계 속에서 정체성을 지니고 또 변해가는, 그래서 특질이 점차 늘어나기도 하는 존재이다. 앞에서 사건을 설정할 때 '갈등을 내포한 처음상황'이 중요하다고 했다. 이를 인물 중심으로 바꿔 말하면, 성격 자체가 대립이나 모순을 안고 있는 인물을 설정하면 사건 전개의 가능성이 풍부해진다.

이야기 구조의 측면에서 볼 때, 인물은 하나의 존재라기보다 '기능'이다. 사건을 주도하여 흐름을 끌고 가는 주동인물(protagonist)이 있다면 그것을 거스르는 반동인물(antagonist)이 있다. 한편 한 인물은 여러 기능을 지닐 수도 있다. 예를 들면 아버지로서 자상한 사람이 사장으로서는 폭력적이어서 노사쟁의를 유발할 수 있고, 조력자가 돌변하여 적대자가 될 수도 있는데, 그럴 때 인물은 하나지만 그가 맡은 기능은 둘 이상이다. 이런 경우, 그의 사건 전개 기능은 다양하고 커진다.

문학 텍스트를 개인의 내적 과정의 반영물로 보는 융 심리학에서는, 인물을 '원형'적 심상이 투영된 존재로 본다. 예를 들어 《해리포터 이야기》의 볼드모트는 해리포터의 '그림자'요 덤블도어는 영적 '지도자'이다.[7] 이야기의 전개 과정을 고난과 시련을 통과하여 자기 성취로 나아가는 '개별화'의 과정으로 보는 이러한 이론은 인물을 보는 새로운 시각을 제공한다.

이 장에서는 인물을 설정하고 구체화하는 방법을 스토리 층위에서, 사건 설정과 밀접한 내용 구상의 일부로 다룬다. 그것을 실제로 '서술'하는 방법은 뒤의 '3장. 인물 그리기'에서 다루게 된다. 앞의 1장에서와 같이 먼저 명작 분석을 통해 그 기본 원리를 살펴본다.

## 가. 특질, 성격

영화 〈센스 앤 센서빌리티(Sense and Sensibility)〉[*]는 결혼을 제재로 삼은 이야기이다. 그런 이야기답게 결말에서 두 쌍이 결혼하는데, 결혼식 비용을 거의 혼자 부담했을 브랜던 대령이 하객들 머리 위로 동전을 뿌린다. 19세기 말 영국의 풍습에 따른 행동으로 그려지지만 매우 상징적이다.

이 작품의 사건 전개는 결혼이 얼마나 돈(재산)과 밀접한 관계에 있는가를 줄곧 보여준다. 제재가 그냥 '결혼'이라기보다 '돈과 결혼의 관계'인 셈인데, 성격소들 또한 무엇보다 먼저 돈과 관련된 특질을 제시한다.

그런데 결혼에는 돈과 함께 애정이 필요하다. 이 애정은 매우 주관적이며 '감성(sensibility)'적인 면이 강하다. 그래서 돈과 그에 따른 권력, 신분적 이해관계 등으로 견고하게 구축된 사회질서를 위협한다. 애정에 눈이 먼 '철없는' 젊은이와 사회적·경제적 이해관계를 '이성(sense)'적으로 따지는 어른 사이의 결혼 갈등은 동서양을 막론하고 단골 이야깃거리 중 하나이다.

이 작품은 그러한 제재를, 갈등 유발자라 할 수 있는 어른과 그 피해자인 젊은이 사이의 부딪침은 뒤로 돌리고, 결혼 당사자인 젊은

---

[*] 제인 오스틴의 같은 제목의 소설을 전용한 여러 영상물 가운데 하나로, 이안 감독이 1995년 발표한 영화. 큰딸 엘리너 대시우드 역을 연기한 엠마 톰슨은 이 작품으로 미국 아카데미상 각색 부문을 수상했다.

이들 중심으로 다룬다. 사건과 인물을 세대 간의 갈등보다 젊은이들의 결혼 성취 과정, 그 과정에서 나타나는 내적 갈등에 초점을 두어 다루는 것이다. 그래서 갈등의 사회성이 약화되고, 재산권을 쥐고 결혼을 좌우하는 어른들은 이 이야기에서 대개 후면에 존재하게 된다.

결혼과 돈의 관계, 혹은 결혼제도의 경제적 의미를 사실적으로 보여주면서 감상자의 정서를 자극하려면, 결혼 당사자인 남자와 여자 어느 편이 '돈이 없다(가난하다)'는 특질을 지니는 게 좋을까? 또 남자와 여자 중 어느 편에 초점을 두고 이야기를 전개해 가는 게 좋을까? 여기서부터 인물 성격의 '구체화'가 시작된다.

남자와 여자, 어느 쪽이 좋을까? 유구한 이야기 전통 속에서 볼 때, 여자 쪽이 훨씬 낫다. '가련한 여인'은 어느 나라 이야기에서나 동정을 사기에 좋은 인물 유형이다. 그리고 그녀가 결혼에 성공하여 행복해지면 동정은 부러움으로 바뀐다. 감상자의 소망을 대리 충족시켜 주는 신데렐라이기 때문이다.

대시우드 집안의 맏딸 엘리너와 둘째 딸 메리앤 자매는 아버지가 갑자기 죽고 재산 대부분이 이복 오빠 존의 수중에 넘어가자 '가난한 처녀'가 된다. 이것이 이들의 핵심적인 사회적 성격이다. 결혼을 낭만적으로만 생각하는 감상자는 놓치기 쉽지만, 영화의 처음부터 끝까지, 사건의 고비마다 줄곧 이 점이 노골적으로 문제시된다.

두 처녀가 가련한 처지에 놓인 것은 상속제도 때문이요, 지참금이 중요한 당대의 결혼 풍습 때문이다. (그런 제도나 풍습이 없는 곳에서도, 또 예나 지금이나 결혼에서 경제적 조건이 중요하기는 마찬가지다.) 거기에 올케인 패니의 몰인정함과 방해가 추가된다. 이제 둘은 애정밖에 기댈 것이 없다. 이런 상황이 '돈\애정, 재산\마음, 물질적 가치\정신적 가치' 등으로 표현할 수 있는 이 작품의 기본 갈등을 낳는다.

이런 점들을 바탕으로 이 영화 스토리의 '처음상황'을 기술해 보면 다음과 같다.*

가난한 두 처녀가 마음에 드는 남자와 결혼하고 싶어 한다.

이 상황에서 우여곡절 끝에 두 여성 인물이 행복한 결말에 이르는 것이 이 영화의 기본 스토리이다. 그 과정을 통해 '돈\애정' 갈등에서 애정이라는 인간적 가치를 긍정하며 돈, 나아가 돈이 막강한 힘을 발휘하게 하는 제도와 풍습을 비판하려면, 아니 마지막의 동전 뿌리는 장면이 상징하듯이 애정도 중요하지만 실은 돈이 현실을 지배하고 있음을 폭로하고자 한다면, 인물과 그들의 특질을 어떻게 더 설정해야 할까?

당연히 무엇보다 먼저 돈(재산)이 '있다/없다(경제권을 손에 쥐지 못했다)'가 설정돼야 한다. 현재 결혼을 '했다/하지 않았다'는 말할 것도 없고, 애정 이야기이므로 이성의 관심을 끌 만한 용모를 지녀서 '호감을 준다/주지 않는다' 같은 사항도 빠질 수 없다. 그리고 가치관이 돈과 애정 가운데 '돈을 더 중요시한다/애정을 더 중요시한다', 남녀 교

---

* 결혼을 하고 싶은 욕망이 자발적이라기보다 결혼을 해야 하는 나이와 처지라서 어쩔 수 없이 지니게 된 것이라고 본다면, 처음상황은 '가난한 두 처녀가 혼기가 되었다(결혼을 해야 한다).'와 같이 바꾸어 진술할 수 있다.

제에 있어서 기질이 '소극적이다/적극적이다' 등도 성격 형상화와 스토리 전개를 위해 필요하다.° 상속받는 자 중심이고 여성 인물 중심이며, 돈의 획득을 위한 경제활동이 중심사건을 이루지 않으므로 그와 관련된 대립적 성격소들, 가령 돈을 '잘 번다/벌지 못한다' 따위는 부재하거나 부수적이 된다.

그 결과 이 작품에서 기능성이 강한 인물들은 대략 다음과 같은 특질들을 지니게 된다.

(다음의 '특질표'에서 특질을 나타내는 말들은 작품의 중요 성격소를 종합적으로 해석하여 어디까지나 상대적으로 그렇다는 것이다. 인물의 성격은 복합적이며 전개 과정에서 변하기도 하므로, 몇 가지만 가지고는 충분히 표현하기 어렵다. 따라서 다음의 특질들은 어디까지나 설명의 편의를 위해 단순화한 것일 뿐이다. 한편 사건 전개를 돕고 분위기를 북돋우는 역할을 하는 제닝스 부인 같은 보조적 인물은, 자주 등장해도 중심사건에서의 기능성이 떨어지므로 여기서 다루지 않는다.)

---

● 이 작품의 제목에 사용된 '센스'와 '센서빌리티'를 각각 '이성' 및 '감성'으로 번역할 수 있는데(원작 소설을 그렇게 번역한 예도 있음), 이 말들을 '이성적이다/감성적이다'와 같이 인물의 특질 표현에 활용하는 것은 부적절하다고 본다. 메리앤이 유독 감성 중심적이기에 엘리너와 메리앤의 차이를 그렇게 기술할 수도 있지만, 그 표현은 너무 포괄적이고 단순하여 인물 각자의 특질을 기술하는 데 부적절한 듯하다. 그래서 여기서는 특질을 더 쪼개어 기술한다. 그 결과, 가령 엘리너는 '이성적'이라기보다 '애정을 중시'하되 자신의 '돈 없는' 현실을 무시하지 못하여 (감성과 이성의 조화를 꾀하여 '교양 있는' 사람이 되려다 보니) 기질이 '소극적'이 된 현실적 인물로 해석된다. 이렇게 볼 때 메리앤은 '돈 없는' 현실을 무시하고 '애정만을' '적극적'으로 추구하는 감성 중심적이고 낭만적인 인물이다.

| 인물 | 경제 상태 (돈) | 가치관 | | 기질 | 용모 |
|------|------|------|------|------|------|
| | | 애정 | 돈 | | |
| 메리앤 | 없음 | 중요시 | | 적극적 | 호감 |
| 존 월러비 | 없음 | 중요시 | 중요시 | 적극적 | 호감 |
| 엘리너 | 없음 | 중요시 | | 소극적 | 호감 |
| 에드워드 | 없음 | 중요시 | | 소극적 | 호감 |
| 루시 스틸 | 없음 | | 중요시 | 적극적 | 비호감 |
| 패니 | 있음 | | 중요시 | 적극적 | 비호감 |
| 브랜던 대령 | 있음 | 중요시 | | 적극적 | 비호감 |

## 나. 성격 분석, 기능

　사건 전개를 위해서는 인물 자신이 대립 혹은 모순을 지니고 있거나 그가 대립과 모순을 내포한 상황에 놓여 있어야 효과적이다. 그렇다면 사건 전개를 위해 '상황 분석'이 필요하듯이, 인물 설정과 구체화를 위해서는 '성격 분석' 혹은 '인물 분석'이 필요하다. 그 분석의 결과 작자가 설정하고 배치했을 것으로 가정해 본 특질들을, 앞에서 주로 개인적 특질과 사회적 특질 중심으로 살폈으므로 이제는 기능적 특질, 즉 이야기에서 맡은 역할 중심으로 더 살펴보자.

　앞의 표를 보면, 이 작품에서 가장 모순적인 성격을 지닌 결합이 메리앤과 존 월러비 쌍이다. 그들은 돈이 없는 현실을 외면한 채 적극적으로 애정에 몰두한다. 그들에 비해 엘리너와 에드워드 쌍은 보다 현실적이고 평범하다. 결혼에 이르는 데 시간이 걸리게 마련인 이 쌍의 '밋밋한' 이야기가 스토리의 바탕을 이루고, 앞의 메리앤과 존 윌러비 쌍이 거기에 파란을 일으키도록 설정된다.

앞의 두 쌍의 인물들은 모두 애정을 중요시한다. 적극적 기질 때문이든 그것밖에 기댈 게 없는 현실 때문이든, 애정 없는 결혼은 결혼이 아니라고 믿는 것이다. 그런데 대립소 '애정'은 '돈'과의 갈등 관계 속에서 의미를 지닌다. 인물의 특질 역시 마찬가지여서, 다른 특질들과의 관계 속에서 그 의미가 정해지고 변한다. 따라서 인물의 성격은 애초부터 '지니고 있는' 것도 있지만 다른 인물과의 관계 속에서, 또 사건에서 맡는 역할에 따라 점차 '지니게 되는' 것도 있다. 돈\애정의 갈등이 격화되면서 존 윌러비가 돈을 획득할 수 없게 되자 메리앤의 애정을 배반하고, 쓰디쓴 현실의 맛을 본 메리앤이 브랜던 대령의 애정을 받아들여 결국 그의 돈까지 긍정하게 되듯이, 인물들의 성격은 변하며 그 과정에서 갈등에 내포된 삶의 진실도 심화된다. 이러한 과정에서 인물의 성격을 구체화하고 사건 전개를 그럴듯하게 만들기 위해서는 의미를 산출하는 기능소로서 대립의 다른 쪽, 즉 '돈'을 중시하는 인물이 필요하다.

관계의 기본 형태는 유사와 대조이다. 패니는 돈이 있고 애정을 중요시하지 않는다. 또 돈이 없는 루시 스틸은 돈의 막강한 힘을 알기에 그것을 집요하게 추구한다. 순진한 에드워드와 약혼을 하는가 하면, 끝내 그의 동생과 결혼한다. 이 두 인물은 돈을 중요시하고 애정을 중요시하지 않는다는 공통되고 변함없는 성격으로, 앞의 두 쌍과 반대쪽에서 갈등의 한 축을 담당한다. 애정을 무엇보다 중요시하는 낭만적인 감상자들이 안 좋게 보기 마련인 이 세속적 인물들은, 오히려 그렇기 때문에 '돈의 힘을 믿는 게 이성적'이라는 현실의 규범을 강력히 제시하면서 애정 때문에 시련을 겪는 인물들에 대한 동정심을 북돋 우는 기능을 한다. 루시 스틸은 용모나 교양이 귀족 신붓감으로 호감 을 줄 수 있는 수준이 아니므로 '돈의 힘을 믿는 게 이성적'이라는, 현 실에 엄존하는 가치를 더욱 강력히 제시한다. 존 월러비와 에드워드 를 뒤에서 강력히 지배하는 재산권자들은 아예 등장하지도 않고, 패 니와 루시 스틸은 등장했어도 보조적인 인물로 활동할 뿐이지만, 이 렇게 그들은 갈등 구조 혹은 주제 창출의 논리 속에서 큰 의미 기능 을 맡고 있다. 등장의 빈도와 관계없이 의미구조 속에서 기능적으로 중요하다는 말이다.

사건 전개에 '매개사건'이 필요하듯이, 갈등을 조정하고 전개시 키며 사건을 종결짓는 데는 '중간적 인물(중간자)'이 유용하다. 그는 양쪽의 특질을 일부 공유하며 관련 인물들과 일정한 관계도 맺고 있 는 경계상의 인물이다. 이 작품에서 그에 해당하는 인물이 브랜던 대 령이다. 이 스토리의 중심적 논리 맥락에서 중간적 인물은 무엇과 무 엇 중간에 있는, 혹은 무엇과 무엇을 함께 지닌 존재여야 하는가? 물 론 '돈'과 '애정'이다. 브랜던 대령은 젊었을 적에 애정을 추구하다가 어른들의 반대로 상처를 입은 적이 있는 나이 든 부자이다. 그는 메리 앤을 두고 존 월러비와 삼각관계에 놓이는데, 여기서 월러비가 '돈이 없지만 애정을 얻기 쉬운' 용모와 성격을 지닌 데 비해, 그는 '돈도 있 고' '애정도 중시하지만' '애정을 얻기 어려운' 특질들(투박한 용모, 사 교적이지 못함, 많은 나이, 어두운 과거)을 지닌 남자이다. 그래서 그는 메 리앤의 선택을 받지 못한다. 여기서 '용모'를 비롯한 애정을 얻기 어려운 특질들이 사건 전개상 필요한 또 하나의 특질로 부각된다.

월러비가 돈을 좇아 애정을 배반하여 반전이 일어났을 때, 브랜던의 돈은 그런 부정적 특질들을 극복하는 힘이 된다. 결국 돈은 신랑감으로서 부정적인 그의 특질들을, 신부 메리앤은 물론 (엘리너와 에드워드 쌍을 포함한) 그 가족 전체를 행복하게 만들어주는 긍정적 특질, 즉 보호자다운 '믿음직함', '중후함'으로 바꾸어놓는다. 그가 애정을 추구하다가 지니게 된 불행한 과거 역시, 상처를 지닌(신붓감으로 결격 사유가 있는) 메리앤을 포용할 만한 '아량'과 '배려심'이 있음을 보장하는 성격소로 바뀐다. 행복한 결말은 이렇게 이전의 부정적인 특질과 성격을 오히려 행복에 필요한 것으로 바꾸고 수렴시킨다. 끝이 좋으면 다 좋아지는 것이다.

이상의 분석을 통하여, 사건이 인과성 있게 설정돼야 하듯이 인물 역시 치밀한 구도에 따라 설정되고, 그 성격이 여러 특질과 그것을 제시하는 성격소로써 적절히 구체화되어야 함을 실감했을 터이다.

# 2

# 인물의 설정 기법

**인물을 상황의 일부로 만든다. 그를 대립, 모순의 상황 속에 넣거나 그런 특질을 지닌 존재로 설정한다.**

사건 전개를 위해 갈등과 그에 적합한 환경을 설정하듯이, 인물 그리기를 위해 먼저 인물의 특질을 구체적으로 마련한다. 〈센스 앤 센서빌리티〉의 인물 특질표에서 보았듯이, 이와 같은 작업은 인물의 성격을 입체화하여 사실성을 북돋움은 물론, 제재와 주제 형성, 전체 이야기의 초점과 맥락 형성 등을 위한 것이다. 바꿔 말하면, 지으려는 이야기가 인간의 어떤 측면에 관한 것이며, 또 삶의 어떤 면에 대한 것인가를 구체화하는 핵심적 방법의 하나가 인물의 특질을 그에 맞추어 정하는 일이다.

그러한 작업은 사실 처음에는 직관적·무의식적으로 이루어진다. 하지만 점차 사건을 발전시키고 인물을 구체화하려면 의식적인 설계 혹은 구조화가 필요하다. 스토리텔링의 과정은 바로 그것을 해가는 과정이다.

인물의 설정은 그를 막연히 사건을 일으키는 존재로 삼는 게 아니라, 처한 상황과 사회의 일부로 만드는 일이다. 그러기 위해 직업, 계층, 나이 등의 '신분 사항'부터 챙길 필요가 있다. 그리고 행동을 필연성 있게 전개하기 위해 그 주체에게 '준비되어' 있어야 할 특질들(동기, 욕망 등)이 무엇인지 궁리한다. 거기에는 작품 전체 구조에서 그가 맡은 기능이 요구하는 특질도 포함된다. 예컨대 그가 사건의 흐름에서 주동인물인가 반동인물인가, 주제의 맥락에서 긍정적 인물인가 부정적 인물인가, 핵심 의미를 제시하는 중심적 인물인가 단지 사건 전개를 위한 주변적·매개적 인물인가 등을 고려하여 적합한 특질을 부여한다. 〈센스 앤 센서빌리티〉의 루시 스틸은 주인공이 아니지만, 기능상 중요하기에 그 생김새, 행동거지 같은 성격소가 제시하는 특질들(계산적이다, 교양이 모자라 보인다, 신붓감으로 특별한 장점이 없다 등)이 필요하다. 그녀는 에드워드와 약혼함으로써 엘리너는 물론 감상자가 마음을 졸이게 하고, 패니한테 핍박을 받지만 끝내 결혼에 성공하여, 돈\애정의 갈등의 실상을 제시하는 (그녀는 '돈만을' 얻은, 하지만 보기에 따라 그래서 모든 것을 얻은 나름의 승리자이다.) 또 하나의 스토리라인을 형성한다. 여기서 작자는 감상자가 주로 관심을 보일 인물에만 주목해서는 안 됨을 알 수 있다. 인물의 성격은 궁극적으로 다른 인물과의 관계, 나아가 작품 전체의 의미구조 속에서 결정되기 때문이다.

**특이한 사건을 궁리하기보다 끌리는 인물을**
**특이한 상황에 놓는 편이 나을 수 있다.**

사건이 인물을 요구하기도 하지만, 인물이 사건을 만들 수도 있다. 같은 사건이라도 어떤 인물에 의해 수행되느냐에 따라 그 의미와 색깔이 달라지기도 한다.《마당을 나온 암탉》과 애니메이션 〈라이온 킹〉(로저 알러스, 롭 민코프)은 같은 '영웅 이야기' 유형에 들지만, 그 주인공 잎싹과 심바의 성격이 얼마나 다르며, 그에 따라 작품의 분위기와 독자의 반응은 또 얼마나 달라지는가?《마당을 나온 암탉》이 환상적 동화임에도 비교적 사실적이고 어둡게 느껴지는 것, 그래서 굳이 동화라고 부르지 않을 수도 있는 것은 잎싹의 강건한 성격과 무관하지 않다.

이렇게 볼 때, 흔한 이야기에 등장하는 유형적 인물을 등장시키기보다 아무 선입견 없이 자기를 사로잡는 인물, 왠지 끌리는 인물을 먼저 정하여 그를 특이한 상황 속에 놓고 사건을 상상해 나가는 편이 나을 수 있다. 그런 인물이 매력적이라면 좋겠지만, 반드시 '다들 매력적이라고 하는' 인물일 필요는 없다. 또 그런 인물을 사회적 전형이나 보편적 유형에 가까운 존재로 발전시키면 좋겠지만, 그것은 인물에 의해 상황이 변해가면서 차차 궁리할 문제이다. 결혼에 관심이 없는 여성을 결혼에 집착하는 남성들 속에 넣었을 때 벌어질 이야기는 코미디가 될 수도 있고 성차별을 고발하는 이야기가 될 수도 있다.

**인물이 갈 수 있는 길을 끝까지 가보게 한다.**
**그의 여행이 '성격의 시험'이나 '가치의 모험'이 되게 만들어본다.**

일단 설정한 기본적 상황에 인물을 세워놓고, 그가 어떤 존재이며 거기서 무엇을 추구하는가를 대강 정한다. 그리고 중심사건의 틀

안에서 그가 갈 수 있는 길 중 하나를 끝까지 밀고 나가 그 '인물 스토리'를 만들어본다. 작품 창작과는 별개로 따로 긴 산문으로 적어볼 수도 있다. 이때 그의 성격과 욕망이 잘 드러나는 매개사건이 다양할수록, 또 그가 어떤 것 사이에서 '방황하는 자'일수록 그 스토리는 역동적이 되고 의미심장해진다.

이러한 작업은 한 인물을 다른 인물과 엮기 전에 일단 독자적 존재로 키우고 인식해 보기 위해서이다. 두 사람 이상이 공동 창작을 할 경우, 특히 이 방법이 효과적일 수 있다. 이 작업을 여럿이, 또 주인공뿐 아니라 여러 인물에 대해 해본 뒤 한자리에 모아 선택하고 합쳐보면 흥미로운 결과가 나올 수 있다.

좋은 이야기의 인물들은 생생히 살아 있고 감상자를 매혹시킨다. 그들이 혼란을 뚫고 보람을 찾아 여행하게 만드는 작업이 스토리텔링이다. 이렇게 볼 때, 스토리텔링은 인간 탐구이자 실험이다.


**사람에 대해 관찰하고 경험한 것을 적극 활용한다.**


인간은 단순하지 않다. 그리고 우리는 경험을 토대로 짓는다. 물론 상상력은 중요하지만, 관찰하고 경험한 밑천이 빈약하면 상상 내용 또한 빈약해진다. 스토리텔러에게는 인간 세상에서 일어나는 사건들의 창고와 함께 인간 자체가 타고나는 특질들의 창고가 있어야 하는데, 거기를 채우려면 '인생이라는 극장', '인간들의 저잣거리'를 늘 관찰할 필요가 있다. 인간이 얼마나 다양한지, 그들이 하는 행동이 왜 그러하며, 그들은 어째서 그렇게 되었는지 등을 상상하고 따져보며,

거기서 얻은 바를 인물 설정에 몽타주하듯 활용한다. 천재적 이야기 꾼은 경험하지 않고도 아는 것처럼 보이는데, 아마 그는 관찰과 상상의 천재일 것이다.

걸작은 거기 등장하는 인물 때문에도 걸작이다. 그러니 걸작을 많이 감상하며 거기 등장하는 개성 있고 의미심장한 인물들을 섬세하게 살펴보는 것도 중요한 방법이다. 자기의 개인적 '판단을 중지'하고, 평소에 밉거나 싫었던 주변 사람을 되도록 객관적으로 자세히 관찰해 보는 작업도 도움이 된다. 인간을 보는 자기의 편협한 안경을 벗어 던지기 위해서이다. 치료의 한 방법으로 '이야기 치료'가 있는 것은, 이야기를 읽고 짓는 행동에 내포된 이러한 인식과 치유의 기능 때문이다.

사람들이 보통 생각하는 '보통 사람'이란 없다. 자기 자신의 가치관이나 취향에서 벗어나, 인간을 폭넓게 관찰하며 애정을 가지고 이해해야 한다. 알지 못하면서 잘 표현할 수 없고, 편협한 시각으로 여러 사람한테 감동을 주기는 어렵다.

## 전형적 인물을 찾고 만들되, 그의 심리와 욕망에 주목한다.

전형적 인물이란 인간이나 인간 집단의 보편적 특질을 지닌 인물이다. 그는 '공통된 특질'의 대표나 집합 같은 존재여서, 많은 사람들이 그를 통해 자기와 자기 사회의 모습을 발견하게 만든다. 앞에서 사건을 설정할 때 '여러 사람이 강한 반응을 일으킬 상황 혹은 사건을 찾고 만들라'고 하였는데, 인물 또한 그런 인물을 설정할 필요가 있는 것이다. 초심자는 자기도 모르게 자기를 닮은 인물을 그리는 경향이 있다. 물론 그래도 좋지만, 그 인물이 보다 보편성을 지니게 하기 위해서는 이 '전형적 특질'을 부여할 필요가 있다. 단편소설 〈아홉 켤레의 구두로 남은 사내〉(윤흥길)의 주인공 권씨와 '나'는 권위주의 정권의 폭력적인 도시개발정책 아래 '자기 집 마련'에 매달리는 1970년대 서민의 모습을 띠고 있다. 그 소설에서 그들을 그런 존재로 만드는 개인적 특질과 사회적 계기가 무엇인가를 따져보면 짐작이 갈 것이다.

전형성을 띤 인물의 장점, 즉 많은 이의 공감을 끌어낼 가능성의 실체는 이렇다. 욕망 중심으로 볼 때, 전형적 인물은 전형적 욕망을 지닌 인물이다. 욕망은 결핍을 채우려는 것이며, 전형적 인물은 공통된 결핍을 지닌 인물이기에 비교적 사회 일반의 결핍을 환기한다. 그래서 그 인물과 감상자는 감정적으로 쉽게 동감하고 그가 욕망을 추구해 가는 과정, 즉 스토리의 전개 과정은 감상자가 원하는 바로 그것이 되어 큰 반응을 불러일으킨다. 통제할 수 없는 마력을 타고난 〈겨울왕국〉의 엘사는 어떤 한계(결핍) 때문에 소외되고 억압된 자(여성, 소녀)의 전형적 고통을 보여준다. 비밀이 폭로되어 산속으로 숨는 광경과 그때 그녀가 부르는 노래 〈렛 잇 고(Let it go)〉는 '정상'의 굴레를 벗어던지고 맛보는 자유로움과 주변부로 소외된 자의 떨칠 수 없는 불안감을 아울러 표현하고 있다.

전형적 인물은 진부한 인물, 즉 뻔한 인물이 아니다. 한국 영화에 자주 등장하는 진부한 인물의 예로 '푼수형 인물'*을 들 수 있는데, 그가 분위기를 띄우는 보조 역할을 넘어 주요 등장인물이 될 경우, 그를 통해 어떤 진실을 추구하거나 사회 비판적 주제를 형성하기는 어렵다.

**인물이 행동할 때 늘 그의 성격과 동기를 고려한다.**
**그것들에 참신한 요소를 넣어 인물의 개성을 구축한다.**

성격이 단순하고 개성이 없으면 인물은 '평면적'이 되어 인형 같아 보인다. 그리고 사건의 전개 방향과 그 의미는 행동주체의 성격은 물론 행위 동기에 크게 좌우된다. 그러므로 항상 인물과 사건을 함께 고려하면서 그 의미와 적절성을 따져볼 필요가 있는데, 인물을 여러 특질을 지닌 입체적 존재로 설정하여 가능성을 키워두면 도움이 된다.

가령 복수심에 가득 찬 인물을 설정했다고 하자. 그 인물 이야기의 전개 방향, 색채와 의미 등은 복수심 자체보다 그가 왜 복수심을 지니게 되었는지, 그것 때문에 그가 어떤 행동을 하는지 등에 달려 있다. 가족이 피해를 입었기 때문에 복수 감정을 품었고, 그래서 자기의 과학 지식을 이용하여 개발한 무기로 잔인하고 무자비하게 복수를 한다면, 그의 이야기는 겉모습은 과학적으로 보여도 본능적 욕망과 가족의 범주를 벗어나지 못한 이야기가 된다. 가족애를 내세워 폭력을 미화하는 이야기에 불과할 수 있는 것이다. 이에 비해 가족의 피해 때문에 복수를 시작한 인물이 복수를 행하는 과정에서 자기가 생각해 온 가족은 실상 존재하지 않았거나 존재하기 어려운 세상이 되

---

• 선량하고 명랑하지만, 다소 부족하며 지질한 인물에 필자가 붙인 이름. 정이 가지만 보통 이하로 여겨지고, 모두가 부러워하는 의외의 능력을 지니기도 하나 실수가 잦아 웃음을 주는 성격이다. 감상자가 동일시하고 대리만족을 맛보기 쉬운, 한국 영화에 자주 등장하는 인물로 대개 남성이다.

었음을 깨닫는다면, 그가 그럴 만한 감수성과 지적 능력을 지닌 존재라면 그의 이야기는 사회 비판성과 인식적 가치를 지니게 될 터이다.

## 중간적 인물을 활용한다. 인물을 대립의 경계에 놓는다.

내적 갈등을 지닌 존재는 작품의 대립소를 한몸에 지니고 있으므로 중간적 성격을 지닌 인물, 즉 '중간자'라 할 수 있다. 외적 갈등 중심의 경우, 그는 어떤 대립하는 집단 사이의 '경계 지점에 선 인물'로서 '회색인'이라는 비난을 받을 수 있다. 하지만 그는 양쪽 모두에 대해 잘 아는, 그래서 모두를 합치거나 극복할 가능성을 지닌 인물이다. 그는 스토리텔링의 가능성이 풍부하기에 많은 이야기에서 만날 수 있다. 여기서 중간자의 활용 혹은 '인물 경계에 놓기'의 중요성이 드러난다.

장편소설 《광장》(최인훈)이 남한과 북한의 이데올로기 대립을 그릴 수 있었던 것은 주인공 이명준이 두 곳을 오가는 존재이기 때문이다. 영화 〈반지의 제왕 3 - 왕의 귀환〉(피터 잭슨)에서 골룸은 인간 형상의 선한 존재들과 괴이한 모습의 악한 존재들 사이의 중간자 모습이다. 생김새와 같이 인격 자체가 이중적인 그는, 절대반지 앞에 흔들리는 모든 존재의 모습을 효과적으로 제시하면서 사건을 진전시키고 긴장을 고조시킨다.

오늘날 OTT 드라마(시리즈 영화)들은 사건을 길게 연장하면서 다양한 세계를 펼치기 위해 흔히 중간자를 주인공으로 삼는 예가 많다. 그 중 하나인 〈라스트 킹덤〉*의 주인공 우트레드는 앵글로색슨족으로 태어났으나 데인족(바이킹)의 손에 키워진다. 그는 양쪽이 격렬하게 싸우는 전쟁판에서 인정도 받고 배척도 당하면서 자기의 정체성과 족속의 역사를 형성해 간다.

**관계 속에서 성격이 형성되고 드러나도록 인물을 배치한다.**

인물은 '관계적 존재'이다. 벽돌 하나가 어디에 어떻게 쓰이느냐에 따라 기능과 정체가 달라지듯이, 한 인물의 개성은 무엇보다 다른 인물과의 관계 속에서 형성되고 구체화된다. 따라서 각 인물은 전체 인물의 구도 속에서 설정하고 배치할 필요가 있다. 서로 접촉 없이 '구조적 관계'에 놓이기만 해도 되지만, 한 인물이 주변의 대조적 인물이나 환경 등과 직접 관계를 맺으면 그의 개성이 또렷해지고 사건 전개 가능성도 풍부해진다. 감상자(특히 여성)가 〈센스 앤 센서빌리티〉를 보는 동안 세 명의 남자(존 윌러비, 에드워드, 브랜던 대령)를 계속 신랑감으로 비교하기 쉽다는 점을 떠올려보면, 인물의 성격이 다른 인물과의 관계 속에서 형성되고 드러남을 실감할 수 있을 터이다.
이에 대하여는 로버트 맥키의 다음 진술이 매우 도움이 된다.

공통의 학문적 관심사나 종교적 신심이나 연애 감정으로 캐릭터가 다른 캐릭터와 연결되어 있더라도 한 상대와 모든 측면에서 동시에

---

● 2015년부터 현재까지 방영 중인 OTT 드라마(BBC, 넷플릭스).

똑같이 연결되기란 불가능하다. 그러나 이 캐릭터 주위에 등장인물들을 포진시키고 각각의 인물이 그의 특정 측면 하나씩을 끌어내도록 설계해 둔다면, 이들과의 접촉을 통해 그의 특성과 차원들이 드러날 것이다. 스토리의 절정에 이를 때쯤 독자(관객)가 캐릭터 자신보다 더 캐릭터를 잘 알게 되려면 어떻게 등장인물들을 설계해야 할까? 이것이 작가가 풀어야 할 과제다.

*캐릭터 관계성의 원칙: 등장인물 개개인이 다른 모든 등장인물의 특성과 진실을 끌어낸다.*[8]

### 인물한테 인간적 친화감을 느낄 수 있게 한다. 상식을 존중한다.

'인간성'은 인간이 지닌, 대다수가 '인간답다'고 인정하는 특질이다. 그 특질을 흔히 도덕적으로 올바른 것 위주로 생각하는데, 사실 그 기준은 일정하지 않다. 과연 무엇이 윤리적이며 바람직한가는 항상 문제이기에, 이야기에서는 특정한 가치보다 무엇이 과연 가치 있는가를 회의하는 '가치의식'이 중요시된다. (☞ 제1부 3장 4절)

인간은 확신을 갖지 못한 채 진실로 가치 있는 것을 찾아 헤매기에, 보통 자신이 모순적이고 불완전한 존재라고 생각한다. 하지만 규율과 상식을 버팀목으로 유지되는 게 사회이다. 따라서 이야기는 불완전한 존재의 실상을 반영하는 한편, 상식을 존중해야 그럴듯하게 받아들여진다. 악당이 이야기 결말부에서 대개 죽는 것은 그런 외적 상황 때문이다.

이런 점들을 고려할 때, 첫째, 동화, 설화처럼 짧은 형태의 이야기라면 몰라도 지나치게 한 가지 특질만 지닌 단조롭고 평면적인 인물은 피하는 게 좋다. 설령 부정적 인물일지라도, 인물은 감상자에게 친화감을 줌이 바람직하다. 성격이 지나치게 단순하면 '인간처럼' 여겨지지 않아서 그걸 느끼기 어렵다.

　　둘째, 특이한 성격을 지닌 인물이 예외적인 행동을 하더라도 그가 참여하는 사건의 전개는 보편적 가치의식과 상식의 선 안에서 이루어질 필요가 있다. 물론 그 상식은 이야기 관습 안에서의 상식이지만, 그것도 건전한 시민이 지녀야 할 상식을 지나치게 위반해서는 곤란하다. 그럴 경우 '감상자의 상식'이 사건을 그럴듯하다고 판단하지 않으며, 인물에 공감하기보다 그를 혐오하기 쉬운 까닭이다. 오직 자극만을 위해 이른바 '막장 인물'이 등장하는 '막장 이야기'들이 자극적 영상과 상식을 벗어난 전개로 오직 억눌린 감정을 해소하여 감상자(사용자) 수를 늘리고자 하는 경향이 있다. 하지만 거기에는 인간과 사회에 대한 합리적 태도가 결여되어 있다. 갈 데까지 간 인물이 작심하고 벌이는 잔인한 가해는 감상자의 정서와 가치관에 해독을 끼친다.

　　좋은 이야기는 감상자를 놀라게 만드는데, 그 놀람은 인물이나 사건이 상식을 넘어서기 때문인 경우도 있지만, 대개 감상자의 마비된 의식을 각성시키기 때문이다. 인물의 매력은 감상자가 소망하는 멋진 것을 지닌 경우보다, 잊고 있었던 '당연한 것'을 지니고 있는 경우에 더 값지고 신선하다. 단편소설 〈도둑맞은 가난〉(박완서)의 가난한 여인 '나'는 자신이 동거하던 부잣집 아들 상훈의 '가난 체험'에 이

용당했음을 알고 그를 내쫓는다. 그녀가 상훈에게 자신의 '가난을 도둑맞았다'며 고통스러워하는 결말에서, 가난한 여인이 부유층 남자를 통해 신분이 상승하는 이야기에만 길든 독자는 가난한 자에 대한 허위의식이 무너짐을 느끼며 놀라게 된다.

앞의 [연습 1]에서 장편동화 《마당을 나온 암탉》을 사건의 설정과 전개 중심으로 분석해 보았다. 여기서는 인물 설정과 성격 구체화의 방법 위주로 다시 분석한다. 연속된 연습이니만큼 되도록이면 앞으로 돌아가 거기서 파악했던 것을 다시 확인한 뒤 시작하기 바란다.

1    이 이야기에서 인간(양계장 주인)과 족제비는 한 계열체(paradigm)에 든다. 둘의 공통된 특질을 '생명'이란 단어를 사용하여 한 가지 지적하시오. (단, 한 문장으로 서술할 것)

2-1   잎싹은 닭장을 탈출하여 마당(헛간 포함)으로 가지만 거기서 쫓겨난다. 이 상황에서 마당의 동물들, 특히 그 가운데 '마당에 사는 닭'과 대조되는 잎싹의 특질은?

① 생김새:

② 가족, 소속 집단:

③ 소유한 것(재산, 보호자 등):

④ 심리적 특질:

2-2   왜 잎싹은 닭으로 설정됐을까? 가령 까치나 독수리로 설정할 수도 있는데 그러지 않은 이유는 무엇일까? 잎싹의 성격과 행동, 작품의 중심 갈등 등을 고려하여 답하시오.

　(길잡이)   닭이 지닌 동물로서의 특징을 고려한다.

3-1 　나그네는 매우 중요한 여러 기능을 맡은 인물이다. 그것은 그가 중간자의 성격을 지니고 있기 때문이다. 이 이야기에서 중요한, 그가 지닌 '중간자적 특질을 제시하는 성격소'로서 가장 부적합한 것은?

　① 청둥오리인데도 잎싹과 친함.
　② 새인데도 족제비와 싸움.
　③ 청둥오리이면서도 날 수 없음.
　④ 야생 오리인데도 집오리와 지냄.

3-2 　나그네가 지닌 여러 중간자적 특질은 대부분 족제비한테 한쪽 날개를 다쳤기 때문에 생긴 것이다. 그 사건에 대한 '정보'는 나중에 제시되어 감상자를 놀라게 한다. 그런데 나그네가 '족제비한테 날개를 다친' 사건이 설정된 까닭은 중간자적 특질을 부여하기 위함도 있지만, 이후에 전개되는 사건이 그럴듯하도록 준비하기 위함도 있다. 그 사건 때문에 나그네가 한 이후의 어떤 행동이 더 필연성을 얻게 되는가? 가장 중요하다고 생각하는 것 한 가지만 적으시오.

4 　잎싹과 나그네가 낳고 키운 초록머리는 그들과는 달리 하늘을 '날 수 있다.' 초록머리가 지닌 이 특질이 이 이야기에서 지닌 의미는 무엇인가? 보다 중요한 것으로만 된 항을 고르시오.

① 딴 곳으로 갈 수 있음. 억압받지 않고 살 수 있음.

② 자유롭게 살 수 있음. 무리의 보호를 받으며 살 수 있음.

③ 집단의 파수꾼이 될 수 있음. 꿈을 추구하며 살 수 있음.

④ 자기를 인정받을 수 있음. 족제비에게 위협당하지 않고 살 수 있음.

5 결말부에서의 잎싹의 행동은 놀람을 준다. 족제비와 싸우지 않고 그에게 자기 몸을 내어주기 때문이다. 하지만 그 행동은 줄곧 잎싹이 지녔던 어떤 특질 혹은 성격의 맥락에서 보면 당연하고 필연적인 면이 있다. 잎싹에게 일관되게 부여된, 그래서 그 마지막 행동을 그럴듯하게 만드는 '준비된' 특질로서 가장 적합한 것은?

① 희생심   ② 용기   ③ 끈기   ④ 투지   ⑤ 자존심

6 이 동화를 바탕으로 창작된 애니메이션 〈마당을 나온 암탉〉에서는 원작에 없는 '달수(수달)'라는 인물이 등장한다. 그는 수다스럽고 여기저기 잘 끼지만 핵심 스토리와는 거리가 있는 '푼수형 인물'이다. 이 인물이 애니메이션에 새로 추가된 이유를 한 가지 적으시오.

# 제3장

# 인물 그리기

행동은 연쇄되어 사건을 형성하는 동시에,
거꾸로 그 주체의 성격을 형성한다. 행동 없이 성격은 없다.
인물은 성격이 이러해서 이런 행동을 하며,
행동을 그리하기 때문에 그런 성격의 소유자로 인식된다.

# 1

# 인물 그리기라는 것

    1장과 2장에서는 스토리 층위에서 수행하는 사건 및 인물의 설정에 대해 살폈다. 같은 차원에서 수행하는 활동으로 '4장. 공간의 사용'이 남아 있지만, 여기서는 층위를 달리하여 '서술'에 속하는 '인물 그리기'에 관해 살피고자 한다. 앞의 인물 설정과 관계가 매우 밀접하기 때문이다.

    어떤 인물이 이야기에 등장하면 그가 누구인지 감상자는 모른다. 어떤 신분의 사람이며, 어떤 기질과 욕망을 지니고 있는지, 또 무슨 일을 벌일지 모른다. 그것을 효과적으로 알고 느끼게 하는 일, 나아가 그가 영위하는 삶의 모습을 감상자가 깊이 인식하고 반응할 수 있게 하는 작업이 인물 그리기 혹은 인물 형상화이다. 작자는 당연히 이에 관심을 가져야 하는데, 사건에 비해 그렇지 않은 경향이 있다.

    인물이 인물답게 '존재하기' 위해서는 무언가 추구하고 움직여야 한다. 따라서 인물 그리기는 갖가지 성격소로써 인물의 특질과 그가 하는 행동의 이유, 동기 등을 감상자 앞에 구체화하는 작업이다. 물론 이는 그가 관련된 사건과 그것의 의미를 형성하는 작업이기도 하다.

그런데 인물의 성격과 욕망을 구성하는 특질들은 추상적인 것이어서 구체적으로 그리기가 쉽지 않다. 사건의 전개에 어울려야 할 뿐 아니라, 시대적·문화적 관습에 따라 달라질 수도 있기 때문이다. 따로 인물에 관심을 가져야 하는 이유 중 하나가 여기에 있다.

'인물 그리기'라는 말은 인물의 생김새나 차림새 같은 겉모습을 그려내는 것만 가리키는 듯 보이기 쉽다. 하지만 겉모습도 결국은 내적 특질을 드러내기 위한 것임을 고려하면, 인물의 특질을 제시하는 성격소의 범위는 매우 넓어진다. 특히 '보여주는' 갈래인 영화, 연극, 만화(웹툰), 뮤지컬 등에서는 시각적 서술언어●가 큰 기능을 한다. 거기서는 감상자의 눈에 보이는 것 거의 모두가 인물 그리기와 연관되어 있다고까지 할 수 있다.

인물을 그리는 서술 방법은 직접적인 것과 간접적인 것으로 나뉜다. 예를 들면 전자는 '그는 허영심이 많은 사람이다.'라고 들려주기(telling)를 하는 것이요, 후자는 없는 걸 있는 체하고 모르는 걸 아는 체하는 습관적 행동 따위로 보여주기(showing)를 하는 것이다. (☞ 제3부 1장 6절)

이 두 방법을 섞어 쓰는 예가 많은데, 간접적인 방법은 미적 형상화의 수준이 높지만 전달 속도나 명확성이 떨어지는 면이 있다. 그래

---

●　이야기의 서술에 사용되는, 언어적 체계를 갖춘 매체. 자연언어, 시각언어, 음악언어 등이 대표적이다. 그들을 싸잡아 일컫기 위해 필자가 사용하는 말. (☞ 제1부 2장 2-가)

서 그림, 영상 따위로 보여줄 때, 일종의 기호나 상징처럼 굳어진 관습적 성격소가 정해져 있다. 그것은 대개 공간적 사물인데, 특히 빠르게 읽고 반응하는 만화나 컴퓨터 게임을 예로 들면, 볼에 난 칼자국(흉폭하다), 안경(머리가 좋다), 빨간 머리칼(반항적·저돌적이다), 검고 날카로운 모습의 성(城)(주인이 나쁜 사람이다) 등이 그것이다.

# 2

# 인물 그리기 기법

**되도록 행동으로 성격을 그리고자 힘쓴다.**

행동은 연쇄되어 사건을 형성하는 동시에, 거꾸로 그 주체의 성격을 형성한다. 행동 없이 성격은 없다. 인물은 성격이 이러해서 이런 행동을 하며, 행동을 그리하기 때문에 그런 성격의 소유자로 인식된다. 우리가 행동을 보고 그 사람됨을 짐작하듯이 말이다.

물론 인물과 사건은 조화를 이루어야 하지만, 창작 과정에서는 인물이 사건에 따를 수도 있고, 사건이 인물에 따를 수도 있다. 인물이 유형적 사건에 따르는 경우, 오락성 짙은 이른바 '액션' 위주의 이야기가 보통 그렇듯이, 인물의 성격은 평면적이거나 고정되기 쉽다. 사건이 인물에 따르는 경우, 인물의 개성이 강하면 사건까지 보다 다양해지고 입체적이 될 수 있다. 어떤 경우이건 행동의 중요성은 여전하다. '전형적 인물'이란 무엇보다 전형적 행동을 하는 자이다.

행동 가운데 성격 특질의 표현, 나아가 주제적 의미의 형성에 가장 이바지하는 것은 기능성이 큰 행동, 즉 갈등과 직접 관련되며 상황을 크게 변화시키는 '고백', '선택' 같은 행동이다. 그리고 '심리적 억압(스트레스)' 같은 내면적 행동과 함께 말하기 곧 '대사'가 큰 기능을 한다.

**대사는 행동이자 표현이다. 대사를 면밀하게 사용한다.**

연극(drama)과 그 자손 중 하나인 텔레비전 드라마는 흔히 '대사의 예술'이라고 한다. 영화, 만화, 오페라 등도 그렇게 부를 수 있는 면이 있다. 형상을 무대, 영상, 지면 등에 '보여주는' 그런 갈래에서는 소설처럼 말로 보여주기와 들려주기를 혼합해서 사용하는 갈래에 비해 대사(대화, 독백 등 포함)가 매우 중요하다. 요약하거나 설명해 주는 서술자가 없으므로, 인물의 생각과 사건의 내막을 알려주기 위해 대사의존도가 높아지는 것이다. 그런 갈래에서는 주로 대사와 행동(몸짓, 연기)을 통해 주체, 즉 인물의 특질이 형성되며 사건도 전개된다.

인물의 대사를 구사함에 있어 유의할 요소는 상황, 성격, 의미(정보, 사상), 표현 등이다. 현재 상황의 실태와 전개 방향, 그리고 그에 처한 인물의 성격과 심리, 말투 등을 면밀히 고려해야 하는 것이다. 사건과 인물에 대해 무언가 알려주고 상황을 진전시키는 데 기여하지 않는다면, 인물은 차라리 입을 열지 않는 편이 낫다.

소설 같지도 않고 (연극, 텔레비전 드라마, 영화 등의) 대본 같지도 않은 대화 위주의 서술들이 그렇듯이, 인물이 대화를 계속 나누는 데도 새로 드러나거나 진전되는 게 없다면, 감상자는 곧 감상을 그만두

게 된다. 폐부를 찌르는 언어, 어눌한 말에 동반된 긴 여운, 익살맞은 사투리의 사용 등과 같은 문체의 문제는 그런 기본적인 점들이 충족된 다음에 생각할 거리이다.

### 항상 인물의 '내면 흐름'에 유의한다.

장면이 벌어지고 상황이 변할 때, 그에 참여한 인물들의 '내면 흐름'*도 끊임없이 바뀐다. 사랑을 고백하는 영화의 장면에서 카메라가 무엇을 어떻게 포착하는가를 떠올려 보면 짐작이 갈 것이다. '내면 흐름'이란 관심의 방향, 의식의 지향, 감정의 쏠림 등 인물의 내적 상태와 움직임을 두루 가리키는데, 성격 전반의 서술에서 늘 중요시해야 할 점이다. 인물의 내면을 제시하는 전통적 방법 중 하나가 꿈을 활용하는 것인데, 꿈은 자면서 꾸므로 구체적 상황과 동떨어지며 상투적이 되기 쉽다.

스토리텔러가 감상자의 반응을 염두에 두고 서술할 때 가장 놓치면 안 될 것이 인물의 내면 흐름이다. 그것이 감상자의 내면 흐름 또한 좌우하며 관심의 초점을 형성하는 까닭이다. 감상자가 인물의 내면 흐름을 알지 못하면서 어떻게 '공감'하고 '동정'하며, 그와 자신을

---

* '내면 흐름'은 소설의 기법을 가리키는 '의식의 흐름'과 관련이 있는데, 필자가 이야기 서술에 두루 활용하기 좋게 바꾼 것이다. '감정선', '내면 변화' 등을 쓸 수도 있으나, 이성과 감성, 정보와 감정이 복합된 것이며, 항상 무엇을 지향하고 또 움직이므로 '내면 흐름'이라 일컫는다.

'동일시'할 수 있겠는가?

하나의 장면에 한 인물만 등장할 때는 오히려 내면 흐름을 크게 의식할 필요가 없다. 서술이 자연스레 그의 내면 흐름을 따라가기 마련인 까닭이다. 그런데 어떤 장면이나 장면 연속체(sequence)에는 대개 둘 이상의 인물이 존재하며, 그들 각자는 성격과 관심사에 따라 내면 흐름이 다르다. 영화감독은 화면에 포착되는 인물 각자의 내면을 모두 의식하며 연기와 촬영을 지휘한다. 소설의 작자 역시 'ㄱ이 말했다', 'ㄴ은 그 말이 서운했다'와 같은 요약적 설명만 하지 않고, 인물 각자의 내면 흐름을 면밀히 고려하면서 서술함이 바람직하다. 이는 인물과 장면을 입체적으로 드러내기 위함이지만, 궁극적으로 사건의 인과성과 연속성 그리고 이야기 전체의 초점과 논리를 유지하기 위함이다.

소설이나 동화같이 서술자가 존재하는 갈래의 경우, 이는 시점 혹은 초점화와 직결된 문제이다. 하지만 어느 이야기에서나 항상 대상은 어떤 조망점에서 '포착되고' 그 각도에서 '제시되게' 마련이다. 이때 그 조망점이 인물에 놓일 때, 또 조망되는 대상(피사체)이 인물일 때, 이 내면 흐름이 특히 중요하다. 가령 노인이 우두커니 서 있는 겨울 들판이 제시될 때, 다른 인물이 어떤 내면 상태에서 그를 바라볼(초점화할) 경우* 매우 달라진다. 후자의 경우, 그 풍경은 외부에 존재하는 모습의 사실적 '재현'인 동시에 그것을 바라보는 인물의 내면, 그 내면에 흐르는 상념을 '표현'하는 이미지가 된다.

---

* '시점 숏'에 해당하는데, 영화에서는 그런 카메라 조작 없이 편집만으로도 유사한 효과를 낼 수도 있다. 칸을 구성하고 연결하는 만화 역시 그렇다.

**이름을 활용한다.**

이름 붙이기, 즉 명명법(appellation)은 인물 그리기의 오랜 방법 중 하나이다. 이름에는 이미지가 고착된 관습적인 이름이나 별명 등이 많은데, 특질을 쉽게 제시할 수 있다는 장점이 있는 반면에 너무 상투적이기 쉽다.

영어권의 이름은 성서에서 비롯된 게 많고, 'Goodman'이 성의 하나인 데서 알 수 있듯이 이름으로 특질을 제시하기 좋은 편이다. 이에 비해 한국어 이름은 돌림자가 정해져 있어 활용에 한계가 있으나 근래 들어 꽤 변하고 있다.

《마당을 나온 암탉》에는 주인공의 특이한 이름 '잎싹'에 관한 서술이 두 차례 나온다. 그만큼 작자가 이름 붙이기에 공을 들였다는 증거이다. 그중 하나인 다음을 보면, 그 이름에 잎싹의 삶 전체가 함축되어 있음을 알 수 있다.

> "잎싹? 풀잎, 나뭇잎, 그런 것처럼?"
> "그래, 그런 뜻이야. 그보다 훌륭한 이름은 없을 거라고 생각해. 잎사귀는 좋은 일만 하니까. (중략) 잎사귀는 꽃의 어머니야. 숨 쉬고, 비바람을 견디고, 햇빛을 간직했다가 눈부시게 하얀 꽃을 키워내지. 아마 잎사귀가 아니면 나무는 못 살 거야. 잎사귀는 정말 훌륭하지."
> "잎싹이라…… 그래, 너한테 꼭 맞는 이름이야."
> ― 황선미,《마당을 나온 암탉》, 사계절, 2010, 73쪽.

**공간소를 활용한다.**

공간 또는 공간소(空間素)는 이야기 서술에서 다양한 기능을 하며, 특히 인물 그리기에서 중요하게 쓰인다. 이에 관해서는 뒤의 '4장. 공간의 활용'에서 다루기에 여기서는 간략히 언급한다.

〈센스 앤 센서빌리티〉에서 아버지가 돌아가시자 엘리너 자매와 어머니가 본집에서 밀려 나와 살게 되는 작은 집은 그들의 경제적 지위가 전보다 얼마나 낮아졌는가를 '사실적'으로 보여준다. 또 엘리너 역을 맡은 배우 엠마 톰슨의 분장이나 차림새는 생각 깊은 맏딸의 전형적인 모습이다.

앞서 '내면 흐름'을 다루면서 잠시 살폈듯이, 공간을 이루는 요소들은 인물의 심리, 작품의 분위기, 주제 등 눈에 보이지 않는 추상적인 것을 이미지 혹은 가시적 형태로 '표현'하는 데 활용된다. 가령 단편소설 〈웃음소리〉(최인훈)에서 자살충동에 사로잡힌 여자 주인공이 바라보는 십자가상은 그녀의 처지와 심리를 비유적으로 표현하는 공간소이다. 그런가 하면, 영화의 대결 장면에서 퍼붓곤 하는 비는 그 속에서 흠뻑 젖어 나뒹구는 인물들의 어둡고 격렬한 심리를 은유적·환유적으로 제시한다. 영화 〈용서받지 못한 자〉(클린트 이스트우드)의 보안관 '빌'은 자기가 살 집을 짓고 있는데, 끝내 완성하지 못한다. 그의 완성되지 못한 집은 그의 삶 자체를 상징한다.

요컨대 공간 또는 공간소는 인물의 특질과 내면의 형상화에 적극 활용할 필요가 있다. 연극의 무대감독, 영화의 미술감독, 애니메이션이나 그림책의 디자이너 등은 모두 이 방면의 전문가들이다.

**중요한 성격소는 반복하여 서술한다.**

중요한 사건이나 갈등이 그렇듯이, 인물의 핵심 특질을 제시하는 성격소도 어떤 형태로든 거듭 제시함이 바람직하다. 사건의 반복과 같이, 반복은 되풀이되는 것들 사이에 단계적·점층적 관계를 만들어 전개를 선명하게 하며, 전체 구조에 미적 질서를 부여한다. 소설은 같은 표현을 반복해도 덜 어색하지만, 영화에서는 비슷한 장면이 되풀이되면 지루해지기 쉬우므로 방식을 바꾸면서 반복할 필요가 있다. 한 인물이 폭력 집단 소속임을 강조할 때, 품속의 흉기, 팔뚝의 문신, 폭력 집단의 일원과 은밀하게 대화를 나누는 모습 등으로 바꾸어 제시하는 식이다.

다음은 텔레비전 드라마 〈나의 해방일지〉*의 대본 일부이다.

## 제4화

### 53. 집, 거실과 주방(밤)

장식장에서 담금주를 몰래 꺼내던 미정은 방을 보며 정지. 미친…

술을 머그컵에 반쯤 따르고 도로 넣어두고,

어두운 거실에서 소리 나지 않게 움직인다.

식탁에 앉아 한 모금 마시고… 가만히 앉아 밖을 본다.

구씨네를 보는데, 구씨가 잘 안 보인다. 흐릿하다.

비도 오지만… 혹시나 싶어 눈앞에 켜둔 맥북을 슬쩍 옆으로 돌려놓고 다시 보는데… 이제 좀 선명하게 보인다.

구씨가 제집 앞에 (차양 밑에) 〔술에 취해-인용자〕 앉아 있다.

내리는 비를 보며 가만히 앉아 있는 구씨.

정지해 있는 것처럼 아주 움직임이 없다.

멀리 있는 산 위로 실오라기 같은 빛이 보였다가 사라졌다가… 번개 치는 듯.

천둥소리도 멀게 들리고.

---

● 박해영 작, 김석윤 연출. 총 16부작. JTBC 방영(2022. 4. 9~5. 29)

그러다가 따라락 천둥소리가 갑자기 크게 들리고. 번쩍이는 번
갯불.

미정은 구씨를 보는데, 미동도 안 한다. 자세와 표정에 변화가
없다.

그런 구씨를 가만히 보는 미정.

**상민** (E)* 염미정 씨는 왜 해방클럽을 생각했어?

〔INS.** 사무실. 천둥 번개 치던 낮.

요란한 천둥 번개에 기겁을 하는 여직원들.

그에 반해 차분히 번쩍이는 창밖을 보는 미정의 모습 위로〕

**미정** (E) 사람들은 천둥 번개가 치면 무서워하는데… 전 이상하게
차분해져요. / 드디어 세상이 끝나는구나. / 바라던 바다.

현재. 자신과 같은 생각인 듯한 표정으로 벼락을 보는 구씨.

그런 구씨를 보는 미정.

**미정** (E) 갇힌 것 같은데, 어딜 어떻게 뚫어야 될지 모르겠어서, 그

---

- ● E(effect) - 효과음. 화면 밖에서 들려오는 소리나 대사
- ●● INS.(insert) - 화면과 화면 사이에 끼워 넣는 삽입 화면

냥 다 같이 끝나길 바라는 것 같애요. '불행하진 않지만, 행복하지도 않다. 이대로 끝나도 상관없다.'

〔INS. 도심에서 현아를 기다리는 동안 웃으며 가는 커플들을 담담히 보는 미정〕

**미정** (E) 다 무덤으로 가는 길인데, 뭐 그렇게 신나고 좋을까.

다시 현재. 요란한 벼락 소리에도 차분한 구씨의 얼굴.

**미정** (E) 어떨 땐, 아무렇지 않게 잘 사는 사람들보다, 망가진 사람들이 훨씬 더 정직한 사람들 아닐까… 그래요.

그때 구씨 맞은편에 있던 전봇대에 하얀 빛줄기가 떨어지고.
따라락 펑!
전봇대가 하얗게 폭발하며 터졌다. 헉! 놀라는 미정.
집 안의 모든 전자기기가 띠리릭 일시에 꺼지는 소리.
창밖으로 점점이 있던 가로등이며 모든 불빛도 사라지고 암흑.
순간 밖으로 뛰쳐나가는 미정.

## 54. 동네 일각 (밤)

세찬 빗속을 헉헉대며 급히 간다.
그렇게 달려가다 보면, 갑자기 눈앞에 앉아 있는 구씨가 나타나고.

한 치 앞도 보이지 않아 여기까지 바짝 온 것.

구씨는 지금 자기가 뭘 보고 있는 건가 싶은 표정.

전봇대에서 끊어진 전선이 불꽃을 내며 꿈틀꿈틀 요동치고. 불꽃이 떨어지고…

**미정** (집을 가리키며) 들어가욧!

**구씨** !

**미정** 얼른 들어가요!

그래도 멍하니 있자, 미정은 우악스럽게 구씨의 어깨 자락을 잡아끈다.

**미정** 들어가라고요!

## 55. 구씨네 (밤)

미정은 구씨를 끌고 와 거실에 확 밀어 넣고.

어둠 속에서 정지해 있는 두 명의 형체.

번쩍이는 번갯불에 언뜻언뜻 보이는 서로의 표정.

미정은 말 안 듣는 개를 보듯 씩씩대며 구씨를 보고.

구씨는 술기운에도 황당한 듯 그런 미정을 보고.

미정은 구씨를 보다가 홱 나가며, 문을 쾅 닫고!

황당한 구씨의 얼굴.

## 56. 동네 일각 (밤)

뚜벅뚜벅 집 쪽으로 가는 미정.

집 쪽에서 플래시 불빛이 움직이는 게 보인다.

**미정** (E) 어디에 갇힌 건진 모르겠지만, 뚫고 나가고 싶어요. 진짜로 행복해서, 진짜로 좋았으면 좋겠어요. 그래서, 아, 이게 인생이지… 이게 사는 거지… 그런 말을 해보고 싶어요.

집안에서 누군가 미정의 오는 길을 비춰주는 듯, 집에 가까워지면서 미정의 얼굴에 빛이 밝아지는 데서.

- 박해영,《나의 해방일지》제1권, 다산북스 2023. 232-236쪽.

1 앞에는 미정과 구씨 두 인물만 나온다. 그런데 구씨는 아무 대사도 하지 않고 행동도 피동적이어서 대부분의 서술이 미정 중심으로 이루어진다. 그러나 그녀의 상대(관심 대상)가 구씨이므로 그 서술들은 직접·간접으로 그와 연관된다.

그에 따르면, 구씨는 어떤 사람인가? '미정의 대사에서', 그의 성격적 특질이나 내면 상태를 알고 상상하는 데 도움을 주는 말을 찾아 괄호 안에 적으시오.

(                          ) 사람

2-1 앞의 인용에서 미정과 구씨는 비슷한 특질을 지닌 인물로 그려진다. 그것을 보여주는 모습 혹은 장면은?

2-2 앞에서 구씨와 미정의 공통적 특질과 현재의 심리적 상황을 간접적으로 '보여주는' 주요 사물(공간소)은?

3 다음은 이 드라마 전체에서 사용된, 구씨의 특질을 제시하는 성격소들이다. 이들 가운데 (2-2의 답처럼) 시각적 이미지가 비교적 강한 것은?

① 말을 거의 하지 않고 해도 짧게 말한다.
② 동네 공터의 (버려진) 야생 개들을 돌본다.
③ 구씨로만 불리다가 이름이 뒤에 가서야 알려진다.
④ 줄곧 술을 마시는, 알코올에 의존해 사는 중독자이다.

4 미정은 장면 54 끝의, 전봇대에 벼락이 떨어지는 것을 계기로 급격히 변한다. 그때 구씨에게 뛰어가는 그녀의 행동은 어떤 내면적 동기나 욕망을 '보여주기' 위한 것인가? 다시 말해, 그녀의 어떤 심리적 정동(情動)을 '제시하기' 위해 설정된 것인가? 그녀의 대사를 참고하여 구체적으로 답하시오.

5 　인용글에서 대사는 미정의 것 중심으로 이어지나 영상은 여러 시간과 공간을 이동한다. 따라서 미정이 각 대사를 했거나 하고 있는 것으로 상상되는 때와 곳도 일정하지 않다.

　이 연속 드라마의 시청자는, 특히 장면 53의 '상민'의 대사 때문에, 미정의 말들은 주로 그녀가 다니는 회사의 '행복지원센터'나 그에 속한 '해방클럽' 모임(나아가 그 회원들이 적는 '나의 해방일지' 노트)에서 나온 것으로 받아들인다. 한편 그 말들 자체는 매우 고백적이며 설명적이다.

　드라마의 이름을 거기서 따왔을 정도로, 이 이야기에서 '행복지원센터'와 '해방클럽'은 중요하다. 앞의 사실들을 볼 때, 그것들은 이 드라마에서 어떤 기능을 하는가? 다시 말하면, 특히 인물 그리기 면에서 그것들은 이 이야기에 어떤 용도로 설정되었는가?


6 　앞의 인용은 미정의 극적인 '내면 흐름'을 그려내고 있다. 이 텔레비전 드라마(총 16부)에는 이러한 장면이 비교적 많은 편이다. 비슷한 장면 혹은 시퀀스를 찾아, 그 흐름의 과정을 간략히 요약해 보시오. (초점화된 인물이 누구여도 좋음)

# 제4장

## 공간의 활용

스토리텔러는 사건을 엮는 데 그치지 않는 '표현가'이다.
상상력이 풍부한 작자는 사물의 관습적 이미지를 활용하는
한편 그것이 자기 이야기에서 띠는 개성적 의미를 창조한다.

# 1

# 공간이라는 것

이야기에서의 공간과 시간은 흔히 '배경'이라는 개념으로 다루어 왔다. 공간적 배경, 시간적 배경 등의 용어가 그것이다. 그것은 인물, 사건과 함께 이야기의 주요 요소 중 하나로 간주되기도 한다. 하지만 시간과 공간을 하나로 묶는 것도 합리적이지 않은 점이 있고, 배경이라는 말이 '뒤에 있는 경치' 같은 것만 연상시키는 좁은 개념이므로 여기서는 사용하지 않는다.

공간은 시간과 함께 사물이 존재하는 기본 범주요 조건이다. 모든 사물은 시간과 공간 속에 존재한다. 이야기에 재현된 사건과 인물 역시 그 안에 존재하기에 그것은 자연히 스토리 세계를 이루는 이야기의 기본 요소 중 하나가 된다.

그런데 시간은 그 자체가 직접 보이지 않는다. 이야기가 시간예술이므로 시간은 전체의 구조 원리로 작용하지만, 공간을 포함한 다른 사물의 변화에 의해 간접적으로만 감지된다. 바람을 나뭇잎의 흔들림을 통해 알듯이, 시간은 상황의 흐름과 배열, 인물의 행동 변화 등을 통해 간접적으로 인식된다. 그것은 이야기의 기본 요소들 가운데 특히 사건 및 플롯과 긴밀한 관계에 있다.

시간과 달리 공간은 눈에 보이는(지각할 수 있는) 구체적인 대상이다. 그것은 독자가 마음속의 화면에서, 또 관객이 스크린이나 무대 등에서 '보는' 것이다. 그러므로 이야기에서 공간은 플롯, 초점화 등과 같은 형식적 요소가 아니라 사건, 인물 등과 함께 내용을 이루는, 형상과 이미지를 지닌 사물이다. 따라서 시간과 달리 인물 및 인물 그리기와 긴밀한 관계에 있다. (☞ 제3부 1장 5절)

이렇게 따로 논의하고 있지만, 물론 시간과 공간은 물리적으로 분리할 수 없다. 그래서 미하일 바흐친은 시공간(chronotope)*이라는 개념을 사용했다. 그러나 논의의 편의상 시간은 뒤의 '5장 플롯 짜기'에서 다루기로 하고 이 장에서는 공간 중심으로 살피기로 한다.

이야기의 '공간'은 인물과 사건이 존재하는 물리적 장소는 물론, 그것을 구성하는 온갖 사물을 가리킨다. 다시 말해, 사건이 벌어지는 장소와 함께 스토리 세계를 구성하는 물질적 사물 전반을 가리킨다. 예를 들어 거리나 건물 등의 장소, 거기 내리는 비나 눈보라 등의 기

---

● '시공간' 혹은 '시공성'. 희랍어 chronos(시간)와 topos(장소)의 합성어. 이를 문학
비평 용어로 사용한 미하일 바흐친은 "문학작품에 예술적으로 표현된 시간과 공
간 사이의 연관"으로 뜻매김하고, 아인슈타인의 상대성 이론에서 도입했다고 하
였다. 이 개념은 작품 분석에 있어 시간(역사의 통시적 축)과 공간(사회의 공시적
축)의 요소를 통합적으로 바라보는 시각을 열었다.

후 현상, 인물의 옷차림과 장식, 사건에 관련된 승용차나 무기 등과 같이 공간을 이루는 요소들이다. 그런 사물을 모두 싸잡으면서 그들이 의미 기능을 지닌 요소임을 부각시키기 위해서는 그냥 '공간'보다 '공간소(空間素)'라고 부름이 적절할 때가 있다.[9]

이야기를 논의하면서 자주 사용하는 '형상화', '이미지', '재현' 등은 모두 공간을 차지하는 사물의 형상과 관련된 말들이다. 한마디로 그들은 '공간화' 곧 공간적 요소로써 표현하려는 것을 구체화하는 활동과 연관되어 있는 것이다. 이렇게 볼 때 그림, 영상 따위의 시각적 서술언어를 사용하는 만화나 영화 같은 갈래에 있어 공간의 기능은 절대적이다.

한국의 고소설과 근대소설을 비교해 보면 알 수 있듯이, 이야기의 기법이 근대화되고 '예술적'이 될수록 비중이 늘어나며 정교해진 게 공간이다. 하지만 공간은 기능이 정적(靜的)이므로 스토리를 요약하면 생략된다. 또 설화나 동화처럼 서술이 사건 위주로 이루어질 경우 비중이 줄어든다.

언어라는 단일하고 추상적인 매체를 사용하는 소설류와 달리, 영화나 연극 같은 공연 갈래는 그 자체가 화면이나 무대 공간에서 세트, 의상, 분장, 소품, 조명 등의 공간소를 가지고 구체적으로 '보여준다'. 그것들은 어느 시대, 어느 곳을 환기한다(사실적·재현적 기능). 동시에 그것들은 인물 및 사건과 연관되면서 어떤 이미지와 의미를 띠면서 내용을 표현하고 정서를 불러일으킨다(표현적·미적 기능).

소설은 기본적으로 서술자의 말로 되어 있으므로 그의 서술태도와 초점화 방식이 공간의 모습, 의미 등에 큰 영향을 끼친다. 이에 비해 "공간의 시간적 연결에 의해 구성되는 시공간 예술"[10]인 영화의 경우, 공간소의 의미와 효과는 촬영 방식과 화면의 구성(미장센), 편집 등에 크게 좌우된다. 화면의 색채, 형상 따위에서부터 카메라 조작과 커트의 연결에 이르는 그 기법들은 매우 다양하고 또 각종 제작 활동을 요한다.

"공간은 입과 발이 없다."[11] 능동적으로 기능하지 못하는 것이다. 물론 그것은 영화에서 책상 위에 놓인 가족사진처럼 그 자체가 어떤 정보를 전달한다. 하지만 많은 경우 그것의 의미 표현은 다른 것들과의 수사적 관계, 즉 유사 관계(은유적, 상징적), 인접 관계(환유적), 대조 관계 등을 이용하여 간접적으로 이루어진다. 애니메이션 〈해피 피트〉에서 자연물만 있는 펭귄 세상에 불쑥불쑥 등장하는 인공물들의 반복(갈매기의 발에 채워진 식별표, 펭귄 러브레이스의 목에 걸린 비닐 쓰레기, 얼음 절벽에서 떨어지는 굴삭기, 포경산업의 잔해와 교회 건물, 결말부에 등장하는 헬리콥터 등)은 자연을 약탈하고 훼손하는 인간 세력을 제시하는 일종의 상징들이다. 그러한 사물 혹은 이미지들은 처음에는 모호하고 우연스럽게, 다만 섬뜩한 느낌만 주면서 제시된다. 그러나 인간의 폭력적이고 압도적인 힘을 점층적·상징적으로, 또 감상자 스스로가 인간으로서 반성하며 인식하도록 이끈다.

한편 퇴락하고 무너져 가는 집 - 단편소설 〈무녀도〉(김동리)의 모화네 집, 〈황혼의 집〉(윤흥길)의 경주네 집 등 - 은 거기 사는 가족의 운명과 유사하다. 폭력 집단의 난투극은 대개 공사장이나 주차장에서 벌어지는데, 그곳이 싸움의 장소로 알맞으며 그 어둡고 어지러운 분위기가 싸움과 어울리기 때문이다. 또 영화 〈브루클린〉(존 크로울리)에서 주인공 에일리스가 입는 옷들은 그녀의 내면 상태, 사회적 지위의 변화 등을 드러낸다. 한편 돼지고기를 즐겨 먹는 문화권과 그렇지 않은 문화권의 이야기에서 그에 대한 이미지는 같지 않다. 앞의 수사적 관계가 문화, 이데올로기, 관습 등에 따라 달라짐을 보여주는 예이다.

　이런 예들에서 알 수 있듯이, 공간의 기능에서 중요한 몫을 차지하는 게 그것의 이미지 곧 심상(心象)이다. 여기서 작가 헤밍웨이의 짧은 이야기를 가져와 보자. 헤밍웨이한테 친구들이 내기를 걸었다. 단어 여섯 개로 이야기를 지어보라고 했는데, 그가 만든 이야기는 다음과 같다.

　For Sale: baby shoes, never worn. (팝니다: 아기 신발, 사용한 적 없음)[12]

　헤밍웨이가 내기에서 이긴 이유, 곧 앞의 6단어가 친구들한테 감동적인 이야기로 인정받은 이유는 여러 가지가 있다. 여기서 주목하는 것은 아기 신발, 그냥 신발이 아니라 팔려고 내놓은 아기 신발, 그것도 한 번도 아기가 신은 적이 없는 그 신발의 이미지이다. 그것은 헤밍웨이가 지어낸 '어떤 불행한 상황' 속의 이미지로써 감상자의 배경지식과 경험, 감정 등을 불러일으켜 슬픈 이야기를 생성한다.

　앞에서 공간의 사실적 측면과 표현적 측면을 살폈다. 이는 곧 공간의 그러한 기능으로 직결된다. 이는 스토리텔러에게 예민한 감수성과 미적 감각을 요구하는 것이므로, 논의를 더 구체화시켜 보자.

다음은 단편소설 〈사평역〉(임철우)의 첫머리이다. 공간의 특성과 기능을 실감하기 위해, 이 서술에서 스토리를 간추린다면 자잘한 여러 공간소들은 어떻게 될 것인지, 그런데 특유의 분위기와 정서를 형성하는 것은 실상 무엇인지 살펴보자.

막차는 좀처럼 오지 않았다.

별로 복잡한 내용이랄 것도 없는 장부를 마저 꼼꼼히 확인해 보고 나서야 늙은 역장은 돋보기안경을 벗어 책상 위에 놓고 일어선다.

벌써 삼십 분이나 지났군.

출입문 위쪽에 붙은 낡은 벽시계가 여덟 시 십오 분을 가리키고 있다. 하긴 뭐 '벌써'라는 말을 쓰는 것도 새삼스럽다고 그는 고쳐 생각한다. 이렇게 작은 산골 간이역에서 제시간에 정확히 도착하는 완행열차를 보기가 그리 쉬운 일은 아님을 익히 알고 있는 탓이다. 더구나 오늘은 눈까지 내리고 있지 않은가.

역장은 손바닥을 비비며 창가로 다가서더니 유리창 너머로 무심히 시선을 던진다. 건널목 옆 외눈박이 수은등이 껑충하게 서서 홀로 눈을 맞으며 희뿌연 얼굴로 땅바닥을 내려다보고 있다. 송이눈이다.

- 임철우, 《아버지의 땅》, 문학과지성사, 1984, 92쪽

스토리 세계의 공간은 경험 세계의 그것을 모방한 환영이지만, 물리적 형상을 지니고 있고 또 실제 경험을 바탕으로 이해된다. 그것은 우선 작품 내 세계를 밖의 경험 세계와 연결하여 인물과 사건이 존재하는 환경 및 시대에 관해 알려줌으로써 이해의 맥락을 환기하

고 그럴듯함을 조성한다. 한마디로 사실적 기능을 한다. 그 대표적인 것이 소설이나 영화의 첫머리에 묘사된 공간이다. 앞에서 막차, 늙은 역장, 낡은 벽시계, 산골 간이역, 송이눈 등은 감상자에게 어느 시대와 장소, 분위기 따위를 느끼게 하면서 그에 어울리는 상상과 기대를 품도록 한다.

사건이 동적이라면 공간은 인물과 함께 정적인 사물 혹은 '존재물(existents)'[13]이다. 그리고 같은 존재물이라도 인물과 달리 공간은 스스로가 아니라 다른 인물, 사건 등과의 관련 속에서 간접적으로 의미 기능을 한다. 공간은 사실적 기능과 함께, 앞의 소설에서 '작고 허름한 것들, 송이눈' 등이 어울려 분위기를 만들 듯이 표현적 기능을 한다. "건널목 옆 외눈박이 수은등이 껑충하게 서서 홀로 눈을 맞으며 희뿌연 얼굴로 땅바닥을 내려다보고 있다"는 의인화된 서술은 그 속에 나타날 인물들의 내면, 사건의 내막과 의미 등을 암시하는 기능까지 한다. 이때 그 표현 내용은 그것이 어떤 상황에서, 어느 제재나 인물과 관련되느냐에 따라 좌우된다. 뮤지컬 〈노트르담 드 파리〉(연출: 질 마으)에서 같은 벽기둥이 콰지모도가 무대에 있을 때는 그의 암울한 내면을 제시하고, 프롤로 신부가 무대에 등장하면 그의 심리를 상징하는 게 좋은 예이다. 요컨대 사물과 연관되어 무엇을 표현할 때에 공간은 비로소 공간다워진다.

공간의 이러한 기능들은 사실 매우 융합되어 있다. '길 이야기'에 속하는 장편소설 《어둠의 심연》(조셉 콘래드)과 그 영향을 받은 로드무비 〈지옥의 묵시록〉(프랜시스 포드 코폴라)에서는 주로 사건이 '길'에서 일어난다. 이 길이라는 공간의 기능은, 정보적 이야기인 기행문의 그것이 여행 지도에 있는 길 자체라면, 앞의 표현적 이야기 작품에서 그 것은 사건을 사실적이게 하는 장소인 동시에 작품의 분위기와 주제를 표현하는 상징이 된다. 기행문 작가가 여행길에 관한 객관적 정보를 제시한다면, 로드무비의 감독은 그 길의 형상과 이미지를 만들고 구성하여 인물들의 '인생길'과 그에 관한 정서를 표현한다.

공간의 비중은 스토리 세계 자체가 아예 현실에 존재하지 않는 환상적·가상적 이야기에서 절대적으로 커진다. 공간의 모습은 물론 거기서 영위되는 삶의 규범까지 망라한 온갖 허구적 세계 설정 (worldbuilding) 혹은 구축이 필요한 까닭이다. SF영화 〈블레이드 러너〉 (리들리 스콧)에서 되풀이되는 거리 이미지 – 동서양이 혼합되고, 어두우며, 다른 행성으로 떠날 사람을 모집하는 방송이 울려 퍼지는 – 는 그 자체가 거의 주제나 메시지에 가깝다.

---

● 미케 발은 행위 혹은 조망의 대상으로 초점화된 이 공간만 공간(space)이라 부르고 일반 스토리 공간은 장소(place)라 불러 구별하고 있다. 《서사란 무엇인가》(한용환·강덕화 역, 문예출판사, 1999), 169쪽.

한편 이야기의 '상승적/하강적' 구조, '닫힌/열린' 결말, '고리식/계단식' 구성, '원형 구성' 등의 용어가 있다. 이는 이야기의 미적 구조를 '공간화'한 비유적 표현이다. 따라서 공간의 사실적·표현적 기능에 더하여 미적 기능에 대해 논의할 수 있다.

# 2

# 공간의 설정과
# 활용 기법

**가급적 모든 사물을 의미 있는 공간소로 활용한다.**

앞의 말은 어떤 기능을 하지 않는 공간적 사물은 되도록 등장시키지 말라는 뜻이다. 러시아 소설가 안톤 체호프가 했다는 흥미로운 말이 있다. 어떤 소설에 '벽에 못이 박혀 있었다'는 서술이 있으면, 소설이 끝나기 전에 누가 거기에 목이라도 매달아야 한다는 것이다. 이는 플롯에 관한 말이기도 하지만 공간소에 관한 말일 수도 있다.

영화 화면의 모든 것은 의미를 띠고 (입과 발은 없지만) '연기를 한다'. 화면에 포착된 인물의 손에 결혼반지가 끼어 있으면, 그가 '위험한 일은 삼갈 것'이라든가 '지금 아내를 속이고 있다' 따위의 의미 기능을 해야 한다. 물론 그러지 않는다면 배우의 손에서 반지를 빼고 촬영해야 한다. 반지 낀 손이 어둠 속에서 초점화되느냐 밝은 조명 속에서 그러느냐에 따라서도 암시하는 바가 달라짐을 생각할 때, 스토리텔러는 공간소에 예민하지 않을 수 없다. 일찍부터 공간예술가인 화가나 조각가가 그 방면의 기법을 발전시켜 왔으므로 미술관에 가서 그들에게 도움을 받으면 좋다.

### 사건과 인물의 표현에 적절한 때와 장소를 찾는다.

어떤 표정과 옷차림, 풍경 등은 평생 기억에 남으며 그것이 스토리텔링의 단서가 되는 경우가 있다. 이는 우리 삶에서 공간의 이미지가 기억과 상상을 크게 좌우함을 말해준다.

인물의 어떤 행동에 어울리는 옷차림과 장소가 있다. 반대로 어떤 옷차림이나 장소를 택해야 인물의 상황이나 심리가 더 잘 드러날 수 있다. 영화 〈버닝〉(이창동)의 결말부에서 불이라든가 주인공의 벌거벗은 몸은 그 어떤 말보다도 제시하는 바가 깊고 강력하다. 이를 볼 때, 사건과 인물을 설정하면서 공간적 요소의 활용 또한 구상해야 이야기의 전개를 구체화하고 그럴듯함을 얻는 데 도움이 됨을 알 수 있다.

OTT 드라마 〈오징어 게임〉(황동혁)을 창작할 때 주요 사건이 벌어지는 공간으로 처음부터 외딴 섬이 설정되었을 터이다. 그래야 극단적인 사건과 거기 동원되는 인물들의 특질을 제시하는 데 효과적이기 때문이다. 앞서 언급했듯이, 현실에 존재하지 않는 '세계 구축'을 해야 하는 환상적 이야기 갈래, 그 중에도 특히 애니메이션에서는 공간소라는 서술언어의 디자인이 사건과 인물 못지않은 중요성을 지닌다. 연극, 오페라, 뮤지컬 등의 공연예술에서, 연출자가 바뀔 때 의상과 무대 디자인이 변하며, 아울러 사건의 시대와 장소까지 바뀌는 것 또한 공간소의 기능이 심대함을 잘 보여준다.

## 대표적 이미지를 지닌 공간을 가급적 도입부에 제시하고 반복한다.

모든 담화는 그 서두가 중요하다. 이야기 역시 그러한데, 대개 인상적인 공간 제시로 시작한다. 그것의 상징적 기능 때문이다.

장편소설《탁류》(채만식)의 도입부에 그려진 탁류 곧 금강은 거기 등장하는 인물들, 곧 일제강점기 한국인들의 혼탁한 삶을 표상한다. 앞에서 본 소설 〈사평역〉의 거의 모든 사건은 도입부에 제시된 간이역에서 벌어지는데, 거기에는 시종 눈이 오거나 쌓여 있다. 하나같이 허름하고 고단한 서민들이 그곳에서 모이고 흩어진다. 흡사 비슷한 색깔을 덧칠하는 화가처럼, 작자는 뚜렷한 중심사건이 없이도 이미지의 반복과 분위기의 지속으로 통일성을 형성한다.

비단 도입부에서만 그런 것은 아니지만, 영화라면 여기서 미술감독의 역할이 중요하다. 그리고 음악 역시 중요하다. 도입부에서 감상자를 사로잡는 화면의 이미지와 그것을 청각적으로 표현한 음악이, 처음부터 끝까지 얼마나 감상자의 정서를 유도하고 긴장감을 유지하는가를 보면 잘 알 수 있다.

영화 포스터 제작자는 영화의 대표적 분위기나 주제를 표상하는 공간소를 대개 영화 자체에서 끌어낸다. 그리하여 그것으로 영화의 대표 이미지를 만든다.

## 공간소를 인물의 성격, 심리 표현에 활용한다.

영화 〈헤어질 결심〉(박찬욱)의 결말부에서는 말러의 음악과 거센

파도, 그리고 빛을 잃어가는 검푸른 하늘 등이 겹치면서, 자살하는 여주인공과 그 애인의 심정을 드러내고 또 강화한다. 그 작품에서는 공간을 분할하고 겹치는 화면 구성, 녹음된 음성을 활용한 현재와 과거의 혼합 등까지가 등장인물들의 내적 붕괴와 닮았다.

어떤 상황을 만들고 인물을 설정하는 일은 물론 중요하다. 하지만 그것의 의미, 분위기, 거기에 처한 인물의 심리 등은 본래 추상적인 것이어서 작자가 의식적으로 '그려내지' 않으면 안 된다. 이에 대하여는 앞의 2장과 3장에서 일부 다룬 바 있다.

다만 여기서 공간의 표현적 기능에 다시 주목하게 된다. 스토리텔러는 단지 사건을 엮는 데 그치지 않는 '표현가'이다. 이야기의 서술을 행동 혹은 그걸 지시하는 동사 중심으로 하는 이는, 여름 나무를 그리면서 줄기만 그리는 사람과 비슷하다. 감수성과 상상력이 풍부한 작자는 사물의 관습적 이미지를 활용하는 한편 그것이 자기 이야기에서 띠는 개성적 의미를 창조한다. 그 작업은 작품의 개성과 미적 완성도를 높여주며, 감상자로 하여금 자신의 상상력과 감성을 발휘하여 이야기 속에 녹아들게 한다. 동감 혹은 공감의 폭을 넓혀주는 것이다.

## 공간 서술로 텍스트에 리듬을 부여한다.

공간이 묘사될 때 소설 독자는 잠시 쉬게 된다. 그 대목에서는 사건이 전개되지 않거나 느리게 흐르므로 시간이 잊히는 까닭이다. 영화에서도 카메라가 먼 풍경을 포착하거나 주변의 사물을 조망할 때, 관객은 잠시 여유를 갖고 지난 사건을 갈무리하고 다가올 일들을 기대하게 된다. 공간 서술이 이야기에 일종의 쉼표를 찍어 리듬을 부여하는 것이다.

스토리텔러는 창작을 하는 '자기의 손이 보여야' 하고, 감상자의 반응도 냉정히 계산할 수 있어야 한다. 자신의 이야기에 몰두하는 동시에, 거기서 나와 감상자한테 지금 어떤 반응이 일어나고 있는지(일어나야 하는지)에 관심을 가져야 하는 것이다. 감상자의 정서적 반응을 조절하는 방법의 하나가 공간의 활용이다. 그것은 이야기가 시간예술이기에 필요한 것이면서, 궁극적으로 텍스트의 미적 질서를 만드는 데 기여한다.

1  영화 〈기생충〉이 주로 무엇에 관한 이야기인가는 관점에 따라 여러 가지로 볼 수 있다. 일단 그 제재들 가운데 현재 한국 사회에서 매우 중요시되는 것 하나를 보자. 김기택의 가족 중 기우와 기정이 처음에 박동익 사장의 가족과 만나 사건이 본격적으로 전개되기 시작할 때, 주로 무엇에 관한 일로 얽히는가?

2  김기택의 가족은 박동익 사장의 가족을 속인다. 그것을 고려할 때, 이 영화가 앞의 제재(1번의 답)에 관해 표현하는 생각 혹은 메시지는 무엇이라고 보는가? 한 문장으로 답하시오.

3-1  이 영화에서 집이라는 공간은, 사건이 일어나는 장소에서 나아가 거기 사는 사회적 계층의 현실과 욕망을 형상화하는 데 쓰인다.
  등장하는 세 가족(박동익 가족, 김기택 가족, 오근세 가족) 중에서 김기택 가족이 사는 집의 일반적인 명칭은?

---

• 봉준호 감독이 2019년 발표한 영화. 칸 영화제 황금종려상, 미국 아카데미상 작품상 등을 받았다.

3-2 이 영화의 결말부에서, 주인공 김기택은 박동익 사장의 집 어느 곳에서 지내고 있다. 공간 위주로 볼 때, 결국 김기택은 '이 영화의 전개 과정에서' 어떻게 이동한 셈인가? 아래 괄호 안에 위의 3-1번 답이 들어간다면 그와 비교하여 다른 ①과 ②에는 각각 무어라고 적는 게 적절할까?

(          ) → ①         → ②

4 이 작품에서 김기택 가족과 오근세 가족은 정도의 차이만 있을 뿐 비슷한 계층이다. 이를 드러내는 것을 무엇이든 적으시오.

5 다음은 이 영화 결말부에서 벌어지는 살인 사건들에 관한 것이다.

길잡이   이 영화에 관한 기존 자료들에 너무 매이지 말고, 질문이 요구하는 바에 적절한 자기 나름의 답을 작성한다.

5-1 김기택의 살인 행위의 원인이 되는, 이 작품의 궁극적 갈등 혹은 대립 요소를 적으시오.

(       \       )

5-2 살인을 당하는 박동익의 성격적 특질을 나타내는 데 적합한 단어를 하나 적으시오.

5-3    박동익의 그런 특질을 '보여주는' 대표적인 성격소(행동, 공간소 등)를 2가지 적으시오.


5-4    김기택이 박동익을 찌르는 결정적 동기 혹은 심리적 이유는?


5-5    김기택의 살인이 벌어지기 직전에 오근세의 살인(기정을 찌름)이 일어난다. 두 살인의 유사한 점과 다른 점은?

       ① 유사한 점:

       ② 다른 점:


6      비 혹은 빗물이라는 사물(공간소)은 이 작품에서 여러 번 중요하게 쓰인다. 그것은 어떤 기능을 하는가? 절정부의 폭우와 홍수를 중심으로, 두 가지로 나누어 답하시오.

       ① 사실적 기능:

       ② 표현적 기능:

7 　앞에서 살핀 이 영화의 여러 측면이 종합적으로 반영된 장면을 하나 택한다면 어느 것인가? 그 장면에서 초점이 된 상징적 사물 (공간소)을 적으시오.

8 　이 영화는 비극적이고 공포스러운 내용을 담고 있지만 희극적인 스타일로 연출한 대목들도 있다. 이러한 스타일 혼합은 왜 필요했다고 생각하는가? 1~2문장으로 적으시오.

# 제5장

# 플롯 짜기

플롯 짜기는 요소들의 의미를 부여하고 생성하는 일인 동시에,
한 이야기 안에서 일어나야 하는 것과 일어나서는 안 되는 것의
기준을 세우는 작업이다. 이는 궁극적으로 제재에 대한
해석 작업이면서, 작품의 논리와 미적 질서를 창출하는 일이다.

# 1
# 플롯이라는 것

　어떤 의미에서 스토리텔러는 감상자와 대결한다. 겪지 않았거나 겪었어도 인식하지 못했던 감상자가 그것을 흥미롭게 알고 또 경험하도록 만들어야 하기 때문이다. 그래서 작자는 어떻게든 그를 설득하고 감동시키기에 적합한 작품 구조를 '구성'해 내고자 힘쓴다. 그 과정에서 작든 크든 인위적 변용과 조작이 일어나는데, 거기에 사용되는 수단 중 대표적인 것이 플롯이다. 그래서 이야기의 하위 유형이나 세부 갈래를 나눌 때 흔히 플롯을 기준으로 삼는 경우가 많다.

　이야기란 '사건의 서술'이라고 하였다. 이야기에는 사건만 있는 게 아니므로, 이러한 뜻매김은 이야기에서 여러 요소들이 사건 중심으로 결합됨을 전제한다. 플롯은 이 "사건을 중심으로 한, 의미를 형성하며 독자의 관심과 흥미를 끌고 유지하는 수단이다."[14] 다시 말하면, 사건을 중심으로 요소들을 배열하고 결합하는 원리가 플롯이다.

　서술방식 위주로 볼 때, 이야기 행위, 즉 스토리텔링의 핵심은 플롯 짜기와 인물 그리기이다. 이 둘의 차이를 비유적으로 말해보면, 인물 그리기가 공간적인 작업이라면 플롯 짜기는 시간적인 작업이다. 사건은 일정 시간 동안 일어난 변화요 그것을 감상하는 데도 일정한 시간이 걸리기 때문이다. 여기서 몇 가지 사실을 알 수 있다. 첫째, 이야기 논의에서 인물 그리기에 비해 플롯이 더 주목을 받는데, 그것은 플롯이 이야기의 본질적 특성 가운데 하나인 시간성과 밀접한 까닭이다. 둘째, 플롯 짜기는 시간적 또는 동적인 성격을 띤 것(사건이라는 상황 변화의 인과성, 감상자의 지적·정서적 흐름 등)을 규율하는 방법의 문제이다. 셋째, 따라서 플롯을 짜거나 분석할 때 시간교란(anachrony), 즉 자연적 시간 질서의 변화에 주목해야 한다.

한마디로 플롯을 짜는 일은 우연스럽거나 파편적인 것들을 결합하여 필연적인 구조를 만드는, 그리하여 감상자가 흥미롭고 뜻있는 체험을 하도록 만드는 일이다. 그것은 혼란스러운 삶에 질서를 부여해 감상자를 설득하고 감동시킬 인공적인 스토리 세계를 창조하는 일이다. 이런 뜻에서 스토리텔러는 '감상자와 대결하는' 동시에 '혼란스러운 현실에 질서를 부여하고자 씨름한다'고 할 수 있다.

플롯이란 용어는 전통적으로 '스토리'와 비슷한 뜻으로 쓰이기도 하고, 그와 대조되는 '서술'의 원리로도 쓰인다.[15] 여기서는 뒤의 의미로 사용하는데, 그 이유는 이야기의 층위를 중시하기 때문이다. 스토리에서는 사건이 본래 일어난 자연적 시간 순서대로, 즉 인과관계대로 존재한다. 그런데 서술이 스토리의 순서에 따르지 않거나 그 일부를 생략하면, 인과관계에 틈이 생기면서 그에 대한 관심이 커진다 (왜 이런 일이 일어난 거지? 지금 상황이 어떻게 돌아가는 거야?). 이렇게 '스토리가 낯설어지게 서술하는' 원리, 특히 사건의 배열과 결합을 자연적 질서와 달라지게 함으로써 감상자의 인과 감각을 자극하는 원리가 플롯이다. 따라서 플롯이 일으키는 주된 반응은 '거듭되는 의문'과 '지속되는 기대'[16]이다.

세상의 처음과 끝은 알 수 없다. 엄밀히 따져보면, 개인의 삶이나 특정 사건의 처음과 끝 역시 끈을 자르듯 잘라내기 어렵다. 그러나 이야기는 인공적인 것이라 처음이 있고 끝이 있다. 처음과 끝이 그냥 '있는' 게 아니라 필연적인 내용과 모습으로 '있어야' 한다. 필연성 혹은 박진성(verisimilitude)을 띤 존재로 감상자 속에서 생생히 살아 움직여야 한다.

플롯 짜기는 부분(unit)을 엮어 통일성(unity)과 필연성이 있는 하나의 작품을 만들어 그럴듯함, 가치성 등의 이야기 요건을 충족시키는 작업이다. 그럴듯함은 본래 그렇다기보다 그럴듯하게 여겨지도록 서술해서 얻어지는 결과이다(☞ 제1부 3장 3절). 작품의 구성 요소들은 "스토리를 형성하고 그것에 의미의 특정한 방향이나 지향을 부여하는"[17] 플롯에 의해 유기적 조직의 일부가 되어, 감상자한테 사실적이고 재미있는 체험을 제공하게 된다. 플롯이 기획하는 그 '특정한 방향이나 지향'은, 말하자면 스토리의 처음상황에 내포된 모순이나 대립, 나아가 거기서 비롯된 갈등이 안고 있는 난제를 풀어가는 방향이며, 그 과정에서 형성되는 주제적 의미의 지향이다.

플롯에 대한 이러한 진술은, 각도를 달리해 보면 플롯 짜기가 요소들의 의미를 '부여'하고 생성하는 일인 동시에, 한 이야기 안에서 일어나야 하는 것과 일어나서는 안 되는 것의 기준을 세우는 작업임을 뜻한다. 이는 궁극적으로 제재에 대한 작자의 해석 작업이면서, 갈래의 규범 안에서 작품의 논리와 미적 질서를 창출하는 일이다. 그렇다면 어떤 제재에 '꽂힌' 스토리텔러가 막상 사건을 전개하고 플롯을 구성하지 못할 경우, 그것은 표현하려는 주제적 의미가 빈약한 탓이라 할 수 있다.

　사건 중심으로 요소들의 배열과 결합 방식을 논의할 때, 행동이나 사건과 관련된 '정보'도 대상이 된다. 사건은 장면적인 묘사 형태로만 서술되지 않고 요약적인 '사실' 형태로도 서술되는 까닭에, 플롯의 효과는 사건의 배열과 함께 정보의 지체(감춤과 드러냄)를 통해서도 달성된다. 가령 인물이 누구와 만나는 행동을 어디서 보여줄 것인가(어디서 감상자가 '보게' 할 것이냐)와 함께, 그 만남에 관한 정보를 어디서 제공할 것인가(어디서 감상자가 '알게' 할 것이냐)도 중요하다. 플롯짜기는 인과성을 낳기 위한 사건의 배열과 결합 문제인 동시에 정보 조절의 문제이기도 한 것이다. 플롯 논의에서 이 둘을 나누지 않거나, 후자를 전자에 비해 소홀히 다루는 경향이 있는데, 그것은 사건의 묘사적 제시와 요약적 제시를 구별하지 않은 탓으로 보인다. 여기서는 둘을 구별하면서, 후자도 전자만큼 중요한 플롯 기법이라고 본다. 사건의 주된 배열 순서는 깨지 않으면서 정보는 복잡하게 조절한 이야기도 많으므로, 실제로 보다 관심을 가질 문제는 정보 조절이라 할 수도 있다.

　사건, 즉 상황의 변화는 무한히 다양하지만 크게 보면 대개 다음과 같은 양상을 띤다.

욕망 - 실현/좌절

결핍 - 충족/충족 안 됨

깨어진 균형/조화 - 회복/회복 안 됨


그 과정은 갈등과 그것을 조정·해결하는 중간과정을 동반하는데, 그것은 어디까지나 스토리 차원에서의 중간과정이다. 그것이 서술에서는 앞에 놓일 수도 있고 뒤에 놓일 수도 있다. 이러한 서술 층위에서의 배열과 시간교란, 그에 따른 정보의 감춤과 드러냄은 감상자에게 대략 아래와 같은 반응의 변화를 일으킨다.


의문 - 대답(해결)

기대 - 충족

긴장(맺힘) - 이완(풀림)


이 지적(知的)이면서 정서적인 과정을 창조하는 플롯은 무한히 다양하다. 그것을 조감하기 위해 분류를 해보면, 사건의 전개 속도에 따라 '빠른 플롯/느린 플롯', 스토리라인의 수와 기능에 따라 '단선 플롯/복선 플롯', '주플롯(main plot)/부플롯(subplot)' 등으로 나뉜다. 사건의 전체 결합 양상에 따라 '입체적 플롯/평면적 플롯', '상승적 플롯/하강적 플롯', '원형 플롯/계단형 플롯', '시간적 플롯/공간적 플롯'˙ 등으로 갈래짓기도 한다. 이렇게 형태를 단순화하다 보면 플롯의 개념이 확대되어 스토리의 유형이나 작품 구조의 미적 원리 일반까지 포괄하게 되는데, 로버트 맥키의 '아크플롯/미니플롯/안티플롯'[18]은 그런 예의 하나이다.

　고전 연극의 전통 속에 있는 이른바 '극적 플롯'의 단계, 즉 도입 (발단)-전개(갈등)-위기-절정-결말[**]은 감상자의 정서적 반응을 이끌어내기 위한 플롯의 한 형태이다. 그것을 그린 '프라이탁의 삼각형'에서 수평축은 서술의 순서를, 수직축은 감상자의 반응을 나타낸다. 매우 오래되어 익숙하고 효과가 입증된 고전적 플롯임은 분명하지만, 그것이 최상의 플롯도 아니고, 모든 이야기가 따라야 하는 것도 아니다. 반전, 놀람의 결말(surprise ending) 등이 필요하다는 주장도 마찬가지이다. 단편소설 〈동행〉(전상국), 〈삼포 가는 길〉(황석영), 〈삼인행〉(홍성원) 등은 사건의 관계가 다소 돌발적이고 느슨한 '길의 플롯'을 지닌 '길 이야기'이지만, 단편소설다운 긴장과 밀도를 얻고 있다. 잘 짜인 플롯을 거부하는, 극단적으로 아예 스토리라인조차 최대한 지우려는 반소설(anti-roman) 스타일의 이야기도 드물지 않으므로, 어떤 플롯이 더 좋거나 나쁘다고 하기 어렵다. 전통적인 플롯을 취하지 않은 이

---

● 　'시간적 플롯/공간적 플롯'은 '선적(線的) 플롯/면적(面的) 플롯'이라고 할 수도 있다. 전자가 인과성이 단순하고 선명한 플롯이라면 후자는 인과성이 복합적이고 흐린, 심할 경우 사건 중심의 인과성을 거부하는 플롯이다. 이는 '사건 중심 이야기/인물 중심 이야기'와 유사한 구분이다. 여기서 제시하는 이런 플롯 유형들은 플롯의 특질을 이해하기 위한 예일 뿐이다. (김만수, 《스토리텔링 시대의 플롯과 캐릭터》, 연극과인간, 2012, 1부를 참조하시오.)

●● 　플롯의 단계 구분은 일정하지 않다. 이른바 플롯의 5단계와 극의 그것은 구별되지만 논란의 여지가 많다. 이는 흔히 구스타프 프라이탁의 이론을 바탕으로 삼는데, 본래 그는 극을 대상으로 삼각형 형태를 제시하였고, 거기에 감상자의 정서를 반영하여 절정을 꼭짓점에 놓았다. (조남현, 《소설원론》, 고려원, 1982, 250쪽 참고)

야기도 나름의 미적 질서 혹은 통합의 원리는 있기에, 플롯이 없다고 할 수 없다. 이렇게 볼 때, 과장해서 말하면 플롯의 수는 작품의 수와 같다고까지 할 수도 있다.

# 2

# 플롯 짜기의 기법

**정보를 조절한다.**

인과관계를 교란시키면 인과성에 대한 감상자의 관심이 커진다. 그 교란 방법 가운데 대표적인 것이 사건을 본래 일어난 스토리 순서에 따라 서술하지 않는 것과, 그와 관련된 정보를 조절하는 것이다. 정보 조절이란 사건의 순서가 어떻든 간에, 사건의 세부나 속뜻에 관한 정보를 제때에, 또 충분히 명시하지 않아 틈(gap)*을 만드는 방법이다. 인물이 어느 도시에 도착했는데, 그가 왜 거기 왔는지를 알려주지 않는 식이다. 정보는 설명적 언어로 직접 제시되기도 하지만 이미지나 공간소 등으로 간접적으로 보여주기도 하는데, 중요치 않아서 생략된 게 아니라 중요한데도 생략된 공백은 '의도적 틈'이며 이후

---

* 서술상의 공백, 특히 사건 전개상 필요한 정보가 비어 있는 부분을 가리킨다. 서술의 번다함을 줄이기 위한 것도 있고 플롯의 효과를 위한 것도 있다.

의 전개와 관련이 깊은 '의도된 결핍'이다. 따라서 그것은 주의 깊은 독자라면 의식할 수 있는 암시*가 되기도 하며, 혈연관계의 비밀처럼 '감춤과 드러남'에 따라 의문을 일으켰다가 놀람을 낳기도 한다. 그것이 뒤에 메워지면 '정보의 지체'요, 영구적으로 메워지지 않으면 '정보의 생략'이다. 정보 조절의 대표적인 방법은 어떤 행동의 동기나 배경을 모호하게 서술하여 의문을 일으킨 후 나중에 가서 그 내막을 밝히는 것이다. 그 결과, 암시되었다 명시되는 것들이 별도의 스토리라인을 이루는 것처럼 보일 경우, 그것은 '복선'에 해당한다.

정보의 조절은 단지 비밀을 감추고 그것을 다른 인물이나 감상자에게 노출하는 것만 가리키지 않는다. 그것은 감상자를 단계적으로, 작자의 지향에 따라 이야기에 참여시키고 반응하도록 만들기 위한 정보의 '감춤-드러냄' 장치 전반을 가리킨다. 정보를 한꺼번에 다 서술하지 않고 조절하는 까닭은 무엇보다 다 말해버리면 감상자가 상상할 여지가 없다는 점 때문이다. 바꿔 말하면, 약간의 정보로 무엇에 관해 일부 알려주고 암시함으로써 감상자가 그 방향으로 상상하도록 자극하고 유도하기 위한 것이다. 가령 소설에서 'ㄱ은 ㄴ을 두려워했는지도 모른다.'라는 서술을 읽으면, '모른다'고 발뺌하였으니 확실치는 않지만, 독자는 ㄴ에 대한 ㄱ의 감정이 '두려움'에 가까운 것이고, 머지않아 ㄱ이 실제로 두려워서 ㄴ을 피하게 되리라고 예상한다. 결국 그 서술은 '모른다'고 하면서 일정 정도 어떤 방향으로 알려주고 지시하

---

* 감상자가 틈을 틈으로 눈치채게 하되 정보를 충분히 제시하지 않아 상상을 자극하고 앞을 기대하게 하는 조절 기법이다. '예시'라고도 한다.

는 셈이다.

감상자는 아직 확실하지 않은(정보가 비어 있는) 인물의 동기를 짐작하거나 사건의 원인과 과정을 추리하면서 인식의 지평을 넓히기도 하고 자기 속에 맺힌 것을 카타르시스하기도 한다. 추리 이야기에서처럼 그 자체를 게임처럼 즐기기도 한다.《마당을 나온 암탉》에서 나그네가 잎싹과 새끼를 위하여 했던 행동과 말의 속뜻은 나중에 그가 죽은 뒤에야 밝혀진다. 잎싹이 그 점을 놀라면서 알게 되는 그 대목에서 바로 감상자 역시 놀라며 감동을 하게 된다.

**중심사건 위주로 서술한다.**

스토리는 다 서술할 수 없고 그럴 필요도 없다. 스토리의 중심사건이 있는가 하면 서술의 중심사건, 곧 주로 서술되는, 그래서 서술의 양이 많은 사건이 있다. 가령 심층의 '세 문장 스토리'와 직접 관련된 사건이라도 서술을 세세히 다 하는 것은 불가능하고 또 불필요하기에, '가지를 치고 줄기는 강화하여' 중요한 대목이나 장면 위주로 서술해야 하기 때문이다. '줄기' 이외의 것들은 회상, 플래시백, 서술자의 요약 따위의 방법으로 거기에 삽입하면 된다. 그 선택과 집중 과정에서 일어나는 생략, 축약, 확장 등은 감상자의 관심을 끌며 그의 정서와 관심을 단단히 붙잡고 이끌어가기 위해서이다.

이러한 작업의 결과로 일어나는 대표적 현상이 앞에서 언급한 '시간교란'이다. 이야기의 시간은 크게 '서술하는 시간'과 '서술된 시간'으로 구별되는데, 후자가 바로 전체 스토리가 일어나는 데 걸린,

즉 전체 스토리가 걸쳐 있는 자연적 시간이다. 시간은 지점(시점), 순서, 양(폭, 길이), 빈도 등 여러 측면이 있으므로, 가령 총 10년간 일어난 일을 감상하는 데 한 시간 걸리게 서술할 경우, 두 차원이 섞여 교란되면 매우 복잡한 양상이 벌어진다. 추리 이야기나 시간 차원의 이동을 다룬 SF 이야기는 흔히 이것 자체를 제재로 삼기도 한다.

사건을 본래 일어난 순서에 따라 서술하면 적어도 순서상의 시간 교란은 일어나지 않는다. 설화나 일부 동화가 그러한데, 서술이 이해하기 쉬우나 단순해진다. 한편 스토리에서 핵심적인 행동이나 사건이, 〈겨울왕국〉에서 부왕과 왕비가 이웃 나라에 가다가 바다에서 죽는 대목처럼 서술에서는 짧게 축약될 수 있다. 스토리에서의 비중과 서술의 비중이 달라지기도 하는 것이다. 스토리도 중요하지만 거기서 무엇에 관한 어느 대목을 어떻게 서술할 것이냐, 나아가 거기서 파생되는 인과성과 정보 조절 문제들을 어떻게 해결할 것이냐는 잘 의식하지 않지만 의외로 중요한 문제이다.

**도입부에서 스토리의 처음상황 혹은 난제를 제시한다.**

이야기 텍스트의 앞부분, 즉 도입(exposition)은 '발단'이라고도 하는데, 이는 스토리가 아니라 '서술'의 앞부분이다.* 감상자를 스토리 세계로 안내하기 위해서는 도입부에서 인물, 시간(시대), 공간 등에 관한 기본 정보와 함께 스토리의 핵심을 이루는 중심사건의 처음상황을 어느 정도 먼저 알려줄 필요가 있다. 그것들이 스토리를 인식하고 형성해 나가는 바탕이자 전제가 되기 때문이다.

그런데 많은 이야기에서 서술과 스토리의 사건이 시간적으로 '함께 가지(나란히 전개되지)' 않는다. 이때 단순하지 않은 문제가 생긴다. 도입부는 '서술'의 처음이지만 처음상황은 '스토리'의 처음이기 때문이다. 작가들은 여기서 오히려 자신의 기법을 시험하기도 하는데, 중심사건의 처음상황에 관한 핵심 정보가 서술의 결말부에 가서 제시(폭로)되어 감상자를 놀라게 하는 경우도 드물지 않다. 그와 달리, 서술이 곧장 중심적인 '사건 한가운데서(in medias res)'** 시작될 수도 있다. 이 경우 서술은 스토리의 '중간과정'부터 시작되고, '처음상황'은 과거로 존재하면서 그에 관한 정보가 여기저기에 여러 형태로 삽입된다.

스토리의 핵심 '사건 한가운데서' 도입부가 시작되어 감상자를 긴장시키는 기법은 예전부터 많이 쓰였다. 이것의 원형적인 예가 호메로스의 《일리아스》의 도입부이다. 영화 〈올드 보이〉(박찬욱), 〈피에타〉(김기덕) 등은 중심사건의 핵심 장면이 도입부에 제시되되, 갑자기 중단되었다가 후반의 결정적 대목에 다시 나와서 연속된다. 이는 감상자가 앞의 장면을 중심사건의 '시간 기점'[19]으로 삼고, 그 충격적 상황의 원인에 대해 계속 의문을 갖고 긴장하도록 만든다. 이때 생기는

---

• 메이어 스턴버그는 그의 저서(*Expositional Modes and Temporal Ordering in Fiction*, The Johns Hopkins Univ. Press, 1978)에서 도입부와 별도로 '도입 모티프'라는 것을 설정하였는데, 그것은 행위의 시간과 장소, 인물의 개인사, 외모상의 특징, 인물 간의 관계 등의 정보에 관한 모티프라고 하였다. 이는 도입부가 아니라 '도입 기능'을 지닌 요소들이라 할 수 있다.

•• 본래 라틴어로, 사건이 한창 벌어지는 '상황의 중심에서부터' 시작하는 서술 기법을 가리킨다.

효과 중 하나가 긴박감(서스펜스)인데, 원인에 대한 예상이 빗나갈 때는 '놀람', '발견' 등의 효과가 아울러 생긴다.

한편 어떤 소설은 스토리의 처음상황을 도입부에서 전지적 서술자가 친절하게 다 요약하여 '들려준다'. 하지만 특히 영화나 연극같이 기본적으로 서술자가 없고 '보여주는' 갈래에서는 처음상황과 관련된 정보의 처리가 지루하거나 산만해지기 쉽다. 그래서 도입부에 중심사건과 연관된 어떤 장면을 묘사하면서 관련된 과거 정보를 그 속에 흘리는 기법을 쓰기도 한다.

앞의 1장에서 스토리의 처음상황은 갈등을 내포함이 바람직하다고 하였다. 이제까지 살핀 바를 염두에 둘 때, 서술의 '처음'인 도입부에서 주인공이 해결해야 할 난제를 '일정한 정도로' 다루는 방법이 여러모로 효과적이다. 물론 항상 효과적이지는 않겠지만, 그것을 통해 중심적 사건, 인물, 갈등 등을 집약적으로 제시하며, 감상자의 관심 또한 불러일으킬 수 있기 때문이다.

**원인은 과거에 있다. 과거를 활용한다.**

인과관계는 자연적(물리적) 시간의 지배를 받는다. 우리 삶에서 미래에 일어난 일 때문에 과거의 일이 일어날 수는 없다. 따라서 사건의 원인은 본래 과거에 있다.* 그러므로 어떤 시간적 기점을 기준으

---

* 현재의 원인이 과거가 아니라 미래에 있는 매우 기발한 예가 SF영화 〈터미네이터〉 시리즈이다.

로 '현재적 사건'의 원인을 밝히고 필연성 있게 전개하려면 그 이전의 '과거적 사건'을 활용하는 게 기본 방법이다. '지금 이러는 것은 전에 어떤 일이 있었기 때문'이라는 것이다.

물론 과거를 동원하여 현재 행동의 필연성을 만드는 이 방법은, 인물의 성격과 사건 전개의 논리에 부합돼야 그럴듯하다. 그리고 너무 자주 사용하면 진부해지기 쉽다. 한국 텔레비전 드라마에 그런 예가 있다. 지금 한 남자가 한 여자를 지극히 사랑하는데, 그 까닭은 '어렸을 적에 가까운 사이(첫사랑)'였기 때문이다. 또 다른 예로, 지금 두 남녀가 결합을 할 수 없는 위기에 봉착했는데, 그 이유는 부모들이 과거에 맺은 '혈연관계의 비밀' 때문이다.

진부해지는 것을 피하려면 그 '과거'를 면밀하게 준비하여 조금씩 자연스럽게 제시할 필요가 있다. 그리고 그것을 제시할 때, 흔히 회상이나 플래시백을 사용하지만, 우연히 발견한 자료나 품게 된 의문을 실마리 삼아 비밀을 풀어가는 방법을 쓸 수도 있다.

**중요한 행동(사건)은 반복하거나 병치한다.**
**되도록 점층적으로 그렇게 한다.**

그럴듯함은 합리적으로 서술해서 얻어지는 결과라고 하였다. '불신의 자발적 보류'[20] 상태에서 기다리는 감상자에게 어떤 행동이나 사건이 반복되면 그는 그것 중심으로 어떤 확신과 기대를 품게 된다. 그럴듯함의 기초가 놓이는 것이다.

반복이란 유사한 것의 계기적 배열이다. 반복되는 것은 행동이나 사건이 기본이지만, 그와 관련된 정보, 이미지, 공간소 등 무엇이든 해당된다. 그리고 반복되는 것을 한자리에 놓고 공간적으로 인식할 경우, 반복은 '병치' 혹은 '병렬'에 해당한다. 감상자의 관심은 크게 두 가지, 곧 표면적 사건에 관한 것(어떤 일이 일어나고 있지?)과 그 의미에 관한 것(무슨 뜻으로 해석해야 하지?)인데, 반복이 되면 각인 효과가 생긴다. 반복은 곧잘 잊어버리는 감상자의 뇌리에 사건의 줄기를 선명하게 각인시키며 초점을 형성한다. 하나의 라이트모티프(leitmotif)°로서 전체 흐름에 통일성과 의미의 맥락을 부여하는 것이다. 상황을 설정하고 전개시킬 때 갈등을 겹칠 필요가 있다고 했는데, 물론 그것도 반복의 일종이고, 서술의 반복을 통해 실현된다.

본래 이야기의 중심사건과 주변사건 사이에는 '계열체적 관계'[21], 즉 반복적 관계를 비롯한 여러 관계가 존재한다. 이야기는 시간성을 띠므로 반복은 일단 앞에 나온 것의 선적(線的) 반복이다. 하지만 앞에서 언급했듯이, 감상자의 내면 공간에서는 비슷하거나 대조적인 것들이 나란히 병치된 듯 여겨지므로 반복에는 여러 종류가 있다고 할 수 있다. 하여간 한 사건의 원인을 중복 설정한다든지, '이중 플롯'의 경우처럼 유사하거나 관계 깊은 여러 사건을 병렬시키거나 점층시키면, 필연성이 강화되고 스토리도 입체적이 된다.

《마당을 나온 암탉》에서 잎싹은 마당에서 쫓겨났음에도 불구하고 거기로 돌아갔다가 다시 나온다. 나중에는 잎싹의 자식인 초록머

---

° 주도동기(主導動機). 음악에서 유래한 용어이다. 주제 형성, 사건 전개, 통일성 부여 등을 위해 반복되는 악상, 표현, 사물(공간소) 등을 가리킨다.

리까지 그런 행동을 한다. 이러한 반복은 인간 및 '마당 식구들'과의 갈등과 그것을 극복해 가는 사건을 선명하게 또 점층적으로 제시하고, 이후의 행동에 필연성을 더한다. 〈센스 앤 센서빌리티〉에서 브랜던 대령은 메리앤을 위해 여러 가지 일을 하는데, 그 점층적 반복의 정점에 사경을 헤매는 그녀를 살리기 위해 그녀의 어머니를 모셔 오는 행동이 놓여 있다. 그 과정에서 브랜던 대령의 사랑의 깊이가 드러나고 메리앤의 마음도 열린다. 이러한 반복을 통해 메리앤이 그와 결혼하는 결말이 그럴듯함을 얻게 된다. 반복이 감상자로 하여금 '돈\애정'의 갈등이 해결되었다는 반응, 혹은 돈과 애정을 모두 얻었으니 갈등은 일시적 혼란에 불과했다는 반응을 하게끔 만든 것이다.

필연적인 결과를 도출하기 위해 플롯을 짜는 일은, 그 이전의 것들을 '플롯상의 준비'로 만드는 일이다. 반복은 같거나 유사한 것 사이에 성립되므로, 플롯이 잘 짜인 작품 안에서는 결말에 가까워질수록 '준비된 것'들의 반복이 여러 가지로 여러 차원에 걸쳐 이루어진다. 흡사 교향악처럼.

**필요한 경우 반전, 놀람, 아이러니 등이 일어나게 한다.**
**그러기 위해 감상자의 예상을 깬다.**

플롯은 감상자가 기대를 품고 어떤 예상을 하게 만든다. 그런데 그렇게 해놓고 그것을 깨는 것도 플롯이다. 이때 반전, 놀람, 아이러니 등이 동반된다.

반전은 '역전'이라고도 하는데, 어리석은 자가 높은 지위에 오르고 이기던 자가 돌연 지듯이, 상황이 이제까지와는 반대로 뒤집어짐을 뜻한다. 이는 상황의 변화가 진행되어 온 방향, 곧 감상자가 예상해 온 방향과 다른 전개이므로 흔히 '놀람(surprise)'이 일어난다. 이러한 기법은 이야기의 질서에 변화를 주고, 사물에 대한 상식적인 인식이나 반응을 깨며, 억눌렸던 소망과 기대(어리석은 사람도 높은 지위에 올랐으면 좋겠다, 노상 이기는 자도 지는 때가 있었으면 좋겠다)를 충족하는 즐거움을 주기 때문에 매우 중요한 서술 기법으로 활용되어 왔다.

아이러니는 말이나 행동의 어긋남에서 발생한다. 가령 '행동의 아이러니' 효과는 행동의 의도와 결과가 어긋난 상태, 혹은 예상되는 행동과 실제 행동이 일치되지 않는 상태에서 일어난다. 여기에는 감상자가 아는데 인물은 모르는 '드러난 비밀'이 개입되기도 하고, 뻔히 알면서도 막지 못하는 운명적 사건이 벌어지기도 한다. 그래서 이들은 앞서 살핀 '정보 조절', '역전', '놀람' 등과 긴밀한 관계에 있다. 〈센스 앤 센서빌리티〉의 결말부에서 브랜던 대령의 재력에 힘입어 풍족해진 환경에서 메리앤이 식구들과 함께 웃을 때, 감상자는 그 달라진 표정에서 애정적 불행(버림받음)이 오히려 경제적 행복을 낳은 아이러니를 느낄 수 있다. 이렇게 아이러니는 인생의 모순과 부조화를 드러내는 데 큰 효과를 발휘한다.

재미 위주의 이야기에서는 보통 반전이 몇 차례 일어난다. 그렇다고 해서 반전이 일어나면 반드시 재미만 추구하는 이야기라고 할 수는 없다. 한편 인생이 아이러니 천지라고 해서 그것이 항상 의미심장한 효과를 낸다고도 할 수 없다. 방법의 쓸모는 정해져 있지 않다. 방법은 방법일 뿐이다. 필요한 경우에 목적하는 효과를 내면 그것이 좋은 방법이다.

## 결말에서는 통합하고 매듭짓는다.

　결말짓기는 스토리텔링을 완성하는 일이다. 대개 이야기의 끝에서는 모든 것이 매듭지어졌다는 느낌을 감상자한테 주어야 한다. 작품을 어디서 끝내야 할지 판단하기 어려운 경우가 많은데, 결말을 짓기 위해서는 지속되던 갈등이 해결되고, 애초의 욕망이 실현되거나 좌절되어야 한다. 스토리의 처음상황에 내포된 대립이나 모순이 충분히 전개되어 끝상황에 이르러야 한다고 할 수도 있다.

　결말은 사건의 종결만이 아니라 주제적 의미의 귀결까지 포함한다. 이야기를 어디서 끝내야 할지 갈피를 못 잡는 것은, 중심사건이나 갈등, 그것을 지배해 온 의미의 초점과 논리, 아울러 그것들이 이끌어 온 감상자의 관심과 기대 등을 작자 자신도 잘 모르기 때문이다. 설혹 안다 하더라도 그것들을 귀결 지을 생각과 전망(비전)이 부족하기 때문이다.

　'결말'이 모든 것의 '완결'은 아니다. 사건이 완전히 마무리되지 않은 채 끝나는 '열린 결말(open ending)'도 있고, 갈등은 일단 '해결'되었으나 대립이 근원적으로 '해소'되었다고 보기 어려운 경우도 있다. 하지만 제재와 초점의 일관성을 잃지 않으면서, 고유의 질서와 논리가 필요한 만큼 연속되게 제시되었다면, 구태여 스토리의 끝상황이 명시되지 않아도 감상자는 결말감 또는 종결감을 느낄 수 있다. 단편소설 〈중국인 거리〉(오정희)는 이렇다 할 중심사건이 드러나 있지 않아 읽는 동안 다소 혼란스러운데, 마지막 문장 "초조(初潮, 첫 월경)였다."가 모든 삽화와 이미지들을 성장의 이야기, 특히 소녀의 육체적 성장의 이야기로 종결짓는다. 그런 이야기로 통합하고 매듭을 짓는 것이다.

결말감을 느끼도록 만드는, 그 작품 고유의 질서와 논리를 형성하는 기본 원리가 플롯이다. 화가가 화폭에서 손을 떼는 순간을 경험으로 알듯이, 많은 플롯 짜기를 통해 스토리텔러는 자기 작품 특유의 질서와 논리를 밀고 나가다가 마침내 그 '서술'에서 손을 떼는 '결말 감각'을 몸으로 익혀야 한다.

박완서의 단편소설 〈그 가을의 사흘 동안〉을 읽고 물음에 답하시오.

1  이 소설의 중심사건 곧 '그 가을의 사흘 동안' 벌어진 사건을 최대
   한 요약하여 '세 문장 스토리'로 적으시오. 처음상황에는 되도록
   이 작품의 기본적 갈등이나 모순이 내포되게 기술하시오.


   ① 처음상황:

   ② 중간과정:

   ③ 끝상황:


2  이 소설에 존재하는 여러 차원의 '시간'에 대해 적으시오.

   길잡이 ③의 답이 '사흘'로 주어져 있다. 다른 것들은 그와 비교하여 대
   강 적는다.


   ① 서술된 시간(스토리 시간, 시간적 배경)의 전체 양(길이):

   ② 서술된 시간이 놓인 한국 역사상의 시기:

       (                    )부터 (                    )까지


---

●  박완서가 1980년 발표한 단편소설. 사건 규모나 분량(200자 원고지 약 230매)으
   로 보아 중편소설이라 할 수도 있다. 《엄마의 말뚝》(세계사, 2012) 수록본을 대상
   으로 함.

③ 서술된 시간 가운데 '현재'의 중심사건이 벌어지는 데 걸린 시간의 양: 사흘

④ 서술자 '나'가 '서술하는 시간'의 기점('서술하는 현재'의 시작 시점):

3 이 소설은 "사흘밖에 남지 않았다."라는 서술로 시작된다. 이는 병원이 문을 닫는 날까지의 시간, 즉 살아 있는 아기를 받고 싶은 '나'에게 남아 있는 시간이 그렇다는 말이다.

3-1 총 3장 가운데, 과거의 사실이 주로 제시되는 것은 제1장이다. 이 장은 짧은 시간 동안 긴 세월에 걸쳐 일어난 일들을 요약하여 서술하므로, 전체 스토리의 '서술된 시간'과 서술자가 현재 '서술하는 시간'의 순서나 양 등의 차이가 다른 두 장에 비해 매우 크다. 비교적 '들려주기' 위주라서 다소 혼란스럽거나 지루할 수 있다.

이 점을 완화하기 위한 방법 중 하나가 1장을 앞의 문장으로 시작하고, 또 그것을 자꾸 반복하는 기법이라고 볼 수 있다. 그 말의 반복이 어떤 효과를 내기에 그런 판단이 가능한가? 중요한 효과 한 가지만 적으시오.

3-2 그 문장을 비롯하여, 이 작품 전체에서 자꾸 반복되는 남은 시간(날짜)에 관한 서술들은, 그 말을 하는 서술자이자 주인공인 '나'라는 인물 자신에 대하여 무엇을 알려주는가?

4 '나'가 의사로서 임신 중절 수술만 해온 데에는 여러 내적·외적 이유가 있다. 다음 중 그와 가장 거리가 먼 것은?

① '나'는 수완이 좋고 돈벌이에 관심이 많은 성격이다.
② '나'는 겁탈을 당해 임신하여 아기를 지운 경험이 있다.
③ '나'는 성을 매매하는 지역에 자리 잡고 의료업을 해왔다.
④ '나'는 가족이나 친구가 없어 변화를 꾀하기 어려운 처지이다.

5 '나'가 살아 있는 아기를 분만시키고 싶다는 욕망을 품게 된 내면 적·외면적 계기와 환경은 여러 가지로 설정되어 있다. 일종의 반 복이 일어나고 있는 것이다. 다음 중 그 욕망을 품게 된 가장 '직 접적인' 계기나 이유는?

① '나'는 아기 떼는 일만 해와서 가책을 느낀다.
② '나'가 황 영감 며느리의 부풀어 오른 배를 본다.
③ '나'는 건물이 헐려서 곧 병원 문을 닫지 않을 수 없다.
④ '나'가 개업하고 처음 한 일이 살아 있는 아기를 받은 일이다.

6 제3장은 어느 소녀의 아기를 중절시키는 긴 장면과 그에 따른 '나'의 격렬한 행동 중심이다. 1장과 2장은 이 장을 준비하기 위한 것이라 할 수 있다.

이 3장의 절정부에서 줄곧 감추어져 온 사실이 드러난다. '나' 가 폐업하기 전에 '살아 있는 아기를 받고 싶다'고 계속 반복하여 생각한 것은 실은 '내 아기를 갖고 싶다'는 욕망 때문이었으며, "아기에 대한 욕심이 쓰고 있는 가면에 불과했다."(318쪽)라는 것이다. 감상자를 놀라게 하는 이 고백은, 알고 보면 갑자기 이루어진 게 아니라 반복하여 조금씩 점층적으로 이루어진 결과 필연성을 얻고 있다.

'나'는 겉으로 하는 자신의 말과는 달리 줄곧 그 욕망을 지니고 있었다. 그와 관련된 정보나 행동, 그 고백을 준비하고 암시해 온 의식적·무의식적, 내면적·외면적 행동들은 매우 많다. 자꾸 반복되는 것이다. 그런데 '나' 자신이 자기에 대해 서술하면서, 자기 자신도 모르는(모르는 척하는, 무의식을 가장하여 '정보 조절'을 하는) 경우이므로 그것은 간접적으로 드러난다. 따라서 독자가 주의 깊게 읽지 않으면 무슨 일이 벌어지고 있는지 짐작하기 어렵다.

자기 아기를 갖고 싶다는 감춰진 욕망을 간접적으로 드러내는 행동은, 제1장에서는 황 영감이 마땅찮아 하는 줄 알면서도 안채로 들어가 그의 갓 낳은 손자를 보는 행동이 대표적이다. 그러면 그 이후의 장에서는 어떤 행동이 대표적인가? 각각 그녀가 하는 구체적인 행동으로 지적하시오.


1장(사흘 전). 황 영감의 손자를 안채로 찾아가서 본다.

↓

2장(이틀 전). ① (                                                    )

↓

3장(마지막 날). ② (                                                )

↓

아기를 살리고자 미친 사람처럼 큰 병원으로 달려간다.

7 　이 작품에는 '우단 의자'에 관한 서술이 여러 차례 반복된다. 이것
과 관련된 일들, 특히 이것을 버리거나 외면하지 못하는 '나'의 행
동들 때문에 이 '공간소'(☞ 제2부 4장)는 이 작품에서 하나의 상징
이 된다.

7-1 　이것은 놓여 있는 장소('나'의 병원)와 어울리지 않는다. 그곳을 출
입하는 사람들과도 어울리지 않는다. 아기의 태반을 먹으러 온 근
처 가겟집 아줌마가 거기에 앉으려고 할 때 '나'는 "질색을 하면서
소파로 떠다민"다. 이 행동은 우단 의자가 사회 현실과 대립되는
무엇임을 뜻한다. 우단 의자와 대조되는, 이 작품에 그려진 '나'가
살아온 사회 현실의 문제점은?

7-2 　우단 의자가 상징하는 것은? 하나의 구(句)로 답하시오.

8 　이 소설이 인물의 내면적 갈등 중심이라고 하자. 다시 말해, '작품
고유의 질서와 논리'를 형성하는 어떤 지속되고 발전되는 것이
인물의 내면에 존재하는 작품이라고 하자.

8-1 　계속 긴장을 높여가다가 마침내 폭발하는 그 내면적 갈등과 관련
된 것으로 가장 거리가 먼 것은?

길잡이 이 작품의 여러 제재들을 낳는 갈등으로서 가장 부적합한 것을
고른다.


① 증오\사랑

② 억압\해방

③ 부정\인정

④ 금욕\정욕

⑤ 복수\용서


8-2  이 작품의 결말은 앞의 갈등 끝에 마침내 '나'의 내면이 어떻게 되
     었음을 보여주는가? 다음은 '나'라는 인간이 겪는 과정을 통해 이
     작품의 플롯이 형성한 의미의 질서를 그림으로 나타내 본 것이다.
     결말이 제시하는 '나'의 내면 상태 중심으로 볼 때, 가장 적절한
     것은?


①↗          ②↘          ③↗          ④↻

# 제6장

# 서술의 상황과 방식 설정

작자는 자기가 인물과 사건을 어떤 방식과 태도로
서술하고 있는가를 의식적으로 따져볼 필요가 있다.
스토리텔러는 창작을 하고 있는 자기의 손이 보여야 한다.

# 1

# 서술방식이라는 것

이야기는 어떤 매체로써 어떤 방식으로 서술되어 감상자 앞에 놓인다. 서술방식이란 이야기 텍스트에 스토리 세계를 펼치는 서술 행위, 그것을 수행하는 담화의 형식을 가리킨다. 넓게 보면 앞에서 살핀 플롯 짜기, 인물 그리기 등도 다 그에 포함되지만, 서술방식은 대개 그런 구조적 측면보다 서술 활동 자체 중심으로 논의된다. 따라서 여기서도 서술이 이루어지는 상황에서의 담화 방식과 태도 위주로 살핀다. 무엇이 서술되었느냐가 아니라 그것을 누가 어떻게 서술하느냐에 중점을 두는 것이다.

한편 서술방식은 서술자가 있는 허구적 언어예술, 즉 소설로 대표되는 이야기문학에서 주로 논의해 왔다. 경험 세계와 스토리 세계, 작자와 서술자가 동일시되지 않기 때문이다. 또 말에는 항상 화자가 있기 때문에 언어매체를 사용하는 갈래 위주로 살펴온 것이다. 거기서 자주 사용하는 개념이 시점, 서술상황, 서술태도, 거리, 초점화 (focalization) 등이다.

형식의 문제이므로 눈에 보이지 않아 소홀히 하기 쉬우나, 서술 방식은 소설 같은 언어매체 이야기에서만 중요한 게 아니다. 한 예를 들어보자. 영화에 이런 장면이 있다. 어떤 사람이 길을 걸어간다. 카메라가 그 사람을 따라가는데, 나무나 건물 기둥 같은 은폐물 뒤에서 따라간다. 이쪽을 감춘 채 따라가는 것이다. 바로 미행하는 자의 눈과 카메라가 일치된 시점 숏의 일종이다. 그런데 이 장면의 서술방식을 바꾸면 어떻게 될까? 관객이 미행 사실을 모르게 되기 쉽다. 아니 관객에게 그 사실을 알리지 않게 될 수 있다.

여기서는 소설을 중심으로 하되 표현적(허구적) 이야기 전반을 염두에 두면서 서술방식의 설정에 대해 살피고자 한다. 그에 관한 원론적 논의가 제1부 2장 '2. 스토리텔링의 상황과 방식'에 있으므로 그 부분을 참고하면 도움이 될 터이다.


스토리 세계는 갖가지 사물로 이루어져 있는데, 사실 그들은 특정한 대상을 택하여, 특정한 위치와 각도에서, 특정한 태도로 서술한 것이다. 가령 영화의 경우, 모든 장면은 카메라가 어느 대상에 '초점'을 두고 어떤 위치와 관점에서 촬영한 것이다.

여기서 초점이란 일단 감상자에게 '보이는 대상의 지점'이다. 그것은 카메라의 렌즈나 소설의 보는 자, 곧 초점자(focalizer)의 눈에 포착된 대상의 지점이다. 그런데 초점은 그 대상만이 아니라 그것을 보는 주체의 위치, 태도, 내면 흐름, 사상 등과 밀접하다. '보는' 주체의 입장에 따라 '보이는' 대상의 지점은 물론 그 의미와 색채가 달라지기 때문이다. 한마디로 '어떻게' 보느냐에 따라 보이는 '무엇'이 달라지기 때문이다. 여기서 초점은 '관점(觀點)'과 통하게 된다. 가령 한 장의 사진에는 피사체와 함께 그것을 찍는 카메라의 위치, 사람의 태도 등이 함께 반영돼 있다. 따라서 초점화 혹은 관점은 '보는' 주체의 공간적 위치(조망점)와 함께 '보이는' 대상에 투영된 주체의 입장, 태도, 지향 등을 아울러 내포한다. 대상과 그것을 보고 인식하는 주체 양쪽에 걸친 개념인 것이다.

넓은 의미의 초점화, 즉 '초점 잡기' 혹은 '초점 잡아 보여주기'는 일차적으로 서술 대상을 특정한 방식으로 그려내어 그 의미와 이미지를 형성하는 행위이다. 그리고 궁극적으로는, 감상자는 일단 보여주는 대로 보고 또 알게 되어 있으므로, 감상자로 하여금 스토리 세계의 형상을 특정한 각도와 태도로 조망하고 인식하도록 만드는 행위이다. 거기서 초점자의 눈이나 카메라의 렌즈는 중개자 또는 매개체가 된다. 초점화는 이야기 형상화 과정에서 이루어지는, 어떤 서술상황에서의 중개 행위인 것이다.

요컨대 초점화는 재현 작업이면서 제재와 주제를 형성하는 작업이다. 영상물의 경우에도 그것은 대상을 카메라 앵글에 잡아 보여주는 작업에서 나아가, 앵글에 잡힌 대상의 지적·정서적 의미를 구축하는 작업이다. 초점화는 대상에 '초점을 맞추는' 작업이면서 서술 자체가 '초점 있게 하는' 행위인 셈이다.

매체를 언어만 사용하는 소설 같은 갈래에서는 창작주체인 작자와 구별되는 서술주체, 즉 서술자가 존재한다. 소설의 모든 서술은 인물(행동주체)이 자기 '목소리'로 하는 대화 따위를 제외하고는 일단 이 서술자의 말로 간주된다. 이때 말하는 자(서술자, 서술주체)와 보는 자

(초점자, 시각(인식)주체)가 같을 수도 있지만 다를 수도 있다. '서술주체 – 시각주체 – 행동주체 – 대상'의 4자 관계에서, 서술자는 자기가 본 것을 자기 목소리로 서술할 수도 있지만, 다른 인물이 본 것을 서술할 수도 있는 것이다(서술자-초점자 서술, 인물-초점자 서술).[22]

한편 영화는 매체를 다중으로 사용하는 만큼 초점화 방식도 다양하다. 영상은 소설의 서술과 달리 말로만 되어 있지 않다. 대상을 '보여주는' 영화는 소설에 비해 감각적 호소력은 강하지만 모든 것을 시각화하여, 또 카메라나 영사기 따위의 기계를 이용하여 '보여주어야' 하기에 초점화의 역할이 크고, 그것 자체가 서술 행위의 핵심을 이룬다. 초점화가 스토리텔링의 핵심적 방식이자 언어가 되는 것이다. 그러므로 소설, 그림 등의 초점화 방식을 빌려 사용함은 물론, 색채와 명암, 카메라의 앵글과 커트의 편집 등 여러 매체와 장치를 현란하게 동원하여 대상을 초점화한다. 만화를 영화화하기가 비교적 수월한 것은, 칸 그림의 초점화 방식이 영화와 유사하기 때문이다. 제니퍼 밴시즐은 이러한 영상언어의 창출과 관련된 기법, 관습 등을 상세하게

---

• 브룩스와 워렌은 '초점(focus)'과 '서술의 초점(focus of narration)'이라는 용어를 함께 썼다. 후자의 유형이 바로 유명한 '시점의 네 가지 종류'이다. 제라르 주네트는 누가 보느냐와 누가 말하느냐를 구별함으로써 두 사람의 시점 이론에 내포된 혼란을 극복하면서, 보는 국면을 중심으로 초점화 이론을 세우고 유형을 나누었다. 그리하여 가령 초점자 역할을 하는 인물이 따로 없는 서술을 '제로 초점화 서술'이라고 불렀다. 하지만 H. 포터 애벗은 주네트와 달리 서술 행위 전반을 초점화로 간주한다. 여기서는 보는 국면과 말(서술)하는 국면을, 그리고 언어물과 영상물을 함께 다루기에 보다 적합하다고 보아 애벗에 따른다.

정리한 바 있다.[23]

영상물의 창작 과정에는 콘티, 트리트먼트, 스토리보드 등이 사용되는데, 그것은 제작 과정의 복합성도 있지만, 주로 카메라의 위치를 정하는 일처럼 초점화에 필요한 기계적·물리적 작업을 미리 준비해야 하기 때문이다. 그런데 아무리 정교한 장치를 동원해도 카메라가 대상의 주제적 의미나 추상적인 내면 자체까지 '보여주기'는 어려우므로 갖가지 다른 수단이 필요하다. 한편 소설의 삼인칭 전지적 서술에서 서술자는 흡사 전지전능한 존재처럼 대상의 내면까지 다 알고 말한다. 하지만 그는 허구 세계 안팎의 그 어디에 존재하는지 알 수 없는, 단지 관습적인 존재일 따름이다. 일인칭 서술자와 달리, 서술 편의상 만들어진 존재일 따름이라는 말이다.

이런 점들을 고려할 때, 여기서 충분히 다루지 못하지만, 초점화에는 갈래별로 특유의 장치와 관습이 많음을 짐작할 수 있다. 아울러 거기에는 서술주체와 시각(인식)주체가 대상을 보는(아는) 정도, 그 본 것을 제시하는 방식, 주체와 대상 사이의 공간적·심리적 거리 등 여러 변수가 따른다는 것도 미루어 알 수 있다.

서술의 상황과 방식을 설정하는 방식은 주로 소설로 대표되는 언어예술에서 논의되어 왔다고 하였다. 다음 절에서 다룰 기법들도 그것을 일차 대상으로 삼지만, 다른 표현적 갈래들에도 두루 참고가 되도록 기술하고자 한다.

# 2

# 서술의 상황과
# 방식 설정 기법

**이야기의 참신성이 서술방식에 좌우될 수 있음을 기억한다.**

　새로운 내용이 새로운 형식을 낳을 수도 있지만, 새로운 형식이 새로운 내용을 낳을 수도 있다. 형식이 달라지면 내용도 달라지거나 달라 보인다. 가령 사회에서 대개 부정적으로 여기는 사람을 긍정적 서술태도로 제시한다면, 그 자체만으로도 감상자를 긴장시킬 것이다.

　신경숙의 장편소설 《엄마를 부탁해》는 어머니 실종이라는 하나의 사건을 장마다 서술자를 달리하여 서술한다. 그리하여 한 가지 사건의 여러 측면, 한 가족 구성원의 서로 다른 모습 등을 입체적으로 제시한다.

　한편 복거일의 장편소설 《비명(碑銘)을 찾아서 – 경성, 쇼우와 62년》은 1909년에 이토 히로부미가 안중근 의사의 총격에 죽지 않았고, 한국이 일본의 식민 지배에서 해방되지도 않았다는 가상의 상황을 다룬 대체 역사소설이다. 이 소설의 총 109개 절 앞에는 대부분 작자가 지어낸, 하지만 역사상 실제 존재한 사람들이 지은 것처럼 제시된 당대 현실에 대한 비소설적인 글들(기사, 보고서 등)이 인용 형식으로 서술되어 있다.° 한국 소설에서 유례를 찾기 힘든 이런 '가상의' 서술들에서 독자는 충격적인 '언어의 카니발'을 체험하게 된다. 일본의 한국 식민 지배에 대한 가상적 사실과 태도가 뒤섞인 그 인용글들을 읽으면서, 독자는 소설 안의 현실을 여러 시각에서 바라봄은 물론, 독재 정권 치하의 한국에서 자신이 식민지 백성과 비슷한 존재임을 부단히 사색하게 된다.

### 효과적인 서술의 상황과 초점화 방식을 찾고자 힘쓴다.

우리는 그냥 막연히 서술을 시작하는 경우가 많다. 그러나 한 장면에 대해서든 작품 전체에 대해서든, 자기가 인물과 사건을 어떤 방식과 태도로 서술하고 있는지를 의식적으로 따져볼 필요가 있다. 작자는 창작을 하고 있는 자기의 손이 보여야 한다. 그렇게 미적(美的) 거리를 확보한다면 지향하는 바에 부합하는, 그래서 감상자로부터 기대하는 반응을 효과적으로 이끌어내는 서술을 할 수 있다.

적합한 서술상황과 초점화 방식을 찾으려면 주로 다음과 같은 질문을 스스로 던져볼 필요가 있다. 물론 이들은 갈래와 서술 대상, 서

---

° 거기에는 '다까노 다쯔끼찌'라는 가상 인물이 지은《도우꾜우, 쇼우와 61년의 거울》이라는, 제목과 내용이 이 소설 자체를 닮은 소설도 들어 있는데, 소설의 맨 처음과 끝, 즉 제 1절과 마지막 절의 인용 자리에 그 일부가 놓여 있다.

술상황 등에 따라 해당되기도 하고 되지 않기도 한다.

- 어떤 위치에서, 어떤 각도로 보여주는/서술하는 게 효과적인가?
- 어디에 존재하는, 누구의 눈을 통해 보여주는/서술하는 게 효과적인가?
- 어떤 관점(입장)에서, 어떤 태도로 보여주는/서술하는 게 효과적인가?
- 어느 정도까지 보여주는/서술하는 게 효과적인가?
- 어떤 상황에 놓여 있는, 누구의 목소리로 서술하는 게 효과적인가?
- 어떤 스타일/문체/화법으로 제시하는 게 효과적인가?
- 어떤 양식이나 갈래로 제시하는 게 효과적인가?

사실 서술하려는 이야기나 특정 대상에 어떤 초점화 방식이 적절한가를 일일이 따지기는 어렵다. 오히려 자기가 좋아하는 서술방식에 어울리는 상황이나 인물을 택하여 짓는 편이 나을지도 모른다. 작자마다 즐겨 취하는 초점화 방식이 있는데, 보통 그것은 그의 가치관이나 예술 감각이 자연스럽게 빚어낸 것이다. '자기 스타일'이 있는 작품을 많이 감상하면서 그에 익숙해진다면, 모르는 사이에 자기 나름의 서술방식을 찾는 데 도움이 될 것이다. '모방은 창조의 어머니'이다.

**정보 조절과 내면 제시에 초점화를 활용한다.**

서술방식을 찾기 위한 앞의 질문들 가운데는 플롯 짜기, 인물 그리기 등에서 중요시했던 정보 조절, 내면 흐름 등과 연관된 것들이 포함되어 있다. 그들이 서술방식 설정과 긴밀한 관계에 있기 때문이다.

어떤 서술상황에 적절한 서술방식은 정보의 조절과 인물의 내면 흐름 제시에 크게 이바지한다. 이야기 속에 이야기가 들어 있는 액자 소설과 비슷한 서술방식은 도처에서 볼 수 있다. 영화 〈쇼생크 탈출〉(프랭크 다라본트)에서는 주인공의 친구인 '레드'가 초점자이자 담화주체(내레이터)이다. 그는 소설의 서술자처럼 주인공에 관해 모든 것을 듣보고 말하는 사람으로 설정되어 있다. 한데 사실 그는 탈출 당사자가 아니다. 따라서 탈출의 핵심 대목은 나중에 그가 들은 것을 전하는 상황인데, 그렇기 때문에 극적 탈출에 관한 정보의 '감춤-드러냄'이 비교적 자연스럽게 이루어진다. 또 그가 증언자이기에 모든 게 더 사실처럼 여겨진다.

이야기를 짓는 이들이 흔히 일인칭 서술상황을 택하는 것은, '나'가 본 것을 '나'의 목소리로 서술하는 게 편하고 친숙하기 때문이다. 그런데 그런 서술상황도 여러 가지로 변형할 수 있다. 소설 《위대한 개츠비》(F. S. 피츠제럴드)와 같이 '나'가 보기는 보되 주인공이 아니라든가, '나'가 다른 인물을 초점자 삼아 그가 본 것을 전하는 서술방식을 취한다면, 정보를 드러내고 감추기에 자연스러운 여러 서술상황을 조성할 수 있다. 고백하는 '나'가 사실은 '신뢰할 수 없는 서술자'여서 감상자가 속아 넘어가는 경우도 흔하다.

## 감상자가 특정 제재, 인물 등에 관심을 집중하도록 서술한다.

초점화는 초점 형성하기이자 유지하기이다. 서술은 감상자로 하여금 앞에서 '난제'나 '제재'라고 부른 것을 풀거나 형성해 가는 과정에서 줄곧 초점이 흔들리지 않고 연속성을 유지하도록 이끌어야 한다. 여기서 굳이 구분하자면, 해결해야 할 갈등이나 난제가 사건 전개상의 초점이라면, 제재는 의미 혹은 주제상의 초점이다. 이렇게 볼 때 초점을 형성하고 유지하는 일은 감상자의 심리와 사고에 지향점을 부여함으로써 사건에 대한 일관된 상상과 정서적 반응을 불러일으킴은 물론, 마침내 주제적 의미를 형성하기 위한 것이다. 규모가 큰 사건, 길이가 긴 이야기일수록 기억할 게 많아지고 감상 시간도 길어지므로 이 문제가 더 중요해진다.

인물 위주로 볼 때, 'ㄱ'이라는 인물을 '심리적 거리'가 가깝게 바라보고 서술하거나 그 인물 편에 서서 대상을 포착하게 되면, 감상자는 친근감을 느낌은 물론 그를 초점에 놓고 감상하게 된다. 이는 감상자가 그 인물과 자신을 동일시하면서 자연스럽게 공감하도록 유도한다.

이런 관습을 역으로 이용한 예를 보자. 단편소설 〈뒷개〉(서정인)는 삼인칭 서술로서 '사내'가 주인공이다. 그런데 그는 집에서 내놓은 건달이자 깡패인 부정적 인물이다. 그는 가족을 돕기도 하고 괴롭히기도 하는데, 서술자는 외부의 사실만을 중립적으로 서술할 따름이다. 그래서 감상자는 그를 긍정적으로 볼 것이냐 부정적으로 볼 것이냐를 놓고 갈등하게 된다. 인물에 대한 친근감을 역으로 이용하여 한

인간이 지닌 모순된 특질들을 복합적으로 인식하게 만드는 서술 기법이다.[24]

## 서술방식에 일관성을 유지한다.

영화와 만화에서는 대상을 초점화하는 위치가 부단히 바뀐다. 정도는 다르지만 소설도 그런 경우가 있다. 따라서 여기서 '일관성을 유지한다' 함은 크게 보아 작품의 기본 서술상황에서의 초점화 방식, 그에 따른 화법, 스타일 등을 '전반적으로' 통일시킨다는 뜻이다. 삼인칭 서술 형식을 취하다가 무단히 일인칭 서술 형식을 취한다든지, 줄곧 ㄱ의 편에 서서 바라보다가 합리적인 이유 없이 ㄴ의 편에 서서 바라본다면, 감상자는 대상을 일관되고 통일된 태도로 인식하기 어려워지고, 분위기가 흐트러지며, 제재의 연속성과 주제의 합리성 등도 확보하기 어려워질 터이다.

소설은 매체가 제한되어 있어서 서술자의 태도와 화법이 대상에 대한 앎의 범위, 이데올로기적 지향, 문체 등을 크게 좌우한다. 그러므로 영상물에 비해 일관성이 더 요구된다.

## 초점화를 활용하여 서술에 리듬을 부여한다.

앞에서 공간소의 서술을 통해 이야기에 리듬을 줄 수 있다고 하였다. 초점화 또한 그렇게 활용할 수 있다.

이야기의 서술도 음악처럼, 빨라야 하는 데서는 빠르고 느려야 하는 데서는 느림이 바람직하다. 얼른 지나갈 데와 감상자가 충분히 생각하고 느낄 시간이 필요한 데가 있기 때문이다. 따라서 요약하여 들려주기와 구체적으로 직접 보여주기, 짧게 훑고 지나가기와 길게 다각도로 제시하기, 정적인 것의 지속과 동적인 것의 격한 변화 등을 적절히 배합해야 한다. 그 결과 서술은 리듬을 얻게 되는데, 여기에 초점화가 다양하게 활용될 수 있다. 예컨대 무엇을 초점에 놓고 자세히 그리거나 길게 클로즈업하면, 서술이 여유 있어지기도 하고 거꾸로 긴장감이 생기기도 한다.

이 소설은 앞의 [연습 5]에서 플롯 중심으로 분석한 적이 있다. 먼저 그 부분을 다시 훑어보고 시작하면 도움이 될 터이다.

1    같은 일인칭 서술이라도 작품마다 그 서술방식이 같지 않다. 그 점에 유의하여 다음을 읽고 물음에 답하시오.

아래에서 산부인과 의사인 '나'는 자기가 임신한 여성의 몸에서 적출해 낸 3~4개월 된 태아를 바라보고 있다.

새끼손가락 끝의 한 마디만 한 크기의 태아가 인간이 갖출 구색을 얼추 다 갖추고 있다는 건 아마 임부 자신도 모르리라. 다만 몸의 각 부분의 비율만이 완성된 인간하고는 딴판이어서 크기의 대부분을 두부(頭部)가 차지하고 있다. 그래봤댔자 기껏 완두콩만 한 두부인 것을 놀랍게도 두 개의 눈이 또렷하게 박혀 있다. 눈꺼풀이 아직 안 생겼음인지 그 두 개의 눈이 마치 채송화 씨를 박아놓은 것처럼 또렷하게 뜨고 있다.

내가 처형한 눈, 한 번도 의식화되지 않은 눈, 앞으로 의식화될 가망이 전혀 없는 채송화 씨만 한 눈이 느닷없이 나의 어떤 지난날부터 지금까지를 한꺼번에 꿰뚫어 보는 듯한 느낌에 나는 전율한다. 그 채송화 씨만 한 눈이 샅샅이 조명한 나의 생애는 거러지보다 남루하고 나의 손은 피 묻어 있다. 황 영감이 그의 첫 손자를 이 세상에 맞이하는 일을 내 손에 맡기기 싫어한 걸 나는 이해할 수밖에 없다.

  그 눈은 의식화되지 않았으므로 오히려 시계(視界)가 무한한가. 나의 지난날과 현재와 앞날을 종횡무진으로 간섭하고 내가 의지하고 있던 고정관념을 뒤흔들려 든다. 멀리선 포성이, 가까이선 개구리 울음소리 시끄러운 여름밤의 풀섶에서 당한 치욕을 핑계 삼아 그 후 한 번도 남자를 사랑하지 않고도 잘만 살아온 잘난 여자를 감히 지지리 못난이처럼 우습게 본다. 그래서 얻은 알토란 같은 이익에 간섭해서 당장 엄청난 손해로 바꾸어놓는다. 그러고도 모자라 나를 의사는커녕 의술자도 못 된다고 비웃는다. 나의 의술은 환자의 고통을 대상으로 하지 않고 자신의 불순한 쾌감을 대상으로 하고 있으므로.

  그 일을 할 때마다 되살아나던, 꽃다운 나이가 박해받은 기억과 박해를 또 다른 박해로써 갚으려는 비밀스러운 보복의 쾌감까지도 그 작은 눈은 꿰뚫고 있었다.

- 박완서, 《엄마의 말뚝》, 세계사, 2012, 343-344쪽

---

**1-1**  서술자 '나'가 바라보고 있는 것은 미숙한 채로 적출된 태아의 눈이다. '나'가 그것을 초점 대상으로 삼은 서술을 통해 결국 표현하고 있는 것은? 다음 중 가장 적합한 것을 고르시오.

( 길잡이 ) 서술자가 하필이면 미숙아의 '채송화 씨만 한 눈'을 보며, 그것에 대해 말하고 있는 상황에 주목한다.

① '나'의 환상　　　　② '나'의 과거

③ '나'의 현재 욕망　　④ '나'의 실제 모습

1-2　서술자 '나'에 대한 말로 가장 적절한 것은?

① '신뢰할 수 없는 서술자'이다.

② 정상적인 서술을 하기 어려운 상태이다.

③ 대상을 객관적으로 재현하는 데 치중하고 있다.

④ 차갑고 분석적인 태도로 서술한다.

2　이 소설에는 주인공 외에 집주인 황 영감, 포주 전 마담, 태반을 먹으러 온 근처 가게 주인 여자들 등이 등장한다. '나'의 서술 대상이 되는 그들은 주변의 현실을 제시하는 데 기여하는 동시에, 서술주체인 '나' 자신을 드러내는 데에도 이바지한다. 그들과 나누는 대화는 물론, 그들에 대해 하는 '나'의 말에서, '나'라는 인물의 특질이 드러나기 때문이다.

그러한 대화, 서술 등에서 간접적으로 제시되는 '나'의 심리적 특질은? 타인에 대한 관념, 태도 중심으로 간략히 답하시오.

3　다음에 인용하는 같은 소설의 다른 부분을 읽고 물음에 답하시오.

나는 내 방 창가에 앉아 하나둘 불을 켜기 시작하는 동네를 내려다본다.

황 영감네 안마당이 바로 눈앞에 펼친 손바닥처럼 빤히 내다보인다. 마당에까지 불을 밝히고 이삿짐들을 챙기고 있다. 친정 이사를 거들기 위해 왔는지 어제도 안 보이던 황 영감의 딸의 모습이 보인다. 그녀도 많이 늙었다. 만득이의 갓난아기를 안고 서서 이것저것 총찰만 하지 직접 일을 하진 않는다. 때때로 아기하고 볼을 부비기도 하고, 뭐라고 지껄이기도 한다. 아기가 방긋 웃었는지 큰 소리로 바쁜 사람들을 불러 모아 자랑스럽게 보여주기도 한다. 가슴속에서 사랑이 마구 샘솟는 것처럼 자애와 행복으로 충만한 얼굴이다. 겉으로는 고모 행세를 하고 있지만 속으로는 할머니일 테니 그럴 수밖에 없겠지. 나는 홀린 듯이 눈 아래 펼쳐진 어수선한 광경 속에서 황 영감 딸의 모습만을 뒤쫓는다. 어째 온몸이 꺼풀만 남은 것처럼 허전해지고 있다.

나는 황 영감 딸의 비밀스러운 악몽에 동참했던 걸로 마치 내가 그녀를 움켜쥐고 있는 것처럼 여겼었는데 그게 아니었다. 그녀는 이미 오래전에 놓여나서 내가 이해할 수도 손 닿을 수도 없는 고장 사람이 되어 있었다. 아직도 악몽에 갇혀 있는 건 그녀가 아니고 나였다.

- 앞의 책, 350-351쪽.

3-1 앞의 서술을 다음 조건에 따라, 이른바 '삼인칭 전지적(작자적) 시점'의 서술로 바꾸어 서술해 보시오. (별지 사용)

[조건]

㉮ 내용을 살리되, 그에 너무 구속되지 않아도 좋음.

㉯ '나'를 '그녀'로 칭할 것.

㉰ 서술자가 대상을 내면까지, 또 주권적으로 개입하면서 현재 상
황에서 알고(알리고) 생각한(생각해야 할) 바를 전부 구체적으로
서술할 것. 다시 말하면, 최대한 서술자 자신의 눈으로, 자기
입장에서 초점화하고 자기의 목소리로 서술할 것.

3-2  앞에서 서술방식을 바꾸어 서술하면서 알거나 느낀 것은? 한 가
지만 적으시오.

# 제3부

# 스토리텔링 연습

# 제1장

# 기초 다지기

스토리텔링은 창작 활동이므로 지식보다 능력이 앞선다. 체계를 중시하는 지식은 요소들을 개념적·분석적으로 다루기에, 창작자를 영감과 '창조적 혼돈'에서 멀어지게 만들기 쉽다. 논리를 세우기 위해 불가피한 게 지식이지만, 작자의 분방한 상상과 자유로운 의식을 북돋우려면 그에 알맞은 어떤 방법을 궁리할 필요가 있다.

이 책 제1~2부에서는 이야기(서사)를 세 가지 층위로 나누어 다루었다. 그 가운데 서술 층위는 플롯 짜기, 인물 그리기, 초점화의 3가지 요소, 스토리 층위는 사건, 인물, 공간의 3가지 요소 중심으로 살폈다. 물론 같은 이론을 바탕으로 삼지만, 여기에서는 제3장 '작품 완성하기'에서만 그 체계 위주로 접근한다. 다른 곳에서는 스토리텔링의 실제 활동과 자료 위주로 접근함으로써 이론의 틈과 메마름을 극복하고, 창작에 보다 실제적 도움을 주고자 한다.

하지만 그렇게 해도 창작 자체의 복합적 활동과 거리가 있기는 마찬가지이다. 아래에서 곧 다룰 '상황'만 하더라도 실제로는 이야기의 모든 요소들이 종합되어 있다. 어디까지나 '상황'에 초점을 두어 논의할 뿐인 것이다.

무릇 모든 창조 활동은 없던 것을 새로이 만들어내는 일이다. 그러므로 작자 자신도 마지막에 어떤 작품이 태어날지 잘 알지 못하는, 다 완성하고 나서야 비로소 자기 작품과 처음 만나는 작업이 될 수 있다. 애초의 아이디어나 의도를 뒤엎음으로써 새것과 만나기도 하고, 잘 알고 익숙한 것을 융합하여 낯선 것을 만들어내기도 하는, 얼핏 모순적으로 보이는 특성을 지닌 게 창작이다. 이제부터 우리는 갖가지 스토리텔링 활동을 할 터인데, 항상 모든 게 복합적이요 상호 연관되었다는 점을 염두에 두고 '연습'하며, 또 스스로 상상력을 발휘해 응용해 나가기 바란다.

# 1

# 상상 모험

이야기란 한마디로 스토리가 있는 것이다. 스토리텔링은 사건을 비롯한 여러 요소들을 서술하여 스토리, 곧 줄거리를 형성함으로써 하나의 '이야기 세계'를 지어내는 활동이다.

소설 같은 이야기를 창작할 때, 작자는 일종의 '언어 여행'을 한다. 언어와 이미지로써 점차 사건과 인물을 구체화해 가는 것이다. 미리 계획을 세웠다 하더라도, 그것은 하나의 모험이요 탐색이다. 가보지 않은 길을 가는 도전이며, 그 끝에서 일찍이 본 적 없는 존재나 세상과 만나는 일이다.

소설처럼 언어만을 사용하지 않는 영화, 연극, 텔레비전 드라마, 만화(웹툰) 등의 대본(바탕글)을 창작할 경우에도 창작 초기에는 '자유로운 이야기 산문 쓰기'가 도움이 된다. 언어가 가장 발달된 표현 수단일 뿐 아니라 그런 갈래의 스토리 역시 궁극적으로 언어로 형성되는 것이므로 일종의 초기 스케치 작업이 되기 때문이다.

다음은 소설 비슷한 어떤 허구적 이야기의 첫 문장이다. 삼인칭 작가적(전지적) 서술방식으로 이야기를 이어 쓰되, 그냥 떠오르는 대로 자유로이 '상상 모험'을 해보시오. 그리고 아래 여백을 거의 다 채운 뒤, '쓴 글' 속이나 쓰는 동안 '자기' 속에 형성된, 혹은 희미하게 형성되기 시작한 것을 무엇이든 적으시오.

*어스름이 깔리는 광장으로, 기차역에서 한 사람이 나왔다.*

* 위의 '모험'에서 형성되었거나 되기 시작한 것(3인칭 주어로 된 1~2문장)

# 2

# 상황

스토리텔링의 핵심은 '상황'이다. 사건을 서술하는 행위가 스토리텔링인데, 그 사건이 바로 '상황의 변화'요, 스토리텔링 자체 또한 어떤 상황 속에서 이루어지기 때문이다.

한마디로 스토리텔링은 어떤 상황 속에서, 상황의 변화를 그린다. 한 이야기의 중심적 사건의 연쇄, 즉 스토리는 텍스트의 핵심적 상황 변화를 담고 있다. 그 변화의 과정과 의미가 이야기의 성격과 모습을 결정한다. 이야기의 세 가지 특성(시간성, 인과성과 연속성, 형상성과 그 매체 및 형식의 다양성) 역시 그 과정에서 생성된다.

이야기의 역사는 놀랍고 기발한 상황의 역사이다. 배가 난파되어 무인도에 살게 된 로빈슨 크루소부터 아버지를 죽이고 어머니와 결혼할 운명에 빠진 오이디푸스 왕까지, 탁월한 능력을 지녔으나 서자로 태어나 아버지를 아버지라 부르지 못하는 홍길동에서 특수 능력이나 무기를 얻어 놀라운 힘을 쓰게 된 슈퍼맨에 이르기까지.

감상자들은 대개 평범한 인물이 비상한 처지에 빠진 상황을 좋아한다. 자기와 동일시하면서 난관을 극복하는 극적 과정을 즐길 수 있기 때문이다. 물론 자신이 되고 싶은 비범한 인물이 일찍이 체험한 적 없는 신기한 상황을 헤쳐 나갈 때 대리만족을 얻기도 한다.

'상황'의 사전적 뜻매김은 '일이 되어가는 과정이나 형편'이다. 그것의 변화는 이야기의 뼈대에 해당하는 사건을 낳는다. 상황과 통하되 보다 정적이고 결과 중심인 말로 '상태'가 있다. 상황 혹은 상태는 어떤 물리적 시간과 공간에 존재하되 그에 처한 인물의 내면, 사건의 전개, 사회적·문화적 정황 등 여러 맥락이 복합된 추상적인 것이다. 어떤 이야기의 위기 상황에서 주인공이 빠진 복잡한 처지를 떠올려 보면 짐작이 갈 터이다.

상황은 그렇게 추상적이고 복합적이므로 포착하기 어렵다. 게다가 그것은 끊임없이 변한다. 실존철학에서는 인간을 '상황 내 존재'로 본다. 인간은 살아가면서 현실의 바다에 휩쓸린 채 자신이 빠진 상황을 이해하고 예측하려 애쓰지만, 여간해서 그것은 붙잡히지 않고 손가락 사이로 '미끄러져 빠져나간다'. 스토리텔링은 인간의 그러한 노력과 운명을 대표하는 활동의 하나이며 스토리텔러는 바로 그 대행자이다. 분명 쉽지 않은 노릇이지만, 그것을 통해 인생을 해부하고 맺힘과 억압(스트레스)을 해소하는 사람, 거기서 나아갈 길을 찾는 재미와 보람을 느끼는 이가 이야기꾼이다. 인간이 겪지 않을 수 없는 상황을 다룬 위대한 고전들은 오랜 세월 살아남아 그것을 증명한다. 인간 집단의 전형적 상황을 발견하는 것, 그 속에서 뜻깊은 인물과 사건을 창조하는 것이 스토리텔러의 꿈이다.

스토리텔러는 재미와 의미가 있는, 혹은 그렇게 발전시킬 가능성을 내포한 상황을 설정하고 그럴듯하게 서술하며 또 전개시켜야 한다. 물론 상황에는 작고 큰 것이 있고, 작은 상황이 연결되어 큰 상황을 이루기도 한다. 흔히 '결정적 장면'이라는 말을 쓰는데, 그것은 대개 사건이 중대 고비를 맞아 일어나는 상황 변화를 보여주는 장면이다. 작자는 그러한 상황이나 장면의 앞과 뒤, 곧 원인과 결과의 과정을 그럴듯하고 뜻깊게 서술함으로써 어떤 생각과 느낌을 일으키고 북돋운다. 그러므로 스토리텔러는 항상 상황에 민감해야 한다.

애니메이션 〈너의 이름은〉(신카이 마코토)은 이성에 눈뜨는 시기의 남녀가 흔히 상상하는 장면, 다시 말해 운명적 존재와 엇갈릴 뻔하다 '끈이 닿는' 그 극적인 상황을 작품의 시작과 끝에 되풀이한다. 이 작품의 전체 '창작 과정'은 그 핵심적 상황의 원인과 결과를 제시하는 여러 종속적 상황들을 그럴듯하게 구성하고 거기에 '끈목 공예' 같은 일본 전통문화를 아로새긴 작업이라 할 수 있다.

물론 작품 서술의 앞머리에서 반드시 그런 핵심적 상황을 제시해야 하는 것은 아니다. 여기서 잠시 이야기의 층위(level)에 대해 살펴보자. 이야기는 몇 개의 층위 혹은 차원으로 분석할 수 있다. 서술(discourse), 스토리, 주제 및 메시지 등이 그것이다(☞ 제1부 2장 1절). 감상자가 서면(書面), 스크린, 무대 공간 등에서 직접 접하는 게 이야기 텍스트의 서술(담화, 담론 등으로 일컫기도 함)이요, 그것을 창작하는 게 서술 행위이다. 스토리는 감상자가 그 서술을 매개로 상상하고 사색하여 자기 내면에 '형성'하는 것이다. 그래서 같은 작품을 감상해도 사람마다 '설정'하는 스토리는 같지 않다.

이런 층위를 고려할 때, 상황에는 두 가지 차원이 있다. 우선 인물이 겪는 구체적 상황들이다. 그리고 그들이 종합된 '작품 의미상의 기본 상황', 즉 중심사건의 상황이 있다. 전자가 서술 층위의 표층적 상황이라면, 후자는 스토리 층위의 심층적 상황이다. 여기서 주로 염두에 두는 것은 후자, 즉 스토리의 심층에 존재하며 서술의 여러 구체적 상황들을 낳는 이야기의 근본적 상황이다.

창작을 시작할 때부터든 마침내 완성을 하고 나서든, 또 서술을 명시적으로 하든 암시적으로 하든, 스토리텔러는 '스토리'의 지배적 사건, 즉 중심사건의 기본 상황을 고려하면서 '서술' 표면에 묘사하고 나열하는 여러 구체적 상황들을 그에 맞추어 구조화해 나가야 한다.

이야기의 상황이라면 서정적이고 아름다운 것을 먼저 떠올리는 경우가 많다. 하지만 기본적으로 서정적인 것과 서사(이야기)적인 것은 다르다. 물론 '서정적 서사'도 있지만, 서사는 현실적 시공 속의 갖가지 욕망과 사연으로 얽힌 상황의 전개 과정을 구체적으로 재현한다. 삶의 아름다움은 물론 누추함과 고통스러운 질곡까지 모두 자세히 담는 게 이야기의 상황인 것이다. 개인적 상황과 사회적 상황, 어린이 세계의 상황과 어른 세계의 상황, 경제적 상황과 문화적 상황, 가진 자의 상황과 가지지 못한 자의 상황, 과거의 역사적 상황과 미래의 상상적 상황…… 이런 갖가지 상황들이 스토리텔러에 의해 발견되고 또 융합되기를 기다리고 있다.

그런 상황들 가운데 어느 것을 택하며 어떻게 전개시킬지는 작자의 가치관과 비판의식, 스토리텔링의 목적 등에 달려 있다. 로맨스 같은 갈래는 애정적 상황을 주로 다루지만, 작자는 한 갈래 안에서도 '참신한 애정 상황'을 상상해야 독자성을 얻는다. 그것을 예술성 높은 이야기로 전개시켜 감상자의 사고와 감정을 새로운 세계로 이끌 것이냐, 감상자의 거친 기대와 욕망에 부응하여 오락 위주의 대중적 이야기로 전개시킬 것이냐는 다음 문제이다.

여기서 기억할 필요가 있는 것은, 의식적이든 무의식적이든 이야기의 상황은 어떤 사회적·문화적 맥락(context)에 놓여 있고, 그것을 바탕으로 전개되며 또 해석된다는 사실이다. 그래서 작자는 그 '현실적인' 것들을 재현하거나 비판하며 작품 고유의 주제적 논리와 가치를 창조해 내야 한다. 가령 단편소설 〈사랑손님과 어머니〉(주요섭)에서 젊은 미망인이 재혼을 포기하는 행동은, 작품 안팎의 상황에서, 그 작품이 발표된 1930년대와 지금의 해석이 매우 다르다. 특히 페미니즘의 맥락에서 볼 때, 그녀가 처한 가부장제의 억압 상황을 어린 딸의 '믿을 수 없는' 서술로 가리고 또 미화한 작자의 태도는 오늘날 비판을 받을 수 있다.

여기서 아이디어를 얻어, 오늘날 세계적으로 출산율이 낮은 한국의 '상황'을 여성의 육아와 사회활동이라는 '맥락'에서 살펴본다면, 현실적으로 의미 있는 이야기가 태어날 것이다. 그것은 '자식을 위한 어머니의 희생'이라는 한국 문화의 신화에 도전하는 작품이 될지도 모른다.

스토리텔링 활동 전반과 관련된 주요 상황들에 대해서는 제1부 1장에서 아래와 같이 정리한 바 있는데, 다시 살펴보기로 하자.

## 이야기의 상황

외적(이야기 외부/행위의) 상황 － (작자, 감상자의) 사회·역사적 상황

　　　　　　　　　　 －　　　　　　　 개인적 상황

내적(이야기 내부의) 상황 　－ (작자, 서술자의) 서술상황

　　　　　　　 － (인물, 사건의) 스토리 상황 － (인물의) 내면 상황

　　　　　　　　　　　　　　　　 －　　　　 외면 상황


　작자는 이야기 텍스트의 외적 상황과 내적 상황을 항상 함께 고려해야 한다. 준비 단계에서는 자연히 외적 상황을 먼저 살피겠지만, 둘은 늘 함께 맞물려 결정되고 또 변하기 마련이다. 영화처럼 자본과 인력을 투입하여 제작하는 갈래의 경우, 회사와 기획자의 사업적 고려가 크게 작용하기도 한다. 이러한 상황 전반에 관하여는 '제2부 1장'에서 다룬 바 있기에 여기서는 텍스트 내적 상황, 즉 구조적 상황 위주로 살펴보자.

　이야기의 내적 상황은 스토리 세계의 시공간 속에 존재하는, 인물과 사건이 놓인 상태요 조건이다. 서술자가 존재하는 소설, 동화 등의 경우에는 그가 그것들을 '서술하는 행위의 상황'도 포함된다. 스토리 상황은 텍스트 외적 상황의 현실을 반영하지만, 가령 판타지 갈래와 같이 표면적으로는 비현실적이고 초현실적인 것도 많다. 하지만 그들도 심층적으로는 현실을 모방한다. 보편적 인간과 그의 삶의 지평에서 그럴듯함(사실성) 여부가 성립되기 때문이다.

　한편 스토리 상황 속의 인물은, 사건이 대개 내면과 외면에서 동

시에 전개된다. 이때 인물은 대부분 애초부터 중심사건에 연루되기보다, 어떤 상태로 있다가 외부로부터 일이 닥쳐 그 상황에 휘말린다. 스토리의 상황 전개를 궁리할 때, 이러한 인물의 내면과 외면, 사건의 준비 단계와 전개 단계 등을 구별하여 구상하면 도움이 된다.

상황을 변화시키면 사건이 형성된다. 의미가 있고 또 발전시킬 가능성이 큰 상황은 변화의 동력, 곧 갈등을 내포한 상황이요 인간적 진실과 삶의 아이러니를 포착한 상황이다. 뒤에 다시 살펴겠지만, 갈등은 표면적 대결이나 부딪힘이 있든 없든 이야기에 깔려 있는, 삶에 존재하는 대립적·모순적 요소이다. 그것은 스토리텔러가 만사에 늘 호기심과 의문을 지닐 뿐 아니라 인간과 사회에 대한 비판의식, 문제의식이 강할 때 잘 포착된다. 우연히 목격한 어떤 작은 장면의 상황이 작자의 관심사와 만나면서 긴 이야기를 낳는 경우는 흔하다. 참신하고 뜻있는 스토리텔링 제재라는 것은, 따져보면 대개 그런 상황이나 그것이 담긴 장면, 그에 관한 작자의 상상과 생각 등이 융합된 것이다. 갈래의 특성상 '작자의 상황과 관점'이 겉으로 드러나고 사건 규모가 작은 이야기(서사적) 수필, 가령 널리 알려진 피천득의 〈은전한 닢〉, 윤오영의 〈방망이 깎던 노인〉 등을 보면 그 점을 금세 알 수 있다.[1]

시작도 없고 끝도 없는 거대한 삶의 흐름에서, 강렬하고 뜻깊은 상황을 포착하거나 상상해 내는 일은 쉽지 않다. 어렵사리 그것을 붙잡고도 발전시키지 못하는 경우가 많은데, 이는 상황을 인과성 있게 전개시키는 일 또한 작자의 사색과 안목을 요구함을 말해준다. 산업화되고 막대한 자본과 인력이 투입되는 영화나 흥행을 위해 노상 극적이고 감동적인 상황과 사건을 찾아 헤매는 공연물들 가운데 많은 작품이 기존의 설화, 소설, 연극, 만화 등에서 상황과 사건을 전용(☞ 뒤의 2장 1절)한 것이라는 사실 역시 이를 보여준다. 여기서 우리는 '원형적인 이야기 상황'을 본떠서 활용하는 것도 스토리텔링의 한 방법임을 알게 된다. 아울러, 이야기 갈래가 아니지만 뜻깊고 감동적인 상황을 내포하고 있는 다른 예술 작품들에도 눈을 돌리게 된다.

상황은 시공간을 바탕으로 삼기에 인간의 삶이 투영된 갖가지 문화적 산물들에 두루 존재한다. 사건으로 발전되어 본격적 이야기가 되지 않을 뿐, 이야기 양식에 속하지 않는 갈래에서도 그것은 얼마든지 개입하고 존재한다. 가령 시나 그림에도 상황은 반영되어 있다. 김소월의 시 〈진달래꽃〉을 보자. 이 시의 화자는 "나 보기가 역겨워 / 가실 때에는" 진달래꽃을 "가실 길에 뿌리"겠다고 한다. 그는 임이 아직 떠나가지 않은 상황에서 그런 말을 하고 있는데, 바로 그 발화 상황이 이 시의 반어적 매력을 높여준다.

이처럼 이야기가 아닌 경우에도 창작자들은 내용을 심화하고 보다 극적인 효과를 내기 위해 상황을 만들고 활용한다. 그러므로 그런 갈래의 작품에서 오히려 풍부한 가능성을 지닌 훌륭한 상황이 담긴 장면을 발견하여 이야기에 활용하는 것도 스토리텔링의 요령 가운데 하나이다.

여기서는 상황 자체를 이해하고 그에 대한 감각을 키우기 위해 이야기는 물론 노래, 시, 그림 등을 활용하여 연습해 본다. 또 상황을 놓고 원인을 상상해 보거나 아이러니 같은 수사법을 활용하여 풍부한 가능성을 지닌 상황으로 발전시켜 보기로 한다. 이러한 연습은 상황을 설정하고 그것을 전개시키기 위해 필요한 상상력을 기르는 데 도움을 줄 터이다.

1-1     자기가 감상했던 이야기 작품 가운데, '주인공이 처한 상황'이 매우 놀랍거나 기발한 것을 하나 골라 [보기]와 같이 작품의 제목과 그 상황을 구체적으로 적으시오. (단, 그것은 지엽적인 게 아니라, 중심사건의 기본적 상황 혹은 이야기 전체 의미구조상의 기본 상황이어야 함. 갈래는 무엇이든 좋음)

---

[보기] 작품의 갈래, 제목: 소설 《변신》(프란츠 카프카)

주인공이 처한 상황: 어느 날 갑자기 자신이 벌레로 변한 상황

---

① 작품의 갈래, 제목:

② 주인공이 처한 상황:

1-2     창작은 대부분 작자의 내적 동기에서 출발한다. 앞에서 답한 이야기의 작자가, 주인공이 그런 상황에 빠진 이야기를 '창작하고자 마음먹은 상황'을 나름대로 상상해 보시오. (2~3문장)

(길잡이) 그냥 상상해도 좋으나, 작품의 창작 배경에 관한 자료를 참고하면 더 좋다.

2     대중가요의 가사(노랫말)는 그 화자의 발화 상황이 대개 유형화되어 있다. 한국 대중가요 가사의 화자가 흔히 처해 있는 상황은 어떤 상황인가? 전통적이고 대표적인 것 한 가지만 적으시오.

3     다음 시는 화자(서정적 자아)가 아이이다. 화자가 처한 상황을 자세히 상상하며 감상한 뒤 물음에 답하시오.

## 저녁 한때

뒤뜰 어둠 속에
나뭇짐을 부려놓고
아버지가 돌아오셨을 때
어머니는 무 한 쪽을 예쁘게 깎아 내셨다.

말할 힘조차 없는지
무쪽을 받아든 채
아궁이 앞에 털썩 주저앉으시는데
환히 드러난 아버지 이마에
흘러난 진땀 마르지 않고 있었다.

어두워진 산길에서
후들거리는 발끝걸음으로
어둠길 가늠하셨겠지.

불타는 소리
물 끓는 소리
다시 이어지는 어머니의 도마질 소리

그 모든 소리들 한데 어울려

아버지를 감싸고 있었다.

– 임길택,《할아버지 요강》, 보리, 1995.

**3-1**  화자가 앞의 말들을 하기 직전에 처했던 상황, 그러니까 시에 나타난 광경이 벌어지기 직전의 상황을, 시의 서술을 바탕으로 상상해 보시오. 그리고 그것을 주어와 술어를 갖춘 2문장 내외로 적으시오.

**3-2**  시에 그려진 '저녁 한때'의 상황을 어머니의 마음과 행동 중심으로 '바꾸어' 서술하시오. 반드시 어머니를 화자 '나'로 삼은 일인칭 서술로 3문장 내외로 적으시오.

**4**  다음의 서술은 어떤 소설의 한 부분이다. 그것을 만화나 영화로 재창작하려고 한다. 인물 '나'의 내적·외적 상황을 만화의 어느 칸이나 영화의 컷처럼 아래 네모 안에 그림으로만 표현해 보시오. (말풍선을 넣지 말고, 칸도 나누지 말 것)

( 길잡이 ) 심리적 상황을 그림(시각적 기호)으로 표현하는 영화나 만화의 방법을 활용한다.

*그 모임은 이미 시작되어 있었다. 내 마음은 착잡했다. 처음 마음먹었던 대로, 오지 않는 편이 나았는지도 몰랐다.*

5   이야기 속의 어떤 상황은 그것을 통해 제시하려는 의미, 분위기, 정서 등과 분리할 수 없다. 그러므로 기발하고 참신한 상황을 상상해 내는 것도 중요하지만 그것을 통해 형성하고 전달하려는 게 무엇인지, 그리고 그 두 가지는 서로 잘 조화되는지 등도 아울러 중요하다.

 [보기]를 참고하여 적합한 상황을 상상해 보시오.

| 제시·전달하려는 것 | 적합한 상황 |
|---|---|
| 정신적 패배 | [보기] 경기에는 이겼지만 몰래 반칙을 한 상황 |
| 가정(집)이 언제나 좋은 곳은 아님 | ① |
| 마음은 감추기 어려움 | ② |

| | |
|---|---|
| 생활환경의 지배력 | ③ |
| 사람은 대개 자기 주관대로 행동하기를 두려워함 | ④ |

6 　놀랍거나 의외의 상황을 보고 그 원인을 상상하는 행동은 우리가 빈번히 하는 활동이다. 스토리텔러는 누구보다도 그런 작업을 통해 관찰력, 상상력 등을 기를 필요가 있다.

　시베리아 툰드라 지역에서 고고학자들이 원시시대의 것으로 추정되는 남자의 유골을 발굴했다. 그런데 그것은 어떤 다른 유골과 함께 묻혀 있었다. 연구 결과 그것은 늑대의 뼈로 밝혀졌다. 왜 늑대가 사람과 함께 묻혀 있을까? 나름대로 상상하여 그 까닭을 알 수 있게 하는 짧은 스토리를 지으시오. (4문장 내외. 환상적 요소는 개입시키지 말 것)

7 　이야기를 활용하여 지식을 흥미롭게 가르치는 교육 프로그램이 콘텐츠 산업의 하나로 번성하고 있다. 이른바 '에듀테인먼트'이다. 그 프로그램들 가운데는 교육 내용과 이야기의 상황, 그리고 오락적 요소가 조화되지 않아 과장되거나 억지스러운 경우가 있다.

　동물 인형극으로 초등학교 어린이가 '자원 낭비와 기후 위기'

의 관계에 관심을 갖도록 이끄는 프로그램을 만들고자 한다. 인물을 무관심한 자와 그것에 피해를 입는 자로 설정하여 어린이의 '정서에 호소'하려고 한다면, 어떤 상황의 누구(무엇)로 설정하면 적절하겠는가?

① 무관심한 자:

② 피해를 입는 자:


8    한국 사회의 바람직하지 않은 현실을 비판하고 풍자하는 짧은 스토리를 지으려고 한다. 풍자할 대상, 즉 한국 사회의 부정적 현실은 아래에 주어져 있다. [보기]를 참고하여, 그런 현실을 비판의식 없이 살아가는 인물이 스스로 빠진 상황을 설정하고, 그것의 '우스꽝스러운' 결과를 상상해 보시오. (둘 가운데 하나만. 3문장 내외)


[보기]

• 풍자 대상: 인터넷으로 퍼지는 가짜 정보와 비합리적 주장들을 무조건 믿는 사람이 많은 사회 현실.

• 비판의식이 부족한 어떤 인물이 빠진 상황과 그 결과.

→ 휴대전화로 보고 듣는 것을 무작정 믿는 60대 남자가 있다. 그가 '신종 독감 백신은 정치가들이 국민을 통제하며 잘못을 은폐하기 위해 외국에서 도입한 것일 뿐, 전혀 효과가 없다'는 가짜 정보를 맹신한다. 그는 접종을 거부하다가 결국 감염이

되어 죽도록 앓는다.

① • 풍자 대상: 경제가 윤택해지자 인간관계가 삭막해진 현실.
  • 비판의식이 부족한 어떤 인물이 빠진 상황과 그 결과.
  →

② • 풍자 대상: 경쟁에서 이기는 것만 가르치는 교육 현실.
  • 비판의식이 부족한 어떤 인물이 빠진 상황과 그 결과.
  →

# 3

# 행동, 인물

매체가 발달하지 않았던 시대에 극(drama)은 사건의 흐름, 인물의 내면 등을 관객에게 전달할 때 주로 배우의 말과 행동에 의존했다. 말도 행동의 일종이므로 배우(actor)를 가리키는 단어의 어원이 행동(act)인 것은 자연스러운 일이다. 오늘날 극장과 디지털 기기에 넘쳐나는 여러 '다중매체 이야기'(영화, 텔레비전 드라마, 웹툰, 뮤지컬, 오페라, 이야기 디지털 게임 따위)들도 인물의 대사와 행동이 중심을 이룬다. 그들도 극적(dramatic) 효과를 추구하는 극의 동료 혹은 후손인 까닭이다.

행동은 이야기의 핵심 요소인 인물과 사건에 걸쳐 있는, 비유하자면 둘을 연결하고 묶는 밧줄 같은 것이다. 이야기의 스토리가 인물 행동의 연쇄라는 사실에서 이를 잘 알 수 있다.

행동을 그려내고 그 의미를 표현하는 방식은 매체와 갈래에 따라 다르다. 일상언어(자연언어)만을 사용하는 소설은 서술자가 묘사하여 '보여주기(showing)'도 하고 요약·설명하여 '들려주기(telling)'도 한다. 그러나 언어와 함께 그림, 빛, 소리 등 여러 매체로 그려내는 다중 매체 이야기들은 형상화하여 보여주는, 감각에 직접 호소하는 형식이다. 따라서 그 대본의 작자는 소설에서 서술자가 단지 말로 전하는 것을 감독과 배우가 무대나 화면에서 '보여줄' 수 있도록 인물의 행동을 매우 '드라마틱'하게 전개하고 그려야 한다. 이야기 양식에서 '읽는' 갈래와 '보고 듣는' 갈래의 핵심적 차이의 하나가 이것이다.

이야기에서 행동은 일차적으로 상황을 형성하고 또 변화시키는 움직임, 곧 동적 요소이다. 감상자는 주로 행동을 통해 인물의 성격과 그가 처한 상황을 파악하고 그 변화 과정을 이해한다. 스토리텔러가 뜻있고 극적인 상황이나 장면을 붙잡고도 그것을 감동적 사건으로 발전시키지 못하는 것은 이 행동에 대한 관심, 곧 어떤 인물이 처한 상황에서 할 행동에 대한 상상이 빈약한 탓인 경우가 많다. 과연 그렇다면, 스토리텔링을 할 때 작자가 끝없이 던지고 답해야 할 물음은 '이 인물이 이 상황에서 어떤 행동을 해야 가장 그럴듯할까?', '이 상황에서 이 인물은 왜 이런 행동을 하는가?' 따위일 것이다.

스토리를 적은 문장의 기본 형태는 '주어+동사'이다. 한국어에서는 서술어 자리에 형용사나 명사 등도 중요하게 쓰이지만, 요약할수록 스토리는 동사 중심이 된다. 그 주어의 자리에 놓이는 게 인물이고 동사의 자리에 놓이는 게 바로 행동이다.

행동의 주체는 인물이다. 행동은 그의 성격적 특질과 내적 동기에서 나온다. 바꿔 말하면, 행동은 그 주체의 성격과 욕망을 형상화한다. 나아가 그것은 연쇄되어 상황의 변화, 곧 사건을 이루어낸다. 한마디로 행동은 인물의 성격을 형상화하는 핵심적 성격소(性格素)* 이자 사건의 기본 단위이다. 그러므로 인물의 행동을 서술하는 순간 사건은 벌어지며, 그의 성격 또한 형성되기 시작한다. (이는 뒤의 '6-나. 인물의 특질'에서 다시 살필 것이다.)

행동에는 큰 움직임이나 동작만 있는 게 아니다. 앞서 언급했듯이, 대사는 대표적 행동의 하나이다. 인물 내면의 심리적 변화도 행동으로 본다. 자연현상도 인물과 관련하여 '동사적'으로 해석·요약되거나 상황 변화의 일부가 되면('홍수가 그의 사업을 망쳤다.') 행동으로 간주할 수 있다. 스토리를 형성하는 동적인 요소를 두루 행동이라 할 수 있는 것이다.

행동은 작자로 하여금 인물의 성격과 사건의 상호관계에 유의하도록 함으로써 둘을 형성하고 통합한다. 그런데도 인물이나 스토리만 중시하고 행동에 섬세한 관심을 쏟지 않는다면 인물과 사건이 함께 살아 움직이도록 만들기 어렵다.

행동은 인물의 욕망, 감정, 의지 등에서 비롯되며, 그에 따라 특정한 의미를 지닌다. 또 그것의 실현을 가로막는 대립 요소와 갈등하거나 자체에 내포된 모순이 발현되면서 사건으로 발전한다. 그리고 어떤 가치, 이데올로기, 사회문화적 맥락 등과 얽히면서 제재, 주제, 메시지 따위를 낳는다. 그에 이르면 행동은 인물 개인의 감정이나 성격

---

* 인물의 성격적 특질을 제시하는 요소. '이기적이다'와 같은 직접적 서술일 수도 있고 자기 욕심만 차리는 습관적 행동 따위의 간접적 사물일 수도 있다. (☞ 제2부 2장, 3장)

차원에서 나아가 집단적·보편적 의미를 띠게 된다. 형사재판이 열리는 법정에서 어느 방청객이 뜨개질을 하고 있다면, 그것은 그 인물의 성격은 물론 그 재판의 분위기와 사회적 반응까지 나타낼 수 있다. 작든 크든, 이렇게 행동은 이야기의 구조와 맥락에 동기화(motivation)될 때 의미를 지니며 감동을 준다.

한편 인물의 행동은 애초의 욕망이나 목적과 어긋나는 아이러니한 결과를 낳을 수 있다. 소설 〈운수 좋은 날〉(현진건)에서 그날은 주인공에게 결국 '운수 나쁜 날'이었다. 어떤 행동이 의도와 다른 의미를 띠거나 엉뚱한 결과를 낳는 것 또한 삶의 진실이다.


스토리텔링에 참여하는 사람들, 즉 작자, 연출가, 연기자 등은 인물의 행동 하나하나의 동기, 욕망 등은 물론, 앞서 살핀 이야기의 상황과 맥락을 항상 염두에 두어야 한다. 연출에서는 가령 '감정선(感情線)' 같은 말로 그것을 다루는데, 물론 '감정'만 고려해서는 충분하지 않다. 요소들 전반의 구조와 흐름에 대한 고려가 빈약하면 이야기의 인과성, 연속성, 가치의식 등이 훼손된다. 개인적 불만에서 비롯된 행동이 사회적으로는 범죄가 될 수 있듯이, 같은 행동도 상황이나 맥락이 달라지면 그 의미와 반응이 바뀐다. 그것은 기존 작품의 상황, 논리, 초점 등을 바꾸고 뒤집음으로써 참신한 효과를 노리는 패러디 작품에서 역으로 잘 드러난다.

요컨대 행동은 인물의 성격, 욕망 등을 드러내는 동시에 연쇄되어 사건을 형성한다. 물론 그 사건은 결합되어 보다 큰 사건, 나아가 전체 스토리를 이룩한다. 그러므로 스토리텔러는 평소에 사람의 행동, 사회의 변화 등을 면밀히 관찰하며, 여러 분야에 관심을 두고 조사하거나 지식을 축적함으로써 그들을 생생하고 입체적으로 서술할 수 있게 준비할 필요가 있다. 요리를 모르면서 요리사의 행동을 충실히 묘사할 수 있으며, 기성세대의 욕망에 대한 입체적 이해가 빈약한 채 세대 갈등을 다룰 수 있겠는가?

인물이 하는 행동의 동기나 원인을 과거의 상처(트라우마), 원한 관계 등에서 찾는 예가 많다. 그런가 하면, 사건이 가족 간의 갈등 속에서 맴돌다 마는 경우도 흔하다. 그럴 경우 인물이 평면적이 되고 사건의 사회성도 약해져서 감상자한테 폭넓은 인식과 정서적 반응을 일으키기 어렵다. 작자는 늘 인간의 행동에 대한 섬세한 관찰과 깊은 사색을 하며, 또 자기가 다루는 제재에 관한 지식, 경험 등을 쌓는 데 노력을 기울여야 공감대 넓은 인물과 사건을 빚어낼 수 있다.

1   자기 주변에서 성격에 독특한 면이 있다고 생각하는 사람을 택하여 답하시오.

① 그의 독특한 성격적 특질 한 가지:

② 앞의 특질을 잘 드러내는, 그의 '어떤 상황 속의 습관적 행동':

2   인물이 하는 행동의 의미와 그에 대한 감상자의 정서적 반응은, 그가 행동을 하는 내적 동기, 이유 등에 좌우된다. 같은 행동도 그게 바뀌면 의미와 반응이 달라지는 것이다. 다음 [보기]를 참고하여 주어진 행동의 동기, 이유 등에 따라 다르게 형성되는 의미, 정서(감정) 따위를 빈 곳에 적으시오.

| 행동 | 인물의 동기, 이유 | 형성되는 의미, 정서(감정) |
|---|---|---|
| 한 남자가 한때 자신이 속했던 범죄조직의 우두머리를 만나기 위해 사투를 벌인다. | 아내를 살리기 위해 | [보기] 사랑의 가치, 남편다움 |
| | 아버지의 누명을 벗기려고 | ① |
| | 그를 없애야 악한 조직이 무너지므로 | ② |
| | 그만이 자신의 결백을 밝힐 수 있기 때문에 | ③ |

| | 실제 보수가 기대보다 적어서 | ④ |
| 어렵사리 취업한 사람이 얼마 후 직장을 그만둔다. | 알고 보니 하는 일이 윤리적으로 옳지 않은 것이기에 | ⑤ |
| | 동료들과 함께 일하는 게 힘이 들어서 | ⑥ |

3  다음 [보기]를 참고하여 앞에서와 조금 다른 작업을 해보시오. 이번에는 주어진 의미나 정서적 반응을 낳기에 적합한 행동의 동기, 이유 등을 빈 곳에 상상해 넣으시오.

| 행동 | 인물의 동기, 이유 | 형성되는 의미, 정서(감정) |
|---|---|---|
| 그녀는 그곳에 가지 않는다. | [보기] 헤어진 남자와 자주 갔던 곳이므로 | 상처, 덧없음 |
| | ① | 사회적 편견 |
| | ② | 자존심 |
| 노인은 결국 그 일에 참여하기로 한다. | [보기] 돈을 벌고 체면도 세우기 위해 | 이기적 욕망 |
| | ③ | 타인에의 연민 |
| | ④ | 자기 극복 |

4  사건의 전개와 그 의미는 인물의 성격 및 행동에 크게 좌우된다. 아래에는 비교적 작은 사건과 그것을 통해 표현하려는 의미가 주

어져 있다. 상식적으로 합리적인 행동 한 가지를 빈 곳에 설정해 넣음으로써, 그 의미의 표현에 적절한 사건을 완성하시오. (단 ②의 빈 곳에 들어갈 문장은 아무나 주어로 삼아도 좋음)

① 표현하려는 의미: 진실을 외면하면 비겁해진다.

　처음: 어느 회사의 간부가 새로 맡은 일을 해낼 수 없다.

　중간: 그 간부는 _____

　끝: 그 간부는 해당 부하 직원을 해고한다.

② 표현하려는 의미: 그릇된 관습, 이념 등에 구속된 사람이 많다.

　처음: 회사가 남자 사원만 승진시키고 실적을 꽤 낸 여사원은 누락시킨다.

　중간: 그 여사원은 부당하다는 글을 회사 게시판에 올린다.

　끝: _____

5　'이것은 무엇에 관한 이야기입니까?'와 같이 이야기의 초점을 묻는 질문에서 '무엇'에 해당하는 것을 이야기의 재료라고 보면 '제재(題材)'[*]이고, 지배적 의미라고 보면 '주제'이다. 여기서는 제재 쪽에 서서 논의해 보자.

---

* 이야깃감. 주제를 표현하는 데 쓰이는 구체적·추상적 재료. '파업', '소외된 자의 고통' 등과 같이 한 단어나 구로 표현함이 바람직함. (☞ 제1부 2장 1절)

30대 중반의 남녀가 사귀다가 헤어지는 사건이 있다. 두 사람이 헤어지는 행동의 동기나 이유를 '무엇'으로 설정해야 감상자가 그 사건을 아래의 문제에 주어진 제재에 관한 이야기라고 해석하겠는가? 그 동기나 이유가 포함된 행동을 밑줄 친 곳에 각각 한 문장으로, 되도록 구체적으로 적어 넣으시오.

> 길잡이 ) 주어진 제재를 표현한 말이 그대로 답에 들어가면 일종의 동어 반복에 그치기 쉽다.

① 제재: 사회 계층

남녀가 사귄다.

→ 남자가 _____

→ 헤어진다.

② 제재: 재산

남녀가 사귄다.

→ 여자가 _____

→ 헤어진다.

③ 제재: 인간적 감성(감수성, 기질)

남녀가 사귄다.

→ 남녀가 _____

→ 헤어진다.

6  사건 즉 상황의 변화는 어떤 행동을 고비로 전혀 의외의 방향으로 전개될 수 있다. 다음 ①, ②에는 인물의 '대사 행동'이 제시돼 있다. 그에 대한 상대편의 대꾸나 생각이 엉뚱하여 상황이 예상치 않은 방향으로 우스꽝스럽게 변해가는 과정을 지어보시오. 단, 반드시 제시된 서술과 대화를 바탕으로 이어 쓰시오. 이때 인물들과 처지가 비슷한 감상자들이 수치심이나 불쾌감을 느끼지 않도록 주의하시오. (이어 쓸 분량: 100자 내외)

길잡이  상대방이 말을 하는 의도나 처지를 오해하면, 우스운 상황이 벌어질 수 있다.


① 자식 교육에 매우 열성적이며 성격이 급한 40대 어머니가 있었다. 어느 날 놀기 좋아하는 중학교 2년생 아들로부터 전화가 왔다. 집에 도착하여 학원 갈 준비를 해야 하는 시각이었다.

"엄마, 놀라지 마! 선생님이 내가 장래성이 있대. 그래서 지금 학교 체육관에 있어."


② 남자 노인 둘이 공원 의자에 앉아 있었다. 구겨진 회색 셔츠를 입은 사람이 무어라고 중얼거렸다. 정장 차림의 사람이 핀잔하듯 말했다.

"말을 하려면 알아듣게 해야지, 혼자 중얼거리면 어떡해? 남들이 이상하게 본다고 그랬잖아!"

회색 셔츠가 곱지 않은 표정으로 대꾸했다.

"남들이 무슨 상관이야? 텔레비전에서 일기예보 하는 여자 아나운서들, 옷을 왜 그렇게 날마다 바꿔 입느냐 그 말이야!"

한국의 이야기 전통에는 '가련한 여인' 혹은 '수난당하는 여성'이라 부를 수 있는 인물 유형이 있다.

도미 부인(《삼국유사》 수록 설화), 심청(《심청전》), 바리데기(서사무가) 등은 물론 초봉(채만식의 《탁류》), 선비(강경애의 《인간 문제》), 그리고 많은 텔레비전 드라마와 영화의 여성 인물들이 그에 해당한다. 이 '가련한 여인의 일생'은 다음 과정을 겪는다. – ① 착하고 용모가 아름답지만 가족이 온전하지 않다. ② 부당한 억압 때문에 시련을 겪는다. ③ 결말에서 행복해지거나 불행해진다.

이 스토리 유형은 여인의 수동적인 성격과 행동 양식으로 보아 남성 중심의 전통적 가부장 질서와 관련이 깊다. 이 인물형 혹은 스토리 유형을 '활용하여' 4~5문장 길이의 짧은 스토리를 재창작하되, 반드시 가부장 질서가 무너져 가는 현대 한국의 사회 현실을 반영하시오.

**길잡이** 달라진 사회 현실을 반영하다 보면, 인물의 행동과 스토리가 기존형과 달라질 수 있다. 심하면 패러디가 될 수도 있다. 그래도 어쨌든 이 유형을 '활용하는' 것이다.

# 4

# 갈등, 사건, 스토리

창작을 시작할 때 '맨 처음에 쓴' 서술이 완성된 작품의 첫머리가 되는 경우는 거의 없을 것이다. 작품을 완성한 뒤 그게 완성되기까지의 과정을 거꾸로 돌려본다면, 누구든 그 복잡함과 뒤죽박죽에 놀랄 터이다.

스토리텔링 행위는 한 방향으로 흐르는 '물리적 시간' 속에서 하는 선적(線的) 작업이지만, 그 산물인 이야기는 '인간적 시간'의 복잡다단한 양상을 띤다. 우리가 시간의 흐름에 밀려 살아가면서도 거꾸로 과거를 회상하듯이, 이야기 속의 시간은 여러 겹과 방향으로 입체적 양상을 띤다. '회상'은 아주 단순한 예에 불과하고, 시간을 떠날 수 없는 정보의 감춤 – 드러냄, 사건의 원인 – 결과, 인물들의 갈등 – 해결 등이 여러 가닥으로 복잡하게 얽혀 있다. 감상자 쪽에서 볼 때, 그 '가닥'이란 바로 스토리의 줄기(스토리라인)이다. 이야기에서의 시간 문제는 곧 사건의 문제이자 그에 관한 서술의 순서 문제이다. 시간이 복잡하면 그만큼 스토리의 가닥도 복잡하고 시간도 순진과 역진을 거듭한다.

이야기 속의 시간이 그렇게 복잡하다면, 영화나 텔레비전 드라마처럼 여럿이 협동하여 창작 및 제작을 할 때 절차와 분업이 필요한데, 그때 어떤 순서와 방법을 취해야 할까? 먼저 이야기의 척추에 해당하는 중심사건을 설정한 뒤, 그에 종속된 서술의 구체적 세부를 마련해 가는 식이 무난할 터이다. 스토리 층위에서 시작하여 서술 층위로, 또 중심사건에서 부수사건으로 가는 순서인 셈이다. 그래도 중간에 어디서든 변화가 생기면, 작품을 해석할 때 부분과 전체 사이를 오가듯이 (해석적 순환), 층위를 오가며 상호 수정을 하게 될 테지만 말이다.

혼자서 창작하는 경우, 창작의 초기 단계에서는 떠오른 것을 추상적·단편적 상태로 두지 말고, 앞에서와 같이 '상상 모험' 혹은 '언어의 모험'을 해보는 게 좋다. 그러다가 중심사건이나 그 상황 변화의 가닥이 잡히면 일단 대강 정리해 둠이 바람직하다. 시나리오라면 점차 발전하여 1차 개요(아우트라인)가 될 터인데, 그것은 전체 스토리텔링의 초점과 방향을 잡는 데 큰 도움을 준다. 물론 거기에는 이야기의 지배적 혹은 중심적 갈등이 내포돼야 한다. 그것이 사건의 전개는 물론 제재 및 주제 형성에 핵심적 역할을 하는 까닭이다.

갈등은 대립적이거나 모순적인 것이 맞설 때 발생한다. 앞에서 '상황'과 '행동'의 동기, 이유 등을 살필 때 알게 모르게 줄곧 갈등이 개입된 것은, 그것이 상황의 변화를 일으켜 사건을 형성하고 스토리를 전개시키기 때문이다. 스토리텔러가 삶에 존재하는 갖가지 갈등과 모순에 민감해야 하는 이유가 여기에 있다. 권력이 창작의 자유를 억압하거나, 작자가 상업주의에 빠져 창작의 자유를 오용할 때, 가장 영향을 받는 게 이 갈등이다.

갈등, 사건, 스토리 등의 상호관계를 의식하며 점검하는 일은, 창작을 시작할 때부터 텍스트를 완성하기까지 줄곧 하기 마련인 작업이다. 물론 그것은 작품을 미리 압축하여 제시할 때도 요긴하다. 이들은 중심사건, 핵심 스토리, 로그라인(logline) 등과 직결된 것이어서 기획안 설명, 투자 유치, 작품 홍보 등에도 중요하다.

시간의 흐름 속에서 보면, 사건은 그 시작과 끝을 특정하기 어렵다. 개인적으로 겪은 사소한 다툼이나 집단에서 일어난 작은 소란도, 그 원인을 따지려 들면 오랜 시간에 걸친 여러 가지가 나올 수 있다. 어쩌면 그 모든 것의 총합이 원인이라고 하는 게 맞을지 모른다. 이야기는 그러한 삶의 흐름에서 어느 일부를 잘라내어 '시작 – 중간 – 끝'이 있게 만든 인공적 창작물이다. 그것이 인과성을 띠며 '감상하는 시간' 동안 감상자의 뜻있는 반응을 얻어내려면 어떤 형태이든 갈등이 필요하다. 이야기가 그려내는 상황의 변화는 삶에 존재하는 갖가지 갈등을 다룰 때 더 극적이 되고 현실성을 띠게 된다.

제2부 1장에서 자세히 다루었듯이, 갈등이란 '대립하거나 모순되는 것의 충돌 혹은 뒤얽힘'을 가리킨다. 이는 다소 정적(靜的)이고 구조적인 뜻을 지닌 '대립'과 통하며, 경우에 따라 '모순'을 내포한다. 이야기의 지배적 의미나 흐름을 구현해 가는 존재를 주동인물(protagonist)이라고 할 때, 갈등의 실체는 그가 추구하는 것과 맞서는 추상적인 것으로 진술된다.

예를 들어보자. 옷이 많은데도 자꾸 새 옷을 사는 사람이 환경운동에 참여한다면 모순이다(옷을 만들 때 엄청난 환경오염 물질이 나온다).

이를 그의 '환경을 보호해야 한다는 생각\옷차림을 잘하고 싶은 욕망'과 같은 내적 대립으로 접근할 수도 있고, '환경보호라는 윤리적 이상\외모를 중시하는 사회적 현실'과 같이 보다 외적인 갈등이나 모순으로 다룰 수도 있다. 따라서 여기서는 대립, 모순 등을 모두 싸잡아 '갈등'으로 일컫고, 필요할 때만 그 말들을 병기하기로 한다.

갈등은 대립하는 두 항이 있어야 성립한다. 따라서 그 갈등항(대립소)은 대립되거나 모순된 단어나 구(句)의 짝으로 진술함이 바람직하다. '삶\죽음', '이기적 욕심\양심의 가책', '힘이 지배하는 폭력적 사회\윤리적 가치를 지키려는 개인' 등과 같다. 그것은 인물의 욕망과 의지에서 비롯하여 사회 현실의 가치, 규범, 이데올로기 등과 연관되면서 주제를 생성한다.

갈등은 사건을 전개시키는 모터와 같다. 그것은 작품 전체를 움직이는 동력이며 그 의미를 낳는 원천이다. 그것은 인물의 내면에서 일어나거나 타자와의 관계에서 일어나고(내면적 갈등/외면적 갈등), 선인과 악인의 대결처럼 처음부터 서술의 표면에 명백히 드러나기도 하지만 잠복되어 있다가 나중에 드러날 수도 있다(드러난 갈등/잠재된 갈등). 또 한 작품에 갈등이 단일할 경우도 있고 여럿인 경우도 있는데, 규모가 크고 스토리라인이 여러 줄기이면 그들 사이의 주종관계가 생긴다(지배적 갈등/종속적 갈등). 하여간 그것이 없거나 너무 모호하면 초점이 흐려지고 통일성, 일관성이 약해진다.[3]

갈등은 직접 서술·제시되기도 하지만 간접적으로 그러기도 한다. 따라서 감상자의 입장에서 볼 때, 그것은 작품에서 꺼내거나 잘라내는 것이라기보다 서술을 바탕으로 '해석'하여 '설정'하는 것이다.

갈등은 작품의 표층에 드러난 것과 별도로, 여러 대립소들의 계열체(paradigm)를 바탕으로 심층에서 따로 설정되기도 한다(표층적 갈등 / 심층적 갈등). 소설 《채식주의자》(한강)처럼 갈등이 깊고 다원적인 경우, 감상자는 '설정'의 어려움을 겪지만, 그를 통해 삶의 진실을 새롭게 체험할 수 있다. 양상은 다양하지만 명작이 명작인 이유는 그 갈등들이 인간의 보편적 욕망, 진실, 이상 등과 연관되어 있기 때문이다.

이야기를 막연한 직관이나 아이디어에 의존하여 짓는 작자가 흔히 소홀히 하는 게 이 갈등이다. 사건은 종결되지만 갈등이 해결 혹은 해소되지 않은 채 서술이 끝나는 열린 결말(open ending)도 있지만(해결된 갈등 / 미해결된 갈등), 갈등이 없는 이야기는 없다. 그것을 염두에 두지 않고 사건을 전개하면 인과성, 연속성 등이 부족하여 스토리가 형성되기 어렵고 이야기의 깊이도 얻기 어렵다.


싸움이나 다툼은 흔해도 당사자들이 왜 싸우는지, 그 갈등의 실체를 밝히는 일은 쉽지 않다. 혼란스러운 삶의 겉모습 밑에 내재하는 대립을 말로 표현해야 갈등의 본질이 포착된다. 그러므로 갈등의 두 대립항은 표층적 스토리의 인물이 아니라 심층적 스토리의 의미요소로 진술할 필요가 있다. 예를 들면 서부영화에서 보안관과 악당이 대립한다면, 갈등은 '보안관 \ 악당'보다 '선 \ 악', '정의 \ 비리', '선을 추구하는 이상 \ 악이 지배하는 현실' 등으로 진술해야 실체가 드러난다.

이렇게 본다면 갈등은 본래 추상적인 것이다. 범죄소설이나 액션영화처럼 갈등이 겉에 드러나 있는 경우에도, 앞에서와 같이 갈등은 누구와 누가 아니라 무엇과 무엇의 대립 형태로 진술함이 바람직하다. 갈등은 기본적으로 사건의 표층이 아니라 텍스트의 심층에 존재하는, 작품의 의미구조를 이루는 것이기 때문이다.

갈등은 '선\악', '개인의 자유\사회적 억압' 등과 같이 유형성이 강하지만, 그것은 하나의 관습이요 관념일 뿐 실제 현실에 존재하는 갈등 요소는 매우 다양하다. 그래서 갈등이 익숙하고 유형적인 이야기는 오히려 현실과 거리가 있어 사실성이 떨어진다. 예컨대 '권선징악'은 상투적이고 낭만적인 꿈에 가깝다.

이렇게 볼 때 스토리텔링은 인간과 사회에 존재하는 새롭고 뜻깊은 갈등을 찾아 표현해 낼 때 보다 창조적이 된다. 창의적인 스토리텔러에게 창작은 기존의 갈등을 혁신하는 – 의심하고 세분하며 새로이 발견하는 – 과정이다. 스토리텔링은 익숙한 삶의 현실에서 새롭고 진실한 갈등을 캐냄으로써 그것을 '낯설게 하는' 작업이라고 할 수 있다. 애정적 다툼의 이면에서 계층 이데올로기의 대립을 본다든가, 적과 대치한 군인들에게서 인간의 명예욕이나 아집에 얽힌 갈등을 본다면 어떨까? 창의력과 섬세함은 갈등의 발견과 설정에 있어서도 매우 중요하다.

갈등의 본질을 고려하면, 작품의 창작 과정 초기부터 갈등을 설정하는 건 무리라고 볼 수도 있다. 하지만 완결된 작품을 짓고자 노력하는 사람이라면, 사건을 이리 바꾸고 저리 바꾸다가 나중엔 자기도 왜 그러는지 종잡기 어려워진 적이 있을 터이다. 또 사건은 잔뜩 나열했는데 자기가 어떤 이야기를 짓고 있으며 결말을 어찌 내야 할는지 모르겠고, 과연 자기 작품에 무슨 알맹이가 있는지조차 의심스러운 때도 겪었을 것이다. 이런 일들은 거의 갈등을 형성하거나 유지하지 못한 채 표층의 사건에만 피상적으로 매달렸기 때문에, 엄밀히 말하면 표층적 사건에 끌려가기만 했기 때문에 빚어진 현상이다. 여기서 갈등의 중요성을 실감할 수 있다. 자기가 직접 경험한 일을 가지고 창작하는 경우라도, 그것과의 '객관적 거리'를 확보하지 못하여 갈등을 포착 혹은 설정하지 못하면 결국 이야기는 완결 짓기 어려워진다.

애초의 기획을 바탕으로 나아가되, 서술 과정에서 나타나는 문제들을 해결하고 또 새로 필요한 것을 흡수하며 생물처럼 성장해 가는 게 스토리텔링이다. 중심사건과 갈등 역시 그 일부이니 처음에 다소 부담이 되더라도, 또 나중에 수정하더라도 일단 설정할 필요가 있다.

이상의 논의를 종합하여 갈등을 파악하거나 설정할 때 도움이 될 질문들을 나열해 본다.

- 왜 이런 일이 벌어지는가? 궁극적으로 그런 일이 벌어진 원인은?
- 무엇이 무엇의 추구/실현을 가로막는가?
- 무엇과 무엇이 대립하고/조화되지 못하고 있는가?
- 무엇 때문에 상황이 (주인공이 바라는 방향으로) 변하지/전개되지 않는가?

사건 곧 상황의 변화는 '처음상황 – 중간과정 – 끝상황'으로 간추릴 수 있다. 여기서 처음, 중간, 끝은 작품 '서술'의 그것이 아니라 '스토리'의 그것이다. 표층의 사건들 전체를 종합한 심층의 사건, 혹은 이야기 전체를 지배하고 관통한다고 여겨지는 핵심적 상황 변화의 세 단계인 것이다.

이 '사건의 기본 형태'는 작은 삽화뿐 아니라 이야기 전체의 중심 사건 혹은 핵심 스토리로 확대하여 유추할 수 있다. 하나의 이야기에는 크고 작은 여러 갈등과 사건이 등장하지만, 이야기 전체가 하나의 심층적 사건이 변형·생성된 것으로 본다면, 그것은 텍스트 의미구조의 지배적 상황 변화를 내포한 것으로서, 아래와 같이 요약된다. 이것은 이론적으로 설정한 스토리 모형 혹은 유형에 해당한다. (☞ 제1부 2장 1-가)

(갈등을 내포한) 처음상황 — 중간과정 — 끝상황

위의 모형은 세 단계 혹은 부분으로 되어 있기에, 이것을 각각 하나의 문장으로 기술하여 '세 문장 스토리'라고 부른다. 이것의 간명한 진술은 새 이야기의 기획이나 창작 초기 단계에도 필요하지만, 기존 이야기를 전용하거나 재창작할 때도 요긴하다. 본래의 스토리를 다른 형태로 진술하거나 거기에 다른 요소를 삽입하여 여러 가지 변용을 하는 데 도움을 주기 때문이다.

다음은 세 문장 스토리의 예이다.

- 단편소설 〈웃음소리〉(최인훈)
  사랑을 배반당하고 죽으려는 여성이 옛날을 잊지 못한다.
    - 자살을 하러 갔으나 하지 못하고 갈등을 겪는다.
    - 자살을 하지 않고 다시 새로운 사랑을 꿈꾼다.
- 애니메이션 〈해피 피트〉(조지 밀러 외 2인)

자기 집단에서 소외된 한 펭귄이 한계상황에 놓인 자신과 집단을 구하고자 떠난다.

　- 난관을 뚫고 인간세계로 가서 그들과 소통한다.

　- 집단 안팎의 위기를 극복하고 모두의 사랑을 받게 된다.


이야기에서 사건들은 대부분 본래 일어난 자연적 시간 순서 그대로 서술되어 있지 않다. 흩어지거나 일부 생략되기도 하고 작은 게 뭉쳐 큰 게 되기도 하여, 그 정체와 규모가 보는 관점이나 맥락 등에 따라 달라진다. 그 결과 부수적인 줄 알았던 사건이 중심적이 되기도 하며, 알 수 없던 사건이 끝에 가서 엉뚱한 사건과 연결되어 정체가 밝혀지기도 한다.

이런 점들을 보면, 앞의 세 문장 스토리를 이루는 처음, 중간, 끝의 상황 변화는 자연적 시간의 순서, 즉 인과관계에 따른 것이기에 말 그대로 스토리 층위의 것이다. 스토리와 서술의 순서가 나란히 '함께 가는', 그러니까 일어난 그대로 서술이 배열되는 경우도 물론 있다. 하지만 기본적으로 앞에서와 같은 스토리 모형의 진술은 텍스트의 표층에 서술된 대로가 아니라, 그 심층에 존재하는 사건을 본래의 순서와 인과관계에 따라 요약한 것이다.

'중심사건'이라는 말이 환기하듯이, 하나의 이야기에는 여러 사건이 있다. 저연령 동화와 고연령 동화, 단편소설과 장편소설 등처럼 사건의 규모를 가지고 하위갈래를 나누기도 한다. 크고 긴 이야기에서는 표층에 서술된 자잘한 사건들이 모이고 수렴되어 심층의 큰 사건들을 이루는데, 논리적으로 그것을 하나로 가정하고 설정한 게 바로 중심사건이다.

　물론 텔레비전 연속극이나 시리즈 영화, OTT 드라마 등과 같이, 여러 가닥의 줄거리와 인물이 얽힌 '다중플롯' 이야기도 많다. 그런 이야기에서는 의미심장하게 되풀이되는 주제음악, 상징적 이미지 따위가 스토리들을 연결하거나 그들을 다시 하나의 중심사건으로 묶기도 한다. 영화 〈괴물〉(고레에다 히로카즈)의 앰뷸런스 사이렌 소리 같은 기능을 하는 것이다.

　스토리의 진술은 물론 앞에 제시한 기본적 형태로만 가능하지 않다. 앞의 모형은 이론적으로 설정한 것이므로, 논리적 순서에 따라 갈등을 처음상황에 내포시켰다. 하지만 가령 갈등이 생성되는 과정에 초점을 둔 이야기가 있다면, 그것이 텍스트 자체의 전개에 비추어 다소 자연스럽지 않을 수 있다. 그럴 때는 갈등을 '중간과정'에 내포시킴이 적절할 것이다. 여기서는 어디까지나 기본을 익히기 위해 중심사건이 하나인 단순 형태를 가정하고 논의한 셈이다.

1 다음 중 이야기의 갈등(대립, 모순 포함)을 표현하는 데 부적절한, 즉 갈등의 성격이 가장 약한 짝을 고르시오.

① 현실\이상

② 전체주의 사회\소외된 개인

③ 계층\이해

④ 가난함\부유함

⑤ 파괴를 위한 반항\창조를 위한 반항

2 아래의 처음상황에 내포된 갈등을 활성화시켜서, '성격이 초래한 불행'에 관한 사건을 만들어보시오. 중간과정, 끝상황을 각 한 문장으로 적되, 사건이 일관되고 인과성 있게 지으시오.

길잡이 사건 전체가 제재에 걸맞고, 반드시 끝상황이 객관적으로 보기에 '불행'해야 한다.

### '성격이 초래한 불행'에 관한 사건

| (갈등을 내포한) 처음상황 | 중간과정 | 끝상황 |
|---|---|---|
| 놀기 좋아하는 사람이 결혼을 한다. | ① | ② |
| 가정에서 폭군인 남자가 사회적 명예를 얻는다. | ③ | ④ |
| 자기중심적인 상인이 큰돈을 벌게 된다. | ⑤ | ⑥ |

이야기의 중심사건은 스토리의 심층에서 처음상황 – 중간과정 – 끝상황로 요약할 수 있다고 했다. 《춘향전》을 대상으로 한 [보기] 를 참고하여, 다음 고소설들의 '처음상황'을 각각 한 문장으로 적어보시오. (작품별 갈등은 일반적 해석을 바탕으로 각자 설정하여 내포시킴)

| (갈등을 내포한) 스토리의 처음상황 | |
|---|---|
| 《춘향전》 | [보기] 기생의 딸인 춘향이 사또의 아들 몽룡과 사랑을 한다. |
| 《홍길동전》 | ① |
| 《심청전》 | ② |

아래의 [보기]와 같이 주어진 갈등을 넣어 표현하려는 제재에 적합한 사건의 '(갈등을 내포한) 처음상황'을 지어보시오.

| 제재 | 갈등 | (갈등을 내포한) 처음상황 |
|---|---|---|
| 자본의 병폐 | 진실 \ 거짓 | [보기] 한 신문 기자가, 자기 신문사의 큰 광고주인 대기업이 저지른 비리를 알게 된다. |
| 생계 유지(먹고사는 경제 문제) | 개인적 꿈 \ 사회적 규범 | ① |
| 환경과 기후의 영향력 | 가난함 \ 부유함 | ② |

하나의 상황을 가지고 여러 가지 갈등을 표현할 수 있다. 또 어떤 말로 표현하느냐에 따라 갈등은 달라질 수 있다. 아래의 각 상황에 설정 가능한 갈등 하나를 [보기]와 같이 두 개의 대립적인 단어나 구(句)로 진술해 보시오.

(길잡이) 상황에 적절한 갈등을 여럿 상상해 본다. 또 그것을 나타내는 섬세하고 참신한 '갈등의 표현'을 찾는다.

[보기] 자기가 모시고 살겠다면서, 나이 많은 자식이 부모가 싫어하는데도 집에 얹혀산다.
  (자기 삶을 개척하지 못하는 의타심\독립심)

① 아내가 유튜브 방송에 가짜 정보가 많다고 시청하지 말라는데도 남편은 상관 말라며 계속 즐긴다.
  (                    \                    )

② B는 이성 친구 K가 잘생겨서 좋아하지만 성격이 달라 자주 다툰다.
  (                    \                    )

③ A가 수입이 적어도 좋아하는 일을 하기 위해 퇴사하려 하자, 주위에서 그렇게 큰 재벌 회사를 왜 관두느냐며 반대한다.
  (                    \                    )

6    어떤 스토리텔러가 아래와 같은 아이디어를 대강 잡았는데 갈등이 모호한 게 문제였다. ①~③에 주어진 세 가지 종류의 갈등을 내포시켜 '갈등을 내포한 처음상황'을 구체적으로 설정해 보시오. (각각 2문장 이내)

- **갈등이 모호한 아이디어:** 형사 두 사람에게 함께 마약 거래 용의자를 수사하라는 지시가 내린다. 임무를 준비하고 실행하는 과정에서 두 사람은 같이 일하기 어려운 점이 많음이 드러난다. (그래서 결국 둘은 수사를 끝내지 못하고 팀을 해체하게 된다.)

① 성격의 갈등

    (갈등을 내포한) 처음상황:

② 능력의 갈등

    (갈등을 내포한) 처음상황:

③ 직업관의 갈등

    (갈등을 내포한) 처음상황:

7    아래 [보기]를 참고하여 주어진 사회적 진실을 주제 혹은 메시지로 삼는 짧은 스토리 하나를 상상하여 적으시오. 단, 처음상황에 반드시 사회적 갈등이나 모순을 내포시키시오.

[보기]

- 사회적 진실(주제, 메시지): 소외계층을 돌보면 그 사회 전체가 이로울 수 있다.

  - 쓰레기장을 이전하면서 시 외곽에 넓은 공터가 생겼는데, 밤이면 빈곤층 청소년들이 거기 모여 비행을 저질러 주변 시민들에게 피해를 끼친다.

  - 어느 시민단체가 그곳에 서커스장을 건립하면 청소년 계도는 물론, 시민 전체에게 이로울 것으로 여겨서(상상하여) 반대자들을 설득하며 시청에 요청도 한다.

  - 서커스장이 들어서자 환경이 깨끗해지고 관람객이 찾아와 주변의 경제 형편과 청소년 지도 여건이 나아진다.


- 사회적 진실(주제, 메시지): 어떤 사람이 다른 사람을 차별하는 개인적 행동은 그가 속한 집단이나 사회에도 해가 된다.

  ① (갈등을 내포한) 처음상황:


  ② 중간과정:


  ③ 끝상황:

8　인과성은 원인이 많을수록 또 갈등이 겹칠수록 필연적이며 입체적이 된다. 다음 스토리의 밑줄 그은 곳에 넣으면 그럴듯한 원인을 되도록 '오늘의 한국 현실'에서 찾아, 정해진 측면별로 적으시오. 그리고 그 원인들이 종합된 '사건'도 상상해 보시오.

　　　도시에서만 살아온 50대 가장이 가족과 함께 농촌으로 이사를 하였다. 그는 자연 속에서 농사를 지으며 새로운 삶을 살고자 했지만 ＿＿＿＿＿＿＿＿＿＿＿＿＿＿＿＿＿＿＿＿＿

때문에 실패한다. 그는 도로 도시로 돌아왔다.

① 경제적 원인:

② 정신적 원인:

③ 앞의 원인들이 종합된 '사건':

9　다음은 영화 〈브루클린〉(존 크로울리)에서 주인공이 겪는 갈등을 크게 2가지로 보고 스토리를 간추린 것이다. 이미 주어진 다른 요약 혹은 해석과 어울리도록 밑줄 친 곳에 적합한 말을 적어 넣으시오.

（길잡이）　2가지 갈등이 무엇인가를 정리한 후, 그들을 모두 고려하여 적는다.

에일리스는 아일랜드에서의 삶에 미래가 없어,

홀어머니 봉양을 언니한테 맡긴 채 미국 브루클린으로 떠난다.

- 브루클린에서 능력을 키우고 사랑도 얻지만,

  언니가 죽어 아일랜드로 돌아온다.

  - _____

    _____

    - 에일리스는 브루클린의 삶을 택하고

      다시 거기로 돌아간다.


10  다음 작품들 중 하나를 고르거나 자기가 좋아하는 완성도 높은
    작품 하나를 택해서, [보기]를 참고하여 그 심층의 '세 문장 스토
    리'를 간추려 적으시오.


    [보기] 단편소설 〈젊은 느티나무〉(강신재)

    - (갈등을 내포한) 처음상황: 의붓형제가 애정을 느낀다.

    - 중간과정: 사랑을 확인한다.

    - 끝상황: 결합이 허용되는 나라에 가서 살 희망을 품는다.


    ① 중편소설 〈장마〉(윤흥길)

    ② 영화 〈빌리 엘리어트〉(스티븐 달드리)

11 　갈등이나 갈등 원인이 여럿이며 그들이 기능하는 대목이 다를 경우, 세 문장(단계)의 스토리 모형을 변화시켜 아래와 같이 진술할 수도 있다.


　　1차 갈등 – 처음상황(1차 결과) – 중간과정(2차 갈등) – 끝상황(최종 결과)


　아래에는 A와 B가 친하다가 헤어지는 사건 혹은 스토리에 2가지 갈등이 개입되어 있다. 각각의 갈등을 괄호 안에 상상해 넣으시오. 다시 말하면, 괄호에 다른 갈등을 넣어서 하나의 사건이 두 가지 측면을 지니게 만드시오. (단, 이때 1차 갈등은 해결되어 '처음상황'을 낳을 수도 있고, 해결되지 않은 채 잠복된 후 2차 갈등에 복합될 수도 있음)


1차 갈등　　　　처음상황　　　　중간과정(2차 갈등)　　　　끝상황
(　　　　)… A와 B가 친해진다 …(　　　　　　　　)… A와 B가 헤어진다

# 5

# 공간

공간은 시간과 함께 사물이 존재하는 물리적 환경이자 조건이다. 그 세계를 모방하고 재현하므로, 스토리 세계 역시 그들이 핵심 요소가 된다.

이 책 제2부의 4장 '공간의 활용'에서 살폈듯이, 이야기에서 공간이란 사건이 벌어지는 물리적 장소와 그 안에 존재하는 옷, 장신구, 건물, 기후 등 물질적 사물들을 두루 가리킨다. 따라서 경우에 따라 '공간소(空間素)'라고 부름이 알기 쉬울 때가 있다. 흔히 '공간적 배경'이라고 하는 것은 여기서 말하는 공간의 일부이다.

이야기 안에서 공간소는 다만 존재할 뿐이다. 기본적으로 생명을 지닌 게 아니므로 '입과 발이 없어서' 말과 행동을 하지 못한다. 따라서 사건 및 인물과의 연관성이 구체적이거나 기능적이지 않기에 비교적 '자유로운' 요소이다. 가령 어떤 풍경이나 인물 얼굴의 흉터, 범행에 쓰인 승용차 따위처럼, 사건을 요약할 때 대개 생략되는 것이다.

하지만 이야기에서 공간은 그 기능이 약하다기보다 '다르다'. 쫓기는 자가 목숨을 건지도록 도와주는 지형이나 안개처럼, 그것은 인물과 사건의 재현을 그럴듯하게 만드는 **사실적 기능**을 한다. 또 그것의 이미지는 인물의 내면, 사건의 의미, 주제의 분위기 등을 간접적으로 드러내고 암시하는 **표현적 기능**을 한다. 이때 공간소와 그것이 표현하는 바는 크게 유사(은유적, 상징적), 인접(환유), 대조 등의 수사적 관계에 놓인다.

흔히 추상적인 것을 '표현'하기 위해 구체적인 형상 혹은 이미지를 사용한다. 그러다가 굳어지면 평화를 나타내는 비둘기, 가문의 문장(紋章) 같은 상징이나 '공간적 기호'가 되기도 한다. 오늘날 시각적 요소를 주요 매체로 사용하는 영화, 만화(웹툰), 그림책, 영상 다큐멘터리 등에서 공간소는 '시각언어', '영상언어' 등으로 일컫는 또 하나의 언어이다. 일반 자연언어와 함께 '서술언어'로 기능하는 것이다. 예를 들어 만화에서 인물의 이마에 맺힌 땀방울, 영화에서 카메라가 클로즈업한 손 떨림 등은 긴장감, 초조함 따위를 표현하는 시니피앙(기표)이다.

이야기에서의 공간은 하나의 의미요소로서 변용되고 형상화된 공간이다. 작가의 이 공간 형상화 작업이 유독 더 중요한 갈래가 환상적 이야기이다. 현실에 존재하지 않는, 실제 세계에서 일어날 수 없는 사건이 벌어지기에, 그 스토리 세계의 공간은 인공적으로 새로이 꾸미지 않을 수 없다. 이 '세계 설정(worldbuilding)'*은 다름 아닌 환상

---

* 흔히 '세계관'이라 부르나 관념이나 관점이 아니므로 부적절한 표현이라고 본다. '세계 설정'의 결과 빚어진 스토리 공간이 '세계' 혹은 '우주(universe)'이다.

적·초현실적 공간과 그것을 규율하는 규범을 구축(構築)하는 작업이다. 그렇게 구축된 '세계'는 오늘날 스토리 산업 분야에서 게임, 캐릭터 등의 배경이자 새로운 상품을 낳는 '또 하나의 현실'처럼 확장되고 있다.

인물은 항상 어디에 존재하며 사건도 늘 어딘가에서 일어난다. 우리가 살면서 떠날 수 없는 공간은 그에 구속되고 영향을 주고받는 인간과 삶을 낳는다. 시각 매체가 중요해진 시대의 스토리텔러는 공간의 중요성과 기능을 깊이 인식하고 그것을 표현에 적극 활용할 필요가 있다.

1 영화에서는 격렬한 싸움이 무너진 건물이나 폭우 속에서 벌어지는 경우가 많다. 그런 공간(소)이 '싸움'과 '싸우는 인물의 내면' 표현에 효과가 있기 때문이다. 이야기에 하나의 클리셰처럼 흔히 사용되는 공간소를 한 가지 들고, 그것이 하는 (사실적·표현적) 기능을 구체적으로 적으시오.

① 흔히 사용되는 공간(소):
② 그것의 기능:

2 공간소는 인물의 성격과 내면을 간접적으로 표현하는 데 많이 사용된다. 뒤(☞ 6-나. 인물의 특질)에 다시 다루겠지만, 여기서도 연습을 해보기로 한다.

자신이 큰 병에 걸렸다는 검진 결과를 듣고 병원 문을 나서는 사람이 있다. 그의 모습, 심리, 행동 등을 '말'로 서술하되, 이미지가 유사(은유적)하거나 대조적인 공간소를 활용하여 간접적으로 해보시오. (3문장 내외)

(길잡이) 그가 걸어가거나 바라보는 병원 앞의 거리, 사물 따위를 활용한다.

3    아동을 위한 짧막한 '환상적 이야기'를 창작하려고 한다. 이 이야
     기에 등장하는 동물들은 항상 자기들의 힘이 약하다고 생각하여
     강한 존재들이 쳐들어올까 봐 두려움에 떨고 있다. 동물들의 생김
     새, 거주지 형태, 공동체 규범 등을 상상하여 그에 적절한 '세계 설
     정'을 해보시오. (말로 서술하되 그림을 함께 사용할 수 있음. 3~4문장)


## 영화 〈반지의 제왕 3 – 왕의 귀환〉의 공간 읽기

4    이 작품의 공간소 가운데는 매우 대조적·대립적인 것들이 있다.
     그들 가운데 대표적인 색채와 모습을 한 가지씩 적으시오. 그리고
     그것들이 각각 표현하고 불러일으키는 대립된 의미나 느낌도 적
     으시오.


     ① 색채:         (                    ) \ (                    )
        의미, 느낌:   (                    ) \ (                    )
     ② 모습, 생김새: (                    ) \ (                    )
        의미, 느낌:   (                    ) \ (                    )

5   골룸의 생김새는 어떠하며, 왜 그런 모습이라고 생각하는가? 바꿔 말하면, 골룸의 모습은 그의 어떤 특질을 '공간적(형상적)으로' 표현하고 있는가?

6   테네소르(곤도르 왕국의 섭정, 미나스 티리스 성의 임시 성주)와 그가 다스리는 백성들의 심리 상태를 시각적으로 표현하기 위해 사용된 공간 또는 공간소는 무엇인가? 2가지 적으시오.

7   이 영화에는 문화적 상징 혹은 원형이 많이 사용되고 있다. 주로 서구의 것들이지만 동양적인 것도 있다. 어느 쪽이든 중요하게 사용된 것을 한 가지 지적하시오.

8   이 작품의 '자연적 공간' 곧 지리적 배경은 대개 황막하고 어둡다. 그것이 이 작품에 어떤 효과를 가져왔다고 보는가? 다음 두 측면에서 답하시오.

① 관객의 정서적 반응 측면:

② 의미의 표현과 전달 측면:

# 6
# 서술

스토리텔링은 '이야기를 서술하는 행위'이다. 그 서술은 갈래의 형식에 따라, 또 매체로 일상의 자연언어만 사용하느냐 다른 언어들을 함께 사용하느냐에 따라 다양한 모습을 띤다. 스토리텔러는 그런 여러 '서술언어'*를 가지고 감상자에게 이야기를 하는 사람이다. 그가 책의 지면이나 극장의 화면에 펼치는 서술의 섬세함과 깊이가 작품의 수준을 좌우한다.

한 걸음 나아가 따져보면, 서술이란 감상자가 텍스트에서 접하는 형상들을 그려내어 스토리와 그 의미를 형성하고 전하는 작업, 즉 '형상화' 작업이요 그 결과이다. 그렇기에 이야기의 구조는 크게 감상자가 서술이 제시되는 지면이나 화면에서 보거나 상상하는 '형상'과 그

---

●  이야기의 서술에 사용되는, 언어적 체계를 갖춘 매체. 자연언어 외에 시각언어, 소리(음악)언어 등이 대표적임(☞ 제1부 2장 2-가). 필자가 그들을 싸잡아 일컫는 말임.

것이 내포한 '의미'의 두 차원으로 이루어진다.

앞에서 이야기를 서술, 스토리, 주제 및 메시지의 세 층위로 나누어 살필 수 있다고 하였다. 서술이 '형상'으로 이루어진 형식적 측면이라면, 스토리 및 주제는 '의미' 곧 내용의 측면이다. 이 중 스토리는 다시 감상자의 눈에 보이는 상황 변화 위주의 '표층적 스토리'와 텍스트의 의미를 낳는 갈등 위주의 '심층적 스토리'로 구분할 수 있다 (☞ 제1부 2장 1절 [그림 3]). 예를 들면 단편소설 〈눈길〉(이청준)에서 주택개량사업을 놓고 아들과 어머니가 벌이는 대화는 표층적 스토리를 이루며, 그 과정에서 '집'을 외면하던 아들의 마음이 열리는 변화는 심층적 스토리를 이룬다.

그 층위들 가운데 스토리의 설정과 그것의 기술(記述)에 대하여는 앞에서 다루었다. 이 절에서부터 다루는 '서술'은 소설을 창작하거나 영화를 연출하여 스토리 세계를 형성하는 행위와 그 결과(텍스트)를 가리킨다. 다시 말해, 사건의 형상화를 통해 스토리를 형성하고 주제적 의미를 전달하는 행위 및 그 결과이다.

서술 행위는 스토리와 다른 차원에서 일어난다. 그러므로 하나의 스토리는 여러 갈래와 매체로 '재서술'될 수 있다. 단편소설 〈봄·봄〉(김유정)의 줄거리를 가지고 만화를 서술하거나 영화를 서술할 수 있는 것이다. 이런 재창작 활동을 '전용'이라고 하는데, 뒤의 2장 1절에서 자세히 다룰 것이다.

서술 층위에서 중요한 요소는 소설의 경우 플롯, 초점화(시점), 인물 그리기 등이다. 소설처럼 글로 '쓰기'만 하지 않고 연극이나 영화처럼 '제작'이 필요한 갈래들은 연출은 물론 촬영, 연기, 편집, 음악 등 여러 요소가 서술에 동원되며 이들이 전체 창작 과정에서 차지하는 몫도 크다. 물론 그들에 필요한 인력과 비용도 커서 '이야기 산업', '스토리 산업' 따위의 말이 생겼다.

'무엇'을 서술하는가도 중요하지만, '어떻게' 서술하는가도 중요하다. 물의 모양이 그릇의 모양에 따라 결정되듯, 이야기의 내용은 서술에 크게 좌우된다. 형식의 중요성은 결코 내용에 뒤지지 않는다. 서술은 자체의 형식, 그에 내포된 이미지와 관습, 감상자의 반응 조절 등 여러 측면에서 살필 때 그 활용 방법이 손에 잡힌다.

의사소통에 사용되는 담화 일반의 양식은 흔히 '들려주기(telling)'와 '보여주기(showing)' 둘로 나눈다. 이야기의 서술도 비슷하다.

이 두 양식에 관한 용어(의 번역어)와 강조점은 논자에 따라 차이가 있다. 이를 흔히 '말하기', '보이기'라고 하는데, 여기서는 대조점에 어울리도록 '들려주기', '보여주기'로 부른다.

'보여주기'는 사물의 모습을 자세히 구체적으로 그려내어 모방(미메시스)하는 것으로서, 관련 용어로 흔히 사용되어 온 말이 '묘사', '극적(dramatic) 서술' 등이다.

묘사는 대상에 따라 '장면 묘사', '인물 묘사', '배경 묘사' 따위로 불리는데, 대개 '서술된 시간(그려진 사건이 일어나는 데 걸리는 자연적 시간)'과 '서술하는 시간(서술에 걸리는, 곧 그것을 감상하는 데 걸리는 시간)'이 양적으로 가까울수록 묘사적이 된다. 소설의 공간적 배경 서술이나 영화의 느린 화면(slow motion)은 서술된 시간이 매우 적거나, 기기를 사용하여 그보다 서술하는 시간을 늘린 묘사의 일종이다.

다음의 고딕체 서술은 서술된 시간이 거의 흐르지 않는 보여주기 혹은 묘사의 예이다.

사비성에서 나올 때 보니, 절은 모두 불탔고 제당도 타다가 조금만 남았더라는 말을 물참은 하지 않았다. 낙심하여 어머니의 몸이 더 상할까 걱정되었다.

"…… 그 향로는 말이다. 어쩌다 부처님 앞에 놓기도 했다만, 휴우, 본디부터 이 땅의 검님들을 모셔온 신성한 보물이다. 그냥 보물두 아니야. 생김새를 보면 알지 않니? 천지 신령님들께서 이루시고 또 사시는 세상, 바로 그 세상을 보여주는 신물(神物)이란다.

나라가 없어지면, 나라를 보살피는 천지신명과 왕실 조상께 지내는 제사가 끊긴다. 향로라도 있어야 조상님과 신령님을 우러르며 제사를 이어갈 텐데……. 그분들 보살핌을 빌 면목이 설 텐데……. 아이구, 이 죄를 내가 어찌 씻을꼬."

향로는 보통 작은 화로처럼 생겼으나 그것은 달랐다. 크고 높이 솟아오른 모습인데다 금빛 찬란했다. 함부로 가까이할 수 없는 황금빛 불꽃 같았다. 자세히 보면 향로의 다리는 용이요, 뚜껑의 꼭지는 꼬리가 긴 봉황이었다. 용은 발톱을 세우고 힘차게 틀임하며 머리를 곧추세워 향로를 떠받들었고, 봉황은 소원을 전하러 금세 하늘로 날아오를 것 같다.

향로의 몸은 받침과 뚜껑으로 되어 있는데, 받침은 연꽃 모양에 뚜껑은 겹겹의 산 모양이다. 연꽃잎과 산봉우리 곳곳에는 하늘과 땅의 정기를 품은 진기한 숨탄것들, 신령들, 악사들이 있다. 그 속에 향을 피우면 내음과 연기가 맨 꼭대기 봉황의 가슴부터 향로의 몸통 여기저기로 새 나와 허공에 퍼지고, 숨탄

것은 악사들의 신비스런 음악에 젖어 움직이며 향로 앞에 엎드려 비는 이들의 애달픈 마음을 어루만지는 듯하다.

어머니 따라 제당에 갔다가 어린 물참이 물었었다.

"어머니, 향로에 계신 저 할아버지 같은 이들은 누군가요?"

— 최시한, 《별빛 사월 때》, 문학과지성사, 2023, 64-65쪽.


두 서술양식의 특징을 정리하면 다음과 같다.

| 들려주기 | 보여주기 |
|---|---|
| 설명적 | 묘사적 |
| 정보적 | 재현적 |
| 요약적 | 장면적 |
| 직접적 | 간접적 |
| 주관적(주체의 개입) | 객관적(대상의 모방) |
| 설화적 | 극적·영화적 |
| 기억력 필요 | 상상력, 감수성 필요 |


크레용의 빨간색과 똑같은 '순수한 빨강'은 실제 현실에는 존재하지 않는다. 그것은 딴 색과 구별되도록 만들어낸 인공물이다. 들려주기와 보여주기 역시 인위적 혹은 이론적 구분이다. 실제 이야기 텍스트에서 둘은 대개 섞여 있는데, 이는 둘의 관계가 상보적이기 때문이다.

소설은 매체를 언어 한 가지만 쓰되, 앞의 두 양식을 자유로이 혼합하여 사용한다. 그런데 언어는 화자가 반드시 있으므로 소설의 서술은 모두 작중 화자, 곧 서술자의 '주관성을 띤' 말이다. 따라서 볼프강 카이저에 따르면, 그의 '서술태도'[4]에 서술의 내용이 좌우된다.

소설과 대조적으로 연극, 영화, 텔레비전 드라마 등의 다중매체 갈래들은 기본적으로 '보여주는' 갈래이다. 기본 스토리텔링 방식이 색채, 동작, 소리(음악) 등을 가지고 시각화(visualization)하는 '극적' 형식인 것이다. 따라서 가령 끊임없이 칸, 컷(cut), 장면(scene) 따위를 나누고 연결하는 영화와 만화는, 학습만화 따위처럼 말로 요약·설명하는 데 치우치면 극적 효과가 떨어진다. 인물의 입을 통해 무엇을 '들려주는' 방법도 있으나, 그것들은 본래 정보, 사실 등까지도 가능한 한 '보여주어야' 하는 갈래이다.[5] 따라서 이 계열(거의 공연물. 편의상 A라고 하자)의 서술은 감각에 직접적으로 호소하는 대신, 의미 전달에 있어 간접적 혹은 비유적 성격이 강해진다. A가 행동과 사건의 격렬함, 시간과 공간의 빠른 전환 등을 통해 감상자를 자극하고 긴장시키는 경향이 있는 까닭은 바로 그와 관계가 깊다.

이런 차이를 인식하지 않고 A의 대본(바탕글)을 짓다가는 그 서술을 소설처럼 하기 쉽다. 반대의 경우에도 비슷한 일이 일어난다. 서술자의 서술태도가 중요하며 들려주기와 보여주기를 혼용하는 특성을 고려하지 않은 채 소설을 쓸 경우, 거듭 장면을 나누며 대화 위주로 서술하게 된다. 영상매체가 지배적이 되면서 그런 영향을 피하기 어려워져 가고 있지만 말이다.

매체와 갈래 사이의 영향이나 융합은 사실 새로운 게 아니다. 가령 문자언어와 이미지 언어의 융합은 그림책, 만화 등에서 전부터 있어왔다. 근래 부상하는 '그래픽 노블'은 만화로 분류되지만 그림보다 말에 의존하는, 그러니까 상대적으로 소설에 더 접근하는 형태를 취하기도 한다. 이러한 현상을 볼 때, 중요한 것은 원형을 고집하기보다 창조적으로 활용하고 융합하는 일이다.

앞의 두 서술 양식을 이번에는 전달하는 행동과 갈등 중심으로 더 비교해 보자.

A갈래에서 (다중매체의) '작가들'은 인물의 내면과 행동을 그야말로 드라마틱하게 보여주는 데 몰두한다. 영화에서 바람에 흔들리는 숲이 그 속을 걷는 인물의 내면을 보여주는 것은 흔한 기법이다. 화면에 등장하는 의상, 건물, 기후 현상 따위의 공간소가 모두 언어이자 기호이다.

여기서 달리 생각해 보면, 다중매체 이야기의 시대에 부각되는 소설의 특징 혹은 장점은 서술자의 서술태도요, 특히 그의 주관성을 띤 '들려주기'이다. 그가 인물과 사건을 보는 독특한 관점과 그것을 표현하는 섬세한 언어는 다른 갈래에서 사용하기 어려운 것이다. 이를 고려하면, 이야기 양식 일반의 기초 연습을 할 때, 말로써 사물을 비교적 자유로이 서술하면서 사건과 인물을 설정해 가며, 나아가 통일성 있는 이야기 구조를 완성해 나가는 훈련을 함에 있어 소설 형식이 쓸모가 있다. 이는 소설 쓰기가 A의 대본 창작 연습에서 보조적으로 사용될 수 있음을 뜻한다. 이렇게 볼 때 가령 소설의 들려주기 서술 부분을 대화와 행위 중심으로 장면화하는 '서술 바꾸기'는 관련 갈래와 매체의 관습을 익히는 데 이로울 것이다.

한편 영화 창작에는 시나리오 대본과 함께 시놉시스, 트리트먼트

등이 쓰이는데, 이들의 서술과 소설의 그것을 혼동하는 경우가 있다. 시놉시스는 시나리오의 서술이 대화와 지문 위주여서 그 심층의 사건 흐름, 인물의 내면 상태 따위가 드러나지 않거나, 여러(촬영, 미술, 조명) 감독들 간에 달리 파악될 수 있기에, 스토리 중심으로 '요약'해 놓은 것이다. 한편 트리트먼트는 대본이 (연출·제작되어) 화면에 '보여주게' 될 모습을 표층적 스토리 위주로 묘사 및 요약함으로써 내용을 제시하고 공동 작업을 하는 데 도움을 주기 위한 것이다. 이들을 대상으로 심지어 콘테스트를 여는 경우까지 있는데, 시놉시스와 트리트먼트는 완성된 작품이 아니므로 그걸 가지고 작품의(적어도 대본 차원의) 최종 형태를 가늠하기는 어렵다. 설령 한다 하더라도, 그것으로 작품의 수준과 완성도를 확정하기는 어렵다.

　　서술은 해당 갈래의 관습에 따르되 개성을 지닐수록 좋다. 이 모순적인 말 속에 서술의 특성과 매력이 들어 있다. 이야기의 주요 갈래, 특히 각각의 하위 세부 갈래들(추리소설, 괴기영화, 로맨스 만화 등) 특유의 서술 관습에는 인과성과 그럴듯함을 만들어내는 기법, 매체 사용법 등이 있다. 여기서는 그들을 세세히 다루지 않는다. 다만 이 책의 제2부에서 소설, 영화, 텔레비전 드라마, 동화 등을 중심으로 구체적 작품 분석을 통해 그것들을 자세히 다룬 바 있으므로 아울러 살피기 바란다.

　　다음 연습들은 이야기의 기본적 서술 방법을 익힐 때 중요한 요소들 가운데 몇 가지 - 장면, 인물의 특질, 대사, 플롯 등 - 를 익히기 위한 것이다. 이들을 바탕 삼아, 요소와 대상을 바꾸거나 첨가하며 다양한 연습을 스스로 더 해나가기 바란다. 그러다 보면 이야기를 서술하는 '자기의 손이 보이는' 날, 곧 자신의 서술 행위를 객관화하여 스스로 능숙하게 조작(操作)할 수 있는 때가 올 터이다.


## 가. 장면

'장면'은 사물을 묘사한 서술의 기본 단위이다. 영화나 만화처럼 보여주기 위주의 갈래는 장면의 연속으로 극적 효과를 얻는다. 그들은 모여서 시간성, 즉 인과성 있는 스토리를 형성한다.

회화, 조각 등의 공간예술은 기본적으로 하나의 장면 혹은 모습만을 보여준다. 물리적으로 거기에는 '변화'를 담을 수 없기 때문이다. 물론 전혀 없지는 않다. 프란시스코 고야의 〈1808년 5월 3일〉처럼, 회화의 캔버스에 그려진 장면이 시간성(역사성)을 함축하기도 한다. 영화 한 컷의 미장센이 회화적 강렬함과 조형성을 추구하기도 한다는 점을 고려하면, 영상 이야기의 시간과 공간 융합에 대해 주목하게 된다.

장면의 최소 단위는 사진 한 장과 같이 찰나의 모습을 담은 것이다. 하지만 이야기에서 그것은 대개 사건의 한 마디 혹은 연속된 일련의 광경을 가리킨다. 그것은 비교적 짧은 시간과 일정한 장소에서 벌어지는 행동들을 담고 있으며, 서술에서 빠질 경우 인과성, 연속성 등에 흠이 생긴다. 흔히 이야기의 '인상적인 대목', '결정적 장면'이라고 하는 것을 떠올려보면 짐작이 갈 터이다. 장면의 규모를 어떻게 잡느냐에 따라 의견이 다를 수 있지만, 이야기의 서술은 대개 장면 단위로 이루어진다.

좋은 장면은 모든 것을 담은 장면이 아니다. 필요한 것을 선택하고 나머지는 버린, 그것이 놓인 자리에서 할 기능을 적절히 하도록 강조와 생략이 잘 이루어진 장면이다.

영화, 만화(웹툰) 등은 장면의 구분이 가시적이고 구체적이다. 그 컷이나 칸이 혼자서 혹은 여럿이 모여 장면을 이룬다. 다시 장면은 확장되거나 다른 것과 연결되어 중심적 사건의 한 단위에 해당하는 연속체(sequence)를 이룬다. 한 편의 장편영화는 대개 60개 내외의 연속체로 구성된다고 한다. 컷, 칸, 막과 장 등의 구분과 연결은 작자의 창작 능력이나 작품의 완성도를 가늠하는 기준이 될 정도로 중요하다.

1 다음 그림 중 하나를 택하여 그것의 창작 동기 혹은 대상이 된 역
사적 '사실'을 조사하시오. 그리고 그것을 활용하여 형상화한 '그
림' 장면에 직접·간접으로 나타나 있는 것을 글로 묘사하시오.
(3~4문장)

  길잡이 · 그림에 그려진 모습을 묘사하되, 관련 정보를 원점하여 그 그림
  의 의미를 함께 서술한다.

  • 〈아무도 기다리지 않았다〉, 〈볼가강의 배 끄는 인부들〉(일리
    야 레핀)
  • 〈한반도의 죽음〉(파블로 피카소)
  • 〈1808년 5월 3일〉(프란시스코 고야)

2 아래에는 사건의 처음상황이 주어져 있다. 거기에는 인물이 현재
놓여 있는 갈등 상황이 요약되어 있다. 그것이 끝상황과 인과성
있게 이어지도록 중간과정을 괄호 안에 한 문장으로 채워 넣으
시오.
  그리고 그 답(요약적 서술)을 '보여주는' 결정적 장면의 핵심 대
목을 소설, (시나리오, 희곡, 텔레비전 드라마 등의) 대본, 만화(웹툰)의
글대본(글콘티) 등의 형식 중 하나를 택해 서술하시오. (단, 아래의

㉮, ㉯ 중 하나만 선택하여 A4 반쪽(원고지 4매) 분량으로 적을 것. 만화는 그림을 함께 사용해도 좋음)

㉮ 처음상황: A(30대 중반의 젊은이)는 이성 친구 B가 매사에 예민하고 거침없는 성격이라 부담을 느끼지만, 그런 점은 시간이 지나면 해결될 것으로 생각하며 계속 만난다.
- 중간과정: 어느 날 (                                        )
- 끝상황: A는 B를 멀리하기로 마음먹는다.

㉯ 처음상황: K(20대 후반의 젊은이)는 취업에 도움을 받으려고 여러 가지 자격증을 딴다. 그러나 좀처럼 내세울 만한 기업에 취업이 되지 않는다. 그러자 그는 다시 학원에서 새 자격증 공부를 시작하려 한다.
- 중간과정: 어느 날 (                                        )
- 끝상황: A는 새 자격증 공부를 그만두고 학원비로 여행을 떠난다.

① 선택한 문제: ㉮, ㉯
② 중간과정 요약(한 문장)
어느 날 (                                        )
③ 위의 중간과정을 '보여주는' 결정적 장면의 핵심 대목 서술

3 다음은 단편소설 〈바비도〉(김성한)의 일부이다. 이 서술에는 주인공 바비도가 "못된 세상에 태어난 것만 같다"고 "멍하니 생각에 잠겨" 있는 장면 안에, 최근 그의 주변에서 일어나고 있는 일들이 들려주기 형식으로 서술되어 있다.

영역(英譯) 복음서 비밀독회에서 돌아온 재봉직공 바비도는 일하던 손을 멈추고 멍하니 생각에 잠겼다. 희미한 등불은 연신 깜빡인다. 가끔 무서운 소름이 온몸을 스쳐 지나갔다. 생각하면 할수록 못된 세상에 태어난 것만 같다. 순회재판소는 교구를 돌아다니면서 차례차례로 이단을 숙청하고 있다. 내일은 이 교구가 걸려들 판이다. 성경만이 진리요, 그 밖의 모든 것은 성직자들의 허구라고 열변을 토하던 경애하는 지도자들도 대개 재판 과정에서는 영역을 읽는 것이 잘못이요, 성찬의 빵과 포도주는 틀림없이 그리스도의 살과 피라고 시인하고 전비(前非)를 눈물로써 회개하였다. 자기와 나란히 앉아 같은 지도자의 혁신적 성서 강의를 듣고, 그 정당성을 인정하고, 그것을 목숨으로써 지키기를 맹세하던 같은 재봉직공이나 가죽직공들도 모두 맹세를 깨뜨리고 회개함으로써 목숨을 구하였다. 온 영국을 휩쓸고 있는 죽음의 공포 앞에서 구차한 생명들이 풀잎같이 떨고 있다. 권력을 쥔 자들은 권력 보지에 양심과 양식이 마비되어 이 폭풍에 장단을 맞추고, 힘없는 백성들은 생명의 보전이라는 동물의 본능에 다른 것을 돌아볼 여지가 없다.

어저께까지 옳았고, 아무리 생각하여도 아무리 보아도 틀림없이 옳던 것이 하루아침에 정반대로 변하는 법이 있을 수 있는 일이냐? 비위에 맞으면 옳고 비위에 거슬리면 그르단 말이냐? (중략) 바비도는 울화가 치밀었다.

－《한국소설문학대계 32-무명로 외》, 동아출판사, 1995, 150-151쪽

3-1 앞의 서술에 담긴 내용의 핵심을 순회재판소의 법정 장면으로 바꾸어 서술해 보시오. ((연극, 영화의) 대본 형식. 400자 내외)

　(길잡이)　서술에 나타난 바비도의 생각과 감정을 등장인물들의 대화와 행동에 최대한 반영한다.

3-2 앞에서 보여주기 한 내용을 만화로 재창작한다고 하자. 대화(말풍선)를 최대한 적게 사용하면서, 핵심을 주로 그림으로 장면화하여 표현하고자 한다. 그렇게 만화화할 때, 작가라면 앞에 인용한 서술을 어떻게 나누어 칸(그림)과 그 크기, 모양 등을 정하겠는가? 본문이나 별지에 나름의 방식으로 표시를 하고, 그렇게 나누고 또 배분하는 이유를 간략히 적으시오.

## 나. 인물의 특질

인물은 사건과 함께 이야기의 핵심 요소이다. 둘 가운데 인물보다 사건이 파악하기가 쉬운 편이다. 그것은 인물의 특질이 정적이며 작품에 흩어져 있다면, 사건을 이루는 그의 행동은 동적이며 서로 긴밀히 연쇄되어 있기 때문이다.

하지만 인물과 관련되지 않은 요소는 거의 없으므로 이야기의 요소들은 결국 인물로 수렴된다. 따라서 여기서 초점으로 삼는 인물의 특질 서술은 인물 이외의 요소들과 밀접하거나 겹치기도 한다.

인물은 기질, 욕망, 지적 경향, 계층적 특징 등을 지닌 존재이다. 이들을 '특질'이라 하는데, 모여서 '성격'을 구성한다. 특히 어떤 사회나 집단의 보편적 특질을 한 몸에 지닌 전형적 인물의 경우, 그의 성격과 행동은 매우 뜻깊은 사건을 형성한다. 그래서 작자는 인물에 주목하여 그의 특질을 보편적이면서도 개성적으로 그리는 데 힘을 기울일 필요가 있다. 인물의 특질들을 제시하는 서술의 요소, 모여서 성격을 형성하는 그 요소를 앞서 '성격소(性格素)'라 부른 바 있다.

한편 인물의 특질과 성격은 다음 세 측면에서 살필 수 있다.[6] (☞ 제2부 2장)

### 인물의 특질과 성격

| 개인 측면 | … 심리와 욕망의 소유자 | … 내면적·개인적 특질 | … 심리적 성격 |
|---|---|---|---|
| 사회 측면 | … 이념과 가치의 모색자 | … 외면적·이념적 특질 | … 사회적 성격 |
| 작품 구조 측면 | … 기능과 역할의 행위자 | … 기능적 특질 | … 기능적 성격 |

인물을 입체적으로 그려내려면 작가는 여러 특질과 성격을 종합적으로, 다양하게 활용할 필요가 있다. 심리적 성격에만 집중하지 말고 당대 현실의 문제점과 연관된 사회적 성격도 함께 부여하면 '지금, 여기'의 이야기다운 현실적인 공감을 얻을 수 있다.

특히 셋 가운데 '기능적 성격'을 활용하면 참신한 인물이 태어날 수 있는데, 이야기의 감상과 창작 모두에서 그것을 소홀히 하는 경향이 있다. 예를 들어 내면적으로 선량한 인물이, 주인공이 나아가는 방향에 거스르는 반동인물의 기능을 수행할 수밖에 없는 상황에 놓였다면, 아주 흥미롭고 복합적인 인물이 태어날 가능성이 있다.

특질들을 감상자에게 제시하는 작업은 인물 형상화(characterization) 혹은 그리기라고 부른다. 그에 사용되는 성격소는 '그는 항상 자기를 감춘다'와 같이 직접적으로 들려주는 서술부터, 행동이나 공간소 따위를 이용하여 간접적으로 그려 보여주는 서술까지 다양하다. 내용이 방법을 만들기도 하지만 방법이 내용 형성에 도움을 주기도 한다. 다양한 성격소를 궁리하다 보면 인물이 더 참신해질 수 있다.

1    자기가 만화(웹툰)나 애니메이션 영화에서 보았던 가장 인상적인
     캐릭터를 하나 선택하시오. 그리고 거기 이미지화된 그의 모습을
     특징적인 생김새, 행동 등을 중심으로 '말로' 묘사하시오. 그리고
     작자가 그 존재를 그렇게 그려낸 이유를 작품의 전체 구조를 염
     두에 두고 분석해 보시오.

     ① 대상으로 잡은 작품과 캐릭터의 이름:
     ② 그 캐릭터의 특징적인 모습, 행동의 묘사(말로 3문장 내외):

     ③ 작자가 그를 그렇게 그려낸 이유(1~2문장):

2    21세기 초 한국 어느 대기업 본사의 현관이다. 이 회사에 갓 입사
     한, 자신을 '강하게 보이려는' 어떤 30대 인물이 들어와 엘리베이
     터 앞으로 간다. 그 인물의 심리와 욕망을 제시하는 데 필요한 행
     동이나 공간적 요소를 무엇이든 2가지 포함하여 그 장면을 묘사
     해 보시오.

     ( 길잡이 ) 인물의 심리와 욕망을 먼저 상상하고, 그것을 반영한다.

     ① 인물 선택 – 30대 초반/중반/후반의 남성/여성
     ② 묘사(4문장 내외):

3     어떤 40대 남성 인물이 '매우 내성적이고 자기방어적'인 특질을 지니고 있다. 그런 특질을 제시하는 데 적합한 것들을 설정해 보시오.

      ① 이름 혹은 (사이버 공간에서 이름 대신 쓰는) 별명:
      ② 신분 사항(집안, 학벌, 계층, 이력 등):

4     우리는 일상생활에서 피치 못하게 타인의 무례함이나 작은 폭력을 겪으며 산다. 먼저 그것을 관찰해 보시오. 그리고 그것을 2가지 이상 포함시켜 일상의 어느 상황에서 어떤 인물이 그 때문에 점점 흥분하거나 분노를 느끼는 '내면의 흐름' 과정을 서술하시오. (3인칭 서술의 5문장 내외 분량. 별지를 사용하여 만화나 영화의 콘티 형식으로 답할 수도 있음)

5     어떤 이야기에 도덕성이 결핍된 인물이 등장한다고 하자. 그는 일반 상식과 가치관에 비추어 부정적 인물이기에, 감상자한테 동정을 받거나 공감을 사기 어렵다. 하지만 만약 사건 전개상 필요하여 그에 대한 긍정적 반응(호감, 동정)이 다소 필요하다면, 그에게 어떤 긍정적 특질이 있음을 제시해 두어야 한다. 이 '플롯상의 준비'에 적절한 성격소를 한 가지 적으시오. (그런 경우에 흔히 사용되는 것을 적어도 좋음)

6    절망적 상태에 빠진 주인공에게 어떤 인물이 나타난다. 그는 주인공의 이미 타계한 보호자나 윗사람(아버지, 스승 등)과 매우 가까웠던 사람이다. 그 인물은 주인공한테 타계한 보호자에 대해 알고 있는 이야기(그분이 예전에 주인공을 얼마나 사랑했으며, 그분 자신이 주인공과 비슷한 절망에 빠졌을 때 어떻게 극복했는가 등)를 들려준다. 그것을 듣고 주인공은 분연히 일어나 새로운 각오로 노력한 결과, 마침내 절망 상태를 극복한다.

이 '보호자와 가까웠던 인물과의 만남'은 성장 이야기에 자주 등장하는 모티프인데, 감상자로 하여금 주인공의 내면 변화가 그럴듯하며, 그래서 작품이 감상할 가치가 있다는 반응을 일으킨다. 과연 그렇다면 그 만남이 그러한 반응을 불러일으키는 이유는 무엇 때문일까? 가장 거리가 먼 것을 고르시오.

① 윗사람 혹은 보호자에 따르는 게 좋다는 상식을 옹호하기 때문이다.
② 모두 긍정하는 가족애, 의리 따위를 중시하기 때문이다.
③ 용기, 사랑 등에 대한 믿음을 확인시켜 주기 때문이다.
④ 악은 항상 패배한다는 원칙에 따르기 때문이다.


7    사건에 비해 인물은 형상화가 까다로운 면이 있다. 다양한 정보와 행동을 결합해야 하기 때문이다. 따라서 특히 이야기 콘텐츠를 제작할 때 여러 사람의 협력이 필요하다.

다음은 인물 중심의 서술 기법을 협동하며 익히는 프로그램을 짜본 것이다. 활용해 보기 바란다.

---

### '인물 서술의 기법' 워크숍 프로그램

- 총 소요 시간: 4시간 내외
- 참가자: 3~4명(1조 기본 인원)
- 창작할 작품: 인물의 특질 및 처한 상황(사건)에 관해 제공된 '일부' 정보를 바탕으로 한 콩트.
  - A4 1쪽(원고지 8매) 내외, 삼인칭 서술. (환상적 요소는 허용치 않음)
- 개인 준비물: 노트북이나 패드

1. 1차시(2시간): 개인 창작
(1) 워크숍 안내 및 인물 그리기 기법 강의
(2) 제시하는 '조건'에 따라, 중심인물이 어떤 의미 있는 상황에서, 자신의 성격에 부합하는 행동을 하는 '장면(scene)'을 묘사함. (A4 반쪽 분량)

- 조건의 예: (갈등을 내포한) 스토리의 처음상황
  집안의 골칫덩이가 가족이 위기에 처한 것을 안다.

---

앞과 같은 상황을 바탕으로 각자 하나의 장면 중심이면서 '인물 그리기 위주의 콩트'를 창작함.

(3) 조원 상호 비평 및 각 조에서 '가장 인상적인 작품' 선정

(4) 조별 선정작의 발표 및 피드백


2. 2차시(2시간): 조별 공동 창작

(5) 조별로 선정한 작품을 발전시켜 인물과 사건 완성

(6) 조별 발표 및 합평, 피드백


※위의 (2)에서 '조건'에 해당하는 것은 워크숍 현장에서 공개함.

그것은 워크숍의 목표, 참가자 현황 등에 따라 아래 예들과 같은 것으로 바꿀 수 있음.

(예 1) 주인공의 특질과 그가 처한 상황의 '일부'에 관한 정보를 항목별로 제시하고 나머지를 보충하여 서술하도록 함.

(예 2) 인물의 특질과 중심사건이 '일부' 내포된, 콩트의 도입부 (발단부)를 제시하고 나머지를 이어 써서 완성하도록 함.

(☞ 연습 8 및 10의 3번 문제 참조)

## 다. 대사

대사(臺詞)란 본디 무대 위에서 배우가 하는 말이다. 근래에는 각종 이야기물, 특히 영상물에서 인물이 하는 말을 두루 대사라고 한다. 둘 이상이 주고받는 '대화', 혼자 하는 독백이나 내레이션 등이 모두 그에 포함된다.

연극과 그 후손들, 즉 영화, 텔레비전 드라마, 오페라, 뮤지컬 등의 대본에서 대사의 중요성은 절대적이다. 그래서 그들을 '대사의 예술'이라고 부르기도 한다. 극의 전통이 오랜 서구의 수사학은 그 기법을 매우 발전시켜 왔다.

탁월한 작자는 탁월한 대사 구사자이다. 하지만 의사소통 기법에 대한 관심이 적고 연극의 전통이 빈약한 한국에서는 대사에 대한 인식과 교육이 충분하지 않은 편이다.

대사는 어떤 내용을 담은 의사전달 매개체인 동시에, 인물의 중요한 '행동'이다. "무언가를 말한다는 것은 곧 무언가를 한다는 뜻이다."[7] 그에 내포된 내용이 무엇이냐(언어적 의미)와 함께, 왜 그 말을 하는가, 그로 인하여 어떤 결과가 발생하는가(수행적 의미)가 모두 중요하다. 특히 후자를 통해 대사는 인물의 성격과 욕망을 구체화할 뿐 아니라 이야기 자체를 전개시키며 그 의미를 형성한다. 한마디로 대사는 핵심적 성격소이자 행동이며, 서술자가 없는 이야기에서는 텍스트 서술의 핵심이다. 연극이나 영화의 대본은 바로 그것 위주이며, 배우가 하는 연기 또한 동작을 동반한 '언어 연기'가 중심을 이룬다.

그러므로 대사 구사에서 고려할 점은 발언하는 인물의 욕망과 성격이요, 그것이 나왔고 또 어떤 기능을 하는 사건의 상황이다. 그냥 등장하는 인물이 없듯이, 그저 해보는 대사란 있을 수 없다. 혼자 중얼대든 속에서만 떠올리든, 무대나 장면 안에서 발언되든 그 밖에서 들려오든, 성격을 형상화하며 사건을 만들고 전개하는 기능을 해야 대사다운 대사이다.

문제는 성격과 상황 모두 부단히 상호작용하며 스토리 세계를 '형성해 간다'는 점이다. 둘 이상이 나누는 대화는 그 자체가 일종의 사건이자 게임일 수 있다. 그러므로 대사는 정보를 전하기도 하지만 그 행위를 통해 이야기 안팎의 삶과 진실에 형태를 부여한다. 작자는 인생의 밑바닥에 가라앉은 것을 퍼 올려 인물의 입을 통해 드러냄으로써, 감상자가 오래 기억할 '명대사'를 창작하는 사람이다.


대사는 일단 글말(문자언어)로 적지만, 대본의 경우 입말(음성언어)로 실천된다. 따라서 두 측면을 모두 고려해야 한다. 또 행동, 상황 등과 일체이므로 어떤 부분은 생략하여, 즉 발언하지 않음으로써 발언하는 효과를 낼 필요가 있다. 그리고 언어는 공동체의 도구이기에 규범에 따라 사용해야 한다.

한국어 대사 구사에서 유의할 점을 몇 가지 들어본다.

첫째, 한국어는 '상황 의존적'인 면이 강하다. 화자 위주가 아니어서 주어나 목적어 등이 생략되는 경우가 많고, 상대가 누구냐에 따라 어법이 매우 달라진다. 따라서 상황에 맞추어 자연스러운 대사를 구사하는 데 관심을 기울일 필요가 있다. 발화 광경을 떠올리며 입으로 거듭 발언해 보면 도움이 된다.

둘째, 한글은 탁월한 표음문자이지만, 모든 문자가 그렇듯이 입말과 글말의 일치(언문일치)가 이루어지지 않는 경우가 있다. 소리대로 적으면 뜻이 분명히 전달되지 않는 경우에 대비하여 맞춤법은 본래의 '형태를 밝혀' 적도록 규정하고 있다. 따라서 꼭 필요한 경우가 아니라면, 가령 실제 현실에서는 '누굴'이라고 발언하더라도 '누구를'이라고 적어야 한다. 입말과 글말을 적절히 구별하며 적는 게 바람직하다는 뜻이다.

셋째, 한국어는 영어, 중국어 등에 비해 억양, 어조 등의 기능이 약하다. 하지만 한국어도 강세(높낮이), 장단, 음색, 속도 등에 따라 의미와 내용이 크게 달라지는 예가 많다. 따라서 특히 연출이나 연기 분야에서 그에 대한 이해와 훈련이 필요하다. 근래 한국 영화에서 대사가 너무 빨라 잘 들리지 않거나 억양을 잘못 사용하여 전달이 안 되는 예가 매우 잦다. 이는 작품의 가치나 완성도를 따지기 이전에 기본 상식에 어긋나는 일이다.

넷째, 한국어는 근래 매우 오염된 면이 있다. 새롭고 적절한 말을 찾고 만들려는 노력은 드물고, 외국어, 비속어, 준말 따위를 마구 사용하기 때문이다. 또 한국어에는 중국어와 일본어가 '한자말' 형태로 많이 섞여 있다. 한국전쟁 후에는 영어를 거의 무조건 '수입하여' 언어 질서가 더욱 혼란되었다. 근래에는 상품은 물론 작품 이름에까지 외국어를 남용하여 무엇을 전달하려는지조차 따지기 어려운 혼란이 빚어지고 있다.

따라서 그 오염되고 무질서한 언어 현실을 무조건 추종하는 태도는 바람직하지 않다. 흔히 사용되고 있다고 해서 그 말이 올바르고 효과적인 것은 아니다. 작자와 연출자에게 공공의식이 매우 필요한 상황이다.

1 　　공연물에서 대사를 최종적으로 완성하는 이는 배우이다. 우수한 배우의 장점을 '대사 연기' 중심으로 한 가지 적되, '장면'이라는 단어를 반드시 사용하시오.

2-1 　　영화, 텔레비전 드라마 같은 영상물의 매우 극적인 장면이나 사건의 중요한 대목 하나를 택하여, 그것을 원래의 대본 형식으로 바꾸어 적어보시오. (☞ 제1부 연습 6, 7번)

　　[유의 사항]
　　– 높은 평가를 받은 작품을 택할 것. 되도록 번역물은 피할 것
　　– 결과물의 총 분량이 A4 4쪽 이상일 것 (약 5분 내외. 별지 사용)

2-2 　　앞의 작업을 통해 알게 된 것을 무엇이든 2가지 적으시오.

## 콩트 완성하기

3 　　우리는 살아가면서 대화에 얽힌 일을 많이 겪는다. 다음은 그것을 다룬 콩트이다. 주어진 서두에 이어 써서 서술을 완성하시오.

　　[유의 사항]
　　– 주어진 서술을 바탕으로, 그와 연결하여 지을 것

- 되도록 '대화' 위주로, 700자 내외를 쓸 것 (별지 사용)
- 사건의 자초지종을 알 수 있게 완결할 것


## 그 가을의 기억

얼굴에 여드름이 잔뜩 돋았던 열네 살 가을이었다. 우연히 선주와 마주친 나는, 그날 아버지께 상처를 드렸다. 그 장면은 결코 잊을 수 없을 것이다.

일요일 오후였는데, 아버지한테 용돈이라도 타려고 집을 나섰다. 최근에 아파트가 새로 들어찬 옆 동네의 언덕배기로 갔다. 아버지의 낡은 자전거 수리점은 여전히 그 자리에 있었지만 아파트촌에서 밀려 쫓겨난 것처럼 보였다. 아버지는 기름때투성이 옷차림으로 빨간색 자전거 앞에서 어떤 여자아이와 이야기를 나누고 있었다. 가까이 가보니, 그 빨간 자전거의 손잡이를 잡고 있는 애는 초등학교 때 같은 반이었다가 남녀 중학교로 학교가 나뉜 선주였다. 전에 가끔 마주쳤지만 모른 척했던 나는 얼른 자리를 피하고 싶었다. 그런데 아버지가 선주와 말을 하다가 나와 눈이 마주쳤다.

"이런 자전거는 부속이 비싸서……."

아버지가 어쩐 일이냐는 표정으로 말을 멈추었다. 나는 당황하여 그냥 수리점을 지나치려 했다.

그때 선주도 나를 알아보고 말했다.

## 라. 플롯 1

이야기의 서술은 감상자의 흥미와 긴장을 일으키고 지속시켜야 한다. 부분을 엮어 그런 전체 효과를 내기 위해, 또 각종 매체와 언어를 사용하므로 어쩔 수 없이, 서술은 대상의 자연적 모습과 질서를 '낯설게 하기' 마련이다. 여기서 특히 주목할 것이 시간이요, 그와 불가분의 관계에 있는 사건(에 관한 정보)이다. 나중 일어난 일은 먼저 일어난 일의 결과이기에, 자연적 시간 질서는 곧 인과 질서이다. 서술이 사건 순서대로 이루어지는 단순한 이야기를 제외하면, 많건 적건 창작은 그것을 깨고 변형시킨다. 그리하여 부단히 의문을 품거나(왜?) 기대를 갖게 한다(어떻게 될까?).

플롯은 '사건을 중심으로 한, 의미를 형성하며 감상자의 관심과 흥미를 끌고 유지하는 수단'(☞ 제1부 2장 1-가, 제2부 5장)이다. 그것은 서술의 방법이자 미적인 원리이다. 플롯을 "이야기 뼈대의 명료화"[8]로 보아 스토리에 가깝게 보기도 한다. 그러나 여기서는 특히 시간 질서 면에서 스토리와 대조되는 것으로 보는 관점에 따른다. (☞ 제1부 1장 2-가) 자연적 시간이 지배하는 스토리와 구별되는 서술의 구성 원리로 간주하는 것이다.

감상자는 이야기의 서술을 접하면서 먼저 표층적 사건의 연쇄(C, A, K, C, B, Y……)를 본다. 아울러 감상자는 그것을 종합하여 심층의 스토리를 파악 혹은 재구성해 간다. 그것은 일차적으로 서술에 낯설게 되기 이전의, 본래의 자연적 시간 질서(A, B, C… K…… Y……)를 복구하는 일이다. 그리고 궁극적으로는 스토리와 그 인과관계를 '형성'하는 일이다. 그것의 가장 단순하고 심층적인 결과물을 앞에서 '세 문장 스토리'라고 부른 바 있다. 축약과 해석이 가해졌으므로 기호를 바꾸어 이것은 'ㄱ-ㄴ-ㄷ'이라고 하자. (☞ 제1부 2장 1-다 [그림 3])

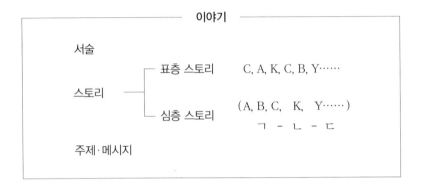

스토리는 감상하는 순서대로의 표층 스토리와 그들을 재구성하여 형성하는 심층 스토리로 구별할 수 있는데, 전자는 주제적·정서적 반응을 일으키기 위해 인공적으로 고안해 낸 플롯 기법의 결과이다. 여기서 어떤 사건에 관한 서술의 양, 횟수(빈도) 따위는 그것의 스토리상의 중요성에 비례하지 않는다. 가령 사건 K가 길게 서술되었다면 그럴 만한 이유가 있겠지만, 그렇다고 그것이 심층 스토리에서 반드시 의미상 그만큼 중요한 것은 아니다.

또 '열린 결말'의 경우처럼 결말부에 해당하는 사건의 서술이 생략되거나 아주 간략히 암시만 될 수도 있다. 한편 어느 것은 겉모습은 다르지만 의미상으로는 같은 것의 반복일 수도 있다. A는 ㄴ-1, K는 ㄴ-2에 해당하는 식이다.

이른바 '극적인 플롯'의 몇 단계(발단/도입-전개-분규/위기-절정-대단원/결말)나 그것을 그림으로 나타낸 '프라이타크의 삼각형'은 서술 자체를 감상하는 시간 동안 일어나는 감상자의 반응의 단계이다. 그 것은 'A, B, C……'나 'ㄱ-ㄷ'의 시간적이고 인과적인 순서가 아니다. 이는 작자가 사건과 정보를 어떤 순서와 방식으로 서술하여 감상자 의 놀람, 즐거움, 깨달음 등을 끊임없이 북돋움을 뜻한다. 작자는 서 술을 하는 동안 '이를 통해 이 지점에서 무엇을 알고 느끼게 할 것인 가'를 항상 의식함으로써 내용의 초점과 일관성을 유지해야 한다. 그 게 흐리거나 흔들리면 서술 전체가 공허해지며 통일성을 잃게 된다.

앞에서는 주로 사건의 배열 중심으로 살폈다. 이와 함께 사건 관 련 정보의 조절, 즉 암시-실현, 정보의 감춤-드러냄(지체-폭로), 정보 의 틈(gap) 만들기-메우기 등도 플롯의 역할이다. 이야기가 시간의 지 배를 받는 시간예술이므로 이러한 선적(線的) 질서상의 기능이 지배 적이지만, 플롯은 '공간적' 형태의 이야기 구조를 창출하기도 한다. 예를 들어 요소의 병치, 대조, 반복, 점층 따위를 하여 이중 플롯, 복 선, 암시, 리듬 등을 동반한 이야기의 미적 구조 형성에 이바지한다. 영화 〈전함 포템킨〉(에이젠슈테인)의 계단 장면, 소설 《보바리 부인》 (플로베르)의 공진회 장면 등은 병치의 예로 유명하다. 전자는 서로 비슷한 반란의 진압 행위와 계단에서 굴러떨어지는 유모차를, 후자 는 서로 대조적인 공진회와 남녀의 만남을 병치하여 표현 효과를 높 인다.

1   제2장 4절(556쪽) '추리 이야기' 유형에 대한 설명에서 '범인 노출
    추리 이야기 모형'이 나온다. 그 대목을 참조하여 답하시오.

1-1   그것의 특징 중 하나가 "감상자는 너무 긴장을 하지 않고 (중략)
      비교적 편안히 추리를 즐길 수 있"는 점이라고 하였다. 왜 그렇게
      될까? 정보를 '감추다'와 '드러내다'라는 말을 반드시 사용하여
      1~2문장으로 답하시오.

1-2   그 모형에 속한 대표적 작품인 텔레비전 드라마 〈형사 콜롬보〉*
      에서 1-1의 문제와 관련된 콜롬보의 성격적 특질은? 그것을 드러
      내는 성격소와 함께 지적하시오.

## 같은 사건, 다른 플롯과 초점화

2   아래에는 공통된 '기본 사건'을 내포한 세 가지 서술 A~C가 있다.

────────────────

•   1968~2003년 69부작으로 미국 NBC에서 방영한 텔레비전 드라마. 영화로도 나
    왔으며 애니메이션, 게임 등 많은 이야기 콘텐츠에 영향을 끼쳤고, 현재도 전 세계
    에서 관심을 끌고 있다.

문제를 간략히 만들기 위해 겹치는 말을 여러 곳 생략했다. 세 서술은 기본 사건이 비슷할 뿐 서로 거리가 있는 이야기이다. 인물의 성격, 정보와 사건의 배열, 초점화 방식(시점) 등이 다르다. 각자를 비교하여 그 특징적 기법과 효과를 각각 1~2문장으로 적으시오.

> 길잡이  먼저 서술 A~C를 다 읽은 후 차이점에 주목하여 각 답을 서로 다르게 적는다.

### [기본 사건]

초등학교 저학년생 지우는 가난한 동네(혹은 임대 아파트)에 산다고 친구들한테 놀림을 당한다. 그래서 학교에 가기 싫다고 거듭 말했지만, 어머니한테 벌로 휴대전화만 사용 금지당한다. 화가 난 지우는 학교에 가지 않고 무작정 전철을 탔다가 길을 잃고 헤맨다. 늦게서야 집에 돌아오자 찾던 어머니가 운다.

### 서술 A: 삼인칭 전지적(작가적) 서술

지우는 내성적인 데다 말수가 적었다. 지우가 핸드폰만 가지고 놀며 자꾸 학교에 가기 싫다고 했다. 어머니는 불같은 성격이라, 그날 아침 또 그런 소리를 하자 자세히 알아보지도 않고 벌로 핸드폰을 압수하고…….

학교에 가면 애들이 또 가난한 동네(임대 아파트) 산다고 놀리고 못살게 굴게 뻔했다. 지우는 불쑥 학교 길에서 벗어나 무작정 걸었다. 우연히 전철 정류장에 이르러 아무것이나 올라탔는데…… 담임선생의 전화를 받고 식구들이 정신없이 찾았으나…….

뒤늦게 지우가 나타나자 식구들은 그가 학교에 안 간 이유를 알게 되었다. 식구들은 크게 놀랐다. 어머니는 세상이 어째 이 모양이냐, 내일 당장 학교에 가서 항의하겠다고 했다. 그러면서도 왜 진작 그 얘기를 안 했느냐고 꾸짖는 표정으로 바라보다가 지우를 끌어안으며 눈물을 훔쳤다.

① 효과:

**서술 B: 일인칭 서술**

노을이 깔리는 동네 입구에서 '나(지우)'는 맥없이 벤치에 앉아 있었다. 식구들이 오늘 학교에 안 간 걸 알면 꾸중만 할 것을 생각하며…… 가난한 동네(임대 아파트) 산다고 아이들한테 놀림 당하던 일들이 줄줄이 떠올랐다.

아침에 학교 길에서 벗어나 전철을 탔을 때는 해방감이 컸다. 복수심 같은 것도 끓어올라 어디로 가는지 상관하지 않았다. 그러나 전철이 점차 도시에서 멀어지자 불안해졌는데…… 제대로 도와주는 사람이 없어 헤매고…… 학교 바깥도 학교 안하고 비슷한 것 같았다. 나는 간신히…….

할 수 없이 집에 들어서자 식구들이 반갑게 맞으며 어쩐 일이냐고 물었다. 내가 무얼 꾸며내어 변명을 하려고 하는데, 어머니가 이미 무얼 알고 있는지 눈물을 흘리며 나를 끌어안고 말했다.

"하루 종일 어디를…… 지우야, 배고프지? 이야기는 밥 먹으면서 하자."

② 효과:

## 서술 C: 인물적(삼인칭 초점자) 서술

지우 어머니는 일터에서 지우가 학교에 출석하지 않았다는 담임선생의 전화를 받았다. 그녀는 당황하여 일터를 뛰쳐나와…… 그날 아침에 지우가 학교에 안 가겠다고 해서 벌로 휴대전화를 압수했기에 연락을 할 수가 없어…… 여기저기 정신없이 알아보지만 식구들마저 평소에 관심이 적어 지우에 대해 아는 게 없어 단서가 안 잡히고…….

지우 어머니는 동네를 헤매다가 이웃들로부터 가난한 동네(혹은 임대 아파트) 아이들과 부자 동네(일반 아파트) 사는 아이들의 갈등과 그래서 이사를 가려 한다는 어느 주민의 말을 듣고…… 담임을 찾아갔으나 그는 자기 짐작(애들끼리의 갈등)을 말하며 별로 놀라지도 않고, 무엇 때문인지 몰라도 이런 일이 자주 있다고…….

지우가 늦게야 나타나자 어머니는 여러 감정이 북받쳐, 왜 그랬느냐고 묻지도 않은 채 끌어안고 울며 말했다.

"지우야, 미안해. 이젠 걱정 마. 이사를 갈 테니까. 이런 덴 정말 싫다."

③ 효과:

## 마. 플롯 2

서술이 시작되는 작품의 도입부는 '발단부'라 부르기도 한다. 그
곳에서는 스토리 세계에 관한 기본적 사실이 제시되고 갈등이 도입
되어 사건이 시작된다.

작자는 서술의 앞머리에서 감상자에게 등장인물, 사건, 공간 등
에 관한 정보를 필요한 만큼 제공해야 한다. 일반적인 의미로, 작품
고유의 '세계 설정'을 해서 들어오기 쉽도록 안내하기 위해서이다. 감
상자로서는 거기 포함된 '도입 정보'를 잘 챙겨야 앞으로 펼쳐질 스토
리 세계의 시대, 문화, 인물들이 처한 상황 등을 알며, 앞으로 일어날
일들을 기대하고 상상할 수 있다. 잘된 도입부 서술은, 그 자체가 이
야기의 핵심을 미리 암시하여 감상자를 준비시킨다. 그리하여 플롯의
통일성을 강화하고, 그 효과의 밀도를 높이는 것이다.

그런데 이러한 공식적 기대를 깨면서, 도입 정보나 단계를 뛰어
넘어 '사건 한가운데서' 곧장 서술을 시작할 수도 있다. 그러면 사건
의 배경과 원인에 대한 강한 호기심을 일으키고 충격을 주어 감상자
를 사로잡는 효과가 있기 때문이다. (☞ 제2부 5장)

앞에서 잘된 도입부는 암시 효과가 있다고 하였다. 서술에서 흔
히 앞의 것은 뒤의 것을 미리 조금 보여줌으로써 준비를 시킨다. 암시
(暗示)라는 말은 모순적이다. 감추면서 보여준다는 뜻이기 때문인데,
그래서 예시(豫示)라 부르기도 한다.

암시는 감상자에게 정보를 일부 제시함으로써 미리 예상하고 기
대하게 만드는 '플롯상의 준비'로서, 나중에 그 전모가 드러날 때 보

다 인과적이고 그럴듯해 보이도록 만드는 기법이다. 아울러 그를 통해 감상자의 상상을 자극하기도 한다. 암시된 것은 예상대로 실현되기도 하고 의외의 결과에 이르는가 하면, 작품이 끝나도 실현되지 않은 채 '틈(gap)'으로 그냥 남아 여운을 주기도 한다.

예를 들어보자. 영화 〈8월의 크리스마스〉(허진호)에서는 병이 들어 죽어가는 주인공이 순진한 여성과 가까워지게 된다. 그 도중에 전에 자기를 떠난 첫사랑 여인 이야기가 나온다. 이는 주인공이 새로 가까워진 여성에 대해 소극적인 이유를 강화하며, 영화의 결말을 암시한다. 나아가 죽을 수밖에 없는 존재인 인간의 사랑의 간절함과 덧없음을 더 깊이 맛보도록 한다.

암시와 비슷하지만 다른 기법이 있다. 어떤 정보가 '서술의 앞'이 아니라 등장인물의 '일부'에게만 제시되는 경우가 있다. 연극의 방백처럼, 감상자는 다 알지만 등장인물의 일부는 모르는 이러한 정보 조절 기법은 '알려진 비밀'[9]이라고 한다. 혈연의 비밀에 얽힌 사건 제시에 자주 쓰이는데, 감상자는 알고 해당 인물은 모르는 상황이 아이러니를 낳으며, 비밀이 폭로될 미래를 기다리게 한다.

1 갈등을 도입(발단)부에서부터 선명하게 드러내면 감상자를 보다 빠르고 강력하게 끌어들일 수 있다.

어떤 영화감독이 아래의 한국 고소설들을 각색하여 영화를 창작하면서 그런 효과를 노린다면, 영화의 도입부에 어떤 장면을 배치하면 좋겠는가? [보기]를 참고하여 도입부의 장면을 나름대로 상상하여 적으시오.

> (길잡이) '사건 한가운데서' 시작하되, 갈등이 고조된 장면을 택한다.

| | 갈등을 내포한 도입부의 장면 |
|---|---|
| 《춘향전》 | [보기] 춘향과 사귄다고 공부방에 갇힌 몽룡이, 몰래 춘향을 만나고 오다가 담장 아래에서 아버지에게 들키는 장면 |
| 《홍길동전》 | ① |
| 《심청전》 | ② |

2 19세기 제국주의 시대, 인간이나 자연을 이용과 정복의 대상으로만 보는 유럽 강대국의 어느 백인 선장이 아프리카 해안에 상륙했다. 그는 결말부에서 그런 제국주의적 독선 때문에 결국 비참하게 죽는데, 이를 암시하는 삽화를 서술의 앞쪽 어디에 배치하려 한다. 어떤 삽화가 적절하겠는가? 1~2문장으로 답하시오.

3 　다음은 '비어 있는 집'이라는 이야기의 도입부를 스토리 위주로 '대강 간추린' 것이다. 아래에 주어진 서술에 이어 써서, 주인공의 '가족을 갖고 싶은 본능적 욕망'을 제재로 삼은 이야기의 스토리를 완성하시오. (주어진 서술 포함하여 총 A4 1쪽 내외. 별지 사용. 사건의 배열과 결말은 자유롭게 함)

　길잡이 　주어진 서술에 내포된 바를 바탕으로 전개한다.

## 비어 있는 집

　30대 후반의 그는 혼자 산 지 오래이다. 요양병원에 입원한 홀어머니의 병원비를 도와주지 않아서 형제들과는 거의 연락이 없었다. 그는 금융회사에서 돈을 못 갚은 이들의 재산을 압류하고 처분하는 일을 맡고 있는데, 그 일만 몇 년을 해서 이젠 기계적으로 처리하고 있었다.

　압류할 부동산을 확인하러 어느 단독주택에 간 그는, 그 옆에 있는 집이 어쩐지 낯익었다. 그 집은 잡초만 무성한 채 비어 있은 지 오래였다. 기억을 더듬으며 조회하여 보니 20대에 일 년쯤 교제하다 헤어진 아름이네 집이었다. 그는 직업적인 감각으로, 그 집에 어떤 어려운 일이 있다는 짐작이 들었다.

　웬일인지 그 집이 자꾸 생각났다. 그래서 그는 ~

# 제2장

# 경험, 자료, 유형의 활용

# 1

# 스토리텔링과 '전용'

스토리텔링은 매우 복합적이고 창의적인 활동이므로 일정한 원리나 방법을 세우기 어려운 게 사실이다. 이제 기초적인 연습은 했으니 실제 창작에 착수하여 시행착오를 겪으며 몸으로 배워나가는 편이 나을지 모른다. 그런데도 이 장을 더 마련한 것은, 부분적 요령 익히기에서 나아가 기존의 자료와 전통적 형식을 활용하여 한 편의 깊이와 짜임새 있는 이야기를 완성하는 힘을 기르기 위함이다.

스토리텔링 방법으로 제일 자연스레 택하는 게 자신이나 자신이 속한 집단의 경험을 활용하는 것이다. 그리고 이야기 세계의 전통적 유형과 관습을 본받는 것이다.

앞의 '본받기'는 단순한 모방이 아니라 유형 혹은 심층적 모델의 활용이다. 창작은 무엇보다 작자의 개성적 상상과 자유로운 사고가 우선이지만, 이야기의 관습적 형식이나 틀에 대한 이해도 필요하다. 준비가 부족한 채 뛰어들어 모니터 앞에 앉아 막연한 상념이나 아이디어에만 매달린다면, 결국 모르는 사이에 전에 감상한 이야기들을 답습하다가 지쳐버리기 쉽다. 그보다 기존 이야기의 원형적 구조를 본받으면서 변형하여 새로운 작품을 창작하는 길이 합리적일 수 있다.

예를 들어보자. 이전의 소설 형식을 획기적으로 바꾸었다고 평가받는 장편소설 《율리시스》(제임스 조이스)는 그 제목만 보아도 그리스 신화의 오디세우스 왕 이야기, 그리고 그것을 가지고 지은 호메로스의 서사시 《오디세이아》를 활용한 작품임을 알 수 있다. 오늘날에도 난해하기로 이름난 그 '의식의 흐름' 기법의 소설을 창작하면서 작자는 오히려 오래전부터 내려온 이야기를 바탕으로 삼고 거기에 새로운 것을 입히거나 채운 것이다.

스토리텔링 활동을 제재 혹은 추구하는 바 위주로 살펴보자. 이야기는 인간의 주요 담화 양식의 하나인 데다 의미와 함께 재미(놀이적 요소)를 지니고 있다. 의미와 재미는 함께 존재할 수 있지만, 한쪽으로 기울면 이야기의 성격이 매우 달라진다.

집단이 공유하는 사실적 '의미'에 중점을 둔 정보적 이야기 갈래의 하나로 '역사문화 이야기'가 있다. 한편 '재미'에 중점을 둔 표현적·허구적 이야기 갈래에는, 오랜 시간에 걸쳐 집단 창작된 원형적 스토리 유형(서사 모형, 마스터 플롯°)이 많이 있다. 매체가 발달하지 않아 입말과 기억에 의존했던 구비문학 시기부터 오늘에 이르기까

---

° 마스터 플롯이란 "다양한 형태로 반복되며 우리의 근저에 위치한 가치, 희망 그리고 공포에 대해 말하는 스토리"를 가리킨다(H. 포터 애벗, 《서사학 강의》, 우찬제 외 4인 옮김, 문학과지성사, 2010, 99쪽). '원형적 스토리', '서사 모형' 등과 통한다.

지 환영을 받아 그 스토리 유형은 스토리텔링의 뼈대와 틀이 되어왔다. 예를 들어 민담 가운데 흔히 '신데렐라 이야기'로 알려진, 궂은일을 도맡아 하던 착한 아가씨가 마침내 행복해지는 스토리는 전 세계에 퍼져 있다. 그것은 동화, 그림책, 애니메이션, 오페라 등으로 무수히 재창작되었다.

설명을 위해 특성과 갈래를 나누지만, 사실 이야기의 세계에서 앞의 것들은 뒤섞여 있다. 특히 표현적·허구적 이야기 갈래가 그렇다. 예전 우리 조상들의 놀이마당에서 소리꾼(창자)은 전해 내려오는 '토끼의 간 설화' 줄거리에 전부터 떠돌던 온갖 재담(才談), 노래(민요), 일화 따위를 얽어서 공연했다. 고수의 도움을 받으며 청중이 좋아하는 소리와 사설을 몇 시간씩 엮어갔는데, 그러다가 《수궁가》라는 판소리 한 바탕이 만들어졌다. 우화와 판소리의 관습, 참여자의 욕망, 감상자의 꿈 등이 어우러져 알게 모르게 집단 창작이 이루어진 것이다.

'이야기하는 인간(Homo Narrans)'의 세상에서 이런 일은 특별한 게 아니다. 이야기 세계에는 오랜 세월 속에서 그런 융합과 재창작의 결과 생겨난, 삶과 욕망이 뒤얽혀 익숙해지고 굳어진 유형, 관습 등이 있다. 이는 '원형(archetype)'이라고 부르는 스토리텔링의 광맥이자 보물창고이다.

한때 '원 소스 멀티유스(OSMU)'라는 말이 유행했는데, 원형성을 띠었거나 대중적으로 널리 환영받은 이야기를 다른 텍스트나 사물의 창작·생산 등에 활용하는 경영 전략을 가리키는 말이었다. 그러나 굳이 특정 작품을 지목한다든지 용어를 따로 만들어낼 것 없이, 이야기 세계에서 그것은 '상호텍스트성(intertextuality)'이라는 보편적 현상의 일부로 존재해 왔다.

영화의 경우, 그 대본에는 이른바 오리지널과 함께 이미 완성된 다른 갈래의 이야기를 재창작한 각색물이 많다. 미디어 혁명이 일어나 다중매체를 사용하여 제작을 하는 이른바 스토리 산업 혹은 이야기 산업이 커지면서 그런 재창작 활동은 더욱 빈번해졌다. 아울러 그 과정에서 창작과 그 서술언어의 성격이 넓고 다양해지며 예술적인 것과 대중적인 것, 허구적인 것과 사실적인 것 등의 경계가 흐려지기도 하였다.

요컨대 스토리텔링에서는 '전용(轉用)'이라 부를 수 있는 활동이 본래 다양하게 일어난다. 따라서 작자는 그에 대해 관심을 갖고 기존 자료와 작품의 활용에 힘쓸 필요가 있다.

이 전용의 개념에 관해 필자는 아래와 같이 진술한 적이 있다.

범위를 확대할 경우, 전용은 '자료를 이야기 창출에 사용하고 그 결과를 다른 이야기나 사물에 활용하는 이야기 활동 전반'을 두루 가리키는 말이 된다. 어떤 소설을 소설로 패러디하는 것도 전용일 수 있으므로 이때 장르나 매체의 변화가 필수적은 아니다.

여기에 이르면, 전용은 이야기 행위의 특별한 방법이라기보다 일반적인 양상에 가까울 정도로 개념이 넓어진다. 그에 따라 앞에서 방법론적으로 구분했던 '(순수) 창작'과 '전용'의 경계 또한 흐려진다. 그러므로 앞에 제시한 좁은 의미의 전용 개념 - 이야기의 창작에 이미 만들어진 이야기를 활용하는 일 - 을 기본으로 삼되, 이제까지 살핀 바를 고려하여 그 용어를 탄력적으로 사용함이 바람직하다.[10]

전용은 단순한 모방이나 표절이 아니다. 전용의 대상과 결과물 사이의 관계는 매우 다양하다. 전용에 포함되는 스토리텔링 활동을 가리키는 기존의 용어가 여러 가지 있는데, 그만큼 전용의 방식이 다양한 셈이다. 그 몇 가지를 들면 다음과 같다.

**각색**(脚色) 기존의 형식을 다른 예술 형식으로 전용하는 것을 두루 칭한다. 전통적으로 주로 소설을 시나리오나 희곡으로 전용하는 경우가 많았지만, 매체혁명으로 융합과 재창작이 활발해지면서 양상이 다양해졌다.

**번안**(飜案) 외국의 작품을 자국의 것처럼 바꾸는 활동을 가리킨다. 언어만을 옮기는 번역과 달리, 스토리는 그대로 따르되 번안자가 개입하여 인물, 배경 등을 자국의 것으로 바꾼다.

**리메이크**(remake) 이미 발표된 작품을 재창작하는 것이다. 대개 원작의 의도에 충실히 따르며 작품명을 그대로 써서 원작을 밝힌다.

**패러디**(parody) 원작의 '거리가 있는 반복'. 잘 알려진 원작의 표현, 모티프, 인물 등을 따오되 변형하며, 흔히 과장하거나 풍자하여 매우 새롭고 비판성 강한 의미를 창출한다. 원작이 무엇인지 알 수 있으며, 여러 예술 분야에서 다양하게 이루어진다.

**환치**(displacement) 신화 따위를 전용함에 있어 그것을 논리성이나 개연성의 규범에 맞도록, 실생활과 같아서 감상자가 받아들일 수 있도록 합리화하는 것이다. 원작이 무엇인지 알 수 없는 경우가 많다. 신화비평의 창시자 노드롭 프라이의 용어이다.

작품의 한 요소나 창작의 어떤 측면을 다룬 1장과 달리, 이 2장부터는 되도록 작품 전체를, 텍스트의 완성을 염두에 두고 풀이하며 연습하게 된다. 하지만 어디까지나 책의 제한된 지면에서 학습하기에 '스토리'를 종이 위에 '쓰고' 그것을 가지고 토의하는 방식으로 연습하는 데 그친다.

따라서 앞으로 연습 대상이 커지더라도 기본 요령을 익히며 스토리를 구상하는 선에서 멈추고 마는 경우가 잦다. 그러므로 연습하는 바를 바탕으로 각자 창작 활동을 계속 진전시켜야 하며, 특히 대본만으로 완성되지 않고 제작까지 해야 하는 영상물의 경우, 더 알고 익혀야 할 게 많이 남았음을 기억할 필요가 있다.

1    다음은 한국에서 널리 전승되어 온 설화 〈여우 누이 이야기〉들의
     공통소를 뽑아 스토리를 정리한 것이다.* 읽고 물음에 답하시오.


     ㉠ 옛날에 한 부부가 부자로 산다.

     ㉡ 부부에게는 아들이 있었지만 딸이 없어서 딸 갖기를 바란다.

     ㉢ 간절히 치성을 드리다가(빌다가) 실수를 한다.

     ㉣ 부부가 딸을 낳는다.

     ㉤ 가축이 무단히 죽기 시작한다.

     ㉥ 아들(오빠)에게 그 연유를 알아보라고 한다.

     ㉦ 아들은 누이가 여우로 변하여 가축의 간을 빼먹는 것을 본다.

     ㉧ 아들은 부모에게 사실대로 말한다.

     ㉨ 부모가 누이를 모함한다고 꾸짖어서 아들은 집을 나간다(집에
       서 쫓겨난다).

     ㉩ 아들은 초월적 존재인 돕는 자를 만난다/만나 결혼한다.

     ㉪ 아들이 집으로 돌아가려 하자 돕는 자가 주술적인 물건을 준다.

     ㉫ 아들이 망해버린 집에 돌아온다.

     ㉬ 아들은 여우 누이를 주술적인 물건(과 아내)의 도움을 받아 죽

---

*   '여우 누이' 설화의 각 편 내용을 정리한 논문(박대복·유형동, 〈〈여우 누이〉에 나
    타난 요괴의 성격과 퇴치의 양상〉, 《어문학》 106집, 한국어문학회, 2009, 151-152
    쪽)을 참고하되, 이 문제에 맞게 다소 표현을 바꾸었다.

인다.

ⓗ 아들은 가정을 이루고/집안을 회복하고 행복하게 산다.


이 설화는 공포감을 주는데, 그 의미의 해석은 단순치 않아 보인다. 설화인 데다 환상성을 지니고 있기에 더 그렇다. 이 스토리를 전용하여 다른 형태와 의미의 이야기를 창작하기 위해서는 먼저 원작에 대한 해석이 필요하다.


1-1 이 이야기는 무엇에 관한 이야기라고 할 수 있는가? [보기]는 이 이야기의 제재로 볼 수 있는 것 하나를 적고, 그것을 초점 삼아 이 스토리의 '갈등을 내포한 처음상황'을 설정해 본 것이다. 이와 같은 작업을 이 이야기에 부합되게, 자기 나름으로 '참신하게' 해보시오.


[보기]
- 제재: 집안의 멸망
- 갈등을 내포한 처음상황: 간절히 원한 딸을 얻었으나 집안의 가축이 죽기 시작한다.


① 제재:
② 갈등을 내포한 처음상황:

1-2 앞에서 자기가 설정한 제재와 처음상황을 유지하면서, '여우 누이 이야기'의 심층 스토리를 전용하시오. (단, 시대와 장소는 자유롭게 정함. 환상적 요소가 개입해도 됨. 제재에 대한 자신의 생각(주제)은 나름대로 정함. 총 6문장 내외)

① 제목:

② 스토리:

2 전용의 예는 무수히 많다. 특히 설화나 경전 속 사건, 소설 등을 전용하는 경우가 많다. 무엇이든 전용의 예를 찾아 그 대상(원작, 원자료)과 재창작물 사이의 차이, 재창작의 효과 등을 다른 사람과 토의해 보시오.

> 길잡이 뒤의 [연습 16]에서 다루는 영화 〈로드 투 퍼디션〉은 기독교 우화인 원작이 여러 번 전용된 것이다. 그 연습 문제를 참고한다.

① 전용 대상(원작):

② 재창작물(들)의 갈래, 제목:

③ 전용의 효과:

# 2

# 경험의 활용

    경험은 이야기의 재료이자 토양이다. 의식적이든 무의식적이든, 스토리텔링을 할 때 가장 먼저 눈을 돌리는 게 자기 자신의 경험이다. 스토리텔러가 되려면 각종 경험을 많이 해보아야 한다고 여기는 사람이 있는데, 잘 알아야 보다 깊고 섬세하게 그려내니까 자연스러운 생각이다.

    스토리텔러는 자기의 경험을 재산처럼 여길 필요가 있다. 그리고 간접 경험도 경험이기에, '읽고 들은' 이야기와 학교에서 공부한 전공 지식, 직업 분야에서 쌓은 체험, 거기서 기른 상상력 등도 소중하게 활용함이 바람직하다.

    스토리텔러는 경험 수집자이자 발굴자이다. 그는 항상 관찰의 눈을 빛내며 메모할 준비를 한 채 살아간다. 그러다 보면 저절로 자기보다 먼저 겪은 이들이 책에 남겨놓은 방대한 '남의 경험'에도 눈을 돌리게 된다. 전에는 이 독서 경험을 쌓기 위해 서점과 도서관을 순례하였으나, 이제는 디지털 기기의 도움으로 가상공간에서 거대한 '검색의 바다'를 탐색한다.

　실제 일어나거나 경험한 사건을 자료로 삼아 창작한 정보적·비허구적 이야기를 '경험 이야기'라고 하자. 경험이 이야기의 바탕인 만큼, 그것을 사실적으로 재현한 경험 이야기는 이야기의 가장 자연스럽고 기초적인 형태이다.

　'경험 이야기'는 하나의 갈래라기보다 범주인데, 여기 속하는 흔한 역사적 갈래의 이름이 '이야기(서사적) 수필', '생활글'[11], '논픽션(다큐멘터리)' 따위이다. 개인적 경험 위주의 일기, 수기, 자서전, 여행기(기행) 등은 물론, 비교적 집단의 경험을 공공적 목적을 위해 서술하는 르포, 사건 기사, (스토리가 있는) 논설 등도 이 범주에 든다. 말과 함께 사진, 동영상 등을 다중적으로 사용하는 가상공간의 각종 '자기 살아가는 이야기'들은 분류 자체가 어려울 정도로 다양한데, 대부분 허구가 아닌 일을 줄거리 있게 서술하므로 이 범주에 속한다.


　많은 종류의 경험 이야기 가운데, 인류의 역사와 문화에서 가장 널리 중요시된 것은 기행(紀行), 곧 여행 이야기이다. 아득히 먼 곳의 진기한 문물을 기록한 그것들은 문명의 교류에 크게 이바지했다. 얼마나 환영을 받았던지, 《걸리버 여행기》(조너선 스위프트) 같은 허구의 기행문학이 나오기도 했다.

　경험 이야기의 핵심은 담긴 경험의 깊이와 가치인데, 오늘날 교통과 통신이 발달하여 사정이 많이 바뀌었다. 가령 여행기를 짓는다면, 어디서나 검색이 용이하니 지리 정보의 나열은 지루하며, 아마존 정글까지 카메라가 보여주기에 신기한 것도 드물다. 따라서 되도록 새롭고 유익한 경험을 기획할 필요가 있다. 경험에 사색의 깊이를 더하고 관련 정보를 융합함으로써 통찰의 폭을 넓히는 노력도 요구된다.

한국 사회는 경험을 서술하는 일에 대한 관심이 낮은 편이다. 식민 지배와 전쟁, 권위주의 정권 등을 거치며 몸을 사린 탓에, 겪은 것을 타인과 소통하고 사회화하는 일을 꺼리는 경향이 있다.

하지만 경험을 정리하고 기록하여 전하는 일은 매우 소중하다. 아무리 인상적인 것이라도, 나한테나 남한테나 또 현재에나 미래에나, 경험은 적절히 표현되지 않으면 존재하지 않은 것과 같기 때문이다. 역사는 다름 아닌 경험의 축적이다.

경험 이야기를 짓는 목적은 경험을 인식하고 정리하여 알리기 위해서이다. 물론 여기에는 자기 것만이 아니라 타인의 뜻있는 경험을 발굴하고 공유하려는 뜻도 포함된다. 경험 이야기는 소통의 매개가 되고 추체험의 기회를 제공하여 공동체의 인식 지평을 넓혀주며 역사의 밑거름이 된다. '자서전 쓰기' 혹은 '자기 역사 쓰기'는 스스로 자신을 알고 치유하는 이야기 치료의 방편이 되기도 한다.

일상의 '수다'에서 보듯이, 경험 이야기를 하고 싶은 충동은 인간 누구나 지니고 있는 것이다. 의욕 있는 스토리텔러라면 살다 우연히 하게 된 자연적 경험에 만족하지 않고, 사회적이고 공공성 있는 경험을 의식적으로 기획하고 적극 탐구해 나감이 바람직하다. 르포나 논픽션으로 묻혀 있는 인물이나 사건 따위를 드러낸다든지, 텔레비전 방송의 탐사보도처럼 사회적으로 중요한 문제를 파고드는 등, 공동체에 이바지하려는 목적 아래 보다 뜻있는 경험을 추구함으로써 자신의 삶 자체는 물론 자기가 짓는 콘텐츠의 사회문화적 가치를 높이고자 노력할 필요가 있는 것이다. 이른바 '문학적 가치'를 지니기 위해서는 개인의 내면을 추구해야 한다는 고정관념이 있는데, 표현의 대상과 목적이 얼마나 다양한가를 생각하면, 그것을 깨고 나와 부지런히 현실을 돌아보며 자료를 모을 필요가 있다.

경험 이야기는 사실의 인식과 기록을 추구한다. 거기서 다루는 '경험'은 개인적인 것과 집단적(역사적, 사회문화적)인 것으로 나눌 수 있다. 여기서는 그것을 제재 삼아 정보적·비허구적 이야기로 창작하는 작업을 각각 '경험 이야기 수필'과 '역사문화 이야기' 갈래를 대상으로 연습한다.

한편 여러 경험에서 착상하여, 혹은 그것을 담은 텍스트들을 전용하여 무수한 종류의 표현적·허구적 콘텐츠가 산출된다. 이야기가 의미와 함께 재미를 추구하는 만큼, 특히 흥미롭고 기발한 경험은 다양하게 전용된다. 여기서는 개인적 경험에서 착상하여 그런 이야기로 발전시켜 가는 '경험을 살린 허구적 이야기 창작' 프로그램을 통해, 두 종류의 이야기를 통합한 스토리텔링도 연습해 보기로 한다.

이야기의 갈래 체계(☞ 제1부 1장 1-마) 속에서 여기서 다룰 하위 갈래들을 정리하면 다음과 같다. (다루지 않는 '허구적 역사문화 이야기'가 들어간 것은 표의 짜임새를 위해서임)

The diagram text reads:

경험 ┬ 개인적 경험 ── 정보적 갈래 ── **경험 이야기 수필**

└ 집단적 경험 ┬ 정보적 갈래 ── (정보적) **역사문화 이야기**

├ 표현적 갈래 ── 허구적 역사문화 이야기

(역사소설, 역사 드라마)

└ 표현적 갈래 ── **'경험을 살린' 허구적 이야기 창작 프로그램의 결과물**

(소설, 시나리오, 희곡…)

## 가. '경험 이야기 수필' 창작하기

여기서 먼저 창작하려는 '경험 이야기 수필'이란 한마디로 '자기 삶 이야기'이다. 정보적·비허구적 갈래에 속하는, 작자가 자신의 개인적 실제 경험을 제재로 삼은 이야기 수필 혹은 산문이다.

경험 이야기 수필 창작은 허구적인 스토리 세계를 구축하지 않으므로 그 구조가 복합적이지 않다. 물론 스토리의 인과성, 서술의 세련성 등은 지향하지만, 형상화의 정도가 서술과 스토리의 층위를 나누어 논의할 정도로 강하지 않다는 말이다.

경험 이야기 수필을 지을 때 부딪히는 어려움은, 막상 언어로 표현하려 들면 자기 경험의 실체를 자신도 '인식'하고 '표현'하기가 쉽지 않다는 점이다. 우리는 삶의 강물에 빠져 떠내려간다. 시간은 처음과 끝을 알 수 없으며, 사건은 형체도 없이 뒤얽혀 있다. 그 연속된 흐름 속에서 하나의 사건을 잘라내고 그 의미와 인과성을 형성하여 독립시키는 작업은 인간의 핵심적 정신 능력(인식, 사고, 상상, 표현 등)을 종합적으로 요구한다. 이렇게 경험을 정리하고 인과관계를 추리하여 재현해야 하므로 경험 이야기 수필의 창작은 인간의 정신 능력을 종합적으로 기르는 데 알맞으며, 스토리텔링 교육에서 기본이 된다.[12]

자신의 경험이라도 당시에 느낀 감정의 정체, 판단의 잘잘못, 사건의 객관적 정황 등을 기술하려 하면, 어떤 단어를 골라 써야 사실에 부합하며 '자기 마음에 드는지'부터 망설이게 된다. 따로따로 존재하는 사실과 행동들 사이의 인과관계를 따지는 데 이르면, 분명해 보이던 것도 확신하기 어렵다는 사실에 부딪히기도 한다. 이는 자기 자신의 인식과 판단 문제이기도 하지만, 언어의 근원적인 한계 때문이기도 하다. 언어는 어디까지나 추상적 기호이기에 대상을 단순화하여 본질을 왜곡하거나 거기서 멀어지게 만들 수 있다. 게다가 경험은 정체가 모호하고 애매한 데 비해, 언어는 약속된 뜻을 지니고 있다. 경험이 흙이라면 언어는 그것으로 흙벽돌을 만드는 틀이다. 그래서 때로 비유가 필요하고 상상도 요구된다.

한편 매체혁명으로 오늘날 일상적·자연적 언어 외에 각종 인공적 언어가 생겨나서 이야기의 '서술언어'가 복합성을 띠는 경우가 많다. 그중 대표격인 이른바 '영상언어'는 일상언어보다 더 감각적이고 직접적이며, 때로 구체적이다. 디지털 기기가 발달하여, 무엇이든 쉽게 촬영하고 그려서 보여주기를 할 수 있기에 오늘날 이것이 일상언어만큼 많이 쓰인다. 예전에 비해 사진, 그림 등이 의사소통이나 콘텐츠에 얼마나 많이 사용되는지 비교해 보면 얼른 알 수 있다. 하지만 그 영상언어는 효과적으로 사용되지 않을 때 오히려 언어보다 무디고 피상적일 수 있다. 사물의 내적 의미와 인과관계를 시각적으로 보여주는 데는 한계가 있기 때문이다.

따라서 경험 이야기 수필을 쓸 때 작자는 자기 경험 자체와 '인식의 거리'를 확보하고 되도록 섬세하고 객관적인 언어를 쓰고자 노력해야 한다. 이 거리를 '반성적 거리'라고도 부르는 것은, 그 활동에서 자기 자신에 대한 되돌아봄(성찰)이 일어나기 때문이다. 자기를 감추거나 꾸미려 들지 않는다면, 경험 이야기 짓기는 자기를 성장시키며 속에 쌓이고 맺힌 심리를 '(이야기) 치료'하는 수단이 되기도 한다. 스토리텔링이 특히 성장기 청소년의 교육에 이로운 이유가 여기에 있다.

자기의 경험을 자신도 잘 모르거나 구체적으로 표현하기 어려운 궁극적 이유는, 사건의 초점과 인과성 형성에 긴요한 갈등 혹은 대립적 요소의 파악이 어렵기 때문이다. 경험 이야기 수필이 모두 갈등 중심인 것은 아니지만, 그것이 사건을 다루는 한 대립적 요소는 중요하다. 그런데 자기 경험에 내재된 갈등이나 모순은 자신이 당사자이기에 거리를 두고 분명하게 또 중립적으로 인식하기 어렵다. 특히 그런 것을 피하는 성격, 표현하더라도 굳이 자기방어를 하거나 그것을 초점에 두려고 하지 않는 경우가 더 그러한데, 피하거나 외면한다고 존재하지 않는 것은 아니다. 갈등은 '나'의 욕망, 주변 상황 등의 대립적·모순적 요소 사이에 '구조적으로' 존재하기 마련이다. 따라서 경험과의 객관적 거리 확보는 물론 수필 자체의 논리 전개, 구조적 완결 등을 위해서도 갈등은 중요하다.

한 걸음 나아가 볼 때, 이렇게 자기 경험을 자기가 이야기로 깊이 있게 서술하는 일은 경험에 최대한 부합하는 갈등을 인식하고 '설정'

하는 작업이 된다. 외적 사실과 내적 진실에 충실하려고 노력하는 한, 이는 거짓을 품은 행동이 아니다. 자기를 인식하고 객관화하고자 노력하는 불완전한 인간의 인간다운 성찰 행위이다. 스토리텔링은 여기서 스토리텔러의 삶 자체와 하나가 된다.

'경험 이야기 수필'의 일반적 성격에 관해서는 앞에서 설명하였다. 이 것은 스토리텔링의 초기 단계에 적합한 기본적인 이야기 형태이다.

그런데 아래 유의 사항을 보면, 여기서 요구하는 글은 '갈등'을 중요시 하는 것으로서, 일반 경험 이야기나 수필과는 다소 차이가 있는 것이다. 이는 이야기다운 글을 짓되 전통적으로 '문학적' 수필이라는 것 – 시적 표 현, 개인적이고 일상적인 소재, 서정적 분위기 등이 특징인 경수필 – 과 거리를 두기 위해서이다. 또 이것을 '경험을 살린 허구적 이야기 창작' 프 로그램의 예비 단계로 삼기 위해서이다.

따라서 여기서의 '경험 이야기 수필'과 다른 것을 짓고자 한다면, 그 차이를 고려하여 아래의 유의 사항을 다소 조정할 필요가 있다. (그래도 그 글의 퇴고를 할 때 [연습 13-1]의 '경험 이야기 고쳐쓰기'는 참고하기 바란다.)

한편 이 수필을 영상(이른바 '영상 에세이')으로 창작할 수도 있는데, 그 경우에도 아래의 조건을 다소 조정할 필요가 있다.


1    자기가 당사자로 직접 경험한 갈등을 다룬 이야기 수필을 경험에 충실하게, 반드시 아래의 유의 사항에 따라 지으시오. (총 1,600자 내외. 별도 용지 사용. 개인 정보의 노출이 염려될 경우, 제출과 비평을 별 도로 할 수 있음)


     [유의 사항]
     ㉮ 실제 자기 자신이 '나'(갈등의 당사자)로 등장할 것. 타인의 경

험을 듣거나 본 것은 피할 것.

㉯ 갈등이 내포된 중심사건이 반드시 '하나만' 있도록 서술할 것. 그 갈등은 '나'의 의지와 욕망이 얽혀 있을수록 바람직함. 사건을 중심사건 하나만 다루고, 다른 것이 있으면 그에 종속시키거나 생략할 것. 객관적으로 너무 작고 사소한 사건은 피할 것. 인과관계를 따질 수 없거나 가치가 적은 우발적·우연적인 사고, 다툼 등도 피할 것.

㉰ 그 갈등이 (누구와 누구라기보다) 무엇과 무엇의 갈등인지 알 수 있게 구체적으로 서술할 것. 그러기 위해 관련 인물의 심리, 행동의 인과관계 등을 분석하여 글에 반영할 것.

㉱ 중심사건의 자초지종(갈등의 발생, 전개, 결말의 과정)을 구체적으로 서술할 것.

㉲ 중심사건이나 인물에 대한 자기의 태도, 생각을 드러낼 것.

㉳ 이 '경험 이야기 수필'은 전통적인 경수필과 비슷하지만 같지 않음을 염두에 둘 것.

㉴ 반드시 제목을 달 것.

㉵ 앞의 조건들이 충족되지 않을 경우, 충족될 때까지 퇴고할 것.

㉶ '경험을 살린 허구적 이야기 창작'의 1차 단계일 경우, 그에 대비하여 보다 인상적이고 극적인 글감을 찾아 지을 것.

## 나. 경험 살려 허구적 이야기 창작하기

'경험 이야기 수필'에서는, 그 경험의 의미가 개인적 범위에 머물기 쉽다는 한계가 있다. 그것은 자신의 삶을 인식하고 표현하는 데 적절한 형식이지만 집단적·사회적 의미가 제한된다. 그래서 그 내용을 확대하고 공적 가치를 높이고자 한다면 가급적 자기 경험에만 머물지 말고 사회적 의의가 있는 경험을 기획까지 해보기를 권한 바 있다. 삶에서 이야기가 차지하는 가치를 고려할 때 이는 자연스럽고 필요한 일이다.

개인적 경험을 살리되 그것이 보다 일반적이고 보편적인 맥락에서 뜻을 지니도록 하려면 그것을 '집단적 경험'의 일부로 만들어야 한다. '사회학적 상상력'을 발휘하여 개인적 경험이 사회적 현상이나 변동과 연관되어 있음을 드러내어, 개인적 경험을 사회 현실을 그려내고 비판하는 하나의 전형(典型)*이나 상징으로 사회화하는 것이다. 한마디로 감상자에게, 그게 '지금, 여기'의 이야기로 받아들여지게 만드는 것이다. 사실 이는 스토리텔링에 국한되지 않는, 인간이 늘 해야 하는 활동이요 비판적 사고를 중시하는 민주사회 시민이 익혀야 할 표현과 소통 행위이다.

---

* 같은 부류의 특징을 잘 지니고 있는 본보기. 대상의 특징을 어떤 측면(형식/내용, 외면/내면, 보편/특수, 이상/현실 등)에서 보느냐에 따라 그 실체가 달라진다. 예를 들어 그리스 신화의 인물 '나르시스'는 인간이 지닌 자기도취적 심리를 지닌 전형적 존재이다.

사실 허구적 이야기를 감상하면서 감상자는 그게 허구이자 특정한 이름과 개성을 지닌 개인의 이야기임을 알면서도 하나의 전형처럼 받아들인다. 가령 단편소설 〈소나기〉(황순원)에 등장하는, 그냥 '소년'이라고만 불리는 아이를 모든 아이의 대표인 것처럼 인식하는 것이다. 심지어 겉모습이 인간과 다른 환상적 이야기의 인물까지도 '그럴듯하게' 받아들일 준비를 하고 감상한다. 이것은 하나의 관습이요 약속이다. 따라서 믿고 안 믿음의 문제가 아니라, 무엇을 가지고 그럴듯해 보이게 만드느냐, '지금 여기, 우리'와 관련이 깊은 이야기로 만들 것이냐가 문제이다.

　　앞의 진술은 경험 이야기 수필의 내용을 이루는 그 경험 자체에 초점을 둔 것이다. 하지만 여기에는 다른 경험도 있다. 그 밖에도 우리는 그것을 '창작하는 행위'에서 생각과 표현의 방법, 삶을 바라보는 시각 등에 관해 새로이 인식하고 깨닫는 게 있다. 스토리텔링의 태도와 방법 면에서 이 역시 일반화하고 발전시킬 경험의 하나라 할 수 있다.


　　스토리텔링을 통해 그러한 경험의 확대와 보편화를 하려면 첫째, 그러는 데 적합한 무엇 – 수필에 서술했거나, 충분하진 못해도 서술하려고 한 어떤 것 – 을 택한다. 그것은 경험 이야기 수필에 내포된 주제, 삽화, 분위기 등일 수도 있고 스토리텔링 방법에 대한 깨달음일 수도 있다. 하여간 수필을 쓰며 포착한 의미 있고 인상적인 무엇을 작자 나름으로 자유로이 정한다.

　　둘째, 그것을 실마리 삼아 어떤 상황, 사건, 인물 등을 상상한다.

그리고 그들이 이야기다운 구조를 지니도록 경험을 변용하며 발전시킨다. 물론 이때 허구적 요소가 얼마든지 허용된다.

셋째, 앞의 상상과 스토리 형성 과정에서, '지금 여기'의 현실을 보다 구체적으로 반영하며 거기서 의미 있는 요소를 더한다. 작자가 하려는 말, 즉 그의 주제의식이 긴요한 대목이다.

이렇게 볼 때 경험을 살려, 즉 그것을 활용하고 발전시켜 스토리텔링을 하기 위해서는 평소에 인간과 사회에 대해 비판적 의식을 지니며, 관심 분야에 관한 자료를 모아 학습하면서 나름의 지식과 안목을 기르는 게 좋다. 입력(input) 없이 출력(output)을 기대할 수 없다. 오직 직관이나 아이디어에만 의존하는 자세로는 결코 여러 사람에게 진실되고 감동적인 이야기를 짓기 어렵다.

다음은 앞의 과정을 밟으며 구상을 발전시키는 실제 활동에 쓰일 '경험을 살린 허구적 이야기 창작 프로그램'이다. 앞 장의 '경험 이야기 수필 쓰기'가 주로 경험 자체의 재현에 주력하는 정보적·성찰적 이야기 창작이라면, 이는 경험에서 출발하되 보다 보편적 주제 표현에 주력하는 허구적 이야기 창작이다.

이 프로그램은 인물의 내면이나 가족, 친구 같은 개인적 범주에 갇힌 상상을 외부로 해방시켜 삶을 넓고 깊게 응시하며, 인간을 현재의 사회 현실 속 존재로 그려내는 데 도움을 주기 위한 것이다. 아울러 이로써 스토리텔링에서 관련 자료를 찾고 학습하는 작업의 중요성과 그 요령에 눈뜨게 하고자 한다.

이 프로그램은 실제 경험에서 착상하여, 즉 그것을 살려 허구적·표현적 이야기를 완성하는 능력을 기르기 위한 것이다. 자기 경험 속의 무엇을 '살려서' 하나의 작품으로 키울지는 작자의 자유이다. 이는 작자의 경험과 감정에서 출발하여 보편적 감동과 공감을 얻어내는 '경험의 보편화' 과정으로, 알게 모르게 스토리텔링을 하면서 누구든 밟는 과정이다. 소수의 등장인물 이야기를 짓거나 읽으면서, 우리는 그것을 모든 인간의 이야기, 혹은 '지금 여기' 일반 사람들의 이야기로 여긴다. 이 프로그램은 작자가 그 과정을 보다 의식적으로 수행하게끔 정리한 것이다.

달리 말하면, 이 프로그램은 자기의 경험을 인식하는 과정과 미적으로 완성된 이야기를 창작하는 두 가지 활동을 통합한 것이다. 개인적 경험에서 사회적 의미를 띤 사건으로, 논픽션에서 픽션으로, 자유로운 산문 형식으로부터 그게 어떤 갈래이든 극적 구조를 갖춘 형식으로 발전시켜 가는 단계를 밟는다. 앞에서 한 경험 이야기 수필 창작은 그 첫 단계에 해당한다.

이 프로그램이 지향하는 경험의 보편화 과정을 효과적으로 수행하려면 사회 변화에 대한 예민하고 비판적인 인식과 함께 자료의 수집과 해석이 요구된다. 경험을 확대하고 심화하기 위해 항상 필요한 일이지만, 그것은 시대 변화가 요구하는 일이기도 하다. 디지털 혁명 이후 정보의 전자화, 세계화가 날로 진전되어 엄청난 자료가 유통 및 융합되고 있다. 근래 여러 이야기 갈래에서 SF적 요소가 늘어나는 현상은, 기술이 엄청난 문화 변혁을 초래한 이러한 시대에 '환상적 상상력'이 과학기술과 만난 결과이다. 농경사회에 뿌리를 둔 인간관, 자연 중심의 사회문화, 삶의 낭만적 인식 따위는 과학기술이 '마법'을 대신해 가는 이 시대를 맞아 급격히 바뀌고 있다. 따라서 창작 활동 역시 작가 개인의 경험과 상상에만 의존하지 말고 자료를 다양하게 수집하여 활용할 필요가 있다.

<br>

연습 13-1 • '경험 이야기 수필' 창작과 고쳐쓰기

<br>

앞의 '연습 12'에 마련된 바에 따라 먼저 갈등 중심의 수필을 쓴다. 그것이 이 프로그램의 일부일 경우, 나중에 허구적 이야기에서 살려 쓸 것, 즉 작품으로 발전시키거나 그에 포함시킬 갈등, 사건, 제재, 인물, 분위기 등을 미리 준비한다는 자세로 제재를 신중하게 찾을 필요가 있다.

('경험 이야기 수필'만 쓰고 말 경우에는 아래의 퇴고 과정, 즉 스스로 분석하고 '고쳐쓰기'까지만 밟는다.)

<br>

1     자기가 지은 경험 이야기 수필에 ('서술하려 한' 것이라기보다) 실제 '서술한' 사건을 간추려 볼 때, 그 중심사건은 어떤 상황이 어떤 상황으로 바뀐 것이라고 할 수 있는가? 그 '처음상황 – 끝상황'을 '나'를 주어로 각각 한 문장으로 적으시오.

    (길잡이) '자기가 지은' 수필 자체에 서술된 중심사건의 상황 변화를 짧고 분명하게 요약한다.

<br>

    ① 처음상황:

② 끝상황:

2     앞의 '처음상황'이 본래 자기의 경험 현실에서 발생한 '실제' 원인을 한 문장으로 적어보시오. (그것이 자기 수필 속에 충분히 '서술되어' 있는지 여부는 따질 필요 없음)

3     앞의 처음상황이 끝상황으로 변해가는 '중간과정'에서, '실제로' 가장 큰 장애 혹은 갈등을 일으킨 것은 무엇인가? 한 가지만 적되, 두 어절 이상의 구(句)로 적으시오. (예: 돈이 없음, 억압하는 상관)

4     문제 2와 3의 답을 반영하여 (문제 1의 ①과 ② 사이에) '중간과정'을 1~2문장으로 적어보시오. 그 결과 애초의 처음상황과 끝상황이 그와 어울리지 않을 수 있다. 그럴 경우에는 중간과정에 알맞도록 그것들을 아래에 모두 '새로' 적으시오.

① (갈등을 내포한) 처음상황:

② 중간과정:

③ 끝상황:

5     이상의 과정에서 알게 된 '처음에 자기가 지은 글'의 문제점은 무엇인가? 아래 두 측면으로 나누어 적으시오.

① 사건 제시 측면의 문제점:

② 갈등 전달 측면의 문제점:

6    3~4명이 조를 이루어 각자 지은 글을 돌려보며 서로 평을 해보시오. 그리고 앞에서 한 자기 자신의 분석과 타인의 분석이 어떻게 같고 다른지 비교해 보시오.

7    앞의 분석 결과를 반영하여 자기가 지었던 수필을 '고쳐' 쓰시오.

    (단, 유의 사항과 조건은 처음과 같음)

    길잡이   다른 글을 새로 쓰지 말고 반드시 먼저 쓴 글을 '고쳐' 쓴다.

연습 13-2 • 자료 수집과 창작 계획 세우기

앞에서 고쳐 지은 '경험 이야기 수필'의 내용과 그것을 짓는 과정에서 경험한 바로부터 착상하여, 즉 그들을 살려서 제삼의 허구적 이야기 작품을 구상한다. 갈래는 자유로이 택하되 규모는 되도록 단편으로 한정한다. 이는 이야기 창작 연습을 할 때 반드시 완성을 해야 보람을 거두는데, 단편 규모를 넘어서면 그게 쉽지 않은 까닭이다.

구상하고 창작 계획을 수립함에 있어 자기 수필의 내용을 확장하고 심화하기 위해, 즉 그것이 현대 한국 사회의 특징이나 문제점과 밀접한 제재를 구현하는 데 쓰이도록 하기 위해 아래 절차를 밟는다.

1 자기가 지은 수필에 쓴, 혹은 (충분히 서술하지는 못했지만) 쓰고 싶었던 것, 그리고 쓰는 과정에서 깨달은 것 등 가운데 '살려서 발전시키고 싶은' 것은 무엇인가? 무엇이든 택하여 구체적으로 적으시오.

2 〈사회적 제재 선정〉 앞에 적은 것을 '살려서', 현대 한국의 특징 혹은 문제점을 다룬 허구적 이야기를 창작하려고 한다. 그 결과물에 '사회성' 혹은 '현실성'을 부여할 제재는 다음 영역들 중 어디에 속하거나 가깝기를 원하는가? 한국 사회의 특징적 양상 및 문제점을 나열한 아래의 5영역 가운데 하나를 선택하고 그 세부 항목(초점)을 택하거나 나름대로 새로 만드시오.

다시 말하면, 아래의 사회적 제재 5영역 가운데 하나를 택하시오. 그에 딸린 세부 항목들은 예를 든 것이므로, 마땅한 게 없으면 자기의 제재를 거기에 비슷한 형태의 구(句)로 만들어 넣으시오. 만약 '영역' 중에 가까운 게 없다면 F 영역에 세부 항목을 만들어 넣으시오.

（길잡이） 여럿이 조를 짜서 공통의 관심 영역 한 가지를 택하여 작업을 같이 하면 도움이 된다. .

A영역 - 산업의 정보화, 인공지능의 등장, 전통적 직업과 문화의 변화 등

B영역 - 사회 계층의 양극화, 학벌주의, 경쟁 위주 문화 등

C영역 - 서울 집중, 거대 도시의 환경 파괴, 지방 몰락 등

D영역 - 가족의 해체와 변모, 결혼율과 출산율 저하, 높은 자살률 등

E영역 - 가치관의 상실, 물질중심(만능)주의, 아노미 현상 등

F영역 - (                              )

- 자기(의 조)가 택한 제재의 영역과 세부 항목

  영역 (                    )    세부 항목 (                    )

3   〈자료 수집〉 앞에서 택하거나 설정한 '세부 항목'과 관련된 정보나 자료를 찾을 검색어 또는 열쇳말(keyword)을 4가지 정도 정하시오.

- 검색어들 (                                        )

4   앞의 검색어들 중심으로 찾은 자료(작품, 서적, 논문, 기사, 보고서, 공연, 영상 자료 등)를 모아 검토한 후, 관심이 가고 중요한 것만 간추려 '관련 자료 목록'을 작성하시오.

길잡이   관련 저서나 논문, 특히 박사 학위논문의 참고 자료 목록에 주목한다.

[유의 사항]
㉮ 포털 사이트에서 마구잡이로 찾아 나열하지 말고, 인용 가치가 있는 것을 선별할 것. 필자, 근거 등에 믿음이 안 가는 자

료들을 피할 것.

㉯ 저자, 출처, 형태, 창작 및 제작 연도 등을 명기함. 분량은 2쪽 정도.

㉰ 자료를 모아주고 안내하는 사이트나 인공지능 프로그램에 처음부터 의존하지 말 것. 창작할 작품에 대한 구상이 비교적 구체화된 후, 또 자신의 해당 분야 검색 안목을 기른 후 이용함이 바람직함.

㉱ 수집 과정에서 매우 흥미로운 자료나 이야깃감이 발견되면 그것 중심으로 제재 선정과 자료 수집을 처음부터 다시 할 것.

5  **〈대표적 자료 분석〉** 찾은 자료들 가운데 자기가 창작하려는 작품과 가장 밀접한 관계에 있는 대표적 자료 1편을 선택하여 분석 및 해석한 글을 A4 1쪽 내외로 작성하시오. 이는 자신이 창작하려는 이야기의 모형이나 바탕을 마련하는 작업이 될 수 있으므로 되도록 크고 완결된 작품이나 자료를 택하시오. (대상 자료에 관한 사항 (작자, 출처, 형태, 제작 연도 등)을 분명히 적을 것)

6  이상의 과정을 통해 구상하고 발전시킨 허구적 이야기의 창작 계획을 세우시오.

## '경험을 살린' 허구적 이야기 창작 프로그램
## 창작 계획

이름:

① 택한 제재의 영역:

　택한 제재의 세부 항목(초점):

② 자료 검색어(4가지 정도):

③ 자기가 지은 '경험 이야기 수필'의 내용이나 그 창작 과정에서 경험한 것 가운데 '살려 쓰는' 것(그것과 창작하려는 작품의 연관성). (2문장 이상)

④ 제목(가제):

⑤ 작품의 갈래와 규모 :

⑥ 주요 인물의 성격적 특질들(2명 이상)

　　인물 1:

　　인물 2:

⑦ 스토리(갈등, 중심사건의 처음-중간-끝 포함) (5문장 내외)

⑧ (특히 ①의 제재와 관련하여) 자기가 집중적으로 파고들거나 서술하려 하는 것:

⑨ 자기가 창작하는 작품의 독자성(비슷한 제재를 다룬 다른 작품들과의 차이점):

# 3

# 역사문화 자료의 활용

## 가. 역사문화 이야기의 두 계열

'역사문화 이야기'란 집단적 경험, 곧 특정 공동체나 지역의 역사, 문화, 인물, 자연 등을 제재로 삼는 이야기이다. 그것은 그들과 관련된 역사적·문화적 가치가 있는 자료를 이야기에 전용한 스토리텔링의 결과물이다. 공공적 성격을 띤 사물과 자료가 먼저 존재한다는 것, 그것이 역사문화 이야기의 특징이다.

앞에서 다룬 '경험 이야기 수필'의 자료가 개인적 경험이라면, '역사문화 이야기'의 그것은 집단적 경험이라 할 수 있다. 둘 다 경험을 가지고 스토리텔링하되, 전자가 개인의 자기표현 충동에서 비롯된 것이라면, 후자는 공동체의 기억을 전달하고 '경험시켜' 진실을 드러내며 공공의식을 선양하려는 목적을 지니고 있다. 전자가 개인적이고 내면적인 데 비해 후자는 보다 사회적이요 외면적이다. 가령 민족이나 나라의 조상 이야기가 그 집단의 통합에 얼마나 이바지하는

지를 생각해 보면 그것의 가치와 의의를 짐작할 수 있다. 〈단군신화〉, 〈바리데기〉* 같은 '시조(始祖) 이야기'나 '이순신의 명량대첩 이야기' 같은 역사 이야기는 집단 공동체의 과거를 기억하고 정체성을 형성하는 데 기여한다. 그래서 그것은 고전적 가치가 있는 것으로 여겨진다.

역사문화 관련 자료는 널리 알려진 데다 기록이 있을 경우 더욱 사실적 가치가 보장되므로 전부터 역사소설, 역사극 등과 같은 허구적·표현적 갈래에 많이 전용되었다. 그것은 디지털 혁명이 일어나면서 이른바 '역사문화 콘텐츠'의 원천으로 여겨져 특히 관광, 교육, 오락 등의 분야에서 매우 많이 활용되었다. 예컨대 향신료나 노예무역에 관한 역사문화 정보가 영화에서 얼마나 많이 쓰이는가를 보면 알 수 있다.

따라서 역사문화 이야기는 허구성을 기준으로 크게 둘로 구별된다. 자료 내용의 사실적 전달과 형상화를 추구하는 '정보적'인 갈래와 그것을 미적·오락적 목적으로 이용하는, 그를 위해 허구성이 첨가된 '허구적' 갈래가 그것이다. 여기서는 앞의 것을 연습하기로 한다. 이것과 같은 분야의 기존 갈래는 기록문학(전기, 수기, 기행문 등), 르포, 영상 다큐멘터리 등 통틀어 흔히 논픽션 범주에 들거나 그에 가까운 것들이다.

---

● '바리공주', '오구풀이' 등으로 불린다. 한국 전 지역에 전승되는 무조(巫祖) 신화, 즉 본풀이의 하나이다. 죽은 혼령을 위로하고 저승으로 인도하기 위해 베푸는 오구굿, 씻김굿 등의 무속 의식에서 구연된다. 소외당한 바리데기 공주가 죽은 아버지를 살리고 초월적 능력을 얻는 과정을 담고 있다.

그런데 앞에서 둘로 나누었으나 엄밀히 보면 역사문화 자료 자체와 그것을 활용한 결과물의 양상은 매우 복잡하다. 같은 허구적 갈래라고 해도 허구성의 정도와 자료의 활용 양상이 다양하다. 예를 들어 역사 기록을 바탕으로 하지만 소설로 창작되고 영화화도 된 〈남한산성〉(김훈)과 영화 〈킹덤 오브 헤븐〉(리들리 스콧)의 허구성의 정도를 비교해 보면 실감이 갈 터이다.

여기서 자료 자체의 성격과 그 전용 결과물의 특성을 자세히 살펴서 역사문화 이야기의 종류를 조감해 보기로 한다.

역사문화 이야기의 원천은 크게 역사와 설화● 두 가지이다. 실제의 경험만이 아닌 것이다. 역사는 정보적·기록적인 데 비하여 설화는 표현적·허구적 요소가 강하므로 대조적이다. 그런데 이 둘은 애초부터 각각 '이야기의 아버지와 어머니'로 불리는, 모든 이야기의 조상이자 주요 갈래이다. 이들은 오랫동안 인간의 삶에 스며들고 갖가지 갈래로 전용되면서 아주 복합적인 양상을 빚어왔다.[13]

자료 자체를 볼 때, 역사문화 자료에는 정사(正史)가 있는가 하면 야사(野史)가 있고, 책에 적힌 기록이 있는가 하면 구전(口傳)된 게 있으며, 작자가 분명한 사실적인 게 있는 한편 작자를 모를 뿐 아니라 매우 환상적인 것도 있다. 서로 통하고 근접해 있지만, 이질적인 것들이 뒤섞여 있는 것이다.

---

● 신화, 전설, 민담 등을 통틀어 가리킴. 대개 작자가 없으며, 집단 속에서 구전되다가 문자로 채록된 것이다.

역사문화 이야기는 1차 자료의 성격이 이렇게 단순치 않은 데다 그것을 전용하여 만들어지는 결과물의 기능과 형태 역시 다양하다. 그래서 오늘날 역사문화 이야기는 자료의 종류와 그것을 활용한 2차 창작물의 종류를 각각 나누고 종합하여 구별할 필요가 있다. 이는 매우 복합적이고도 중요한 문제이다.

이 분야에서 필자가 지은 두 권의 책[14]을 예로 들며 풀이한다.

- 1차 (원천적) 역사문화 자료의 종류

    ① '역사'(사실)적인 것 / ② '설화'(허구)적인 것
- 2차 역사문화 창작 결과물의 갈래

    A. 정보적(기록적, 비허구적)인 것 / B. 표현적(예술적, 허구적)인 것

〈가〉계열: ① + (②) + A      (예)《조강의 노래》(논픽션)

~~② + A~~

〈나〉계열: ① + ② + B      (예)《별빛 사월 때》(픽션 – 역사소설)

위를 자세히 보자. 전해오는 역사문화 자료는 역사, 설화로 나뉜다. 그것을 활용한 창작 결과물은 이론적으로 A, B가 있지만, 최종 형태는 크게 〈가〉(논픽션)와 〈나〉(픽션) 계열로 나뉜다. 물론 이런 구분은 상대적인 것이다.

〈가〉는 정보적 갈래이므로 설화성(허구성)보다 정보의 역사성(사실성, 기록성)이 두드러진다. 그런데 실존 인물이 등장하는 설화 '왕십리와 무학대사'나 '김삿갓(김병연) 이야기'처럼 ①과 ②가 뒤섞인 경

우, ②를 참고할 수는 있으나 그것을 섣불리 역사적 사실이나 그것의 기록인 것처럼 간주하여 창작하면(A) 사실의 날조, 왜곡 등에 빠지기 쉬우니 경계해야 한다(앞에 ~~②~~ + A로 표현).** 일부 디지털 게임이나 서적, 웹툰 등과 같이 자료 ①, ②를 주로 상업적·오락적 목적으로 활용하는 것도 A, B 갈래 가운데 어느 쪽에 해당하느냐에 따라 〈가〉〈나〉 두 계열로 나뉘는데, 만약 전자라면 앞의 위험에 유의해야 한다.

〈가〉에 속하는 대표적 갈래는 역사이며, 논픽션이나 다큐멘터리 등도 거기에 든다. 필자가 공동으로 지은 《조강의 노래》는 그 전반부는 설화를 바탕으로 삼지만, 그 후반부는 조선 개항기의 역사적 사건을 관련자들의 경험 기록을 바탕으로 재현하여 논픽션 '경험 이야기'로 체험시킨다.

〈가〉의 하위갈래를 더 나누어보면, 체험 수기, 전기, 현장 르포, 탐사보도 등과 같이 기록적·보도적인 것, 스토리가 있는 관광 자료, 문화계 인사 인터뷰, 문화재를 화제로 삼는 연예 프로그램 등처럼 홍

---

- '왕십리'는 서울 동북지구의 중심지 가운데 한 곳이다. 조선 건국 후 태조의 명으로 천도할 터를 찾으러 다니던 무학대사가 어떤 노인의 말에 따라 거기서 북서쪽으로 '십 리를 더 가서' 한양 도성 세울 자리를 찾게 되었고, 그래서 거기를 왕십리(往十里)라 부르게 되었다는 설화가 전한다.

- 앞서 언급한 '시조 이야기'가 기록(①)은 없고 설화(②)만 있는 시대의 것이며, 신비로움을 북돋우기 위해 사실처럼 간주하는 것과는 다른 문제이다. ②를 자료로 A를 '의식적으로' 창작하는 문제점을 지닌 것으로 홍길동 테마파크(전남 장성군), 논개 사당과 무덤(전남 장수군), 보은 훈민정음 공원(정이품송 공원으로 개칭하고 고침) 등이 있다. 최시한, 《콘텐츠 창작과 스토리텔링 교육》, 234-235쪽 참고.

보적·오락적인 것도 있고, 역사 만화, 역사 재현 드라마, 문화 탐방, 영상 인문지리 기행 등과 같이 교육적인 것 등 다양하다. 근래에 흔히 '역사문화 콘텐츠'라고 부르는 것이 대개 이에 해당한다. 이 부류에 드는 《갑신년의 세 친구》(안소영)는 갑신정변을 일으킨 세 역사적 인물의 이야기로서, 소설에 가까운 형식으로 '역사적 경험을 재현한' 전기이다.

⟨나⟩는 역사문화 자료를 활용한 허구적 이야기이다. 대표적 갈래는 그 자료를 바탕으로 한 소설(역사소설), 연극, 영화, 만화(웹툰), 텔레비전 드라마 등이다. 유사한 제재의 디지털 게임도 그에 속한다. 이 분야에서 고증 문제가 자주 일어나는 데서 알 수 있듯이, ⟨가⟩에 비해 정도가 덜할 뿐 여기서도 정보의 사실성, 정합성 등은 중요하다. 멸망한 백제의 무사 '물참'이 주인공인 역사소설 《별빛 사월 때》에는 백제 부흥 전쟁의 지도자인 복신, 흑치상지 등이 등장하여 사건과 주제 전개에 이바지한다. 그들은 역사적 기록에 '크게 벗어나지 않는' 행동을 하는 인물로 그려지지만, 책 앞의 일러두기에 적힌 다음 말은 이 소설이 속한 ⟨나⟩의 성격을 잘 드러낸다.

이 이야기에는 실제 사건, 장소 등이 나오지만 주요 인물과 줄거리는 허구이므로 오직 소설로만 읽혀야 한다.

⟨가⟩⟨나⟩ 두 계열의 작자들은 대조적인 태도로 자료를 다루지만, 모두 '역사적 상상력'을 발휘하게 된다. 건조하고 단순한 정보가 생략해 버린, 기록의 이면에 존재하는 사람과 사건의 욕망, 모습, 흐

름 등을 재현하고 형상화하여 '경험'을 시키려면, 물론 목적과 정도의 차이가 있으나 상상력이 긴요한 것이다. 최대한 객관성을 추구하는 역사에서마저 동일한 인물과 사건에 관한 기술이 역사가마다 같지 않음을 보면, 상상은 피할 수 없을 뿐 아니라 또 그만큼 중요하다. 이렇게 볼 때, 역사문화 자료를 다루는 데 필요한 상상은, 그럴만한 상황과 근거가 있다면 공상, 환상, 망상 따위와 똑같이 취급하여 부정적 시선으로 볼 게 아니다. 역사문화는 자료 상태일 때 그 실상과 의미가 말라붙는다. '역사적 상상력'은 그것에 숨을 불어넣어 생생한 이야기로 체험시킨다.

여기서 잠시 생각해 보자. 상상에 제한을 받고, 자칫하면 역사 왜곡의 위험까지 감수하면서 왜 〈나〉를 창작하는 것일까? 〈가〉는 역사문화 정보 자체가 이야기의 제재이며 그것의 전달이 스토리텔링의 주요 목적이다. 〈나〉에서도 그것은 중심제재라든가 스토리텔링의 목적이 될 수 있다. 그러나 그것의 주된 기능은 스토리 세계에 역사문화적 합리성을 제공함으로써 그럴듯함을 강화하고, 감상자가 공동체의 삶을 경험하고 사유하는 데 적합한 어떤 상황을 마련하는 데 있다. 그러므로 〈나〉에서 역사문화적 상황은 실제로 존재했거나 그랬을 것으로 상상되는 과거의 것이지만, 그보다 먼저 스토리텔링이 이루어지는 '외적 상황'의 현재와 미래를 상상하고 사유하기 위한 것이다. 그 속의 인물과 사건은 특정한 역사적 시공에 존재했다는 실감을 주는 동시에, 어떤 진실을 표현하는 데 적합하기에 선택된 것이다. 그때 역사문화 자료는 어떤 스토리 세계를 실제 존재했던 것처럼 경험시키기 위한 일종의 도구요 장치이다. 그것은 인간의 삶은 늘 변하면서 변치

않음을, 현재는 과거의 결과이면서 미래의 원인일 수 있다는 보편성
과 특수성을 실감케 한다.


## 나. '정보적' 역사문화 이야기 창작하기


역사문화 이야기를 짓는 데는 이야기의 서술 이전에 그것을 기획
하고 자료를 모으며 내용을 마련하는 데 시간과 노력이 많이 든다. 그
러므로 작자는 역사문화적 진실의 탐구와 발견을 좋아하고, 그것에
일종의 책임감을 지녀야 한다. 학구적 자세가 요구되는 것이다.

또한 허구적이어야 '창조적'이며, 개인의 내면을 다루어야 이른
바 '순수하고 예술적인' 이야기라는 문학중심주의, 예술숭상주의에서
도 벗어날 필요가 있다. 전자매체 혁명은 역사문화 자료들을 융합하
고 빠르게 전파하여 이야기 산업의 핵심에 놓음으로써 이야기에 관
한 가치관과 미적 기준을 바꾸어가고 있다. 이는 다큐멘터리 프로그
램이나 그와 관련된 전문 채널이 날로 늘어가는 데서 잘 알 수 있다.

흔히 현실에는 '소설보다 더 소설 같은 일이 많다'거나 '역사
(history)에는 드라마보다 드라마틱한 이야기(story)가 무진장 묻혀 있
다'고 한다. 역사문화 이야기의 스토리텔러는 되도록 그런 것을 찾고
짓기 위해 자료를 수집하고 현장을 답사하는 등 다방면으로 힘을 써
야 한다. 또 이야기의 가치를 높이기 위해, 어느 시기의 역사와 문화
를 제재로 삼을 것인지를 정하는 초기 단계부터 자기가 처한 '이야기
외적 상황'을 분명히 의식해야 한다. 《조강의 노래》가 휴전선이 통과

하는 한강 하구의 조선 말기를 택한 것은 한반도의 분단과 통일에 대해 사색하기 적합한 까닭이었다.

한편 역사문화 자료를 현재 자기가 사는 특정 지역의, 그것도 근래의 것으로 한정할 경우, 스토리텔링의 교육적 장점이 두드러진다. 청소년이든 지역 주민이든 '지역 역사문화 이야기 창작'은 지금 살고 있는 지역 현실의 역사와 문화에 대한 관심을 높임으로써 지역사회의 소통과 발전에 이바지하는 바가 크다. 단지 정보를 나열하는 데 그치지 않고 자료들을 '자기(지역)의 이야기'로 종합하고 해석하여 인과성을 갖춘 논픽션으로 창작하는 활동은 공공적 가치의식과 상상력을 증진시키기 때문이다.

[연습 14]에서는 역사문화 이야기의 창작 방법과 절차를 '정보적 갈래'에 드는 논픽션 형태 중심으로 살피고자 한다.

여기서 중요한 게 자료 수집인데, 지금 한국은 많은 역사문화 자료가 정보화되어 있다. 국가사업으로 고전 한문 자료를 번역하여 무료로 공개하고 있으며(한국고전종합DB), 현재 진행 중인 '한국 향토문화 전자대전' 사업은 지역의 온갖 역사문화 자료를 종합하고 전자문서화하여 쉽게 검색하고 활용할 수 있도록 마련해 놓고 있다. 그 밖의 논문이나 서적, 기사 등도 컴퓨터나 휴대전화로 찾기 쉽다. 이런 자료들을 충분히 활용한다는 전제 아래 프로그램을 짜려 한다.

이 프로그램은 정보적·사실적 특성이 강한 역사문화 이야기, 그 중에서 글로 쓰는 논픽션의 창작 과정을 연습하기 위한 것이다. 반드시 따라야 하는 원칙이라기보다 합리적이라 여겨지는 하나의 안이다.

## 1. 목적과 대상 설정

먼저 자기가 이야기를 짓는 상황의 분석을 토대로, 스토리텔링하는 목적을 세운다. 한마디로 '지금 여기서 내가 왜 기존의 역사문화 자료를 가지고 논픽션 스토리텔링을 하는가'에 대한 답을 마련하는 것이다. 이는 자신이 창작할 이야기가 지금 누구에게 어째서 필요한가, 어떤 사실과 진실을 위한 것인가를 확립하는 일인데, 분명해 보이더라도 점검할 필요가 있다. 지역 홍보나 청소년 교육처럼 주어진 목적에 따를 경우, 그것이 자료와 대상에 처음부터 어울리지 않거나 그것을 왜곡할 수도 있으므로 미리 따져보아야 한다.

그런 다음 대상 자료의 범위 혹은 검색 항목들을 정한다. 자료 검색어 혹은 주제어는 바로 창작물의 제재와 직결되므로 신중히 택한다. 나중에 이야기의 중심으로 삼을 만한 사건 혹은 인물이 분명하고 그것을 다룬 자료가 '다행히' 있다면 그것을 살리는 방향으로 대상 범위를 잡는 게 좋다. (별지 사용)

① 정보적 역사문화 이야기(논픽션)를 지으려는 목적

② 역사문화 자료의 중심 대상, 범위(검색어)


③ 창작물의 예상 제목(가제)


## 2. 1차 자료 수집 및 현장 답사


자료를 폭넓게 모아 섭렵하면서 대강을 파악하는 한편, 새로 흥미롭거나 중요한 것을 발견하는 단계이다. 현장 답사, 관계자와의 면담 등도 필요하다. 주로 역사와 문화가 격변하는 상황, 사회적 갈등의 첨예하게 드러난 사건이나 현상 등에 초점을 두면 나중에 스토리 구성하기가 좋다.

여기서 자료는 학술적인 저술(책, 논문)은 물론 영상물, 기사, 작품 등 다양하다. 이때 관련 분야 전문가에게 자문을 받거나 도서관에 접속하여 좋은 자료, 특히 참고 자료를 풍부히 활용한 저술이나 학위논문을 발견하면 시간과 노력을 절약할 수 있다. (앞의 [연습 13-2]의 '자료 수집 유의 사항' 참조)

( 길잡이 )  가상공간에 떠도는 자료들 가운데는 '퍼온' 게 많으므로 원본에 해당하는 1차 자료 위주로 찾는다. 근거가 있는 사실과 개인적 의견을 구분한다. 하나씩 검토하여 정보를 얻고 고르며, 나중을 위해 각각의 핵심을 간단히 적어둔다.


④ 1차로 수집한 자료 목록(종류별로 정리)


⑤ 자료 검토 중에 발견한 사실, 혹은 흥미로운 것

## 3. 중심제재 잡기

자료를 많이 쌓는다고 이야기가 저절로 생성되지는 않는다. 그들을 섭렵해 나가면서 줄곧 주로 '무엇'을 중심으로 서술할 것인가, 즉 이야기의 초점이 될 중심제재를 궁리하고 찾아야 한다. 이는 창작의 목적 달성에 적합한 구체적이거나 추상적인 이야깃감(사건, 인물, 문화적 사물, 가치 등)을 정하는 작업으로, 2차로 수집할 자료의 범주를 좁혀서 설정하는 일이기도 하다.

의도하는 규모의 스토리를 서술하기에 알맞은 글감이나 자료가 없다든지, 자료는 많은데 그것을 동원하여 무엇에 대해 이야기할 것인지가 떠오르지 않으면 처음부터 다시 시작할 필요가 있다. 아무리 가치 있는 글감이라도 자료가 부족하거나 연관성이 적으면 스토리텔링이 어려우므로 아예 목적과 대상을 바꾸는 것이다. 일종의 순환적 작업인데, 이런 크고 작은 순환은 곳곳에서 계속 일어날 수 있다. 자료와 제재의 적합성을 점검하기 위해 궁극적으로 제시하려는 것을 계속 다시 확인해 볼 필요가 있다.

⑥ 중심제재, 그와 관련된 세부 사항(사건, 인물, 시간, 장소, 풍습, 행사 등)

⑦ 앞의 것을 가지고 제시하려는 것(중심적 사실, 사상, 주제, 메시지 등)

## 4. 2차 자료 수집

이제는 선택과 집중 원칙에 따라 자료를 중심제재 위주로 수집하며 그것을 해석하고 종합한다. 자료에 생략되거나 그 행간에 숨은 내용을 상상하면서 중심적 사건이나 인물 중심으로 자료를 찾고, 거기서 알고 느낀 것을 결합하여 인과성을 추적 및 상상하는 것이다. 1차와는 달리 이는 막연한 자료 모으기가 아니라 의문을 제기하고 그 답을 찾아가는 과정이다. 이때 '자료 해석을 바탕으로 한 상상'이 답사나 자료를 통해 실제 사실로 밝혀지는 경우도 있다. 예를 들어 《조강의 노래》 자료 조사 과정에서, 신미양요(1871) 당시 강화도의 '광성보', '덕진진' 등의 보루는 '국토 수호의 상징'이라는 근래의 국가적 선전과는 달리, 무기와 전술이 뒤떨어진 후진성의 상징처럼 보였다. 과연 당시의 자료에는 미국 군함의 화력이 막강하여 멀리서 대포를 쏘았으므로 오히려 그게 좋은 표적이 되었다는 기록이 나왔다.

이때 다시 자료가 충분하지 않으면 중심제재를 전체 혹은 일부 바꿀 수도 있다. (자료의 한계를 넘어서기 위해 허구적 이야기 창작으로 아예 갈래를 바꿀 수도 있다. 나당전쟁 시기의 백제 땅을 배경 삼은 《별빛 사윌 때》는 고대사 자료가 부족하여 역사소설 갈래를 취하였다. 하지만 이는 여기서 지향하는 바가 아니다.)

이 단계에서도 가급적 신뢰도가 높고 깊이가 있는 저서, 논문, 작품, 다큐멘터리 등에서 자료를 찾음이 바람직하다.

⑧ 중심제재 관련 자료 목록

⑨ 자료의 수집과 검토 과정에서 품게 된 의문들(해결했거나 해야 할 문제들)

## 5. 중심사건과 '결정적 장면' 설정

중심사건의 스토리를 설정하고 서술의 방식과 순서를 찾는 단계이다. 모으고 생각한 바를 모두 이야기에 반영하려 들지 말고 '줄기는 보강하고 가지는 치는' 방법이 바람직하다.

자료 자체에 흥미로운 사건이나 인물이 들어 있으면 좋지만, 그렇지 않은 경우가 많다. 기법적으로 해결할 문제인데, 가상의 화자나 관찰자를 세울 수도 있고 제재별로 장을 나눌 수도 있다.

스토리의 줄기를 세우고 그것 중심으로 자료를 통합할 때, 보다 흥미를 북돋우기 위해 '극적 장면'을 활용할 수 있다. 스토리상 매우 중요한 '결정적 장면'을 정한 뒤, 서술을 할 때 그것을 자세히 묘사하여 도입부에 놓고, 다른 것은 인과성을 따지며 그 뒤에 서술하는 역진적 구성을 취하면 극적 효과가 난다.

⑩ 결정적 장면

⑪ 중심사건의 스토리
처음상황:
중간과정:
끝상황:

## 6. 서술

정보적 역사문화 이야기에 속하는 하위갈래 중 자기가 택한 것의 기본 형식과 관습에 따라 서술한다. 언어만 사용하는 논픽션일 경우, 여행기라면 《파타고니아》(부르스 채트윈), 역사물이라면 《콘스탄티노플 함락》(시오노 나나미) 같은 걸작을 읽으면서 요령을 익히면 좋다. 근래엔 역사적 사실을 극으로 재현해 '보여주는' 영상물도 많은데, 의상이나 언어 등의 고증에 유의할 필요가 있다. 인용하거나 참고한 자료의 출처는 반드시 밝혀야 한다.

역사문화의 실체와 진실을 파고들기 위해 갈등 요소나 시대의 변화 상황을 부각시키며, 그것 중심으로 자료를 새롭게 해석하고 정보를 집중시킨다면 한층 의미가 깊어질 터이다.

서술 과정에서도 자료 확보 문제로 내용을 변경해야 할 경우가 생길 수 있다. '사실 그러했으리라 여겨지는 합리적 상상'은 피하지 않되, 상상한 것이 사실을 왜곡하는 무리를 범하지 않도록 유념할 필요가 있다.

# 4

# 스토리 유형의 활용

이야기 세계에는 오랜 세월 동안 인류가 짓고 즐기면서 형성된 '반복되는 것들'이 있다. 이들은 문화와 인간 마음의 밑바닥에 가라앉아 일종의 유전자처럼 계승된다. 따라서 그것은 단순한 형태를 띠고, 보편적 욕망을 반영하며, 만인에게 친숙하다. 그리하여 설화, 제의(祭儀), 경전, 문학 등에 융합된 경우가 많다. 그리스·로마 문화와 기독교가 주류를 이루는 유럽의 이야기들이 해당 지역의 신화, 성서 등을 끊임없이 전용하는 모습을 떠올리면 실감이 갈 것이다.

그 반복되는 것들과 밀접한 학문들(신화학, 인류학, 이야기학, 문학, 심리학 등)에서 그것을 가리키는 용어는 '원형, 모티프, 이야기(서사) 모형, 마스터 플롯, 집단 상징, 주제'[15] 등 다양하다. 그것은 근본적으로 "모든 행위는 어떤 원초적인 행위를 반복하는 한에서만 의미와 실재성을 갖는다"[16]는 고대인의 존재론에 뿌리를 둔다. 또 '신이(神異)하게 태어남', '금기(터부)를 어김', '수수께끼 풀기', '지하세계 여행' 등처럼 사건의 형태를 띠는가 하면, 인물 유형, 상징, 이미지 등의 모습을 띠기도 한다. 그래서 서로 겹치기도 하고 관점에 따라 그 개념이 다르게 설정된다.

이 책 제1부에서는 이들이 이야기의 심층 층위에 존재하는 것으로 보고 스토리를 염두에 둔 제재 형태로 진술했는데, 그 중 몇 가지를 들면 '영웅의 여행 혹은 일생', '탐색 혹은 추적', '모험 혹은 여행', '투쟁 혹은 경생(시합)' 등이다. (☞ 제1부 2장 1-다)

의식적·무의식적으로 그러한 이야기들의 유형적 스토리 혹은 공통 요소를 전용하여 새 이야기를 창작하는 것은 스토리텔링의 오랜 방식 중 하나이다. 그 유형이나 거기 등장하는 인물들을 본뜨면 인간 내면의 원형적인 것과 연관된 친숙한 이야기가 만들어지기 때문이다. 앞서 설정한 스토리의 이론적 모형(갈등을 내포한 처음상황–중간과정–끝상황)과 달리, 이들은 스토리의 경험적 모형 혹은 원형적 스토리 유형이라 할 수 있다.

이들을 익히면 스토리텔링의 비밀 열쇠를 쥐는 것처럼 말하기도 한다. 과장된 주장이지만, 스토리텔링에 적극 원용할 가치가 큰 것은 분명하다. 특히 막대한 자본을 투입하여 많은 관객을 사로잡으려는 스토리 산업 분야에서는 일찍부터 이 분야에 주목해 왔다. 고대의 설화나 종교 경전의 사건들, 예를 들어 성배 전설, 예수 이야기˚, 바리데기나 심청 같은 '가련한 여인 이야기' 등을 전용한 여러 작품을 떠올

---

• 치올코프스키는《성자에서 민중으로–예수의 소설적 변형》(고진하 옮김, 세계사, 1990)에서 서구 현대소설들을 대상으로 복음서에 기록된 예수의 상(像)이 어떻게 '변형(transfiguration)'되었는가를 살피고 있다.

려보면 알 수 있다. 전용의 흔적이 겉에 드러나든 그렇지 않든, 그것
들은 지금도 변함없이 살아서 게임, 영화, 소설 등을 낳고 있다.

여기서는 그들 가운데 몇을 택하여 스토리 유형 중심으로 분석과
창작 연습을 해보고자 한다. 본격적인 연습은 어려우므로 대표적 작
품을 분석함으로써 그에 대한 이해와 전용 방법 모색을 돕고자 한다.
여기서 다루는 유형과 작품들은 더 가치가 있어서라기보다 예로 적
합하여 선택된 것들이다.

## 가. 영웅 이야기

인류의 이야기 역사에 끝없이 반복·변형되는 원형적 스토리 유
형 가운데 대표적인 것이 '전기적(傳記的) 유형'(김열규)[17], '영웅의 일
생'(조동일)[18], '영웅의 여행'(크리스토퍼 보글러)[19] 등 여러 명칭으로 불
리는 것이다. 이들은 조셉 캠벨이 《천의 얼굴을 가진 영웅》에서 주장
한 신화들의 원형적 구조에 영향을 받아 설정된 것으로서, 광범위하
고 다양한 이야기에서 전용된다. 여기서는 그 명칭을 포괄적으로, 또
스토리 유형 중심으로 '영웅 이야기'라 일컫는다.

고대의 신화, 특히 나라와 족속의 탄생 이야기에서 공통적으로
발견되는 게 영웅 이야기이다. 이는 모두가 선망하는 영웅적 존재의
모험적이고 상승적인 삶을 담고 있는데, 오랜 세월 갖가지 형태로 전
용되었다. 따라서 대상으로 삼은 자료와 논점이 같지 않은 까닭에 그
에 대한 진술도 앞에 언급한 명칭처럼 일정하지 않다.

관련 논의들을 종합하여 그 스토리 전개를 간추려 보면 다음과 같다.

분리(추방) – 시련과 극복(모험/통과) – 귀환, 개선

위의 3단계 중 둘째에 덧붙여 적은 '통과'라는 말에는, 경우에 따라 시련을 극복하여 영웅적 능력을 지닌 자로 '성장'하고 다시 태어나는 앞의 과정 대부분이 내포될 수 있다. 그것은 고대부터 널리 행해진, 시험을 거쳐 성인 세계로 진입하여 자격을 인정받는 통과의례, 즉 입사식(入社式, initiation rite)의 과정을 함축한다. 이 유형을 띤 한국의 고전적 이야기로는 서사시 《동명왕 편》(이규보), 《홍길동전》을 비롯한 영웅소설 등을 들 수 있다.

영웅 이야기에는 이야기의 흥미로운 요소들이 풍부하게 들어 있다. 현실을 초월하는 탁월한 능력의 획득, 시련 혹은 시험을 통한 성장, 추방당한 자가 귀환하여 집단을 위기에서 구하는 극적이고 순환적인 전환, 세대나 권력 교체기에 일어나는 혼란을 극복하고 나라 혹은 족속을 창립하거나 새 우두머리가 됨 등이 그것이다. 그래서 이는 끊임없이, 그다지 영웅답지 않은 인물의 이야기에까지 다양하게 전용된다. 오늘날 이 구조를 지닌 대표적인 예로 영화 〈스타 워즈〉(조지 루카스 외), 애니메이션 〈라이온 킹〉(롭 민코프 외), 〈해피 피트〉(조지 밀러 외) 등이 있다.

원형적 스토리 유형에는 다른 이야기들의 고전적 모티프들이 삽입되는 경우가 많다. 가령 영웅이 '신성한 검', '성배' 등과 같은 성스

러운 무엇을 찾는 경우, 영웅 이야기는 '탐색'이나 '추적'의 성격을 포함하게 된다.

    [연습 15]에서는 한국 고소설《홍길동전》과 애니메이션 〈라이온킹〉을 비교하면서 영웅 이야기의 구조를 이해하고 활용 방안도 모색해 본다.

1   영웅 이야기 스토리 유형(분리 – 시련과 극복 – 귀환)은 특유의 의미
    혹은 성격을 지니고 있다. 다음은 그것이 두 작품에 공통적으로
    나타난 바를 해석한 말들이다. 거리가 먼 것을, 있는 대로 지적하
    시오.

    ① 순환적 이야기이다.          ② 성장 이야기이다.
    ③ 공동체의 위기 극복 이야기이다.   ④ 세대교체 이야기이다.
    ⑤ 권선징악 이야기이다.

2   두 작품의 주인공은 같은 '영웅 이야기'의 과정을 겪지만, '분리
    (추방)'와 '시련'의 원인이 다르다. 서로 어떻게 다른가?

3   두 작품의 주인공이 시련을 극복하는 과정은 다른 성격을 띠고
    있다. 어떻게 다른가?

    (길잡이) 서로 양상을 비교하여 다른 점이 드러나게 진술한다.

4   〈라이온 킹〉에서 늙은 원숭이(및 품바, 티몬)의 기능을 수행하는 존
    재가 《홍길동전》에는 없다. 무엇이 혹은 누가 그것을 맡고 있는가?

5   앞에서와 같이 겪는 과정이 같으면서 다르므로, 심바와 홍길동의
    마지막 '귀환, 개선'도 같지 않게 된다. 서로 어떻게 다른가? 또 거
    기서 분명해지는, 두 이야기에서 '성장'이 지닌 의미의 차이는? 그
    리고 그런 차이에서 미루어 짐작할 수 있는 각각의 창작 배경은?

    ① '귀환, 개선'의 다른 점

    ② '(영웅의) 성장'이 지닌 의미의 차이점

    ③ 앞의 차이가 생긴 배경

6   하나의 원형적 스토리를 전용하여 여러 작품을 창출할 수 있다.
    그것을 성공적으로 이루려면 작가는 어떻게 해야 하겠는가? 앞의
    문제들을 풀면서 알게 된 바를 바탕으로 2가지를 적으시오.

7   21세기 초 한국에서, 평범해 보이지만 무언가 뛰어난 점이 있는
    인물이 '영웅 이야기'의 과정을 밟는 스토리를 5문장 내외로 지어
    보시오. 특히 소외되거나 억눌린 감상자들한테 환영받을 이야기
    로 지으시오. (어떤 갈래나 스타일이든 좋음)

    (길잡이) 인물이 다소라도 '뛰어난' 존재가 되기 위해 필요한 능력과 그
    것을 발휘할 적당한 상황을 먼저 설정한다.

## 나. 길 이야기

세계 문화사에는 유명한 여행기가 많다. 《동방견문록》, 《이븐 바투타 여행기》 등이 그것이다. 한국에도 《열하일기》, 《서유견문》 등이 있다. 이러한 기행문은 정보적 이야기의 일종으로 이동과 소통이 원활하지 못했던 시기의 문화교류에 큰 역할을 하였다. 거기서 '길'은 땅에 실제 존재하는 길로서, 문물이 교환되는 통로이다. 거기서 사람들은 새로운 사물과 끊임없이 만나고 그에 따라 문화의 소통과 융합이 이루어진다. 그 모든 것을 자연스럽게 만드는 게 길이다.

물론 길은 정보적 이야기에만 흔하지 않다. 허구적·표현적 이야기에도 단테의 《신곡》을 비롯하여 《서유기》, 《천로역정》, 《오즈의 마법사》, 《반지의 제왕》 등 이루 헤아릴 수 없이 많다. 친근한 한국 근대소설로 《만세전》(염상섭), 〈메밀꽃 필 무렵〉(이효석), 〈잔등(殘燈)〉(허준), 〈삼포 가는 길〉(황석영), 〈너와 나만의 시간〉(황순원), 〈밤길〉(윤정모) 등이 있다. 길 이야기는 형식이 자유로운 만큼 활용하기 쉬운 편이다. 관련 명칭으로 '로드 무비', '여로형 이야기' 등이 있다.

블레이크 스나이더는 영화의 10가지 유형 중 하나로 '길 이야기'를 들었다. 그가 이것에 붙인 이름은 '황금 양털'인데, 그걸 찾아 나서는 그리스 신화의 이아손과 아르고호 선원들 이야기에서 따온 것이다. 그는 영화 〈라이언 일병 구하기〉, 〈록키〉, 〈빠삐용〉 등을 예로 들면서, 이 오래된 이야기 유형에서 "중요한 것은 목적지가 아니라 거기까지 가는 동안 우리가 배우는 교훈"이라고 하였다.[20] '길'을 교육적 과정으로 본 것이다.

한편 이른바 '플롯'을 '몸의 플롯'과 '마음의 플롯'으로 구분한 로널드 B. 토비아스는 이것을 '모험'과 '추구'의 이야기로 분류하였다.[21] 말하자면 이것이 사건 위주일 경우 모험 이야기의 형태를 띠고, 인물 (의 내면 변화) 위주일 경우 추구 이야기의 형태를 띤다고 본 셈이다. 이는 이 유형에서 '길'이 '내면의 길', '지향의 길'일 수도 있음을 뜻한다.

길은 "떠남과 돌아옴을 가능하게 해주는 공간"[22]이지만, 대부분의 길 이야기에서 인물들은 계속 이동해 가며 무엇을 찾고, 갖가지 사람과 사건을 겪는다. 그 과정에서 내면이 변하기도 하고, 마침내 적의 진지에 도달하여 가공할 무기를 파괴해 버리는 외적 목적을 달성하기도 한다. 이렇게 길의 이동에 따라 사건이 중첩되는, 여러 변형이 가능한 열린 구조이므로, 범주는 설정해도 고정된 스토리 유형을 정하기 곤란하다.

길 이야기는 삽화적 구성, 즉 에피소드가 계속 중첩되는 쇠사슬형 플롯을 취하는 예가 많다. 과장하여 말하자면 무엇이 들어와도 별로 어색하지 않은, 연쇄 드라마 혹은 OTT 드라마 따위에서 활용하기 좋은 구조이다. 따라서 추구, 모험, 성장, 여행, 추적 등 다양한 제재들이 내포되기도 한다.

길 이야기 유형에서 '길'은 궁극적으로 하나의 비유이다. 특히 표현적 이야기에서 그것은 이야기가 시간예술이기에 지니는 이미지를 함축하며, '인생의 굴곡과 변전(變轉)'을 상징한다. 말하자면 이 유형에서 길은 인물들의 삶의 공간이자 그들이 영위하는 시간으로서, 플롯의 원리인 동시에 인물들의 인생이다. 그것은 이야기의 '내적 형식'이요, 시간과 융합되어 이야기의 육체를 형성하는 공간소인 것이다.

영국 사람 존 번연은 1678년에 《Pilgrim's Progress》제1부를 발표한다. 한국에서 《천로역정(天路歷程)》°으로 번역된 이 책은, '크리스천'이라는 사람이 '멸망의 도시'를 떠나 갖은 고초를 극복하고 천국에 이르는 과정을 그린 종교 우화이다. 존 번연은 1680년에 주인공이 《천로역정》과 정반대의 길을 가는 《악한 씨의 삶과 죽음(The Life and Death of Mr. Badman)》을 발표하기도 했다.

샘 멘데스 감독이 2002년 발표한 암흑가 영화 〈로드 투 퍼디션(Road to Perdition, 지옥(멸망)으로 가는 길)〉은 M. A. 콜린스와 R. P. 레이너의 그래픽 노블을 각색한 것인데, 둘 다 궁극적으로 《천로역정》의 패러디라고 할 수도 있고, 《악한 씨의 삶과 죽음》의 번안이라고 볼 가능성도 있는 작품들이다.

1    이 작품은 기독교 우화인 《천로역정》을 전용한 것으로, 전용의 방법 중 하나인 '패러디'를 한 것이라고 볼 수 있다. 그 이유는? '길 이야기'라는 단어를 반드시 사용하여 답하시오.

( 길잡이 ) 제목의 뜻에 주목한다. '패러디'란 무엇인가 알아본다.

---

•    1895년에 선교사 제임스 게일이 번역. '천로역정(天路歷程)'의 뜻은 '천당 가는 길'이다.

2     이 작품의 중심사건은 주인공 '마이클 설리반'의 복수인데, 그것은 사실 연속되는 살인 행위이다. 그런데 관객은 '퍼디션으로 가는' 그 비윤리적 행위를 그럴듯하게 받아들이고 동정심까지 품는다. 그의 행동에 그렇게 반응하도록 만드는 마이클 설리반의 환경적·내면적 요인은 무엇인가? 다시 말하면, 왜 그의 살인 행위에 대해 관객은 동정심을 품게 되는가? 그 요인들을 있는 대로 찾아 적으시오.

① 환경적 요인:

② 내면적 요인:

3     살인 청부업자 '맥과이어'는 그냥 살인만 하는 게 아니라 자기가 죽인 자를 사진으로 찍어 보관하는 정신병자이다. 이러한 그의 성격은 이 '길 이야기'에서 사건의 전개와 그 의미의 제시 측면 모두에서 중요하다. 각각 구체적으로 어떻게 기능하는가?

① ('길 이야기'의) 사건 전개 측면:

② 의미(주제) 제시 측면:

4   이 작품은 기본적으로 주인공의 아들, 즉 아이의 관점에서 이야기를 서술하는(초점화하는) 형식을 취하고 있다. 그 점은 특히 영화의 결말부에서 두드러진다. 왜 그렇게 서술했다고 생각하는가? 그렇게 하여 얻어진 효과를 이 작품이 '길 이야기'라는 점을 염두에 두고 답하시오.


5   이 영화의 '길'은 제목 그대로 지옥에 떨어질 수밖에 없는 자들 – 살인을 일삼는 암흑가의 갱들 – 이 걸어가는 비극적인 파멸의 길이다. 하지만 이 작품은 전용의 대상이라 할 수 있는《천로역정》과 마찬가지로 궁극적으로 인간의 '구원'을 제재로 삼은 이야기라고 볼 수 있다. 어째서 그런 '다르면서 같은' 성격을 지니게 된 것일까? 전용의 방식이나 태도에 주목하여 답하시오. (2~3문장)


6   〈로드 투 퍼디션〉은 멸망으로 가는 하강의 이야기이다. 이와 다른 상승적 이야기를 지어보자.
    21세기 초 한국 현실에서, 어떤 의도에서든 '파헤치고 폭로하고 싶은 어두운 세계'가 있을 것이다. ① 어떤 인물이 방황을 하다가, ② 우연히 그 '어두운 세계'에 발을 들여놓게 되어 충격과 변화를 겪고, ③ 새로운 소망을 품고 '밝은 길'을 향하는 이야기를 구상해 보시오. 각 항에 1~2문장의 연속된 스토리를 적으시오.

길잡이 인물이 걷는 '인생길'을 그가 실제로 걷고 이동하는 길과 겹쳐
볼 수 있다.


① 


② 


③

의문이나 비밀이 있는 곳에 추리가 있다. 어떤 결과는 있는데 그 원인을 모를 때, 그 인과관계의 틈을 메워 자초지종을 밝히는 사고 행위가 추리이다. 사실 그것은 '이야기하는 존재'인 인간이 혼란에 빠질 적마다 속으로 하는 스토리텔링이다.

이야기의 핵심적 특성 중 하나가 인과성이기에, 어떤 이야기에든 추리적 요소나 기법은 존재하기 마련이다. 그리스의 비극《오이디 푸스 왕》(소포클레스)이 왕을 죽인 자를 찾고,《카라마조프 가의 형제들》(도스토옙스키)이 아버지를 죽인 자는 누구인가를 밝혀가는 추리소설의 플롯을 취하고 있음은 두루 알려진 사실이다. 따라서 '추리 이야기'라는 스토리 유형의 범주에 드는 것은, 단지 추리적 요소가 있는 이야기에서 나아가 추리 활동을 자극하기 위해 관련 요소가 강화된 이야기이다. 즉 정보를 조절하여 추리를 유발하고 해결자가 나서서 의문을 해결하는 분석적 활동에 중점을 둔 이야기이다. 그래서 이는 인물보다 사건이 중시되는 경향을 띤다.

'추리'의 사전적 의미는 '알고 있는 것을 바탕으로 모르는 것을 미루어 생각함'이다. 원인을 알 수 없는 사건은 수수께끼(mystery)가 되어 의문과 불안을 야기하는데, 원인이나 그 결과의 파편들을 가지고 인과관계를 밝혀 의문을 해결하는 논리적 행위가 추리이다. 앞에서 언급했듯이, 추리는 인간의 기본적 사고 활동의 하나이다. 그것이 유난히 충격적이거나 흥미로운 사건과 결합되어 하나의 스토리 유형을 형성한 게 추리 이야기인 셈이다. 익숙하면서 사고와 상상의

'재미'를 야기하는 데 효과적이기에, 굳이 그 모형에 따르지 않더라도 '추리적 기법'은 오늘날 이야기 산업에서 적극 활용되고 있다.

'범죄 추리' 위주의 고전적 추리 이야기 스토리는 다음의 과정을 밟는다.

① 의문의 사건 발생 — ② 추리, 해결 과정 — ③ 의문 해결(범인 체포)

사건이 충격적이며 범죄 수법과 그 해결 과정이 특이하고 기발할수록 추리의 재미와 효과는 커진다. 그래서 흔히 살인을 동반한 범죄 사건이 등장하고 범인을 찾기 위해 탐정, 수사관 등이 해결 전문가로 나서서 고도의 추리를 하는데, 이때 감상자는 그와 일종의 추리 경합 혹은 게임을 벌이게 된다. 거기에는 흥미를 더하기 위해 반전과 속임수(trick)가 추가된다. 물론 범죄 추리 이야기에서 수사관은 감상자를 놀라게 하며 끝내 이긴다. 그가 인과관계의 결정적 고리에 해당하는 정보나 증거를 확보하여 범인을 체포하기 때문이다.

추리 이야기가 인간의 어두운 심연을 파헤치고 범인을 응징하여 정의를 실현하는 것은 사실이다. 또 추리를 야기하고 실마리를 되밟아 가는 과정은 플롯의 완성도와 긴장감을 높이는 데도 기여한다. 하지만 이 유형은 어떤 주제의 표현보다 추리와 수사 과정, 즉 의문(①) 해결 과정에 내포된 추론의 재미에 주력한다. 그 과정에서 추리(②)는 범인을 뒤쫓는 행동을 동반하면서 '추격'의 성격이 짙어지거나, 범죄자하고 다른 무엇의 '탐색'으로 기울어 추리 이야기의 범주에서 멀어지기도 한다.

오늘날 추리 이야기가 디지털 게임, 테마파크 등에서도 많이 활용되는 것은 의문의 해결 과정에서 여러 속임수를 쓸 수 있고 사용자나 참여자를 끌어들여 몰입시키기 좋기 때문이다. 머리와 몸으로 동시에 재미를 느끼도록 활용하기 좋은 것이다.

앞의 스토리 유형은 고전적 형태의 추리 이야기를 요약한 것이다. 대개 거기서 의문의 사건을 일으킨 범인은 범법자이고 수사관은 법의 수호자이다. 감상자 쪽에서 보면, 범인은 자기보다 도덕적으로 열등한 자이며 수사관은 지적으로 우월한 긍정적 존재이다. 그러나 법에는 허점이 많을 뿐 아니라 세상에는 법으로 따질 수 없는 일도 허다하다. 그걸 고려하면 앞의 스토리 모형은 지나치게 선악 이분법에 기초한 도식성을 띠고 있으며 수사관의 성격과 행동도 너무 평면적이고 단순하다. 이야기가 법과 범죄에 갇혀 있는 셈이다.

따라서 삶의 다면성과 사회의 변화를 수용하기 위해 이 스토리유형은 다양하게 변형된다. 가령 영화 〈본 얼티메이텀〉(폴 그린그래스)에서 국가권력에 의해 부당하게 범죄자로 몰린 주인공은 스스로 수사관이 되어 자기 '개인'이 입은 피해를 파헤치며 권력자를 징벌한다. 범인과 공권력 혹은 개인과 사회의 관계가 뒤집힌 것이다. 이와 달리, 앞의 모형에서 고려되지 않은 사건의 희생자가 살해당하지 않기 위해 쫓기는 상황을 강조하면 스릴러의 성격이 첨가될 수 있다.

하지만 더 결정적인 변형은 플롯에서 일어난다.

앞의 스토리 모형에서 ①은 시간적으로 그 이전부터 일어난 사건의 결과이다. 하지만 ①의 시작 혹은 원인에 관한 서술, 한마디로 범인이 주체인 '범죄의 서술'(X라고 하자)은 고전적 추리 이야기에서 일단 잠복된다. 수사관은 의문의 사건이 일어난 뒤, 그러니까 ①의 중후반부에 나타난다. 그리고 ②에서 '조사'하고 단서를 모은 후, ③에 가서 범인을 잡은 후에야 시간을 역진하여 X에 대해 자신이 그동안 추리하고 재구성한 '이야기(범죄의 서술)'를 한다. 감상자는 그때 비로소 자신이 해온 추리의 맞고 빗나감을 확인하면서 수사관에게 놀람과 경의를 품게 된다.

만일 서술이 ①이 아니라 X부터 시작된다면 어떨까? 서술의 도입부에 범행의 과정이 제시되면 첫째, 처음부터 범인이 알려져서 그것을 감상자가 수사관보다 먼저 알게 된다. 둘째, 범인이 수사관의 추적을 피하기 위해 애쓰는 과정이 ②에 추가된다. 셋째, ③에서 수사관이 역진하여 X를 이야기할 필요가 없어진다. 넷째, 이 전체 과정에서 수사관은 범인은 물론 감상자보다 열등해 보이는 면이 있다. 체포되면서 범인은 바닥으로 전락하고 수사관의 위신은 회복되지만, 수사관에 대한 감상자의 존경은 그리 크지 않다.

과연 이것도 '추리 이야기'일까? 물론이다. 이 형태 – '범인 노출 추리 이야기 모형'이라고 하자 – 가 오히려 더 추리를 불러일으킨다고까지 할 수 있다.

| X | – | ① 의문의 사건 발생 | – | ② 추리, 해결 과정 | – | ③ 의문 해결 |
| 범인의 범행 | | 수사관 등장 | | 범인과 수사관의 대결 | | 범인 체포 |

이 형태의 추리 이야기는 첫째, 추리가 두 스토리라인에서 일어

난다. 수사관이 (대개 지위와 능력이 막강한 존재로 설정되는) 범인을 어떻게 체포할 것인가와 병치되어, 범인이 어떻게 증거를 감추며 수사를 피할 것인지가 관심 대상이 되기 때문이다. 둘째, 결국 범인은 잡힐 터이기에, 범인이 수사망을 좁혀오는 수사관을 피하기 위해 알리바이를 꾸미며 발버둥 치고, 오히려 그 때문에 더 분명한 증거를 만들게 되는 과정에서 아이러니가 발생한다. 이는 '추리'가 인간에 대한 '사색'으로 심화되어 이야기에 깊이를 더할 가능성을 열어준다. 셋째, 감상자는 너무 긴장을 하지 않고 일단 수사관보다 우월한 위치에서 비교적 편안히 추리를 즐길 수 있다.

범인 노출 추리 이야기의 예로는 앞에 언급한 《오이디푸스 왕》까지 거슬러 올라갈 수 있지만, 오랜 기간 텔레비전 시리즈로 방영되고 영화로도 만들어진 〈형사 콜롬보〉가 대표적이다. 범인과 수사관이 직접 대결하는 일부 하드보일드형 추리 이야기[23]에서도 찾아볼 수 있다.

한편 여기서 말하는 추리 이야기 유형과는 거리가 있지만, '추적'에 관한 이야기를 함께 살펴볼 필요가 있다. 쫓고 쫓기는 사건을 다룬다는 점에서 비슷하기 때문이다. 하지만 추적 이야기에서 그 사건은 추리보다 동정심과 긴장감 유발에 기여한다. 예를 들어 《레 미제라블》(빅토르 위고)의 장 발장은 자베르 경감의 집요한 추적에 쫓긴다. 그는 〈도망자〉* 시리즈의 누명을 쓴 주인공처럼 감상자의 동정을 받는다. 따라서 거기서 수사관은 오히려 비정함을 띤다.

SF영화 〈블레이드 러너〉(리들리 스콧)**는 앞의 여러 형태가 융합

되어 있다. 지구로 잠입한 복제인간을 추적하여 죽이는 수사관(인간)
은 그 과정에서 다른 복제인간과 사랑에 빠져, 결국은 그녀를 죽이려
는 다른 수사관에 쫓기게 된다.

---

- 1963~1967년 미국 ABC에서 방영한 텔레비전 드라마 시리즈. 원제는 'The Fugitive'. 1993년 동명의 영화로 제작됨. 많은 영화, 텔레비전 드라마 등에 큰 영향을 끼쳤다.

•• 2018년에 나온 파이널 컷을 대상으로 한다.

1    장편 추리소설 《최후의 증인》(김성종)[24]은 20년 감옥살이에 늙고 무력해진 '황바우'의 출옥으로 시작된다. 이어서 "황바우가 출옥한 지 1년이 지난" 후 벌어진 "두 개의 살인"이 서술된다. 하지만 황바우가 다시 직접 등장하는 것은 작품 종결부에 가서이다.

형사 오병호는 살인 사건을 수사하다가 황바우라는 인물이 억울하게 감옥에 갇혔으리라는 추리를 하게 된다. 마침내 그가 '지난해'에 출옥했다는 정보까지 얻자 그에게 강한 혐의를 둔다. 그것은 소설이 약 7할 정도 진행된 지점이다.

이러한 플롯의 결과, 거기까지 읽는 동안 감상자는 주로 어떤 의문을 품게 되는가? 의문문 형식으로 2가지 적으시오.

2    그러나 오 형사가 수사를 할수록 황바우는 범인일 가능성이 적어진다. 그 대신 그 과정에서 그를 불행하게 만든 역사적 사건의 실상과 만나게 된다. ('서사적 현재'로부터 약 20년 전의) 그 역사적 사건은 무엇인가?

3    이 소설의 전개 과정에서 오 형사한테는 여러 수난이 닥친다. 그의 외로운 추적을 더욱 외롭게 만들고, 감상자의 위기감과 슬픔, 분노 등도 고조시키는 일들은 무엇인가? 중요한 것 2가지를 적으시오.

4 　이 소설은 의문의 사건을 해결하고 범인을 잡는 '추리 이야기'이되, 그 고전적 형태와 다른 점이 있다.

　첫째, 범인을 잡는 수사관이 자살한다.

　둘째, 선악의 특질이 분명한 수사관과 범죄자가 추리 대결을 벌이는 면이 적다. 그보다 범죄자들에게 유린당한 황바우, 손지혜, 황태영 같은 피해자들과 그들의 과거를 밝히는 오 형사 등의 사연, 심리 등에 더 초점이 놓여 있다. 그에 따라 가해자 및 가해에 가담한 인물들(양달수, 김중엽, 한동주 등)이 그들과 대조가 된다.

　이렇게 대조 관계에 놓인 피해자와 가해자 두 편(인물 무리) 각각의 공통적 성격을 간략히 적으시오.

① 피해자 편의 성격(개인적·사회적 특질, 기능):

② (피해자들에 대한) 가해자 및 그에 가담한 인물들 편의 성격:

5 　앞에서 언급한 두 편의 관계를 밝히는 오병호 형사는 자신의 수사가 모순적 상황에 놓여 있다는 것, 그래서 어떤 의도하지 않은 불행한 결과를 낳을 수도 있다는 것을 줄곧 의식하고 있다. 그 모순적 상황과 그의 성격을 적으시오.

① 그가 처한 모순적 상황:
② 오병호 형사의 성격:

6  한국의 이야기 전통에는 심청, 바리데기, 초봉(채만식의 《탁류》에 나오는 인물) 등과 같은 '가련한/수난당하는 여인'이 자주 등장한다. 이 소설에 나오는 그 유형의 인물은? (☞ 433쪽 [연습 3] 7번)

7  앞의 사실들을 바탕으로 볼 때, 이 소설의 전개 과정은 '의문 해결(수수께끼 풀기) 과정'이나 '범인 잡는 과정'으로 볼 수도 있지만, 다르게 볼 수도 있다. 그것을 어떻게 부르면 적절할까? 두 단어 이상의 구(句)로 답하시오.

8  이 '추리 이야기'를 이끌어온 주인공 오병호 형사는 작품의 마지막에서 자살한다. 이제까지 살핀 바를 종합하여 볼 때 그는 왜 자살했다고 보는가? 그리고 그것이 표현하는 주제 혹은 메시지는?

   ① 자살의 이유:

   ② 자살이 표현하는 주제 혹은 메시지:

9  본문에서 제시한 두 가지 추리 이야기 모형 중 하나를 활용하여 간단한 스토리를 꾸며보시오. 단, 다음 제재 중 하나를 골라, 감상

자가 그 실상을 인식하거나 깊이 느끼도록 지으시오. (5문장 내외)

길잡이 제재를 다루기에 알맞은 인물과 (살인) 사건을 먼저 설정한다.

- 제재: ① 진실보다 이익을 중시하는 사회 현실

  ② 소통의 단절로 인간적 교류가 마비된 사회

# 제3장

# 작품 완성하기

이 장에서는 한 편의 이야기 작품을 짓는다. 엄밀히 말하면, 앞에서 익힌 바를 활용하여 자기가 짓고자 하는 작품을 구상하고 서술 계획을 구체적으로 세운다. 이는 작품을 완성할 때까지 계속 확인하고 수정할 계획표이자 지침이 될 것이다.

물론 구상과 계획은 창작의 일부일 뿐이며, 그 과정이 항상 예정대로 이루어지지도 않는다. 끝내는 때가 끝이다. 그러므로 이런 준비에는 한계가 있다. 하지만 여기서 설정하고 점검하는 내용들이 창작 과정에서 어떤 형태로든 필요하기에, 그것을 챙기고 심화하도록 돕고자 한다.

이 책 제2부의 기본 개념과 차례를 바탕으로 장을 나누고 순서를 잡았기에 거기를 참고하며 해나가면 도움이 될 터이다. 물론 이 책 제3부 1~2장의 해당 내용을 다시 확인해 봐야 할 때도 있을 것이다.

여기 나열된 항목들의 순서는 그다지 중요하지 않다. 이 '작품 완성하기'를 일종의 체크리스트처럼 활용하되 필요한 것들을 새로 만들어 넣기도 하면서 구상해 나간 뒤 나중에 점검해 보아도 무방하다. 여기서 추구하는 것은 훌륭한 작품이지 좋은 계획이 아니다.

창작이 우선이다. 계획은 창작의 방향과 토대를 위해 필요하지만, 창작에 의해 계속 바뀌고 보완된다. 이는 작품에서 부분과 전체의 관계와 비슷하다. 어느 부분의 수정은 전체 구조를 변화시키며, 그 역도 마찬가지이다. 일종의 순환이다.

그러므로 답하기 어려운 항목이 있어도 웬만큼 틀이 잡히면 그대로 창작을 시작한다. 미흡해도 우선 시작을 하고 창작해 나가면서 수정하거나 보충한다. 그러다 보면 결국 이 '작품 완성하기'는 모호한 상상을 구체화하며 기법을 더해 발전시키는 창작의 모의연습장이 될 것이다. 실제로 계획이라기보다 '계획을 세우는 데 이로울 연습'에 가까운 항목들도 있다.

이제부터 자기가 원하는 갈래를 택하여 이야기를 한 편 설계해 보자. 모든 갈래에 적합한 항목을 마련하기는 어렵다. 표현적·허구적 갈래에 속하며, 극적 구조를 지향하는 이야기를 주요 대상으로 삼는다.

이 장의 연습은 성격상 답이 없으므로 뒤에 해답을 제시하지 않는다.

[유의 사항]
• 요구하는 것을 잘 이해하고 초점이 맞게 적는다. 지시하는 말에 사용된 개념이 명확하지 않아 이해가 잘 되지 않을 때는 '찾아보기'

를 활용한다.

- 본문에 추가한 '예'와 '길잡이'를 활용하며, 최대한 지시한 답의 형식, 길이 등을 지킨다.
- 자기가 아직 답하기 어려운 것, 자기 작품에는 그다지 도움이 되지 않는다고 생각하는 것 등은 일단 건너뛴다.

1   창작하려는 이야기의 갈래(장르)와 규모

(예) 단편소설, 장편 희곡, 그림책의 바탕글, 장편 시나리오, 단편 텔레비전 드라마 대본 ○회분(총 ○○분), 웹툰 글대본(○화) 등

> 길잡이   '코미디', '로맨스' 등 형식이 모호한 용어는 피한다. 많이 써보지 않은 사람은 작은 규모(단편)부터 시작한다.

2   (최종의, 완성하여 제출하는) 매체와 형태

(예) 원고, 바탕글, (제작된) 영상 등

3   창작 의도, 기획 목적

> 길잡이   '~하고자 한다', '~에 목적이 있다' 등과 같은 말로 끝나는 문장으로 적는다. 되도록 길지 않게 압축하여 쓴다.

4   중심사건의 스토리 ('중심적 상황 변화'를 내포한 4문장 내외)

5   (환상적 이야기일 경우) 중심사건이 벌어지는 시간(시대)과 공간(장소)

6 　제목(가제)

---

7 　(4번의) 중심사건이 발생한 '근본적' 원인, 배경

8 　중심사건이 (3번의) 창작 의도, (7번의) 발생 원인 등을 반영하고
　있는가? 바꿔 말하면, 중심사건과 그것들의 관계는? (상호 연관성
　을 구체적으로 서술함)

9 　이야기 전체의 중심적 제재
　(예) 욕망의 좌절, 대기업과 싸우는 개인, 황폐해진 자연의 실상
　　폭로

　( 길잡이 ) 감상자가 자기 이야기를 '무엇'에 관한 이야기라고 여기도록 지
　을 것인지 상상해 본다.

10 　앞의 내용을 종합할 때,
　　중심사건의 처음상황: (　　　　　　　　　　) 상황
　　　　　　끝상황: (　　　　　　　　　　) 상황

11    앞의 상황 변화를 주도하는 / 겪는 주동인물이 갈등하는 것

(예) 사업을 망치려는 세력, 악(惡), 이기주의, 사랑에 불성실함


12    (앞서 살핀 것들을 종합한) 중심사건 재정리 (세 문장 스토리)

① (갈등을 내포한) 처음상황:


② 중간과정:


③ 끝상황:


13    작품의 실제 '서술'에서 전면(前面)에 주로 그릴 예정인 대목

1    주요 인물들의 이름과 기능(이야기 속에서 하는 역할)


2    인물 (          )의 사회적·외면적 특질(신분 사항)

　길잡이　이 2번과 3번은 주요 인물들 모두에 대해 작성해 본다.

| 성별 | 남, 여 | 나이, 세대 | |
|---|---|---|---|
| 가족 관계 | | 업무, 직업, 계층 | |
| 사는 환경, 시대 | | 학력, 취향 | |
| 기타(처한 외면적 상황) | | | |


3    인물 (          )의 개인적·내면적 특질

| 심리적 기질 | |
|---|---|
| 행위 동기, 욕망, 이상 | |
| 기타(처한 내면적 상태) | |

4    갈등 상황에 놓인 주인공에 대한 '직접적' 서술

[조건]

㉮ 서술 형식: 서술자가 주권적으로 개입하는 소설 형식, 즉 이른바 삼인칭 작자적 혹은 전지적 시점의 직접적이고 요약적인 들려주기(telling) 형태.

㉯ 내용: 사건의 고비에서 갈등에 빠진 주인공의 행동과 내면 상태에 대한 서술자의 말.

㉰ 명명법(appellation) 사용: 특질 제시에 되도록 이름 혹은 별명을 활용함.

㉱ 분량: 200자 내외.

5    4를 바꾸어 쓴 대사 위주의 '장면적' 서술(형식은 자유. 300자 내외)

6　등장인물 (　　　　)의 특질을 '간접적으로' 제시할 행동

① 인물 이름:

② 특질을 간접적으로 제시할 행동의 성격소(행위, 말투, 습관 따위):


③ 그것으로 표현하려는 내면적·개인적 특질:


④ 그것으로 표현하려는 외면적·사회적 특질:



7　등장인물과 유사 혹은 대조 관계에 놓으면 효과적일 사물, 인물

① 대상 인물:

② 대조 혹은 유사 관계의 인물, 사물(건물, 거리, 날씨, 동료 인물 등):


③ 기대하는 표현 효과:



8　인물을 돕는 조력자의 활용(활용하지 않으면 생략)

① 필요한 조력자:

② 이야기에 생길 이점:

1 창작할 이야기의 주요 시간과 공간

① 중심사건이 일어나는 시간(스토리 시간)의 때와 양(시기, 기간):


② 중심사건이 일어나는 주요 공간(스토리 공간):


2 중심사건의 중요 고비인 (                    ) 장면이 벌어지는 장소

① 대상으로 택한 사건의 대목:


② 그 장면에 어울리는 장소와 거기 있는 사물(공간소):


③ 그 장소와 사물이 적절한 이유:


3 인물 (            )의 대표적 특질을 표현하는 공간적 성격소

① 생김새, 차림새 등:


② 밀접한 사물들(소지품, 사는 집, 쓰는 차, 자주 다니는 길 등):


4 결정적 장면에서 인물 (              )의 '내면' 제시 기법(활용할 경우
만 작성)

① 결정적 장면과 인물:

② '내면 흐름'의 구체적 모습과 내용(여러 칸의 그림으로 표현해도 좋음):


5   (작품 전체에서 반복되며) 성격, 갈등, 주제 등을 표현하는 상징적 사물

(길잡이) 시각적 표현이 중요한 공연물, 영상물의 경우, 꼭 설정해 본다.

① 상징적 사물(공간소):

② 그 사물을 상징적이게 만들 방법(기법적 장치):


③ 그것을 제목, 서술의 도입부, 포스터 등에서 사용할 것인지 여부:


6   (환상적 이야기의) 세계(우주) 설정

① 환상적 세계를 대표하는 특유의 사물, 장치:


② 환상적 세계를 규율하는 특유의 제도, 규범, 법칙 등:

1    창작할 이야기의 여러 시간 차원

(길잡이) 아래의 ①과 ④은 같거나 근접할 수 있다.

① 서술된 스토리 전체의 시간(스토리 시간)의 양(길이):


② 위의 스토리 시간이 놓인 시기(시대):


③ 전체 스토리 시간 가운데 '중심사건'이 벌어진 시기:


④ '서술'의 도입(발단)부에서 제시되는 사건의 시간적 위치:


⑤ (1인칭의 서술자나 '회고하는 자'가 있을 경우) 서술이나 회고를 하
   는 시간적 기점:


2    도입부 서술

① 도입부에서 다루고 드러낼 것(사건, 인물, 정보 등):


② 그것을 도입부에 배치하는 이유:


③ 그것에 관한 '이전의' 정보(원인, 동기, 배경 등)를 제시할 방법:


3    감상자가 품게 할 의문, 기대(관심의 초점)

① 사건 전개상의 의문, 기대:

② 의미(주제)상의 의문, 기대:

③-1. 의문, 기대를 일으키고 유지하기 위해 (순서와 양을) 조절할
정보:

③-2. 의문, 기대를 일으키고 유지하기 위해 반복할 것(행동, 공간
소, 표현 등):

4    이야기의 절정부(클라이맥스)
① 그곳에서 서술할 사건(스토리의 대목):

② 그곳 부근에서 일어날 반응(놀람, 새로운 발견과 인식, 감동 등)의
내용:

5    결말
① 결말부의 서술 대상(해결/해소되는 것, 분명해지는/견고해지는 것
등):

② 결말의 형태(닫힌/열린 결말 등):

③ 그렇게 결말짓는 이유:

1　창작할 이야기 갈래(장르)의 기본 서술 형식

　　(예) 언어만 매체로 삼는('서술자'가 있는) 삼인칭 서술.

　　　　다중매체를 복합적으로 사용하는(제작이 필요한) 갈래.


2　전달 매개자(서술자, 회고자, 증언자 등)

　　① (전체 혹은 일부에) 있음/없음

　　② 매개자와 대상의 관계, 앎의 정도, 그가 놓인 상황


　　③-1. 대상의 재현 스타일 혹은 분위기 (택일)

　　　　ⓐ 부드럽고 서정적인 스타일

　　　　ⓑ 냉정하고 거친 스타일

　　　　ⓒ 격렬하고 긴장감 있는 스타일

　　　　ⓓ 복잡하고 난해한 스타일

　　　　ⓔ 그 밖의 스타일 – (　　　　　　　　) 스타일

　　③-2. 앞의 스타일을 얻기 위한 구체적인 방법(문체, 칸이나 컷의 분

　　　　절과 구성, 편집 등)


4　특정 서술 기법의 사용


　　[보기]

　　① 서술 기법: 등장인물의 눈을 통해(초점자를 활용하여) 제시함.

② 사용할 장면: 주인공의 동료의 눈으로, 주인공이 본심을 숨기고 행동하는 상황을 그려내는 장면.

③ 기대 효과: 주인공이 이중적 행동을 하고 있으며, 그것이 동료에 의해 폭로될지 모른다는 불안감을 조성함.

① 서술 기법:

② 사용할 장면:

③ 기대 효과:

5   갈래의 일반적 서술방식을 혁신하는 면
① 매개자의 성격, 그가 처한 상황 등의 측면

( 길잡이 ) 예를 들어 '믿을 수 없는 서술자', '의심스러운 증인' 등을 활용하는 측면이다.

② 스토리 형성, 인과성 창출 등에서 서술 관습을 깨는 측면

③ (전용을 하는 경우) 원전에 관한 기존의 인식, 기대 등을 혁신하는 측면

# 제1부 이야기와 스토리텔링

1  최시한, 《소설, 어떻게 읽을 것인가 – 이야기의 이론과 해석》, 문학과지성사, 2010, 12쪽.

2  야코보니의 말. 피터 거버, 《스토리의 기술》, 김동규 옮김, 라이팅하우스, 2021, 76쪽에서 재인용.

3  나오미 배런 지음, 《다시, 어떻게 읽을 것인가》, 전병근 역, 어크로스, 2023, 75쪽.

4  크리스티앙 살몽, 《스토리텔링 – 이야기를 만들어 정신을 포맷하는 장치》, 류은영 옮김, 현실문화, 2010, 128쪽.

5  최시한, 《소설의 해석과 교육》, 문학과지성사, 2020, 87쪽.

6  최시한, 《콘텐츠 창작과 스토리텔링 교육》, 문학과지성사, 2010, 79쪽 참고.

7  Maria Nikolajeva, *Aesthetic Approaches to Children's Literature*, The Scarecrow Press Inc., 2005, p.58.

8  최시한의 《소설, 어떻게 읽을 것인가》 30쪽 및 《콘텐츠 창작과 스토리텔링 교육》 82–85쪽 참고.

9  복거일, 《수성의 옹호》, 문학과지성사, 2010, 23쪽.

10  최시한, 《콘텐츠 창작과 스토리텔링 교육》, 앞의 책, 117쪽.

11  최시한, 《소설, 어떻게 읽을 것인가》, 앞의 책, 27쪽.

12  로버트 숄즈 외 2인, 《서사문학의 본질》, 임병권 옮김, 예림기획, 2007, 38–39쪽 참고.

13  제롬 S. 브루너, 《이야기 만들기》, 강현석·김경수 옮김, 교육과학사, 2010, 27쪽.

14 브라이언 보이드,《이야기의 기원》, 남경태 옮김, 휴머니스트, 2013, 100쪽.

15 신형기,《시대의 이야기 이야기의 시대》, 삼인, 2015, 73쪽 참고.

16 엄밀히 말해 이 소설과 영화는 '동반 창작'된 특이한 경우이다. 김경수,〈메타픽 션적 영화소설〉,《현대소설의 유형》, 솔, 1997, 215-229쪽 참고.

17 이기호,《갈팡질팡 하다가 내 이럴 줄 알았지》, 문학동네, 2006.

18 윌리엄 셰익스피어,《셰익스피어 전집》, 이상섭 옮김, 문학과지성사, 2016, 509쪽.

19 최시한,《콘텐츠 창작과 스토리텔링 교육》, 87-117쪽 참고. 이는 아리스토텔레 스가《시학》에서 제시한 이른바 '3단계론'을 응용한 것이다. 이상섭 지음,《아리 스토텔레스의《시학》연구》, 문학과지성사, 2002, 49쪽 참고.

20 로버트 맥키,《시나리오, 어떻게 쓸 것인가》, 고영범·이승민 옮김, 황금가지, 2002.

21 최시한,《소설, 어떻게 읽을 것인가》, 앞의 책, 16쪽.

22 H. 포터 애벗,《서사학 강의》, 우찬제 외 3인 옮김, 문학과지성사, 2010, 50쪽.

23 한용환,《소설학사전》, 문예출판사, 1999, 481쪽에서 재인용.

24 Seymour Chatman, *Story and Discourse*, Cornell Univ. Press, 1978, p.267.

25 방미경 편역,《플로베르》, 문학과지성사, 1996, 211쪽.

26 N. 프라이,《비평의 해부》, 임철규 역, 한길사, 1982, 179-337쪽 참고.

27 조동일,《한국소설의 이론》, 지식산업사, 1977, 255쪽.

28 크리스토퍼 보글러,《신화, 영웅 그리고 시나리오 쓰기》, 함춘성 옮김, 비즈앤비 즈, 2022, 47쪽.

29 권순긍은 그 양상을 한국의 이야기 전통에서 살핀 바 있다. 권순긍,《헌 집 줄게, 새 집 다오 - 고전소설의 근대적 변개와 콘텐츠》(소명출판, 2019)를 참조하시오.

30 역사가의 역사관과 서술방식에 따라 역사 서술이 달라지는 문제에 대해서는 앤 커소이스·존 도커의《역사, 진실에 대한 이야기의 이야기》(김민수 옮김, 작가 정신, 2013)를 참조하시오.

31 D. Morley의 말. 김예란,《말의 표정들》, 문학과지성사, 2014, 148쪽에서 재인용.

32 최시한,《콘텐츠 창작과 스토리텔링 교육》, 앞의 책, 58-59쪽을 참조하시오.

33 R. M. 릴케,《말테의 수기》, 조철제 옮김, 마당문고사, 1984. 5쪽.

34 채트먼은 서사 텍스트 안에 내포 작자(implied author)와 내포 독자(implied reader)를 설정하였는데, 여기서는 다루지 않는다. Seymour Chatman, op. cit., p.151.

35 Gérard Genette, *Narrative Discourse*, J. E. Lewin(trans.), Cornell Univ. Press, 1980, pp.189-194.

36 Franz K. Stanzel, *A Theory of Narrative*, Charlotte Goedsche(trans.), Cambridge Univ. Press, 1984, p.16.

37 최시한,《소설, 어떻게 읽을 것인가》, 앞의 책, 42-46쪽 참고.

38 상상력은 이성과 감성, 지식과 경험, 꿈과 현실 등을 결합하여 욕망을 충족하고 균형을 유지하며 인간답고 질서 있는 세계를 이루도록 한다. 질베르 뒤랑, 〈상징적 상상력의 기능들〉(장경렬 외 2인 편역,《상상력이란 무엇인가》, 살림출판사, 1997, 245-260쪽) 참고.

39 코울리지의 말. 장경렬,《코울리지-상상력과 언어》, 태학사, 2006, 49쪽에서 재인용.

40 윤태호,《이끼 3》, 재미주의, 2015.

41 안정효,《안정효의 오역 사전》, 열린책들, 2013, 662쪽.

42 최시한,《수필로 배우는 글읽기》(제3판), 문학과지성사, 2016, 26쪽.

43 최시한, 〈맺힘-풀림의 이야기모형에 관한 시론〉,《현대소설의 이야기학》, 프레스21, 2000, 337-375쪽.

44 유지나, 〈멜로드라마와 신파〉,《멜로드라마란 무엇인가》, 유지나 외, 민음사, 1999, 14쪽.

45 이정옥,《로맨스라는 환상》, 문학과지성사, 2022, 17-18쪽.

46 루이스 자네티,《영화의 이해》, 박만준·진기행 옮김, K-books, 2013, 359쪽.

47 우찬제,《고독한 공생》, 문학과지성사, 2003, 143쪽.

48 조지 오웰,《1984》, 김병익 역, 문학과지성사, 2022, 13쪽.

49 이상섭,《아리스토텔레스의 『시학』 연구》, 문학과지성사, 2002, 55쪽.

50 Robert McKee, *Story*, Harper-Collins Publishers, 1997, p.34.

51 정명환,《젊은이를 위한 문학이야기》, 현대문학, 2005, 120쪽.

# 제2부 스토리텔링 기법

1    최시한,《소설의 해석과 교육》(문학과지성사, 2005), 101-109쪽을 참조하시오.

2    최시한,《소설, 어떻게 읽을 것인가》, 문학과지성사, 2010, 91-92쪽.

3    이야기의 시간에 관한 논의는《현대소설의 서사시학 - 소설 텍스트 새로 읽기》
     (이재선 지음, 학연사, 2002)의 '한국 소설의 시간 서사학'을 참조하시오.

4    최시한,〈인물 연구 방법의 모색〉,《대중서사연구》제22호, 대중서사학회, 2009,
     153-154쪽.

5    박혜숙,《소설의 등장인물》, 연세대학교출판부, 2004, 25-37쪽 참고.

6    최시한,《소설, 어떻게 읽을 것인가》, 앞의 책, 203쪽.

7    마리아 니꼴라예바,《아동문학의 미학적 접근》, 조희숙 외 4인 역, 교문사,
     2009, 116-117쪽 참고.

8    로버트 맥키,《캐릭터》, 이승민 옮김, 민음인, 2023, 391쪽.

9    최시한,《소설, 어떻게 읽을 것인가》7장 및《소설분석방법》(일조각, 2015) 4장
     참고.

10   이승구·이용관 엮음,《영화용어해설집》, 영화진흥공사, 1990, 31쪽.

11   최시한,《소설, 어떻게 읽을 것인가》, 앞의 책, 173쪽.

12   매리언 울프,《다시 책으로》, 전병근 역, 어크로스, 2019, 77쪽에서 재인용.

13   시모어 채트먼,《영화와 소설의 서사구조》, 김경수 역, 민음사, 1990, 115쪽.

14   최시한,《소설의 해석과 교육》, 앞의 책, 209쪽.

15   최시한,《소설, 어떻게 읽을 것인가》, 앞의 책, 117쪽.

16   위의 책, 124쪽.

17   Peter Brooks, *Reading for the Plot*, Random House, 1984, p.xi.

18   로버트 맥키,《시나리오, 어떻게 쓸 것인가》, 고영범·이승민 옮김, 황금가지,
     2002, 76쪽.

19   최시한,〈〈별사〉의 해석과 '시간 기점'〉,《국어국문학》159호, 국어국문학회, 2011,
     404쪽.

20   코울리지의 말. 우찬제,《텍스트의 수사학》, 서강대학교출판부, 2005, 214쪽 참고.

21 김태환,《푸른 장미를 찾아서》, 문학과지성사, 2001, 55쪽.

22 Cleant Brooks & Robert Penn Warren, *Understanding Fiction*, ACC, Inc., 1959, p.148, p.684; H. 포터 애벗,《서사학 강의》, 우찬제 외 3인 옮김, 문학과지성사, 2010, 146쪽, 461쪽; Gérard Genette, *Narrative Discourse*, Jane E. Lewin(trans.), Cornell Univ. Press, 1980, p.189.

23 다음 두 책은 시각화를 실제 작업 중심으로 풀이한다. 제니퍼 밴 시즐,《영화영상 스토리텔링 100》, 정재형 옮김, 책과길, 2011; 스티븐 D. 캐츠,《영화연출론 –개념에서 스크린까지의 시각화》, 김학순·최병근 옮김, 시공아트, 1998.

24 최시한,《소설의 해석과 교육》, 앞의 책, 83-124쪽을 참조하시오.

## 제3부 스토리텔링 연습

1 최시한,《수필로 배우는 글읽기》제3판, 문학과지성사, 2016, 147-152쪽을 참조하시오.

2 최시한,《소설분석방법》, 일조각, 2015, 제2장 참고.

3 최시한,《소설, 어떻게 읽을 것인가》, 문학과지성사, 2010, 90-112쪽 참고.

4 볼프강 카이저,《언어예술작품론》, 김윤섭 역, 대방출판사, 1982, 310-311쪽.

5 린다 허천,《각색 이론의 모든 것》, 손종흠 외 3인 옮김, 앨피, 2017, 20쪽.

6 최시한,《소설, 어떻게 읽을 것인가》, 앞의 책, 제8장 참고.

7 로버트 맥키,《DIALOGUE: 시나리오 어떻게 쓸 것인가 2》, 고영범·이승민 옮김, 민음인, 2018, 23쪽.

8 로버트 숄즈 외 2인,《서사문학의 본질》, 임병권 역, 예림기획, 2007, 37쪽.

9 최시한,《소설, 어떻게 읽을 것인가》, 앞의 책, 124쪽.

10 최시한,《콘텐츠 창작과 스토리텔링 교육》, 문학과지성사, 2020, 194쪽.

11 위의 책, 164쪽.

12 위의 책, 160-173쪽을 참조하시오.

13 이하는《콘텐츠 창작과 스토리텔링 교육》(최시한, 문학과지성사, 2020) 5장 '역사

문화 이야기 창작교육' 참고.

14  최시한·강미, 《조강의 노래 ─ 한강 하구의 역사문화 이야기》, 문학과지성사, 2019. 최시한, 《별빛 사월 때》, 문학과지성사, 2022.

15  이재선, 《한국문학주제론》, 서강대학교출판부, 1989. 이재선, 《현대소설의 서사주제학》, 문학과지성사, 2007.

16  미르치아 엘리아데, 《영원회귀의 신화》, 심재중 역, 이학사, 2003, 16쪽.

17  김열규, 《한국민속과 문학 연구》, 일조각, 1971, 58쪽.

18  조동일, 《한국소설의 이론》, 지식산업사, 1977.

19  크리스토퍼 보글러, 《신화, 영웅 그리고 시나리오 쓰기》, 함춘성 옮김, 비즈앤비즈, 2022, 47쪽.

20  블레이크 스나이더, 《SAVE THE CAT!: 모든 영화 시나리오에 숨겨진 비밀》, 이태선 옮김, 비즈앤비즈, 2021, 57-61쪽 참고.

21  로널드 B. 토비아스, 《인간의 마음을 사로잡는 스무 가지 플롯》, 김석만 옮김, 풀빛, 1997.

22  이재선, 《현대소설의 서사주제학》, 앞의 책, 178쪽.

23  송덕호, 〈추리소설의 유형〉, 대중문학연구회 편, 《추리소설이란 무엇인가?》, 국학자료원, 1997, 38-40쪽 참고.

24  1974년 작. 새움출판사 2015년 판(상, 하)을 대상으로 함.

# 참고 문헌

## 1. 국내

강현구, 《문화콘텐츠의 서사전략과 인문학적 상상력》, 글누림, 2008.

권성우, 《낭만적 망명》, 소명출판, 2008.

권순긍, 《헌집 줄게 새집 다오 – 고전소설의 근대적 변개와 콘텐츠》, 소명출판, 2019.

김경수, 《한국 현대소설의 문학법리학적 연구》, 일조각, 2019.

김만수, 《스토리텔링 시대의 플롯과 캐릭터》, 연극과인간, 2012.

김수업, 《배달문학의 길잡이》, 금화출판사, 1978

김수현 외 3인, 《드라마 아카데미》, 펜타그램, 2005

김열규, 《한국민속과 문학연구》, 일조각, 1971.

김예란, 《말의 표정들》, 문학과지성사, 2014.

김옥영, 《다큐의 기술》, 문학과지성사, 2020.

김윤식·정호웅, 《한국소설사》, 문학동네, 개정증보판, 2000.

김태환, 《푸른 장미를 찾아서》, 문학과지성사, 2001.

김태환, 《우화의 서사학》, 문학과지성사, 2016.

김현주, 《구술성과 한국서사전통》, 월인, 2003.

나병철, 《소설과 서사문화》, 소명출판, 2006.

나병철, 《영화와 소설의 시점과 이미지》, 소명출판, 2009.

노제운, 《한국 전래동화의 새로운 해석 – 정신분석적 접근》, 집문당, 2009.

대중문화연구회 편,《추리소설이란 무엇인가》, 국학자료원, 1997.

박대복·유형동,〈〈여우누이〉에 나타난 요괴의 성격과 퇴치의 양상〉,《어문학》
　　제106집, 한국어문학회, 2009.

박혜숙,《소설의 등장인물》, 연세대학교출판부, 2004.

서정남,《영화 서사학》, 생각의나무, 2004.

신동흔,《스토리텔링원론》, 아카넷, 2018.

신형기,《시대의 이야기 이야기의 시대》, 삼인, 2015.

송기섭,《근대소설의 서사 윤리》, 태학사, 2008.

안정효,《안정효의 오역 사전》, 열린책들, 2013.

오세정,《설화와 상상력》, 제이엔씨, 2008.

우찬제,《고독한 공생》, 문학과지성사, 2003.

우찬제,《텍스트의 수사학》, 서강대학교출판부, 2005.

유지나 외,《멜로드라마란 무엇인가》, 민음사, 1999.

이상섭,《아리스토텔레스의《시학》연구》, 문학과지성사, 2002.

이상진,《캐릭터, 이야기 속의 인간》, 에피스테메, 2019.

이승구·이용관 엮음,《영화용어해설집》, 영화진흥공사, 1990.

이용욱,《온라인게임 스토리텔링의 서사시학》, 글누림, 2009.

이인화,《스토리텔링 진화론》, 해냄, 2014.

이재선,《한국소설사 – 근·현대편 1》, 민음사, 2000.

이재선,《현대소설의 서사시학》, 학연사, 2002.

이재선,《현대소설의 서사주제학》, 문학과지성사, 2007.

이정옥,《로맨스라는 환상》, 문학과지성사, 2022.

이지향,《세계관 만드는 법》, 유유, 2023.

임경순,《서사표현교육론 연구》, 역락, 2003.

장경렬,《코울리지 – 상상력과 언어》, 태학사, 2006.

장일구,《경계와 이행의 서사 공간》, 서강대학교 출판부, 2011.

정명환,《젊은이를 위한 문학이야기》, 현대문학, 2005.

정병헌,《한국고전문학의 교육적 성찰》, 숙명여자대학교출판국, 2003.

정재찬,《문학교육의 현상과 인식》, 역락, 2004.

조남현,《소설신론》, 서울대출판부, 2004.

조동일,《한국소설의 이론》, 지식산업사, 1977.

최배은,《한국근대 청소년소설의 정치적 무의식》, 박문사, 2016.

최배은,《오래된 백지 – 아동·청소년 이야기의 어제와 오늘》, 소명출판, 2023.

최시한,《현대소설의 이야기학》, 프레스21, 2000.

최시한,《소설의 해석과 교육》, 문학과지성사, 2005.

최시한,《소설, 어떻게 읽을 것인가 – 이야기의 이론과 해석》, 문학과지성사, 2010.

최시한,〈'제재'에 대하여〉,《시학과 언어학》 제20호, 시학과언어학회, 2011.

최시한,《소설분석방법》, 일조각, 2015.

최시한,《콘텐츠 창작과 스토리텔링 교육》, 문학과지성사, 2020.

최시한 외 6인,《문화산업 시대의 스토리텔링》, 태학사, 2018.

최시한·최배은·김선현,《항일문화운동가 신명균》, 한국학중앙연구원출판부, 2021.

최영근,《게임 기획자의 일》, 문학과지성사, 2022.

최유찬,《문학과 게임의 상상력》, 서정시학, 2008.

최인자,《서사문화교육의 전망과 실천》, 역락, 2008.

한용환,《소설학사전》, 문예출판사, 1999.

한일섭,《서사의 이론》, 한국문화사, 2009.

한혜원,《디지털시대의 신인류 호모 나랜스》, 살림, 2010.

## 2. 국외

나오미 배런, 《다시, 어떻게 읽을 것인가》, 전병근 역, 어크로스, 2023.

대니얼 골먼, 《EQ 감성지능》, 한창호 옮김, 웅진지식하우스, 2008.

데이비드 로지, 《소설의 기교》, 김경수·권은 옮김, 역락, 2010.

데이비드 하워드·에드워드 마블리, 《시나리오 가이드》, 심산 옮김, 한겨레신문
　　사, 1999.

로널드 B. 토비아스, 《인간의 마음을 사로잡는 스무 가지 플롯》, 김석만 옮김,
　　풀빛, 1997.

로버트 맥키, 《로버트 맥키의 캐릭터》, 이승민 옮김, 민음인, 2023.

로버트 맥키, 《시나리오, 어떻게 쓸 것인가》, 고영범·이승민 옮김, 황금가지,
　　2002.

로버트 맥키, 《DILOGUE 시나리오 어떻게 쓸 것인가 2》, 고영범·이승민 옮김,
　　민음인, 2018.

로버트 숄즈·로버트 켈로그·제임스 펠란, 《서사문학의 본질》, 임병권 옮김, 예
　　림기획, 2007.

롤랑 부르뇌프·레알 윌레, 《현대소설론》, 김화영 편역, 현대문학, 1996.

루이스 자네티, 《영화의 이해》, 박만준·진기행 옮김, K-books, 제12판, 2013.

린다 허천, 《각색 이론의 모든 것》, 손종흠 외 3인 역, 앨피, 2017.

마이클 J. 툴란, 《서사론》, 김병욱·오연희 옮김, 형설출판사, 1993.

마이클 티어노, 《스토리텔링의 비밀》, 아우라, 2008.

미르치아 엘리아데, 《영원회귀의 신화》, 심재중 옮김, 이학사, 2003.

미케 발, 《서사란 무엇인가》, 한용환·강덕화 옮김, 문예출판사, 1999.

브리이언 보이드, 《이야기의 기원》, 남경태 옮김, 휴머니스트, 2013.

블레이크 스나이더, 《SAVE THE CAT!》, 이태선 옮김, 비즈앤비즈, 2021.

비비안 고덕,《상황과 이야기》, 이영아 옮김, 미농지, 2023.

쉴로미드 리몬 - 케넌,《소설의 현대시학》, 최상규 옮김, 예림기획, 1999.

스티븐 D. 캐츠,《영화연출론》, 김학순·최병근 옮김, 시공아트, 1998.

시모어 채트먼,《영화와 소설의 서사구조》, 김경수 역, 민음사, 1999.

앙드레 고드로·프랑수아 조스트,《영화서술학》, 송지연 옮김, 동문선, 2001.

제니퍼 밴 시즐,《영화영상 스토리텔링 100》, 정재형 옮김, 책과길, 2011.

제롬 S. 브루너,《이야기 만들기》, 강현석·김경수 옮김, 교육과학사, 2010.

조너선 컬러,《문학이론》, 이은경·임옥희 옮김, 동문선, 1999.

조셉 칠더즈·게리 헨지 엮음,《현대문학·문화 비평용어사전》, 황종연 옮김, 문
   학동네, 1999.

질베르 뒤랑 외,《상상력이란 무엇인가》, 장경렬 외 2인 편역, 살림, 1997.

크리스토퍼 보글러,《신화, 영웅 그리고 시나리오 쓰기》, 함춘성 옮김, 비즈앤비
   즈, 2022.

크리스티앙 살몽,《스토리텔링 - 이야기를 만들어 정신을 포맷하는 장치》, 류은
   영 옮김, 현실문화, 2010.

폴 리쾨르,《시간과 이야기 1~3》, 김한식·이경래 옮김, 문학과지성사, 1999-
   2004.

피에르 라르토마,《연극의 이론》, 이인성 엮음, 청하, 1988.

피터 거버,《스토리의 기술》, 김동규 옮김, 라이팅하우스, 2021.

피터 부룩스,《정신분석과 이야기 행위》, 박인성 옮김, 문학과지성사, 2017.

H. 포터 애벗,《서사학 강의》, 우찬제 외 3인 옮김, 문학과지성사, 2010.


Cesare Segre, *Structures and Time: Narration, Poetry, Models*, Univ. of Chicago
   Press, 1979.

Cleanth Brooks  & Robert Penn Warren, *Understanding Fiction*, ACC, Inc.,

1959.

David Herman, Manfred Jahn & Marie-Laure Ryan(eds.), *Routledge Encyclopedia of Narrative Theory*, Routledge Ltd., 2005.

Franz K. Stanzel, *A Theory of Narrative*, Charlotte Goedsche(trans.), Cambridge Univ. Press, 1984.

Gérard Genette, *Narrative Discourse*, Jane E. Lewin(trans.), Cornell Univ. Press, 1980.

Jeffrey R. Smitten & Ann Daghistany(eds.), *Spatial Form in Narrative*, Cornell Univ. Press, 1981.

Jonathan Culler, *Structuralist Poetics*, Cornell Univ. Press, 1975.

Maria Nikolajeva, *Aesthetic Approaches to Children's Literature*, The Scarecrow Press, Inc., 2005.

Meir Sternberg, *Expositional Modes and Temporal Ordering in Fiction*, The Johns Hopkins Univ. Press, 1978.

Northrop Frye, *Anatomy of Criticism*, Princeton Univ. Press, 1973.

Peter Brooks, *Reading for the Plot*, Random House, Inc., 1984.

Robert McKee, *Story: Substance, Structure, Style and the Principles of Screenwriting*, Harper-Collins Publishers, 1997.

Seymour Chatman, *Story and Discourse*, Cornell Univ. Press, 1978.

# ㅎ

# 연습문제의 '답과 해설'

여기 제시하는 답은 '정확하다'기보다 '적절한' 것을, 어디까지나 일종의 예로서 제시하는 것이다. ㉖라는 기호가 붙어 있지 않아도 기본적으로 그렇다. 엄밀히 말해 정답은 없다. 보다 적절하고 세련된 답이 있을 뿐이다. 그러니 제시한 답과 조사까지 똑같아야 한다고 여기지 말기 바란다.

평가의 기준은 다음 세 가지이다.

- 문제가 묻는 바에 초점을 맞추어 적절하게 답했는가?
- 본문의 설명 내용이나 〈보기〉를 충분히 이해하고 활용하여 답하였는가?
- 답에 사용된 표현이 적확하고 섬세한가?

다음 방법을 권한다.

일단 먼저 혼자 문제를 풀어 제1차 답을 마련한다. 그다음은 3~4명이 한 조를 이루어 서로의 답을 비교하면서 협의하여 다시 2차 답을 마련한다. 그리고 마지막으로 그것을, 여기 제시하는 답과 해설을 참고하여 다듬어봄으로써 연습 활동을 보완하고 마무리한다.

이는 최대한 답에 접근하기 위해서라기보다, 그 과정에서 시행착오를 통해 여러 가지를 배우고 익히기 위해서이다.

문제의 성격상 답을 제시하지 않고 생략한 경우가 있다. 이런 문제야말로 조별 학습이 꼭 필요한 곳이다.

| 〈 〉 | 단편소설, 영상물, 음악 |
|---|---|
| 《 》 | 장편소설, 단행본 |
| ☞ | 참조 표시. 이 책에서 '함께 더 읽을 곳' 안내 |
| \ | 갈등, 대립, 모순 관계 |
| / | 동일, 유사 관계. 같은 자격의 단어나 구(句)의 나열. 나열된 것들 가운데 하나(그와 가까운 말)를 적었으면 적절히 답한 것임. |
| // | 동일, 유사 관계. 가능한 답들을 나열하되, 그 각각이 비교적 길거나 홀빗금(/)과 함께 사용되어 혼란이 생길 수 있을 때 사용함. |
| 예 | 예시. 답이 길거나 많아서 위와 같이 몇 가지만 나열하는 게 어렵거나 부자연스러울 때, 일부만 예로 제시함. 제시된 것 외에 다른 여러 가지 답이 있을 수 있음. |
| ※ | 해설, 보충 설명 |
| ▶ | 연습 문제가 시작되는 본문의 쪽 |

## 제1장 기본 개념과 의의

[연습 1]　▶ 45쪽

1　　③

　　　※ 연속성과 인과성이 있는 '상황의 변화'가 내포되어 있다.

2　　㉮ 영상, 가사, 음악 등으로 인과성이 있는/연속된 사건/스토리를 형성하는 것.

3-1　③

3-2　㉮ 소년이 소녀에게 끌린다/소년과 소녀가 서로 끌린다 → 소년이 소녀의 마음을 확인한다/소년과 소녀가 서로의 마음을 확인한다. // 소년과 소녀가 사랑을 모른다 → 사랑을 안다.

　　　※ 둘이 과연 '사랑'을 했다고 볼 수 있게 서술되어 있는지에 대해 의견이 다를 수 있다. '이야기 자체의 핵심적 변화'에 초점을 맞춘, 또 작품 자체에 적합한 표현을 찾아야 하는데, '사랑을 한다 → 사랑이 좌절된다'와 같은 답은 그와 거리가 있다고 본다.

4-1　스토리/줄거리/중심사건

　　　※ 무엇으로 이루어져 있는가를 질문했으므로 '스토리' 같은 이야기의 요소를 가지고 구체적으로 답해야 한다. '창작 의도'는 시놉시스에 포함되기도 하나, 그것의 핵심을 '한 단어'로 말하라고 할 때 우선적으로 선택될 것은 아니다.

4-2　㉮ 대화, 지문 위주의 시나리오/대본만 가지고는 스토리의 전개, 분위기, 주제, 창작 의도 등을 알기 어렵기 때문임. // 여러 분야

사람들이 협동하여 제작하는 갈래이므로 대본을 서로 달리 해석하지 않고 사건 전개를 통일성 있게 이해하도록 하기 위해.

4-3  ① 없다.

② ㉔ 시놉시스는 대본을 바탕으로 각종 요소와 매체를 동원하여 완성할 최종 이야기 텍스트/작품의 스토리/얼개/밑바탕에 불과하기 때문임. // 그것만 가지고는 대본과 최종 작품의 초점, 수준, 완성도 등을 총체적으로 알 수 없기 때문임. // 시놉시스는 형상성이 약하므로 대본과 최종 작품에 형상화될 것의 내용과 수준을 알기 어렵기 때문임.

5  인과성

6  ㉔ 벽돌 쌓기로 얻은 결과/점수가 어떤 스토리의 전개/상황의 변화에 이바지하도록 해야 함. // 점수가 어떤 사건의 레벨/스테이지의 전개/상승에 이바지하도록 만들어야 함.

7  ㉔ 마음/의식/내면

8-1  ㉔ SKY 대학에 입학하기 위해 애쓰는 고3 학생들은 막상 '하늘'을 바라볼 여유도 없습니다. 모두가 일류대학에 갈 수 없음을 그들도 알고 있습니다. 그런데도 시험의 노예처럼 날마다 끌려다니는 학생들은, '자기 주도적으로' 살 수 없는 현실에서, 공부를 다만 생존경쟁의 도구로만 여기게 됩니다.

※ 다큐멘터리의 내레이션은 화면에 나타난 것을 단순히 말로 되풀이하기보다 그것을 보충해 줌이 바람직하다. 즉 화면 자료만으로는 알기 어려운 내면의 심리, 사건의 이면적 진실, 현상의 거시적이고 객관적인 분석과 비판 등을 담는 것이다.

8-2  기자/피디(프로듀서)/감독

* 차이점: 소설에서는 그가 작자가 아닌 존재/서술자로 인식되지

만 다큐멘터리에서는 작자/보고자로 여겨진다.

9      생략

[연습 2]   ▶ 59쪽

1      이야기 수필 // 스토리/줄거리가 있는/사건을 다룬 수필

2-1    희곡은 언어만을 매체로 삼지만 연극은 그것을 바탕으로 여러 매체를 사용하여 제작한 종합예술이기 때문이다. // 연극은 희곡과는 달리 언어만을 매체로 삼는 예술이 아니기 때문이다.

※ 답을 할 때, 앞의 두 번째 답에서처럼 '아니다'와 같은 부정어의 사용은 가급적 피해야 한다.

2-2    스토리를 서술하기/내포하고 있기 때문이다.

3      ㉠ 여러 매체를 종합적으로 사용하여 영화를 완성하는 사람이 감독이기 때문이다. // 감독이 작품을 최종적으로 완성하는/스토리를 형성해 내는 사람인 까닭이다.

4-1    ④

4-2    ④

※《먼 나라 이웃 나라》는 사실(정보)의 제시에 그림을 활용하는 이른바 '학습 만화' 형태이다. 이야기가 포함되기도 하지만, 일정한 인물과 스토리를 지닌, 극적으로 짜인 이야기를 지향하지 않는다.

5-1    ㉠ 사건의 자초지종을 구체적으로 재현하기 위하여. // 인과관계가 잘 전달되게 하기 위하여. // 누구든지 쉽고 재미있게 읽으니까.

5-2    ㉠ 객관적\주관적 // (사실의) 기록 지향\(주제의) 표현 지향 // 재현\변용

6  ⑩ 현실의 제약을 받지 않는 환상적 표현이 가능하다. // 상상한
것을 보다 자유롭게 표현할 수 있다.

7  ⑩ 이 작품《로마인 이야기》는 역사 정보에 바탕을 두었으되 역사
서술/갈래의 일반적 기술 방식을 쓰지 않고 있고/표현적 이야기
의 기술 방식을 도입하였고, 역사적 정보가 채워주지 못한 부분에
서는 표현적 상상력을 발휘했으되 표현적/허구적 이야기 갈래에
기울지 않았다.

※《로마인 이야기》는 좌표의 A에 속하지만, 인용문만 가지고는
필자가 A, B 중 어디에 속한다고 보는지 짐작하기 어렵다.

8-1  ⑩ (대본이나 시놉시스만으로는 충분치 않아) 영상 제작에 참여하는
사람들이 자기가 맡은 일을 잘 이해하고 협력할 수 있게 하기 위
하여. // 시나리오를 영상으로 구현하는 과정에서 촬영, 녹음, 연
기, 의상 등 각 분야가 효율적으로 협력하도록 하기 위해.

8-2  생략

8-3  ⑩ 영화는 주로 사물/행동의 변화를 통해 시간의 흐름을 제시하
지만 소설은 자유롭다. // 영화의 행동/사건 제시에는 시간의 생
략/변형이 두드러지지만 소설에서는 그것이 덜 의식된다.


[연습 3]    ▶ 81쪽


1-1  ① ⑩ 자기중심으로 선택하고 과장함. // 자기한테 이롭고 듣는
사람의 동감을 이끌어낼 수 있도록 인과관계를 만들어냄. // 의
외로 불확실한 점이 많아서 적당한 표현을 찾기가 어려움.
② ⑩ 자기 합리화/정당화 욕심 때문 // 타인의 위로와 동의를 바
라서. // 인과관계 파악이 힘들기 때문.

1-2  ㉖ 자기의 상처를 객관적으로 바라보게 되기 때문 // 고백을 하는 이야기 행위 자체를 통해 소통의 해방감과 카타르시스를 느끼기 때문 // 무의식적인 것들을 의식화하고 합리화하여 자기의 정체성과 정당성을 세우기 때문 // 미처 고려하지 못했던 것들까지 종합적으로 살피다 보면 자기의 비논리성, 속 좁음 등을 깨닫게 되기 때문.

2  ① 타당하다/타당하지 않다

※ 두 가지 다 답이 될 수 있다.

② '타당하다'는 이유: ㉖ 이야기는 지식, 체험, 상상 등을 바탕으로 쓰는 것인데, 각자의 지식과 체험은 제한되어 있으므로 많은 경험이 필요하기 때문이다. // 상상만으로는 되지 않는 게 있고, 상상도 경험의 지배를 받으므로 경험이 많아야 상상이 다양하고 풍부해지기 때문이다. // 인물과 사건의 세부를 생생하게 제시하기 위해서는 그냥 아는 것만으로는 한계가 있으므로.

'타당하지 않다'는 이유: ㉖ 스토리텔링은 체험이나 사물의 외면을 단지 재현하는 게 아니기 때문이다. // 스토리텔링은 재료의 양이나 신기함보다 그것을 어떻게 재구성하며 어떤 의미를 표현하도록 재창조하느냐가 중요하기 때문이다. // 상상력이 풍부하다면, 일상적 경험과 지식만 가지고도 그 한계를 극복하여 창작을 할 수 있으므로.

3-1  ㉖ 자신이 특별한 존재가 되고 싶은 욕망을 대리만족할 수 있으니까. // 현실에서 겪는 불만을 해소할 수 있으므로.

3-2  ㉖ 현실적 리얼리티보다 정서적 충족이나 해소가 우선이니까. // 관습적으로 익숙해져 있어서. // 초인은 본래 상상해 낸 존재이므로 무엇이든 가능하다는 무언의 약속에 따라 감상하니까.

3-3 ① ㉑ 인간적 약점이나 상처가 있음/가족이 없거나 일부가 결핍
되어 있음/이성에게 소심함/하위 계층 출신.

② ㉑ 너무 비현실적인 존재가 되는 것을 막으려고/감상자가 자
신과 동일시하기 좋도록 하기 위해.

3-4 ㉑ 초인이 사회적인 문제를 해결함. // 초인이 사회적 약자를 위
해 힘을 씀. // 초인이 현실의 타락한 면을 파고들어 사회비판적
메시지를 제시함.

4 ㉑ 서술에 흩어져 있는 정보를 모으고 추리하여 스토리를 재구성
하는 지적인 놀이에 재미를 느끼는 사람. // 서술을 가지고 스토
리를 구성하면서, 자기의 해석과 추리가 맞고 틀리는 데서 긴장과
재미를 맛보는 사람.

※ 이야기 감상 과정에서 '추리'는 거의 항상 하는 것이다. 그것
자체를 유난히 추구하는 갈래에 '추리-'가 붙는다.

5-1 생략

5-2 생략

6 생략

7 생략


## 제2장 이야기의 구조와 스토리텔링

[연습 4]    ▶ 130쪽

1-1 ① 직접적/청각 중심/언어 의존

② 간접적/시각 중심/언어를 포함한 여러 매체 이용

③ 수동적/일방적/수용적

④ 능동적/참여적

⑤ 높음/강함/명확함

⑥ 낮음/약함/불명확함

1-2  ㉠ 상품의 장점을 깨닫게 하기에 적합한 상황/스토리를 설정한
다. // 시청자의 관심과 흥미를 자극할 만한 인물/사건을 활용한
다. // 시청자의 상상력을 자극하여 광고의 의미/메시지를 스스
로 탐색하도록 한다. // 소비자의 관심을 끄는 새로운 서술 기법
을 사용한다.

※ '최근 인기를 끄는 배우를 모델로 활용한다'와 같은 답도 가능
하나 '이야기의 특성과 구조를 고려하면서 접근 방법 혹은 해
결 방안을' 제시하라는 이 문제의 취지에 부합되게 표현하는
게 좋다.

2-1  ㉠ ① 기생의 딸 춘향이 사또의 아들 몽룡과 사랑을 한다.

③ 두 사람의 사랑이 결실을 맺는다.

2-2  ㉠ ① 옥희 어머니가 사랑손님과 결혼할 뜻이 있으나 미망인에 대
한 사회적 억압이 강하다.

② 옥희의 앞날을 걱정하여 결단을 내리지 못한다.

2-3  ㉠ ① 죽을병에 걸린 주인공에게 청순한 아가씨가 다가온다/죽을
병에 걸린 주인공이 청순한 아가씨에게 끌린다.

② 자신의 처지와 경험 때문에 마음을 주지 않는다/못한다.

③ 주인공은 죽고 아가씨에게는 추억이 남는다.

3  ㉠ 이야기는 체험의 대상이므로 감상자가 그것 자체를 깊이 있게
체험하는 일이 중요하기 때문에. // 이야기에 그려진 형상에 대
한 감상자의 반응/해석/체험을 작자의 의도로 단순화하는/환원
시키는 것은 불합리하므로. // 소설은 (논설문, 설명문 따위와는 달

리) 의사전달을 허구적 형상으로써 간접적으로 하므로 거기서 작자의 의도를 명료하게 알기 어려우니까. // (작자의 의도라고 여겨지는 것에 작품을 꿰맞추어 해석하는) '의도의 오류'에 빠지기 쉬우므로.

※ 작품 감상의 목표가 '작자의 의도' 파악인 것처럼 여기는 것은, 두 가지 그릇된 동일시의 결과이다. 즉 작자의 의도=작품의 주제, 작품 감상=주제 파악이 그것인데, 두 가지 모두 표현적·허구적 이야기의 특성에 부합하지 않는다.

4-1  ㉠ 생쥐는 기가 막혔습니다. // 생쥐는 어이가 없어 입을 다물었습니다. // 생쥐는 좋았던 기분이 엉망이 되고 말았습니다. // 생쥐는 골방쥐와 더 말을 나누고 싶지 않았습니다.

※ 생쥐가 처음에는 즐거워서 '뛰어들어' 왔는데 어이없게 되었음, 혹은 골방쥐가 그렇게 아둔한 녀석인 줄 몰랐다가 알게 되었음 등의 변화가 제시되어야 한다.

'생쥐는, 모든 존재는 자기 나름의 생각이 있다는 걸 알았답니다.' 투로 썼다면, 앞의 상황 변화를 포착하지 못한 것이다. 아울러 고양이가 사자를 이길 수 없다는 명백한 사실, 또 그 사실을 모르는 골방쥐에 대해 생쥐가 보일 수 있는 상식적 반응 등을 고려하지 않은 것이다.

4-2  ㉠ 세상에는 골방쥐처럼 우물 안 개구리 같은 사람이 많습니다. // 골방쥐같이 겁이 많은 사람은, 다른 사람도 다 자기처럼 생각한다고 믿는답니다. // 골방쥐처럼 자기가 아는 게 전부라고/자기 생각만 옳다고 믿는 사람이 되면 안 되겠지요? // 여러분은 골방쥐처럼 무지하고 생각이 좁은 사람은 본받지 않는 게 좋습니다.

※ 원본의 서술은 이렇다. "내가 노상 경험한 건데, 여러분도 스스로 생각해보세요. 겁쟁이가 누구를 무서워할 때는, 이렇게 온

세상이 다 자기처럼 생각할 거라고 여긴답니다." (문제에 제시된 '여러분' 운운의 말은 필자가 문제를 내기 위해 지어 넣은 것임.)

5    〈도둑맞은 가난〉-㉮ 상훈은 스토리상 부잣집 아들이었으나 그 사실이 서술에서 계속 감추어지다가 결말부에서 폭로되므로 감상자는 놀란다. 하지만 그가 '나'에게 좋아한다고 말하지 않은 사실 따위로 그의 비밀에 대해 암시를 해왔기에 감상자는 그럴듯하게/일어날 수 있는 일로 받아들인다. // …… 폭로되었을 때 감상자는 놀란다. 또 '나'가 상훈에게 매달리지 않고 의외로 비난하며 쫓아내기에 더욱 놀란다. 하지만 상훈은 의문스러운 점들이 있었고, '나' 또한 자신의 가난을 받아들이고 적극적으로 삶의 의미를 찾아왔으므로, 자기의 '가난을 도둑맞았다'고 생각하여 상훈을 비난하고 쫓아내는 행동을 할 수 있다. 그래서 감상자는 그럴듯하게 받아들인다.

[연습 5]    ▶ 163쪽

1    ㉮ 진경이 결혼 말/둘이 사업을 해보자는 말을 꺼냈을 때, 인덕은 놀란 표정을 지었다. 진경은 서운했다. 자기의 뜻을 전부터 여러 차례 내비쳤으므로, 지금 인덕이 처음 듣는 것처럼 적당히 넘어가선 안 된다는 결심이 섰다. 본래 인덕의 성격이 자기 의사를 잘 드러내지 않는 편인데, 이 문제만은 그래서는 안 되었다. 오해하지 말라고, 내가 관심이 없는 게 아니라고 변명할지 몰라도, 진경이 보기에 이제 그런 태도는 도피요 무책임이었다. 진경은 어금니를 깨물며 인덕을 똑바로 바라보았다. 그러자 인덕이 더욱 놀라는 표정을 지었다.

2-1     은행 문은 안에서 당겨 열게/밖에서 밀어서만 열게 되어 있다.

2-2     소매치기/강도가 얼른 달아나지 못하게 하기 위해서다.

2-3     예 문이 공간을 적게 차지하고 쉽게 열 수 있도록 미닫이 형태의 문으로 한다. // 넓은 미닫이문이 벽 속으로 들어가게 하여 공간을 절약하고 침대/의료기구가 들고나기 편하게 한다. // 문이 열려도 복도 통행에 지장을 덜 주도록 문이 고정되는 복도 쪽 벽을 실내 쪽으로 30도쯤 꺾고 비스듬히 문을 단다.

2-4     ① 예 지하철에서 만삭의 임신부를 모른 척하며 배려석을 차지하고 앉아 있는 행동.

② 예 시내 한가운데(에 짓는 게 좋다), 이용하기 편해야 하기 때문.

③ 예 앞발/손을 사용하지 않기 때문에 // 공을 남한테 주기만 하니까

④ 예 개인이 매우 억압받는 내면의 심리 상태/개성이 말살된 세상의 분위기

⑤ (ㄱ) 예 기생은 예쁘게 봐주는 이가 많지만, 급비는 험한 일을 하느라 용모가 추레하여 관심을 갖는 사람이 적다. // 급비는 근무 조건이 열악하나 기생은 비교적 낫다.

(ㄴ) 어려운 자를 보살피는 자세로 다스려야 한다. // 따뜻하게 배려하는 마음으로 대우해야 한다.

3     예 인물의 내면/감정의 흐름을 표현하는 언어 기능 // 감상자의 경험/기억/정서를 불러일으키는 서술언어 기능.

4     ① 그림책 - 예 말이 지닌/말로는 다 전달할 수 없는 내용/이미지를 상상하여 보여주는 기능 // 그림의 구체적 이미지가 추상적인 스토리/내용 파악을 도와주는 기능 // 글만 가지고는 내용을 잘 상상하고 이해하기 어려울 때 도와주는 역할.

※ '아직 글을 잘 읽지 못하는 아이들을 도와주는 기능' 같은 답은, 그림책에서 그림이 하는 기능을 구체적으로 명시하지 않은 것이다.

5-1 　⑩ 감상자로 하여금 인물들이 지닌 '지금'의 격렬한 감정에 거리를 두고 냉정하게 바라보게 한다. // 박 검사가 성격이나 사회적 지위 면에서 류해국보다 우위에 있음을 느끼게 한다. // 박 검사가 '오늘'은 흥분해 있지만 '앞'으로 이 사건에 적극 뛰어들을 감상자가 예감하게 한다.

※ 류해국은 계속 고개를 숙인 모습으로 초점화된다. 그에 비해 박 검사는 사회적 지위에 걸맞게 강하고 다부진 모습이며, 류해국을 때린다. 두 사람의 성격적 유사점과 신분의 차이가 이 상황에 깊이 작용하고 있다.

5-2 　① ⑩ ②와 ③ 사이
② ⑩ 감상자가 시간과 장소의 변화에 적응할 시간을 주기 위해. // 박 검사의 내면에 점차 다가가는 ③~⑤의 흐름/전개를 준비하게 하기 위해.

5-3 　⑩ 말로 나타난 두 인물의 성격/입장 차이를 머리 그림으로 선명히 보여준다. // 고개를 숙인 모습과 쳐든 모습의 대립이 성격과 입장의 차이를 제시한다.

## 제3장 이야기의 요건과 작자의 자세

[연습 6] ▶ 184쪽

1-1 　⑩ "손님, 거스름돈 삼백 원입니다." // "손님, 거스름돈 삼백 원 여

기 있습니다." // "손님, 삼백 원 거슬러드리겠습니다."

1-2 　⑩ 친구는 내 옷이 몸에 잘 맞고 맵시도 난다고 했다.

1-3 　⑩ 카드를 (단말기에) 접촉하지 않으면 요금을 더 냅니다.

1-4 　⑩ 그는 사랑으로 인간을 구원할 수 있다고 믿는다. // 그는 사랑
　　 이 인간을 구원하리라 믿는다. // 그는 사랑을 통해 인간이 구원
　　 받을 수 있음을 믿는다.

2 　⑩ 인물의 거친 성격/매우 화가 난 심리적 상태를 제시할 경우.

3-1 　⑩ ① 소설, 만화 등을 희곡, 시나리오 따위의 공연용/제작용 대본
　　 으로 바꿔 쓰는 일 // (넓은 뜻) 장르, 매체 등을 달리하여 재창작
　　 하는 일.

　　 ② ⑩ 소설을 시나리오로 각색하면서 사건을 너무 변형하거나 삭
　　 제하였다.

　　 ※ '각색'은 '윤색(글이나 그림을 손질하여 좋게 꾸밈)'과 같은 뜻으로
　　　 잘못 쓰이는 경우가 있다.

3-2 　① 기존 작품의 거리/차이가 있는 반복.

　　 ② ⑩ 이 영화는 고소설을 패러디하여 현실을 풍자하고 있다.

3-3 　① 주체의 의지가 운명이나 현실적 장애로 말미암아 좌절될 때
　　 느끼는 슬프고도 장한 아름다움. // 미(美) 혹은 그것을 느끼는 의
　　 식(미의식)을 나눈 범주의 하나로서, 의지의 좌절로 인한 슬픔과
　　 관련됨.

　　 ② ⑩ 보통 사람보다 영웅이 좌절할 때 우리는 더 비장미를 느낀다.

4 　⑩ ① 볼거리/장관/볼만한 광경/구경거리

　　 ② 긴장감/긴박감/위기감

　　 ③ 극작술/연출기법/공연(할 희곡의 선정, 개작, 해석 등)을 돕는 일

　　 ※ 연극에서 그런 일을 맡은 사람(Dramaturg, dramaturge)과 구별됨.

④ 모습/영상/시각 효과/시각적 요소

⑤ (영화, 프로그램 등의) 견본 필름/견본 영상/시작품

5-1 ㉘ ①은 창밖의 활기찬 서양 여성들과 여옥을 '대조'시켜 그녀에 대한 '나'의 실망과 안타까움을 강조하고 있다.

②는 여옥과 조롱 속의 종달새를 점층적으로 '병치'시켜, 환경에 '갇혀' 있는 그녀의 비정상적인 삶과 그에 대한 '나'의 놀람을 강하게 드러내고 있다.

※ '나'는 아직 모르지만, 인용문에서 여옥은 마약(아편)에 취해 있다. 예전의 애인이 마약중독자가 되었음을 알았을 때 '나'는 "오싹 등골에 소름이 끼쳐서 머리를 싸쥐고 눈을 감"는다. 인용문은 그 사실을 모르는 상태에서 아는 상태로 가는 과정을 그리고 있다.

5-2 ㉘ 작품을 통해 과거의 언어와 문화를 익힌다는 자세로 읽는다. // 사전이나 관련 자료를 활용하여 '서술된 시대와 사회 풍속'에 대해 깊이 파악하며 읽는다.

[연습 7]  ▶ 195쪽

1 ㉘ 개인의 내면을 깊이 고백하는 특징/독자가 타인의 비밀스런 삶을 엿보는 느낌을 주는 장점

2 ㉘ 말풍선에 들어갈 대화와 장면(칸) 묘사가 연쇄된 글 // 전체 스토리 전개를 따로 적고, 장면(칸)별로 인물의 말과 행동에 관한 서술이 간단한 스케치와 함께 들어 있는 글.

3 ㉘ 충격적 사건을 제재로 삼되 위기를 겹치고 의문의 해결을 지연시킴으로써 감상자의 공포와 긴장감을 불러일으키는 이야기 유형.

4    예 음악/노래, 춤의 예술적 특성/표현적 기능을 활용하여 스토리를 형성하고 감상자를 감동시키는 능력 // 사건과 인물 내면의 흐름을 춤과 음악/노래로 형상화하여 스토리를 전달하고 감상자의 정서를 조절할 수 있는 능력.

5-1    ① 매우 김

② 비교적 큼

③ (여러 회가 연결된) 연쇄 구조/확산적 구조

④ 비교적 제한되지 않음/일상적/사실적

⑤ 비교적 중요하지 않음/기능이 작음

⑥ 외향적/비교적 유형적/전형적/평면적

⑦ 비교적 일상적인 것/현실적인 것

⑧ 주로 주부층/일반인 대상

⑨ 위안/심리 해소/오락

5-2    ③

5-3    ① 비논리적/비합리적/폭력적/탈법적

② 다음 중 2가지 – 난폭하다/충동적이다/권위주의적이다/과격하다/감정적이다/가부장적이다

③ 상식과 가치에 어긋난 현실을 유사한/폭력적인 방법으로 해결하여 현실을 오히려 더 비윤리적인 상태로 만든다. // 억눌린 감정을 비합리적/비현실적으로 해소함으로써 말초적 재미만 주고 가치의식/비판의식은 약화시킨다.

6-1    예 (아래 시나리오 서술은 내용이 '대략' 일치하면 적절한 답으로 간주함)

① 어두워진 방 안, 어머니가 숨져 있는 침대 곁에 자식들이 슬픈 표정으로 앉거나 서 있다. 잠든 듯이 누워 있는 어머니. (시간 경과) 서성이는 길버트. 엄마가 깨어나길 기다리는 것 같은 어니.

(시간 경과) 울음을 터뜨리는 에이미. 슬픔을 머금은 음악.

② 길버트네 집 바깥. 밤.

③ 어둠에 잠긴 집. 길버트가 그 앞에서 생각에 잠겨 서성이고 있다.

④ 지하실, 실내, 밤.

⑤ 괴로운 표정으로 내려가는 길버트. 임시로 보수해 놓은 기둥들을 본다. 무엇이 복받쳐 파이프로 기둥들을 후려치다 쓰러진다. 울부짖으며 다시 후려쳐 쓰러뜨린다.

⑥ 오르골을 가지고 놀고 있는 어니. 2층에서 내려오는 형제들. 무언가 결정을 한 표정이다.

　길버트: "어니, 네 도움이 필요해."

어니가 평소답지 않은 표정으로 길버트를 처다본다.

(시간 경과) 가족 모두 가구들을 집 바깥으로 옮기기 시작한다.

⑦ 텅 빈 집안. 창밖에 어니가 늘 올라가 장난을 치는 나무가 보인다.

　길버트와 어니가 단둘이 빈방에 서 있다. 길버트는 어니에게 무언가 차분하게 이야기하고, 어니는 고개를 끄덕인다. 길버트가 어니를 끌어안는다.

⑧ 새벽하늘을 배경으로, 불어오는 바람에 활활 타는 집. 시커먼 연기가 치솟는다.

　그것을 바라보는 형제들의 표정에 슬픔과 해방감이 뒤섞여 있다. 그들의 얼굴이 집의 모습과 번갈아, 반복하여 클로즈업 된다. 길버트, 어니, 엘렌…… 길버트, 어니…… 그들의 표정이 점차 안정되어 간다.

6-2　㉠ 길버트의 가족은 각자를 구속하고 있던 것에서 해방된다/해방되어 집을 떠날 수/자기의 길을 갈 수 있게 된다.

6-3 　㉠ (인물의 심리, 행위 동기 등과 같은) 추상적/내면적인 것을 제시함에 있어서 영화는 여러 매체를 사용하여, 구체적 형상들(행동/이미지/음악 등)로 보여준다/그려낸다/형상화한다. S#12에서 불타는 집/어머니를 바라볼 때 클로즈업 되는, 슬퍼하면서도 해방감을 느끼는 가족들의 표정과 그 배경 음악이 좋은 예이다.

6-4 　㉠ 어머니가 있는 집에 불을 지르면 어니가 날뛸 것을 막기 위해서이다. // 어니가 집에 불을 지르는 이유에 대한 형의 설명을 이해할 정도로 컸음을 제시하기 위해서이다.

[연습 8]　▶ 215쪽

1 　㉠ 외부/액자 부분 이야기가 내부/그림 부분 이야기의 진실성/사실성을 보장하여 그럴듯함을 강화하기 때문이다. // 서술자, 전달자 등의 여러 화자가 이야기의 신뢰성, 객관성 등을 높임으로써 그럴듯함을 북돋우기 때문이다.

2 　㉠ 다음 중 2가지-내용/정보가 스토리의 흐름에서 중요한 정도 // 담긴 요소가 지닌 인물 내면/심리 표현상의 필요성 // 감상자의 관심/정서를 유도/조절하는 기능

3 　널리 알려진 설화(신화/전설/민담)나 고전이어서 친숙한/홍보하기 쉬운 이야기 // 인간의 보편적 욕망과 정서에 부합하는 이야기
　※ '세계적으로 히트한 이야기' '대중적인 이야기' 등은 갈래나 어떤 특성을 지적한 답이라고 보기 어렵다.

4-1 　㉠ 역사적 사건, 인물, 배경 등을 활용한 소설이나 드라마는 그것을 그럴듯함을 조성하는 요소로 활용한다. 역사적 사실과 너무 다르면 그릇된 정보를 알리거나 그럴듯하다는 반응을 얻기 어려우

므로 고증을 중요시하지만, 그 역사적 요소의 일차 기능은 사실의 전달에 목표를 두지 않기 때문이다. // ~ 중요시하지만, 역사적 상상력에 의해 변용되고 재구성된 것이므로 사실 그대로인 것으로 받아들임은 부적절하다.

4-2 ㉠ 게임 사용자는 게임에서 재미를 맛보는 게 중요하지 배경이나 상황이 현실에 비추어 얼마나 그럴듯한가는 그다지 중요하지 않기 때문이다. // 게임은 인식적/사실적 가치보다 효용적/정서적/쾌락적 가치를 중시하기 때문이다. // 게임은 가상공간에서 허상을 가지고 벌이는 오락임을 사용자가 잘 알고 있기 때문이다. // 게임을 통해 현실에서 벗어나는 기분을 맛보는 데 오히려 도움을 주기 때문이다.

5-1 생략

5-2 ① ㉠ 그의 직업이 예술가일 경우/그가 예술품 전시 개관식에 참석한 장면.
② ㉠ 어른들과 함께 모인 자리에/기업의 면접시험장에 나타난 장면.

6 ④
※ 현실적으로 그럴듯하게 만드는 '사실적 동기화'의 기법에 관한 문제이다. 현실적으로 그런 제도가 있어야 형의 행동이 당위성을 얻는다.

7 ㉠ 그런 나라는 여성의 애정적 선택/남성 선택을 허락하지 않는, 매우 가부장적/남성중심적인 문화가 지배하는 나라일 것이다. 그런 나라에서 가정을 파괴하는 여성 이야기는 그럴듯하지 않을 뿐 아니라 '건전한 국가 윤리'에 어긋나는/사회의 풍기를 문란케 하는 것으로 규정되어 있기 때문이다.

8-1  ① 예 〈빌리 엘리어트〉

② 예 가난한 광부의 아들이 발레리노가 되고 싶어 한다.

8-2  ① 예 발레 선생의 가르침/아버지와 형을 비롯한 광부들의 모금

② 예 발레 선생의 가르침은 주인공이 재능을 발견하고 마침내 오디션에 합격할 수 있게 해주기 때문에. // 아버지와 형을 비롯한 광부들의 모금은 주인공이 런던에 가서 오디션을 받을 수 있게 해주기 때문에. // (발레 선생, 광부들은) 자신의 삶에서 좌절하였지만, 그들의 도움으로 빌리는 성공하여 위안을 받는 효과를 거두므로. // 춤을 추는 예술 행위와 탄광에서의 노동이 모두 삶의 의미 있는 활동임을 깨닫는 감동을 일으키므로.

[연습 9]  ▶ 236쪽

1  예 해양 오염으로 원유 범벅이 되어 죽어가는 새/비닐 쓰레기가 목을 조여 숨을 쉬기 어려운 거북이.

2-1  예 문화계의 유명 인사가 모여서 한류 열풍을 확산시킬 방안에 대해 협의하는 모임을 호텔이 주관한다/유치한다. // 호텔에서 한국 음식/한복을 국제화하기 위한 쇼를 연다.

※ '부자들이 모이는 고급스런 파티를 연다'와 같은 답은, '한국 문화 선양에 노력하는 이들'이라기보다 '부유한 이들'이 모이는 곳이라는 이미지를 형성하므로 적절한 답으로 보기 어렵다.

2-2  예 매스컴이 행사를 보도하되/행사 참가자를 인터뷰하되, 청소년의 한국 문화에 대한 자긍심을 기를/진로 선택에 도움을 줄 내용에 초점을 맞추어 보도하도록 한다.

2-3  예 정치인이 전통시장에서 서민들과 어울려 사진 찍는 행사.

3-1 　📖 많은 사람이 일탈 욕망을 지니고 있기/대리만족시켜 주기 때문이다. // 도덕이나 규범에 억눌려 있는 인간의 본능적 욕망을 다루기 때문이다.

3-2 　📖 기존의 도덕, 규범 따위를 혁신하는 가치와 진실을 드러내고 그것을 예술적으로 형상화하였기 때문이다. // 규범적/세속적 가치와 인간적/초세속적 가치 사이의 대립을 사실적/비판적으로 그렸기 때문이다.

3-3 　📖 대중적·상업적인 이야기가 감각적 욕망/본능적 쾌락을 충족시키는 데 그치는 반면, 본격적·예술적인 이야기는 인간성을 억누르는 규범 자체의 문제점/인간적 진실을 억압하는 현실의 실상을 깊이 인식하게/비판적으로 사색하게 이끈다.

※ 한쪽이 정서적 가치를 추구한다면 다른 쪽은 인식적 가치를 추구한다는 식으로, 두 가치를 대립시킨 답은 바람직하지 않다.

4 　📖 ②를 택하여 답한 경우: 이 영화 안에서나 밖에서 풍수사상이 긍정적인 것으로 여겨지지 않는 상황이므로 박지관은 긍정적 존재로 그리기 어렵다. 가령 결말에서 그가 독립군을 양성하는 신흥무관학교의 건립 장소를 택해주는 행동은 풍수사상의 부정적 측면에 대한 일관성을 깨고 있다. 결말부에서 풍수사상에 매달린 인물들이 나라의 패망을 재촉하기 때문이다.

5 　생략

[연습 10] 　▶ 244쪽

1 　① 📖 자식보다 자기의 건강과 옷차림만 챙기는 (어머니)
　② 📖 가족과 많은 재산을 두고 감쪽같이 사라진 사람의 (추적)

③ 예 화장장 아래에 있는 검푸른 (호수)

2 예 〈삼포 가는 길〉에서 그(영달이 백화를 업는) 행동은 인간다운 동정심으로 서로 가까워지고 의지함을 나타낸다. 거기서 독자는 그들이 소외된/약한 사람들일지라도 서로 맺어져서 한 가족을 이루어 행복해지기를 바라게 된다. 한편 〈수난 이대〉에서 그 행동은 서로 의지하지 않으면 살아가기 힘듦을 보여준다. 거기서 독자는 이 부자(父子)에게 닥친 시련의 혹독함에 놀라며 그들을 동정하는 한편, 그들이 그런 시련을 당하게 만든 이들/나라 현실에 대해 분노하게 된다.

3-1 예 자기한테 익숙한 것을 계속 원함. // 혈연관계를 중시하며 '형제 관계의 사랑'이라는 금기에 관심이 많음. // 당사자/인물은 모르는 것을 자기는 아는 데서 쾌감을 느낌.
※ '비밀이 폭로되는 플롯을 좋아함'도 답일 수 있으나, 문제에 내포되어 있는 내용을 반복하는 면이 있다.

3-2 예 참신하고 창조적인 것의 등장을 억압함/흥미 위주로 흘러 드라마의 가치를 떨어뜨림.

4 ②를 택함 - 예 (영화 〈디 아워스〉의) 로라가 누운 호텔 방의 침대를 삼킬 듯이 차오르는 물은 매우 상상하기 힘든 것으로, 참신성이 있다. 그것은 그녀의 돌발적이고 격렬한 자살 충동을 충격적으로 표현하기 위해 동원된 것이다. // 로스앤젤레스 호텔 방의 그 물은, 버지니아 울프가 자살하는 런던 교외의 그 강물과 겹친다. 이는 두 여인의 비극적 삶을, 시간과 공간의 거리를 뛰어넘어 단번에 연결하는 매우 참신한 기법이다.

5 생략

## 제1장 사건의 설정

[연습 1] 동화《마당을 나온 암탉》의 사건 분석   ▶ 285쪽

1    예 어머니가 될 수 없는/새끼를 까서 기를 수 없는 암탉/잎싹이 어머니가 되고 싶어 한다.

2    ① 예 보호를 받을 수 있다/안전하다/편하게 살 수 있다/외롭지 않게 산다.

      ② 예 자유롭다/자기 욕망대로 새끼를 까서 기를 수 있다/자신의 본성과 꿈에 따라 살 수 있다.

3-1.    ③-2. (청둥오리가) 목숨을 바쳐 잎싹을 돕는다./잎싹과 알(자기 새끼)을 위해 희생한다.

      ④-1. (잎싹이) 초록머리를 데리고 마당으로 돌아간다.

      ⑤-2. (잎싹이) 족제비와 싸운다./족제비한테 잡아먹힐 위기에 빠진 초록머리를 구한다.

      ⑥-2. (초록머리가) 사람에게 붙잡힌다./주인 여자에게 붙잡혀 묶인다.

      ⑦-3. (초록머리가) 청둥오리떼의 파수꾼이 된다.

      ⑧-3. (초록머리가) 무리와 함께 겨울나라로 떠난다.

      ⑨-2. (잎싹이) 자기도 날고 싶다는/다른 생명을 위해 희생하고 싶다는 새로운 소망을 품는다.

3-2    마당 식구들/(헛간과) 마당에 사는 동물들

3-3    예 무리에 속해 보호를 받으려는 마음\무리의 구성원들이 이미

차지한 것을 나눠주지 않으려는 마음. // 비슷한 처지의 족속끼리 차별 없이 사랑하며 지내기를 원하는 마음\자기네와 다른 것을 집단적으로 따돌리고 배척하는 마음. // 부당하고 원치 않는 현실에 맞서 자기 삶을 개척하는 용기\현실에 안주하여 이상을 버리는 안일함.

※ 이 작품의 제목 '마당을 나온 암탉'은, 보기에 따라 '마당에서 쫓겨난 암탉'의 뜻을 포함하고 있다.

3-4 ㉠ 잎싹의 욕망 실현을 가로막는 요인을 더 설정하여 사건 전개가 한층 더 극적이 되고 규모도 커지게 한다. // 사건 전개가 잎싹과 가까운 무리들과의 갈등을 통해서도 이루어지게 함으로써 사실성을 북돋운다. // (마당에만 나오면 욕망대로 살 수 있으리라는) 잎싹의 기대가 무너지고 새로운 장애와 부딪히게 하는 사건 전개로 수난을 강화함으로써, 잎싹을 더욱 애처로운 한편 용기 있는 인물로 만든다.

※ '사건 전개가 이루어지기에는 현실이 만만치 않음을 제시한다'와 같은 답은, '사건 전개'와 직접 관련된 구체적 내용이 아니므로 답으로 부족하다.

4 ㉠ 그 이미지가 자유로운 존재가 된 기쁨을 표현하는 데 적합하기 때문이다. // (잎싹의 도움 없이) 초록머리가 혼자서도 살 수 있을 만큼 성장했음을 나타내기에 적절하기 때문이다. // 초록머리가 동족과 함께 살게 되었음을 감동적 이미지로 보여주기 때문이다.

※ 답으로 부적절한 예: 초록머리가 고향으로 가기 때문이다./어머니(잎싹)와 헤어지기 때문이다.

5 ①

※ 다른 항들은 이야기의 초점 혹은 전개 방향에 걸맞으나 ①은

그렇지 않다. 이 작품이 승리를 향해 나아가는 대결 이야기라고 볼 수 없기 때문이다.

6 　②

※ 두 작품은 주인공이 성장하는, 혹은 주인공에 대한 감상자의 반응이 좋아지고 높아지는 공통점이 있다.


## 제2장 인물의 설정

[연습 2] 동화《마당을 나온 암탉》의 인물 분석 　▶ 317쪽

1 　㉠ 인간과 족제비는 생명을 억압한다./생명에 대해 폭력을 행한다./자기의 욕망을 달성하기 위해 다른 존재의 생명을 하찮게 여긴다.

※ '생명과 대립된다'와 같은 답은 행동이 빠져 있어 너무 추상적이다.

2-1 　① 털이 뽑히고 초라함/폐계의 죽다 살아난 모습

② 없음/외톨이

③ 없음

④ ㉠ 독립성 있음/현실에 만족하지 않고 꿈을 추구함/용기 있음/불안함

※ '③ 친구/나그네' '④ 모성애 있음/알을 품고 싶어 함' 등은, 잎싹이 헛간에서 마당으로 쫓겨난 상황에서의, 특히 마당에 사는 닭과 대조되는 특질이 아니다.

2-2 　㉠ 날개가 있어도 날지 못하니까/인간에게 보호를 받는 대가로 인간에게 착취를 당하므로/인간에 의해 길들여진(야생성을 잃은)

존재니까/자신을 억압하는 세력에 대항할 강력한 무기가 없으므로/생식력을 잃어도 남의 알을 부화시킬 수는 있으므로.

 ※ '인간에게 친근한 동물이니까', '가축이니까'와 같은 답은 이 이야기의 갈등과 관련된 중요한 특질을 구체적으로 지적하고 있다고 보기 어렵다. 잎싹은 새로서 일종의 '중간적 존재'이다.

3-1  ②

 ※ ②는 '이 작품에서의 중간자적 특질'이라고 할 수 없다. 나그네는 다른 동물들과 함께, 족제비와 대립관계에 있음을 보여줄 뿐이다.

3-2  예 나그네가 족제비와 필사적으로 싸우는 행동/나그네가 목숨을 바쳐 잎싹을 돕는 행동/나그네가 자기 새끼가 나는 것을 간절히 바라는 행동

 ※ '나그네가 집오리와 가까워져 사랑을 나누는 행동', '나그네가 잎싹의 친구가 되는 행동' 등은, 족제비한테 날개를 다쳤기 때문에 일어난 것이기는 하나, 작품에서 덜 중요하고(기능성이 낮고) 인과적 필연성이 약한 행동이다.

4   ②

 ※ '이 이야기의 구조에서' 잎싹과 나그네가 지닌 욕망이나 이들이 겪는 갈등은, '무리의 보호'를 받는 문제와 관련된 게 많다. 잎싹과 초록머리가 거듭 마당으로 돌아가는 데서 드러나듯이, 그것이 비중 있는 제재, 갈등 요인이 되고 있는 것이다.

5   ①

6   예 이 이야기의 분위기가 어둡고 딱딱한 면이 있으므로 밝고 부드럽게 만들기 위해서이다. // 잎싹에게 나그네를 대신할 조력자가 있으면 사건을 더 그럴듯하고 다양하게 꾸밀 수 있기 때문이다.

// 인물의 생각/사건의 내용을 재미있고 쉽게 설명해 주기 위해서이다. // 그런 (훈수형) 인물이 한국 영화에 자주 등장하므로 감상자가 이야기에 보다 친근감을 느끼도록 만들기 위해서이다.

## 제3장 인물 그리기

[연습 3] TV 드라마 〈나의 해방일지〉의 인물 그리기 분석　▶ 331쪽

1-1　갇힌/망가진

2-1　예 차분히/덤덤하게 천둥/벼락을 바라보는 모습/장면. // 구씨가 천둥 번개에 미동도 안 하는 것을 미정이 바라보는 모습/장면.

2-2　예 어둠/비

3　②

　　　※버려진 개들의 모습과 처지가 구씨와 통한다.

4　예 억압을 뚫고 나가려는/자신을 해방하려는/행복해지려는 욕망/충동을 제시하기 위해.

　　　※ '인물의 내면을 제시하기 위해' 같은 답은 구체성이 결여되어 있다.

5　예 내면적/심리적/추상적인 것을 구체적으로 보여주는/설명하는/해설해 주는 장치. // 내적인 고백/상태와 욕망을 자연스럽게 드러내기 위해.

6　예 제13화의 장면 24~32.

　　　24. 구씨가 관리하는 업소(룸살롱)에서 아기를 바라본다.

　　　25. 구씨가 새벽 네 시에 (술만 먹고) 저녁밥은 먹지 않고 있다.

　　　26. 구씨가 단골 바에서 차려준 식사에서, 미정이네 집에서 먹던

고구마 줄기 반찬을 본다.

27. 다음 날 낮, 구씨가 억지로 출근한다.

28. 구씨가 자기 사무실에서, 전에 미정의 회사 앞에서 그녀를 부르던 광경을 떠올리며 '염미정!'을 외친다. 원하는 것을 말해보라고, 그녀한테 했던 말을 부하(삼식)에게 한다. 부하가 고향에 가고 싶다고 한다.

29. 부하가 구씨가 준 용돈을 쥐고 훌쩍이며 '자유롭게' 고향으로 간다.

30. 구씨가 사무실에서 갑자기 일어선다.

31. 뚜벅뚜벅 걸어서 지하철 역사로 내려간다.

32. 구씨가 탄 전철 창밖에, 전에 미정이 말했던 '해방교회' 현수막(오늘 당신에게 좋은 일이 있을 겁니다)이 보인다.

※ 억압된 비인간적 현실에서 벗어나, 일상의 자유와 행복을 찾아 미정에게 향하는 구씨의 '내면 흐름'과 그에 따른 행동을 여러 사물과 방식으로 그려 보여준다.


## 제4장 공간의 활용

[연습 4] 영화 〈기생충〉의 공간 분석    ▶ 352쪽


1    사교육/과외

2    예 한국에서 교육은 교육의 본질에서 벗어나 있다/경쟁의 도구이다. // 한국의 사교육은 부유 계층의 신분 유지와 과시의 수단이다.

3-1    반지하

3-2    ① 지상 ② 지하

※ 공간의 이동 자체가 스토리 전개를 함축한다.

4  예 체인점을 하다가 망함/가진 자에게 '기생하여' 살아가는 계층/ 사는 곳이 지하임.

5-1 예 빈\부 // 가진 자\못 가진 자

5-2 예 거만함/가부장적/독선적/과시적

5-3 다음 중 2가지를 적음 – 예 (가난을 연상케 하는) 냄새에 민감함./계층의 '선(線) 넘는 것'을 싫어함./고개를 쳐들고 지냄./고급 차를 탐./살인 현장을 외면함.

5-4 예 모멸감/굴욕감/자포자기 심정/공황 상태

5-5 ① 예 우발적/억압자에 대한 분노

② 예 오근세: 아내에 대한 복수, 김기택: 쌓인 모멸감의 폭발

※ 오근세의 살인은 가난한 자들끼리의 가엾은 살인이다. 그리고 김기택의 살인을 더 필연성 있게 만드는 기능을 한다.

6  예 지하에서 살 수 없는(집이 없어지는) 상황을 조성함./빈부 계층의 차이를 극대화함./기생충처럼 살아가는 하층민의 고통을 심화함.

② 예 비극적 파국의 분위기 강화/(수직 계급구조에서의) 하층의 몰락을 상징화/더러운 현실의 정화

7  예 (수압을 견디지 못하여) 오물이 솟구치는 변기/천정 가까이 높은 곳에 설치된 변기

8  예 비판적 주제가 가져오는 어두운 분위기를 다소 밝게 만들기 위해서이다. // 식구 모두가 사기로 한 집에서 일자리를 구하는, 과장되고 우스운 면이 있기 때문이다. // 가난한 이들이 자기네끼리 싸우는 모습을 감상자가 동정하는 희비극적 효과를 내기 위해서이다.

## 제5장 플롯 짜기

[연습 5] 소설 〈그 가을의 사흘 동안〉의 플롯 분석　　▶ 376쪽

1　　例 두 가지 성격의 스토리(㉠, ㉡)를 예로 제시한다.

① ㉠ 아기를 중절시키는 일만 해온 독신 여의사 '나'가, 폐업하기 전에 살아 있는 아기를 분만시키고 싶어 한다. // ~ 여의사 '나'가 '인간 백정'이 아님을 확인하고 싶어 한다.

㉡ 아기를 죽이는 일만 해온 독신 여의사 '나'가 자기 아기를 갖고 싶어 한다. // ~ 여의사 '나'가 자신의 삶에 결여된 것을 채우고 싶어 한다.

② ㉠ 목숨이 붙어 있는 아기를 받게 되어 인큐베이터가 있는 병원으로 안고 뛰어간다.

㉡ 소망이 실현될 수 없는 현실을 확인할수록 거꾸로 아기를 갖고 싶다는/결여된 것을 채우고 싶은 욕망이 커져서 광란에 빠진다.

③ ㉠ 아기가 죽는다. // '나'는 살아 있는 아기를 받지 못한다.

㉡ '나'는 자기가 아기를 얻을 수 없음을/자기가 비인간적인(결여된) 존재임을 인식하고 절망한다.

※ ㉠은 표층적 스토리 요약이다. 그리고 플롯상 결말부에서 밝혀지지만 스토리상 이전부터 존재하는 '나'의 비밀스런 욕망 – 살아 있는 아기를 분만시키고 싶다고 하나, 사실은 자기 아기를 갖고 싶은 마음도 있음 – 을 반영하지 않고 있다. 그래서 보다 심층적 스토리 요약인 ㉡에 비해 적절함이 떨어진다.

2　　① ('나'의 27세부터 56세까지) 약 30년/'나'의 일생

② 한국전쟁 중인 때(1953년)부터 1980년대 초(1982년)까지/한국전쟁 때부터 산업이 부흥하고 경제가 발전하는 1980년대 초까지

④ (1980년대 초의) 병원을 폐업하기 사흘 전

3-1 ㉮ 왜 그렇게 시간을 따지는가/살아 있는 아기를 받고 싶어 하는가 하는 의문/호기심을 일으켜 긴장을 조성하기 때문이다. // 그 말의 반복이 서술의 리듬/패턴을 형성하여 산만한 느낌을 줄이고 통일감을 주기 때문이다.

3-2 ㉮ 강박에 사로잡혀 있음/내적 갈등에 빠져 있음/실패할 것을 알면서도 집착하고 있음/인정할 수밖에 없는 것을 인정하지 않으려고 발버둥치고 있음.

4 ④

5 ②

※ 황 영감이 '나'를 보고 인간 백정이라면서 자기 손자를 받지 못하게 한 까닭이라고 할 수 있다. 그것은 ②와 밀접한 사건이므로, ②를 답으로 삼을 수 있다.

6 ① 떼어낸 작은 크기의 태아를 포르말린에 담가 병에 넣어둔다. // 그 병을 간호원이 버리려고 하자 "악을 쓰며 빼앗는다." // 황 영감의 딸이 자기 손자를 사랑하는 모습을 보며 부러워한다.

② 떼어낸 아기를 신생아처럼 보살펴서 우단 의자 위에 놓아둔다.

7-1 ㉮ 생명을 경시함/성적으로 타락함/물질을 숭배함

7-2 ㉮ 본래의 순수한 자기/상처받지 않은 자기/상처를 입어 경직되기 전의 자기/의사 또는 인간으로서의 양심

※ "'나'가 하지 못한 생명을 살리는 의술'과 같은 의료 행위 위주의 답은, '나'가 개업을 하기 전부터 우단 의자를 특별히 취급했음을 볼 때 부적절한 면이 있다.

8-1 ④

8-2 ①

※ '나'는 결말에서, 외면적으로는 ("미친 여자"라는 소리를 듣는) 절망적인 상태에 떨어지지만, 내면적·인간적으로는 억압과 증오에서 벗어난다. 이는 비극적이면서도 상승적인 결말로 볼 수 있다.

## 제6장 서술의 상황과 방식 설정

[연습 6] 소설 〈그 가을의 사흘 동안〉의 서술방식 분석 ▶ 395쪽

1-1 ④

1-2 ④

2 예 거칠고 품위 없다/계산적이다/타인을 무시한다/냉정하다/자기방어적이다/(속으로) 외로움을 느낀다.

3-1 예 (바뀐 부분을 구별하기 쉽도록 밑줄을 침)

그녀는 자기 방 창가에 앉아 하나둘 불을 켜기 시작하는 동네를 맥없이 내려다본다.

<u>문득 그녀의 시선이 한곳에 머문다.</u> 거기서 빤히 내다보이는 황 영감 집 안마당이다. 황 영감네 식구들이 대낮처럼 불을 밝힌 채 이삿짐을 챙기고 있는데, 그 가운데 황 영감의 딸이 있었다. <u>도로 확장으로 헐리는 보상까지 받으며 낡아빠진 집을 떠나니 즐거운 이사인 셈이었다.</u> 황 영감 딸 역시 즐거운 모습이다. <u>하지만 친정집 이사보다 아기하고 노는 게 더 즐겁다.</u> 어수선한 마당에서, 그녀는 황 영감 딸의 모습만 홀린 듯이 뒤쫓는다. 황 영감 딸이 평생

조카인 척하나 사실 만득은 자기 아들이다. 그 만득의 아내가, 예전의 그녀 비슷하게 결혼도 하기 전에 임신하여 낳은 아기지만, 그저 좋기만 할 뿐이다. 아기를 안고 볼을 부비기도 하고 사람들을 불러모아 자랑스럽게 보여주기도 한다. 어디가 모자란 사람처럼, 속에서 샘솟는 사랑을 주체하지 못한다. 겉으로는 고모 행세를 하고 있지만 사실은 할머니이니까 그럴 수밖에 없다고, 그녀는 생각한다. 아주 넋이 나가서, 그녀는 황 영감 딸과 아기한테서 도무지 눈을 떼지 못한다.

그녀는 황 영감 딸이 몰래 만득을 낳을 때 도와주었고, 그 여자의 비밀을 쥐고 있으므로 자기가 우월한 존재인 것처럼 여겨왔다. 하지만 그건 잘못된 생각이었다. 황 영감 딸은 겁탈을 당한 상처로부터 오래전에 놓여나 자유로운 존재가 되었지만, 그녀는 아직도 악몽에 사로잡혀 있었다. 비정상적으로 임신을 한 건 같아도, 이미 오래전부터 두 사람은 사는 세상이 달랐던 것이다.

3-2　㉑ 이 소설은 서술자가 자기 자신을 서술하지만/일인칭 서술이지만, 매우 분석적이다/비판적 거리를 두고 한다. // 대상을 전지적으로 서술하려면, 그것을 바라보는 위치와 입장/의미와 초점이 확실히 서 있어야 한다.

## 제1장 기초 다지기

[연습 1]    ▶ 406쪽

  생략

[연습 2]    ▶ 416쪽

1-1    생략

1-2    생략

2     예 연인과 이별한 상황/원하는 것이 부재하는 상황

3-1    예 산에 나무를 하러 간 아버지가 날이 어두워도 돌아오지 않는
    다. 저녁을 준비하던 어머니와 아궁이에 불을 때던 나는 오직 아
    버지가 돌아오기만을 초조하게 기다리고 있다.

3-2    예 나무를 하러 간 그이가 날이 어두워졌는데도 돌아오지 않아 초
    조하게 기다렸다. 나뭇짐을 지고 오다 산길에서 넘어지지나 않았
    는지, 저녁 준비를 하느라 도마질을 하다 말고 멍하니 있었다. 다
    행히 그이가 돌아와서, 아궁이 앞에 앉았다. 나는 반갑고 고마운
    마음에 땀을 흘리는 그이한데 무를 깎아 내밀었다.

4     생략. (뒤늦게 참석하는 '나'의 불안한 상태, '나'와 모임 참석자들 사이의
    심리적 거리 등을, 공간의 간격, 사람의 크기, 명암 등으로 나타내야 함)

5     예 ① 아내의 불평 소리가 듣기 싫어 집에 들어가지 않는 남편의
    상황
    ② 불쾌한 감정을 감추지 못해 표정에 드러난 상황

③ 아이가 난폭한 동네 친구들과 어울리다가 거칠어진 상황

④ 상관의 주장에 동의하지 않으면서도 불이익을 당할까 두려워 입을 열지 않는 상황

6 예 묻힌 남자는 부족의 우두머리였다. 그는 매우 날쌔고 용맹하여 사냥을 잘하고 이웃 부족을 여럿 제압하여 '흰 늑대'라고 불렸다. 그는 실제로 하얀 늑대 새끼를 키워 개처럼 데리고 다녔다. 그가 죽었을 때, 사람들은 그가 늑대로 환생할 것으로 믿고 아끼던 늑대를 함께 묻었다.

7 예 ① 가구의 재활용을 싫어하는 여우

② 숲이 파괴되어 살기 어려워진 침팬지

8 예 ① 사업이 잘되어 수입이 많아지자 사람을 경제적 이득 중심으로만 대하는 사람이 있었다. 그러자 그의 인간성에 대해 나쁜 소문이 돌아 사업에 큰 지장을 받았다. 결국 그는 예전보다 못한 신세로 떨어지고 말았다.


[연습 3] ▶ 428쪽


1 예 ① 어려움이 닥치면 피하는 특질

② 여럿이 함께 여행하는 중에 사고가 났다. 그게 해결될 때까지 그는 보이지 않았다.

2 예 ① 혈육의 정/효도/가족애/진실 추구

② 개혁/정의로움/희생정신

③ 진실의 가치/명예 회복/억울함 해소

④ 물질 중심주의/계산적 성격/세상 물정을 모름/노동자의 현실

⑤ 가치관 지킴/타락한 현실/양심 추구

⑥ 유약함/사회성 부족/내성적인 성격/인간관계의 어려움

3  ㉐ ① 자신이 정숙하지 못한 사람으로 보일까 봐/외국인 노동자가 많아 위험할 것 같아서

② 자신의 처지를 받아들이기 싫어서/자기만 못한 사람이 많아서

③ 다른 노인들이 불쌍해서/딱한 사람이 간절히 부탁을 해서

※ '봉사를 하고 싶어서'와 같은 답은 '연민'(불쌍히 여김, 동정함)의 정서와 어울리지 않는다.

④ 젊은 시절의 자신감을 되찾기 위해/나이를 이유로 도피하고 싶지 않아서

4  ㉐ ① 부하 직원 한 사람에게 모든 책임을 지운다.

② 아무도 그녀의 주장에 동조하지 않는다.

5  ㉐ ① (남자가) 여자보다 학력이 낮은 데 대하여 열등감을 버리지 못한다./자기 집안의 사회적 지위가 여자 집안과 차이가 커서 부담을 느낀다.

② (여자가) 상대방이 지나치게 재산을 중요시하는 게 싫다./자기의 돈을 쓰지 않으려는 남자의 습관이 마음에 들지 않는다.

③ (남녀가) 상대방이 너그럽지 않다고 생각한다./상대의 거칠고 독단적인 기질에 거부감을 느낀다.

6  생략

7  생략


[연습 4]  ▶ 444쪽


1  ③

2  ㉐ ① 계속 유흥에 빠져 가정을 돌보지 않는다.


스토리텔링                                                                      **642**

② 파산을 하고 이혼 당한다.

③ 공식 회의장에서 부하 직원을 폭행한다.

④ 그로 인해 명예와 신망을 모두 잃는다.

⑤ 자기의 부당한 욕망을 실현하는 데 그 돈을 쓴다.

⑥ 법을 어겨서 감옥에 간다.

3　㉠ ① 서자 신분의 홍길동이 뛰어난 재주를 지니고 있다/입신양명을 원한다.

② 가난한 심 봉사가 공양미 삼백 석을 내겠다고 약속을 한다./가난하고 연약한 소녀 심청이 아버지의 눈을 뜨게 하려고 한다.

※《심청전》의 갈등을 가난한 처지\엄청난 재물이 필요한 약속, 심청의 가난하고 연약한 처지\크나큰 소망 등으로 설정한 답이다.

4　㉠ ① 그림을 그리며 자유로이 살고 싶은 아들에게 부모가 취업을 해서 앞가림을 하라고 하라고 다그친다.

② 산업 발전으로 경제를 일으킨 나라가 공해에 시달린다.

5　㉠ ① 사회적 상식\개인적 고집

② 생김새에 대한 만족\성격에 대한 불만

※ B의 내면적 갈등으로 설정한 것임.

③ 자아의 추구\관습에 따름

6　생략

7　㉠ ① 그는 어렸을 때 친구들을 좋아했으나 번번이 차별을 당했다.

② 그는 성격이 비뚤어져서 일이 뜻대로 되지 않을 때마다 사람과 세상에 반감을 품었다.

③ 결국 그는 사회를 어지럽히는 큰 범죄를 저질렀다.

8　㉠ ① 수입이 적어 농촌을 떠나는 현실

② 마을 사람들의 배타성

③ 도와주는 사람이 없어 작물 재배에 크게 실패하였기

※ ③의 답으로 '농촌 생활의 경제적·정신적 궁핍함' 같은 답이 나올 수 있으나, 그것이 '사건'이나 '스토리'를 기술한 표현이라고는 보기 어렵다.

9   예 고향은 자기를 환대하지만/필요로 하지만, 자기가 원하는 삶이 거기에는 없음을 깨닫고 브루클린으로 돌아간다.

※ 에일리스는 자기 고향/아일랜드에서도 갈등하며 브루클린/미국에서도 갈등한다. 모두 성장과 자아실현 과정에서 겪는 일이지만, 둘의 내용과 성격은 다르다.

10   ② 〈빌리 엘리어트〉

예 처음상황: 파업 중인 광부의 아들 빌리가 발레를 배우려 한다.

중간과정: 광산촌 사람들의 도움으로 발레 학교에 진학한다.

끝상황: 파업이 실패하고 광부들의 삶은 나아지지 않지만 빌리는 훌륭한 발레리노로 성장한다.

11   생략

[연습 5]   ▶ 455쪽

1   예 ① 백마

② 순수함/(그것을 탄 인물의) 숭고함/고귀함

2   예 병원에서 나오자 몸을 가누기 어려워 그는 늙은 가로수에 의지해 우두커니 서 있었다. 붐비는 도로 위로 구름이 한 점 흘러가는 게 보였다. 세상은 여전히 여기 있어도, 자기는 곧 구름처럼 흩어

질 것이다.

3      생략

4      ⑩ ① 검은색\흰색, 악\선

          ② 날카로움\부드러움, 폭력성\화합성

5      ⑩ 인간과 짐승의 중간자/분열과 혼란의 형상화

6      ⑩ 광장의 죽은 나무/높고 날카로운 성벽/큰 식탁에서 혼자 하는 식사

7      ⑩ 저승(죽은 원령의 세계)/정령이 깃든 나무/영원한(초인간적) 세계/괴물들이 사는 동굴/신비로운 반지

8      ⑩ ① 불안감/긴장감/상실감의 조성

          ② (중간계에 놓인 존재들의) 탐욕/가치의 혼란/천벌(저주)의 표현

[연습 6]    ▶ 468쪽

1      생략

2      ⑩ ① ㈏를 택함.

          ② K는 자기가 왜 그러는지 자기도 모르고 있음을 깨달았다.

          ③ 희곡

친구 A가 K의 잔에 자기 맥주잔을 부딪치며 마실 것을 권한다.

A: 왜 그렇게 맥이 빠졌냐? 또 미역국 먹었구나?

K: 그래, 그렇게 됐어. 이게 도대체 몇 번째인지…… 아무래도 관리 쪽 자격증을 하나 따야 할 것 같아.

A: 자격증이라니, 네가 딴 것만도 몇 갠데? 잘 보이려고 그러는

건 알겠지만, 회사가 자격증만 따지겠냐?

K: 너는 가끔 그렇게 정떨어지는 소리를 하더라. 네가 직장 잡았다고 나 하는 짓은 우습게 보는 거냐?

A: 이런! 너야말로 나를 이상한 놈으로 보는 거 아니니? (언성을 높이며) 내가 널 우습게 본 적 있어?

K: (풀이 죽어서 사과하는 투로) 미안해. 내가 요새 좀…… 나도 내가 이상할 때가 있어. 마음에 안 들어도, 작년 그 회사에 더 다녀 볼걸 그랬나 봐. (술을 들이켠다.)

A: 그래. 이해해. 그런데 말이지, 내 말은…… 자격증에만 매달리지 말고 다른 궁리도 해보면 어떠냐는 거야. 네가 또 어떻게 들을지 몰라도, 아무래도 자꾸 회사에다 너를 맞추는 건 아니라고 봐. 너나 나나 밤낮 눈치만 보며 살았지만 말야.

K: 눈치라…… 글쎄. 그래서 그런지 몰라도, 나도 내가 누군지 문득 낯설 때가 있다니까. 전에는 나름대로 원하는 게 있었는데, 이젠 다 사라지고 남만 따라 하다 이렇게 됐나? 어제 자격증 학원 등록비를 주면서 아버지가 그러시더라. 너한테 이래라저래라 안 하려고 애써왔는데, 네가 자유를 어떻게 쓰는지 모르는 것 같다고. 그래서 후회가 된다고 말이야.

A: 우리가 간섭을 싫어하는 건 사실이지. 이런 때 보는 참고서가 있으면 좋겠다. 우리가 자라면서 읽은 건 참고서밖에 없으니까, 그게 아쉽네. (자기의 빈 술잔을 물끄러미 바라본다.)

K: 네가 아까 자격증 말고 다른 궁리를 해보는 게 어떠냐고 했지? 아마 이런 때 필요한 참고서가 있다면, 자격증 따라고 시험 목록이나 늘어놓았을 거야. 학교 다닐 때 우리는 무조건 그걸 외웠지.

K가 천천히 자기 잔을 비우더니 하릴없이 일어설 차비를 한다.


3-1    ⑩ 희곡 형식의 순회재판 장면


때: 중세 영국의 어느 마을

곳: 임시로 마련된 순회재판소

무대 : 단상의 의자에 재판관들이 앉아 있다. 아래에는 창을 든 병
　　　사들에 둘러 싸여 재봉 직공, 가죽 직공, 농부 등 여러 사람
　　　이 죄인처럼 서 있다. 지식이 있어 보이는 사람(소설에서의
　　　'지도자') 하나가 앞에 불려나와 있다.


**재판관 A:** (완고하고 거만한 투로) 요새 신성한 성경을 영국 말로 번
　　　역해서 읽고, 헛된 믿음을 퍼뜨리는 자들이 많아 우리나라와
　　　주님의 세상 전체가 악령에 물들고 있다. 너희들이 그런 불순
　　　한 모임을 연다는 소문이 있어 여기 잡혀온 것이다. 죄가 있
　　　으면 화형에 처할 것이고, 없으면 놓아줄 것이니 똑바로 대답
　　　해라! (벌떡 일어서서 맨 앞의 지식인을 가리키며) 네가 그 두목이
　　　라는 데 맞느냐?

**지도자:** (고개를 숙인 채 부들부들 떨다가) 아, 아닙니다…….

**재판관 A:** 그래? 그렇다면 묻겠다. 너는 영어로 번역한 복음서를
　　　읽었느냐?

**지도자:** 저는, 보…… 본 적…… 없습니다.


뒤에 서 있는 사람들이 술렁인다.

**재판관 A**: 본 적도 없다? 그럼 너는 교회에서 예배에 사용하는 성
찬의 빵과 포도주가 무엇이라고 생각하느냐?
**지도자**: (안간힘을 쓰며) 그야…… 그리스도의 살과 피입죠.

뒤에 선 사람들이 더 크게 술렁인다. 달려 나와 그에게 따지려는
듯한 자를 병사들의 우두머리가 제지한다.
다른 재판관이 나와 지도자를 호되게 몰아세운다.

**재판관 B**: 거짓말 마라! 네가 불순한 말에 넘어가서 성경을 멋대
로 해석하며 교회와 성직자들을 부정한 걸 우리는 다 알고
왔단 말이다!
**지도자**: 누가 그런 말을……. 제발, 사, 살려주십시오. (엎드려 빈
다.) 잘못했습니다. 회개, 회개합니다.

뒤에 서 있던 사람들 중 일부가 절망하여 땅에 털썩 주저앉는다.
일부는 재빨리 자신들도 억울하다는 몸짓을 한다.

3-2    생략

[연습 7]    ▶ 474쪽

1    생략
2    예 ① 30대 초반, 남성
② 그는 정장 차림으로 회전문을 들어섰다. 노트북이 든 검은 가
방을 움켜쥔 채 사원 교육 때 영상으로 본, 그룹의 기상을 표현했

다는 높다란 금속 조각을 지나 승강기 앞으로 갔다. 출근 시간대의 인파에 적이 자부심을 느꼈다. 그는 주변 사람들의 세련된 차림새와 자기가 올라갈 21층의 숫자를 보며 출발선에 선 달리기 선수 같은 표정을 지었다.

3    생략

4    생략

5    ⓔ 가족애/형제애/동지간의 의리가 있음. // 억울하게 큰 상처를 입음/트라우마를 지녔음.

6    ④

※ ④는 (전체 이야기가 아니라) '윗사람 친구와의 만남' 자체나 그에 따른 행동 변화를 그럴듯하고 가치 있게 만드는 이유라고 보기 어렵다. 한편 인물의 성격과 행동은 사회문화적 맥락에 따라 의미와 정서적 효과가 달라질 수 있다. 이 문제에 대한 답은 문화권에 따라 차이가 날 수 있다.

[연습 8]    ▶ 483쪽

1    ⓔ 연기력이 있는 배우는 어떤 장면의 상황에서 인물의 대사가 지닌 의미를 충분히 파악하고 그것을 억양, 표정, 몸짓 등과 조화시켜 표현한다.

2-1    생략

2-2    생략

3    생략

[연습 9]　▶ 488쪽

1-1　　**예** 범인이 누구라는 정보가 수사관에게는 감춰지고 관객에게는
드러나 있기 때문에 둘이 쫓고 달아나는 추리의 과정을 관객은
모두 여유롭게 즐길 수 있다.

1-2　　콜롬보 형사가 늘 추레한 코트 한 가지만 입고 있어서/잊고 있다
가 갑자기 생각이 난 것처럼 질문을 던져서/아내의 눈치를 보며
사는 것 같은 행동을 해서, 범인과 관객에게 뛰어난 수사관 같아
보이지 않는다.

2　　　**예** ① 서술자가 노출한 사건의 원인이 식구들한테 늦게 밝혀지는
과정에서, 인물(지우, 어머니)의 성격과 환경의 차이에서 비롯된 여
러 가지 해석이 가능해진다.
② 지우가 자신의 겪은 일과 고통을 스스로 드러내어. 그와 식구
들이 겪는 아픔을 생생히 느낄 수 있다.
③ 지우를 찾는 어머니에 초점을 맞춤으로써, 빈부 갈등이 심각한
현실이 폭넓게 드러나며, 그 동네를 떠나겠다는 그녀의 결정에 공
감하게 된다.

[연습 10] 도입부, 암시　▶ 494쪽

1　　　**예** ① 홍길동이 아버지한테 자식 대접을 못 받는 한을 토로하는
장면 // 서자가 뛰어난 능력을 드러냈다는 이유로 아버지나 (서자
가 아닌) 형에 의해 벌을 받는 장면.
② 심청이 얻어온 밥으로 저녁을 먹던 심 봉사가, 자신이 낮에 공
양미 삼백 석 약속한 일을 후회하는 장면 // 심청이 자기를 데리

러 온 뱃사람들에게 이끌려 집을 떠나면서, 아버지는 반드시 눈을 떠서 행복하게 사시라고 하는 장면.

2    ㉠ 독사한테 물리지 않도록 자기를 구해준 흑인이 도망을 치려 했다. 그러자 그를 잔인하게 죽인다.

3    생략


**제2장 경험, 자료 유형의 활용**

[연습 11] 설화 〈여우 누이 이야기〉의 전용    ▶ 503쪽

1-1    ㉠ ① 지나친 욕심(과욕)
     ② 부러울 것 없는/아들이 많은 부부가 딸까지 갖기를 원했는데, 그 딸은 요괴이다/정상인이 아니다.

1-2    생략

2    생략


[연습 12] '경험 이야기 수필' 창작
     생략


[연습 13-1, 2] '경험을 살린' 허구적 이야기 창작 프로그램
     생략


[연습 14] '정보적' 역사문화 이야기 창작 프로그램
     생략

[연습 15] 《홍길동전》과 〈라이온 킹〉 비교    ▶ 548쪽

1    ⑤ (③ 추가 가능)

※ 논쟁의 여지가 있는 문제이다. 특히 《홍길동전》이 근본적으로 선악 대결 이야기, 즉 '악을 징벌하고 선을 권장하는' 데 초점이 놓인 이야기라고 보기 어렵기 때문에 ⑤를 답으로 잡았다. 두 작품이 그런 이야기라면 과연 '선(善)'의 정체는 각각 무엇인지 따져볼 필요가 있다.

한편 《홍길동전》에서 홍길동의 집(가정)이 위기에 처해 있기는 하지만 나라도 그렇다고 해석하지 않을 수 있다. 주인공 홍길동의 상승 과정이 〈라이온 킹〉과 달리 국가적 위기 극복의 의미를 띠고 있지는 않다고 보면 ③도 답으로 삼을 수 있다.

2    예 심바는 권력을 탐내는 자의 음모 때문이지만, 홍길동은 서자를 천대하는 사회 제도/사회 제도에 편승한 자의 폭력 때문이다.

3    예 심바는 주변 인물의 도움으로 마음의 상처를 극복하는 '개인적인 성격'을 지닌 데 비해, 홍길동은 자신의 능력으로 제도의 장벽을 깨뜨리는 '사회적 성격'을 띠고 있다.

4    예 홍길동을 돕는 자(조력자)는 없다. 길동은 스스로의 능력/도술로 위기를 극복하며 성장한다.

5    예 ① 심바는 타고난 신분과 지위를 회복하는 영속적 귀환을 하지만, 홍길동은 병조판서를 제수받는 일시적/형식적 귀환을 할 뿐이다. 그는 다시 나라 밖의 율도에 가서 왕족이 아닌데도 왕이 되는 혁명적 성장을 한다.

② 〈라이온 킹〉은 타고난 영웅적 존재가 기존 질서 안에서 혼란을 극복/평화를 회복하는 것이 성장이지만, 《홍길동전》에서는 기

존의 그릇된 제도를 깨뜨리고 새로운 현실을 창조/쟁취하는 것이 성장이다.

③ 〈라이온 킹〉은 가족과 사회의 평화를 중시하는 영화산업의 창작물이며, 《홍길동전》은 사회 현실의 개혁을 위해 초인적 영웅의 출현을 기다리는 집단적 욕망의 산물로 보인다.

6  다음 중 2가지— 예 먼저 스토리 유형에 담긴 과정과 의미를 깊이 해석해야 한다. // 그것을 활용하여 제시하려는 현실적 의미/메시지를 나름대로 세울 필요가 있다. // 유형을 적절히 변용하고 확장하여 참신한 면을 개발함이 바람직하다.

7  생략


[연습 16] 영화 〈로드 투 퍼디션〉 분석　　▶ 552쪽


1  예 이 영화는 기독교인이 밟아야 할 길을 교육하는 길 이야기 《천로역정》의 '거리가 있는 반복'이기/《천로역정》을 뒤집어서 모방한 작품이기 때문이다.

2  예 ① 고아여서 범죄조직의 우두머리가 양아버지로 키워주었다./범죄조직의 우두머리가 키워주어 어쩔 수 없이 그 조직의 일원이 되었다./아내와 아들이 살해되었다.

② 건전한 시민으로 살고 싶은 욕망을 지니고 있다./남은 자식이 죽지 않고 인간답게 살아갈 환경을 만들어주고자 한다.

※ 가족의 식사기도 장면, 주인공이 아들한테 자기를 닮아 더 엄격하게 키웠다고 고백하는 장면 등은, 그가 평소에 죄의식을 느끼며 건전하게 살고 싶어 했음을 보여준다.

3  예 ① 살인자인 아버지 마이클 설리반이 죽게 만드는/아버지 마

이클 설리반이 처벌을 받게 하는 역할을 한다. // 아들을 위해 아버지가 대신 죽는 상황을 조성한다.

② 죄를 지은 자는 벌을 받는다는 교훈을 제시한다. // 세상이 죄악으로 가득함/인간의 죄악은 워낙 뿌리 깊어서 (아버지와 이름이 같은) 아들 또한 물들기 쉬움/구원받기 어려움을 강조한다.

4　㉠ 아직 순진한 아이의 눈으로 보게 함으로써 그가 살아갈 세상의 더러움을 더욱 강조하기 위하여/그가 살아갈 현실이 죄악에 물들어 있음을 보다 충격적으로 제시하기 때문에.

5　㉠ 인물과 사건 모두를 기본적으로 죄/원죄를 벗어날 수 없는 존재로 설정했기 때문이다. 벗어날 수 없는 운명 속에서도 '아버지'/구원자의 사랑과 희생을 통해 벗어나려는/구원을 받으려는 욕망을 줄곧 추구함으로써 감상자의 공감을 불러일으킨다.

6　생략

[연습 17] 소설《최후의 증인》 분석　　▶ 562쪽

1　다음 중 2가지를 적음.
　㉠ 황바우는 (두 가지) 살인 사건과 과연 어떤 관계인가?/늙고 무력(하며 선량)한 황바우가 과연 어떻게 살인을 저질렀을까?/20년 전에 왜 황바우는 살인죄를 뒤집어쓰고 감옥에 갇히게 되었을까?

2　한국전쟁 시기 지리산 일대의 공비 토벌 사건

3　다음 중 2가지를 적음.
　㉠ 강만호가 그의 말에 충격을 받고 죽음./피의자를 죽여 살인자로 몰림./다쳐서 상처를 입음./자신이 보호하고자 했던 피해자들이 정신병에 걸리며 연달아 자살함.

4 　㋐ ① 힘없는 민중/역사의 피해자로 한을 품고 살아감.

　　② 돈과 권력이 있는 계층/악하고 불의함.

5 　㋐ ① 형사의 임무에 충실할수록 피해자들을 불행에 빠뜨릴 위험이 늘어남.

　　② 피해자들의 억울함을 동정함/감정이 풍부함/외로움을 많이 느낌.

6 　손지혜

7 　㋐ 감춰진 과거/진실의 노출/폭로 과정 // 피해자들의 고통과 한을 드러내고 심화시키는 과정

8 　㋐ ① 자신이 피해자들을 더욱 불행하게 만들었다는 자책 때문 // 현실/인간의 삶이 안고 있는 비극성에 견디지 못했기 때문.

　　② 한국전쟁은 선량한 민중/가지지 못한 자에게 더욱 큰 수난을 겪게 하였다. // 현대 한국의 부정적 측면은 동족상쟁의 비극과 그 와중에 활개 친 악에 뿌리를 두고 있다.

9 　생략

## 제3장 작품 완성하기

[연습 18] ~ [연습 22]

　생략

# 스토리텔링

**모든 이야기 콘텐츠 창작의 이론과 기술**

**1판 1쇄 발행일** 2024년 10월 25일

**지은이** 최시한

**발행인** 김학원
**발행처** (주)휴머니스트출판그룹
**출판등록** 제313-2007-000007호(2007년 1월 5일)
**주소** (03991) 서울시 마포구 동교로23길 76(연남동)
**전화** 02-335-4422 **팩스** 02-334-3427
**저자·독자 서비스** humanist@humanistbooks.com
**홈페이지** www.humanistbooks.com
**유튜브** youtube.com/user/humanistma **포스트** post.naver.com/hmcv
**페이스북** facebook.com/hmcv2001 **인스타그램** @humanist_insta

**편집책임** 문성환 **편집** 윤무재 **디자인** 유주현
**조판** 홍영사 **용지** 화인페이퍼 **인쇄** 삼조인쇄 **제본** 해피문화사

ⓒ 최시한, 2024

ISBN 979-11-7087-253-5 03800